Erwin Kohl

Die Motte

Schwarzes Wasser

Figuren und Handlung dieser Romane sind frei erfunden. Ähnlichkeiten mit lebenden Personen sind rein zufällig und nicht beabsichtigt.

Erwin Kohl, in Alpen am Niederrhein geboren, ist durch diverse Nebentätigkeiten wie z.B. als Taxifahrer, Friedhofsgärtner und Partnervermittler mit den Abgründen der menschlichen Psyche vertraut. Als Ausgleich zur eher spannungsarmen Arbeit als Beamter schrieb er 2002 seinen ersten Roman. Heute ist Erwin Kohl hauptberuflich als Autor tätig, seit 2003 ist er Mitglied im Syndikat. Mehr zu seinen Büchern und zum Autor unter: www.erwinkohl.de

Bereits im Droste Verlag erschienen:
Das Hornveilchen-Indiz (Fall 3) • ISBN 978-3-7700-1431-6

Erwin Kohl

Die Motte
Schwarzes Wasser

Die beiden ersten Fälle als Sammelband

Bibliografische Information der Deutschen Nationalbibliothek
Die Deutsche Nationalbibliothek verzeichnet diese Publikation in der Deutschen Nationalbibliografie; detaillierte bibliografische Daten sind im Internet über http://dnb.d-nb.de abrufbar.

Umschlaggestaltung: Helge Jepsen, Essen
Satz: Droste Verlag
Druck und Bindung: CPI – Clausen & Bosse, Leck
ISBN 978-3-7700-1448-4

Die Veröffentlichung dieser Werke erfolgt auf Vermittlung der Autoren- und Verlagsagentur Peter Molden, Köln.

www.drosteverlag.de

Erwin Kohl

Die Motte

Fall 1

Droste Verlag

In den Flüssen schwimmen Träume
und die Träume die sind schwer
Aus den Häusern wachsen schon die Bäume
Mutter ruft schon lang nicht mehr

Hanns Dieter Hüsch

01

Alpen, 18.10.1977
Die Abenddämmerung legte sich wie ein dunkles Tuch über die kleine niederrheinische Gemeinde. Im Ortskern am Fuße der Bönninghardt ließen die Straßenlaternen bereits ihr milchiges Licht durch den Abenddunst schimmern. Eine Greisin ging gebückt aus dem zum Altersheim umgebauten Hotel Terheggen und sah sich neugierig um. Vor der Pommesbude an der Lindenallee saßen einige Jugendliche in Bundeswehrparkas auf ihren Vespamofas und hielten lässig ihre Zigaretten zwischen Daumen und Zeigefinger. Ihr Atem verwandelte sich in kleine Nebelwölkchen.

Kurz bevor sich die Straße den Alpener Berg hochzog, steuerte Walter Jansen den NSU RO 80 in die Einfahrt der kleinen Tankstelle hinter dem Lindenhof. Seiner Tochter gegenüber hatte er erwähnt, am nächsten Morgen in aller Frühe nach Düsseldorf fahren zu wollen. Jedes Detail sollte stimmen. Die Tankstelle öffnete erst um acht Uhr, ebenso die des Autohauses Artz in der Rathausstraße. Bevor er ausstieg, schaltete er das Radio aus. Die Berichte über die Geiselbefreiung in Mogadischu und die anschließenden Selbstmorde der Terroristen Baader, Ensslin und Raspe in ihren Zellen in Stuttgart-Stammheim hatte er im Laufe der letzten zwei Stunden bereits ein halbes Dutzend Mal gehört. Im kleinen Verkaufslokal der Tankstelle wetterten zwei Rentner über die Politik der Regierung Schmidt. Er kannte sie und grüßte flüchtig. Wenn die so weitermachen, vernahm er die Stimme des Bauern Steffens hinter seinem Rücken, würde die Arbeitslosenzahl in diesem Winter wohl erstmalig die Millionengrenze erreichen.

Walter Jansen bog an der Bönninghardter Kreuzung links Richtung Kamp-Lintfort ab. Wie eine Furche durchtrennte diese Straße die Leucht, das Waldgebiet bei Alpen. Versonnen betrachtete er die kahlen Wipfel der Bäume, die wie Mahnmale der Natur an ihm vorbeihuschten. Der saure Regen hatte bereits ein Drittel des Waldes in Mitleidenschaft gezogen. Abhilfe war nicht in Sicht. Der Verkehr nahm immer weiter zu. Für viele Niederrheiner war es der kürzeste Weg zur nächsten Autobahnauffahrt in Kamp-Lintfort.

Jansens Gedanken flogen zu dem Gespräch vor einer Stunde zurück. Sein zukünftiger Schwiegersohn hatte unterwegs aus einer Telefonzelle angerufen und ihn um eine Aussprache gebeten. Die bloße Befürchtung, seine Tochter an diesen Windbeutel zu verlieren, ließ die feinen Härchen auf seinem Handrücken emporstehen. Nächtelang hatte er mit ihr darüber diskutiert, sie immer wieder gefragt, weshalb sie ausgerechnet diesen Aufschneider heiraten wolle. Hilde, seine Frau, mahnte ihn, den Willen ihrer Tochter zu akzeptieren. Immerhin hätte Ackermann Mut bewiesen, als er sich gegen den sicheren Posten des Juniorchefs im elterlichen Betrieb entschieden und ein Studium der Architektur begonnen habe. Bei dem Gedanken daran wurde sein Ärger beinahe übermächtig. Mit dem Geld des Vaters ein kleines Bauunternehmen gründen, um damit das Studium zu finanzieren, war in den Augen seiner Frau Mut. Walter Jansen hatte sich alles mühevoll erarbeiten müssen, hatte den Beruf von der Pike auf gelernt. Und nun wollte dieser Schnösel ihm die Tochter nehmen. Beim Blick in den Innenspiegel erschrak Jansen. Sein Gesicht war dunkelrot, eine Ader auf der Stirn trat so stark hervor, dass er befürchtete, sie könne platzen. Der hohe Blutdruck bereitete ihm seit einiger Zeit Sorgen. Er nahm sich vor, am Nachmittag Doktor Schwarze aufzusuchen.

Warum sollte er unsere Birgit heiraten wollen, wenn nicht aus Liebe.

Jansen hatte die Naivität seiner Frau kaum glauben können.

Das Motiv war so klar wie der heutige Nachmittag. Ackermann hat große Pläne. Er will sich nicht für andere die Hände schmutzig machen, stattdessen die Luftschlösser seiner jugendlichen Träume realisieren. Dafür würde er mehr Startkapital benötigen, als sein Erzeuger jemals bereit wäre, ihm zu geben. Die Juweliergeschäfte hatten für beträchtlichen Wohlstand gesorgt, Birgit war ihr einziges Kind und somit Alleinerbin.

Aber da hast du dich geschnitten, Ackermann.

Im Innenspiegel zeichnete sich hämisches Grinsen ab. Gestern Abend hatte er die Reißleine gezogen, seiner Tochter verkündet, dass er am Tag ihrer Hochzeit mit diesem Nichtsnutz das Testament ändern würde. Birgit war stumm geblieben, hatte ihm einen hasserfüllten Blick zugeworfen und das Elternhaus wortlos verlassen.

Lichter blendeten ihn. Blitzschnell trat er aufs Bremspedal und zog die Limousine hinter den Traktor auf die rechte Fahrspur zurück. Wie ein Schwamm, der über eine Tafel gleitet, löschte das Bewusstsein die finsteren Gedanken und gab die Sicht auf die Realität frei. Als er die Zugmaschine endlich überholt hatte, erkannte er in der Ferne die Hinweistafel an der Einfahrt zum Waldparkplatz. Allmählich drosselte er das Tempo. Nur das Rauschen des Fahrtwindes und der flüsternde Wankelmotor drangen an seine Ohren. Erst jetzt wunderte sich Jansen über den ungewöhnlichen Treffpunkt. Vor einer Stunde war es ihm noch logisch erschienen. Aus seinem Haus hatte er ihn schon vor Wochen geschmissen. Und die Annahme, dass er, Walter Jansen, die Wohnung dieses Aufschneiders betreten würde, wäre absurd. Aber warum sollten sie sich nicht im Ort treffen, im Café Scholten beispielsweise oder bei Maria, der Wirtin seiner Stammkneipe? Will dieser Bengel mir etwa Angst einjagen? Er kann nichts beweisen.

Na warte, Junge, ich habe was für dich, das wird dir gar nicht schmecken.

Über sein Gesicht glitt ein breites Grinsen, als er den Blinker setzte. Obwohl die Parkstreifen rechts und links des Weges mehr als hundert Fahrzeugen Platz boten, waren sie an den Wochenenden im Sommer restlos überfüllt. Die Idee, einen sogenannten „Trimm-dich-Pfad“ mit zahlreichen im Wald verteilten Sportgeräten einzurichten, war ein voller Erfolg. Die einsetzende Dunkelheit schluckte die Konturen. Birken am Rand des Parkplatzes warfen unheilvolle Schatten. Im Schritttempo steuerte Jansen den NSU geschickt an den größten Schlaglöchern vorbei. Er schien allein zu sein. Als er das Fernlicht einschaltete, erkannte Jansen kurz vor dem Holzbalken am Ende des Weges den knallgelben Opel Commodore von Birgits Verlobtem. In Jeansjacke, Jeanshose und Cowboystiefel gekleidet saß dieser lässig auf der Motorhaube. Das Gesicht lag im Halbdunkel, Jansen erkannte nur die Glut einer Zigarette. Er parkte neben ihm und stieg aus. Das Scheinwerferlicht einer heranrollenden Limousine erleuchtete sein Gesicht.

„Lass uns ein paar Schritte gehen, ich habe mit dir zu reden", Ackermann deutete mit ausgestrecktem Arm in den dunklen Weg, der zum Schwebebalken führte, dem ersten Gerät des Trimm-dich-Pfads. Walter Jansen ballte die rechte Hand zur Faust. Er mochte den schroffen Umgangston Ackermanns nicht, wollte aber unbedingt den Grund für das Treffen erfahren. Mit stählernem Blick deutete er ein Nicken an.

Ackermanns Gesichtszüge wirkten ungewohnt scharf, fast steinern. Zum ersten Mal vernahm Walter Jansen eine Spur Unsicherheit.

02

Alpen, 32 Jahre später …
Wie ein kahlgeschorener und halb eingeschlagener Kopf ragte der ehedem so anmutige Hügel über den Bretterzäunen empor. Bagger gruben sich Meter für Meter in sein Inneres. Zwei Mitarbeiter des Naturschutzbundes stellten eine Informationstafel am Rand der Weseler Straße auf. Auf dem Radweg lag ein durchnässter Handzettel des Heimat- und Verkehrsvereins. „Rettet die Motte" war auf dem gewellten Papier zu lesen.

Konrad Walther vom Rheinischen Boten kramte schlecht gelaunt die Gummistiefel aus dem Kofferraum des altersschwachen Mustang. Undenkbar, dass sein großes Idol Carl Bernstein damals Gummistiefel im Kofferraum seines Mustang hatte, bevor er mit seinem Kollegen Bob Woodward Richard Nixon zu Fall brachte.

Seit einem halben Jahr war der Redakteur des Lokalteils für das „Bauvorhaben Motte" zuständig. Anfangs hatte es sich noch gelohnt. Fast täglich war er an einen interessanten Artikel gekommen. Dieses Projekt hatte die bis dahin friedlich vor sich hin schlummernde Volksseele Alpens zum Kochen gebracht. Dabei war im vorigen Jahr die Ankündigung, die Vorburg wieder aufzubauen, von den Bürgern Alpens wohlwollend bis euphorisch zur Kenntnis genommen worden. Die öffentliche Meinung hatte sich allerdings ins Gegenteil verkehrt, als die Gemeinde erste Planungsskizzen veröffentlichte. Die postmoderne Zweckarchitektur, so des Volkes Meinung, dürfte wenig bis gar keine Ähnlichkeit zur damaligen Burg aufweisen. Laut dem Heimat- und Verkehrsverein würde die Gemeinde Alpen eine historische Chance durch reines Profitdenken für immer zunichte machen. Eine öffentliche Diskussionsveranstaltung, zu der der Gemeinderat die Bürger ins Schulzentrum an der Fürst-Bentheim-Straße geladen hatte, wurde zum Eklat. Zwei Dutzend Alpener Bürger hatten keinen Einlass gefunden und ihrem Unmut auf dem Schulhof freien Lauf gelassen. Die Gemeindevertreter, besonders der junge und dynamische Bürgermeister Rudi Ahrens, hatten die Verbundenheit der Einwohner mit ihrer Gemeinde auf fatale Weise unterschätzt. Dabei hätten sie es ahnen können. Schließlich waren sie im vorigen Jahr dabei gewesen, als Tausende Bürger Alpens auf der Bönninghardt in einer vier Kilometer langen Menschenkette gegen den geplanten Kiesabbau protestiert hatten. Aber sie hatten es nicht geahnt. Lediglich Christoph Schmaleck von den Grünen hatte Bedenken geäußert. Niemand sonst hatte sich vorstellen können, dass dieser Erdhügel vor den Toren der Gemeinde den Lokalpatriotismus der Bürger neu entfachen würde.

Eine halbe Ewigkeit lagen die Grundmauern des alten Kasteels bereits unter diesem Erdwall begraben. Für eine Restaurierung des Bodendenkmals war nie das nötige Kapital vorhanden gewesen. Die Idee, unter Einbezug der alten Fundamente die ehemalige Vorburg wieder aufzubauen und in ein Burghotel zu verwandeln, war verlockend gewesen. Als auch noch ein ortsansässiger Architekt und Projektleiter gefunden worden war, der darüber hinaus mindestens 30 Arbeitsplätze offerierte, hatte im Sitzungssaal parteienübergreifende Freude geherrscht. Darauf hatte zwischenzeitlich vor dem Hintergrund der immensen Auflagen, welche die Träger der öffentlichen Belange erwirkten – allen voran das rheinische Amt für Bodendenkmalpflege – niemand mehr gehofft. Fast alle Interessenten hatten ihr Angebot zurückgezogen oder ein deutlich erhöhtes nachgereicht, als die Nachricht durchgesickert war, dass eine archäologische Grabungsfirma die Bauarbeiten begleiten würde.

Camel, wie der Journalist aufgrund seines stetigen Konsums der gleichnamigen Zigarettenmarke genannt wurde, bahnte sich seinen Weg durch knöcheltiefen Schlamm zum Ort des Geschehens. Missmutig betrachtete der Einundfünfzigjährige den durchnässten Trenchcoat. Vor zwei Wochen hatte er den 35 Jahre alten Überzieher im Internet ersteigert. Es bereitete ihm zunehmend größere Mühe, an die begehrte Kleidung der Siebzigerjahre zu gelangen. An den Wochenenden fuhr er gelegentlich einige hundert Kilometer für ein seltenes Kleidungsstück aus dieser Zeit. Zum Glück genügte dem gertenschlanken

Redakteur die Standardgröße. Er war mit Manfred Ackermann, dem Architekten des Burghotels, verabredet. Wobei von einer Verabredung eigentlich keine Rede sein konnte. Die Wahrheit bestand aus einem knurrigen „meinetwegen" am Telefon. Aber davon hatte ihm sein Redaktionsleiter nichts gesagt. Ohnehin war Camels anfängliche Hoffnung erloschen, sein Talent könne durch diese Story endlich über die Kreisgrenze hinaus beachtet werden. Die Berichterstattung verkam zunehmend zum provinzpolitischen Possenspiel.

Camel erinnerte sich zwei Monate zurück: Der fast sechzigjährige, korpulente Ackermann hatte ihn als Schmierfinken bezeichnet und aus seinem Büro geworfen. Ackermann galt als äußerst egoistisch und cholerisch. Aber er hatte Erfolg, was ihm zumindest Respekt einbrachte. Dennoch gab es für ihn mittlerweile ein nicht unerhebliches Imageproblem. Innerhalb weniger Monate hatte der ohnehin nicht sehr beliebte Ackermann es geschafft, den spärlichen Rest an Sympathie vollends zu verspielen.

Auf einem provisorischen Weg aus Gerüstbrettern gelangte Camel zur Rückseite der Motte. Achtlos warf er die Zigarette ins Gebüsch. Über den Schotterweg hinter ihm lief eine Horde Kinder vom nahe gelegenen Schulzentrum zum Supermarkt an der Weseler Straße. Als sie ihn sahen, brachen sie in lautes Gelächter aus.

Camel schüttelte verächtlich den Kopf. Die langen, dunkelblonden Haare und die Kleidung aus den Siebzigern prägten eben seinen individuellen Stil. Als er sich umdrehte, wurde er von einem korpulenten, älteren Mann mit blauem Helm angerempelt. Ihm folgten fluchend drei weitere Kollegen. Im Hintergrund, direkt vor dem Ausgrabungsort, sah er Ackermann mit einem Grabungstechniker streiten. Augenblicke später rannte dieser wutentbrannt los. Camel stellte sich quer auf den Weg und stoppte den Mann.

„Konrad Walther, Gemeinde Alpen. Ich soll hier Bauabschnittfotos für die Chronik machen. Gibt es Probleme?"

Peter Stolberg, wie ein Schild auf der gelben Regenjacke verkündete, stoppte abrupt, sah ihn mit gerötetem Kopf an. Seine Lippen vibrierten, der Blick fiel auf Camels Kameratasche.

„Da machen Sie mal direkt Beweisfotos. Der spinnt doch“, mit ausgestrecktem Arm deutete er auf Manfred Ackermann.

„Beleidigt den ganzen Tag meine Leute, schmeißt uns Knüppel zwischen die Beine, wo es nur geht, und dann“, er schluckte, „jagt er meine Leute weg und lässt mit der Baggerschaufel den Bunkereingang freilegen!“

Stolberg verlieh seinen Worten eine derart empörte Betonung, als sei es selbstverständlich, diese Arbeit von Archäologen ausführen zu lassen. Camel erinnerte sich an die Pressemappe zur Motte. Gegen Ende des Zweiten Weltkrieges hatten die Alpener unter Anleitung erfahrener Bergleute einen Stollen quer durch die Motte getrieben und darin einen Schutzbunker errichtet. Zu seiner Verwunderung war dieser Bunker ebenfalls auf die Liste der Bodendenkmäler gesetzt worden. Camel fragte sich, was damit geschehen würde.

„In Ordnung, Herr Stolberg. Ich werde dem Gemeinderat umgehend Bericht erstatten.“

„Ich auch, darauf können Sie sich verlassen.“

Wütend stapfte der Grabungsleiter an ihm vorbei.

Camel stieg einen schmalen Pfad hinauf. Dabei musste er gebückt gehen, sich an Wurzelballen klammern, um nicht abzurutschen. Nach wenigen Metern erreichte er eine kleine Ebene. Man hatte zunächst einen Teil des Hügels, der der Weseler Straße zugewandt war, zur Hälfte abgetragen, um Platz für Bauwagen und schweres Gerät zu schaffen. Unterhalb des Plateaus befanden sich laut Aufzeichnungen die Überreste des ehemaligen Kasteels. Sie mussten später sorgfältig freigelegt werden. Die Baugenehmigung war mit der Bedingung verknüpft worden, die alten Fundamente sichtbar in das Burghotel einzufügen. Allein zwei Wochen waren von der Grabungsfirma dafür veranschlagt worden, die mittelalterlichen Reste zu sichern, was Ackermanns Wut von Tag zu Tag ansteigen ließ.

Von der Weseler Straße führte eine kleine, geschwungene Auffahrt hierher. Manfred Ackermann stand wie ein Feldherr auf einem zerborstenen Betonquader, aus dessen Längsseite Muniereisen wie Speere herausragten. Neben ihm schien die Motte den Mund weit aufgerissen zu haben. Ein dunkles, metertiefes Loch befand sich in Brusthöhe in der steilen Erdwand. Ackermann schrie den Baggerführer an:

„Sofort aufhören! Genug für heute. Feierabend!"

Der Lärm des Baggers gab seiner Stimme keine Chance. Den Kopf zwischen übergroßen Ohrmuscheln eingekeilt, drückte der Maschinenführer langsam einen Hebel nach vorne. Wie das Maul eines Haifisches krallte sich die Schaufel in ihre Beute. Der Motor heulte auf, während der Eingang zum Bunker mit einem Ruck komplett aufgerissen wurde. Kleine Betonbrocken und Reste eines alten Bretterverschlages flogen durch die Luft. Mit einem mächtigen Satz sprang Ackermann aus der Gefahrenzone. Der Lärm verstummte. Zufrieden lächelnd kletterte der korpulente Mann von dem Bagger.

„Du Riesenpfeife! Ich hatte gesagt: Feierabend. Wie sollen wir den Bereich denn nun sichern? Da rennt mir doch jetzt jeder rein!"

Der Baggerführer machte ein betroffenes Gesicht, als würde er es maßlos bedauern, sein Lieblingswort überhört zu haben.

Camel konnte nicht widerstehen. Seine Augen glänzten beim Blick in das geheimnisvolle Dunkel. Er nutzte die Ablenkung, zog die kleine MagLite für Notfälle aus der Innentasche und lief durch die mannshohe Öffnung in den Bunker.

„Was macht der Schmierfink denn da?", vernahm Camel die energische Stimme Ackermanns hinter seinem Rücken. Wenige Schritte später herrschten Stille und Dunkelheit um ihn herum. Hastig lief er weiter. Der Lichtkegel wanderte über alte, auf dem Boden verteilte Kleidungsstücke. Es roch klamm, Camel dachte an einen schlecht gelüfteten Kellerraum. Feuchtigkeit glänzte silbern an den Wänden. Er konnte nicht sagen, was er erwartete, ob es überhaupt eine Erwartung gab, die ihn vorantrieb. Er wusste nur, dass es in diesem Moment nichts gab, das ihn hätte aufhalten können. Einige Meter hinter sich vernahm er Schritte. Der Lichtkegel der kleinen Lampe reichte nicht sehr weit. Dahinter hielt eine bedrohliche Finsternis jede Gewissheit verborgen. Camel leuchtete so gut es ging die Umgebung aus. Der feuchte Lehm der Wände spiegelte das Licht der Taschenlampe. Halb verrottete Eichenbalken stützten die Decke und sorgten für unheimliche Schatten. Neben sich an der Wand verharrte eine pechschwarze Winkelspinne. Camel überlegte kurz, wovon sie sich in dieser tristen Umgebung ernähren konnte. Der etwa einen Meter fünfzig breite Gang ähnelte einem alten Bergwerksstollen. Nach ungefähr zwanzig Metern zweigte er rechtwinklig ab. Die Schritte kamen näher, Camel glaubte fremden Atem zu spüren. Er wich einer Stahlkonstruktion aus. Sie hatte Ähnlichkeit mit dem Gestell eines Doppelbettes. Aus der Dunkelheit tauchten schemenhaft Umrisse auf. Eine Pranke packte ihn an der Schulter, Camel riss sich los. Der Lichtkegel tanzte an der Decke entlang, verfing sich einen Augenblick im Gebälk unterhalb der Decke, während der Redakteur vorwärts stolperte. Hinter sich vernahm er ein scheppperndes Geräusch.

„Au! Verdammt! Bleib stehen, Du Schmierfink!"

Im Gehen drehte Camel sich herum, richtete die Taschenlampe auf Ackermann. Der Architekt hielt schmerzverzerrt das linke Auge zu. Vom Bunkereingang waren Stimmen und Schritte vernehmbar. Der Journalist fuhr herum, lief schneller. Die Tatsache, dass Ackermann ihn aufhalten wollte, steigerte seine Neugier ins Unermessliche. Wilde Gedanken formten sich zu einem Knäuel, präsentierten seinem Bewusstsein das Bild einer alten Holztruhe. Gold, das die Nazis in den letzten Kriegstagen beiseite schaffen wollten? Camel atmete in immer kürzeren Zügen. Wenige Meter vor ihm erkannte er etwas auf dem Boden. Den Lichtstrahl darauf gerichtet, verhedderten sich seine Füße in einem Seil. Panisch suchte er mit den Händen nach Halt. Die Finger berührten nur kalten, nassen Lehm. Camel verlor das Gleichgewicht. Er schlug mit dem Hinterkopf gegen einen Stützpfeiler, prallte ab und fiel der Länge nach auf den Boden. Der Aufprall hörte sich an, als wäre jemand in einen Haufen trockenes Brennholz gefallen. Sein Kopf dröhnte, Schritte wurden lauter. Die rechte Hand umklammerte die kleine MagLite so stark, dass die Knöchel weiß hervortraten. Der Gang schien in seichten Bewegungen zu schaukeln. Camel drehte den Kopf zur Seite und hob den Arm, der die Lampe hielt. Wie ein Blitz durchzuckte der Schreck seinen Körper. Ruckartig spannte sich seine Muskulatur. Der Journalist blickte direkt in die leeren Augenhöhlen eines Totenkopfes. Eine Rippe rutschte von seinem Unterarm und fiel klackernd herab. Ackermann war inzwischen angekommen und starrte wortlos auf das Szenario. Wie in Trance erhellte Camel den Totenkopf. Kalter Schweiß bildete sich auf seiner Stirn. Seine Finger tasteten den diffus glänzenden Schädel ab, bestätigten die Sensation. Raus hier, sofort, schoss es ihm durch den Kopf. Mit dem rechten Unterarm stützte er sich vom Fußboden ab. Hektisch befreite er seinen linken Fuß aus dem Seil, winkelte das Bein an. Halb gebückt nahm er den Schatten wahr, der über ihn hinweg huschte. Camel wollte sich herumdrehen, spürte in diesem Augenblick einen brachialen Schlag auf den Hinterkopf. Bewusstlos fiel er zu Boden.

03

Schwere Wolkenberge hingen am nächsten Morgen über der Stadt. Der Radiosprecher meldete Herbststürme in Ostdeutschland. Im Zimmer Nummer Siebzehn des Kommissariats an der Reeser Landstraße in Wesel wurde das Schweigen nur gelegentlich durch ebenso einsilbige wie nebensächliche Kommentare unterbrochen. Während Andreas Steilmann wie immer widerwillig den Bericht vom Vortag verfasste, blätterte sein Kollege Heinrich Grimm in den aktuellen geistigen Ergüssen des Innenministeriums, die sich in Form von Erlassen und Abhandlungen zu Dienstvorschriften auf seinem Schreibtisch stapelten.

„Das wird dich wohl kaum noch tangieren."

Andreas Steilmanns Fröhlichkeit wirkte echt. Er schien es kaum abwarten zu können. Heinrich Grimm verzog die Lippen zu einem angedeuteten Lächeln. Schwermütig blickte der Hauptkommissar nach draußen. Neonlicht spiegelte sich in den Fenstern. Der Westwind hämmerte den einsetzenden Regen an die Scheiben. Die dicken Tropfen zerplatzten am Glas, krochen in langen Schlieren herunter. Er fühlte die Dunkelheit.

„Ich verstehe dich nicht, Heinrich."

Andreas Steilmann, den die Kollegen aufgrund der dunklen Haare, der mandelbraunen Augen und einer leichten Ganzjahresbräune schlicht Adriano nannten, trieb den Stachel weiter in die Seele seines Mitarbeiters.

„Ich würde jedenfalls sofort mit dir tauschen."

Die Lippen aufeinandergepresst, nickte Grimm. Das kann ich mir vorstellen, dachte er. Der Gedanke würde ihm sogar gefallen. Warum trifft es immer die Falschen? Einen Monat nach dem zweiundfünfzigsten Geburtstag in Pension, viele Kollegen beneideten ihn. Für Heinrich kam der Tag mindestens zehn Jahre zu früh. Er wollte sich nicht mit der Tatsache abfinden, den ganzen Tag seine nörgelnde Mutter ertragen und auf Annette warten zu müssen. Bei dem Gedanken an seine Freundin Annette Gerland, die als Weseler Staatsanwältin gleichzeitig seine Vorgesetzte war, besserte sich die Laune für einen kurzen Augenblick. Nach dem Krebstod seiner Frau vor acht Jahren war er lange Zeit auf dem besten Weg gewesen, ein griesgrämiger, introvertierter Einzelgänger zu werden. Freundschaften hatte er einschlafen lassen, Hobbys wie Radfahren oder Angeln keinerlei Interesse mehr gewidmet. Früher hatte er im Herbst und Winter regelmäßig das Heubergbad in der Stadtmitte besucht, bis das Wasser im Auesee warm genug war und er dort schon vor dem Dienst einsam das Gewässer hatte durchqueren können. Auch dazu hatte sich der bis dahin schlanke Grimm nicht mehr aufraffen können. Dieser Mangel an Bewegung in Verbindung mit den üppigen Mengen relativ fettreicher Hausmannskost, die seine Mutter ihm täglich servierte, war natürlich nicht folgenlos geblieben. Zunehmend enger werdende Kleidung hatte die Seele des Polizisten belastet, dafür gesorgt, dass er sich mehr und mehr zurückgezogen hatte. Ein Teufelskreis ohne Notausgang. Bis Staatsanwältin Annette Gerland aus der Eifel nach Wesel versetzt worden war. Einen Tag zuvor war Heinrich Grimm der festen Überzeugung gewesen, den Rest seines Lebens als Witwer zu versauern. Von Beginn an fühlte er sich von der smarten Juristin angezogen. Beim Blick in ihre Augen hatte er plötzlich das Gefühl, ein Buch aufzuschlagen. Sie hatten schnell festgestellt, dass sie sich sehr ähnlich waren. Eine zufallende Tür beförderte Heinrichs Gedanken zurück in die bitter schmeckende Realität.

Er musste sich mit der Pensionierung abfinden und hatte nicht die geringste Ahnung, wie er das schaffen sollte. Es war unausweichlich, der Bericht der Polizeipsychologin Britta Obermann ließ keinen Spielraum für Alternativen. Lediglich den Zeitpunkt der vorzeitigen Pensionierung hatte er noch erfolgreich um fast zwei Jahre hinauszögern können. Wenn ihm eine gute Fee die Möglichkeit einräumen würde, einen Tag aus seinem Leben zu streichen, er würde keine Sekunde zögern.

Zwei Jahre waren seitdem vergangen, immer noch wachte Heinrich mitten in der Nacht schweißgebadet auf und sah diese Bilder vor sich.

Sie hatten den Unternehmer Wolf Eilers des zweifachen Mordes überführt. Dieser hatte nichts davon geahnt. Er hatte sich mit dem Journalisten Konrad Walther in der Citadelle, den Resten des ehemaligen Fort Blücher, im Schatten der Rheinbrücke, verabredet. Er wollte Camel lediglich einschüchtern, wusste Heinrich heute. Damals, als er mit Adriano in das Gemäuer gestürmt war, hatte alles ganz anders ausgesehen. Eilers hatte die Waffe an die Schläfe des Reporters gepresst. Heinrich hatte die prekäre Lage entspannen, Eilers zur Aufgabe überreden, ihm die Sinnlosigkeit seines Handelns begreiflich machen wollen. Für Sekunden war es still geworden. Was dann geschah, spielte sein Bewusstsein immer und immer wieder wie einen Film ab:

Etwa fünf Meter vor ihm steht der sich windende, vor Angst zitternde Journalist. Heinrich blickt in die vor Panik weit aufgerissenen Augen. Völlig unerwartet schleudert Eilers plötzlich Camel zur Seite und hebt den Arm mit der Pistole. Er richtet die abschussbereite Waffe auf Adriano, der ihn wie versteinert ansieht. Heinrich bemerkt den sich krümmenden Zeigefinger und reagiert sofort. Ein Wimpernschlag – zu wenig für einen Gedanken – aber genug für den entscheidenden Reflex.

Es war der Bruchteil einer Sekunde, der seine Seele in ein Trümmerfeld verwandeln sollte. Immer öfter spürte er diese Leere in sich. Annette fiel es zunehmend schwerer, dieses Vakuum zu füllen. Sie gingen seit geraumer Zeit gemeinsam zu einem Therapeuten. Annette hatte ihn lange dazu überreden müssen. Sie hatte Sorge, dass dieses Erlebnis sich wie ein Dämon in ihre Beziehung schleichen, sie von innen aushöhlen könnte. Wie wäre das Leben wohl verlaufen, wenn er damals nicht seinen Dickkopf durchgesetzt hätte, sinnierte Heinrich. Wenn er auf seinen Vater gehört und den elterlichen Betrieb in Sonsbeck-Hamb als Hufschmied weitergeführt hätte? Es hätte diesen einen Schuss, der noch Jahre später in seinen Gedanken nachhallte, nicht gegeben. Bereits in der Polizeischule hatte man sie mit Statistiken beruhigt, die aussagten, dass die Mehrheit von ihnen die

Waffe bis zur Pensionierung lediglich bei Übungen gebrauchen werde. Bis zur Pensionierung. Erst jetzt bemerkte er die bittere Ironie.

In über dreißig Jahren Polizeidienst war es das erste Mal gewesen, dass er seine Waffe außerhalb des Schießkellers benutzt hatte. Seitdem zitterten seine Hände, wenn er das kalte Metall nur berührte. Manchmal kam es ihm vor, als habe er den Geruch des verbrannten Schießpulvers noch in der Nase. Seiner Meinung nach hatte er es geschafft, das schreckliche Erlebnis von seinem Beruf zu trennen. Frau Obermann nannte diesen Aspekt in ihrem Gutachten allerdings „verdrängen". Ein Unterschied, der seine Zukunft entscheiden sollte. Nach wie vor war Heinrich mit ganzem Herzen Polizist. Man hatte ihm goldene Brücken gebaut, eine Tätigkeit in der Verwaltung angeboten. Heinrich hatte barsch abgelehnt, er wollte sich nicht ausmustern lassen, wie er es ausdrückte. Gunther Engels, ihrem Behördenleiter, war vor einer Woche die Aufgabe zugefallen, ihm die baldige Pensionierung mitzuteilen. Sie verrichteten seit über zwanzig Jahren gemeinsam ihren Dienst, Engels kannte Heinrich wie kein Zweiter. Über eine Stunde hatte er sich bemüht, das Gespräch in die richtige Bahn zu lenken. Dabei hatte er sich wirkungslos hinter Dienstvorschriften verschanzt, Heinrich war wütend aus Engels' Büro gestürmt.

„Wir kommen sofort, niemand fasst etwas an!"

Die Freude war Heinrich anzusehen. Die fahle Gesichtsfarbe wich einem lebendigen Rosa.

„Das war die Gemeinde Alpen. Man hat auf einer Baustelle ein Skelett gefunden."

Mit einer schnellen Armbewegung in Richtung Steilmann sprang Heinrich auf und riss die Jacke vom Haken.

„Sind die Knochen noch warm oder warum die Eile?"

Grimm winkte lässig ab. Einige Minuten später standen sie an einer Baustellenampel vor der alten Rheinbrücke. Der Turm wenige Meter neben der neuen Brücke, die den Strom bereits seit Ostern überspannte, aber noch nicht für den Verkehr freigegeben war, wirkte imposant. Heinrich verzog das Gesicht. Bei dem Gedanken an die neue Führung der B58, die sich wie ein Tranchiermesser durch das malerische Gest mit seinen alten Gehöften und den verschlungenen Wegen schneiden würde, beschlich ihn Wut und Ohnmacht. Ein weiteres Filetstück des Niederrheins, das der Mobilität, letztendlich also dem Kommerz geopfert wird, regte er sich erneut auf. Steilmann schwieg. Im Gesicht des Kollegen glaubte Heinrich ein leichtes Kopfschütteln bemerkt zu haben. Er wusste, womit Adriano sich beschäftigte.

„Hast du dich überhaupt um meinen Posten beworben?"

Adriano schluckte. Diese Frage schien er schon seit Tagen befürchtet zu haben. Seit zehn Jahren saß er an Grimms Seite. Es wäre nur logisch gewesen, sich auf das frei werdende Amt des Hauptkommissars zu bewerben. Gestern Morgen hatte Engels verkündet, eine vierzigjährige Kollegin namens Manuela Warnke würde den Posten in der nächsten Woche übernehmen.

„Natürlich. Engels sagte mir vor zwei Wochen, ich hätte Chancen", er klang zynisch, „jetzt werde ich wohl als Oberkommissar in Rente gehen."

Desillusioniert wandte Adriano sich ab. Sie hatten mittlerweile die Ortsdurchfahrt von Büderich passiert. Grimm wusste, dass Engels seinem jüngeren Kollegen diesen Posten nicht zutraute. Für Adriano war es ein Job wie jeder andere. Nach Dienstende streifte er ihn ab wie ein lästiges Übel. Den Dienstvorschriften genügte diese Auffassung, Engels aber verlangte mehr für das Amt eines Hauptkommissars. Heinrich hatte sich oft darüber gewundert, mit welcher Leichtigkeit der junge Kollege damals über die Situation hinweggekommen war. Kurz nach dem tödlichen Schuss hatte Adriano unter Schock gestanden. Aber bereits drei Tage später hatte er seinen Lebensretter aus lauter Dankbarkeit zum Essen eingeladen und war kurz darauf zum Alltag übergegangen. Adriano hatte sich nie in Heinrichs Lage versetzen können, seinem Kollegen nicht den Hauch von Mitgefühl entgegengebracht. Engels war aus demselben Holz geschnitzt wie Heinrich, er konnte ihn gut verstehen. Grimm war die zuweilen phlegmatische Arbeitsweise Adrianos ein Dorn im Auge. Allerdings hatte er sich in den letzten zwei Jahren mehr als einmal gewünscht, manche Dinge etwas gelassener sehen zu können. Viel zu sehr steigerte sich der Hauptkommissar in die Arbeit. Während einer Ermittlung konnte er vierundzwanzig Stunden am Tag an nichts anderes denken. Adriano war völlig anders. Heinrich dachte an den Sommer 2006. Während er einen Angelurlaub im Sauerland verbrachte, hatte Adriano ihn vertreten. Aus Bislich war ein ominöser Vorfall gemeldet worden. Eine Frau war dabei beobachtet worden, als sie nachts auf einem frischen Grab getanzt hatte. Heinrich hätte die Hintergründe so lange durchforstet, bis er eine logische Erklärung dafür gefunden hätte. Adriano hatte eine Anzeige nach StGb 164, Störung der Totenruhe, gefertigt und die Akte geschlossen. Später sollte sich herausstellen, dass es der Beginn einer Mordserie gewesen war. Ihre Behörde war von den Kollegen aus Krefeld und Düsseldorf nur milde belächelt worden. Diese Blamage verzieh Engels ihm wohl bis heute nicht.

Eine junge Frau, die einen Kinderwagen den Fußweg entlang der Platanen an der Weseler Straße in Büderich schob, spannte einen Regenschirm auf. Heinrich fragte sich, was wohl aus diesem Ort werden würde, wenn die Umgehungsstraße ihn demnächst vom öffentlichen Interesse abschnitt. Zehn Minuten später erreichten sie die Weseler Straße in Alpen. Grimm erinnerte sich an seine Jugend. Immer, wenn er bei seiner Tante an der Drüpter Straße auf der gegenüberliegenden Seite des alten Patersbau zu Besuch war, durfte er sich in dem Lebensmittelgeschäft an der Ecke eine Tafel Schokolade kaufen. Das Geschäft gab es nicht mehr, den Parkplatz nutzten die Mitarbeiter der Pflugfabrik Lemken.

Der Regen wurde stärker, Heinrich erkannte einen Streifenwagen auf dem Grünstreifen gegenüber der Motte. Das Auto parkte halb auf der Straße. Sie werden sich im Anschluss an diesen Einsatz vermutlich um Autofahrer kümmern, die dasselbe machen, dachte er. Einige Meter weiter an der Einfahrt zu einem Supermarkt stand ein alter Ford Mustang. Heinrich verdrehte genervt die Augen. Ihm war es unerklärlich, wie Camel so schnell an die Informationen gelangen konnte. Der Polizeifunk hatte diesmal nicht darüber berichtet. Der Reporter hatte ihm damals hoch und heilig versprochen, nie wieder auf eigene Faust zu ermitteln. Grimm wusste, dass ein Versprechen Camels nicht mehr wert war als einer seiner Artikel vom Vortag. Er fuhr hundert Meter weiter und parkte den Wagen auf einem Schotterplatz kurz vor dem Ortseingang. Adriano zog mit hängenden Mundwinkeln die Kapuze auf. Über die mit grobem Schotter versehene Baustellenauffahrt gelangten sie auf den Hügel. Ein Kollege der Schutzpolizei nahm sie in Empfang und führte sie zum Eingangsbereich des Bunkers. Ein schlanker Mann um die vierzig mit blonden Haaren und dunklem Kinnbart kam ihnen entgegen. Er trug einen schwarzen Trenchcoat und Regenschirm. Neben ihm stand eine schlanke dunkelhaarige Dame, die sie freundlich anlächelte.

„Rudi Ahrens, Bürgermeister der Gemeinde Alpen. Darf ich vorstellen", er deutete mit einem Nicken auf seine Nachbarin, „Frau Hüsch vom Bauamt. Sie müssen von der Polizei sein."

Heinrich hatte sich daran gewöhnt, offensichtlich das Gesicht eines Polizisten zu haben. Bei dem Gedanken an Camel war er allerdings froh, nicht für einen Journalisten gehalten zu werden. Er gab den Gemeindevertretern freundlich die Hand. Zwischen dem Bürgermeister und Frau Hüsch drängelte sich Manfred Ackermann. Der Architekt schob die beiden unsanft zur Seite. Mit einem herablassenden Blick auf Grimm und Adriano fuhr er sie an.

„Was haben Sie denn hier zu suchen?"

„Grimm, das ist mein Kollege Steilmann. Uns wurde ein Leichenfund gemeldet, Herr …"

„Ackermann. Ich bin der Leiter dieses Projektes. Leichenfund? Wer hat Ihnen denn den Blödsinn erzählt? Ein Haufen Knochen liegt in dem Bunker. Die können Sie gerne einsammeln und dann Avanti! Hier wird gearbeitet. Reicht schon, wenn diese Wühlmäuse von Braun den Betrieb aufhalten."

Heinrich zwang sich zur Ruhe. Er war es gewohnt, in gewissen Kreisen nicht den allerbesten Ruf zu genießen, aber eine derartige

Respektlosigkeit hatte er noch nicht erlebt. Der Bürgermeister rang sichtlich irritiert nach Worten. Die Peinlichkeit war dem Mittvierziger mit der sportlichen Figur anzusehen. Grimm drückte das Kreuz durch und trat dichter an den Baustellenleiter heran.

„Herr Ackermann, zuerst werden wir uns den Fundort ansehen, anschließend beurteilen wir die weitere Vorgehensweise. Niemand betritt die Baustelle, bevor wir sie freigegeben haben. Habe ich mich klar genug ausgedrückt?"

Seine Stimme klang ruhig und sachlich, lediglich ein dumpfes Grollen im Unterton deutete auf die Gefühlslage des Kommissars. Auf Ackermanns Stirn trat eine Ader hervor. Das Gesicht verdunkelte sich.

„Das hier ist eine Baustelle, wie Sie ganz richtig bemerkt haben. Hier wird gearbeitet, verdammt noch mal. Wir können es uns nicht erlauben, den ganzen Tag Fliegen zu zählen. Haben Sie eine Ahnung, was es mich kostet, wenn der Betrieb auch nur einen Tag ruht?"

„Nein, Herr Ackermann, und offen gestanden interessiert mich das im Augenblick auch gar nicht."

Grimms Stimme wurde lauter. „Sollten Sie die Ermittlungen behindern, bekommen Sie Ärger, ist das klar?"

Ohne eine Antwort abzuwarten, schob er sich an Ackermann vorbei und ging mit Adriano und dem Kollegen der Schutzpolizei in den Bunker. Mehrere Strahler erleuchteten den kahlen Raum. Er ließ sich nun komplett einsehen. Das grelle Licht spiegelte sich auf den feuchten Wänden. Holzbalken boten Schutz vor den schweren Erdmassen. Heinrich hatte in der Zeitung von dem Vorhaben der Gemeinde Alpen gelesen, anstelle der ehemaligen Vorburg ein Hotel zu errichten. Camel hatte die Lage derart dramatisch geschildert, als ginge es darum, mitten auf dem Konrad-Adenauer-Platz in der Ortsmitte eine Giftmülldeponie anzulegen. Nach den Schilderungen des Journalisten fürchteten Alpens Bürger, einen Teil ihrer über neunhundertjährigen Geschichte unwiederbringlich zu verlieren. Dass es ausgerechnet der unbeliebte Ackermann war, dem die Gemeinde den Auftrag gegeben hatte und dessen Profitgier die Motte mitsamt der von ihr behüteten Vorburg geopfert würde, so Camel in einem Kommentar, hatte das Fass zum Überlaufen gebracht.

Zwei Kollegen in weißen Schutzanzügen kamen ihnen entgegen, sie trugen Metallkoffer. Die Spurensicherung ist also auch schon durch, offensichtlich hatte man ihn als Letzten informiert, ärgerte sich Heinrich. Er bat den älteren der beiden, am Eingang auf sie zu warten.

Ein langer Gang, einen Meter fünfzig breit und zwei Meter hoch, der nach etwa zwanzig Metern links abging, befand sich vor ihnen. Auf dem Boden lagen alte Kleidungsstücke, ein Hanfseil und etliche vergilbte Zigarettenkippen.

„Halt!"

Hans-Gerd Schmeink hielt ihnen den ausgestreckten rechten Arm entgegen, während er mit der linken Hand die Kamera verstaute.

„Das muss alles noch eingesammelt werden. Ihr könnt hier nicht durch."

Nachdem der Kriminaltechniker Heinrichs fordernden Blick sah, erlaubte er ihnen mürrisch, dicht an der Wand entlang zum Fundort der Leiche zu gehen. Kaum um die Ecke gebogen, war der hell erleuchtete Bereich am Ende des Bunkers einzusehen.

Die Knochen lagen wild durcheinander. Adriano deutete auf eine Stelle neben dem Skelett. Auf dem staubigen Betonboden zeichnete sich ein dunkelroter Fleck von der Größe einer Untertasse ab. Aus der Mitte hatten die Kriminaltechniker eine Probe abgeschabt. Nach einem kurzen Blick darauf drehte Heinrich sich um.

„Wo ist der Kopf?"

Adriano zuckte hilflos mit den Schultern. Heinrichs Geduld neigte sich bedrohlich dem Ende entgegen. Er hatte das Gefühl, ihm würden wichtige Informationen gar nicht oder erst auf ausdrücklichen Wunsch preisgegeben. Strammen Schrittes verließ er den Bunker und stellte dem vor dem Eingang wartenden Bürgermeister ebenfalls die Frage nach dem fehlenden Körperteil.

„Das haben wir uns auch gefragt."

Heinrich drehte sich seinem uniformierten Kollegen zu.

„Lassen Sie den Bunker bitte absperren, hier darf vorläufig niemand mehr rein."

„Meine Güte, wozu der Aufstand?", Ackermann drängte sich erneut am Bürgermeister und seiner nun nicht mehr lächelnden Begleiterin vorbei, „der Bunker ist seit gestern Nachmittag offen. Wer weiß, wie viele hier schon durchgelatscht sind? Jemand wird sich den Schädel mitgenommen haben, fürs Regal oder als Aschenbecher. Überhaupt, was soll der Quatsch? Der ist doch schon ewig hinüber", er deutete mit dem ausgestreckten rechten Arm in den Bunkereingang.

„Mord verjährt nicht, Herr Ackermann. Im Übrigen ist dieser Fleck neben dem Skelett ziemlich frisch. Sollte mich wundern, wenn es sich dabei nicht um Blut handelt."

Ackermann atmete tief durch.

„Deshalb der Zirkus. Das *ist* Blut. Stammt von einem Schmierfinken der Presse, Konrad Walther oder so. Der konnte es gar nicht abwarten, wollte unbedingt als Erster in den Bunker. Der ist so schnell gerannt, dass er über das Seil gestolpert ist und sich neben dem Skelett auf die Fresse gelegt hat. Beim Sturz hat er sich den Kopf eingeschlagen. Wir haben ihn von einem Krankenwagen abholen lassen. Damit dürfte wohl alles geklärt sein, schönen Tag noch."

Mit einer ausladenden Armbewegung wies Ackermann auf die Baustellenzufahrt. Grimm ignorierte die Geste. Der fast zwei Meter große Kollege des Schutzbereichs flüsterte:

„Wir haben den Eingangsbereich gestern Abend mit Holzlatten und Absperrband gesichert, sind ein Dutzend Mal in der Nacht hier gewesen. Ich glaube nicht, dass jemand unbefugt in dem Bunker gewesen ist. Zumal die Absperrung heute Morgen unversehrt war."

„Gestern Abend? Wieso erfahren wir erst heute davon?"

Der Hüne hob abwehrend die Arme.

„Wir waren nicht drin. Wir sollten die Baustelle sichern beziehungsweise darauf achten, dass niemand den geöffneten Bunker betritt. Heute Morgen bekamen wir einen anonymen Anruf, in dem uns der Leichenfund mitgeteilt wurde. Wer konnte denn damit rechnen?"

Grimm bedankte sich bei dem Kollegen, er hatte Ackermanns These ohnehin nicht geglaubt.

„Meine Herren, ich darf Sie bitten, den Tatort zu verlassen."

„Tatort? Ich höre wohl nicht richtig."

„Herr Ackermann, ich halte es für unwahrscheinlich, dass hier jemand hereinspaziert ist und auf seinen Tod gewartet hat. Und jetzt entschuldigen Sie mich bitte."

„Das gibt es doch nicht!" Ackermann war außer sich vor Wut. „Mein Anwalt wird Ihnen eine Dienstaufsichtsbeschwerde reinhauen, die sich gewaschen hat, darauf können Sie sich verlassen."

„Ist sein gutes Recht. Schönen Tag noch, Herr Ackermann."

Grimm ging langsam um den Fundort herum, die Augen auf den Boden gerichtet. Er bemühte sich, jedes Detail zu erfassen. Oft genug entstanden auf diese Art erste Ermittlungsansätze. Grimm nannte es *„den Tatort lesen"*. Diese Eindrücke konnte er über den gesamten Verlauf der Fahndung in seinem Bewusstsein gespeichert halten.

Rippen, Schulter- und Armknochen waren wild durcheinandergestreut, die ursprüngliche Lage des Skelettes nicht mehr erkennbar. Heinrich fielen die Bein- und Fußknochen auf. Sie lagen parallel zueinander ausgestreckt. Wenige Meter weiter endete der Tunnel an einer Wand aus verdichteter Erde. Auf dem staubigen Boden waren unscheinbare Konturen erkennbar. Adriano deutete auf kleine Dellen im Lehm der rechten Seitenwand kurz vor dem Fundort. Heinrich ging näher heran und schüttelte den Kopf. Die Einbuchtungen waren im Gegensatz zur umgebenden Wand trocken, mussten also relativ frisch sein. Nachdem Heinrich sich einige Notizen gemacht hatte, entschied er, die Baustelle weiträumig sichern zu lassen. Zur Verstärkung wurden zwei weitere Streifenwagenbesatzungen angefordert.

Kurz bevor sie den Dienstwagen erreichten, meldete sich die Rufbereitschaft. Konrad Walther war vor einer halben Stunde aus der Narkose erwacht und wollte nun dringend Heinrich Grimm sprechen.

„Da bin ich sehr gespannt“, grinste Heinrich.

„Vermutlich präsentiert er uns stolz den Totenkopf als Beutestück“, antwortete Adriano. Wäre bei Camel durchaus nicht abwegig, dachte Heinrich.

„Mal im Ernst“, Adrianos Lachen verschwand, „was ist, wenn jemand den Schädel wirklich mitgenommen hat? Was macht dich so sicher, dass es sich um ein Verbrechen handelt?“

„Die Kleidung“, gab Grimm trocken zurück.

„Welche Kleidung?“

„Eben. Wo ist die Kleidung des Toten? Das Skelett jedenfalls war unbekleidet. Das kann nicht alles verrotten. Zumindest Gürtel oder Knöpfe müssten vorhanden sein. Alles ein bisschen merkwürdig, oder?“

„Na ja, da liegen zwar überall alte Klamotten herum, aber du hast recht. Da wird sich wohl kaum jemand in dem kalten Bunker zum Sterben ausgezogen haben. Ich habe auch keinen Ring gesehen“, grübelnd rieb Adriano das Kinn.

„Richtig. Keinen Ring, keine Halskette, keine Uhr. Nichts.“

04

Die Besucherparkplätze vor dem Sankt Josef-Hospital waren nur spärlich besetzt. Das kleine Krankenhaus lag idyllisch am Fuße der Hees, dem Waldgebiet bei Xanten. Deswegen und aufgrund der besonderen Atmosphäre nannten die Bewohner der Region das Hospital auch liebevoll „Heeswaldklinik". Der Verkehrslärm der nahen Hauptstraße mit dem mittlerweile unpassenden Namen „Veener Weg" drang nur verhalten herüber.

Nach wenigen Minuten erreichten die Ermittler die chirurgische Station. Aus dem Krankenzimmer kamen in diesem Moment ein Mann und zwei Frauen in weißen Kitteln.

„Tut mir leid, Herr Walther darf keinen Besuch nicht haben." Der Gesichtsausdruck der Krankenschwester mit dem polnischen Akzent wirkte streng. Heinrich zeigte ihr seinen Dienstausweis. Sie biss die Lippen aufeinander.

„Gutt, aber bitte keine Aufregung. Der Patient hat schwere Gehirnerschütterung, braucht absolute Ruhe. Sein Handy habe ich abgenommen ihm", sie hielt ihm das kleine Mobiltelefon wie eine Trophäe vor die Augen, „Herr Walther ist so unvernünftig."

Heinrich versprach ihr äußerste Vorsicht. Als Camel sie sah, wedelte er nervös mit den Armen. Er sah völlig verändert aus. Man hatte ihm den Kopf großflächig um die Wunde kahlgeschoren. Ein weißes Netz zierte seinen Schädel. Heinrich musste lachen.

„Morgen Camel, wurde auch höchste Zeit, die Matte mal abzurasieren."

„Geschenkt. Endlich kreuzt ihr mal hier auf. Zuerst möchte ich einen Diebstahl anzeigen. Diese Furie hat mein Handy gestohlen, ausgerechnet jetzt! Die spinnt doch! Und meine Zigaretten sind auch weg."

„Ruhig, Camel, die wollen nur dein Bestes. Jetzt erzähle uns doch mal, was du gestern in Alpen erlebt hast."

Camel füllte seine Lunge mit der stickigen Raumluft. Genervt verdrehte er dabei die Augen.

„Die Megastory! Und dieser Satan in Weiß klaut mir das Handy. Ich muss Trixie alles diktieren. Sag mal, kannst du mir nicht vielleicht dein Handy borgen? Kriegst es morgen zurück."

„Camel, bitte."

„Okay. Aber absolutes Stillschweigen. Nichts an die Presse, in Ordnung? Das ist meine Story."

„Natürlich, Camel. Kein Wort an die Presse. Von denen kann man doch keinem trauen", verschwörerisch sah Heinrich den Journalisten an. Camel wurde misstrauisch, erzählte aber schließlich eine ausschweifende Geschichte von einem mutigen Reporter, der auszog, gegen übermächtige Bauherren und Spekulanten zu kämpfen. Selbstverständlich nur zum Wohle der Gerechtigkeit und um seinen Lesern einen ungetrübten Blick auf die wahren Hintergründe zu gewähren. Heinrich deutete ein breites Gähnen an.

„... als ich meine Taschenlampe anhebe, blicke ich dem Toten direkt in die Augen, also quasi in den Schädel."

Mit einem Ruck saß Grimm aufrecht.

„Der Kopf des Skelettes lag dort?"

„Äh ... ja, natürlich. Warum nicht?"

„Weil dieser Kopf mittlerweile verschwunden ist", entfuhr es Adriano. Heinrich stupste ihn verärgert an.

„Was?", Camel schoss hoch. Sofort verzog er schmerzverzerrt das Gesicht. Instinktiv wollte er sich am Kopf kratzen, zog die Hand im letzten Moment zurück.

„Wundert mich nicht", stöhnte er und sackte in die Kissen zurück. Die Polizisten sahen ihn auffordernd an.

„Der Schädel hatte ein Loch in der Stirn", Camel tippte mit dem Zeigefinger auf eine Stelle oberhalb des Nasenansatzes, „Durchmesser – schätze mal neun Millimeter. Die Kuppe meines kleinen Fingers passte fast hinein."

Instinktiv sahen Heinrich und Adriano sich an. Auf einmal erschien das Verschwinden dieses Körperteils vor einem anderen Hintergrund.

„Sag mal, Camel, du hast den Totenkopf nicht zufällig mitgenommen?"

„Ich? Nein!", in seinen Augen spiegelte sich Entsetzen. „Was denkt ihr von mir? Dazu bin ich ja gar nicht mehr gekommen. Als ich aufstehen wollte, wurde ich niedergeschlagen."

„Journalistenblut also", konstatierte Adriano. Heinrich nickte. Der Fall kam schneller in Fahrt, als er vermutet hatte.

„Hast du eine Ahnung, wer dich niedergeschlagen hat?"

„Eine Ahnung? Es war dieser arrogante Ackermann."

Was die kurze charakterliche Beschreibung betraf, war Heinrich einer Meinung mit Camel.

„Weißt du das genau?"

Camel zögerte. Für eine Sekunde sah er aus dem Fenster neben sich in den wolkenverhangenen Himmel über Xanten.

„Ich habe es nicht gesehen, aber Ackermann stand hinter mir. Er muss es gewesen sein."

„Was wolltest du überhaupt auf der Baustelle? Ich meine, du hattest doch schon sehr ausführlich darüber berichtet. Gab es etwas Neues?"

Camel zögerte. Heute Morgen hatte es ihn geärgert, abermals nach Alpen beordert worden zu sein. Aber die Alternative, über das fünfzigjährige Jubiläum des Taubenzüchtervereins „Keer Tröch e. V." zu berichten, hatte ihn überzeugt.

„Ich hatte so eine komische Ahnung. Irgendwie lag dort ein Geheimnis in der Luft. Als guter Journalist spürt man so etwas."

Grimm seufzte vernehmlich. Adriano schüttelte den Kopf.

„Aha. Sagt dir deine Ahnung denn auch, ob außer Ackermann noch jemand in dem Bunker war, als du niedergeschlagen wurdest?"

„Nein. Das heißt, ja, schon. Kurz bevor ich gestürzt bin, konnte ich vom Eingang her noch weitere Schritte hören. Aber die waren zu weit weg", schob er noch hastig hinterher. „Ihr müsst diesen Ackermann sofort festnehmen, der ist ein Mörder und … und beinahe Totschläger."

Die schwere Körperverletzung wäre ein Grund, dachte Heinrich. Wenngleich noch keine Beweise vorlagen, was sich allerdings durch den Bericht der Kriminaltechnik ändern könnte.

„Mal sehen, was sich machen lässt. Wenn du wieder draußen bist, lass dich bei uns blicken. Wir brauchen deine Aussage schriftlich."

05

Zweifel, die immer dann aufkamen, wenn eine Ermittlung in irgendeiner Form von der Aussage des windigen Konrad Walther abhängig war, hielten sich beharrlich. Dennoch bestellte Heinrich Grimm die Kollegen Josef Wolters und Mareike Verstappen in sein Büro. Es war ihre Pflicht, die Aussage Camels ernst zu nehmen. Zumal Grimm nicht an einen natürlichen Tod glauben wollte. Die üblicherweise für einen solchen Fall gebotene Eile einer Umfeldermittlung war zwar nicht gegeben, aber Heinrich wollte nichts unversucht lassen, schnellstmöglich Hintergründe zu erfahren und vor allem an das fehlende Körperteil zu gelangen. Kurz und knapp klärte er seine Kollegen über den bisherigen Kenntnisstand auf. Wolters, dessen kreisrunde, kahle Stelle auf dem Kopf im Neonlicht glänzte, kamen erste Zweifel.

„Der Bunker wurde im Krieg errichtet. Die Leiche kann also durchaus schon über sechzig Jahre dort gelegen haben. Vielleicht hat es sich um eine Exekution gehandelt. Die fehlenden Kleidungsstücke und den eventuell vorhandenen Schmuck könnten Grabräuber an sich genommen haben. Waren schlechte Zeiten damals."

„Und der fehlende Kopf?"

„Den sehen wir morgen früh auf Seite eins des Rheinischen Boten. Kennst doch Camel. Für eine gute Story würde der seine Mutter in Zahlung geben."

Mareike, die sich lässig neben Wolters an den Schreibtisch gelehnt hatte, strich ihre langen, schwarzen Haare nach hinten. Sie konnte die Argumentation ihres Kollegen nicht nachvollziehen.

„Wenn Camel dieses Risiko eingehen sollte, müsste der Schädel tatsächlich ein Loch in der Stirn aufweisen. Da dies natürlicherweise nicht der Fall ist, hätten wir es dann wohl mit einer Straftat zu tun. Exekution wäre ebenfalls denkbar. Meine Oma erzählt mir jeden Winter, dass die Nazis einen fünfzehnjährigen Jungen, der mit vollen Hosen in den Bunker geflüchtet war, wegen Fahnenflucht standrechtlich erschossen hatten. Aber ich denke, die Rechtsmedizin wird zumindest ungefähr den Todeszeitpunkt angeben können."

An eine Exekution mochte Heinrich nicht glauben. Erschießungskommandos zielten auf das Herz, nicht auf die Stirn. Bei dem Gedanken an die von Mareike geschilderte Grausamkeit bekam er eine Gänsehaut. Automatisch tauchte das Skelett vor seinem geistigen Auge auf. Die Extremitätenknochen erschienen ihm zu groß für einen Jungen in dem Alter. Der Gedanke beruhigte ihn.

„Gut, ich fahre nach dem Mittagessen dorthin", Heinrich wollte nicht den schriftlichen Bericht abwarten, „wäre nett, wenn ihr zwei in der Zwischenzeit mal diesen Ackermann beleuchten würdet."

Heinrich zog die Jacke an, als Engels das Büro betrat. Die ernste Miene seines Vorgesetzten ließ den Ermittler für einen Augenblick in der Bewegung verharren.

„Kam vor wenigen Minuten von der Personalstelle, Heinrich. Kannst nach Hause gehen und brauchst nicht mehr wiederkommen."

Engels stellte sich schräg neben Heinrich und legte das Blatt vor ihm auf den Tisch. Sein Gesichtsausdruck wurde eine Spur ernster. Es schien so, als erwarte er Protest.

„Deine restlichen Überstunden ergeben noch genau zwei Tage Urlaub", Engels tippte mit dem Zeigefinger auf eine Tabelle. Heinrich schluckte. Es kam ihm vor, als sei ihm die Realität in Form eines Vorschlaghammers begegnet.

„Das kann nicht sein, ich habe doch gerade erst zwei Monate abgebummelt", seine Stimme vereinte eine Mischung aus Empörung und Ungläubigkeit in sich.

„Heinrich", Engels legte die rechte Hand freundschaftlich auf Grimms Schulter, „seitdem hast du aber wieder 16 Überstunden angesammelt. Die kannst du schlecht mit in den Ruhestand nehmen. Meine Güte, sei doch froh, aus diesem Moloch zu kommen."

Heinrich schüttelte die Hand ab.

„Müsst ihr die Überstunden mal ausnahmsweise auszahlen, wir stecken mitten in einer Mordermittlung", übertrieb er.

„Mordermittlung? Davon weiß ich ja noch gar nichts. Was sagt denn deine Liebste dazu, oder sollte die leitende Staatsanwältin etwa auch noch nichts davon wissen?“

Süffisant grinste der Dienststellenleiter seinen Hauptkommissar an. Engels vermutete, Heinrich würde krampfhaft einen letzten Fall suchen. Seine Freundin Annette Gerland nahm in Düsseldorf an einem Seminar teil, würde erst am Abend zurück sein.

„Ich konnte sie noch nicht erreichen“, antwortete er kleinlaut, „Mensch Gunther, gönne mir doch wenigstens die zwei Tage. Darauf kommt es doch nicht mehr an.“

Gunther Engels atmete tief durch und schüttelte den Kopf. Wortlos verließ er den Raum. Heinrichs Hoffnung ruhte auf dem Ergebnis des Rechtsmediziners. Am liebsten wäre er sofort losgefahren, aber es war zwecklos, dort hatten sie um dieselbe Zeit Mittagspause. Er zog sich den Mantel an und ging über die Jülicher Straße nach Hause.

06

Als Heinrich die Haustür öffnete und zur Garderobe gehen wollte, musste er kräftig drücken. Der kleine Flur stand übervoll mit Kisten. Er stieß einen lauten Fluch aus. Seine Mutter kam aus der angrenzenden Küche. Die Dreiundsiebzigjährige sah ihn mit schelmisch glänzenden Augen an.

„Was ist das denn hier?“

„Da staunst du, was? Brunhilde war so freundlich, mit mir heute Morgen zum Baumarkt zu fahren. Wir waren vorher bei ihrer Enkeltochter in Lackhausen, da haben wir auf dem Rückweg an der Nordstraße angehalten. Kennst du die Ramona eigentlich schon?“

Heinrich antwortete nicht. Er schob seine Mutter sanft zur Seite, öffnete einen der Kartons und sah hinein. Er war randvoll gefüllt mit Tapetenrollen. Fragend blickte er seine Mutter an.

„Hier muss überall tapeziert werden, das ganze Haus. Sollte eigentlich schon im Sommer gemacht werden, du hast ja lange genug Urlaub gehabt. Aber nein, der Herr geht jeden Tag angeln. Samstag kommt der Tapezierer!“

Sie drückte ihr Kreuz durch und sah ihren Sohn mit strenger Miene an.

„Samstag?“

„Ja, Brunhilde ihr Mann macht das nebenher, bessert seine Rente damit auf. Aber die Vorarbeiten müssen bis dahin fertig sein.“

Mahnend wedelte sie dabei mit dem Zeigefinger dicht vor seinem Gesicht. Der entschlossene Blick sollte direkt in sein Gewissen vordringen. Als habe er seiner Mutter hoch und heilig Hilfe versprochen. Ihre Bitte jedenfalls, wenn es denn eine solche war, hatte suggestiv wie immer geklungen:

Wir müssen hier mal wieder tapezieren. Wann hast du endlich Zeit für deine alte Mutter?

Überhaupt war es eine Marotte seiner Mutter, im Plural zu reden, wenn sie ihn meinte. Natürlich wusste er genau, wer gemeint war, wenn wir mal wieder den Rasen schneiden müssen, oder es hieß: Wir müssen das Auto waschen. Dennoch regte er sich immer wieder darüber auf. Was selbstverständlich nichts änderte. Einmal hatte er die Idee gehabt, den Spieß umzudrehen:

Wir müssen mal wieder einen leckeren Sauerbraten machen.

Wir?, hatte sie brüskiert geantwortet, *wer steht denn den halben Tag am Herd?*

Heinrich ließ den Blick langsam über die Kartons gleiten, schüttelte dabei den Kopf.

„Mutter, ich habe morgen und übermorgen noch Dienst."

Das schien sie schon wieder vergessen zu haben. Heinrich gewann mehr und mehr den Eindruck, dass seiner Mutter eine gewisse Altersdemenz zu schaffen machte.

„Du wirst doch noch ein paar Überstunden haben. Kannst du nicht einen Tag eher in Pension gehen?"

„Unmöglich! Wir haben einen Mordfall. Da wird jede zur Verfügung stehende Kraft benötigt."

Im selben Augenblick bereute er die Auskunft. Mutter Grimm wurde hellhörig. Die Tapeten gerieten in Sekundenschnelle in Vergessenheit, was nicht ihrem Alter zuzuschreiben war.

„Komm doch in die Küche, mein Junge."

Blitzschnell trat sie an die Seite und winkte ihren Sohn mit einer einladenden Geste hinein. Der Duft von Kohlrouladen lag wohltuend in der Luft. Während sie den Tisch deckte, konnte sie ihre Neugierde kaum noch zügeln. Frau Grimm war Krimifan und eine Art Hobbyermittlerin, sehr zum Leidwesen ihres Sohnes. Ihre „Fälle" hatten ihm schon einigen Spott in der Dienststelle eingetragen. Als sie vor Jahren ein Liebespaar in der Gartenlaube des Nachbarn nicht als solches erkannt hatte, alarmierte sie sofort die Polizei. Bis zu ihrem Eintreffen hatte sie den nackten Freund der Nachbarstochter mit der Mistgabel durch den Garten gescheucht. Es dauerte Monate, bis Heinrich das Verhältnis zum Nachbarn wieder halbwegs gekittet hatte. Kurz vor dem letzten Weihnachtsfest schlug sie auf dem Weihnachtsmarkt vor dem Willibrordi-Dom einem vermeintlichen Handtaschendieb so lange den Regenschirm auf den Kopf, bis dieser flüchten konnte. Der Zivildienstleistende hatte der Seniorin lediglich helfen wollen, ein Kerzengesteck zu bezahlen. Immer wieder mischte sie sich in die Ermittlungen ihres Sohnes ein, befragte Zeugen oder observierte verdächtige Personen.

„Und?

Heinrich nahm sich Kartoffeln und eine Roulade. Die Ungeduld seiner Mutter blieb ihm nicht verborgen. Amüsiert sah er in ihre Augen.

„Das ist mein letzter Fall. Den möchte ich ausnahmsweise ohne deine Mithilfe lösen. Ich will mir die Pension schließlich verdienen. Denkst du, das ist möglich?“

Ihr Kinn glitt langsam Richtung Tischplatte. Heinrich meinte es ernst. Er hatte sich fest vorgenommen, ihr diesmal kein Wort über die aktuelle Ermittlung mitzuteilen.

„Dann ruf ich eben Annette an. Ich wollte sie sowieso fragen, wann sie zu Abend essen möchte. Sie kann auch bestimmt dafür sorgen, dass du einen Tag eher in Pension gehen kannst.“

Sie klang kämpferisch. Heinrich hatte sich verschluckt, musste husten. Mutter Grimm würde niemals einen Fall ihres Sohnes verpassen, schon gar nicht den letzten.

„Na schön. Aber du mischst dich nicht ein! Keine Zeugenbefragungen, keine Observationen, nichts. Verstanden?“

„Natürlich. Denkst du, ich habe nichts anderes zu tun, als dir bei der Arbeit zu helfen?“

Empört stemmte die Seniorin die Arme in die Hüfte. Heinrich verschluckte sich erneut. Nach kurzem Räuspern erzählte er seiner Mutter von dem Fund in Alpen. Details verschwieg er wohlweislich.

„Wie heißt denn dieser Architekt?“

„Manfred Ackermann“, antwortete er grummelnd.

„Ackermann, … Ackermann“, seine Mutter dachte angestrengt nach. Auf einmal schlug sie zum Zeichen einer Eingebung mit der flachen Hand auf den Tisch. Die Gläser wackelten bedenklich.

„Natürlich. Manfred Ackermann. Dass ich da nicht gleich draufgekommen bin", sie schlug abermals mit der Hand, diesmal vor ihre Stirn. Er hätte es sich denken können. Durch ihre Aktivitäten in zahlreichen Seniorenvereinen und ihr bewegtes Leben kannte sie praktisch jeden am unteren Niederrhein.

„War eine tragische Geschichte damals."

Heinrich holte sich eine Tasse Kaffee von der Küchentheke und machte es sich in Erwartung einer bildhaft vorgetragenen Uraltgeschichte gemütlich.

„Sie waren ein tolles Paar, der Manfred und die Birgit. Birgit Jansen vom Leitgraben."

Heinrich zuckte die Schultern. Er war in Sonsbeck-Hamb aufgewachsen. Es war ihm unerklärlich, woher er diese Birgit Jansen kennen sollte. Sie hatten damals viele Kunden aus Alpen gehabt, seine Mutter hatte jedes aktuelle Gerücht aus der Gemeinde mitbekommen, aber ihn hatte es schon damals nicht interessiert.

„Die beiden wollten heiraten, haben sie dann ja auch getan. Aber Walter Jansen, Birgits Vater, war strikt gegen die Hochzeit mit Manfred Ackermann. Kann man auch ein bisschen verstehen. Der Manfred hatte es faustdick hinter den Ohren."

Da hat sich anscheinend nichts geändert, sinnierte Heinrich.

„Drei Tage vor der geplanten Hochzeit ist Walter Jansen plötzlich spurlos verschwunden."

„Moment. Das kommt mir bekannt vor."

„Sollte es auch. Es war schließlich dein erster Fall in Wesel."

Heinrich erinnerte sich. Das war 1977. Er war seit einem halben Jahr in der Weseler Dienststelle. In dem alten Gebäude an der Jülicher Straße. Hauptkommissar Brettschneider, sein Seniorpartner, hatte das in Tränen aufgelöste Mädchen zunächst nicht ernst genommen. Bereits nach zwölf Stunden hatte sie ihren Vater vermisst gemeldet. Sein Auto war auf einem Waldparkplatz in der Leucht gefunden worden. Die eingesetzte Hundestaffel hatte das gesamte Waldgebiet durchkämmt, Hubschrauber waren den ganzen Tag über Alpen gekreist. Walter Jansen war spurlos verschwunden geblieben und bis heute nicht wieder aufgetaucht. Heinrich kam ein unangenehmer Gedanke. Sollte das Skelett in dem Alpener Bunker die Leiche von Walter Jansen sein? Nur weil der damalige Schwiegersohn in spe dort heute als Projektleiter fungierte? Camel fiel ihm ein, seine Aussage, Ackermann habe ihn niedergeschlagen. Zu wenig, um als ernsthafter Ermittlungsansatz in einem Mordfall zu dienen. Noch war nichts über den Todeszeitpunkt bekannt. Heinrich verzichtete auf den Rest seiner Mittagspause. Offene Fragen nagten an ihm.

07

Wie so oft am Tag bot der Verkehr auf der B8 ausreichend Gelegenheit, die gemächlich vorbeiziehende Landschaft zu genießen oder sich in mehr oder weniger wichtigen Gedanken zu verlieren. Vor einer Imbissbude in Friedrichsfeld stand ein Streifenwagen. Heinrich winkte kurz herüber, sie sahen ihn nicht. Hinter der Kreuzung Hammweg bis Voerde floss der Verkehr zügiger. Er kannte die Gegend mittlerweile besser als seine Westentasche, konnte ein Nachlassen der Konzentration nicht verhindern. Er ließ die düsteren Visionen in sein Bewusstsein, ohne sich dagegen zu wehren. Sah einen vitalen Mann, der die Tage damit verbrachte, auf den Abend zu warten, und am Abend auf den nächsten Tag hoffte. Es tat ihm gut, jetzt und hier wollte er traurig sein. Dieses Gefühl akzeptierte er, es musste sein, war ein Ventil der Seele. Erst als dieses Gefühl übermächtig wurde, drohte, ihn in einen Strudel abwärtszuziehen, zwang er sich zurück in die Wirklichkeit. Selbstmitleid verachtete er, bei anderen und vor allem bei sich selbst. Es hatte damals nach dem Tod seiner Frau für eine lang anhaltende Lethargie gesorgt, in deren Verlauf sein Leben beinahe zur Bedeutungslosigkeit verkommen wäre. Heinrich drehte das Radio lauter und konzentrierte sich auf die Stimme des Nachrichtensprechers.

Grimm benötigte fast eine halbe Stunde, bis er hinter Dinslaken endlich den Duisburger Vorort Walsum-Aldenrade erreichte. Das Gebäude der forensischen Pathologie befand sich im Park etwas abseits des Klinikhochhauses. Der rot geklinkerte, zweigeschossige Bau mit dem runden Erker wirkte äußerlich wie eine gewöhnliche Arztpraxis. Er hatte unterwegs seinen Besuch angekündigt, die Empfangsdame führte ihn direkt weiter. Der hochgewachsene, schlanke, junge Mediziner begrüßte Grimm freundlich.

„Da haben Sie uns eine richtige Herausforderung gebracht. Fehlt nur noch, dass Sie hergekommen sind, um mich nach der Todesursache zu fragen."

Heinrich Grimm nahm auf der gegenüberliegenden Seite des Schreibtisches Platz. Der Raum wirkte wie das Büro der Notaufnahme eines Krankenhauses. Weiße Wandfliesen und Mobiliar aus kaltem Metall bestimmten das Ambiente.

„Nein, die können wir uns schon denken."

„Wie bitte?"

Heinrich musste lachen.

„In dem Kopf befindet sich angeblich ein Loch. Vermutlich eine Schussverletzung."

Heinrich fiel es schwer, die Aussage Camels als unverrückbare Tatsache anzuerkennen. Der Mediziner beugte sich vornüber. Eine Strähne des Seitenscheitels verdeckte dabei die Stirn.

„Interessant. Und wo ist dieser Kopf?"

„Das fragen wir uns auch. Er ist gestohlen worden. Ein Zeuge hat uns von dem Loch erzählt."

Heinrich bemerkte, wie unglaubwürdig diese Geschichte klingen musste. Vor der nächsten Frage biss er sich auf die Lippen.

„Ich bin zu Ihnen gekommen, weil wir so schnell wie möglich den Todeszeitpunkt erfahren müssen. Gibt es da erste Erkenntnisse?"

Der Arzt lehnte sich zurück. Mit seinen graublauen Augen sah er Heinrich an wie ein Kind, das fragt, wo der Mond sich tagsüber versteckt hält.

„Todeszeitpunkt, soso."

Mit ausdruckslosem Blick beugte sich der Rechtsmediziner über den Schreibtisch und stützte das Kinn auf die gefalteten Hände. „14.4.1978, vormittags, ich würde sagen, so gegen neun Uhr dreißig."

Heinrich fuhr staunend hoch.

„Plusminus drei Jahre", schob er grinsend hinterher. Heinrich verzog das Gesicht.

„Herrgott, Sie liefern uns hier einen Sack voll Knochen und wollen vier Stunden später den Todeszeitpunkt wissen. Herr Grimm, Ihre Erwartungshaltung in dieser Sache ist ein wenig zu hoch."

„Wann können Sie denn Genaueres sagen? Ungefähr."

Heinrich dehnte das letzte Wort wie einen ausgeleierten Gummi.

Die Wangen seines Gegenübers wuchsen zu kleinen Halbkugeln, schließlich stieß er den Atem aus und verschränkte die gepflegten Finger ineinander.

„1978 könnte schon hinkommen. Wenn der Tote in einem normalen Grab gelegen hätte. Der Zerfall wird entscheidend von den äußeren Gegebenheiten geprägt. Die Skelettierung ist in der Regel nach einem Zeitraum von zwanzig bis dreißig Jahren abgeschlossen. Ich müsste wissen, wie die Leiche seit dem Ableben gelagert wurde, um es mal salopp zu formulieren."

Heinrich beschrieb ihm ausführlich den Fundort. Der fehlende Sarg, so der Arzt, sei nicht relevant, er würde den Verwesungsprozess gewöhnlich nur um wenige Monate verzögern. Entscheidende Beiträge leisteten allerdings Würmer und Maden. Heinrich waren keine derartigen Tiere im Bunker aufgefallen.

„Für diesen Fall können Sie eher von einem Zeitraum von dreißig Jahren ausgehen. Normalerweise noch mehr, aber das von Ihnen beschriebene feuchte Raumklima am Fundort gleicht es wieder aus."

Der Zeitpunkt konnte also stimmen, dachte Heinrich. Als er sich von dem Mediziner verabschieden wollte, fiel ihm etwas auf.

„Sie sagten der Tote, steht das Geschlecht fest?"

„Ja, anhand des Beckenknochens konnten wir feststellen, dass es sich um einen Mann handelte. Er war zwischen einem Meter achtundachtzig und einem Meter neunzig groß."

Plusminus ein halber Meter, war Heinrich versucht zu sagen. Der ernste Blick des Mediziners hinderte ihn daran.

„Die Größe können Sie so genau ermitteln?"

„Ja. Die langen Extremitätenknochen stehen in einem linearen Verhältnis zur Gesamtkörpergröße. Für jeden Knochen gibt es eine Formel. Haben schlaue Anthropologen irgendwann mal entwickelt."

Als Grimm aufstand, streckte der Arzt den Zeigefinger in die Höhe.

„Ein Leckerli habe ich noch für Sie. Wir konnten prämortale Verletzungen feststellen. Das Opfer hat sich irgendwann in seinem Leben zwei Rippen gebrochen."

Heinrich zweifelte am Nutzen dieser Aussage.

„Das wird passiert sein, als unser Zeuge auf das Skelett gestürzt ist.“ Der Mediziner schüttelte wieder den Kopf.

„Nein, prämortal bedeutet, dass er sich die Verletzungen zu Lebzeiten zugezogen hatte. Die Bruchstellen sind ausgeheilt. Das Opfer muss davon gewusst haben. Die Art der Verheilung spricht für eine medizinische Betreuung. Allerdings besteht die in der Regel aus einem Stützkorsett und Schmerzmitteln. Könnte er theoretisch auch selber behandelt haben.“

Heinrich stand auf und reichte dem Arzt die Hand.

„Wäre übrigens hilfreich, den Kopf zu bekommen. Nicht nur wegen des Loches in der Stirn. Die Zähne können viel über die Identität verraten.“

„Wir werden uns bemühen.“

Das Gebäude der forensischen Pathologie lag nur wenige Kilometer vom Duisburger Polizeipräsidium entfernt. Heinrich nutzte die Gelegenheit. Der Erkennungsdienst ihrer Behörde hatte die Aufgabe, Spuren zu sichern. Die Auswertung wurde aufgrund der besseren technischen Ausstattung in Duisburg vorgenommen oder in besonders schwierigen Fällen von den Kollegen des Landeskriminalamtes in Düsseldorf. Ein Anruf beim EKD Wesel bestätigte seine Vermutung.

Simon Berger begrüßte ihn mit vollem Mund. Er war es gewohnt, Grimm persönlich die Ergebnisse mitzuteilen. Heinrichs Blick glitt über einen mit einer weißen Papierdecke verkleideten Holztisch. Auf den Silberschalen befanden sich noch vereinzelt belegte Brötchen. Ein Tablett, gefüllt mit benutzten Sektgläsern, befand sich daneben.

„Unser Chef ist gestern in den Ruhestand gegangen. Das haben wir ein wenig gefeiert“, Berger wischte sich mit einer Papierserviette den Mund ab. Heinrich unterdrückte das beklemmende Gefühl. Ihm kam es vor, als habe der Raum sich leicht verdunkelt. Eine Wolke hatte sich über sein Gemüt geschoben, das Bewusstsein für einen kurzen Augenblick getrübt. Sein Mund wurde trocken. Heinrich zwang sich zur Konzentration.

„Habt ihr die Spuren noch nicht ausgewertet?“

„Doch“, er deutete auf den Tisch, „sieht schlimmer aus, als es ist. War nur eine kurze Feier, aber wenn ein Dutzend ausgehungerte Kollegen erscheint.“

Berger setzte sich an den Schreibtisch und blätterte in einem Schnellhefter.

„Ich habe mich vorhin mit deinen Weseler Kollegen abgesprochen. Eines scheint bereits festzustehen: Fundort ist nicht gleich Tatort.“

„Das konntet ihr feststellen?“, Heinrich wirkte erstaunt.

„Na ja, es waren eure Leute, die das festgestellt haben. Erstaunlich, wie lange sich Spuren halten. Es handelt sich unter anderem um Schleifspuren, die, Moment …“, er blätterte ein paar Seiten weiter, „vom ortszugewandten Ende des Bunkers bis zum Fundort des Skelettes führten. Fußspuren befanden sich auch einige unter dem Staub, allerdings nur bruchstückhaft, die genaue Größe konnten wir nicht mehr eruieren.“

Heinrich grübelte. Der Täter musste damals also auch den Bunkereingang verschlossen haben. Ihm fielen die verrotteten Kleidungsstücke auf dem Fußboden ein. Berger schien darauf gewartet zu haben. Der schlanke Mittvierziger vom Erkennungsdienst zog ein Blatt Papier aus der Mappe.

„Eine Damenbluse, Größe 34, ein Rock, ähnliche Größe, und einige Putzlappen. Ihr habt es also vermutlich mit dem Tod einer schlanken Frau zu tun.“

„Im Gegenteil. Das Opfer war männlich und groß.“

Berger bedachte ihn mit einem mitleidigen Blick und wandte sich wieder dem Bericht zu.

„Weiter: Ein Seil, Hersteller unbekannt, Material Hanf, dürfte vor dem Krieg produziert worden sein. Eine Blutspur, aber ich hörte, die konntet ihr bereits zuordnen. Draußen vor dem Bunker haben die Kollegen einen Betonklumpen gefunden, auf dem sich dasselbe Blut befand. Fingerprints konnten darauf keine sichergestellt werden. Die Zigarettenkippen befinden sich im Labor. Was wir bisher sagen können, ist, dass es sich um fünf verschiedene Marken handelt. Dementsprechend dürften auch die DNA-Analysen sehr unterschiedlich ausfallen."

Das war mager, die Anzahl der wirklich verwertbaren Spuren tendierte gegen null.

Unterwegs nach Wesel beschlich Heinrich eine innere Unruhe. Auf der einen Seite war ihm nun klar, dass es sich um eine Gewalttat handelte, auf der anderen Seite fehlte ein wirklich brauchbarer Ermittlungsansatz. Nach derzeitigem Kenntnisstand hätte es sich damals durchaus um Körperverletzung mit Todesfolge, Entführung oder Ähnliches gehandelt haben können. Allesamt Delikte, die längst verjährt waren. Der einzige vage Ansatz für eine Mordermittlung beruhte auf der Aussage Camels. Der Gedanke stieß Grimm bitter auf. Und er zog einen weiteren, wenig aufmunternden Gedanken hinterher: Da Fundort nicht gleich Tatort war, dürfte es kaum gelingen, weitere Spuren sicherzustellen. Sie mussten einen Vorsatz nachweisen oder zumindest ein handfestes Motiv. Nach dreißig Jahren. Wie ein graues Felsmassiv tauchte die Herausforderung ins Bewusstsein des Ermittlers.

Als er Voerde erreichte, bog er spontan in die Bahnhofstraße ein. Er wollte seine Gedanken ordnen, ging in das Restaurant von Toni und bestellte sich einen Kaffee. In dem kleinen Lokal befanden sich lediglich zwei Gäste. Wenn er mit Adriano von Duisburg kam, musste sein Kollege unbedingt bei diesem Italiener eine Pause machen. Toni begrüßte ihn freundlich. Nach einem Smalltalk servierte er das Getränk. Das Plätzchen schob er zur Seite. Heinrich war stolz auf seine Figur. Anfangs musste Annette ihn jeden Morgen antreiben, mit ihr joggen zu gehen. Heute, ohne ein Gramm zu viel auf den Rippen und mit der Kondition eines Dreißigjährigen, machte es ihm Spaß.

Was sage ich den Nachbarn, wenn sie merken, dass ich jeden Tag zu Hause bin, schoss es ihm unvermittelt durch den Kopf.

Nach einem Schluck Kaffee wanderten die Gedanken wieder zu dem Skelett aus dem Bunker in der Alpener Motte. Er fasste die spärlichen Fakten zusammen: Vor ungefähr dreißig Jahren hatte jemand eine nackte Leiche in den Bunker der Motte gelegt und ihn anschließend verschlossen. Möglicherweise im gleichen Jahr war der zukünftige Schwiegervater des heutigen Bauherrn, Walter Jansen, spurlos verschwunden. Unmittelbar nach dem Fund des Skelettes war dessen Kopf entwendet worden. Der Schädel enthielt möglicherweise den einzigen Hinweis auf eine Straftat. Heinrich glaubte nicht, dass eine völlig unbeteiligte Person den Totenkopf an sich genommen hatte. Camel fiel ihm ein und die Vermutung seines Kollegen Josef Wolters. Er hatte dem windigen Reporter noch nie getraut, dennoch glaubte er nicht an die These seines Kollegen. Sollte sein Instinkt ihn nicht täuschen, konnte dies nur bedeuten, dass der Täter noch lebte. Nicht nur das – er musste noch einmal in diesem Bunker gewesen sein. Aber warum? Es war genügend Zeit vergangen, die Tatwaffe und alle anderen Spuren zu beseitigen. Gerade durch den Diebstahl des Schädels würde er sich verdächtig machen. Es ergab alles keinen Sinn. Heinrich beschlich Nervosität. Den Grund dafür machte er schnell aus. Er wollte diesen Fall unbedingt lösen, aber ihm blieben nur noch lächerliche zwei Tage Zeit.

Hinter der Ampel Ecke Frankfurter Straße staute sich der Verkehr. Heinrich stand neben dem Lippeschlösschen. Er wunderte sich, dass der lange Besucherparkplatz des Restaurants um diese Zeit voll war. Für einen Augenblick überlegte er, nach Alpen durchzufahren. Er wollte irgendwas unternehmen, ohne zu wissen, wo er anfangen sollte. Was ändert sich, vernahm er unverhofft eine innere Stimme, wenn du diesen Fall noch löst? Wirst du nur dann ein zufriedener Pensionär oder verabschiedet man dich mit Schimpf und Schande, sollte dir das Unmögliche nicht mehr gelingen? Heinrich biss die Lippen aufeinander, er mochte diese Gedanken nicht. Er stellte das Radio lauter. Ein Mediziner sprach von Wechseljahren und dass diese auch Männer betreffen könnten. Heinrich schaltete ab. Eine Viertelstunde später betrat er das Büro. Es war leer, er ging direkt zu Engels durch.

„Hallo Gunther, wo ist Adriano?

„Hat Feierabend gemacht.“

Heinrich sah instinktiv auf seine Armbanduhr. Zehn nach drei, ihr Dienst ging bis vier.

„Er muss die Zwillinge vom Kindergarten abholen. Sein Auto ist heute Morgen wieder mal nicht angesprungen, deshalb ist er mit dem Wagen seiner Frau zum Dienst gefahren. Da habe ich ihm freigegeben. Was dagegen?"

Heinrich schüttelte den Kopf. Er hatte es aufgegeben, sich über den mangelnden Arbeitseifer seines Kollegen aufzuregen. Verstehen konnte er es nicht. Seit der Geburt der Zwillinge ging es ihnen finanziell schlecht, sie konnten das Haus kaum noch halten. Das Einkommen seiner Frau fehlte an allen Ecken und Enden. Täglich musste Heinrich sich die Klagen anhören. Eine Beförderung zum Hauptkommissar hätte zumindest etwas Linderung gebracht. Aber Adriano tat nicht das Geringste, um beruflich weiterzukommen, im Gegenteil.

Heinrich wollte nicht zu denen gehören, die sich für unverzichtbar hielten, er mochte diese Einstellung nicht, aber in diesem Moment musste er dagegen ankämpfen. Tief aus seinem Bewusstsein tauchte die Frage auf, wie es nach seiner Pensionierung weitergehen sollte.

„Konnten dir die Kollegen in Duisburg weiterhelfen?"

Engels sprach in der Einzahl. So, als ob es ganz allein sein Fall wäre. Das war Engels' Art, Respekt auszudrücken. Für ihn war Heinrich die Mordkommission. Niemals in all den Jahren war auch nur ein Hauch von Zweifel durchgedrungen. Er mochte Gunther. Er mochte seine Kollegen, das Arbeitsklima. Das war es auch, dachte Grimm, was es ihm so schwer machte. Die beinahe private Atmosphäre, das freundschaftliche Umfeld, von dem er sich nicht trennen konnte. Er berichtete Gunther Engels ausführlich von den Gesprächen in Duisburg. Der Dienststellenleiter bemerkte den resignierten Unterton in Heinrichs Stimme.

„Möchtest den Fall unbedingt noch lösen, habe ich recht?"

„Wird schwer in zwei Tagen."

Engels wirkte nachdenklich.

„Ich gebe zu, ich lasse ungern jemand anderen daran, aber“, er seufzte leise, „mir sind die Hände gebunden. Sobald die Urkunde kommt, darf ich dich nicht weiter beschäftigen, das weißt du. Aber du bist ja nicht ganz raus. Deine Freundin wird dich schon auf dem Laufenden halten.“

„Das ist ja das Schlimme.“

„Mensch Heinrich. Gib den Jüngeren eine Chance. Du hast doch auch mal angefangen.“

„Ich muss noch meinen Bericht schreiben.“

Als er den Monitor eingeschaltet hatte, betrat Mareike das Büro. Ihre Augen funkelten, ein untrügerisches Zeichen für eine Neuigkeit.

„Wir haben diesen Ackermann gecheckt“, legte sie auch gleich los, „dabei sind wir auf interessante Dinge gestoßen.“

„Ich vermute mal auf einen verschwundenen Beinahe-Schwiegervater namens Walter Jansen.“

Mareike stockte. Ihr Blick drückte Verwunderung aus.

„Nein. Wovon sprichst du?“

Heinrich bat sie, sich hinzusetzen. Er erzählte ihr die Geschichte ohne Hinweis auf deren Urheber. Anschließend berichtete er in Kurzform über die neuen Erkenntnisse.

„Das ist ja ein Ding.“

„Und was habt ihr herausgefunden?“

„Ackermann scheint ein übler Bursche zu sein. Stand mehrfach vor Gericht. Körperverletzung, Nötigung, Konkursbetrug und so weiter. Ausnahmslos Freisprüche, aber fast alle mit einem faden Beigeschmack. Mal haben Schöffen den Richter überstimmt, mal Zeugen ihre Aussage zurückgezogen. In einem Fall sind Beweismittel verschwunden. Der scheint über ausgezeichnete Beziehungen zu verfügen.“

Heinrich nickte. Diesen Eindruck hinterließ schon das enorm selbstbewusste, arrogante Auftreten. Ackermann konnte er nicht zu den Verdächtigen zählen, die sich durch Unsicherheit oder Nervosität verraten würden. Seine Augen fixierten für einen Moment den Kalender hinter Mareike, bevor sich sein Blick senkte.

08

Heinrich wollte Annette direkt in seine Wohnung führen. Er war noch in die Stadt gefahren, hatte frisches Brot, Schafskäse und Antipasti gekauft. Bei einem gemütlichen Abendessen mit Annette wollte er abschalten. Für einige Stunden alles vergessen.

Als er das Haus betrat, vernahm er ihre Stimmen aus der Küche. Seine Mutter war wieder einmal schneller. So oft hatte er ihr das Bedürfnis nach Privatsphäre nahegelegt, vergeblich. Heinrich stellte die Tüten mit dem Einkauf auf die unterste Treppenstufe und ging in die Küche. Der Abendbrottisch war reichlich gedeckt, nach einem flüchtigen Kuss setzte er sich missmutig neben Annette.

„Gibt's was Neues im Mordfall Jansen?"

Mit einem neckischen Grinsen sah Annette ihm in die Augen. Heinrich warf einen Blick zur gegenüberliegenden Seite des Tisches, der das Kaffeewasser in einen Eisklumpen hätte verwandeln können. Seine Mutter sprang sofort hoch und wuselte geschäftig am Herd.

„Möchtest du ein Spiegeleichen, mein Junge? Habe ich extra für dich gemacht. Die isst du doch so gerne zum Abendbrot."

Die Finger seiner rechten Hand klopften wie Trommelstöcke auf die Tischplatte. Annette legte ihre Hand behutsam auf seine.

„Kennst sie doch. Wir machen uns gleich einen gemütlichen Abend und vergessen die Arbeit, in Ordnung?", flüsterte sie ihrem Freund ins Ohr.

Heinrichs Atmung wurde wieder flacher, während seine Mutter ihm ein Spiegelei servierte. Plötzlich zuckte sie und lief zum Kühlschrank.

„Das hätte ich beinahe vergessen", sie grinste Annette an, „ich habe doch Schafskäse und ein wenig Antipasti gekauft, das magst du doch so."

Heinrich reichte es. Die geballte Faust donnerte auf den Tisch. Seine Mutter ließ den Schafskäse vor Schreck in die Schüssel mit der Himbeermarmelade fallen.

„Ich habe auch Schafskäse und Antipasti gekauft. Ich habe auch Wurst, Käse und Brot gekauft. Ich wollte nämlich heute mit Annette in meiner Wohnung zu Abend essen. Aber das scheint in diesem Haus ja nicht möglich zu sein."

Seine Mutter ließ sich langsam auf ihren Stuhl gleiten.

„Aber warum kaufst du denn so viel ein? Du weißt doch, dass ich alles dahabe."

Sie schüttelte verständnislos den Kopf.

„Ach so, jetzt verstehe ich. Das ist doch kein Problem, wir können auch mal in deiner Wohnung zu Abend essen."

Heinrich stieß einen tiefen Seufzer aus. Annette schluckte ein Lachen herunter. Sie amüsierte sich immer wieder über Heinrichs tägliche Scharmützel mit seiner Mutter. Nach dem Tod ihrer Schwiegertochter hatte es Frau Grimm zunehmend in die einstige Mutterrolle zurückgedrängt. Sehr zum Leidwesen ihres Sohnes, der sich nach einem Neuanfang mit seiner Freundin sehnte. Annette hatte sich nach der Trennung von ihrem Mann eine kleine Eigentumswohnung in der Stadt gekauft. Heinrich wollte es seiner Mutter nicht zumuten, alleine in dem großen Haus zu wohnen, aber in letzter Zeit kam immer häufiger der Gedanke auf, auszuziehen. Es wunderte ihn, dass dies noch nie ein Thema zwischen ihm und Annette gewesen war. War sie mit dem Status quo zufrieden, wartete sie auf ein Zeichen von ihm? Oder wollte sie sich nicht zwischen Mutter und Sohn drängen. Heinrich nahm sich vor, mit Annette darüber zu reden.

„Was ist denn nun? Gibt es etwas Neues im Mordfall Jansen?"

Mutter Grimm sah ihn neugierig an.

„Nicht für dich. Im Übrigen gibt es auch noch gar keinen Mordfall Jansen", er imitierte dabei ihre Stimme. Auf ihre Augen legte sich ein Schatten. Heinrich genoss den Umstand, dass seine Mutter offenbar nicht die geringste Ahnung hatte.

„Hermsen scheidet jedenfalls als Täter aus", antwortete sie schnippisch.

Heinrichs Besteck glitt langsam auf den Teller.

„Wovon sprichst du bitte? Ich kenne keinen Hermsen."

„Kurt Hermsen. Einer der Hauptverdächtigen in eurem Fall. Auf den seid ihr schon damals nicht gekommen. Sag mal, was machst du eigentlich den ganzen Tag?“

Annette drückte wieder die Hand ihres Freundes, diesmal fester. Mutter Grimm verdrehte die Augen.

„Du sagst immer, ich soll mich raushalten, aber ohne meine Hilfe kommst du nicht den kleinsten Schritt weiter. Walter Jansen hatte Anfang der Siebzigerjahre damit begonnen, eine Juwelierkette zu gründen. Expandieren sagt man da, glaube ich, heute zu. Später sollte unbedingt eine Filiale in Wesel dazukommen. Anstatt ein neues Geschäft aufzumachen, wollte er aber in ein gemachtes Nest. Das von Hermsen. Hermsen dachte aber nicht daran, sein Juweliergeschäft zu verkaufen. Es lief sehr gut, außerdem war es sein Broterwerb.“

Um die Spannung zu steigern, schüttete sie frischen Kaffee nach und schwieg währenddessen. Heinrichs Wut kochte immer noch, allerdings auf kleinerer Flamme. Er versuchte sich einzureden, es wäre nicht seine Mutter, sondern eine Zeugin, die sich in seinem Büro meldete. Diese fuhr nun endlich fort.

„Damit wollte Jansen sich aber nicht zufriedengeben. Er fand heraus, dass Hermsens Schwiegereltern einen großen Anteil an dem Geschäft besaßen und dass es in der Ehe der Hermsens seit geraumer Zeit kriselte. Jansen *überredete* seinen Bruder Gerd“, sie betonte das Wort überredete besonders und rieb zusätzlich Daumen und Zeigefinger aneinander, „ein Verhältnis mit Frau Hermsen anzufangen. Das war nicht schwer, Gerd sah prächtig aus, war in Alpen als Casanova bekannt, hatte aber nie Geld. Erika Hermsen war eine Blume, die… ähem, seit Wochen ohne Wasser in der Vase stand, wenn ihr wisst, was ich meine.“

Annette lachte kurz auf, räusperte sich dann aber schnell, um wenigstens äußerlich die Haltung zu bewahren. Heinrich hielt den Blick auf seine Mutter gerichtet. Er glaubte eine leichte Röte auf ihrem Gesicht zu erkennen.

„Nun ja, der Plan ging jedenfalls auf. Schon drei Wochen später reichte Erika Hermsen die Scheidung ein, an dem Geschäft hatte sie kein Interesse mehr, ihr Mann war erledigt. Walter Jansen hat den Laden dann für einen Spottpreis gekauft. Kurt Hermsen war natürlich dahintergekommen. Er lauerte Walter Jansen auf und schlug ihn windelweich. Leider gab es Zeugen. Hermsen hatte damals geschworen, Jansen umzubringen. Das war drei Monate vor dessen Verschwinden."

Annettes Ausdruck war wieder ernst. Erst vor einem halben Jahr hatte sie einen heftigen Streit mit der Mutter ihres Freundes gehabt, weil sich Gertrud Grimm wieder einmal in Polizeiarbeit eingemischt und dabei Interna an die Presse weitergegeben hatte. Heinrich unterdessen hatte seine Aufregung weitestgehend verdrängt. Immerhin wäre das eine Erklärung für die Rippenbrüche, dachte er. Die Körpergröße konnte ebenfalls hinkommen. Seine Tochter hatte ihn damals auf einen Meter neunzig taxiert. Obwohl er eine gewisse Zufriedenheit nicht verhehlen konnte, trug die Aussage einen schalen Beigeschmack in sich.

„Wo hast du das denn wieder her? Du hast mir doch versprochen, dich nicht einzumischen."

Frau Grimm zauderte verlegen.

„Einmischen. Ich habe mich nur mal umgehört. Die Marga kannte die Hermsens gut. Du kennst doch Marga noch? Meine Sangeskollegin aus dem Kirchenchor. Sie hat dir mal so einen wunderschönen Schal gestrickt. Hellblau mit rosa Karos drin. Hast du den eigentlich noch?"

„Mutter!"

„Noch ein Eichen, mein Junge?"

„Nein!"

Annette musste unweigerlich lachen. Als Heinrich sie verärgert ansah, hob die Staatsanwältin entschuldigend die Hände.

„Ich wollte dir nur helfen. Aber bitte, wenn du meine Hilfe nicht möchtest, musst du es nur sagen."

Wenn das so einfach wäre, dachte Heinrich. Dann fiel ihm etwas auf. Ein unangenehmer Gedanke kam ihm.

„Du sagtest vorhin, Hermsen scheidet als Täter aus. Nach allem, was du uns eben erzählt hast, habe ich nicht den Eindruck."

Eine ihrer Goldkronen blitzte auf. Das Grinsen in ihrem Gesicht verwandelte die Falten in schmale Furchen. Es schien, als habe sie auf diese Frage hingearbeitet.

„Er hat ein Alibi."

Heinrich glaubte sich verhört zu haben. Ihm war es heute mühselig gelungen, den möglichen Tatzeitpunkt zumindest auf ein Jahr einzuschränken, und seine Mutter sprach von einem Alibi. Genüsslich schmierte sie Marmelade auf ihr Weißbrot, bevor sie weitersprach.

„Das war für Kurt Hermsen alles ein bisschen viel, ist ja auch verständlich, oder?"

Zufrieden sah sie ihre Zuhörer an. Heinrichs Geduld glich einem versiegenden Rinnsal.

„Nun ja. Er hatte den Gerichtssaal gerade verlassen, da bekam er einen Herzinfarkt. Vier Wochen lag er im Krankenhaus. Danach vier Wochen Reha und anschließend sechs Wochen Kur. Zu dem Zeitpunkt, als Walter Jansen vermisst gemeldet wurde, befand sich Kurt Hermsen in Bad Kreuznach. Er kann es also nicht gewesen sein."

„Woher weißt du das alles?"

Annette wurde wieder ernst. Offensichtlich steckte Heinrichs Mutter schon wieder tief in verbotenen Ermittlungen.

„Habe ich überprüft. Marga hat mir erzählt, dass die Tochter der Hermsens noch hier in Wesel wohnt. Die Mutter ist vor zwei Jahren gestorben. Da bin ich heute Mittag hingefahren. Zu der Tochter", fügte sie noch hinzu.

Heinrich schloss die Augen, legte den Kopf in den Nacken und atmete tief durch. Annette biss sich auf die Lippen. Sie musste ein ernsthaftes Gespräch mit Gertrud Grimm führen. Ihre Handlungsweise ging eindeutig zu weit. Frau Grimm bemerkte das Missfallen Annettes.

„Ich habe mich nur ein bisschen umgehört, mehr nicht", fügte sie kleinlaut hinzu.

„Du mischst dich in die Arbeit der Polizei ein. Das kann ich nicht zulassen, Gertrud!“

„Ich habe nichts Verbotenes getan“, die Stimme wurde nun schnippisch.

„Ich hoffe, das bleibt auch so.“

Sie saßen nebeneinander auf dem Sofa und sahen fern. Annette bemerkte, dass ihr Freund nicht bei der Sache war. Als sie den Fernseher abschaltete, zuckte Heinrich zusammen.

„Es hat doch keinen Zweck, sich in diesen Fall zu verbeißen. Mach doch lieber Pläne. Was hältst du davon, wenn wir uns ein Wohnmobil kaufen? Wir könnten jedes Wochenende ins Blaue fahren. Du nimmst deine Angelausrüstung mit und ich einen Stapel Bücher.“

Heinrich biss sich auf die Lippen. Annette hatte recht. Er musste sich mit der Wahrheit abfinden. Ein Gefühl der Ohnmacht und Leere befiel ihn.

„Was macht es denn schon aus, mich diesen einen Fall noch beenden zu lassen?“

Die Stimme klang leise, beinahe traurig.

„Nach diesem Fall kommt wieder einer und wieder und wieder. Du musst loslassen. Ich bin sicher, nach ein paar Tagen geht es dir besser als jemals zuvor.“

Sie meinte es ernst, konnte aber nicht daran glauben. Ihre Worte waren nicht mehr als der Ausdruck von Hilflosigkeit. Lediglich der Vorschlag mit dem Wohnmobil verfügte über einen Hintergrund. Heinrich hatte oft davon geschwärmt, wollte eines kaufen, sobald sie beide mehr Zeit füreinander haben würden. Heute in der Mittagspause war sie bei einem Händler gewesen und hatte sich beraten lassen.

09

Die Batterie wurde allmählich schwächer. Adriano schlug wütend aufs Lenkrad. Er hatte Engels nicht schon wieder fragen wollen, ob er früher gehen könne. Außerdem war der alte Fiat heute Morgen sofort angesprungen.

Adriano wollte eine Minute warten, um der Batterie Zeit zu geben, sich zu erholen. Durch das Seitenfenster nahm er ein altes VW Käfer Cabriolet wahr, das auf den Parkplatz neben ihm einbog. Eine attraktive Frau um die vierzig stieg aus. Adriano versuchte es erneut. Stotternd drehte sich der Anlasser, ohne Ergebnis. Die Blondine klopfte an die Seitenscheibe. Erschrocken öffnete Adriano das Fenster.

„Öffnen Sie mal die Motorhaube."

„Wozu?", antwortete Adriano perplex. Die Vorstellung, diese Dame verstünde etwas von Autos, schien ihm abwegig. Er hielt es für Zeitverschwendung. Da die restliche Frühstückspause nicht mehr reichte, um noch auswärts zu essen, gab er nach. Er ärgerte sich über seine Bequemlichkeit, die Kantine der Arbeitsagentur lag nur wenige Hundert Meter entfernt. Die Frau verschwand fast vollständig unter der Motorhaube. Adriano stand daneben und sah misstrauisch zu.

„Starten Sie mal."

Der Motor sprang sofort an.

„Aus."

Adriano konnte den Sinn nicht verstehen, tat aber, wie ihm geheißen. Die Dame holte einen Seitenschneider und eine Zange aus dem Kofferraum ihres Käfers und verschwand wieder unter der Haube.

„Der lief doch", Adriano konnte es immer noch nicht begreifen. Sie zog an einem Kabel der Zündanlage und kniff ein Stück ab. Adriano schluckte.

„Ja, er lief. Möchten Sie beim nächsten Mal lieber weiterorgeln, bis er mal zufällig anspringt?"

„Schon gut", er wedelte hilflos mit den Händen.

„Fertig."

Mit einem alten Lappen wischte sie sich die Hände notdürftig sauber. Adriano startete sprachlos den Motor. Er sprang sofort an. Als er den Motor wieder ausschaltete und ausstieg, sah die Frau ihn verwundert an.

„Ich habe zu lange georgelt, die Frühstückspause ist fast rum. Sie haben einen Wunsch frei, schöne Frau. Darf ich Sie zum Essen einladen?“

Sie lächelte ihn leicht mit dem Kopf schüttelnd an. Adriano fühlte aufkommende Unsicherheit.

„Danke. Sparen Sie das Geld lieber für ein neues Auto. Aber vielleicht können Sie mir erklären, wo ich Herrn Engels finde?“

„Äh, ja schon. Wenn es um den Fall an der Motte geht, können Sie sich aber auch vertrauensvoll an mich wenden. Andreas Steilmann, Oberkommissar“, er reichte ihr die Hand, „Freunde nennen mich Adriano. Ich leite gewissermaßen in den nächsten Tagen die Ermittlung.“

„Manuela Warnke, Hauptkommissarin. Nein, ich habe einen Termin mit Herrn Engels, Herr Steilmann.“

Adriano schluckte. Leichte Röte zog über das Gesicht. Was will die Neue heute schon hier? Heinrich befindet sich doch noch im Dienst, grübelte er. Die erste Begegnung mit seiner neuen Kollegin hatte er jedenfalls gründlich in den Sand gesetzt. Mit hängenden Mundwinkeln führte er sie in Engels' Büro.

Heinrich zögerte kurz, als er das Haus an der Jülicher Straße verließ. Einen Augenblick dachte er darüber nach, Ackermann einen Besuch abzustatten. Er zog es vor, zunächst in sein Büro zu gehen. Die dunkelblonde Dame auf seinem Stuhl blätterte interessiert in einer „seiner“ Akten. Er sah Adriano an, der ein Gesicht machte, als würde ein Gewitter aufziehen.

„Junge Frau“, polterte Heinrich los, „darf ich erfahren, was Sie an meinem Schreibtisch zu suchen haben?“

Sie hatte ihn offenbar nicht gleich bemerkt. Sofort erhob sich die Hauptkommissarin und reichte ihm freundlich die Hand.

„Manuela Warnke, ich bin die Neue, angenehm. Sie müssen Herr Grimm sein. Man hat mir schon viel von Ihnen erzählt. Tut mir leid, ich wollte Sie nicht kränken. Ich wollte mich nur schon mal einarbeiten“, schob sie noch mit unsicherem Ausdruck hinterher.

Heinrich begrüßte sie einsilbig und ging schnellen Schrittes in Engels’ Büro. Der Dienststellenleiter zuckte zusammen, als Heinrich die Tür aufriss.

„Was hat das zu bedeuten, Gunther?“

Grimms Stimme war eine Spur zu laut. Engels stand auf und schloss die Tür. Er bat Heinrich, sich zu setzen. Anschließend zog er einen braunen Umschlag aus der Schublade und reichte ihn Heinrich.

„Deine Urkunde. Tut mir leid, es ging alles sehr schnell. Ich hatte sie heute Morgen in der Post. Kurz darauf erschien Frau Warnke.“

Heinrich sah ihn fassungslos an. Seine Augen funkelten gefährlich. Engels nahm die langsame Rotfärbung im Gesicht seines Kollegen wahr.

„Mensch, Heinrich, sieh mich nicht so an. Ich kann doch auch nichts dafür. Und ob du nun morgen Abend in Pension gehst oder heute Morgen, ist das denn so wichtig für dich?“

„Ich gehe nicht in Pension“, schrie Heinrich, „ich werde abserviert. Ich komme in mein Büro, da sitzt eine Fremde auf meinem Platz. Findest du das in Ordnung?“

Engels stieß deutlich vernehmbar den Atem aus.

„Noch dazu mitten in einem Fall, von dem dieses junge Ding da draußen nicht die geringste Ahnung hat.“

„Jetzt reicht es mir aber. Du bist ein alter Sturkopf. Dieses junge Ding heißt Manuela Warnke, ist vierzig Jahre alt und eine gestandene Hauptkommissarin. Sie hat erstklassige Referenzen. Einen besseren Ersatz für dich hätte ich auf die Schnelle gar nicht bekommen können. Glaubst du etwa, es macht mir Spaß, dich gehen zu lassen?“

Engels’ Stimme wurde nun ebenfalls lauter. Er war fest entschlossen, Heinrich notfalls aus dem Büro zu werfen. Eine bedrohlich wirkende Stille breitete sich aus. Schließlich stand Heinrich auf und verließ wortlos das Büro.

Unterwegs nach Hause ärgerte es ihn, Engels nicht seinen Dienstausweis auf den Tisch geknallt zu haben. Am Straßenrand drehte er sich noch einmal um, betrachtete den rot geklinkerten Gebäudekomplex neben dem Straßenverkehrsamt. Sah zurück auf ein halbes Leben. Seine Augen schimmerten in feuchtem Glanz. Heinrichs Gefühle schwankten zwischen Wut und Enttäuschung. Er wandte sich ab und lief über die Straße, einer gähnenden Leere entgegen.

Was nun, alter Mann?

10

Manuela Warnke schob die Akte beiseite.

„Dürftig, würde ich sagen. Was sagt der Staatsanwalt dazu?"

Adriano, dem die erste Begegnung mit der neuen Kollegin immer noch peinlich war, hob die Augenbrauen.

„Staatsanwältin. Annette Gerland, übrigens die Lebensgefährtin Ihres Vorgängers. Sie weiß noch nichts. Das heißt, nicht offiziell."

Die Hauptkommissarin lehnte sich zurück. Der dunkelrote Pullover ließ ihre Figur dabei zum Vorschein kommen. Über dem Gürtel zog sich eine leichte Wölbung um ihre Hüfte. Die Blicke des Kollegen endeten eine Handbreit höher. Das Gespräch vorhin aus Engels' Büro hatten sie mühelos mithören können. Als ihr die Stelle offeriert worden war, war nur von einem Kollegen die Rede gewesen, der in Pension ging. Die Begleitumstände hatte man ihr diskret verschwiegen. Vielleicht wusste Oppermann nichts Näheres, als er ihr die Stelle nahegelegt hatte.

Mädchen, du musst raus hier, je eher, desto besser.

Das Regenwasser lief in langen, dünnen Fäden die Scheibe herunter. Schien die Sonne, ging es ihr gut. Regnete es, zogen Wolken über ihre Seele. Als sie vor zwei Stunden aus dem Auto gestiegen war, ging es ihr gut. Die anfängliche Skepsis war gewichen, sie sprühte vor Tatendrang. Sie wollte einen Neuanfang, einfach nur weit weg vom KK 11 in Duisburg. Ihr Blick verfing sich irgendwo in den Wolkenbergen über den Rheinwiesen. Die Zuversicht hatte sich längst in die hintersten Winkel ihres Bewusstseins verkrochen. Der Blick ihres Kollegen, als Engels sie ihm vorstellte. Er hatte sich keine große Mühe gemacht, freundlich zu wirken. Du sitzt auf meinem Platz, hatte sie in seinen Augen gelesen. Ihr Vorgänger hatte es unverhohlen ausgedrückt. Prima, Manuela, der Hauptgewinn. Ein erfahrener Kollege, der sich weiterhin mit dem Titel Oberkommissar zufriedengeben muss. Ein Vorgänger, der sich geschasst fühlte, und eine Staatsanwältin ihr gegenüber auf der anderen Seite der Macht. Bei dem letzten

Gedanken musste sie schmunzeln. Sie hasste Vorurteile und war im Begriff, selber voreilige Schlüsse zu ziehen. Es würde wie immer sein. Sie musste mehr leisten als ihre männlichen Kollegen, um anerkannt zu werden. Vielleicht würde es sich sogar als Vorteil erweisen, für eine Staatsanwältin zu arbeiten. Okay, Manuela, Augen zu und durch. Beim Anblick des immer noch schmollenden Kollegen kam Mitleid auf. War ihr Verhalten ihm gegenüber zu dominant gewesen?

„Was ist mit diesem Journalisten? Ist er vertrauenswürdig?"

„Sie meinen, der hat den Kopf irgendwo versteckt?"

„Würden Sie es ihm zutrauen?"

„Camel würde ich alles zutrauen. Aber Heinrich glaubt nicht daran. Ich bin mir nicht sicher."

Heinrich glaubt nicht daran.

Vermutlich würde es noch eine Weile dauern, bis es ihr gelänge, den Schatten zu vertreiben. Vor einer Stunde hatte Andreas Steilmann ihr den letzten Bericht ihres Vorgängers vorgelegt. Für ihn schien er bereits die Lösung des Falls vorwegzunehmen. Ein seit dreißig Jahren vermisster Mann aus Alpen und das gefundene Skelett eines Mannes, der vor etwa dreißig Jahren gestorben sein könnte. Dies waren für Manuela die beinahe einzigen brauchbaren Informationen aus den Aufzeichnungen. Wenngleich sie die Zusammenhänge mehr beschäftigten, als sie Adriano gegenüber zugeben wollte. Ein schneller Ermittlungserfolg würde ihr den Neuanfang sicherlich nicht erschweren.

Annette Gerland wirkte irritiert. Engels hatte sie sofort informiert. Der erste Gedanke der Staatsanwältin war, Heinrich aufzusuchen. Aber sie wusste, wie sehr er übertriebene Fürsorge hasste. Ein kurzer Anruf hatte die Bestätigung gebracht. Mürrisch hatte ihr Freund behauptet, es gehe ihm gut. Mit der Frage im Hinterkopf, womit sie ihn aufmuntern könne, betrat die Juristin das Büro seiner Nachfolgerin. Als sie sich freundlich vorstellte, fiel es Manuela schwer, das aufkommende Misstrauen zu verbergen.

„Herr Grimm hat mir bereits alles erzählt", begann die Staatsanwältin. Manuela gelang es nicht schnell genug, die Kontrolle zu erlangen. Reflexartig seufzte sie. Im selben Augenblick schämte sie sich. Annette Gerland war zunächst leicht konsterniert, bevor sie die Situation entspannte.

„Keine Sorge, Frau Warnke. Es ist nicht so, wie Sie vermutlich denken. Ich bin zwar mit ihrem Vorgänger befreundet, aber das ist rein privat. Herr Grimm ist ab sofort in Pension, und das ist auch gut so. Als seine Nachfolgerin genießen Sie mein volles Vertrauen."

Annette wunderte sich über die Kälte ihrer Worte. Mit einem Satz beendete sie das Berufsleben eines geschätzten Kriminalbeamten. Dass dieser Kollege ausgerechnet der Mann war, den sie über alles liebte, verursachte Schuldgefühle. Über Manuela Warnkes Gesicht huschte ein Grinsen.

„Ich muss allerdings sagen, dass es mir nach Aktenlage schwerfällt, ein Mordermittlungsverfahren einzuleiten."

Adriano sah sie erstaunt an. Hätte sie das Heinrich gesagt, wäre er in Deckung gegangen.

„Ich verstehe Sie nicht, Frau Gerland. Laut Aussage des Zeugen Walther befand sich am Tatort ein Totenkopf, der offenbar eine Schussverletzung aufweist."

Annette nickte zweifelnd. Sie setzte sich auf den Besucherstuhl.

„Sie kennen diesen Zeugen noch nicht. Herr Walther ist, gelinde gesagt, nicht besonders vertrauenswürdig. Er neigt zu Übertreibungen, um beruflich voranzukommen. Einzig die gefundenen Schleifspuren und die Tatsache, dass sich keine Kleidung des Toten am Tatort befand, sind merkwürdig. Hinweise auf ein Gewaltverbrechen könnte man darin erkennen, aber auf einen Mord deutet meiner Ansicht nach noch gar nichts."

Manuela setzte sich aufrecht. Für sie wiesen die Begleitumstände sehr wohl auf einen Mord hin. Im Übrigen hielt sie es für unwahrscheinlich, eine derart platzierte Schussverletzung in Notwehr oder Affekt zu erzielen. Dennoch konnte sie die Argumentation der Staatsanwältin ansatzweise nachvollziehen. Selbst wenn sie die Person finden würden, die den Toten ausgezogen und dort abgelegt hatte, für eine Mordanklage wäre es immer noch dürftig.

„Wir suchen also einen Totenkopf?"

Annette nickte stumm. Manuelas Ausdruck ging in Ratlosigkeit über.

„Sehen Sie es als Herausforderung. Bevor ich es vergesse: Es gibt da noch einen gewissen Kurt Hermsen. Ich weiß nicht, ob er etwas mit der Sache zu tun hat, aber eine Überprüfung kann nicht schaden."

Die Staatsanwältin gab Frau Grimms Einschätzung detailliert wieder, ohne jedoch auf die Quelle zu verweisen.

„Wo fangen wir an?"

Manuela sah ihrem Kollegen herausfordernd in die Augen. Adriano zuckte mit den Schultern. Ihm fiel es noch schwer, sich an die neue Situation zu gewöhnen.

„Soll ich mal beim Fundbüro anrufen?"

„Sehr witzig. Was ist mit Manfred Ackermann? Er stand doch unmittelbar daneben, als dieser Camel auf das Skelett fiel. Dazu die Aussage des Reporters, Ackermann habe ihn niedergeschlagen. Außerdem dürfte er kein allzu großes Interesse daran haben, dass wir durch eine Mordermittlung sein Bauprojekt blockieren."

„Aus dem bekommen Sie nichts raus. Das ist eine harte Nuss."

„Dann sind wir die Nussknacker. Auf nach Alpen."

11

Der Regen hatte nachgelassen, als Manuela ihm auf dem Parkplatz den Autoschlüssel zuwarf.

„Sie kennen sich hier besser aus."

Auf dem Hansaring in Höhe der Schneemannstraße hatte sich ein Auffahrunfall ereignet. Adriano reagierte sofort. Er riss das Lenkrad herum und schaffte es gerade noch, ins Westglacis einzubiegen. Manuela fiel dabei gegen seine Schulter. Über die Parallelstraße mit dem seltsam klingenden Namen „Am halben Mond" und die Fischertorstraße gelangte er schließlich hinter die Unfallstelle auf den Hansaring. Manuela fühlte sich in ihrer Entscheidung bestätigt. Sie kannte von Wesel lediglich den kleinen Vorort Ginderich, in dem ihre Oma lebte. Sie war noch ein Kind gewesen, als ihre Eltern nach Rheinhausen zogen. Ihr Vater hatte die Stelle bei Thyssen-Krupp bekommen, von einem Arbeitsplatz auf Lebenszeit gesprochen. Deshalb erschien es damals sinnvoll, das elterliche Haus in Xanten zu verkaufen, um in der Nähe des Arbeitsplatzes eine günstige Werkswohnung zu beziehen.

Auf der B58 hinter Büderich fuhren sie hinter einem Traktorgespann. Beide Anhänger waren voll beladen mit Zuckerrüben. Um diese Jahreszeit brachten die Bauern sie zur Verarbeitung nach Appeldorn. Manuela sah gedankenversunken auf den hohen Turm des Salzbergwerks. Als Kind hatte sie mit der Schulklasse die Grube besichtigt. Sie war von der Größe beeindruckt gewesen. In manche dieser schneeweißen, unterirdischen Hallen hätte ein mehrgeschossiges Einkaufszentrum gepasst. An der Ortschaft Rill fuhr das Gespann auf eine Bushaltestelle, um den Verkehr vorbeiziehen zu lassen. Fünf Minuten später erreichten sie die Motte. Adriano parkte den Wagen direkt gegenüber auf dem Grünstreifen. Am Fuße des Hügels blieb Manuela stehen, betrachtete das Baustellenschild. Quer über die farbenprächtige Abbildung des neuen Hotels war mit roter Farbe der Satz „Rettet die Motte" gesprayt. Manuela wandte sich Adriano zu und deutete mit ausgestrecktem Arm auf die Tafel.

„Was bedeutet eigentlich *Motte*?“

„Stammt aus dem Französischen und bedeutet so viel wie Erdklumpen“, berichtete Adriano, der sich die Informationen am Vortag aus dem Internet besorgt hatte. „Ein künstlicher Erdhügel vor den Toren der Stadt mit einer meist turmhohen Burg drauf.“

„Alle Achtung“, Manuela nickte anerkennend, „und wo ist diese Burg nun?“

Adriano nestelte nervös in der Innentasche seiner Jacke und faltete schließlich einen Zettel auseinander. Manuela konnte ein Lachen nicht unterdrücken.

„1758 hatte es ein Erdbeben gegeben, die Burg war danach unbewohnbar. 1809 erließ Napoleon den Befehl, die Burg abzutragen, um die Steine für den Bau der heutigen Burgstraße zu nutzen. In dem Hügel befinden sich lediglich noch die Grundmauern der Burg. Kurfürstin Amalie von der Pfalz übrigens …“

„Schon gut“, unterbrach Manuela, „ich denke, der Rest wird für die Ermittlungen keine große Rolle spielen.“

Als sie die Baustellenauffahrt hochkamen, hörten sie Ackermann, der einen der Arbeiter anbrüllte.

„Ist er das?“, fragte Manuela Warnke vorsichtig.

„Ich habe Sie gewarnt. Das sieht nach Ärger aus“, antwortete Adriano. Sekunden später war es so weit. Ackermann hatte Adriano erkannt und lief strammen Schrittes auf die Polizisten zu.

„Da sind Sie ja endlich“, fauchte er Adriano an, ohne seine Kollegin auch nur eines Blickes zu würdigen, „der Bunker ist immer noch gesperrt! Was soll das?“

Das fragte Manuela sich auch. Die Spuren waren gesichert, der Tatort konnte wieder freigegeben werden.

„Hauptkommissarin Warnke, schönen guten Tag, Herr Ackermann.“

Sie hielt ihm die Hand hin. Ackermann ignorierte die Geste.

„Was wollen Sie denn hier? Wird das zum Ausflugsziel für gelangweilte Beamte, oder was?“

Manuela sah ihn freundlich an und zögerte ihre Antwort einen Moment hinaus.

„Herr Ackermann, Sie haben sicherlich einen sehr anstrengenden Job, ich verstehe das."

Ihre Worte klangen weich und mitfühlend.

„Aber sehen Sie, wir müssen auch unsere Arbeit erledigen. Das verlangen Sie von ihren Leuten sicherlich ebenso, oder etwa nicht?"

Ackermann hielt einen Moment inne. In seinem Blick war ein Hauch Verständnis erkennbar.

„Selbstverständlich. Aber wir müssen hier weiterarbeiten. Der Bunker kann nicht gesperrt bleiben."

„Das ist klar. Ich mache Ihnen einen Vorschlag: Sie helfen uns, und ich sorge dafür, dass der Bunker so schnell wie möglich freigegeben wird, in Ordnung?"

Der Bauunternehmer kratzte sich nachdenklich am Hinterkopf. Manuela fiel auf, dass er als Einziger keinen Helm trug.

„Meinetwegen. Aber ich wüsste nicht, wie ich Ihnen helfen könnte."

Ackermann führte sie in einen Baucontainer. Als Adriano an ihm vorbeiging, glitten seine Mundwinkel herab. Sie setzten sich an einen kleinen Tisch in der Ecke.

„Ich kann Ihnen nichts anbieten. Es gibt hier um diese Zeit nur noch lauwarmen Kaffee aus Thermoskannen."

Adriano staunte. Ackermann klang immer noch mürrisch, aber dass er Heinrich und ihn in diesen Container eingeladen hätte, wäre undenkbar gewesen.

„Herr Ackermann, wir sind immer noch auf der Suche nach dem Kopf des Toten."

Ackermanns Gesichtszüge spannten sich. Die bis eben noch halbwegs zu erahnende Freundlichkeit verschwand aus seinen Augen.

„Ich habe keine Ahnung, wo sich dieser Schädel befindet. Das habe ich Ihrem Kollegen gestern schon gesagt."

Die Stimme nahm wieder die gewohnte Schärfe an.

„Tja, das habe ich mir gedacht. Sonderbar ist es aber schon. Warum haben Sie den Journalisten Konrad Walther niedergeschlagen, Herr Ackermann?"

„Wie bitte? Also falls Sie gekommen sind, um mir absurde Unterstellungen an den Kopf zu knallen, können Sie direkt wieder verschwinden. Dieser Schmierfink ist gestolpert und mit seinem blöden Schädel vor die Wand geknallt."

Ackermann gab seine Zurückhaltung auf. Die Körpersprache des Architekten deutete auf erhöhte Aggressionsbereitschaft.

„Wir haben auf dem Gelände vor dem Eingangsbereich des Bunkers einen Stein gefunden, auf dem sich Blut des Journalisten befindet, wie erklären Sie sich das?"

„Gar nicht. Es reicht, verschwinden Sie!"

Er packte die Kripobeamtin am Oberarm und zog sie hoch. Einen Wimpernschlag später befand sich der kräftige Arm auf seinem Rücken, die Beine wurden mit einem schnellen Tritt weggezogen, und er fiel flach auf den Bauch.

„Ich war noch nicht fertig!"

Ackermann rappelte sich mühevoll hoch. Sein Kopf färbte sich knallrot. Adriano hatte die Aktion staunend verfolgt.

„Hinsetzen!" schrie sie ihn an. Auf Manuela Warnkes Stirn trat eine Ader hervor.

„Das wird ein Nachspiel haben", flüsterte er wütend.

„Denke ich auch. Tätlichkeit gegen eine Polizeibeamtin, das wird teuer, Herr Ackermann. Dazu noch die schwere Körperverletzung, da dürfte Ihr Anwalt Schwierigkeiten haben."

Ackermann saß halb auf dem Stuhl, lehnte sich an die Wand. An seinem Kinn befand sich eine kleine Schürfwunde.

„Bin gespannt, wie Sie mir das beweisen wollen."

Was die Körperverletzung an dem Journalisten anging, stand Aussage gegen Aussage, dachte Manuela. Aber darum ging es hier nicht. Die Lage war beinahe aussichtslos. Momentan hatten sie nicht den geringsten Beweis gegen Ackermann in der Hand. Da gegen ihn, was den Fund des Toten anging, ebenfalls nicht das Geringste vorlag, würden sie auch keine Durchsuchungsanordnung für seine Büro- und Privaträume bekommen. Dann kam ihr eine Idee. Diese Baustelle gehörte immer noch, zumindest peripher, zum Tatort. Einen solchen zu durchsuchen bedurfte es keiner entsprechenden richterlichen Legitimation. Sie wollte diesem Ansatz nachgehen, als Adriano übernahm.

„Herr Ackermann, wissen Sie, was merkwürdig ist? Wir finden das Skelett von einem Mann, der vor ungefähr dreißig Jahren ums Leben gekommen ist. Auf Ihrer Baustelle. Zufällig wird seit demselben Zeitraum ein Mann vermisst namens Walter Jansen. Sie erinnern sich?"

Ackermann verzog gequält das Gesicht.

„Das ist noch nicht alles. Walter Jansen hat kurz vor seinem Verschwinden damit gedroht, seine Tochter, ihre zukünftige Frau, zu enterben. Bevor es aber dazu kommen konnte, verschwand er spurlos. Sollte es sich bei der Leiche aus dem Bunker um eben diesen Jansen handeln, hätten Sie ein Problem."

„Dann finden Sie das mal heraus, Herr Kommissar."

Das Zusammenspiel mit ihrem Kollegen klappte bereits hervorragend, stellte Manuela fest. Er lieferte ihr genau das Stichwort, auf das sie gewartet hatte. Ackermann zeigte sich allerdings völlig unbeeindruckt.

„Wenn ich den Gedanken meines Kollegen weiterverfolge, stelle ich fest, dass Sie einen triftigen Grund hätten, den Kopf verschwinden zu lassen. Laut der Aussage von Herrn Walther befanden Sie beide sich am Fundort. Ich denke, wir werden diese Baustelle noch einmal gründlich auf den Kopf stellen müssen. Richten Sie sich schon mal auf ein paar Tage Pause ein."

Ackermann schoss hoch. Völlig außer sich schrie er sie an.

„Das dürfen Sie nicht. Gegen mich liegt nichts vor."

„Das muss es auch nicht", übernahm Adriano, „wir suchen lediglich ein Beweisstück."

Ackermann stand jetzt ganz dicht vor Manuela.

„Das wollen wir doch mal sehen. In zehn Minuten ist mein Anwalt hier. Solange warten Sie gefälligst noch."

Die Polizisten verabschiedeten sich. Wenig später saßen sie ratlos im Auto.

„Wollen Sie die KT wirklich noch einmal anrücken lassen?"

Manuela schüttelte den Kopf.

„Quatsch. Sollte er den Schädel an sich genommen haben, wird er nicht so blöd sein, ihn auf der Baustelle aufzuheben. Dass wir kein Recht haben, seine Privaträume zu durchsuchen, wird sein Anwalt ihm längst erzählt haben. Ackermann ist hundertprozentig sicher vor uns, und das weiß er genau. Außerdem hören Sie endlich mit dem blöden „Sie" auf. Ich heiße Manuela", sie reichte ihm die Hand.

Adriano zögerte. Er war immer noch verärgert, dass die Behörde ihn übergangen hatte. Ebenso wenig konnte er verstehen, warum sie Heinrich nicht eine oder zwei Wochen später pensionieren konnten, was machte das aus? Manuela schluckte, langsam zog sie ihre Hand zurück. Adriano spürte Schuldgefühle aufkommen. Manuela traf keine Schuld, sie kannte die Verhältnisse in Wesel nicht, hatte eine sich bietende Gelegenheit nutzen wollen. Er hielt ihr die Hand hin.

„Okay, Andreas. Aber nenne mich ruhig Adriano, machen alle."

Lächelnd schlug sie ein.

„Hat dieser Walter Jansen irgendwelche Verwandten?"

„Nur Birgit, die Tochter. Die Ex von Ackermann hat hier in Alpen eine Boutique."

Die dunkelhaarige Frau legte ein kühles Businesslächeln auf, als sie die Kripobeamten begrüßte. In dem kleinen Laden an der Rathausstraße herrschte wenig Betrieb. Eine ältere Dame verschwand mit einem halben Dutzend Blusen über dem Arm in eine der beiden Umkleidekabinen.

Die Geschäftsfrau hatte ihren Namen nach der Scheidung behalten. Frau Ackermann führte sie durch einen Vorhang in ein kleines Büro hinter der Ladentheke. Sie räumte eilig Kartons von einem Bistrotisch und bot ihren Gästen freundlich Kaffee an. Sie selbst blieb im Eingangsbereich stehen, um den Laden im Blick zu behalten. Manuela kam direkt zur Sache. Als sie die adrett gekleidete Frau nach ihrem Vater fragte, schloss diese für einen Moment die Augen und formte ihre Lippen zu einem schmalen Strich. Bevor sie antwortete, goss sie Kaffee ein.

„Es ist über dreißig Jahre her“, sie zögerte, „ich denke immer noch oft an ihn. Aber wieso kommen Sie nach so langer Zeit hierher und fragen mich nach meinem Vater?“

Manuela hätte mit dieser Frage rechnen müssen. Dennoch war sie für Sekunden verunsichert. Alles was sie hatten, war ein vager Ermittlungsansatz, der es hier und jetzt nicht wert war ausgesprochen zu werden. Während sich die Ermittlerin um die Formulierung einer möglichst unverfänglichen, aber doch bestimmten Frage bemühte, kam Adriano ihr zuvor.

„Glauben Sie, Ihr Vater wurde Opfer eines Verbrechens?“

Die Geschäftsfrau schluckte. Ihrer Mimik war zu entnehmen, für wie naiv sie diese Frage hielt.

„Er hatte nicht davon gesprochen, zu verreisen“, antwortete sie eine Spur zu provokant. Am Haaransatz über den Ohren erkannte Manuela zarte graue Härchen, die sich verräterisch von der pechschwarzen Frisur abhoben.

„Die Polizei hat damals mit einer Hundestaffel und Hubschraubereinsatz die gesamte Umgebung abgesucht, er ist nie gefunden worden.“

Frau Ackermann zündete sich eine Zigarette an. Manuela bemerkte ein leichtes Zittern ihrer Finger.

„Das stimmt. Dafür gibt es keine Erklärung. Ich bin seit diesem Tag nie mehr in der Leucht gewesen. Ich stelle mir vor, er liegt dort irgendwo unter dem Laub begraben.“

Frau Ackermann wurde von einer stetig steigenden Nervosität befallen. Sie führte die Kaffeetasse mit beiden Händen zum Mund. Beinahe gierig zog sie danach an ihrer Zigarette.

„Wie war das Verhältnis zwischen Manfred Ackermann und Ihrem Vater?“

„Mein Vater mochte ihn nicht.“

Die Nervosität flog von ihr wie Blätter in einem Herbststurm. Sie wirkte von einem Moment auf den nächsten gefasst. Ihr Blick wurde sicher. Sie stellte die Tasse ab und drückte das Kreuz durch. Manuela nahm diese plötzliche Gefühlsschwankung wahr.

„Und Ihr Ex, wie stand er zu Ihrem Vater?"

„Anfangs nur ablehnend. Als Manfred erfahren hatte, dass mein Vater mich enterben wollte, falls wir heiraten, ist er ausgerastet", sie blies den Qualm zur Decke, „damals habe ich blöde Kuh noch geglaubt, er liebt mich."

Manuela fand diesen Gedanken beim Anblick der attraktiven Frau nicht abwegig.

„Hatte Ihr Vater irgendwelche Feinde?"

„Nein", die Antwort kam wie ein Pistolenschuss, „er war sehr beliebt. Niemand konnte sich vorstellen, dass ihm jemand etwas angetan haben könnte."

Manuela beschlich das Gefühl, Birgit Ackermann würde ihnen nicht die ganze Wahrheit sagen. Adriano sprach ihren Gedanken unaufgefordert aus.

„So beliebt kann er nach unseren Ermittlungen nun auch wieder nicht gewesen sein. Immerhin wurde er kurz vor seinem Verschwinden ziemlich übel verprügelt."

Frau Ackermann massierte mit dem Zeigefinger die Nasenspitze. Aus dem Lokal war das Läuten der Türglocke zu vernehmen.

„Stimmt, die Sache mit Hermsen hatte ich schon vergessen. Dieser Spinner hatte überhaupt nichts begriffen. Mein Onkel hatte damals ein Verhältnis mit Hermsens Frau, und der Kerl machte meinen Vater dafür verantwortlich. Anstatt ihm dankbar zu sein, dass mein Vater ihm noch einen Haufen Geld für den heruntergewirtschafteten Laden gegeben hatte. Der wäre doch unter die Räder gekommen ohne meinen Vater."

Manuela sah sie verwundert an. Die Türglocke ertönte erneut, die Geschäftsfrau versprach einer Kundin, in wenigen Augenblicken für sie da zu sein.

„Hatte Ihr Vater eigentlich eine Lebensversicherung?"

Birgit Ackermann verzog ihr Gesicht, als habe sie in eine Zitrone gebissen.

„Ja, es gab eine Lebensversicherung. Sie hat zwar erst nach zehn Jahren gezahlt, als mein Vater für tot erklärt worden war, aber dafür so viel, dass ich mir dieses Geschäft und dazu ein paar andere Annehmlichkeiten leisten kann. Außerdem war das Erbe nicht unbeträchtlich. Stehe ich nun unter Mordverdacht?"

Sie befinden sich zumindest im Kreis der Ermittlungen, dachte Manuela.

„Was ist nach dem Verschwinden ihres Vaters aus den Juweliergeschäften geworden?"

Birgit Ackermann atmete tief durch, bevor sie zur Antwort ansetzte.

„Meine Mutter hatte die Geschäfte noch ein halbes Jahr weitergeführt, bis sie krank wurde. Sie wollte, dass ich sie eines Tages übernehme. Ich sollte es ihr kurz vor dem Tod versprechen, aber das konnte ich nicht."

Die Polizisten tauschten zweifelnde Blicke.

„Dieser Schickimickikram war noch nie meine Welt. Untreuen Ehemännern empfehlen, mit welchem Kettchen sie ihre Liebste wieder gnädig stimmen können und so was? Nein, dann schon lieber Damenbekleidung, das habe ich gelernt. Gegen den Willen meiner Eltern übrigens. Außerdem liefen die Läden sowieso nicht mehr besonders. Mein Vater meinte, es sei nur ein Trend, den er überstehen müsse. Wir haben für die Läden auch wesentlich weniger bekommen, als wir erwartet hatten."

„Hat Manfred Ackermann auch von dieser Lebensversicherung oder dem Erbe profitiert?"

„Ja, nicht zu knapp. Er hat mit dem Geld seine Firma erweitert. Kurz darauf haben wir uns scheiden lassen. Wenn ich das geahnt hätte …"

Ihre Laune besserte sich wieder. Manuela kam es vor, als sei es ihr vollkommen bewusst, den Verdacht damit auf ihren Exmann zu lenken.

Bevor sie nach Wesel zurückfuhren, hielten sie noch an einer Tankstelle schräg gegenüber der Landmaschinenfabrik Lemken. Manuela kaufte die aktuelle Ausgabe des Rheinischen Boten. Auf den Beifahrersitz gekauert las sie interessiert die Zeitung.

„Und? Ist der Schädel dort abgebildet?"

„Nein, aber trotzdem interessant.“

„Kann schon sein, Camel liegt ja im Krankenhaus.“

„Die berichten auf einer ganzen Seite von dem Skelett in der Motte, wie es hier steht. Alles haarklein beschrieben. Das ist merkwürdig.“

Adriano musste an der Ampelkreuzung „Haus Grünthal“ anhalten. Interessiert sah er über ihre Schulter.

„Ich kann dir nicht folgen. Ist doch logisch, dass die Presse, gerade im Lokalteil, darüber berichtet. Man findet in Alpen doch nicht alle Tage ein Skelett ohne Kopf.“

Adriano machte eine ahnungslose Geste. Er überholte kurz vor Büderich einen Linienbus. Als er einscherte, bremste er stark ab. Wenige Meter vor dem Starenkasten hatte er den Wagen auf Tempo siebzig gedrosselt. Manuela stützte sich am Armaturenbrett ab und schüttelte den Kopf.

„Das ist in Alpen Tagesgespräch. Gerade als Geschäftsfrau muss sie davon wissen.“

„Ja natürlich. Worauf willst du hinaus?“

Adriano stand schon wieder vor einer roten Ampel. Diesmal mitten in Büderich. Er wollte sich gerade seiner Kollegin zuwenden, als er in dem Fahrzeug auf der gegenüberliegenden Seite der Kreuzung ein bekanntes Gesicht bemerkte. Das gibt es doch nicht, dachte er. Sollte Heinrich etwa … Adriano betätigte die Lichthupe. Heinrich sah im selben Augenblick verstohlen aus dem Seitenfenster.

„Adriano! Nehmen wir mal an, dein Vater verschwindet plötzlich spurlos. Es wird fieberhaft nach ihm gesucht. Erfolglos. Dreißig Jahre später wird im Ort ein unbekanntes Skelett gefunden. Kurz darauf erscheint die Kripo bei dir. Was wäre deine erste Reaktion?“

„Ich würde fragen, ob der Tote mein Vater ist.“

Adriano schlug sich vor die Stirn. „Sie hat uns nicht danach gefragt – warum?“

„Das frage ich mich auch.“

„Noch etwas“, fiel Adriano ein, „sollte es sich bei dem Toten in dem Bunker um Walter Jansen handeln, stellt sich die Frage, warum er dort hingeschafft wurde.“

Manuela bewegte langsam den Kopf hin und her.

„Weniger, der Tote war ein Spurenträger. Das Loch in seiner Stirn hätte sofort die Mordkommission auf den Plan gerufen. Er durfte nicht gefunden werden."

„Dann scheidet Manfred Ackermann als Tatverdächtiger aus. Er wäre wohl kaum so blöd, dort zu bauen, wenn er weiß, was dieser Hügel verbirgt."

„Kommt ganz darauf an, von wem die Idee stammt."

Manuela sah auf die Borduhr. 12:30 Uhr zeigten die kleinen Leuchtziffern an. Im Alpener Rathaus dürften sie um diese Zeit niemanden erreichen.

Im Büro nahm sich die Hauptkommissarin sofort die Vermisstenakte „Walter Jansen" vor. Aufmerksam las sie vor allem die Verhörprotokolle. Nach einer halben Stunde bestätigte sich ihre Vermutung. Zur Sicherheit blätterte sie noch einmal in dem Bericht ihres Vorgängers.

„Hermsen taucht in dem Fall nirgendwo auf. Der Name fällt erstmals in dem gestrigen Bericht von Herrn Grimm."

Adriano beugte sich vornüber und stützte seine Ellenbogen auf die Tischplatte.

„Selbstverständlich wusste Birgit Ackermann davon. Ich meine, das bekommt man doch mit, wenn der Vater verprügelt wird und eine Morddrohung erhält."

„Ganz genau. Und warum hat sie das damals mit keinem Wort erwähnt?"

Manuela wurde deutlich lauter, Wut überfiel sie.

„Sie wurde stundenlang von unseren Leuten verhört, aber über diesen Hermsen steht kein Wort in der Akte", sie schlug mit der Hand auf die dicke Mappe, „warum hat sie den Namen eines mutmaßlichen Täters verschwiegen? Sie hätte doch wissen müssen, dass wir dahinter…"

Mitten im Satz brach Manuela ab, beugte sich vor.

„Woher weiß Herr Grimm eigentlich davon?"

Adriano kaute stumm auf den Lippen.

12

An der Tankstelle kurz vor dem Ortsausgang Büderich breitete Heinrich den Faltplan der Gemeinde Alpen dicht hinter der Frontscheibe aus. Er hatte die Lesebrille zu Hause gelassen, musste die Straßenkarte mit ausgestreckten Armen studieren. Das Gespräch mit seiner Mutter drang in seine Erinnerung, der Ärger kam wieder hoch. Er hatte sie nach der Familie Jansen fragen müssen. Der bloße Gedanke, dass ausgerechnet seine Mutter momentan die einzige Informationsquelle für ihn darstellte, schmeckte bitter. Er hatte vorgegeben, die Kollegen hätten nichts darüber herausfinden können. Die überraschend schnelle Pensionierung hatte er ihr verschwiegen.

Kurz hinter dem Restaurant „Haus Grünthal“ bog er rechts in den Römerweg ein. Er mochte die alte Römerroute, abseits der Bundesstraße, manchmal stellte er sich Römer mit Pferden und Gespannen vor, die vor 2000 Jahren hier entlang von Xanten nach Köln oder Trier gereist waren. Kurze Zeit später gelangte er über die Bönniger Straße zur Unterheide. Majestätisch überragte die fünfhundert Jahre alte Kastanie das zum Bauernhofcafé umgebaute Anwesen. Er fragte sich, wie frisch die Erinnerung an die ehemaligen Bewohner noch sein würde. Nach dreißig Jahren könnte sich ein undurchdringlicher Schleier des Vergessens über alles ausgebreitet haben.

Frau Stoppa, die Inhaberin des „Kastanienhofes“, begrüßte ihn freundlich. Das Café würde erst um 14 Uhr öffnen, sie waren ungestört. Heinrich hoffte, sie würde ihn nicht nach seinem Dienstausweis fragen. Mittlerweile bekam er Übung darin, die Abkürzung für „außer Dienst“ am Telefon derart undeutlich auszusprechen, dass sie nicht wahrgenommen wurde. Für den Ernstfall hatte er sich vorgenommen, bei der Wahrheit zu bleiben und sich nicht der Amtsanmaßung schuldig zu machen. Frau Stoppa stellte ihm eine ältere Dame vor.

„Das ist Frau Mühlberg. Sie kann Ihnen sicherlich eher helfen. Frau Mühlberg hat vor dreißig Jahren auf dem Hof gearbeitet. Sie war sozusagen der gute Geist des Hauses.“

Er reichte der zierlichen Seniorin mit dem schneeweißen Haar freundlich die Hand. Frau Stoppa bot ihnen einen Tisch am Fenster an. Nach einem kurzen Gespräch über den alten Hof kam Heinrich zur Sache.

„Walter Jansen habe ich nicht mehr kennengelernt. Seinen Bruder Gerd schon. Er war ja praktisch der Vorvorgänger der Familie Stoppa."

Nach der Beschreibung seiner Mutter konnte Heinrich sich Gerd Jansen nicht als Landwirt vorstellen. Frau Mühlberg musste lachen.

„Das war er auch nicht. Er hat den Hof von seinen Eltern geerbt. Walter hatte seinen Anteil in die Juweliergeschäfte gesteckt. Gerd musste seinem Vater auf dem Totenbett versprechen, den Hof weiterzuführen. Eine schlechte Wahl. Der Gerd hat", sie zupfte verlegen an ihrem Kleid, „die Arbeit nicht gerade erfunden. Der hatte nur die Frauen im Kopf. Vorzugsweise solche, die ihn aushielten. Landwirtschaft kam für ihn überhaupt nicht infrage. Schließlich baute er die Scheune um und setzte auf Kälbermast."

„Das haben damals viele gemacht", antwortete Heinrich.

„Eben. Hätte aber trotzdem klappen können. Wenn er mitgearbeitet hätte. Aber das war eben nichts für Gerd. Der Herr hatte es vorgezogen, andere für sich arbeiten zu lassen, während er selber andauernd ausging."

„Aber nicht in Alpen."

„Nein", sie schmunzelte, „meistens fuhr er nach Kleve. Immer auf der Suche nach gelangweilten, gut situierten Ehefrauen oder wohlhabenden Witwen. Das konnte natürlich nicht lange gut gehen. Das heißt, anfangs schon. Er fand immer wieder Damen, die seinen Lebenswandel finanzierten. Aber auch an ihm ging der Zahn der Zeit nicht spurlos vorüber. Am Ende musste er Konkurs anmelden."

„Konnte oder wollte sein Bruder ihn nicht unterstützen? Nach meinem Wissen war Walter Jansen doch nicht gerade arm, oder?"

Zwei junge Frauen bereiteten die Kuchentheke vor. Eine Kellnerin servierte ihnen Kaffee.

„Der Walter? Seinen Bruder unterstützen? Nein. Die beiden waren sich spinnefeind. Bis auf den Tag, als Walter die Hilfe seines Bruders benötigte."

Frau Mühlberg raffte ihre mintfarbene Bluse und erzählte ihm die Geschichte von dem Juwelier Hermsen. Heinrich hörte interessiert zu. Sie deckte sich größtenteils mit der Version seiner Mutter. Bis auf einen entscheidenden Unterschied.

„Als Belohnung versprach er Gerd die Leitung des Juweliergeschäftes in Wesel. Nicht nur das, kurz bevor Gerd mit Frau Hermsen anbandelte, fuhr er auf einmal einen nagelneuen Mercedes. Alles wäre in bester Ordnung gewesen, aber Walter dachte überhaupt nicht daran, sein Versprechen einzuhalten. An dem Tag, als er das Juweliergeschäft gekauft hatte, ließ er als Erstes in aller Frühe den Mercedes abholen. Drei Tage später übertrug er einem seiner Angestellten die Leitung der Weseler Filiale."

„Wie hat sein Bruder darauf reagiert?"

Frau Mühlberg schüttelte die Hand, als habe sie sich verbrannt. Dann senkte sie den Blick, sprach leiser weiter, geradezu so, als ob Gerd Jansen ihr leidtäte.

„Der war so in Rage, den durfte man tagelang nicht ansprechen. Ich hatte solche Angst, dass er seinem Bruder was antut. Wäre ja auch beinahe passiert."

Heinrich setzte langsam die Kaffeetasse ab. Er erinnerte sich dunkel an die Ermittlungen vor dreißig Jahren. Sie hatten nur Positives über Walter Jansen in Erfahrung bringen können. Mittlerweile zeichnete sich mehr und mehr ein Bild ab, welches den Ermittlungen von damals komplett widersprach. Offensichtlich war das Licht, in das seine Mitmenschen ihn getaucht hatten, so hell, dass jeder Schatten darunter verborgen geblieben war.

„Es passierte beim Jahresfest von Viktoria Alpen. Sie spielten damals noch in der Landesliga", aus ihrer Stimme klang Stolz, „Walter war Sponsor des Vereins. Als Gerd sich für zehn Mark Lose kaufte, fragte ihn sein Bruder vor versammelter Mannschaft, ob er sich das denn leisten könne. Gerd war daraufhin total außer sich vor Wut. Er hat sich ein langes Messer vom Buffet geschnappt und ist auf seinen

Bruder losgegangen. Sie konnten ihn gerade noch rechtzeitig überwältigen. Walter hat ihn daraufhin nur höhnisch ausgelacht."

Heinrich überlegte, wie er diese Aussage bewerten sollte. Es war eine Ausnahmesituation gewesen. Konnten Wut und Hass groß genug sein, den eigenen Bruder zu töten? In der Kriminalstatistik gab es solche Fälle. Ihm war es immer schon schwergefallen zu verstehen, warum jemand einen Menschen vorsätzlich töten konnte. Im Laufe seiner langen Dienstzeit hatte er sich damit abfinden müssen.

„Hätten Sie Gerd Jansen zugetraut, seinen Bruder zu töten?"

Frau Mühlberg zögerte. Der hin- und hergleitende Kopf unterstrich ihre Zweifel.

„Gerd war sehr impulsiv, konnte leicht aufbrausend werden. Aber den eigenen Bruder töten ... Nein, das glaube ich nicht."

„Sie sagten, er war. Lebt er nicht mehr?"

Frau Mühlberg schluckte. Ein kaum wahrnehmbares Zucken durchfuhr ihren Körper. Als ob sie aus einem Traum erwachte. Einem jener Träume, die man am liebsten mit klarem, kaltem Wasser vertreiben möchte.

„Der Gerd ist ein halbes Jahr nach dem Streit im Sportheim ums Leben gekommen. Er hat als Handlanger auf einer Baustelle von Ackermann gearbeitet, um einigermaßen über die Runden zu kommen. Gerd stand oben auf dem Gerüst, als es zusammenbrach. Zum Glück, muss man ja sagen, war er alleine dort. Ackermann hatte die anderen schon nach Hause geschickt."

Heinrich bedankte sich bei der Rentnerin. Wieder fiel der Name Ackermann im Zusammenhang mit einem Opfer. Heinrich wischte den Gedanken wie eine Staubschicht beiseite. Gerd Jansen war nicht der Tote im Bunker. Sollte er tatsächlich zuvor seinen Bruder getötet haben, wäre der Fall wohl kaum aufzulösen. Er drehte sich noch einmal um.

„Was ist danach aus dem Hof geworden?"

Frau Mühlberg verzog das Gesicht.

„Das war auch komisch. Na ja, der Gerd war nicht verheiratet und hatte keine Kinder. Irgendwie kam Birgit Ackermann damals an das

Erbe, angeblich gab es ein Testament. Auf jeden Fall hat ihr Mann den Hof sofort zu Geld gemacht. Hat den an so einen Hallodri verkauft. Der ist nach ein paar Jahren über Nacht verschwunden, als die Polizei ihn gesucht hatte. Der soll Kälber mit verbotenen Östrogenen gemästet haben."

Heinrich blieb eine Minute unter dem gewaltigen Laubdach der alten Kastanie stehen, die dem Hof seinen Namen gab, und atmete die klare Luft. Er dachte an seinen ersten Fall: Den vermissten Walter Jansen. Sie hatten die Ermittlungen damals auch deswegen eingestellt, weil dieser Mann keine Feinde hatte und im ganzen Ort äußerst beliebt gewesen war. Hatten sie damals oberflächlich ermittelt? Selbstzweifel kamen auf. Ist er erst im Laufe der vielen Jahre zu dem Polizisten geworden, der jetzt pensioniert wurde? Es schienen überall Anhaltspunkte für eine Gewalttat vorhanden, scheinbar unabhängig davon, in welche Richtung die Ermittlungen ihn trieben. Die Patina des Gutmenschen, die Jansen wie eine Schutzschicht umhüllte, war nach all den Jahren nicht mehr erkennbar. Er musste die weitere Vorgehensweise sorgfältig überdenken.

Im Auto fragte er sich nach dem Sinn seines Handelns. Normalerweise würde er jetzt ins Büro fahren und die Erkenntnisse mit den Kollegen aufarbeiten. Sie mussten diese Aussage in die Ermittlungen einfließen lassen. Einen Moment dachte er daran, Annette davon zu berichten, schob diesen Gedanken aber erst einmal beiseite.

13

Die kleine SoKo hatte sich im Pausenraum der Rufbereitschaft eingefunden. Manuela berichtete ausführlich über den aktuellen Ermittlungsstand. Am Ende verschwieg sie nicht, dass Staatsanwältin Gerland bislang noch kein Verfahren eingeleitet hatte. Josef Wolters konnte es nicht verstehen.

„Dass eine Straftat vorliegt, ist ja wohl unstrittig."

„Mag sein", wiegelte die Hauptkommissarin ab, „aber für Verstöße gegen das Bestattungsgesetz sind wir nicht zuständig."

„Du glaubst doch nicht, dass jemand die Leiche in den Bunker geschleppt hat, um Beerdigungskosten zu sparen?"

Manuela hatte zu Beginn ein Tablett mit Brötchen und zwei Kannen Kaffee auf den Tisch gestellt und den Kollegen das „Du" angeboten.

„Ehrlich gesagt, nein. Aber es ist zurzeit der einzige vorliegende Verstoß. Den Schädel haben wir ja nicht."

Mareike, die bis dahin ruhig zugehört hatte, kamen ebenfalls Zweifel.

„Wir haben nur mal ein bisschen an der Oberfläche gekratzt und schon eine Menge Staub aufgewirbelt. Camel hat vorhin angerufen. Ihm ist eingefallen, dass Ackermann das Aufbrechen des Bunkers unbedingt verhindern wollte. Der muss den Baggerführer ganz schön angemacht haben, weil dieser ihn nicht gehört und den Bunker freigelegt hatte. Angeblich hatte Ackermann Sorge, den Bunkereingang über Nacht sichern zu müssen."

„Quatsch", rief Wolters, „der wusste genau, was sich in dem Bunker befand. Der wollte das Skelett in der Nacht beiseite schaffen. Den Kopf hat der sich doch auch noch schnell gekrallt. Dafür dem armen Camel eins überbraten, na ja, verdient hat er es ja mal."

Adriano schüttelte den Kopf.

„Daran habe ich auch schon gedacht. Aber warum sollte er dann ausgerechnet dort bauen?"

„Damit es kein anderer tut."

Manuelas Satz schnitt das Gespräch ab wie einen überhängenden Faden. Wolters massierte seine Lippen.

„Der Hügel modert seit sechshundert Jahren vor sich hin. Was macht ihn auf einmal so interessant?"

Wolters, der in Schermbeck lebte, hatte die Berichte der Lokalpresse nicht mitbekommen. Mareike klärte ihn auf.

„Die Gemeinde Alpen hat den Bau eines Hotels ausgeschrieben. Das Gelände der Motte direkt vor dem Ortskern wäre ideal dafür."

„Aha, und ausgerechnet Ackermann hat den Auftrag bekommen?"

„Warum denn nicht", das Gespräch der beiden wurde hitziger, „er war der einzige Alpener unter den Bewerbern, das bedeutet, er zahlt auch seine Steuern dort. Wäre nicht die erste Ausschreibung, an der gedreht wurde. Außerdem schießt du dich für meinen Geschmack zu sehr auf diesen Ackermann ein."

Josef stemmte die Arme in die Hüfte, wollte antworten, als Manuela dazwischenging. Ohne entsprechendes Hintergrundwissen bestand nur die Möglichkeit, über Vermutungen zu diskutieren, was sie kaum weiterbringen dürfte. Es galt, die Staatsanwaltschaft möglichst schnell zu überzeugen, ein Ermittlungsverfahren einzuleiten. Manuela bat Mareike und Josef, etwas über den Juwelier Hermsen herauszufinden. Sie nahm sich vor, mit Adriano noch einmal nach Alpen zu fahren.

Rudi Ahrens erklärte sich am Telefon sofort bereit, ihre Fragen zu beantworten. Der Bürgermeister empfing sie in seinem Büro. Seiner Mimik fehlte die gewohnte Sicherheit, die Sorge um das Image der Gemeinde war ihm anzusehen. Manuela fragte ihn direkt nach dem Bauprojekt. Ahrens begann ein weitläufiges Referat über die wirtschaftlichen Verhältnisse der Gemeinde. Er verwies auf den enormen Standortvorteil, den es zu nutzen gelte, über Zukunftsprognosen von Wirtschaftsexperten und erhöhtem Steueraufkommen. Die Geduld der Polizistin näherte sich bedrohlich einer Grenze, jenseits deren ihre gewohnte Freundlichkeit nur noch zu erahnen wäre. Als Ahrens begann, das kommunale Ausschreibungsverfahren zu thematisieren, überschritt er diese Grenze.

„Herr Bürgermeister, wir sind nicht hierhergekommen, um einen Kursus in Kommunalpolitik zu belegen. Uns interessiert, wie Herr Ackermann an diesen Auftrag gekommen ist. Gab es Mitbewerber? Stammt die Idee, dort zu bauen gar von ihm, und so weiter."

Ahrens bedachte sie mit einem strengen Blick. Dann atmete er tief ein. Offensichtlich war das Thema heikel.

„Also, der Vorschlag kam ganz sicher nicht von Herrn Ackermann. Im Gegenteil, er wollte uns das Projekt ausreden."

„Wie bitte?"

Nicht nur Adriano erschien diese Aussage widersprüchlich.

„Herr Ackermann wollte oben auf der Bönninghardt ein großes Hotel bauen, direkt an der Autobahn. Wir wollten ein Hotel am Ortskern. Aufgrund der ausgezeichneten Marktanalysen haben wir uns entschlossen, als Investor zu fungieren und die Baumaßnahme auszuschreiben. Ein zweites Hotelprojekt hätten wir nicht genehmigt, das wusste er. Dass er gegen die Motte als Bauplatz war, hatte einen ganz profanen Hintergrund: Die Baukosten sind bei einem Bodendenkmal durch die Auflagen natürlich exorbitant höher."

Manuela strich sich nachdenklich durchs Haar, sie vermochte den Sinn dieser Aussage nicht zu verstehen.

„Aber das gilt doch für jeden Bewerber."

„Das ist schon richtig", auf seiner Stirn bildeten sich kleine Fältchen, „aber niemand weiß, was die Archäologen dort finden. Es kann durchaus sein, dass die Bauarbeiten einige Monate ausgesetzt werden müssen. Das Risiko ist kaum kalkulierbar. Für diesen Fall muss der Auftragnehmer mit einer hohen Eigenkapitaldecke ausgestattet sein."

„Was bei Ackermann nicht der Fall ist."

Ahrens schwieg. Sein Gesichtsausdruck verriet Manuela, dass sie richtig lag.

„Das klingt alles logisch", antwortete sie, „aber warum möchte die

Gemeinde denn unbedingt dort das Hotel bauen lassen, auf einem Bodendenkmal?"

Ahrens strich sich nachdenklich über den Bart. Mit dieser Frage war er seit der Entscheidung viel öfter konfrontiert worden, als er erwartet hatte. Der geplante Neubau hatte bei den Bürgern eine Welle der Empörung ausgelöst. Zum Glück standen in naher Zukunft keine Wahlen an.

„Ein Großhotel als reiner Schlafplatz in Bönninghardt hätte dem Ort fast keine Vorteile gebracht. Die Hotelgäste würden die Autobahn abfahren, dort nächtigen und am nächsten Tag auf demselben Weg wieder verschwinden. Von ihrer Kaufkraft würden weiterhin die großen Städte wie Düsseldorf, Krefeld oder Duisburg profitieren. Das Burghotel hingegen würde, entsprechendes Marketing vorausgesetzt, darüber hinaus Wochenendurlauber und Touristen anlocken, die den Ort zusätzlich beleben."

Manuela Warnke konnte die Gründe nachvollziehen, wenngleich ihr der Glaube fehlte, Alpen könnte ein Touristenmagnet werden.

„In Ordnung. Kommen wir also zur Ausschreibung. Ich nehme mal an, Herr Ackermann sah dieses Projekt letztendlich als eine Art Spatz in der Hand. Wie viel war ihm dieser Spatz denn wert, im Vergleich zu den anderen?"

„Das ist ein ganz schön fetter Spatz, um Ihre Formulierung aufzugreifen. Der Auftrag hat ein Gesamtvolumen von vierzehn Millionen Euro. Es gab sechs Bewerber, Herr Ackermann hat mit dem niedrigsten Angebot den Zuschlag bekommen."

„War es denn sehr viel niedriger als das der Konkurrenten?", setzte die Hauptkommissarin nach, ohne Rudi Ahrens eine Pause zu gönnen. Die Miene des Bürgermeisters verdunkelte sich. Er stockte eine Sekunde. Ahrens schien diese Frage für einen Angriff auf seine Person zu halten.

„Ich nehme an, Ihre Frage zielt darauf, ob Herrn Ackermann die Gebote der Konkurrenten bekannt waren. Dies ist nicht der Fall gewesen. Dafür lag sein Gebot viel zu weit unter denen der Mitbewerber", der Ton des Politikers wurde rauer.

Manuela bemerkte die Kälte, die sich wie eine dünne Eisschicht zwischen sie schob. Sie musste einlenken, bevor ihr Gesprächspartner sich verschließen würde.

„Herr Ahrens, wir ermitteln im Fall des Leichenfundes. Uns ist nicht daran gelegen, die Gemeinde in irgendeiner Form zu diskreditieren", ihre Stimme bekam wieder diesen sanften Klang, als würde sie mit ihrer besten Freundin reden. Adriano hatte ihr erzählt, wie peinlich Ahrens der Auftritt von Ackermann gewesen war. Möglicherweise war ausgerechnet der Unternehmer der gemeinsame Nenner, mit dessen Hilfe sie das Gespräch wieder auf eine vertrauensvolle Basis stellen konnte.

„Vergessen Sie mal für einen Augenblick, dass Sie der Bürgermeister der Gemeinde Alpen sind. Was halten Sie persönlich von dieser Entscheidung? Ehrlich gesagt, kommt mir Herr Ackermann sehr seltsam vor. Ich möchte noch darauf hinweisen, dass wir dieses Gespräch absolut diskret behandeln."

Rudi Ahrens stand auf und lief ein paar Schritte durch den Raum. An einem Fenster blieb er stehen und sah hinaus. Als er sich ihnen zuwendete, wirkte er nachdenklich.

„Manchmal ist dieses Amt nicht leicht", Ahrens nahm wieder hinter seinem Schreibtisch Platz, er zögerte, als wäre es ihm unangenehm.

„Ich gestehe, Herrn Ackermann nicht besonders zu mögen. Er ist kein einfacher Zeitgenosse. Aber davon mussten Sie sich ja bereits überzeugen. Ehrlich gesagt, wäre mir ein anderer Projektleiter lieber gewesen. Aber es gibt nun einmal Gesetze, an die wir uns halten müssen."

„Das verstehe ich nicht", mischte Adriano sich ein, „die Gemeinde müsste doch froh sein, einen ortsansässigen Unternehmer beschäftigen zu können. Schließlich zahlt Herr Ackermann seine Steuern doch an die Gemeinde Alpen, oder etwa nicht?"

Ahrens lachte laut auf. Manuela und Adriano sahen sich an.

„Das Wort Steuern dürfte Herr Ackermann mittlerweile gar nicht mehr in seinem Wortschatz haben, so lange ist das her. Darüber hinaus ist er Architekt und fungiert als Projektleiter. Eine mittlerweile fast gängige Praxis. Architekten lassen sämtliche Gewerke von Subunternehmen ausführen. Dadurch können sie Risiken wie die Gewährleistung weiterreichen, immer preiswertere Subunternehmer ausfindig machen und die Gewinne gleichzeitig optimieren. Allerdings verlieren einige dabei die Qualität aus den Augen, was zu erheblichen Verzögerungen und damit verbundenen Konventionalstrafen führen kann."

Ahrens machte eine kurze Pause, sein Blick verdunkelte sich.

„Herr Ackermann selbst ist dermaßen überschuldet, der zahlt schon seit Jahren keine Gewerbesteuer mehr. Vielleicht können Sie meine Zweifel jetzt verstehen. Ich habe die Sorge, dass gegen Herrn Ackermann mitten in der Bauphase ein Konkursverfahren eröffnet wird."

„Trotzdem konnte er die Konkurrenz unterbieten?"

„Ja. Es ist zwar schleierhaft, wie er das angestellt hat, aber uns waren die Hände gebunden. Im Übrigen war es ja nicht allein meine Entscheidung. Der Gemeinderat trägt sie mit einer großen Mehrheit mit. Wenn es gut geht, spart die Gemeinde einen schönen Batzen Geld. Falls nicht, werde ich wohl keinen Tag länger im Amt bleiben", schob er mit Galgenhumor hinterher.

„Wir wollen hoffen, dass es nicht so weit kommt. Können Sie uns bitte die Adressen der Mitbewerber geben."

Ahrens zog einen Aktenordner aus der Regalwand hinter sich. Von einem Stapel Papier entfernte er anschließend eine Büroklammer und reichte den Polizisten das Deckblatt. Mit dem Zeigefinger deutete er dabei auf die erste Anschrift.

„Gisbert Fischreiter, der dürfte interessant für Sie sein. Sein Angebot war wirklich günstig. Bevor wir das des Architektenbüros Ackermann vorliegen hatten … lassen wir das", der Bürgermeister winkte verächtlich ab, „Herr Fischreiter hat uns öffentlich Mauschelei vorgeworfen. Er behauptete, kein seriöses Unternehmen könne sein Angebot unterboten haben."

14

Die einsetzende Dämmerung ließ die farbenfrohe Landschaft allmählich verblassen. Der Durchgangsverkehr in Richtung Veen hatte längst nachgelassen, Vogelstimmen unterbrachen gelegentlich die beginnende Abendruhe. Es schien so, als würde das Leben gegen Ende des Tages gemächlicher ablaufen. An dem Tümpel im angrenzenden Feld landete ein Fischreiher. Für einen Augenblick verharrte er abwartend, drehte den Kopf kurz herüber zur nahen Unterheide, tauchte schließlich mit dem langen Schnabel in die moosgrüne Oberfläche ein.

Misstrauisch behielt sie den Zähler im Auge. Bevor sie vor wenigen Minuten an der Bushaltestelle Lindenallee in das Taxi gestiegen war, hatte sie sich den kürzesten Weg genau eingeprägt. Es ärgerte sie, dass kein Bus in diese einsame Gegend fuhr. Als der Fahrer in den Bergweg einbog, zog sie das Portemonnaie aus der Handtasche. Kurz vor dem Wäldchen führte ein kleiner Wirtschaftsweg zu dem Bauernhof. Sie wartete, bis der Fahrer das Taxameter abgestellt hatte.

„Bleiben Sie bitte hier, junger Mann. Es dauert nicht lange."

Der Taxifahrer sah sie ungläubig an.

„Da muss ich die Uhr aber wieder einschalten, Zeit ist Geld."

„Unterstehen Sie sich, sonst lasse ich die Konkurrenz kommen."

Ein breites Grinsen fuhr über die glattrasierten Wangen des Fahrers und ließ strahlend weiße Zähne erkennen.

„Wird schwierig. In Alpen gibt es nur ein Taxiunternehmen. Aus den anderen Orten nehmen die Fahrer extra Anfahrt. Glauben Sie mir, ist billiger, wenn die Uhr läuft."

Mürrisch gab sie bei. Sie besaß kein Handy und wusste nicht, was sie hier erwartete. Den aufkommenden Gedanken, die fast fünf Kilometer nach Alpen zur Bushaltestelle zurückzulaufen, schob sie mit einem Blick in den dunkler werdenden Abendhimmel beiseite.

Die Türglocke sendete ihren lauten Hall durchs Haus. Einige Meter abseits im Halbdunkel rannte ein Hund wütend bellend durch einen angerosteten Zwinger. Das Geräusch von Schritten drang nach außen. Sie zog noch einmal hastig an ihrem dunkelgrauen Mantel und klemmte einen Ordner unter die linke Armbeuge. Hinter den braun getönten Scheiben der Tür erkannte sie ein prüfendes Augenpaar. Ein Schlüssel drehte sich mehrmals, eine Sperre wurde entriegelt, schließlich kam eine alte Frau zum Vorschein. Die mit etlichen Spangen hochgesteckten, grauen Haare hatten Ähnlichkeit mit einem Kaktus.

„Wir kaufen nichts." Sie klang schroff.

„Nein, keine Sorge, ich will nichts verkaufen", das Lächeln und ihre Stimme wirkten gekünstelt, „Gertrud Grimm, schönen guten Abend, Frau Hermsen."

„Böckerhoff-Hermsen, bitteschön. Was wollen Sie?"

Über zwei mächtigen Tränensäcken verengten sich ihre graublauen Augen zu argwöhnisch blinzelnden Schlitzen.

„Ich bin vom Verband „Christliche Fürsorge unserer Toten", „e. V." schob sie noch schnell hinterher und steckte den Mitgliederausweis des Müttergenesungswerkes ein, bevor ihr Gegenüber einen genaueren Blick darauf werfen konnte. „Könnte ich bitte Herrn Kurt Hermsen sprechen?"

Misstrauisch sah die Gastgeberin auf das Taxi hinter ihr.

„Ähem ... tja, Sie wohnen so abgelegen, da muss man halt investieren. Für die gute Sache ist uns kein Weg zu weit."

Frau Grimm war am Morgen noch einmal zu der Tochter von Hermsen gefahren. Sie hatte ihre gesamte Überredungskunst einsetzen müssen, um an die Adresse des Vaters zu kommen. Laut Aussage der Tochter hatte Kurt Hermsen drei Jahre nach der Scheidung wieder geheiratet. Die neue Familie hatte „alte Zöpfe" abschneiden und von vorne beginnen wollen. Bei dem Gedanken daran, dieser „alte Zopf" zu sein, war ihre Stimme in Tränen untergegangen.

Frau Böckerhoff-Hermsen führte sie durch den Flur in die Wohnküche. Die Tapeten waren leicht vergilbt, die Möbel stammten aus der Mitte des letzten Jahrhunderts. Ein großer, mit gelblichen Fliesen verkleideter Kachelofen sorgte für wohlige Wärme.

„Kurt, kommst du mal!“

Es hörte sich nicht so an, als riefe die wohlbeleibte Bäuerin nach ihrem Mann, es klang vielmehr wie ein Befehl. Kurz darauf erschien der Herr des Hauses, was sich allem Anschein nach nur auf das Geschlecht bezog. Nach einem fragenden Seitenblick zu seiner Gattin setzte er sich auf den Stuhl gegenüber von Frau Grimm. Sie gaben ihr weder die Gelegenheit, ihren Mantel auszuziehen, noch bot man ihr etwas an. Frau Grimm trug noch einmal den Satz vor, den sie kurz vor ihrer Abfahrt vor dem Flurspiegel geprobt hatte, und kam zur Sache.

„Wir sehen es als unsere Aufgabe an, uns um die Gräber der Toten zu kümmern, die keine Angehörigen mehr haben. Meine Aufgabe ist die Pflege der Mitgliederliste. Da gibt es manchmal Problemfälle. Unser langjähriges Mitglied Walter Jansen beispielsweise.“

Hermsen erschrak. Die plötzlich einsetzende Unruhe blieb Frau Grimm nicht verborgen.

„Der gute Mann ist vor fast genau dreißig Jahren von einem Tag auf den anderen spurlos verschwunden. Nun, nach dreißig Jahren endet seine Mitgliedschaft, falls nichts über den Verbleib bekannt ist. Aber vorher versuchen wir noch alles, diesen herauszubekommen. Dabei wurde mir gesagt, dass Sie, Herr Hermsen, mit ihm befreundet waren. Da dachte ich mir, Sie können mir vielleicht weiterhelfen.“

„Das ist ja der Gipfel der Unverschämtheit“, rief Frau Böckerhoff-Hermsen dazwischen. „Befreundet? Mit dem? Manche im Ort hatten meinen Mann damals sogar verdächtigt, Jansen umgebracht zu haben!“

„Nein! Wer macht denn so was?“

Gertrud Grimm hielt sich empört die Hand vor den Mund.

„Birgit Ackermann, geborene Jansen, dieses Miststück. Die ist ein paar Mal bei meinem Mann aufgetaucht, hatte sich wie eine Furie benommen. Nicht wahr Kurt, hast du doch erzählt. Herrje, Kurt! Jetzt sag’ doch auch mal was.“

Der Angesprochene fingerte nervös an der altmodischen Strickweste mit blassbuntem Karomuster. Hinter einer übergroßen Hornbrille blinzelten nervös zwei kleine, grünlich schimmernde Augen.

„Das stimmt. Dabei war ich doch in Kur, als das passiert ist.“

Gertrud Grimm fiel es schwer, ihre Zufriedenheit nicht durchblicken zu lassen. Das Gespräch geriet genau in die Bahn, die sie sich gewünscht hatte. Nur der letzte Satz machte sie stutzig.

„Als was passiert ist? Ist er etwa …?

Hermsen sprang hoch und lief zum Kühlschrank.

„Möchten Sie auch etwas trinken?"

„Nein", antwortete die Gastgeberin, „das Taxi wartet doch draußen. Außerdem essen wir gleich. Da brauchst du nicht vorher noch ein Bier trinken."

Kurt Hermsen stellte die Flasche mit sinkenden Mundwinkeln zurück und setzte sich wieder.

„Als er verschwunden ist halt", er machte eine gleichgültige Armbewegung.

„Aber er ist doch am Geburtstag Ihrer Tochter verschwunden. An diesem Wochenende sind Sie nach Hause gefahren. Montags waren Sie dann wieder in der Klinik. Wieso haben Sie Ihre Tochter eigentlich nicht besucht, wo Sie schon einmal hier waren?"

Die Atmosphäre kühlte spürbar ab. Während seine Frau nach Worten rang, beugte Hermsen sich zu dem Gast herüber, seine Augen funkelten gefährlich.

„Was soll das? Woher wissen Sie das? Wer sind Sie wirklich?"

Seine Stimme nahm den Klang dumpfen Donners an, als ob ein Gewitter aufziehen würde. Frau Grimm biss sich auf die Lippen. Ihr wurde schmerzhaft bewusst, den Bogen überspannt zu haben. Sollte sie jetzt die Wahrheit sagen? Dass sie es nach über einem Dutzend Telefonaten mit Geschichten, die selbst den Grenzen ihrer Fantasie bedrohlich nahe kamen, von der Kurklinik erfahren hatte? Das würde die sichtlich überreizten Gastgeber womöglich noch mehr beunruhigen.

„Von Peter Jordan. Sagen Sie nicht, den kennen Sie nicht mehr. Er war doch auch zu der Zeit in Bad Kreuznach. Da dachte ich immer, ich bin vergesslich. Macht ja nichts. Der Peter lebt übrigens heute in Bayern. Soll ich Ihnen mal die Adresse zukommen lassen? Dann können Sie sich über alte Zeiten unterhalten."

Kurt Hermsen lehnte sich wieder zurück. Nachdenklich rieb er die Hand über sein Gesicht. Dabei murmelte er immer wieder den Namen des vermeintlichen Mitpatienten. Irgendwann stülpte er die Lippen vor und schüttelte den Kopf.

„Nee, Peter Jordan, nee … kenne ich nicht."

Ich auch nicht, dachte Frau Grimm.

„Das war so ein großer, schlanker Mann. Hatte damals schon graue Haare und eine Nase, meine Güte, war das ein Zinken. Er ist übrigens auch Mitglied bei uns. Wir sind in ganz Deutschland vertreten. Aber nun sagen Sie mal, was wollten Sie denn hier, wenn Sie nicht wegen des Geburtstages Ihrer Tochter angereist sind?"

„Ich wollte …"

„Das weiß er doch jetzt nicht mehr", mischte Frau Böckerhoff-Hermsen sich barsch ein, „er hat ja schon den Namen seines Kumpanen vergessen. Ich denke, das reicht. Wie Sie bemerkt haben, wissen wir nichts über den Verbleib von Walter Jansen. Wenn Sie jetzt bitte gehen würden, wir essen zeitig."

Während die Gastgeberin aufstand und ihrem Anliegen mit unmissverständlichen Gesten Nachdruck verlieh, kam Gertrud Grimm ein Fluch in den Sinn, der sich für eine Dame ihres Alters nicht geziemte. Sie presste die Lippen aufeinander und stand auf. Ein letzter Blick auf die zitternden Augenlider Hermsens bestätigte ihren Verdacht.

Der Taxifahrer lümmelte sich dösend in dem halb heruntergeklappten Sitz. Als sie die Tür öffnete, fuhr er hoch.

„Bilden Sie sich nicht ein, dass ich das bezahle", herrschte sie ihn sogleich an. Sie deutete empört auf das Taxameter.

„Fast sechs Euro für Ihr Nickerchen. Sofort ausmachen, sonst steige ich nicht ein."

„Na schön, dann laufen Sie eben."

Wütend zog er die Tür zu und startete den Motor. Gertrud Grimm schnappte nach Luft. Nach dem Gespräch mit dem Ehepaar Hermsen wollte sie nicht noch einmal in das Haus. Eilig riss sie die Beifahrertür wieder auf und stieg in das Taxi.

„Lindenallee", knurrte sie verächtlich.

15

Es wunderte Heinrich, vorhin nicht direkt von seiner Mutter begrüßt worden zu sein. Er hatte die Gunst der Stunde genutzt und das Abendbrot zubereitet. Annette goss sich einen Tee ein, den strengen Blick auf Heinrich gerichtet.

„Das kann ich nicht zulassen. Du bist seit gestern in Pension und ermittelst weiter, als ob nichts geschehen wäre."

Dieses Kribbeln unter den Nägeln hatte er nicht mehr länger aushalten können. Obwohl Heinrich es zunächst nicht vorhatte, berichtete er ihr von dem Gespräch auf dem Kastanienhof.

„Haben deine Ermittler sich denn um Jansens Bruder gekümmert? Sind sie dieser Spur nachgegangen?"

„Nein, sind sie nicht. Ob es überhaupt eine Spur ist und wohin sie führt, ist zumindest zweifelhaft. Heinrich, dich hat es doch ständig aufgeregt, wenn deine Mutter sich eingemischt hat. Nun machst du genau dasselbe. Was sagst du ihr, wenn sie davon erfährt?"

„Das muss sie ja nicht."

In dem Augenblick war wie auf ein Zeichen zaghaftes Klopfen an der Tür zu vernehmen. Bevor jemand etwas sagen konnte, trat Mutter Grimm auch schon ein.

„Hier seid ihr. Stimmt, mein Junge, du hattest gesagt, dass wir auch mal oben essen sollten."

Ungefragt setzte sie sich zwischen die beiden. Annette holte ihr einen Teller. Heinrich schüttelte sprachlos den Kopf.

„Ich habe auch eine tolle Neuigkeit für dich."

„Du hast doch nicht schon wieder ermittelt, Gertrud?", Annettes mahnender Ton verfehlte seine Wirkung nicht. Frau Grimm wand sich wie ein Aal.

„Ermittelt würde ich es nicht nennen. Also nicht direkt. Ich habe heute Morgen zunächst mal die Kurklinik in Bad Kreuznach angerufen. Die haben mich stundenlang hin und her verbunden, aber es hat sich gelohnt. Kurt Hermsen hat überhaupt kein Alibi …"

„Mutter!“

Heinrichs Finger krallten sich dermaßen fest an das Besteck, dass die Knöchel der Hände aussahen wie weiße Kugeln.

„Einer muss das ja überprüfen“, herrschte sie ihren Sohn an. „An dem fraglichen Wochenende war er gewissermaßen auf Heimaturlaub.“

Stolz kreisten ihre Augen über die Gesichter der Zuhörer. Heinrich dachte an die Jugendzeit zurück. Sein Vater hatte nicht gewollt, dass er Polizist würde. Nach dem Wunsch seines Erzeugers sollte Heinrich Hufschmied werden wie er und vor ihm sein Vater. Seiner Mutter hatte es Heinrich letztendlich zu verdanken, dass er damals die Ausbildung zum Polizisten absolvieren durfte. Die passionierte Krimiliebhaberin war seitdem ungeheuer stolz auf „ihren“ Kommissar.

„Dann sollten die Kollegen schnellstmöglich herausbekommen, wo dieser Hermsen sich heute aufhält“, Heinrichs Wut wich mittlerweile einem gesteigerten Interesse.

„Auf dem Bergweg in Alpen. Da komme ich gerade her. Die Tochter von Kurt Hermsen hat mir die Adresse gegeben.“

Das ging zu weit, Heinrichs Zorn kehrte zurück.

„Was hattest du dort zu suchen? Das ist mein … ich meine, das ist ganz allein Sache der Polizei. Der Fall geht dich überhaupt nichts an. Hast du das verstanden?“

Die scharfen Blicke von Mutter und Sohn trafen sich. Außenstehende konnten den Eindruck gewinnen, zwei Hirschböcke stritten Stirn an Stirn um das Revier.

„Moment! Erstens geht es euch beide nichts an, und zweitens ist noch gar nicht geklärt, ob überhaupt ein Ermittlungsverfahren eingeleitet wird. Darüber entscheide nämlich ich. Und momentan sehe ich keine Veranlassung dazu.“

Langsam richteten sich die Augen auf Annette. Mutter Grimm fasste die Situation in dürren Worten zusammen.

„Kein Ermittlungsverfahren?“

Wofür mache ich mir dann die Mühe, schien die Seniorin zu denken. Ihre Mimik war ein einziger Ausdruck der Enttäuschung.

„Augenblick“, Heinrich setzte sich kerzengerade, den Blick ebenfalls vorwurfsvoll auf Annette gerichtet, „kein Ermittlungsverfahren? Das kann doch nicht dein Ernst sein!“

„Und wieso geht es uns beide nichts an?“, bemerkte Gertrud Grimm verspätet.

„Das lässt du dir am besten von Heinrich erklären. Um offiziell Ermittlungen aufzunehmen, fehlt der geringste Hinweis auf einen Mord. Und dies ist nach dreißig Jahren nun einmal die einzige Straftat, die noch nicht verjährt wäre.“

„Ein Einschussloch in der Stirn spricht nicht für einen Unfall“, bemerkte Heinrich trocken.

„Wobei wir uns dabei, ebenso wie bei der angeblichen Körperverletzung, auf die Aussage eines, sagen wir mal, zweifelhaften Reporters stützen. Ich habe keine Lust, mir von diesem Camel während einer Pressekonferenz strahlend den unversehrten Kopf des Toten präsentieren zu lassen.“

Spät am Abend saßen Annette und Heinrich bei einem guten Rotwein auf der Couch. Heinrich wurde wieder von dieser inneren Unruhe befallen, die ihn immer dann quälte, wenn er den Eindruck hatte, irgendwas unternehmen zu müssen. Er startete noch einen Versuch.

„Findest du es nicht merkwürdig, dass Gerd Jansen auf einer Baustelle von Ackermann ums Leben gekommen ist? Ackermann hatte vorher alle anderen nach Hause geschickt. Da stimmt doch was nicht.“

Annette stellte ihr Glas ab, die Augen starr auf Heinrich gerichtet. Die Pupillen inmitten der dunkelbraunen Iris regten sich nicht. Die weiche Haut ihrer Wangen glänzte im Licht der flackernden Kerzen. Lediglich kleine Fältchen am Rande der Augen wiesen auf ihr Alter hin.

„Heinrich, gibt es irgendeinen ernst zu nehmenden Hinweis auf die Identität des Toten oder darauf, dass er gewaltsam ums Leben gekommen ist, außer deinem Glauben?“

Ihre Stirn kräuselte sich.

„Deiner Meinung nach handelt es sich um Walter Jansen, weil dieser zufällig ungefähr um dieselbe Zeit vermisst gemeldet wurde. Das ist doch absurd. Heinrich, ich erkenne dich nicht mehr wieder. Hätte Adriano einen Verdacht auf einer derart wackeligen Basis geäußert, hättest du ihn ausgelacht."

Heinrich fühlte, wie sich seine Nerven anspannten. Er konnte es sich nicht erklären, warum seine Partnerin in diesem Fall so ignorant war.

„Wenn du kein Verfahren einleitest, werden wir die Wahrheit niemals erfahren."

„Das Leichenermittlungsverfahren läuft doch noch."

„Das ist zu wenig. Er hatte vor, seinen zukünftigen Schwiegersohn zu enterben. Kurz nachdem dieser davon erfuhr, ist Walter Jansen verschwunden und wurde seitdem von niemandem mehr gesehen. Dreißig Jahre später taucht eine Leiche auf. Und zwar zufällig auf einer Baustelle von Manfred Ackermann. Der EKD hat Schleifspuren zum Bunkerausgang gesichert, die Leiche war nackt. In dem Kopf der Leiche befand sich ein Loch. Camel wird niedergeschlagen, der Kopf verschwindet, was willst du denn noch?"

„Um Recht zu behalten, schließt du sogar einen Pakt mit dem Teufel, nicht wahr? Du kennst Camel lange genug. Ein Skelett allein reicht ihm nicht. Ich halte es durchaus für möglich, dass dieses Einschussloch in den Bereich seiner", sie wedelte mit der rechten Hand, „künstlerischen Freiheit fällt."

Annette wurde nun wütend. Heinrich schürzte die Lippen. Camel und er waren nie die besten Freunde gewesen. Es gab nichts, was er an dem Reporter mochte. Die Art und Weise, vor allem die Mittel, die der Journalist häufig für den vermeintlichen Erfolg einsetzte, waren ihm zuwider. Es setzte ihm gewaltig zu, sich ausgerechnet von seiner Mutter und diesem Provinzreporter helfen zu lassen. Vielleicht sollte er doch besser angeln gehen. Annette schien seine Gedanken zu erraten.

„Ich denke noch einmal darüber nach, und jetzt lass uns das Thema bitte beenden."

16

Manuela Warnke knüllte die Packung zusammen und öffnete eine weitere Tafel Schokolade. Ihr Blick landete auf einem Foto an der gegenüberliegenden Wand neben dem Fernseher. Der Kopf war hochrot, das Trikot durchnässt. Es war der Zieleinlauf des Bocholter Triathlons aus dem vergangenen Jahr. Sie hatte einen beachtlichen vierten Platz in ihrer Altersklasse belegt. Das war nur läppische fünfzehn Monate her. Seitdem versammelten sich acht fettige Kilos um ihre Extaille. Kummerspeck, der dafür verantwortlich war, dass sie nur noch Pullover und Sweatshirts tragen konnte. Ein heller Fleck neben dem Foto brachte die Gedanken zurück. Auch wenn das Bild schon lange nicht mehr an der Wand hing, schien Jochen sie immer noch unverschämt anzulachen. Wird er Susan auch so behandeln? Sie fragte sich, ob sie es ihrer ehemals besten Freundin gönnen sollte. Wie lange geht das schon, hatte sie ihn gefragt. Drei Jahre, hatte er leise und mit gesenktem Blick geantwortet. Bis zu diesem Augenblick waren Ehrlichkeit und Treue Charaktereigenschaften, die sie an Jochen besonders geschätzt hatte. Und obwohl jeder Gedanke an die Vergangenheit ein verschwendeter war, fragte sie sich oft, wie sie sich so in ihm hatte täuschen können.

Seit der Ausbildung waren die drei eng befreundet gewesen, hatten danach alles versucht, gemeinsam in diese Dienststelle zu kommen. Das Versetzungsgesuch war ihr wie eine Flucht vorgekommen. Wieder einmal musste sie ganz von vorn beginnen. Wieder allein mit einem traurigen Rest Zuversicht. Allein gegen den Schatten eines pensionierten Kollegen, mit einem Mitarbeiter, dem der pünktliche Feierabend wichtiger war als der berufliche Erfolg.

Sie hatte Adriano erst zur Dienststelle bringen müssen, bevor sie die Ermittlungen allein fortsetzen konnte. Vor zwei Stunden war sie in der Villa des Bauunternehmers an der Danziger Straße in Sonsbeck gewesen. Fischreiter hatte getobt, als sie ihn nach der Ausschreibung fragte. Er war sicher gewesen, den Zuschlag zu bekommen. Ein

Schwager, der als Architekt fast umsonst in der Kalkulation stand. Niedriglohnkräfte aus Polen und Tschechien, Materialeinkauf zum Dumpingpreis sowie erstklassige Kontakte zu den Denkmalschützern sorgten für ein Angebot, das laut Fischreiter unmöglich auf legalem Weg zu unterbieten war. Der Unternehmer war der festen Ansicht gewesen, Ackermann würde gewaltig draufzahlen müssen. Ackermanns Motiv, so vermutete Fischreiter, bestand darin, einen lästigen Konkurrenten aus dem Markt zu boxen. Beiden Unternehmen ging es nicht besonders gut, sie hangelten sich von Auftrag zu Auftrag, um zu überleben. Dabei waren sie sich immer wieder in die Quere gekommen.

Manuelas Gedanken flogen durch ein Labyrinth aus Wirrungen. Den richtigen Ausgang schien es nicht zu geben. Fischreiters Aussage über die Liquidität und das erstaunlich niedrige Angebot hatte Rudi Ahrens bereits bestätigt. Das Skelett im Bauch der Motte musste also nicht unbedingt Ackermanns Motiv darstellen, den Auftrag um jeden Preis zu bekommen. Die Exfrau des Architekten tauchte vor ihrem geistigen Auge auf. Ihre Körpersprache, die eigenartig wirkte, gar nicht zu ihren Aussagen passen wollte. Warum hatte sie Hermsen damals gedeckt? Die Staatsanwältin dürfte diesen Ansatz von Heinrich Grimm haben, war sie sicher. Manuela Warnke plante ohnehin, das Gespräch mit ihrem Vorgänger zu suchen. Das schlechte Gewissen, sie hätte sich nicht direkt an den Arbeitsplatz ihres Vorgängers setzen sollen, verlangte danach. Manuela nahm es sich für den nächsten Morgen vor.

17

„Bist du wahnsinnig, hier aufzutauchen“, eilig zog sie ihn hinein und verschloss die Tür. Unterwegs in das geräumige Wohnzimmer fiel Zigarettenasche auf die weißen Fliesen. Ihr Konsum hatte sich in den letzten Tagen verdoppelt. Sie bot ihrem Gast mit einer fahrigen Armbewegung den schwarzen Ledersessel an und rannte durch den Raum, um die Rollläden zu schließen.

„Hast du einen Whisky für mich?“

Kopfschüttelnd ging sie zur Bar und kam mit einem kleinen Glas und der Flasche in den Händen zurück. Nach einem tiefen Zug blies die aparte Frau den Qualm zur Decke und sah ihren Gast vorwurfsvoll an.

„Du hast vielleicht Nerven.“

Er ging nicht auf sie ein. Schweigend führte er das Glas an die Lippen und nippte daran.

„Was wollte die Polizei von dir?“

„Das weißt du auch schon?“

Er nickte stumm. Sie hätte es sich denken können. Ihm war nie die kleinste Kleinigkeit entgangen. Nichts geschah in diesem Ort, ohne dass er es mitbekam. Wie konnte sie so naiv sein zu glauben, das hätte sich geändert?

„Sie wissen von Hermsen.“

Die Mundwinkel glitten sanft hoch, in seinen Augen war Zufriedenheit erkennbar. Genüsslich trank er einen weiteren Schluck. Sie hatte geglaubt, es würde ihn irritieren. Immerhin hatten sie dreißig Jahre benötigt.

„Der alte Hermsen. Eigentlich bin ich ihm sogar zu Dank verpflichtet.“

Sie zündete sich eine neue Zigarette an. Ihr lag die Frage auf der Zunge, warum er ausgerechnet Hermsen dankbar sein sollte. Sie schwieg.

„Ohne ihn würde die Polizei zuviel in meiner Vergangenheit stöbern.“

„Was macht dich so sicher, dass sie es nicht tut?"

Er schwenkte das Glas vor dem Schein der Deckenlampe, betrachtete das goldgelbe Farbspiel.

„Mein Gefühl", antwortete er lapidar. Sie beobachtete ihn genau, suchte nach geringsten Anzeichen von Nervosität. Das linke Augenlid, erinnerte sie sich. Es vibrierte immer dann, wenn er unruhig wurde. Nicht sehr heftig, eher in kurzen schnellen Schlägen, wie die Flügel einer Motte. Bis auf gelegentliche Wimpernschläge blieb es völlig ruhig.

„Du musst verschwinden."

„Ja."

Er leerte das Glas in einem Zug bis zur Neige.

„Pass auf, was du der Polizei sagst", es klang scharf, fast wie eine Drohung. Sie lächelte zynisch. Die Tage waren längst vorbei, an denen er ihr Angst machen konnte. Er stand auf und trat ganz nah an sie heran. Der stechende Blick prallte nicht vollständig an ihr ab. Ein Teil fraß sich wie ein Feuer in sie hinein und loderte heiß in ihrer Seele. Er dachte nur an sich. Heute wie damals, als er diesen schrecklichen Mantel wie ein Gespenst ausgebreitet hatte und sie darunter zurückließ. Er ahnte nichts von den vielen Nächten, in denen sie schweißgebadet aufwachte und in sein Gesicht blickte. Die Erinnerung verließ ihren Geist nur sehr langsam, in winzigen, losen Gedanken, Stück für Stück. Vorgestern, als sie das Gerücht von einem Leichenfund erreichte, war sie mit einem Schlag zurückgekehrt. Es kam ihr vor, als habe die Baggerschaufel mit dem Tunneleingang auch ihre verkrustete Seele aufgerissen. Sie hatte es nicht glauben wollen, diese Ahnung immer wieder verdrängt. Als sie die Schlagzeilen gelesen hatte, tauchte lähmende Gewissheit sie in einen schrecklichen Tagtraum. Eine Frage war all die Jahre offengeblieben. Sie hatte ihn nie gefragt, aus Angst, die Antwort könne ihre schlimmsten Befürchtungen wahr werden lassen. Heute fühlte sie sich seltsam stark. Als sie die Frage stellte, wünschte sie sich im selben Moment, geschwiegen zu haben.

„Was ist wirklich mit dem Mädchen passiert, diese …"

„Lydia."

Er klang gelangweilt. Mit geweiteten Augen starrte sie ihn an.

„Ihr Name war Lydia. Ein schrecklicher Unfall."

Sie schloss die Augen. Als er gegangen war, blieb sie noch eine Minute reglos im Türrahmen stehen. Kleine Tränen liefen über ihre Wangen. Die Kälte durchzog ihren Körper in seichten Wellen.

18

Annette war vor wenigen Minuten gegangen. Heinrich rührte lustlos in seinem Kaffee und überlegte, was er noch machen könnte, als die durchdringende Stimme seiner Mutter ihn hochfahren ließ. Er hatte ihr, als er vom Bäcker kam, von der Pensionierung berichtet. Sofort hatte sie begonnen, Pläne zu schmieden.

„Du hast Besuch", hörte er aus dem Treppenhaus. Als er die Tür öffnete, stand Frau Warnke in Begleitung seiner Mutter im Flur.

„Sie ist von der Polizei", flüsterte Frau Grimm, die hinter der Kommissarin stand. Um zu verdeutlichen, wen sie meinte, zeigte sie mit dem Zeigefinger von oben auf den Kopf der Kommissarin. Sie stand dabei auf Zehenspitzen und wankte unsicher.

„Guten Morgen, Frau Warnke", mit einem Schritt zur Seite ließ er sie passieren. Als seine Mutter sich vorbeidrängeln wollte, schob Heinrich sich dazwischen.

„Frau Warnke, wollten Sie mich besuchen oder meine Mutter?"

„Sie natürlich", antwortete Manuela erstaunt.

„Habe ich mir gedacht. Wissen Sie, meine Mutter versteht manche Dinge nicht mehr so richtig, aber hören kann sie noch ganz gut. Das hast du doch verstanden, nicht wahr, Mutter?"

Mit einem Schwung drehte er sich herum und schleuderte seiner Mutter einen strengen Blick entgegen. Ihre Augen zogen sich zusammen, über die Wangen glitt ein leichtes Zittern. Ohne ein Wort drehte sie sich auf dem Absatz um und lief die Treppe herunter. Unterwegs imitierte sie seine Stimme: „Meine Mutter versteht nichts mehr. Na warte, Bürschchen."

Der Frühstückstisch war noch nicht abgeräumt, zwei Mehrkornbrötchen lagen im Brotkorb. Angesichts des strömenden Regens hatten Annette und er die morgendliche Joggingrunde ausnahmsweise ausfallen lassen. Dementsprechend hatte ihnen der Appetit gefehlt.

„Setzen Sie sich doch. Haben Sie schon gefrühstückt? Kaffee oder Tee?", fragte Heinrich sachlich, ohne Emotionen preiszugeben. Manuela Warnke entschied sich für grünen Tee. Sie hatte bereits Cornflakes und eine Banane gegessen. Während der Gastgeber Wasser kochte, überlegte sie, mit einem Smalltalk zu beginnen, um das Eis zu brechen. Floskeln wie das schlechte Wetter oder die allzu hübsche Wohnung zu bemühen, waren ihr zuwider. Außerdem fand sie die Einrichtung ohnehin spießig. Das Mobiliar wirkte auf sie wie ein zurechtgesägter und verleimter Eichenwald.

Die Pensionierung Grimms erinnerte sie an ihren Vater. Er war nur wenig älter gewesen, als die Firma für immer geschlossen wurde. Vierzig Jahre fehlerfreie Arbeit hatten nicht mehr gezählt. Der Sachbearbeiter vom Arbeitsamt hatte ihm schonungslos zu verstehen gegeben, nicht mehr gebraucht zu werden. Seit dieser Zeit verzog er sich wie ein Eremit in seinen Hobbykeller, trank schon morgens. Sie machten sich Sorgen. Erst als Marco, sein Enkelsohn zur Welt kam, lebte Vater wieder auf.

„Herr Grimm, ich bin hier, um mich für meine Dreistigkeit zu entschuldigen und“, sie stockte, „um mir von einem erfahrenen Kollegen Rat zu holen.“

In Heinrichs tief liegenden Augen waren Zweifel erkennbar.

„Von einem Rentner?“

„Bis vorgestern war es Ihr Fall. Sie sind pensioniert, falls Sie nichts mehr damit zu tun haben wollen, kann ich das verstehen.“

Heinrich bekam das Gefühl, von hinten entwaffnet worden zu sein. Nach kurzem Nachdenken gestand er sich ein, sie ungerecht behandelt zu haben. Was war ihr übrig geblieben? Hätte sie eine angemessene Karenzzeit von einem Stehtisch aus arbeiten sollen? Sie trug keine Schuld, es war die Entscheidung der Vorgesetzten, die er immer noch nicht nachvollziehen konnte. Es ärgerte ihn, sich vorschnell ein falsches Bild gemacht zu haben. Eine wohlige Wärme breitete sich in seinem Innern aus, er fühlte sich geschmeichelt. War es Absicht? Für eine Sekunde stellte er sich vor, gemeinsam mit ihr und Adriano im Büro den Fall durchzusprechen. Zweifel kehrten zurück, wurden aber schnell von Sorgen überlagert. Heinrich wollte nicht, dass sie seinetwegen Ärger bekäme.

„Weiß die Dienststelle davon?"

„Ich habe im Auto gewartet, bis Ihre Freundin aus dem Haus gegangen ist", antwortete sie spitzbübisch.

Auf diese Art hatte sie schon ihren Vater immer wieder um den Finger wickeln können. Zum Leidwesen ihrer Mutter hatte sie fast jeden Wunsch erfüllt bekommen. Das Eis war endgültig gebrochen. Über Heinrichs Gesicht zog ein zufriedenes Lächeln. Der Hauptkommissar a. D. stand elanvoll auf und holte vom Sideboard einen zwischen Versandhauskatalogen versteckten Schnellhefter. Er rückte den Stuhl zu ihr herum, schob mit dem Unterarm Geschirr zur Seite und schlug den Ordner auf.

„Moment noch", flüsterte er. Vorsichtig erhob er sich, ging mit leisen Schritten zur Tür und riss sie auf. Seine Mutter konnte sich gerade noch am Türrahmen festhalten.

„Ich … ich wollte dir die Zeitung bringen", stotterte sie verlegen. Neugierig streckte sie sich, bog ihren Körper zur Seite und blickte an ihm vorbei ins Zimmer.

„Das ist nett", Heinrich streckte die offene Hand vor. Verwundert sah sie ihn an.

„Die Zeitung. Du wolltest sie mir bringen."

„Huch, ich habe sie wohl unten vergessen. Ich hole sie schnell."

„Nicht nötig. Hast du eigentlich nichts vor?"

Verärgert biss sie die Lippen aufeinander und ging. Manuela schmunzelte. Adriano hatte ihr bereits von den Marotten der Seniorin berichtet.

Nacheinander glichen sie die Ermittlungsergebnisse ab. Manuela wunderte sich, wie weit ihr Vorgänger bereits gekommen war. Vor allem die unterschiedlichen Ansätze machten sie nachdenklich. Zuletzt hatte sie den „Bericht" von der Befragung am Kastanienhof gelesen. Während ihnen nicht einmal etwas von einem Bruder Walter Jansens bekannt war, hatte Grimm den merkwürdigen Unfalltod vermerkt.

Nichts deutete darauf hin, dass ihr Vorgänger pensioniert worden war. Manuela überkam ein ungutes Gefühl. Sie hätte nicht hierherkommen dürfen. So hatte sie die neue Tätigkeit eigentlich nicht beginnen wollen. Ihr war es wichtig, die leidige Angelegenheit zu klären, sich zu entschuldigen, maximal. Aber nicht um Rat fragen, auch wenn es sich nur um eine Geste der Höflichkeit handeln sollte. Es kam ihr vor, als sei sie in seichtes Wasser gegangen, das nun immer tiefer wurde. Sie bemerkte Grimms auffordernden Blick, zwang sich zur Aufmerksamkeit.

„Hm, diesen Unfall können wir Ackermann wohl kaum noch anhängen."

„Stimmt. Aber merkwürdig ist es schon. Vielleicht war es wirklich ein Unfall."

Manuela schlürfte den heißen Tee. Ihre Augen verkleinerten sich.

„Und wenn nicht?"

„Für den Fall suchen wir ein Motiv. Folgende These: Ackermann erschießt Walter Jansen. Der Bruder bekommt das irgendwie mit. Ihm tut es nicht besonders leid, er sieht seine Chance und erpresst Ackermann."

„Es muss irgendwelche Aufzeichnungen von diesem Unfall geben. Ich werde das überprüfen. Aber Ackermanns Motiv für den Mord an Walter Jansen fehlt mir noch."

„Forciertes Erben", antwortete Heinrich wie selbstverständlich.

Sie schüttelte den Kopf. Eine innere Stimme warnte sie, es lag zwar auf der Hand, aber für ihren Geschmack eine Spur zu offen.

„Also, das Erbe stand zunächst mal seiner späteren Frau zu. Außerdem dauert es Jahre, bis eine vermisste Person für tot erklärt wird, das Erbe also angetreten werden kann. Ebenso verhält es sich mit der Lebensversicherung. In dieser Zeit kann viel passieren. Ehrlich gesagt, halte ich dieses Motiv für unzureichend, Herr Grimm."

Heinrich formte die Lippen zu einem dünnen Strich, nickte zustimmend. Völlig verwerfen wollte er diesen Ansatz nicht. Das Vermögen Jansens dürfte es wert gewesen sein, einige Jahre darauf zu warten.

„Ja, daran habe ich auch schon gedacht. Wir müssen noch mehr herausbekommen und das möglichst schnell. Bevor die Akte geschlossen wird."

Dieses *wir* stieß ihr unangenehm auf. Sie dachte erneut darüber nach, ob es ein Fehler war, hierherzukommen. Grimm fühlte sich scheinbar wieder zugehörig. Sie strich ihr dunkelblondes Haar nach hinten. Ein Frisörbesuch war überfällig.

Da sie es nicht mehr rückgängig machen konnte, wollte sie wenigstens so viele Informationen wie möglich mitnehmen.

„Ihre Mutter war doch bei Hermsen. Wie war ihr Eindruck?"

Fast gleichzeitig klopfte es an der Tür. Ohne die Einwilligung abzuwarten, trat Frau Grimm ein.

„Ich habe gerade das Treppengeländer abgestaubt, da habe ich zufällig meinen Namen gehört. Kann ich vielleicht helfen?"

„Das ist wirklich ein Zufall", antwortete Manuela, „wir haben tatsächlich gerade von Ihnen gesprochen."

„Zufall?", grummelte Heinrich, „meine Mutter staubt das Geländer immer ab, wenn ich Besuch habe."

„Quatsch."

Sie setzte sich unaufgefordert an den Tisch. Neugierig blickte sie in die Runde. Heinrich verzog ärgerlich das Gesicht.

„Frau Grimm, ich fragte, welchen Eindruck Sie von Kurt Hermsen hatten, als Sie gestern Abend dort waren?"

„Der Mann weiß etwas", sie senkte die Stimme, verlieh ihr zusätzlich einen verschwörerisch klingenden Unterton, „aber er darf nichts sagen."

Heinrich stieß ein verächtliches Lachen hervor. Seine Mutter ging nicht darauf ein. Während ihre Augen an Manuela Warnke hafteten, nickte sie bedeutungsvoll. Sie erzählte von Frau Böckerhoff-Hermsen, die ihrem Mann ausgerechnet in dem Augenblick über den Mund gefahren war, als dieser, so glaubte die Dreiundsiebzigjährige, ein Geständnis hatte ablegen wollen. Selbstverständlich hatte sie noch gestern Abend einen umfassenden Bericht geschrieben. „Wie es sich gehört", betonte sie. Die knochigen Finger zogen ein gefaltetes Blatt aus der Kitteltasche. Mit einem Anflug von Stolz überreichte sie es der Hauptkommissarin. Heinrich schüttelte nur den Kopf. Der „Bericht" ähnelte in Schrift und Form einem Kochrezept. Manuela fiel es schwer, nicht zu lachen und darüber hinaus höchstes Interesse zu heucheln. Sie überflog die Zeilen und stellte rasch fest, dass keine verwertbaren Details enthalten waren. Ohnehin musste einer ihrer Leute die Befragung wiederholen.

„Das ist sehr interessant, Frau Grimm. Darf ich den Bericht für unsere Akten mitnehmen?"

„Selbstverständlich", Heinrich kam es vor, als sei seine Mutter soeben um einen halben Meter gewachsen, „dafür gebe ich mir schließlich die Mühe."

„Ich muss Sie aber trotzdem bitten, uns die weiteren Ermittlungen zu überlassen. Das ist viel zu gefährlich für eine Dame in Ihrem Alter."

„Ich habe keine Angst!"

Es klang trotzig.

„Das glaube ich, Frau Grimm. Aber wir wollen doch nicht arbeitslos werden."

Manuela Warnke warf einen Blick auf die Wanduhr gegenüber. Zehn vor neun. Der spätestmögliche Arbeitsbeginn lag bei neun Uhr.

Kaum im Büro angekommen, erwartete Engels sie bereits. Die Laune des Dienststellenleiters war nicht dazu angetan, als Kontrastprogramm zum herbstlichen Schmuddelwetter herzuhalten. Mit bitterböser Miene entfaltete er einen Brief. Zwischen Lesebrille und den buschigen, schwarzen Augenbrauen lag ein Augenpaar hinter kleinen, dunklen Schatten.

„Herzlichen Glückwunsch, Frau Warnke. Zwei Tage im Amt und schon eine Dienstaufsichtsbeschwerde am Hals."

Engels verschwieg, dass gestern vom selben Absender eine Beschwerde gegen Heinrich Grimm eingetroffen war. Manuela zeigte keinerlei Gefühle.

„Von wem stammt die denn?"

„Von einem gewissen Herrn Doktor Georg Fuchs. Er ist der Rechtsanwalt von Herrn Manfred Ackermann."

Engels machte eine kurze Pause. Manuela gewann den Eindruck, dass er eine Erklärung erwartete. Als die Pause kommentarlos verstrichen war, senkte Engels den Kopf wieder auf den Brief.

„Ich zitiere:

Nachdem mein Mandant die Polizistin freundschaftlich an der Schulter berührt hatte, sprang diese wie von einer Tarantel gestochen hoch und streckte meinen Mandanten mit etlichen harten Schlägen zu Boden. Mein Mandant erlitt dabei mehrere Prellungen sowie Schürfwunden. Ein ärztliches Attest konnte bislang aus Zeitgründen noch nicht erstellt werden, kann aber bei Bedarf jederzeit nachgereicht werden."

Engels blätterte mit strengem Blick um. Manuela war über diese Frechheit fassungslos.

„*... da mein Mandant für den Druck und den besonderen Stress, dem Polizisten in diesem Land ausgesetzt sind, vollstes Verständnis aufbringt, ist er gegebenenfalls bereit, von einer Anzeige gemäß Paragraph 223 StGb, Körperverletzung, Abstand zu nehmen. Zur Bedingung erklärt er eine Maßregelung der Beschuldigten seitens der Behördenleitung sowie eine förmliche Entschuldigung.*"

Manuela Warnke war nun außer sich vor Wut.

„Was erlaubt sich dieser arrogante Lackaffe? Der hat mich hochgerissen, wollte mich rauswerfen. Soll ich mir das bieten lassen?"

Sie hatte die Stimme unverhältnismäßig angehoben.

„Fragen Sie Herrn Steilmann, falls Sie mir nicht glauben. Er war dabei."

Die laute Antwort hatte dafür gesorgt, dass Gunther Engels ruhiger wurde. Selbstverständlich hatte er Adriano dazu befragt. Die Aussage des Kollegen deckte sich zu einhundert Prozent mit der Frau Warnkes.

„Frau Warnke, ich glaube Ihnen. Was mir nicht gefällt, ist Ihre Wahl der Mittel. So eine Aktion kann dem Ansehen der Polizei großen Schaden zufügen. Menschenskind, Sie als erfahrene Polizistin lassen sich derart provozieren. Konnten Sie die Hand nicht einfach abschütteln, anstatt ihn direkt niederzuschlagen?"

„Niederzuschlagen? Sie glauben doch nicht …"

Manuela verschluckte sich, hustete.

„Ich habe ihm den Arm auf den Rücken gedreht und die Beine weggezogen, das war alles."

Engels legte den Brief in die Ablage, stützte die Ellenbogen auf die Tischplatte und hakte die Finger ineinander.

„So, das war die Maßregelung. Jetzt sind Sie dran."

Engels lehnte sich entspannt zurück. In ihrer Wut fielen Manuela die leicht hochgezogenen Mundwinkel und der freundschaftliche Blick ihres Vorgesetzten nicht auf.

„Richtig. Der wird sich wundern."

Auf ihren Wangen war eine leichte Rotfärbung erkennbar, als sie sich erhob.

„Was haben Sie jetzt vor?"

„Ich werde den Gedanken von diesem Rechtsverdreher aufgreifen und eine Anzeige nach StGB 223 anfertigen."

„Spinnen Sie jetzt? Wegen einem blauen Fleck am Arm, oder was?"

„Nein. Wegen einem eingeschlagenen Schädel. Dem des Journalisten Konrad Walther. Zeuge: Konrad Walther. Das wollen wir doch mal sehen."

Ohne einen Gruß stapfte sie in ihr Büro.

„Warum macht Ackermann das?", wollte Adriano wissen. „Ich meine, er muss doch wissen, dass er damit nicht durchkommt."

Manuela hatte sich wieder einigermaßen beruhigt. Die Frage war berechtigt, dachte sie.

„Der Fuchs kommt aus dem Bau. Er wurde offenbar aufgescheucht."

„Ich glaube eher, der lässt seine Muskeln spielen. Und? Entschuldigst du dich bei ihm?"

Die Kommissarin fuhr sich mit dem Zeigefinger an die Stirn. Sie dachte an Camel. Bei Körperverletzung erfolgte das Strafverfahren automatisch. Dass dieses noch nicht eingeleitet worden war, musste als Indiz für die mangelnde Glaubwürdigkeit des Zeugen gewertet werden. Tatsächlich konnte der Journalist die Tatausübung nicht bezeugen. Auf den bloßen Verdacht hin würde dies nur bedeuten, Wasser auf die Mühle von Ackermanns Anwalt zu gießen. Manuela verwarf den Gedanken, auch wenn er ihr in der ersten Aufregung gefallen hatte.

„Ackermann will sich um jeden Preis die Polizei vom Hals halten. Weshalb, was haben wir übersehen?"

Adriano zuckte die Schultern.

„Nichts. Der Erkennungsdienst war da, der Schädel weg. Wüsste nicht, was es dort noch zu verbergen gibt."

Manuela erzählte ihrem Kollegen vom Besuch bei Grimm und dessen Aussage betreffend Gerd Jansens Unfalltod. Für Adriano schien es selbstverständlich, den erfahrenen Grimm mit einzubeziehen. Manuela sträubte sich innerlich dagegen. Nach einigen Telefonaten versprach ihr eine Kollegin, die Akte zu dem Unfall herauszusuchen.

19

Heinrich Grimm kam sich vor wie ein Pennäler, der wichtige Informationen für eine Hausaufgabe suchte. Er besaß zu Hause keinen Computer. Das Internet war für ihn verzichtbar, privat zumindest. Es ärgerte den Pensionär, ausgerechnet in der Öffentlichkeit nach wichtigen Fakten suchen zu müssen. Er musste eine Viertelstunde warten, bis das Terminal in der ersten Etage der Stadtbücherei an der Ritterstraße frei wurde.

„Was macht der Opa denn da? Ich muss mir noch Infos für den Biotest saugen."

Heinrich drehte sich um und strafte eine Gruppe Schüler mit verächtlichem Blick. Als er die Hose eines Jungen sah, schüttelte er den Kopf. Offenbar um den Verschleiß der Sportschuhe zu verringern, trug er eine Jeans in einer Größe, die es ihm erlaubte, sie mühelos unter die Sohle zu schieben. Der halbdurchsichtige Kinnbart, mit Haaren so dünn wie Gänseflaum, sollte wohl das Selbstwertgefühl steigern. Lange, dunkle Haare hingen von der rechten Kopfhälfte herab, die linke war fast kahlgeschoren.

„Das dauert hier noch, vielleicht nutzt du die Zeit für einen Frisörbesuch?"

„Boah, hört euch den an. Lass dir mal die Haare färben, Alter, friedhofsblond ist megaout!"

„Jetzt reicht es!"

Die freundliche Angestellte der Bücherei verwies die Jugendlichen mit gar nicht freundlichem Tonfall und einer resoluten Armbewegung zur Treppe. Da das Treppengeländer die Eigenart hatte, mit jedem Schritt einen hellen Ton von sich zu geben, erklang kurz darauf eine schrille Melodie. Frau Dorinth sah ihnen kopfschüttelnd hinterher, anschließend bot sie Heinrich freundlich Hilfe an. Er lehnte dankend ab. Zum ersten Mal kam er sich wie ein Rentner vor. Im Monitor spiegelte sich der graue Bürstenhaarschnitt. Grimm wollte unbedingt Hintergründe über die Familie Jansen und Manfred Ackermann in

Erfahrung bringen. Nach dem Gespräch mit Manuela Warnke war er sich nicht mehr sicher, was das Motiv betraf. Seine Nachfolgerin hatte die These vom Erbe gehörig ins Wanken gebracht.

Was die smarte Kommissarin betraf, musste er sein vorschnelles Urteil revidieren. Er konnte Engels' Freude über den schnellen und vor allem kompetenten Ersatz nun verstehen. Aber anstatt sich mit ihm zu freuen, schmerzte es, derart gut und schnell ersetzt worden zu sein. Ein nahtloser Übergang, mitten in einem Fall, scheinbar unbemerkt. Heinrich schämte sich für dieses Gefühl.

Über Ackermann hatte das Internet nur aktuelle Informationen parat. Bei Jansen verhielt es sich anders. Auf dem Monitor war ein altes Bild von der Eröffnung des ersten Juweliergeschäftes an der Burgstraße zu sehen. Was er suchte, waren Wegbegleiter Jansens, Ansprechpartner, die ihm vielleicht wertvolle Angaben liefern könnten. Auf einer Internetseite, die sich „Freunde-Suchmaschine" nannte, wurde Heinrich erstmals fündig.

Einmal angemeldet, konnte der Benutzer hier die Schule eintragen, die er zuletzt besucht hatte, und den Jahrgang der Entlassung. Was aber sein Interesse besonders erregte, war die Tatsache, dass man beliebig nach alten Bekannten stöbern konnte, vorausgesetzt, sie hatten sich eingetragen. Als er den Namen des Gesuchten eintippte, fuhr der Zeigefinger zaghaft zur Eingabetaste. Heinrich wusste nicht mehr, wo er noch suchen konnte. Drei Sekunden später tauchte das Ergebnis ernüchternd vor ihm auf. Viermal stand der Name in einer Liste, der früheste Entlassjahrgang war allerdings 1967, was im Fall Jansen nicht zutreffen konnte. Heinrich setzte enttäuscht die Lesebrille ab und rieb sich die Augen. Dieser Mann musste doch irgendwo Spuren hinterlassen haben. Er bekam nicht mit, dass die freundliche Bibliothekarin sich genähert hatte. Als sie sich räusperte, fuhr Heinrich erschrocken herum.

„Suchen Sie einen alten Freund?"

Mit einem Anflug von Pessimismus atmete er tief durch und nickte.

„Also, diese Freunde-Suchmaschine ist eher etwas für die Jüngeren. Die meisten Menschen in Ihrem Alter interessieren sich nicht für das Internet, tragen sich also auch nicht ein."

„Gibt es sonst noch eine Möglichkeit, einen ungefähr siebzig Jahre alten Mann ausfindig zu machen?"

„Hm, Moment", nachdenklich rieb sie ihr Kinn.

„Was hat der Herr denn beruflich gemacht?"

Heinrich machte einen hilflosen Eindruck.

„Kaufmann, oder vielleicht auch Goldschmied?"

„Wenn Ihr Bekannter Goldschmied war, könnten Sie es bei den Berufsschulen oder der Handwerkerinnung versuchen."

Heinrich bedankte sich für den Hinweis. Er schluckte den aufkommenden Ärger herunter, nicht selber auf die naheliegende Idee gekommen zu sein. Hoffnungsvoll führte er die Suche fort. Die Berufsschulen in Moers und Wesel boten kein Archiv an. Er notierte sich die Telefonnummern der Sekretariate. Die Handwerkskammer brachte ihn ebenfalls nicht weiter. Er bezahlte und verließ die Bücherei. In einem italienischen Restaurant am gegenüberliegenden Kornmarkt bestellte er einen Milchkaffee und zückte das Handy. Die Sekretärin der Berufsschule Moers dämpfte zunächst die Erwartungen.

„Wir sind eine kaufmännische Berufsschule, Goldschmiedlehrlinge betreuen wir hier nicht."

Freundlicherweise verband sie ihn mit einem Sachbearbeiter. Heinrichs Hoffnung war zu diesem Zeitpunkt bereits auf ein Mindestmaß gesunken. Juweliergeschäfte entstanden früher hauptsächlich dadurch, dass Uhrmacher oder Goldschmiede ihren reinen Reparatur- und Anfertigungsservice erweiterten. Der nächste Satz hauchte seiner Hoffnung wieder neues Leben ein.

„Walter Jansen, da haben wir ihn. Hier kommt nichts weg", Lachen drang durch den Hörer, „Ausbildung zum Einzelhandelskaufmann, 1951 bis 1954."

„Können Sie mir sagen, wer noch in dieser Klasse war und aus der Gegend um Alpen stammt? Ich organisiere ein Klassentreffen. Leider existieren von der Volksschule Alpen keine Aufzeichnungen mehr. Vielleicht hat ja noch jemand meiner Kameraden diesen Beruf ergriffen", Heinrich seufzte, „das ist vielleicht schwierig nach all den Jahren."

Geschickt umschiffte der pensionierte Ermittler den drohenden Hinweis auf den Datenschutz. Einen alten Mann würde der Sachbearbeiter sicherlich nicht abwimmeln, redete er sich ein.

„Na ja, darf ich eigentlich nicht. Aber in dem Fall will ich mal nicht so sein."

Heinrich kramte den Kugelschreiber aus der Innentasche des Mantels. Vergeblich durchsuchte er die Taschen nach einem Block. Als sein Gesprächspartner eine Reihe Namen vorlas, zog Grimm sich eine Papierserviette aus dem Ständer in der Tischmitte.

Der Kellner brachte ihm ein Telefonbuch. Gut ein Dutzend Namen befand sich auf der Serviette, er bestellte erneut einen Milchkaffee. Da er nicht wissen konnte, wo Jansens ehemalige Weggefährten heute wohnten, gestaltete sich die Suche sehr mühselig. Jeden Namen suchte Heinrich in sechs Orten, zunächst vergeblich, erst beim siebten Namen wurde er fündig. Siegmund Steiger, Alpen, Tackenstraße. Die restlichen Namen befanden sich nicht im Telefonbuch des Kreises Wesel.

Grimm wollte schon auflegen, als sich eine leise Stimme meldete. Er stellte sich als Hauptkommissar Grimm vor und fragte nach Walter Jansen. Das „a.D." nach seinem Namen sprach er wieder kaum wahrnehmbar aus. Leises Rauschen drang an sein Ohr. Er wollte noch einmal nachfragen, als er die Stimme abermals vernahm. Sie klang krächzend, als sei sein Gesprächspartner erkältet.

„Da hätten Sie mal eher kommen sollen. Der Kerl ist doch längst über alle Berge. Das hätte es früher nicht gegeben, was der sich erlaubt hat. Das arme Ding. Wissen Sie, was man früher mit so einem gemacht hätte?"

20

„Steht dir gut. Besser als vorher auf jeden Fall."

Amüsiert deutete sie auf den turbanähnlichen Verband auf Camels Kopf. Trixies Kollege hatte kein Interesse an ihren Späßen. Er war immer noch mit den jüngsten Vorfällen beschäftigt. Er sah sich schon an zusammengeknoteten Bettlaken aus dem Krankenhaus fliehen. Hätte er sicherlich auch gemacht, wenn dieser Drache im weißen Kittel nicht einen Tag nach der Einlieferung seine Kleidung konfisziert hätte, um sein Vorhaben zu unterbinden. Heute Morgen hatten sie schließlich den Drohungen nachgegeben und ihn auf eigene Verantwortung entlassen. Schlimmer aber war das, was ihm bei der Weseler Polizei widerfahren war. Es ärgerte den Redakteur, dass sein wichtigster Informant ohne vorherige Ankündigung in den vorzeitigen Ruhestand verschwunden war. Aber dieses Gefühl, nicht ernst genommen zu werden, schlug ihm auf den Magen. Als ob er die völlige Ignoranz seiner journalistischen Klasse auf die Spitze treiben wollte, hatte dieser Nachwuchskommissar ihn gefragt, wo er den Totenkopf versteckt hielt. Dabei war er es doch, der den Fall überhaupt aufgedeckt hatte und das immerhin unter Einsatz seines Lebens. Der Gedanke daran brachte die rasende Wut zurück.

„Sag mal Camelchen", flötete Trixie, „wann rückst du eigentlich den Kopf heraus? Das Titelblatt für morgen ist noch frei."

Das erste, was der Redakteur zu fassen bekam, war das Marmeladenbrot neben der Tastatur. Die aerodynamischen Eigenschaften einer mit Erdbeermarmelade beschmierten Weißbrotschnitte sind nicht besonders ausgeprägt. Das Flugobjekt verfehlte Trixies Kopf und beendete seine kurze Reise mit der Marmeladenseite voran auf der Rückseite von Camels Trenchcoat. Dort angekommen, folgte es den Gesetzen der Gravitation und glitt gemächlich, eine dezente rote Spur hinterlassend, an dem Kleidungsstück aus den frühen Siebzigern herab. Diese Steilvorlage konnte Trixie sich unmöglich entgehen lassen. Mit angedeutetem Kennerblick betrachtete sie die Garderobe hinter sich.

„Alle Achtung", sie pfiff anerkennend, „ein neuer Beuys, und das in unseren bescheidenen Gemäuern."

Sofort ging sie in Deckung und wedelte entschuldigend mit den Armen.

„Friede. Heute Morgen hat jemand von der Baustelle Motte in Alpen für dich angerufen. Er sagte, er hätte etwas sehr Interessantes für dich."

Langsam legte Camel den Locher zurück auf den Schreibtisch. Brennende Neugierde und der Anflug von Stolz brachten ihn auf andere Gedanken. Zumindest in der Bevölkerung schien seine Kompetenz anerkannt.

„Das sagst du erst jetzt? Hat er seinen Namen genannt?"

„Nein. Er hat mir nur eine Handynummer gegeben. Augenblick", Trixie fingerte in einem Wust von Zetteln. Sie hob die Tastatur an, verschob das Mousepad, sah unter dem Telefon nach.

„Ich hätte schwören können, den Zettel hier irgendwo hingelegt zu haben, komisch."

Camels Nerven spannten sich, jeder einzelne fühlte sich an wie die Sehne eines abschussbereiten Bogens.

„Hm, kann auch sein, dass ich den Zettel schon auf deinen Schreibtisch gelegt habe."

Hektisch begann Camel die Suche. Dabei rutschte die andere Schnitte über die Kante des Tisches. Einem ihm unbekannten physikalischen Gesetz folgend, klatschte sie mit der Nougatcreme auf die hellblaue Teppichfliese.

„Da ist er ja", jubelte Trixie und reichte ihm den Zettel über den Tisch. Sofort hackte er die Nummer in die Tastatur des Funktelefons.

„Wischnewski", kam es unfreundlich aus dem Hörer. Camel stellte sich freundlich vor.

„Ich bin derjenige, der hinter Ihnen her in den Tunnel gelaufen war. Ich habe gesehen, wie mein Chef Sie niedergeschlagen hat."

Wunderbar, jubilierte der Redakteur innerlich. In seinem Bewusstsein tauchte eine stetig größer werdende Zahl auf. In diesem Moment ärgerte es ihn, vorzeitig aus der Klinik gegangen zu sein. Für die Berechnung des Schmerzensgeldes wäre ein längerer Aufenthalt sicherlich vorteilhaft gewesen. Aber auch so würde es diesen arroganten Pinsel eine schöne Stange Geld kosten, war er überzeugt. Sollte er diesen Wischdings dafür zum Essen einladen?

„Das muss allerdings unter uns bleiben. Ich kann es mir nicht leisten, gegen meinen Chef auszusagen."

Bereits heute Morgen, als er immer noch im Halbschlaf nach den Strapazen im Krankenhaus hatte feststellen müssen, dass sein Wohnungsschlüssel zwar steckte, aber leider in der falschen Seite des Schlosses, keimte in ihm ein erster Verdacht, dass dies nicht sein Tag werden würde.

„Um mir das zu sagen, sollte ich Sie anrufen?"

Der Ton wurde mürrisch, die anfängliche Euphorie verflog so schnell, wie sie gekommen war. Camel wollte das Gespräch beenden, als Wischnewski sich noch einmal meldete.

„Nein. Ich habe noch mehr gesehen."

Camels Gedanken flossen zäh wie die süße Marmelade an seinem Überzieher. Er hatte nicht die geringste Vorstellung, wovon der Arbeiter sprach.

„Ich konnte erkennen, wie Ackermann diesen Totenkopf unter seinen Mantel geschoben hat."

„WAS? Wissen Sie, wo er ihn aufbewahrt?"

„Allerdings."

„Wo? Ich muss ihn haben."

Camel klemmte hektisch das Telefon hinters Ohr, kramte mit der linken Hand in einem Zettelhalter und suchte mit der Rechten einen Stift. Ohne Einfluss darauf ausüben zu können, präsentierte das Unterbewusstsein sein lächelndes Antlitz, abgebildet auf der Titelseite der morgigen Ausgabe. In den Händen hielt er stolz das Corpus delicti. Kollegen von Rundfunk und Fernsehen erbaten abwechselnd Interviewtermine, sein Chef bot ihm den Posten eines Redaktionsleiters in Düsseldorf an, als er die ernüchternde Antwort Wischnewskis vernahm.

„Langsam, junger Mann. Sie sind nicht der einzige Interessent.

Allerdings hat die Polizei noch keine Belohnung ausgesetzt. Das macht es für mich nicht gerade interessant, meine Stellung zu riskieren, verstehen Sie?"

Camel verstand nur zu gut. Dieser Gauner wollte den Schädel zu Bargeld machen. Ihm war schon lange aufgefallen, dass die Moral in diesem Lande den Bach hinunterging.

„Okay", presste er hervor, „wie viel verlangen Sie?"

„Hm, darüber habe ich noch gar nicht richtig nachgedacht. Was ist er Ihnen denn wert? Ich meine, da dürfte ja eine tolle Story für Sie drin sein."

Gut, dachte Camel. Der hat überhaupt keine Ahnung. Da er nicht lange feilschen wollte, andererseits aber unbedingt diesen Schädel haben musste, unterbreitete er sofort ein kaum auszuschlagendes Maximalgebot.

„Fünfhundert Euro, cash."

Für eine Sekunde fühlte er sich sicher. Dann dachte er, dass die Hälfte vermutlich auch gereicht hätte, bis dieses hämische Lachen an sein Ohr drang.

„Häng' mal 'ne Null dran, Jungchen."

Camel überlegte fieberhaft. Sollte dieser Witzbold ihm für fünf Mille die Information geben, dass Ackermann den Kopf des Toten in seinem Tresor aufbewahrte, würde es ihm gar nichts nutzen. Adriano konnte er heute Morgen entlocken, dass es bislang keine Mordermittlung gebe. Eine Belohnung würde es daher vorläufig auch nicht geben. Dann kam ihm ein Gedanke, der das Angebot in ein völlig neues Licht rückte. Aus welchem Grund sollte Ackermann den Schädel aufheben? Da er ohnehin nicht wusste, woher er das Geld so schnell bekommen sollte, erbat er sich bis zum Abend Bedenkzeit.

21

Diesmal benötigte Heinrich keine Karte. Während ihrer Fahrradtouren im Frühjahr hatten sie des Öfteren eine ausgedehnte Mittagspause im Spargelzelt an der Tackenstraße verbracht. Findige Gastronomen aus Alpen stellten jedes Jahr zur Spargelsaison ein großes Bierzelt auf die grüne Wiese, direkt an einer der schönsten Fahrradrouten der Gegend. Um die Mittagszeit war dort kaum ein Platz zu bekommen.

Das allein stehende Haus unweit des Mühlenfeldes erkannte er schon von weitem. Siegmund Steiger öffnete ihm in einem dunkelgrünen Arbeitsanzug. Die knochigen Hände waren mit grünen und braunen Flecken übersät. Steiger bemerkte Heinrichs kurzes Zögern, als er ihm die Hand hinhielt.

„Entschuldigen Sie bitte, ich komme gerade aus dem Garten. Die Hecke hatte es wieder einmal nötig."

Heinrich dachte an den Garten zu Hause. Ohne den Einsatz von Mutter wäre er längst zum Urwald verkommen, was sie allerdings auch bei jeder Gelegenheit betonte. Der Gastgeber führte ihn in das geräumige Wohnzimmer. Rundherum an den Wänden hingen Geweihe und ausgestopfte Köpfe einheimischen Wildes. Klobige, dunkle Möbel, ein dicker roter Teppich im Zusammenspiel mit der erdrückend grünen Stofftapete gaben dem Raum das spießbürgerlich anmutende Ambiente eines Seniorenstiftes. Heinrich fiel Annettes Kritik an seinem Geschmack ein, was die Einrichtung seiner Wohnung betraf. Selbst er wäre dafür noch mindestens zehn Jahre zu jung, sagte sie das letzte Mal im Spaß. Sie nahmen auf Sesseln Platz, die mit karierten Wolldecken vor Verschmutzung geschützt wurden.

„Herr Steiger, wie gut kannten Sie Walter Jansen?"

Steiger nahm sich Pfeife und Tabak vom Kacheltisch. Die grobporige Haut wirkte wie Leder. Während er in aller Ruhe die Antwort überdachte, stopfte er die Pfeife.

„Ich kannte ihn nicht so gut. Meine Frau hat einige Jahre in dem

Geschäft auf der Burgstraße gearbeitet, bis er sie rausgeschmissen hat."

Mit einem Streichholz entzündete er den Tabak und entfachte durch mehrmaliges kurzes Saugen die Glut. Heinrich war ernüchtert. Er vermutete, Steiger würde die Situation nutzen, um Walter Jansen nachträglich zu denunzieren.

„Warum hat Jansen Ihrer Frau gekündigt?"

Der süße, schwere Geruch von Whisky breitete sich aus.

„Sie hat zu viel mitbekommen."

Steiger lehnte sich zurück und schlug die Beine übereinander. Mit der Pfeife in der Hand genoss er scheinbar die Neugierde seines Gesprächspartners.

„Sie kommen nicht von hier, stimmt's?"

Heinrich nickte.

„Jansen hatte damals ein Lehrmädchen aus Krefeld, Lydia Arnolds. Die Kleine war", Steiger atmete schwer, der Kopf bewegte sich zögernd, „geistig ein wenig zurückgeblieben, ein Geburtsfehler. Sie kam von der Sonderschule. Ihre Eltern waren damals heilfroh, als Jansen ihr die Lehrstelle gab. Im ersten Jahr hat ihre Mutter sie jeden Tag zum Geschäft gefahren und abends wieder abgeholt. Die Kleine hatte meiner Frau so leidgetan. Lisbeth kam oft fix und fertig von der Arbeit nach Hause. Sie sagte immer, die Lydia wäre so fleißig und hilfsbereit und Jansen würde das nur ausnutzen."

Es war mehr als dreißig Jahre her, aber aus seiner Stimme klangen Hass und Wut so frisch, als sei es gestern gewesen. Heinrich erfüllte eine beklemmende Ahnung. Immer neue Abgründe schienen sich vor ihm zu öffnen.

„Es war an einem Freitagabend im Juli. Der Laden hatte schon geschlossen. Lisbeth musste noch einmal zurück. Sie hatte im Lager ihre Handtasche liegen gelassen. Lydia lag vornübergebeugt auf dem Schreibtisch. Jansens linke Hand befand sich unter der Bluse des Mädchens, ihren Rock hatte er hochgeschoben, mit der rechten Hand fummelte Jansen an seinem Gürtel. Das Mädchen heulte unentwegt. Jansen schrie: Sei ruhig, oder soll ich die Polizei rufen?"

Steigers Tonfall wurde eindringlicher, die Worte drangen schmerzvoll an Heinrichs Ohren.

„Warum hätte er die Polizei rufen sollen?"

„Das Schwein besaß einen Zweitschlüssel von den Spinden. Er hatte ein Paar Ohrringe in den Spind der Kleinen gelegt und behauptet, sie hätte sie stehlen wollen."

Heinrich schämte sich für den zweifelnden Blick.

„Niemals! Lydia ist einmal einen Zug später nach Hause gefahren, weil sie einer Kundin nach Feierabend zwei Mark gebracht hat, die diese zuviel bezahlt hatte."

Heinrichs Puls beschleunigte sich. Er glaubte, eine Schlinge um seinen Hals zu spüren, der Atem geriet ins Stocken. Es kostete ihn Mühe, die Fassung zu wahren.

„Wie hat Ihre Frau reagiert?"

Steigers Lachen wirkte abstoßend. Er faltete ein Pfeifenbesteck auseinander und stopfte den Tabak nach. Heinrich bemerkte die feinen Härchen auf dem Handrücken, die sich aufrecht im dünnen Qualm, der in kleinen Fäden aus dem Pfeifentopf aufstieg, bewegten. Als er den Kopf hob, wurde sein Blick stechend.

„Sie hat ihn angeschrieen. Er hat die Kleine sofort losgelassen, sie war heulend an Lisbeth vorbeigelaufen."

„Hat Ihre Frau die Polizei eingeschaltet?", die Antwort konnte Heinrich sich denken.

„Sie hat Jansen damit gedroht. Der Kerl hat Lisbeth nur höhnisch ausgelacht. Sie solle sich nicht lächerlich machen, hatte er gesagt. Ihre Aussage gegen seine, einer geistig behinderten Diebin würde eh niemand glauben. Damit hat er Lisbeth nicht beeindrucken können, das musste er gespürt haben. Er drohte meiner Frau, Lydia Arnolds wegen Diebstahl anzuzeigen und fristlos zu kündigen, sollte die Polizei oder irgendjemand sonst Wind von der Lappalie bekommen. Genau so hat er sich ausgedrückt. Ich habe mir bei der Jagd mehr als einmal gewünscht, Jansen würde mir vor die Flinte laufen."

„Davon hat Ihre Frau sich einschüchtern lassen?"

Steiger stand wortlos auf und ging zur breiten Fensterfront. Topfblumen verdeckten zur Hälfte den Blick in den Garten. Vom Dorf her zogen dunkle Wolken auf.

„Glauben Sie nicht, es wäre ihr leichtgefallen", murmelte er, die Augen in den Garten gerichtet. „Was ihr selber geschehen würde, war Lisbeth egal. Aber Lydia …", er kramte ein Taschentuch aus der Hose und schnaufte hinein, „Jansen wäre mit der Anzeige durchgekommen. Glauben Sie, die hätte noch irgendjemand genommen?"

Heinrich konnte sich jetzt nicht mehr beherrschen. Dieses Kopf-in-den-Sand-Gehabe machte ihn rasend.

„Da kann man besser die Augen verschließen und das Mädchen weiter seinem Peiniger aussetzen", Heinrich stand nun dicht neben dem Senior und schrie ihm ins Gesicht, „ist es das, was Sie mir sagen wollen, Herr Steiger?"

„Ich hätte überhaupt nichts sagen sollen."

Heinrich schüttelte verächtlich den Kopf. Er wollte nur noch so schnell wie möglich hier fort.

„Meine Frau hat Lydia danach nicht mehr mit diesem Kerl allein gelassen. Sie haben das Geschäft von da an morgens gemeinsam betreten und abends gemeinsam verlassen."

Die Stimme klang bedrückt. Steiger schien sich für diese Entschuldigung zu schämen.

„Die Polizei benötigt möglicherweise die Aussage Ihrer Frau."

„Lisbeth ist vor fünfundzwanzig Jahren gestorben. Krebs. Es hat sie innerlich aufgefressen."

„Das tut mir leid. Was ist aus Lydia Arnolds geworden? Wissen Sie, wo sie heute lebt?"

Sein Kopf senkte sich. Eine Geste, die Heinrich verunsicherte.

„Das ist es ja, was meiner Frau so zugesetzt hatte."

Sie setzten sich wieder an den Tisch. Heinrich gab ihm Zeit, sagte nichts, sah ihn nur an mit einem Blick, der Wut und Mitleid in sich vereinte.

„Lydia Arnolds ist ein halbes Jahr später gestorben. Ein Verkehrsunfall, jemand hat das Mädchen überfahren und wie ein totes Tier auf der Straße liegen lassen. Es ist nie herausgekommen, wer das war."

Heinrich schluckte, seine Kehle war wie zugeschnürt. Er war hierhergekommen, weil er sich ein Bild von Walter Jansen machen wollte. Was er bekam, glich einem Albtraum. Steigers Gesichtsausdruck verriet ihm, dass er nicht an einen Zufall glauben konnte.

„Man hat sie auf der Lindenallee gefunden, oben am Wald. Was wollte sie dort, morgens um sieben? Der Bahnhof liegt genau am anderen Ende von Alpen. Lisbeth hat Jansen unverhohlen die Schuld gegeben, er hat sie daraufhin rausgeschmissen."

„Sie müssen eine große Wut auf Jansen gehabt haben."

„Ja, das können Sie laut sagen."

Steiger stockte, seine Augen verengten sich, über der Nasenwurzel zeichnete sich eine senkrechte Falte ab.

„Oh nein, vergessen Sie es."

„Sie haben Jansen gehasst für das, was er Ihrer Frau und dem Mädchen angetan hat. Sie sind Jäger."

Steiger atmete schwerfällig. Sein Blick glitt ins Leere.

„Ich hätte ohne mit der Wimper zu zucken abgedrückt, wenn ich die Gelegenheit gehabt hätte, aber dazu hat es der feige Hund nicht kommen lassen. Geben Sie mir Bescheid, sobald Sie ihn gefunden haben, es erspart der Justiz unnötige Kosten."

Heinrich konnte nicht einfach zurückfahren und weitermachen. Den nächsten Mosaikstein suchen, immer getrieben von dem Gedanken, das Gesamtwerk endlich vor sich zu sehen. Kurz hinter Ginderich bog er links in den Perricher Weg ab, parkte den Wagen nach wenigen Metern und lief über einen schmalen Feldweg irgendwohin. Ist es das wert, hörte er sich fragen. Seine Augen flogen über abgeerntete Maisfelder, endeten in der Ferne an den beiden Rheinbrücken. Einen Steinwurf davor, im Schatten der Brücken, blieb sein Blick an den Überresten des ehemaligen Fort Blücher haften, dem alten Gemäuer, in dem er vor zwei Jahren einen Menschen erschossen hatte. Die Wunden waren immer noch nicht verheilt. Wieder sah er die Bilder vor sich. Sah Wolf Eilers, den ausgestreckten Arm, blickte in die Mündung, auf den sich langsam bewegenden Zeigefinger seines Gegenübers. Heinrich war keine Wahl geblieben, sein Zeigefinger krümmte sich reflexartig. Ein antrainierter Automatismus, der den Tod zur Folge hatte.

Polizist fällt auf Spielzeugpistole herein.

Die Schlagzeile einer großen Boulevardzeitung zwei Tage später war ihm wie ein Urteil vorgekommen. Die Journalisten hatten Untersuchungen verlangt. Für seine Behörde war dies kein Thema, sie hatten ihm geglaubt. Nur Heinrich selbst hatte an diesem Tag den Glauben an sich verloren. Der Schrei einer Krähe holte ihn zurück in die Realität. Langsam ging er zum Auto zurück. Er fühlte sich wie ein alter, zahnloser Wolf in der fernen Weite der Taiga. Ruhelos umherirrend, einer zur Sinnlosigkeit verkommenen Bestimmung folgend.

Alles schien vorgestern noch überschaubar. Mord aus Habgier. Zwei Tage, drei, vielleicht eine Woche, und er hätte bewiesen, noch nicht zum alten Eisen zu gehören. Er drückte das Kreuz durch, flutete die Lunge mit der kalten, feuchten Herbstluft. Dann kehrte er um.

22

Schweren Herzens stieg Camel am Parkplatz der Polizeibehörde aus dem Auto. Er hatte wirklich alles probiert. Den Dispositionskredit des Girokontos hatte er fast bis ans Limit ausgereizt. Die Bank war bereit gewesen, ihm maximal eintausendzweihundert Euro zu geben. Mangels Sicherheiten und alter Verbindlichkeiten kam ein entsprechender Kredit ebenso wenig infrage.

Bei seinem Vorgesetzten war die mühsam zurechtgelegte und, wie er fand, absolut schlüssige Argumentationskette wirkungslos geblieben. Sennheiser winkte ab, wollte mit solchen Methoden nichts zu tun haben. Einen halben Monatslohn Vorschuss hatte er Camel angeboten, was selbst mit den läppischen achthundert Euro, dem höchsten Gebot des Tages für den altersschwachen Mustang, nicht ausreichte. Dabei würde seine Bonität mit diesem Artikel schlagartig zulegen, was allerdings keinen dieser Ignoranten interessierte. Es gab nur eine Möglichkeit. Er musste hoffen, im Austausch wichtige Informationen exklusiv zu erhalten. Zähneknirschend klopfte er an die Bürotür.

„Hm …“, Adriano wunderte sich, nachdem Camel ihnen die Geschichte von Wischnewski erzählt hatte, „und so was überlässt du uns? Bestehst doch sonst immer auf die Erstverwertung. Komisch.“

Camel machte einen empörten Gesichtsausdruck.

„Es geht hier um ein Beweisstück in einem Mordfall. In diesem Fall sehe ich mich dazu verpflichtet, es sofort der Polizei zu melden.“

„Ist klar, so kennen wir dich.“

Camel ging nicht auf die Anspielung ein.

„Außerdem hat dieser Wischnewski den Mordversuch an mir beobachtet. Ihr müsst ihn unbedingt aussagen lassen, am besten gleich vereidigen!“

Manuela Warnke grinste amüsiert. Sie kannte den Reporter bisher nur von Aussagen der Kollegen. Dieses Bild untermalte er jedoch in wenigen Minuten. Sie konnte nun bestens verstehen, dass die Staatsanwältin kein Verfahren aufgrund von Konrad Walthers Aussage einleiten wollte. Was sich jetzt aber schlagartig ändern könnte. Sollte Wischnewski Camels Angaben bestätigen, dürfte es nicht schwierig sein, die Durchsuchungsanordnung zu bekommen. Adriano sah auffällig auf die Uhr. Manuela verstand. Camel ließ sich nur mit der schwammigen Zusage abwimmeln, ihm nach Möglichkeit zuerst Informationen, den Fall betreffend, zu geben.

„Auf nach Alpen. Noch dürfte dort gearbeitet werden."

„Eben", antwortete Manuela, die keine Anstalten machte, aufzustehen. „Wischnewski behauptet, Ackermann beobachtet zu haben, als er Camel niedergeschlagen und den Schädel eingesteckt hat."

„Genau. Sollte er uns diese Aussage bestätigen, ist Ackermann dran. Worauf wartest du noch?"

„Auf Wischnewskis Feierabend."

Adriano konnte ihr nicht folgen.

„Es besteht durchaus die Möglichkeit, dass Ackermann mitbekam, von Wischnewski beobachtet worden zu sein. Wenn wir jetzt dort aufkreuzen und ihn sprechen wollen, wird Ackermann den Schädel schneller verschwinden lassen, als du das Wort Durchsuchungsanordnung buchstabieren kannst."

Der Anflug von Röte breitete sich in Adrianos Gesicht aus. Mit jedem Tag wurde Manuela klarer, warum sie auf diesem Stuhl saß. Ein Anruf bei der Pathologie brachte wie erwartet keine neuen Erkenntnisse. Mit Ausnahme der Tatsache, dass die Mediziner keine nachweisbaren Gifte in den Knochen gefunden hatten. Aber das war nach einem solchen Zeitraum ohnehin nur in den seltensten Fällen möglich. Manuelas Hoffnung galt nun der Beschaffung des Kopfes. Die Hauptkommissarin durchforstete zum wiederholten Male die Akte von 1977, als Heinrich anrief. Er gab an, wichtige Neuigkeiten zu haben. Als Manuela ihn bat, ins Büro zu kommen, druckste er herum, und so verabredeten sie sich im Q-Stall, einer gemütlichen Gaststätte am Yachthafen.

Manuela überkam ein schlechtes Gewissen. Sie durfte eigentlich nicht zulassen, dass sich der pensionierte Grimm in die Ermittlungen einmischte. Aber sie war es gewesen, die ihrem Vorgänger zu verstehen gab, seine Ratschläge anzunehmen. Manuela hatte es versäumt, Kompetenzbereiche rechtzeitig abzustecken.

Während sie mit ihrem Vorgänger telefonierte, brachte eine ältere Kollegin die Akte zum Unfalltod von Gerd Jansen. Manuela überflog den Bericht. Ein Sachverständigengutachten sagte aus, dass Dübel unsachgemäß im Putz des Gebäudes verankert worden waren. Zwei Mitarbeiter der Gerüstbaufirma waren daraufhin zu Freiheitsstrafen verurteilt worden, die allerdings in beiden Fällen zur Bewährung ausgesetzt wurden. Beide waren sich absolut sicher, keinen Fehler begangen zu haben. In einer Aussage wurde gar der Verdacht geäußert, die Befestigungen seien nachträglich manipuliert worden. Beweise hierfür konnten nicht erbracht werden.

Damit hatte Manuela gerechnet.

23

Manfred Ackermanns Augen wanderten noch einmal über die Baustelle, bevor er den Container betrat. In der Abenddämmerung hüllten die Schatten der Kräne und Bagger das Plateau in gespenstisch anmutendes Zwielicht. Die Ruhe kam ihm trügerisch vor. Seine Männer hatten die Baustelle bereits vor einer halben Stunde verlassen, als Wischnewskis Toyota immer noch auf dem behelfsmäßigen Schotterplatz am Fuß der Motte stand. Es kam öfter vor, dass einige von ihnen nach Feierabend auf ein Bierchen in den Ort gingen und den Wagen stehen ließen. Eine innere Stimme warnte ihn, diesem Gedanken zu vertrauen. Wischnewski benahm sich merkwürdig.

„*Es gibt Dinge, die kann auch der stärkste Regen nicht wegspülen*", hatte er heute Mittag in seine Richtung bemerkt, als der Himmel seine Schleusen schlagartig geöffnet hatte. Ackermann bildete sich ein, den Worten seines Maschinenführers einen drohenden Unterton entnommen zu haben. Immer wieder fischte der Unternehmer in den Erinnerungen an diesen Spätnachmittag. Und immer wieder lagen dieselben Bilder im Netz. Wischnewski war ungefähr acht Meter weg gewesen, am Eingangsbereich des Bunkers. Tanzende Lichter zweier Taschenlampen hatten den tunnelförmigen Raum nur schemenhaft ausgeleuchtet. Was konnte er gesehen haben, dröhnte es durch Ackermanns Kopf. Viel zu viel, hörte er sich sagen. Kleine, frische Kratzer am Vorhängeschloss des Metallschranks untermauerten die düstere Ahnung.

Vorsichtig, um festzustellen, ob das Schloss weiteren Schaden genommen hatte, führte er den flachen Schlüssel ein. Als er den Schrank öffnete, atmete Ackermann erleichtert auf. Im obersten Regal, in Augenhöhe, lag die in einen graumelierten Putzlappen gehüllte Kugel vor ihm. Behutsam nahm er sie heraus und legte sie auf den kleinen Tisch in der Ecke. Dann schlich er auf Zehenspitzen zur Tür und riss diese auf. Mit lautem Rascheln verschwand das Rehkitz in die schützende Dunkelheit. Mit der Taschenlampe in der Hand umrundete Ackermann den Baucontainer. Stille umgab ihn, lediglich von der Weseler Straße drang leise das Geräusch vorbeifahrender Autos herüber. In den Baumkronen der tiefer stehenden Linden auf der anderen Seite des Hügels verfingen sich ihre Lichter.

Was bezweckt Wischnewski, ging es durch Ackermanns Kopf, als er erneut den Container betrat. Erpressung? Nein, warum sollte er damit warten? Vielleicht war es seine Art, Loyalität zu demonstrieren, beruhigte er sich. Vorgestern hatte er Wischnewski gefragt, ob ihm irgendetwas aufgefallen sei, als er den Bunker betreten habe.

„Nichts, worum Sie sich im Moment Sorgen machen müssten", hatte die zweideutige Antwort gelautet. Ackermann setzte sich auf den Plastikstuhl und schlug vorsichtig das Tuch auseinander. Lediglich dreißig Jahre hatte die Natur benötigt, sinnierte der Unternehmer, um aus einem ausdrucksvollen Gesicht einen bedeutungslosen Knochen zu machen. Ackermann hielt den Schädel gegen das grelle Licht der Glühbirne. Jansens Gesichtsausdruck drang in sein Bewusstsein. Das dreckige Lachen bei ihrem letzten Treffen.

Durch das Loch im Hinterkopf fiel der Lichtstrahl ein, durch die Stirn wieder aus und blendete ihn. Wieder spielte sein Bewusstsein diesen Film ab. Der lange Holzbalken über der Grube, die erste Übung der Trimm-dich-fit-Freaks unweit des Parkplatzes in der Leucht. Er hatte Birgits Vater ein Angebot machen wollen. Strikte Gütertrennung, ein notariell beglaubigter Ehevertrag – Jansen hatte ihn nur höhnisch ausgelacht. Du wirst meine Tochter nicht heiraten, sonst …

Manfred Ackermann erinnerte sich, dass seine Knie nachgaben, er sich an der Birke hinter sich festhalten musste, während Jansen diese unglaubliche Drohung aussprach. Woher hatte er davon wissen können?

Bei ihrem ersten Treffen dort, eine Woche zuvor, hatte er den Ort als Sieger verlassen. Der Wind hatte sich gedreht.

Von diesem Augenblick an war er ihm ausgeliefert gewesen. Ein Satz von Jansen würde reichen, ihn zu vernichten. Erst Jahre später hatten sich lose Gedankenteile zu einem Bild verbunden, welches ihm die Skrupellosigkeit dieses Mannes offenbarte.

Jetzt endlich war er frei. Ackermann musste lachen, zaghaft, dann immer lauter werdend. Zu viele Jahre hatte er in Angst und lähmender Ohnmacht verbringen müssen. Eine verdammt lange Zeit, die tiefe Narben hinterlassen hatte. Als er den Schädel zum ersten Mal in der Hand gehalten hatte, waren die Zweifel der Hoffnung überlegen gewesen. Einer inneren Eingebung folgend, überprüfte er mit der elektronischen Schieblehre den Durchmesser der beiden Löcher. 11,6 Millimeter, es dauerte nur wenige Augenblicke, bis er begriff, was diese Zahl für ihn bedeutete. Sie machte den Unterschied aus zwischen lebenslanger Angst und grenzenloser Freiheit.

Vorsichtig wickelte er das kostbare Stück wieder ein und versteckte es unter dem Mantel. Hier war es nicht mehr sicher.

24

Sie waren die einzigen Gäste im Q-Stall. Die Sitzecke neben der Eingangstür mit Blick auf den nur einen Steinwurf entfernten Rhein war meist zuerst besetzt. Heinrich hatte ihnen ausführlich von dem Gespräch mit Siegmund Steiger berichtet. Manuela verzog ihr Gesicht. Grimm erkannte sofort den wahren Grund.

„Ich möchte nur mithelfen, ich stehe nicht im Weg und gebe alle Informationen sofort an euch weiter. Muss doch niemand erfahren."

Die Kommissarin nickte stumm. Das ungute Gefühl hielt sich beharrlich. Auf der anderen Seite hatte Wolters sich heute Morgen grippekrank abgemeldet, Ersatz bekämen sie für eine Leichenermittlungssache wohl kaum. Ihr fielen die vielen Überstunden ein, die sie mit nach Wesel gebracht hatte. Engels war wenig begeistert gewesen. Sie atmete tief durch.

„Okay, die Sache ist wirklich sehr merkwürdig. Ich habe mir die Akte zu diesem Unfall von Jansens Bruder besorgt. Laut Sachverständigem war es wirklich einer."

In kurzen Sätzen gab sie den Inhalt der Unfallakte wieder. Als sie von dem Verdacht der Gerüstarbeiter erzählte, rümpfte Grimm die Nase.

„Kann eine Schutzbehauptung gewesen sein. Ich hoffe, wir haben bei dem Zeugen Wischnewski Glück und kommen endlich an das Corpus delicti."

Ein schlankes, braungebranntes Mädchen servierte ihnen Kaffee.

„Das passt doch alles nicht zusammen", begann Adriano, „der Sturz vom Gerüst, das tote Mädchen auf der Straße, das Skelett in dem Bunker und der verschwundene Totenschädel. Vielleicht hat das eine mit dem anderen überhaupt nichts zu tun. Unfall mit Fahrerflucht kommt zumindest öfter vor."

Adriano hatte nicht wahrgenommen, dass das Mädchen den Nachbartisch abräumte. Erschrocken ließ sie eine Kaffeetasse auf den Unterteller fallen. Sie warteten eine Minute, bis die Kellnerin hinter die Theke verschwand.

„Ich glaube nicht an Zufall", antwortete Heinrich, „bei dem Unfallopfer handelt es sich nicht um irgendeine beliebige Person, sondern um ein Mädchen, das Walter Jansen kurz vor seinem Verschwinden zumindest sexuell belästigt hatte."

„Spinnen wir das mal durch", übernahm Manuela Warnke, „Jansen hat sich an dem Mädchen vergangen, in welcher Form auch immer. Lydia Arnolds fasste irgendwann allen Mut zusammen und wollte Jansen anzeigen. Jansen wartet einen günstigen Augenblick ab und überfährt sie. Ein Freund oder Angehöriger dieses Mädchens erfährt davon und erschießt Jansen."

„Wobei noch unklar ist, warum das Mädchen um diese Zeit dort oben am Wald gewesen ist", unterbrach Heinrich sie.

„Das auch", fuhr die Ermittlerin fort, „unklar ist aber vor allem die Rolle von Ackermann bei der ganzen Angelegenheit."

„Vielleicht spielt er gar keine Rolle", überlegte Adriano, „möglicherweise hat er den Kopf nur gestohlen, um die Bauarbeiten nicht zu behindern."

Manuela trank einen Schluck Kaffee und schüttelte danach heftig den Kopf.

„Er riskiert ziemlich viel, um dieses Projekt durchzuführen. Außerdem, sollte deine Annahme zutreffen, warum hat er den Schädel dann nicht längst entsorgt? Wischnewski behauptet zu wissen, wo sich das Corpus delicti befindet. Ackermann muss damit rechnen, dass es einen Zeugen gibt, es wäre viel zu riskant, dieses Beweisstück aufzuheben."

Eine kurze Pause entstand. Manuela sah hinaus auf den Fluss. Auf der „River Lady" unten an der Anlegestelle erloschen die Lichter. Es fiel ihr schwer, sich zu konzentrieren. Verärgert dachte sie an ihren Exfreund. In ihrer Wohnung waren noch Dinge, die ihm gehörten. Sie wollte, sobald sie etwas Passendes finden würde, nach Wesel ziehen und hatte ihn gebeten, alles abzuholen. Jochen bedauerte, dass er erst in vier Wochen kommen könne, nach den Flitterwochen.

„Vielleicht hat er das ja auch gar nicht. Es wäre nicht das erste Mal, dass Camels Fantasie mit ihm durchgeht. Ist schon sehr merkwürdig, dass er ausgerechnet uns davon berichtet", unterbrach Heinrich ihre Gedanken. Angestrengt holte sie ihren letzten Satz ins Bewusstsein zurück. Nach dem ersten Eindruck, den sie von dem Journalisten hatte, war dies tatsächlich ungewöhnlich.

„Gut, fragen wir Wischnewski."

Es war das Signal zum Aufbruch. Adriano kramte einen Kassenbon aus der Hosentasche. Auf der Rückseite hatte Camel die Handynummer Wischnewskis notiert.

Heinrich blieb noch einen Moment auf der Terrasse stehen, sah den beiden hilflos hinterher, bevor er in die entgegengesetzte Richtung an der Rheinpromenade entlang zum Parkplatz lief. Ein mit Kohlen beladener Schubverband quälte sich stromaufwärts. Richtung Ruhrgebiet, dorthin, wo nach und nach die Zechen schlossen. Sein Blick haftete auf der rostbraunen „Jan Wellem 2". Er überlegte, von welchem Erdteil die Fracht wohl stammen würde, und bewegte den Kopf leicht hin und her. Es kam immer häufiger vor, dass er politische Entscheidungen nicht mehr nachvollziehen konnte. Diese Zeit im Leben eines Menschen nennt man das Alter, hatte sein Sohn einmal süffisant bemerkt.

Eine halbe Stunde später parkten Manuela und Adriano vor einem unscheinbaren Altbau. Im ungepflegten Vorgarten stand ein Blechschild mit der Aufschrift *Erdbauarbeiten Wischnewski.* In der Hofeinfahrt parkte ein Bagger. Der Hafensteg in Xanten-Beek grenzte an das Naturschutzgebiet Altrhein. Wenige Fußminuten entfernt schlängelte sich der Eyländer Weg über seichte Hügel, vorbei an idyllischen Höfen den Rhein entlang nach Perrich, einem kleinen Vorort von Ginderich. Als Kind war Manuela oft mit ihrer Oma dort entlanggeradelt.

Der muskulöse Wischnewski besaß beinahe das Format eines Footballspielers in voller Montur. Er öffnete die Flasche mit dem ostdeutschen Billigbier gekonnt mit einem Einwegfeuerzeug und setzte sie gierig an den Mund. Als er sie auf den Tisch zurückstellte, war sie halb leer. Aus der Küche kam eine brünette, spindeldürre Frau mit verlebter Gesichtshaut und servierte den Ermittlern Mineralwasser in ehemaligen Senfgläsern. In ihrem Mundwinkel hing eine Zigarette.

„Dann schießen Sie mal los, was wollen Sie von mir?"

„Wir ermitteln in dem Leichenfund auf der Baustelle Motte", begann Adriano, „in diesem Zusammenhang möchten wir von Ihnen wissen, was Sie dort beobachtet haben, nachdem der Bunkereingang freigelegt war."

„Ich hab' nix gesehen."

„Herrn Konrad Walther vom Rheinischen Boten haben Sie aber etwas anderes berichtet", übernahm Manuela. Seine Augenlider flackerten nervös. Nachdenklich kaute er auf der Unterlippe. Der Bauunternehmer schien zu spüren, dass es seine Aufgabe war, die einsetzende Stille zu unterbrechen.

„Sach ich nix zu. Geht um meinen Job."

„Herr Wischnewski", Manuela erhob die Stimme eindringlich, „es geht möglicherweise um Mord. Das bedeutet, Sie machen sich strafbar, sollten Sie jemanden decken oder uns Auskünfte über den Verbleib von Beweismitteln vorenthalten."

„Ich?", Wischnewski erhob ebenfalls seine Stimme, „Beweismittel? Wird ja immer doller. Bitte", er machte eine ausladende Armbewegung, „sehen Sie sich ruhig um, falls Sie glauben, ich hätte den Schädel hier irgendwo versteckt."

„Wie kommen Sie denn darauf, dass der Kopf des Toten irgendwo versteckt ist?"

„Haben Sie doch selber gesagt", aus Wischnewskis Worten klang Unsicherheit.

„Nein, haben wir nicht", antwortete Manuela sachlich. Wischnewskis Schultern sackten in sich zusammen. Verlegen griff er zur Bierflasche und trank sie leer. Danach senkte er den Blick und sprach leise weiter.

„Sie kennen meinen Auftraggeber nicht. Wenn der spitzkriegt, dass ich ihn angeschissen habe, macht der mich fertig."

Manuela konnte nicht glauben, dass ein Kerl wie Wischnewski Angst vor Ackermann haben konnte. Sie hatte einen anderen Verdacht.

„Glauben Sie vielleicht, der Reporter, dem Sie das erzählt haben, hätte es für sich behalten?"

„Nein … aber", sein Oberkörper wankte, „… er hätte mir wenigstens ordentlich was dafür gegeben. Überbrückungsgeld quasi, bis ich was Neues habe. Ist eigentlich mittlerweile eine Belohnung ausgesetzt?"

„Nein, verdammt noch mal", die Hauptkommissarin erhob die Stimme, „Sie werden gefälligst auch ohne Belohnung aussagen. Im Übrigen sind wir durchaus in der Lage, Zeugenaussagen vertraulich zu behandeln", Manuela hatte absolut keine Lust mehr auf Wischnewskis Spielchen, „Sie begleiten uns. Ich will Ihre Aussage schriftlich haben. Und gnade Ihnen Gott, wenn Sie uns anlügen!"

„Bärchen, das bringt doch nichts", klang es zaghaft von der anderen Seite des Tisches herüber. Seine Augen glitten auf ihr blasses Gesicht, er schluckte.

„Also schön", Wischnewski sah betreten zu Boden, „ich konnte Ackermann, also meinen Auftraggeber, nicht hören, der Bagger machte einen Riesenkrach. Ja, und dann war es auch schon zu spät. Kann ich denn riechen, dass der Bunker zubleiben soll? Ackermann wollte mich gerade zur Sau machen, da lief dieser Reporter schon rein und Ackermann sofort hinterher", er machte eine kurze Pause, um die nächste Bierflasche zu öffnen.

„Und Sie sind ebenfalls hinterhergelaufen?", wollte Adriano wissen. Nach einem mächtigen Schluck fuhr er fort.

„Zuerst nicht. Aber dann wollte ich doch mal sehen, was es da gibt. Ich bin also ganz langsam hinterher. Da sehe ich, wie dieser Kerl von der Zeitung zu Boden geht."

„Haben Sie gesehen, dass Herr Ackermann ihn niedergeschlagen hat", fragte Adriano dazwischen. Manuelas Seitenblick verriet Missfallen.

„Ähem, also nicht direkt. War ja auch nicht sehr hell da drin. Aber mein Chef hielt einen Stein in der Hand, den er später weggeschmissen hat", Wischnewski stockte. Er biss sich erneut unsicher auf die Lippen. Die Polizistin deutete ihm an, fortzufahren. Wischnewski seufzte. Bevor er weitersprach, sah er noch einmal seine Frau an. Mit einem stummen Nicken ermunterte sie ihn.

„Ich bin noch ein paar Schritte weitergegangen, und da sah ich, dass der Chef sich bückte und den Kopf aufhob. Ich bin dann schnell wieder raus, wollte keinen Ärger. Ackermann ging an mir vorbei, hielt eine Hand vor den Mantel."

„Konnten Sie den Kopf erkennen, hatte er eine Besonderheit?"

„Nein, der hat eigentlich geguckt wie immer …, ach so, Sie meinen … äh, nein. Das ging alles sehr schnell, außerdem war es ja ziemlich dunkel da drin."

„In Ordnung, das reicht erstmal. Aber ich muss Sie bitten, morgen früh in die Dienststelle zu kommen. Wir brauchen das noch schriftlich."

„Ja", er wirkte traurig, „ich denke, ich werde mich wohl besser krank melden."

Manuela nickte, er tat ihr ein wenig leid. Der Versuch, Camel für die Information zahlen zu lassen, war nicht in Ordnung, aber mit viel gutem Willen nachvollziehbar. Diese Aussage konnten sie nicht unter Verschluss halten, sie mussten Ackermann damit konfrontieren. Damit würde Wischnewski wohl unweigerlich den Auftrag verlieren. Ein Kleinunternehmer wie er dürfte nur schwerlich so kurz vor dem Winter ein neues Angebot bekommen.

Unterwegs sprachen beide kein Wort. Manuela hatte darum gebeten, zu fahren. Kurz vor der Abbiegespur an der Birtener Kreuzung stand der Verkehr still. Vor der Imbissbude „Hof von Holland" parkte ein Polizeifahrzeug. Als Manuela den Blinker setzte, fuhr Adriano herum.

„Geradeaus geht es nach Alpen!"

„Ich weiß", mit Vollgas schoss sie vor einem herannahenden LKW auf die Weseler Straße. Adriano drückte diese Aktion wieder in den Sitz.

„Das verstehe ich nicht. Wir können Ackermann endlich drankriegen, und du willst zurück."

Die Kollegin zog ihre Stirn in Falten und rollte die Augen. Mittlerweile konnte sie ihren Vorgänger immer besser verstehen. Über ihre Fähigkeiten wusste Grimm gar nichts, Adriano kannte er gut genug. In einem Tonfall, als gelte es, einem kleinen Mädchen zu vermitteln, warum ihr Pony nicht in ihrem Zimmer schlafen durfte, klärte sie ihn auf.

„Klar doch. Wir fahren sofort zu ihm. Lieber Herr Ackermann, wir wollten Ihnen Bescheid geben, dass wir morgen früh mit einer Durchsuchungsanordnung kommen, falls Sie noch was beiseite schaffen möchten."

Beleidigt sank Adriano in den Sitz. Manuela zweifelte daran, dass Ackermann das gesuchte Objekt in seiner Wohnung aufbewahren würde. In Wesel angekommen, setzte sie ihren Kollegen neben dessen Auto ab.

„Soll ich warten?"

Adriano, der mittlerweile eingesehen hatte, voreilig gedacht zu haben, grinste.

„Nö, der springt jetzt immer an. Wer hat dir das beigebracht?"

„Selbst ist die Frau. Chronischer Geldmangel und klapprige Autos haben dafür gesorgt."

Der Kollege der Funkzentrale begrüßte sie freundlich. Er teilte Manuela mit, dass die Kollegin Verstappen auf sie wartete. Im Büro wurde sie von Mareike empfangen, die halb auf Adrianos Schreibtisch saß. Engels hatte seinen Dienst bereits beendet, die Polizistinnen waren alleine auf der Etage.

„Ich war heute Nachmittag in Alpen, bei Hermsen", begann Mareike. Es hörte sich nicht an, als wolle sie lediglich Informationen weiterreichen. Ihre Worte erzeugten Spannung.

„Die Kollegin Grimm hat recht, der verheimlicht irgendwas."

Die Kollegin Grimm, Manuela kam sich vor wie in einer Komödie, auch wenn Mareike diesen Satz mit einem zwinkernden Auge abschloss. Die Weseler Polizei hatte sich offenbar daran gewöhnt, machte Späße darüber. Sie nahm sich vor, die Detektivspielchen von Frau Grimm schnellstmöglich zu beenden. Ohnehin konnte sie sich nicht erklären, warum ihr Vorgänger das rechtswidrige Verhalten seiner Mutter nicht längst unterbunden hatte. Unvermittelt kam ihr der Gedanke, dass sie selbst schon sehr tief mit drinsteckte. Sie war es, die Grimms Ermittlungen tolerierte. Was war aus ihrer Absicht geworden, Kompetenzen von Beginn an festzulegen? Am meisten ärgerte Manuela, dass es ausgerechnet die Familie Grimm war, die den Fall bislang entscheidend vorantrieb. Ihr war bewusst, auf einem schmalen Grat zu wandern. Sollte es ihr nicht bald gelingen, ihre Position klar herauszustellen, den Schatten zu vertreiben, würde die Achtung der Kollegen an ihr vorüberziehen wie Wolken im Herbstwind.

„Du meinst, Hermsen hat damals den Kuraufenthalt unterbrochen, um mit Walter Jansen abzurechnen?"

„Möglich. Er wollte mir dauernd etwas sagen, aber seine Frau ist ihm jedes Mal über den Mund gefahren. Ich habe mehrmals darum gebeten, alleine mit ihm zu reden, was sie rigoros ablehnte. Manuela, ich habe nur mal ein bisschen auf den Busch geklopft, da hättest du den mal erleben sollen. Dem stand der Angstschweiß auf der Stirn."

Manuelas Blick glitt die langen Haare der Kollegin herab, verweilten bewundernd auf der schmalen Taille. Sie fand Mareike sympathisch, würde sich gerne mit ihr anfreunden, einen Fixpunkt in der sie umgebenden Fremde bekommen.

„Ich werde ihn morgen wieder besuchen, irgendwann bricht der ein. Mein Gefühl sagt mir, dass das nicht mehr allzu lange dauern wird."

„Ja, mach das, wenn seine Frau dich überhaupt noch mal ins Haus lässt."

Ihnen waren die Hände gebunden. Hermsen war nicht angreifbar. Eine Vorladung in einem Leichenermittlungsverfahren würde wenig Sinn machen. Nach allem, was sie über diese Familie erfahren hatte, würde Hermsens Frau ihn nur in Begleitung eines Anwalts kommen lassen. Dieser würde seinen Mandanten im Vorfeld damit beruhigen, dass er allenfalls als Zeuge, nicht aber als Beschuldigter vernommen werden durfte. Somit besaß Hermsen einen wertvollen Trumpf. Er dürfte jedwede Aussage verweigern, die ihn belasten könnte. Die Ermittlung erinnerte Manuela an einen Stein, der ins Wasser geworfen wurde. Es gab lauter Hinweise. Viele Kreise bewegten sich vom Mittelpunkt weg, wurden immer größer, nur der Stein war nicht mehr erkennbar. Sie mussten abtauchen in moderndes Gewässer, dessen Gestank mit jedem Tag stärker wurde. Aber wo?

„Ich habe einen Bärenhunger. Darf ich dich einladen oder wartet jemand auf dich?"

Mareike war sichtbar irritiert. Ihre Augenlider flackerten. Dann wich die leichte Anspannung.

„Nein. Prima Idee. Italienisch?"

25

Manuela beobachtete die Perlen. In wildem Durcheinander befreiten sie sich aus der Tablette und drängten der Oberfläche entgegen. Das Lieblingsvideo von Jochen kam ihr in den Sinn. Sie hatte das Raumschiff Orion sofort als verkappte Aspirintablette enttarnt. Dem enttäuschten Blick entnahm sie, ihrem Freund eine lieb gewordene Kindheitsillusion geraubt zu haben. Adriano grinste zweideutig, als Manuela den Cocktail in einem Zug austrank und das Glas sofort wieder mit stillem Wasser füllte.

Die beiden Frauen hätten gestern Abend bei dem herrlich fruchtigen Rotwein bleiben sollen, den ihnen der schüchterne Kellner mit südländischem Charme und in den Wahnsinn treibenden Hüftschwung serviert hatte. Aber auch der schönste Italiener hat mal Feierabend, und Mareike hatte ihr unbedingt noch den Kornmarkt zeigen wollen. Krasser hätte sie ihr die Gegensätze der Hansestadt nicht dokumentieren können. Statt sinnlicher Kellner in romantischem Ambiente bierbäuchige Ehemänner im Exil, Fassbier statt Rotwein und Hip-Hop anstelle sanfter Schmusemusik schmachtender Azzurri. Es waren urgemütliche Kneipen, aber sie waren zu voll, zu laut und passten nicht in die romantische Stimmung, in der die Frauen immer noch geschwelgt hatten. Mareike hatte sich für die mangelnden Alternativen entschuldigt, die das Weseler Nachtleben für sie beide bereithielt. Im Taxi hatte Mareike ihr vorgeschlagen, den nächsten gemeinsamen Abend bei ihr zu Hause zu verbringen.

„Das gibt es doch nicht", entfuhr es Adriano. Aufmerksam studierte er den Bericht des Notarztes. Manuela hatte heute Morgen als erstes die Akten zum Unfalltod Lydia Arnolds aus dem Archiv geholt. Sie war damit beschäftigt, den Bericht des Kriminaloberkommissars Stahnke zu lesen. Aufgrund der unklaren Situation hatte die Streifenwagenbesatzung die Kollegen der Kripo eingeschaltet.

„Dreizehn Knochenbrüche im Bereich des Oberkörpers, Trümmerbruch des Beckenknochens, mehrfach gebrochene Unterarme und so weiter. Das hört sich so an, als wäre das Mädchen von einer Walze überfahren worden."

„Hm, laut dem Bericht des KOK Stahnke nicht", sie blätterte eine Seite zurück.

„*... Auffindesituation der benachteiligten Person, sichergestellte Spuren sowie Art und Schwere der Verletzungen deuten typischerweise auf den Zusammenprall mit einem PKW mittlerer Größe und Bauart ... VU mit Unfallflucht wahrscheinlich.*"

„Und woraus hatte der Kollege Stahnke das geschlossen?"

„Reifenspuren."

Adriano sah sie ungläubig an.

„Du hast doch vorhin vorgelesen, es konnten keine Reifenspuren sichergestellt werden."

„Auf der Fahrbahn nicht, es hatte an dem Abend stark geregnet. Aber Schmutzwasserrückstände auf der Kleidung der Toten verwiesen auf einen Reifen der Breite 185 bis 195, so steht es in dem Bericht der Kriminaltechnik. Immerhin waren unsere Kollegen so clever, den EKD mit einzubeziehen."

„Irgendwas stimmt doch da nicht."

„Nehmen wir vielleicht an, weil es in unseren Fall passen würde", antwortete Manuela. Richtig glauben mochte sie das allerdings auch nicht. Es gab einfach zu viele Ungereimtheiten. Der Vater des Mädchens, ein türkischer Geschäftsmann, der den Namen seiner Frau angenommen hatte, war von den Kollegen damals unmittelbar nach der Unfallaufnahme befragt worden. Saladin Arnolds hatte ausgesagt, seine Tochter wäre an diesem Tag wie immer mit dem Zug nach Alpen gefahren. Er hatte keine Erklärung dafür gehabt, warum sie um diese Zeit dort gewesen war. Adriano studierte weiter den Bericht des aufnehmenden Notarztes. Immer wieder murmelte er staunend vor sich hin. Auf einmal schrie er so laut auf, dass Manuela erschrak.

„Das gibt es doch nicht! Lydia Arnolds war schwanger, dreizehnte Woche“, Adriano schlug die flache Hand unterstützend auf die Tischplatte. „Man hat einen Mutterpass bei ihr gefunden.“

Manuela dachte darüber nach, welche Bedeutung dieser Umstand haben konnte. Ihr Kollege entwickelte derweil eine erste Theorie.

„Das Motiv für Walter Jansen! Dreizehnte Woche, eine Abtreibung kam nicht mehr infrage. Jansen sieht keinen anderen Ausweg mehr und überfährt sie. Ihr Vater kommt dahinter und bringt Jansen um, peng“, Adriano hielt sich dabei den ausgestreckten Zeigefinger an die Stirn und drückte mit dem Daumen einen imaginären Abzughebel.

„Wunderbar. Zufällig spazierte der junge Ackermann des Weges. Vater Arnolds fragte ihn, ob er nicht Lust hätte, die Leiche zu entsorgen. Ackermann hatte gerade nichts anderes vor und sagte zu. Und bis heute passt er auf, dass niemand den Kopf mit dem Loch bekommt. Und wenn sie nicht gestorben sind …“

„Verdammt noch mal, kannst du mich einmal ernst nehmen? Deine überhebliche Art kotzt mich an!“

Manuela schluckte. Ihr mangelte es oft an nötiger Sensibilität. Dieses Mal hatte sie den Bogen überspannt, sie schämte sich im gleichen Moment dafür. Es hätte ihr klar sein müssen, Adriano damit zu verletzen. Sie entschuldigte sich.

Der Kriminalbeamtin fiel auf, dass jede ihrer Thesen bisher den Makel aufwies, Ackermann nicht zu berücksichtigen. Wenn Arnolds die Leiche selber zum Bunker geschaffen hätte, musste es einen Grund geben, weshalb Ackermann den Kopf verschwinden ließ. Sollte es ihm tatsächlich einzig um das Bauvorhaben gehen? In dem Fall könnte Adrianos Ansatz durchaus zutreffen. Aber noch etwas schien möglich.

„Das Unfallopfer hatte keinerlei Verletzungen unterhalb des Beckens. Laut Stahnke hatte sie daher auf der Straße gelegen, als das Fahrzeug sie überrollte.“

Adriano beruhigte sich wieder. Aus seiner Sicht war die logische Konsequenz, dass Lydia Arnolds vor den Wagen geschubst worden war. Manuela wollte ihn widerlegen, als er den Fehler selbst bemerkte.

„Kann auch nicht sein. Der Unfallfahrer wäre wohl kaum geflüchtet, wenn ein Zeuge am Straßenrand stand, es sei denn …"

„Das Mädchen war bewusstlos, Jansen, oder wer auch immer, konnte rechtzeitig abtauchen", führte Manuela den Gedanken ihres Kollegen fort. Adriano nickte zufrieden.

„Wobei die Sache einen Haken hat. Der Unfall hatte sich am 24.10.1977 ereignet. Zu diesem Zeitpunkt wurde Walter Jansen bereits seit sechs Tagen vermisst."

„Seine Leiche ist allerdings nie gefunden worden", bemerkte Adriano, „also ist es durchaus möglich, dass er zu diesem Zeitpunkt noch gelebt hat."

„Vielleicht. Ebenso ist aber auch eine andere Möglichkeit denkbar. Lydia Arnolds hatte erst kurz vorher von der Schwangerschaft erfahren. Soll vorkommen, zumal …", sie brach den Satz ab, es fiel ihr schwer, die geistige Behinderung als Argument anzuführen, „sie schämte sich, hatte eine wahnsinnige Angst, es ihren Eltern zu gestehen."

„Suizid?"

„Wäre es unter der psychischen Belastung, der sie ausgesetzt war, so abwegig?"

Sie verschwieg ihrem Kollegen absichtlich ihre Bedenken. Für Manuela war es wichtig, jede Möglichkeit in Betracht zu ziehen, sei sie auch noch so vage. Diese Methode kostete zwar im Moment Zeit, konnte aber verhindern, dass die Ermittlungen einseitig verliefen und in einer Sackgasse endeten. Was ihre Bedenken an Suizid unterstrich, war der Fundort. Lydia Arnolds kam an diesem Morgen mit dem Zug aus Krefeld in Alpen an. Sie lief fast drei Kilometer quer durch den Ort, um sich am anderen Ende vor ein Auto zu legen? Das schien der Ermittlerin unbegreiflich.

Um Viertel vor neun betrat die Staatsanwältin das Büro. Mit ernster Miene setzte sie sich.

„Der Herr Richter verweigert die Durchsuchungsanordnung, solange die Aussage des Zeugen Wischnewski nicht vorliegt."

Adriano reagierte sofort und wählte die Handynummer des Maschinenführers. Nach einer Minute legte er mit sorgenvollem Gesichtsausdruck auf.

„Der sitzt gemütlich beim Arzt, will hinterher kommen. Das kann dauern."

„Verdammter Mist", fluchte Manuela, „sollte Ackermann den Schädel entsorgen, können wir die Segel streichen."

„Der hat ihn die ganze Zeit aufgehoben", Adriano konnte die Aufregung nicht verstehen, „warum sollte er das Teil ausgerechnet jetzt beiseite schaffen?"

„Weil er vermutlich weiß, dass Wischnewski ihn beobachtet hat, und weil genau dieser Wischnewski heute nicht zur Arbeit erschienen ist. Daraus könnte Ackermann durchaus die richtigen Schlüsse ziehen."

Manuela eröffnete eine Minute taktischen Schweigens. Sie wusste genau, dass die Stille, mit der sie die Staatsanwältin konfrontierte, größere Wirkung entfalten konnte als hilflos klingende Argumente.

„Nun", begann Annette Gerland zögerlich, „wenn das so ist, sehe ich durchaus Gefahr im Verzug."

Daran hatte Manuela natürlich auch gedacht. Sie fühlte sich aber wesentlich wohler mit der Absicherung durch die Staatsanwaltschaft. Ihr fiel auf, wie groß ihr Respekt vor Ackermann war. Hatte er genau dies mit der Beschwerde erreichen wollen?

Frau Gerland bat noch einmal ausdrücklich darum, die Aussage Wischnewskis schnellstmöglich nachzureichen. Adriano begann mit einem Rundruf. Da sowohl das Gelände der Baustelle als auch die Privat- und Geschäftsräume des Architekten durchsucht werden mussten, benötigten sie alle zur Verfügung stehenden Kräfte.

26

Acht Einsatzkräfte waren an der Baustelle Motte eingetroffen, weitere sechs Beamte auf dem Weg zu Ackermanns Haus. Der Projektleiter der Baustelle Motte war außer sich vor Wut. Er verweigerte jegliche Kooperation, verständigte stattdessen seinen Anwalt. Erst nach Androhung, die Villa am Waldrand durch einen Schlüsseldienst öffnen zu lassen, fuhr der Architekt zähneknirschend mit ihnen.

„Das werden Sie bereuen", zischte er Manuela im Vorübergehen zu. Die Ermittlerin verzog keine Miene. Es bereitete ihr große Mühe, die Anspannung, unter der sie stand, zu verbergen. Sollte diese Aktion erfolglos verlaufen, dürfte Ackermann wohl für den Rest der Ermittlung unantastbar bleiben.

Die Polizisten teilten sich in drei Teams auf die Etagen auf und begannen die Durchsuchung. Aus dem Flur war die energische Stimme des Hausherrn zu vernehmen.

„Es ist mir scheißegal, ob Ihr Herr Doktor einen Gerichtstermin hat oder nicht, er soll gefälligst sofort hierherkommen!"

Manuela und Adriano untersuchten das Büro im Erdgeschoss. Im Schreibtisch eingearbeitet befand sich ein Tresor von der Größe einer Getränkekiste. Die Arme vor der Brust verschränkt, stand Ackermann mitten im Raum und funkelte die Polizisten aus kleinen Sehschlitzen an. Manuela stellte ihn vor die Alternative, einen teuren Spezialisten kommen zu lassen oder den Tresor freiwillig zu öffnen. Ackermann ging nicht darauf ein. Er starrte sie weiter an.

„Wie Sie meinen. Bleiben wir eben den ganzen Tag hier. Wir haben Zeit."

Nach kurzem Zögern öffnete er die Tür des Stahlschranks. Ackermann wirkte wie ein Dampfkessel, der kurz vor dem Bersten stand. Adriano reagierte als Erster. Untermalt mit einem Pfiff zog er einen Spurenbeutel aus der Tasche. Mit geübtem Griff wendete er die kleine Plastiktüte auf links und nahm die Pistole aus dem oberen Fach. Es handelte sich um eine Walther PPK.

„Ich nehme an“, bemerkte Manuela, „Sie haben einen Waffenbesitzschein, Herr Ackermann.“

„Ja, habe ich“, sie hatten sich an den abschätzigen Klang seiner Worte längst gewöhnt. Manuela kniete sich vor den Tresor. Mehrere Stapel Bargeld und einige Ordner kitzelten den Ehrgeiz der Polizistin. Deswegen sind wir nicht hier, vernahm sie die mahnende Stimme ihres Verstandes.

„Ein Rechtsanwalt Fuchs steht vor der Tür“, meldete Lyrette Brandel, die junge Kollegin aus dem Schutzbereich. Ackermann rannte sofort an ihr vorbei.

„Jetzt wird es nicht leichter“, murmelte Adriano. Manuela wunderte sich über den Einfluss des Unternehmers. Zwei Kollegen kamen aus der oberen Etage, ohne Ergebnisse. Ein graumelierter Herr in dunklem Mantel und einer Aktentasche betrat in Ackermanns Begleitung das Büro. Manuela stellte sich freundlich vor.

„Sie sind also Frau Warnke“, naserümpfend musterte er Manuela. „Ich muss schon sagen, Sie haben eine komische Art, Ihrer Dankbarkeit darüber, dass mein Mandant Sie nicht angezeigt hat, Ausdruck zu verleihen. Ich denke, darauf werden wir noch zurückkommen. Zunächst interessiert mich Ihre Legitimation zur Durchsuchung dieser Räume, Frau Kommissarin. Meinem Mandanten wurde keine Durchsuchungsanordnung vorgelegt.“

„Hauptkommissarin bitteschön, Herr Doktor Fuchs. Eine Durchsuchungsanordnung ist nicht notwendig. Aufgrund einer uns vorliegenden Zeugenaussage befindet sich ein Beweisstück im Besitz Ihres Mandanten, daher besteht Gefahr im Verzug.“

Ackermann lachte höhnisch auf. Die selbstherrliche Sicherheit, die er mit jeder seiner Gesten verbreitete, ließ Manuelas Hoffnung von Minute zu Minute kleiner werden. Zwei Kollegen, die die Räumlichkeiten im Erdgeschoss durchsucht hatten, traten mit hoffnungsloser Mimik auf den Flur. Manuela spürte erste Anzeichen von Resignation. Dann fiel ihr etwas ein. Sie gab Adriano ein Zeichen, ihr zu folgen. Vorhin auf dem Parkplatz war ihr ein kleines Gerätehaus im Garten aufgefallen.

„Sie machen sich lächerlich“, rief Doktor Fuchs ihr hinterher.

Die Holztür wurde lediglich durch einen Splint gesichert. Ackermann war ihnen in Begleitung seines Anwalts gefolgt. Dass währenddessen sein Haus weiter durchsucht wurde, schien ihn nicht mehr zu interessieren. Im Eingangsbereich befand sich ein Rasenmäher vor einigen Gartenmöbeln. Manuela schob ihn zur Seite. Der Fußboden war feucht.

„Sie können gerne den Rasen mähen. Ich zahle Ihnen fünf Euro die Stunde“, lästerte Ackermann.

Die Polizistin ignorierte die Bemerkung. Doktor Fuchs schüttelte immer wieder den Kopf. An der Wand gegenüber den Gartenmöbeln lehnten drei Säcke Zement auf dem Holzboden. Der hintere war geöffnet, der obere Teil eingerollt. Adrianos Zeigefinger deutete auf den Fußboden. In der Ecke des Raumes zwischen Wand und dem aufgerissenen Sack waren undeutliche Fußspuren in dünnem Zementstaub erkennbar. Manuela Warnke warf Ackermann einen kurzen Blick zu. Seine Gesichtszüge spannten sich. In den Augen spiegelte sich Unsicherheit. Adriano las ihre Gedanken und hielt ihr ein Taschenmesser hin. Da sie nicht bis zum Ellenbogen im Zement wühlen wollte, schlitzte sie den Papiersack vorsichtig der Länge nach auf. Eine weiße Wolke kam ihr entgegen. Adriano trat unauffällig näher an Ackermann, dessen Augen auf den Sack fixiert waren. Der rieselnde Zement legte den Zipfel einer Plastiktüte frei. Manuela zog die mit einem Gummi verschlossene Tüte heraus und öffnete sie. Obwohl sie sich innerlich darauf eingestellt hatte, durchfuhr ein Schreck ihre Glieder beim Anblick der leeren Augenhöhlen. Sie hob den Blick und bemerkte Ackermanns Adamsapfel, der nervös wie ein Jojo auf und ab tanzte. Seine Augen hafteten unbeweglich an ihren, verrieten keinerlei Gefühl. Ackermann bewahrte auch jetzt eine Art arrogante Abgeklärtheit, obwohl er ahnen musste, nun endgültig ins Fadenkreuz der Ermittlungen geraten zu sein.

„Herr Ackermann, Sie sind vorläufig festgenommen. Sie werden verdächtigt, einen Mord begangen zu haben.“ Routiniert klärte sie ihn über seine Rechte auf, Doktor Fuchs wirkte konsterniert.

Nachdem der hauseigene Erkennungsdienst auf der Tüte befindliche Spuren gesichert hatte, wurde der Kopf von einem Fahrer nach Duisburg zur forensischen Pathologie gebracht. Die Festnahme Ackermanns war ein Teilerfolg, der sehr schnell zum Pyrrhussieg verkommen würde, sollte es nicht gelingen, ihn mit Indizien zu unterfüttern. Nach der jetzigen Beweislage konnten sie ihm bestenfalls die Behinderung der Ermittlung vorwerfen. Für einen Haftbefehl reichte es nicht. Ihnen blieben noch maximal dreiundzwanzig Stunden.

In einer ersten Vernehmung gab der Architekt an, unter immensem Zeit- und somit Kostendruck zu stehen. Die Stilllegung der Baustelle durch die Polizei konnte er sich nicht erlauben. Aufgehoben habe er den Totenschädel, um ihn nach Abschluss der Bauarbeiten der Polizei zu übergeben. Manuela musste die Logik der Aussage eingestehen, dennoch glaubte sie Ackermann nicht. Sie konnte sich den smarten Freiberufler einfach nicht als letztes Glied einer Kette unglücklicher Umstände vorstellen. Dazu war der Aufwand, den er betrieb, deutlich zu hoch.

Die Pistole war tatsächlich auf seinen Namen eingetragen, allerdings erfolgte diese Eintragung erst im Jahre 1982. Die Frage, wozu ein Architekt eine Waffe benötigte, schenkte Manuela sich. Sie hoffte inständig, dass die Experten in Duisburg aufgrund der Einschusslöcher tiefer gehende Rückschlüsse auf die Tatwaffe liefern konnten.

Während ihrer Abwesenheit war Wischnewski erschienen. Mareike hatte nicht nur die Stellung gehalten, sondern auch die Aussage aufgenommen und das Protokoll der Staatsanwaltschaft zukommen lassen.

„Warum zum Teufel hat Ackermann diesen Kopf tatsächlich aufgehoben?“

„Sicher nicht aus dem Grund, den er vorgibt“, antwortete Adriano. Der Kollege war in die Akte Lydia Arnolds vertieft. Dabei war ihm eine Ungereimtheit aufgefallen. Mit einem Schwarzweißfoto des Unfallopfers in der Hand stand er auf und stellte sich neben Manuela Warnke.

„Hier befanden sich die Reifenspuren“, sein Zeigefinger wanderte über das Foto und beschrieb einen Bereich knapp unterhalb der Brust bis zur Gürtellinie.

„Dürfte ungefähr hinkommen bei einem 195er Reifen."

„Neunzehn Komma fünf Zentimeter, das passt", antwortete Manuela leicht zweifelnd. Worauf wollte Adriano hinaus?

„Der Beckenknochen liegt aber tiefer", er strich mit den Händen am Hosenbund entlang. „Und dieser Beckenknochen ist laut Bericht total zertrümmert. Warum?"

Sie führte das Foto dichter an ihre Augen. Lydia Arnolds hatte einen weißen Pullover getragen, dazu eine schwarze Hose. Der Reifen hätte breiter als angenommen sein können. Spuren auf dem schwarzen Stoff waren möglicherweise nicht erkannt worden. Aber auch eine andere Möglichkeit wäre denkbar. Auf Manuelas Armen breitete sich eine Gänsehaut aus.

„Wenn wir die nicht allzu wahrscheinliche Möglichkeit ausschließen, dass ein zweites Auto über das Opfer gefahren ist und der Fahrer ebenfalls geflüchtet war, hieße das …"

„Mord!", vollendete Adriano ihren Gedanken.

„Der Unfallfahrer stellte fest, dass das Mädchen noch lebte, und war noch einmal drübergefahren, um sich einer Zeugin zu entledigen."

Manuela wollte nicht glauben, dass diese Umstände den Ermittlern damals nicht aufgefallen waren. Sie rief die Personalstelle an. Nachdem sie zweimal weiterverbunden wurde, bekam sie die Information, Stahnke sei 2002 pensioniert worden. Von der Besoldungskasse erhielt sie nach einem weiteren Telefonat die aktuelle Adresse.

27

In einen dunklen Regenmantel gehüllt, die Haare unter einem karierten Tuch versteckt, spannte die alte Dame den Regenschirm auf. Sie ärgerte sich, beim letzten Mal nicht direkt eine Mehrfahrtenkarte gekauft zu haben. Sie hätte einkalkulieren müssen, dass die Ermittlung sie mehr als einmal nach Alpen führen würde. Der Stachel der Enttäuschung saß tief. Ihr Sohn hatte es scheinbar geschafft, Annette gegen sie aufzuhetzen.

„*Gertrud, das ist viel zu gefährlich, die Polizei macht das schon*", hallte der Satz wie aus einer Glocke kommend nach. „Die Polizei macht das schon", lachte sie höhnisch. Sie kamen kein bisschen weiter und brachten nicht den Mut auf, sich von einer alten Dame helfen zu lassen. Während des gemeinsamen Abendessens in ihrer Küche hatten sie ihr angeboten, bei der Renovierung des Wohnzimmers mitzuhelfen, mehr nicht. Dem Affen Zucker geben, nennt man das wohl, dachte sie. Die Herausforderung, den Fall von nun an ohne die hilfreichen Polizeiinterna angehen zu müssen, nährte ihren Ehrgeiz noch zusätzlich. Fast ohne jedenfalls, denn als sie gestern Abend die Bilderrahmen auf dem kleinen Flur vor Heinrichs Wohnungstür abgestaubt hatte, war sie zufällig Zeugin eines Gesprächs der beiden über den merkwürdigen Unfalltod einer gewissen Lydia Arnolds geworden. Sehr schnell hatte sie herausgefunden, was es mit diesem Mädchen auf sich hatte. Die Informationen hatten natürlich ihren Preis. Aber ohne wäre sie nicht an das wertvolle Archiv des Rheinischen Boten gekommen. Zum Glück war Camel auf sie hereingefallen. Die Geschichte war auch zu verlockend für ihn gewesen, für berechtigte Zweifel war kein Raum geblieben.

Der Computerlernkurs für Senioren, den sie im Frühjahr mitgemacht hatte, Rüdiger zuliebe, war ihr jetzt zugutegekommen. Der Gedanke an Rüdiger allerdings schmeckte bitter. Er war ein richtiger Charmeur. Noch ziemlich jung, gerade mal vierundsechzig, aber ganz Gentleman der alten Schule. Jeden Abend in der Volkshochschule war sie von ihm mit einer roten Rose empfangen worden. Beim Sommerfest im Seniorencafé der Arbeiterwohlfahrt war es dann herausgekommen. Einen Tag später, als die größte Aufregung verflogen war, hatten die Damen ihre Rosen zusammengelegt. Seither zierte ein gewaltiger „Rüdiger-Trockenstrauß" das Eingangsportal der Begegnungsstätte am Dorotheenweg. Der edle Spender litt seither unter gewissen Kontaktschwierigkeiten. Was übrig blieb, waren Kenntnisse, die es ihr erlaubten, in einem Internetcafé zu recherchieren.

Zunächst reagierte sie eingeschnappt, als die Blondine hinter der Theke, deren laienhaft aufgetragenes Make-up sie an die Farbenpracht eines Papageis erinnerte, ihr ungefragt die Funktionsweise einer Computertastatur erläuterte. Grundsätzlich brachte sie Verständnis dafür auf, schließlich dürfte nicht jeden Tag eine dreiundsiebzigjährige Dame dieses Internetcafé betreten. Aber die Art und Weise hatte Frau Grimm erzürnt. Offenbar darum bemüht, irgendwann einmal peripher erworbene Grundkenntnisse der modernen Pädagogik in die Tat umzusetzen, hatte sie der Seniorin in kindlich-naivem Sprachrythmus Taste für Taste erklärt. Als sie Frau Grimm dann höflich die Maus vorstellte, schubste diese die Angestellte resolut zur Seite. Verärgert hackte sie die Suchbegriffe in die Tastatur. Schon nach wenigen Minuten erhellte sich ihre Miene. Voller Anspannung folgte sie einem vielversprechenden Link. Nach und nach füllte sich das Bild mit immer weiteren Details. Hinweise griffen ineinander, schlossen sich wie Glieder einer Kette an. Aber noch gab es Unstimmigkeiten, kleine unpassende Flecken auf dem Bild.

Sie überquerte die Burgstraße und ging in die Bruckstraße. Einen kleinen Jungen, der ihr über die Straße helfen wollte, schüttelte sie ab. Wenige Meter hinter der Wallstraße lag das helle Haus ihres Informanten.

Theo Huber empfing sie mit freundlichem Gruß. Der Leiter des Heimat- und Verkehrsvereins Alpen hatte sich sofort bereit erklärt, sie zu empfangen. Er führte sie ins Wohnzimmer, Frau Huber servierte Kaffee und Plätzchen.

„Also, Frau Grimm, was kann ich für Sie tun?"

Sie dachte, wie leicht es ihr Sohn immer gehabt hatte. Er konnte einfach sagen: Grimm, Polizei Wesel, und seine Fragen loswerden.

„Ja wissen Sie, ich habe in der Zeitung gelesen, dass auf der alten Motte ein Hotel gebaut wird."

Huber verzog den Mund. Gertrud Grimm wusste, dass viele Alpener, allen voran Huber und sein Verein, gegen diese Baumaßnahme waren.

„Als junges Mädchen habe ich während des Krieges in Alpen gelebt", fuhr sie ungerührt fort, „in den letzten Kriegswochen hat der Bunker in der Motte uns das Leben gerettet. Ich wäre gerne noch einmal dort hineingegangen, aber Klara, eine Freundin, hat immer erzählt, der Bunker wäre seit dem Krieg verschlossen. Und jetzt hört man, dass dort eine Leiche gefunden worden ist. Dann muss der Bunker doch zwischendurch auf gewesen sein, oder?"

Huber rieb sich nachdenklich das Kinn. Frau Grimm versuchte der Geste zu entnehmen, ob er ihre Geschichte glaubte.

„Daran haben wir auch sofort gedacht. Was Ihre Freundin erzählt hat, ist auch nicht ganz richtig."

„Was?", fragte sie aufgeregt, „dann hätte ich mir den Bunker doch noch einmal ansehen können?"

Huber rührte mit leichtem Nicken in seinem Kaffee.

„Die Eingänge waren bis in die Siebzigerjahre nur mit Brettern verschlossen. Zur Neunhundertjahrfeier der Gemeinde 1974 gab es Überlegungen, den Bunker aufzumachen und für Führungen herzurichten. Hat man dann aber doch nicht gemacht, aus Sicherheitsgründen."

„Das heißt, es hätte jeder da hineingekonnt?"

Theo Huber drehte die offene rechte Hand im Kreis.

„Erlaubt war es natürlich nicht. Aber es kam immer wieder vor, dass Kinder und Jugendliche den Ort als Abenteuerspielplatz nutzten. Ich habe immer gesagt, irgendwann passiert da mal was, und so war es auch."

Frau Huber nickte zustimmend. Ihr Mann schien die Neugierde des Gastes zu genießen und schob sich genüsslich ein Plätzchen in den Mund. Danach nippte er noch einmal an dem Kaffee.

„Irgendwann, ich glaube, das war vierundsiebzig, ist die Decke des Bunkers in der Mitte eingestürzt und ein kleines Mädchen in das Loch gefallen. Zum Glück ist ihr nicht viel passiert. Die Gemeinde hatte daraufhin den Schaden behoben und die beiden Eingänge mit Erde zugeschüttet."

„Danach hatte den Bunker niemand mehr betreten? Ich meine, das dürfte für die Jugendlichen doch nicht so schwer gewesen sein, die Erde wegzuschaufeln."

Huber lachte auf, er schien Gefallen daran zu finden.

„So leicht ist das nicht. Das waren schon einige Kubikmeter. Einmal hatte es wohl jemand versucht, das war, Moment ..., ja, 1977. Anwohner der Burgstraße meldeten der Gemeinde, dass sich nachts jemand an dem Bunker zu schaffen gemacht hätte. Aber das waren keine Jugendlichen."

„Woher wollen Sie das wissen?"

„Von Karl Vennikel. Der war am nächsten Morgen dort, um sich das anzusehen. Er sagte, da waren jede Menge Reifenspuren. Aber der Bunker war verschlossen, die Erde sogar verdichtet. War alles so wie vorher, kein Grund zur Sorge."

Frau Grimm konnte die Sorglosigkeit des Gastgebers nicht nachvollziehen. Dass dort jemand eine Leiche entsorgt hatte, konnte keiner ahnen, aber der Grund für die nächtliche Aktion hätte sie doch interessieren müssen. In den drei Jahren nachdem die Eingänge zugeschüttet worden waren, musste die Erde wieder bewachsen gewesen sein, und sei es nur mit Bärenklau, Löwenzahn oder Gras. Der Eingriff konnte niemandem verborgen geblieben sein. Die Frage danach behagte ihrem Gastgeber scheinbar wenig.

„Wissen Sie, Frau Grimm, wir reden da nicht gerne drüber. Aber vor den Toren der Gemeinde, dort, wo heute ein Supermarkt steht, und auch im Graben auf der anderen Straßenseite direkt neben der Motte, haben die Alpener früher oft und nicht immer legal ihren

Müll entsorgt. Das wurde zunehmend kontrolliert und bestraft. Der Verdacht lag also nahe, dass jemand seinen Müll in den Bunker gebracht hat. Die Gemeinde wollte es gar nicht so genau wissen, hätte nur Ärger gegeben und Kosten verursacht, Sie verstehen?"

Theo Huber hatte die Frage beantwortet, ohne den wahren Hintergrund zu überdenken. Er hob die Kaffeetasse an und verharrte mitten in der Bewegung. Sein Blick haftete auf ihrem Gesicht, allmählich begriff er.

„Sie glauben … ich meine, die Leiche in dem Bunker, das war in dieser Nacht?"

„Ich kann mir jedenfalls nicht vorstellen, warum sich jemand so viel Mühe geben sollte, seinen Müll zu beseitigen. Wann genau war das denn?"

Huber konnte den Sinn der Frage nicht verstehen. Allmählich kamen ihm Zweifel. Da er diese aber nicht begründen konnte, ging er darauf ein.

„Im Oktober 1977, wann genau, kann ich Ihnen heute nicht mehr sagen."

„In der Nacht zum fünfundzwanzigsten", mischte seine Frau sich ein, „da hat der Markus doch seinen Achtzehnten gefeiert. Wir hatten schon die Befürchtung, dass die Jungs was damit zu tun gehabt hätten."

„Stimmt", bestätigte Theo Huber, „aber sagen Sie, warum möchten Sie das denn so genau wissen?"

Frau Grimm beugte sich über den Tisch, ihre Augen blinzelten.

„Mein Enkel war früher oft in Alpen, der hatte damals nur Blödsinn im Kopf, nicht auszudenken, wenn der …", sie verlieh ihren Worten eine tiefe Unruhe, die ihre Wirkung nicht verfehlte.

„Ach so", Huber winkte lässig ab, „da machen Sie sich mal keine Sorgen. Das war kein Jungenstreich."

Sie lehnte sich beruhigt zurück und pustete erleichtert aus.

„Da brauchen Sie sich gar nicht für zu schämen", setzte Frau Huber hinterher, „unsere waren auch nicht besser. Die sind alle gleich."

„Eines interessiert mich noch: Wer hat denn damals die Arbeiten an dem Bunker durchgeführt? Am Ende war es noch mein Schwager, der Josef Louven aus Sonsbeck, da hätte ich mir den Weg ja sparen können."

Theo Huber lachte. Er blickte dabei zur Decke und dachte nach.

„Louven … kenne ich nicht. Moment … Ja, das war schon der Herr Ackermann. Der Junge hatte sich damals mit einer kleinen Bauunternehmung selbstständig gemacht, um sein Studium zu finanzieren. Sein Vater hatte ihm kräftig unter die Arme gegriffen. Die Gemeinde wollte ihn ebenfalls unterstützen und hat ihm ab und zu kleinere Aufträge unter der Hand zugeschustert. Sie versprachen sich natürlich Vorteile davon, hatten gehofft, irgendwann einmal eine ausgewachsene Bauunternehmung im Ort zu haben."

Zufrieden lächelnd nickte Mutter Grimm und bedankte sich. Auf dem Weg zurück stellte sie fest, richtig gelegen zu haben. Der nächste Schritt wird die erhoffte Sicherheit bringen, dachte sie zufrieden. Wie sie den Mörder aus der Reserve locken würde, wusste sie bereits.

28

Sie wollten das Büro verlassen, um Ackermann zu befragen, als es leise an der Tür klopfte. Ein leicht gebückt gehender Mann mit schütterem weißem Haar und einem kleinen Reisekoffer aus dem Sonderkatalog eines Kaffeerösters betrat den Dienstraum an der Reeser Landstraße. Schüchtern stellte er sich mittig vor die Schreibtische, den Koffer vor seinem Körper mit beiden Händen umklammernd.

„Ich möchte ein Geständnis ablegen", begann er leise, mit gedrückter Stimme. Manuela forderte ihn auf, sich zu setzen.

„Jetzt mal der Reihe nach. Wer sind Sie bitte und was möchten Sie gestehen?"

Es kam nicht sehr oft vor, dass Täter sie freiwillig aufsuchten. Würde es Schule machen, könnte die Gewerkschaft der Polizei einen weiteren Stellenabbau wohl kaum verhindern. Die Hände des mindestens siebzig Jahre alten Mannes drückten sich in den Griff des Koffers. Er schluckte, öffnete vorsichtig die Lippen.

„Ich heiße Kurt Hermsen. Ich bin gekommen, um den Mord an Walter Jansen zu gestehen."

Die Hauptkommissarin verschluckte sich und musste heftig husten. Adriano schoss vor und sah den Mann sprachlos an. Vor wenigen Stunden hatte die Staatsanwaltschaft in Person von Annette Gerland ein Mordermittlungsverfahren eingeleitet, und kurz darauf kam der Mörder hier hereinspaziert? Das war für ihren Geschmack zu viel des Guten, Manuela zweifelte an ihrem Glück.

„Wann haben Sie Walter Jansen getötet, Herr Hermsen?"

„Am 18. Oktober 1977", die Antwort kam ohne das erwartete Zögern, „den Tag werde ich nie vergessen. Seitdem quälen mich Albträume. Ich ... ich kann nicht mehr."

Hermsen stellte den Koffer vor sich ab und streckte ihnen die Hände dicht nebeneinander entgegen. Im Fernsehen hatte er vermutlich gesehen, dass in solchen Fällen Handschellen angelegt wurden. Als die Polizisten nicht reagierten, zog er die Hände unsicher zurück. Hermsen gehörte zwar zum Kreis der verdächtigen Personen, aber irgendwas hielt Manuela davon ab, ihm zu glauben.

„Wie und wo haben Sie das getan – bitte erzählen Sie uns den kompletten Tathergang, so weit er noch in Ihrer Erinnerung ist."

Hermsen zog ein verblasstes Stofftaschentuch aus der Hosentasche und wischte sich über die Augen.

„Es war in der Leucht, dem Wald bei Alpen", Hermsen erzählte die gesamte, ihnen zu weiten Teilen bekannte Vorgeschichte. Die untreue Ehefrau, Scheidung und Verlust des Geschäftes, all dies war ihnen bereits bekannt. Nicht bekannt war den Ermittlern bislang, dass er seine Eltern hatte überreden können, das Erbe vorzeitig auszubezahlen. Mit diesem Geld wollte er das Geschäft von Jansen zurückkaufen.

„Ich habe ihm dreißig Prozent mehr geboten, als er mir bezahlt hatte. Er hat nur schäbig gelacht, hat mich einen elenden Versager genannt. Dann drehte dieser Kerl sich um und wollte einfach gehen. Da habe ich … ich habe … ihn von hinten niederge …"

Das letzte Wort ging in einem Schwall Tränen unter. Das Gesicht in beide Hände vergraben, weinte er hemmungslos. Sie warteten drei Minuten, bis er sich wieder einigermaßen beruhigt hatte. In dieser Zeit fragte sich Manuela, ob sie tatsächlich komplett falsch liegen konnte. Welche Rolle blieb noch für Manfred Ackermann? Es fiel ihr schwer, sich an den Gedanken zu gewöhnen, der Architekt könne unschuldig sein.

„Herr Hermsen, ich muss Sie das fragen. Was haben Sie mit der Tatwaffe gemacht?"

„Bitte?"

Hermsen sah sie verständnislos an.

„Weggeworfen", die Antwort hörte sich an, als wäre es selbstverständlich. Manuela rief sich den Bericht der Kollegen von damals in den Sinn. Man hatte jeden Quadratzentimeter des Waldgebietes mit einer Hundertschaft Polizisten, Spürhunden und Metalldetektoren durchsucht. Es war ihr absolut unerklärlich, dass eine Pistole nicht gefunden worden war.

„Sie haben die Tatwaffe einfach in den Wald geworfen? Wie sind Sie überhaupt an die Pistole gekommen?“

Das leise Wimmern verstummte. Hermsen sah sie irritiert an.

„Pistole? Was für eine Pistole?“

„Sie haben Herrn Jansen nicht erschossen?“

„Nein! Womit denn? Ich habe einen dicken Ast, der am Rand des Parkplatzes lag, aufgehoben und ihn Jansen ins Genick geschlagen. Der ist sofort … ich meine, wie ein Sack …, er hat sich nicht mehr bewegt. Ich bin direkt zu meinem Auto gerannt und weggefahren. Ich weiß gar nicht mehr, welchen Weg … ich bin einfach nur gefahren. Das … das habe ich doch nicht gewollt.“

Manuela atmete tief durch. Der Mann vor ihr war ein bedauernswertes Bündel Nerven. Dreißig Jahre lang hatte er sich für einen Mörder gehalten, mit Albträumen und ständiger Angst gelebt. Sollte sie ihm sagen, das wäre gar nicht nötig gewesen?

„Hat Sie jemand gesehen?“

„Natürlich nicht, sonst hätten Sie mich doch längst eingesperrt.“

„Es hätte ja auch sein können, dass Sie seither erpresst werden“, Hermsen schüttelte den Kopf. Die eintretende Ruhe machte den Rentner nervös. Es hatte den Anschein, als fände er nicht die geringste Erklärung dafür, dass man ihn nicht in eine Zelle brachte.

„Herr Hermsen“, Manuela sprach betont ruhig, „haben Sie den Toten damals in den Bunker gebracht?“

„Was? Nein! Ich bin doch am Montag wieder zurück nach Bad Kreuznach. Ich habe gestanden, was wollen Sie denn noch?“

Die Stimme wurde dünner, zwei Tränen lösten sich und kullerten bedächtig die Wangen herab. Die Ermittler beobachteten ihn eine Minute wortlos.

„Ich denke, wir können Herrn Hermsen beruhigen“, bemerkte Adriano endlich. Während ihr Gast misstrauische Blicke verteilte, deutete Manuela mit einer Geste Zweifel an. Der Gedanke, möglicherweise in eine Falle zu tappen, beunruhigte sie. Eine Falle mit dem Namen Routine. Alles schien klar, Hermsen konnte kein Mörder sein. Aber war es wirklich so? Sie rief sich die bekannten Fakten ins Gedächtnis. Eine Leiche wurde gefunden. Löcher im Kopf deuteten auf eine tödliche Schussverletzung. Laut Bericht der Pathologie war die Person vor ungefähr dreißig Jahren ums Leben gekommen, aber auch dreiunddreißig Jahre wären denkbar. 1977 wurde ein Mann namens Walter Jansen vermisst gemeldet. Bisher sprach nichts dafür, dass es sich bei der Leiche um den vermissten Walter Jansen handelte. Nichts außer Vermutungen. Sollten die Fälle nicht zusammenhängen, gab es zwei Leichen? Absurd, dachte Manuela. Wo wären dann die sterblichen Überreste von Walter Jansen, und vor allem: Wer hätte einen Grund gehabt, die Leiche zu beseitigen, wenn nicht der Mörder?

„Hatten Sie sich mit Walter Jansen in dem Wald verabredet?"

„Nein. Ich bin ihm nachgefahren, tagelang. Ich wollte ihn allein sprechen."

„An diesem Tag ist Jansen also in den Wald gefahren, war er auch allein?"

Hermsen presste die Lippen aufeinander. Er schluckte schwerfällig. Adriano reichte ihm ein Glas Wasser. Dankbar trank er einen Schluck.

„Nein. Als ich dort ankam, stand da ein gelber Opel ziemlich am Ende des Parkstreifens. Ein junger Mann hatte sich offenbar mit Jansen dort verabredet. Ich kannte ihn nicht, habe einige Meter davor geparkt und im Auto gewartet. Die beiden gingen in einen der Wege, stritten sich unterwegs. Nach zehn Minuten kamen sie wieder zurück. Als der junge Mann weggefahren war, bin ich ausgestiegen und habe Jansen um ein Gespräch gebeten."

„Ist der gelbe Opel Ihnen später entgegengekommen oder stand er irgendwo?"

Hermsens Zittern wurde immer heftiger. Manuela ahnte, dass ihnen nicht mehr viel Zeit bleiben dürfte.

„Weiß ich doch nicht, ich bin nur gefahren … einfach nur weg …", völlig unerwartet hielt er inne, sprach besonnener, „aber Moment, was hat der junge Mann damit zu tun?"

Das wüssten wir auch gerne, dachte Manuela. Walter Jansen war kurz darauf spurlos verschwunden, sein Auto fanden die Kollegen verlassen auf dem Parkplatz. Die Kommissarin suchte nach einem Sinn, einer alles erklärenden Logik. Hermsen festzunehmen war unnötig. Warum sollte er nicht zugeben, dass er Jansen erschoss und die Leiche verschwinden ließ? Der alte Mann vor ihr war nur ein kümmerlicher Rest seiner selbst, hatte abgeschlossen mit sich und dem Leben. Sie empfand Mitleid.

„Herr Hermsen, Sie können gehen. Ich bitte Sie nur, sich in der nächsten Zeit für uns zur Verfügung zu halten. Es könnte sein, dass wir noch Fragen haben."

„Was?"

Manuela legte den Kopf in den Nacken, schloss für eine Sekunde die Augen und atmete tief durch. Sie war sich im Klaren, dass ihre Handlungsweise nicht legal war. Nicht solange nicht auszuschließen war, dass Walter Jansen irgendwo in diesem Wald begraben lag. Dieses Risiko ging sie ein.

„Ich glaube nicht, dass Sie jemanden ermordet haben, denn dazu fehlt mir die Leiche des Opfers. Ihnen kann allenfalls Körperverletzung vorgeworfen werden, in dem Fall ist die Tat aber bereits verjährt."

„Verjährt? Die Leiche … man erzählt doch, Sie haben ihn gefunden, in dem Bunker."

„Wer soll denn bitteschön die Leiche dorthin gebracht haben, wenn Sie es nicht waren, Herr Hermsen?"

Hermsen sah sie entgeistert an.

„Stimmt, es ist wirklich sehr merkwürdig, aber das muss jemand anderes gewesen sein."

Manuela sparte sich die Frage nach dem Grund. Hermsen war dermaßen durcheinander, er begriff einfachste Zusammenhänge nicht mehr. Sie hätte ihm gerne die Schuldgefühle genommen, gesagt, dass die Person aus dem Bunker erschossen worden war. Aber auch ohne Interna preiszugeben, davon war sie überzeugt, würde Hermsen mit dem nötigen Abstand selbst darauf kommen. Ratlos stand er auf und verließ das Büro ebenso zaghaft und ängstlich, wie er es vor wenigen Minuten betreten hatte.

„Ob es richtig war, ihn gehen zu lassen?“, fragte Adriano, als die Tür leise ins Schloss fiel.

„Weglaufen wird er uns kaum.“

Manuelas Augen hafteten an der Tür, als würde sie sich jeden Moment öffnen und die Antworten auf alle ihre Fragen eintreten. Ihre Gedanken verweilten noch bei Hermsen und seiner Aussage. Sollte er … nein, es war absurd. Aber warum war Jansen unmittelbar danach verschwunden?

„Wer außer dem Mörder hätte die Leiche verstecken sollen?“, murmelte sie, nicht leise genug.

„Er war nur bewusstlos. Der Fahrer des gelben Opel ist noch einmal zurückgegangen und hat die Situation ausgenutzt. Laut Hermsens Aussage hatten die beiden einen Disput“, schlussfolgerte Adriano.

„Woher hätte er davon wissen sollen?“

„Er ist an Hermsen vorbeigefahren, möglicherweise hatte er ihn erkannt. Der Streit zwischen Jansen und Hermsen war doch bekannt.“

„Möglich. Wäre hilfreich, in Erfahrung zu bringen, wer der Fahrer des ominösen Opel war. Ich habe da auch schon eine Idee.“

Zu ihrer Überraschung gab Ackermann nicht nur unumwunden zu, damals einen gelben Opel Commodore gefahren zu haben, er erzählte auch von dem Treffen mit Jansen.

„Ich wollte ihm sagen, dass Birgit und ich heiraten, ob er will oder nicht, und zwar auch dann, wenn er seine Tochter enterben würde.“

„Daraufhin war es zum Streit gekommen.“

„Es kam immer zum Streit zwischen uns. Er mochte mich nicht und ich ihn noch weniger.“

Ackermann wirkte desinteressiert, strahlte eine ungewohnte Gelassenheit aus. Er wusste, dass die Polizisten ihn schon bald freilassen mussten.

„Der Streit eskalierte. Er hat Sie gedemütigt, beleidigt. Irgendwann haben Sie die Nerven verloren und ihn erschossen“, Manuela beobachtete ihn, suchte nach kleinsten Regungen, wartete auf verräterische Unsicherheit. Aber kein Muskel bewegte sich, nicht die winzigsten Schweißperlen zeichneten sich auf dem ernsten Gesicht ab.

„Machen Sie sich doch nicht lächerlich. Jeder im Ort kannte unser Verhältnis, da wäre ich ja schön blöd, ihn umzulegen."

„Stimmt", antwortete Adriano, „es sei denn, es war jemand dort, der Ihnen das möglicherweise abgenommen hätte. Hermsen zum Beispiel. Oder wollen Sie behaupten, Sie kennen Kurt Hermsen nicht?"

Ackermann verzog die Mundwinkel zu einem aufgesetzt wirkenden Grinsen.

„Natürlich kenne ich diesen Versager. Der hatte einen Riesenhass auf den Alten, fragen Sie den doch mal."

„Haben wir bereits. Er gibt an, Jansen niedergeschlagen und im Wald zurückgelassen zu haben. Ein gefundenes Fressen für Sie, nicht wahr, Herr Ackermann?"

Ackermann lachte überheblich. Manuela wünschte sich in diesem Augenblick sehnlichst, ihn mit Fakten verstummen lassen zu können.

„Daher weht der Wind. Frau Kommissarin, Sie sollten logisch an den Fall herangehen, wenn ich Ihnen diesen Tipp geben darf. Mal angenommen, es war so. Es wäre doch ein Leichtes gewesen, ihm den Rest zu geben und anschließend auszusagen, Hermsen dabei beobachtet zu haben, wie er Jansen erschlug."

Manuela kam plötzlich die Frage in den Sinn, ob er seine Frau jemals geliebt hatte. Es kam ihr widersinnig vor, ein derartiges Gefühl bei Ackermann zu vermuten.

Das Argument war nicht abwegig. Warum sollte er Schuld auf sich nehmen, wenn sie so leicht abzustreifen war? Sie drehten sich im Kreis. Obwohl die Hinweise sie immer näher an den Mittelpunkt zu führen schienen, war dieser nicht mal ansatzweise erkennbar. Ackermanns Körpersprache hatte ihr zudem verraten, auf der falschen Fährte zu sein. Anstatt Nervosität zu zeigen, versprühte der Unternehmer mit jedem seiner Worte mehr Sicherheit. Er hatte vollkommen Recht. Nach allem, was ihnen bisher bekannt war, wäre Ackermann tatsächlich sofort in den Kreis der Verdächtigen aufgenommen worden.

„Jeder im Ort kannte unser Verhältnis, hat er gesagt", murmelte Adriano auf dem Weg ins Büro. Kurz vor der Tür blieben sie stehen.

„Was meinst du?"

„Ich weiß, es wirft alles über den Haufen, aber was ist, wenn Hermsen recht hat?"

Manuela sah ihrem Kollegen irritiert in die Augen.

„Ackermann erkannte auf der Rückfahrt den entgegenkommenden Hermsen. Er wundert sich und fährt später noch einmal zurück. Als er dort ankommt, findet er die Leiche Jansens. Ihm ist sofort klar, als Hauptverdächtiger zu gelten. Der Mordverdacht allein könnte das Ende seiner Zukunftspläne bedeuten. Er gerät in Panik und lässt die Leiche verschwinden."

„Sicherheitshalber jagt er dem toten Jansen noch eine Kugel durch den Kopf? Das passt alles nicht. Und warum sollte Hermsen lügen?"

„Um seinen Kopf zu retten. Du hast ihm die Geschichte abgekauft, und er ist raus aus den Ermittlungen. Was ist, wenn Hermsen geblufft hat? Wenn er Jansen erschossen und die Tatwaffe entsorgt hat? Motiv und Gelegenheit waren da."

„Dann wäre er ein verdammt guter Schauspieler."

29

Während Frau Grimm den Topf mit der Erbsensuppe vom Herd nahm, deutete Annette auf den Aufmacher des heutigen Lokalteils vom Rheinischen Boten. Heinrich überflog die Seite. Neben dem unscharfen Foto eines blonden Mädchens war ein Skelett abgebildet. Vermutlich ein Archivfoto vom archäologischen Park in Xanten, dachte Heinrich. Darüber die Schlagzeile:

Mord an unschuldigem Mädchen von Türkenmafia gerächt?

In dem Artikel darunter stellte Camel die These auf, ein Walter J. habe das Mädchen überfahren, der türkischstämmige Vater des Kindes Blutrache verübt. Während seine Mutter die Teller füllte, beobachtete er sie streng. Sie wurde sichtbar unruhig.

„Hast du eine Ahnung, wie Herr Walther an die Informationen zu diesem Artikel gekommen ist, Mutter?"

„Ich? Ähem … du hast ja noch gar kein Würstchen, möchtest du eins oder gleich zwei?"

„Gertrud, das geht nicht", mischte Annette sich ein, „Du kannst uns nicht belauschen und damit zur Presse gehen!"

Sie verzog die Lippen, setzte einen störrischen Mir-sagt-ja-keiner-was-Blick auf und aß stumm ihre Suppe. Annette kam eine Idee. Sie hatte sie vor einem Jahr mit Heinrich ausgeheckt.

„Kannst du dich noch an Frau Klinge aus Moers erinnern, Heinrich?", sie stieß ihm unter dem Tisch gegen das Bein.

„Klinge, Klinge …"

„Das war die Dame, die die Ermittlungen im Mordfall Jakobs behindert hatte."

„Ach die, ja ich erinnere mich, was ist mit ihr?"

„Sie ist heute Morgen wegen Behinderung der Polizeiarbeit verurteilt worden, acht Monate hat sie bekommen."

Gertrud Grimm sah erschrocken auf.

„Wird meiner Mutter wohl auch bald passieren", antwortete Heinrich lapidar.

„Kann mir nicht passieren", amüsiert sah sie Heinrich an, „ich behindere die Polizeiarbeit ja nicht, sondern treibe sie voran. Gibt es dafür eigentlich eine Belohnung, Annette?"

Annette seufzte. Es hatte keinen Zweck, auch ihr würde es wohl nicht mehr gelingen, die alte Dame umzubiegen. In Zukunft mussten sie vorsichtiger sein.

„Wo bist du eigentlich gestern so spätabends noch gewesen?", wollte Heinrich wissen.

„Das geht dich gar nichts an", kam es knurrend zurück.

Die Blicke der Staatsanwältin und des Exkommissars trafen sich. Heinrich wusste, dass die Zeit in so einem Fall für ihn arbeitete. So dauerte es auch nur drei Löffel Erbsensuppe und ein kleines Stückchen Brühwurst, bis Mutter Grimm ihren Informationsboykott aufgab.

„Statt dauernd auf mir herumzuhacken, solltet ihr euch mal lieber um Herrn Ackermann kümmern."

„Was ist denn mit Herrn Ackermann?"

Ein Anflug von Stolz zeichnete sich in den Augen der Seniorin ab. Vermutlich wusste die Polizei wieder einmal nur die Hälfte, schien sie zu denken.

„Zum Beispiel hat er damals den Bunker zugeschüttet. Mit Sicherheit hat er auch das Beweisstück beiseite geschafft. Dem hättet ihr mal auf den Zahn fühlen sollen, aber", sie machte eine abfällige Handbewegung, „jetzt ist es zu spät."

„Wieso ist es zu spät?", fragte Annette.

„Weil Ackermann sich abgesetzt hat, deshalb. Der sitzt garantiert schon im nächsten Flieger nach Takatuka oder was weiß ich wohin!"

Ihre Stimme wurde lauter, untermalt mit vorwurfsvollem Unterton. Der strenge Blick verriet ihren Zorn.

„Ich habe sein Haus gestern bis elf Uhr abends optimimiert … äh, na ja beobachtet, musste sogar mit dem Taxi heimfahren, weil kein Bus mehr kam. Bezahlt das eigentlich die Polizei? Die Quittung habe ich."

Heinrich hielt sich den Bauch, das Lachen trieb ihm Tränen in die Augen. Mutter Grimm stützte die Arme in die Hüfte.

„Die haben so eine Art Freud- und Leidkasse für Kollegen. Muss mal fragen, ob daraus auch Omas entschädigt werden, die observieren“, die letzten Worte gingen in lautem Lachen unter. Seiner Mutter stieg die Röte ins Gesicht. Bevor sie ihm antworten konnte, redete Annette beruhigend auf sie ein.

„Gertrud, Herr Ackermann sitzt seit gestern in einer warmen Zelle. Aber er wird wohl bald wieder freigelassen, wir können ihm nichts nachweisen.“

Den Bannstrahl ihrer zornigen Augen weiterhin auf ihren Sohn gerichtet, entspannten sich die Gesichtszüge, gingen in Enttäuschung über.

„Weil ihr ihm vermutlich die falschen Fragen stellt. Mit der Leiche im Bunker hat er nichts zu tun, das steht fest. Der hat etwas ganz anderes auf dem Kerbholz, ich bin kurz davor, das herauszufinden.“

„Interessant“, bemerkte Heinrich immer noch lachend, „würdest du uns denn auch mitteilen, wie du darauf kommst?“

Wütend zog sie ihm den leeren Teller weg und stellte ihn auf ihren. Annette stieß ihrem Freund in die Rippen.

„Tut mir leid, zu laufenden Ermittlungen sage ich gar nichts mehr.“

Sie drehte sich auf dem Absatz um und brachte das schmutzige Geschirr zur Spüle.

30

Der pensionierte Kriminalbeamte Stahnke bewohnte ein Haus aus den Fünfzigerjahren an der Heidecker Straße in Rheinberg-Millingen. Manuela fuhr allein dorthin, Adriano hatte sie gebeten, die Kinder von der Schule abholen zu dürfen. Stahnke empfing sie in einem roten Jogginganzug. Der Pensionär überragte die Ermittlerin um einen Kopf. Er wirkte vital, durchtrainiert und sportlich. Müsste Manuela den Gastgeber als Zeugin beschreiben, sie würde sein Alter auf höchstens fünfundfünfzig Jahre schätzen.

„Die Kollegen haben es heute gut", eröffnete er freundlich.

„Warum?"

„So hübsche Kolleginnen hatten wir damals nicht."

Manuela schluckte verlegen. Instinktiv glitt ihre Hand zu der kleinen Wölbung an ihrem Bauch. Sie wollte das Kompliment anstandshalber zurückgeben, bremste sich aber. Um der leise aufkommenden Unsicherheit zu entfliehen, kam sie sofort zur Sache. Den Grund des Besuches hatte sie ihm bereits am Telefon geschildert.

„Sind Sie damals nie auf die Idee gekommen, dass der Unfall vorgetäuscht war?"

Stahnke sah sie mit väterlich großmütigen, dunkelbraunen Augen an. Bevor der pensionierte Polizist zur Antwort ansetzte, schüttete er grünen Tee ein. Manuela nickte zustimmend. Sie dachte noch einmal über ihre Frage nach und schämte sich plötzlich. Sie unterstellte damit einem erfahrenen Polizisten Unfähigkeit. Souverän umging er diese Anspielung.

„Selbstverständlich kam uns dieser Gedanke. Die Vorzeichen wiesen überdeutlich darauf hin. Die Gerüchte um mögliche sexuelle Übergriffe hatten wir ja mitbekommen. Liebend gern hätten wir Walter Jansen dazu befragt, aber das war ja nicht möglich. Uns hatte vor allem interessiert, ob das Mädchen von ihm schwanger war. Sehen Sie, damals waren unsere technischen Möglichkeiten, gemessen an heutigen Standards, arg limitiert. Heute würde ich in die Wohnung des Verdächtigen marschieren, ein Haar aus der Bürste nehmen und mittels einer DNA-Analyse die Vaterschaft problemlos feststellen lassen. Aber das gab es damals alles noch nicht."

„Was war mit dem Fahrzeug?"

Stahnke pustete mit spitzem Mund in die Tasse, bevor er einen Schluck nahm.

„Von dem Tatfahrzeug ist uns wenig bekannt. Jansen fuhr damals einen NSU. Dieser Wagen verfügte über das, wenn ich es mal so ausdrücken darf, beste Alibi. Er befand sich zum Unfallzeitpunkt bei den Kollegen der KT. Wir hatten den Wagen fünf Tage zuvor, nach der Vermisstmeldung, auf dem Parkplatz in der Leucht gefunden und eingeschleppt. Danach fühlte sich offenbar niemand dafür zuständig, das Fahrzeug abzuholen."

Manuela Warnke berichtete von dem Verdacht, Lydia Arnolds sei eventuell zweimal überrollt, also ermordet worden.

„Sie sprechen das zertrümmerte Becken des Unfallopfers an", Manuela nickte, „es könnte laut unserem Gutachter eine direkte Unfallfolge sein. Dann nämlich, wenn Frau Arnolds versucht haben sollte, sich unmittelbar vor dem Zusammenprall in Sicherheit zu bringen."

Stahnke bemerkte ihre Zweifel. Er stand auf, und führte ihr die Vermutung des Gutachters vor. Demnach lag Lydia Arnolds zunächst auf der Fahrbahn, leicht benommen oder bewusstlos. Im letzten Moment realisierte sie das herannahende Fahrzeug. Sie schaffte es noch, sich aufzurichten, wurde zuerst am Becken erfasst und dann unter das rechte Vorderrad des Wagens geschleudert.

„Das erklärt auch die anderen Verletzungen. Allerdings hätte der Fahrer sie sehen müssen."

„Die Fahrbahn war nass, vielleicht hat der Fahrer versucht zu bremsen. Möglicherweise konnte er sie auch gar nicht sehen. Die KT hat an ihrem Pullover schwarze Baumwollfasern entdeckt."

„Sie meinen, jemand hatte sie mit einer dunklen Decke abgedeckt?"

„Der Gedanke war uns auch gekommen. Die Staatsanwaltschaft

ging von einer Strickjacke oder einem Pullover aus, obwohl wir kein passendes Kleidungsstück bei ihr fanden. Dazu die Auffindesituation …"

Stahnke zögerte. Ein schwarzweißer Kater strich mit hoch erhobenem Schwanz an seinen Beinen entlang. Er kraulte ihn beiläufig im Nacken. Manuela dachte darüber nach, wie sehr ihn dieser Fall beschäftigt haben musste. Noch heute, mehr als drei Jahrzehnte später, erinnerte sich Stahnke an jedes Detail.

„Das Opfer wies überall oberhalb der Gürtellinie starke Verletzungen auf, hatte mehrere offene Wunden. Aber sowohl auf der Fahrbahn, als auch an der Bordsteinkante und im Rinnstein, in dem der Kopf lag, fanden wir nur geringe Mengen Blut. Meiner Ansicht nach zu wenig für die Schwere der Verletzung. Aber", er machte eine ratlose Geste, „es hatte geregnet, und in der Rinne fließt das Wasser schneller, besonders am Berg."

„Warum hatte es keine Obduktion gegeben?"

„Wollten wir haben. Aber letztendlich fehlten uns die Argumente, den Staatsanwalt von deren Notwendigkeit zu überzeugen. Laut dem Bericht des Notarztes starb das Mädchen zweifelsfrei an den Folgen der Unfallverletzungen. Somit blieb es bei Verkehrsunfall mit Fahrerflucht. Da es bis auf undeutliche Reifenabdrücke keinerlei verwertbare Spuren, geschweige denn Zeugen gab, konnten wir den Fahrer nie ermitteln."

„Der perfekte Mord?"

„Den gibt es nicht, sonst wären Sie nicht hier."

„Möglicherweise sehe ich Gespenster."

Stahnke rieb sich das Kinn, sah sie eindringlich an.

„Das habe ich damals auch geglaubt. Manchmal benötigt es eben seine Zeit, bis sich etwas zusammenfügt. Es gab da aber noch eine Merkwürdigkeit."

Stahnke goss Tee nach, Manuela lehnte dankend ab. Der Kater strich nun an ihren Beinen entlang, sie strich ihm über das Fell.

„Ich habe mir damals alle Protokolle der Kollegen aus dem Schutzbereich durchgelesen, die in zeitlicher Nähe zum Unfall standen. Gegen acht Uhr wurde der Wache aus Alpen ein offensichtlich alkoholisierter Autofahrer gemeldet. Vor Ort bestätigte sich der Verdacht, dem Mann wurde der Führerschein entzogen."

„Können Sie sich noch an den Namen des Fahrers erinnern?"

Stahnke stieß ein kurzes Lachen hervor.

„Wissen Sie, ich hatte es in meiner Karriere mit Hunderten übler Gesellen zu tun. Die meisten Namen habe ich längst vergessen, aber diesen nicht. Ich bin danach nie wieder einem derart arroganten und despektierlichen Menschen begegnet wie diesem Manfred Ackermann."

Manuela verschluckte sich beinahe an dem Tee. Sie berichtete ihm ausführlich von ihrem Fall. Bei der Beschreibung Ackermanns nickte Stahnke nur. Manuela bemerkte eine Unstimmigkeit. Mareikes Nachforschungen fielen ihr ein. Demnach hatte Ackermann mehrfach vor Gericht gestanden, konnte aber nie belangt werden. Fahrlässige Tötung, noch dazu unter Alkoholeinfluss, hätte ihm zumindest eine Vorstrafe eingebracht. Ihre Euphorie verflog.

„Sie sprachen von einer Merkwürdigkeit. Der Unfallfahrer war Ackermann offenbar nicht."

„Das ist es ja. Unsere Kollegen haben ihn gestoppt, als er mit einem Kleinlaster seiner Firma zu einer Baustelle fahren wollte. An diesem Fahrzeug konnte die KT keinerlei Spuren sicherstellen. Auf die Firma waren damals noch eine Baumaschine und ein Opel Commodore zugelassen. Dieses Fahrzeug ist ihm angeblich am frühen Morgen gestohlen worden. Der Wagen ist zwei Wochen später wieder aufgetaucht, völlig ausgebrannt. Eventuell vorhandene Spuren waren vernichtet, von den Reifen nichts mehr übrig. Die Experten der Feuerwehr waren damals von einer Brandstiftung überzeugt."

Wieder einmal schien es, als sei der Zufall Ackermanns Verbündeter. In diesem Fall derart auffällig, dass niemand daran glauben konnte. Aber warum? Manuela suchte die Logik hinter dem unausgesprochenen Verdacht. Welches Motiv sollte der Bauunternehmer gehabt haben, Lydia Arnolds zu töten? Ohne ein solches wäre es ein Zufall mehr. Es kam der Ermittlerin absurd vor.

„Hatte er ein Alibi für den Unfallzeitpunkt?“

„Nein. Das war auch schon alles, was wir ihm vorhalten konnten. Er war direkt zur ersten Vernehmung mit einem Anwalt aufgekreuzt, wir hatten nicht die geringsten Beweise. Es war frustrierend.“

Stahnkes Zweifel hatten die Zeit überstanden, stellte die Hauptkommissarin fest. Es musste ihm damals schwergefallen sein, die Akte ins Archiv zu bringen. Mit den heutigen Erkenntnissen wäre das Opfer obduziert worden. Der Gedanke, dass der Täter in seinen Alltag eintaucht, als sei nichts passiert, machte Manuela nachdenklich. Wer wäre in der Lage, diesen zweifellos unglaublichen Druck des Gewissens vor seinen Mitmenschen zu verbergen? Ackermanns Gesicht tauchte vor ihrem geistigen Auge auf. Er lachte hämisch.

Die Leiche musste schnellstens exhumiert werden. Der Nachweis auf die Vaterschaft dürfte nicht mehr möglich sein, die einzige Hoffnung bestand darin, dass Frakturen am Skelett einen Hinweis auf eine Gewalttat geben könnten. Stahnke wünschte ihr viel Glück.

31

Die Staatsanwältin hatte das Formular unterzeichnet. Die zweifelhaften Umstände des Unfalls und die Hintergrundinformationen über Lydia Arnolds hatten sie zunächst zögern lassen. Die Möglichkeit jedoch, dass der Tod des Mädchens in irgendeinem Zusammenhang zu den aktuellen Ermittlungen stehen könnte, beendete die Zweifel.

Zweimal hatte Manuela die Finger kurz vor der Tastatur zurückgezogen. Sie wartete auf ein wenig Mut, gerade genug, um das mulmige Gefühl zu verdrängen. Frau Gerland hatte sie im Hinausgehen gebeten, die Eltern Lydia Arnolds über die bevorstehende Exhumierung und anschließende Obduktion zu informieren. Vor wenigen Minuten hatte ihr ein Sachbearbeiter des Duisburger Einwohnermeldeamtes per Rückruf die aktuelle Adresse von Judith Arnolds mitgeteilt. Saladin Arnolds, der Vater, war vor fünfundzwanzig Jahren dort abgemeldet worden, einen Grund oder den aktuellen Wohnort konnte er nicht nennen.

Vor Manuelas Augen spielte sich ein düsteres Drama ab. Den Tod der Tochter konnten sie vermutlich nicht gemeinsam verarbeiten. Sie hatte schon des Öfteren gehört, dass derartige Schicksale bis dahin glückliche Ehen zerstören konnten. Die Normalität wurde ersetzt durch lähmende Stille und grenzenlose Trauer. Der Tod breitete sich auch über die Lebenden aus und drohte die Hoffnung zu begraben. Ähnlich der Asche eines Vulkans, die sich über blühende Landschaften verteilte und mit ihrem schmutzigen Grau alle Farben auslöschte.

Welches Leben führt Judith Arnolds heute? Hatte die lange Zeit einen schützenden Panzer auf ihre Seele gelegt? Manuela betrachtete die flüchtig hingekritzelte Telefonnummer vor ihr auf der Ablage, hinter der sich das unbekannte Schicksal verborgen hielt. Wieder wanderte ihre Hand zum Telefon, bereit, die Wunden aufzureißen. Als sie die Nummer eintippte, glaubte sie, ihren Pulsschlag zu hören.

„Hallihallo, hier spricht der Anrufbeantworter von Judith, Maja und Kevin Arnolds. Leider sind wir nicht zu Hause, aber erzählen Sie ruhig, was Sie auf dem Herzen haben. Tschüss."

Die fröhliche Kinderstimme jagte Manuela einen eiskalten Schauer über den Rücken. Kaum hatte sie ihren Namen genannt, vernahm sie die Stimme einer Frau.

„Judith Arnolds. Entschuldigung, meine Enkel spielen so gerne Anrufbeantworter."

Sie klang aufgeschlossen, lebensfroh. Manuela konnte nicht am Telefon über ihr Anliegen sprechen. Sie verabredete sich mit ihr, ohne einen Grund zu nennen.

„Geht es um Lydia?"

„Ja."

Nachdenklich legte sie den Hörer auf. Enkelkinder tobten vergnügt, Judith Arnolds schaute entspannt zu, bereitete vielleicht eine Mahlzeit vor, die ihre Enkel besonders mochten, oder dachte sich ein Spiel aus, als eine Polizistin anrief. Es waren tausend Gründe dafür denkbar, aber diese Frau dachte nur an den einen. Hatte sie über dreißig Jahre darauf gewartet?

Mittlerweile war Adriano eingetroffen. Er legte eine Mappe vor ihr ab.

„Ich komme gerade aus der Poststelle. Der Bericht der Pathologie liegt da schon Stunden herum. Die waren wohl ziemlich schnell durch mit dem Schädel."

Engels war zu einer Besprechung nach Duisburg gefahren. Er hatte die Bürotüren abgeschlossen. Manuela überflog die Seiten und blieb stirnrunzelnd an einer Stelle hängen. Adriano nickte.

„Habe ich im Aufzug gelesen, merkwürdig, oder?"

Manuela las den genauen Wortlaut. An den Rändern der beiden Löcher befanden sich winzige Bleipartikel und Schmauchspuren, welche auf einen Schuss aus kurzer Distanz hinwiesen. Wesentlich interessanter aber waren die nachfolgenden Sätze:

... ist daher von einer Schussverletzung auszugehen. Der Einschusswinkel kann nicht zweifelsfrei festgestellt werden. Aufgrund der Durchmesser der Eintritts- und Austrittsverletzung muss von einem Projektil der Größe 11,6 Millimeter ausgegangen werden.

„Hm, nicht gerade ein gebräuchliches Kaliber."

„Nein“, antwortete Adriano, „könnte die Suche erleichtern.“

Manuela Warnke stand auf und zog ihre Jacke vom Haken.

„Viel Spaß dabei, ich habe einen Termin. Ach“, sie drehte sich noch einmal um und berichtete ihrem Kollegen von dem Gespräch mit Stahnke. Adriano hörte ihr erstaunt zu.

„Das bedeutet, Ackermann hat Lydia Arnolds getötet?“

„Das könnte es bedeuten. Abgesehen davon, dass sich das wohl nicht mehr beweisen lässt, muss es auch nicht stimmen. War es nicht deine Vermutung, dass sie zweimal überfahren worden ist?“

„Du meinst, jemand hat den Unfall beobachtet, Lydia Arnolds noch einmal überfahren und anschließend Ackermann verpfiffen, um von seiner Schuld abzulenken?“

Sie musste sich eingestehen, dass ihre unausgesprochene Vermutung nicht gerade glaubwürdig klang. Mit einem flüchtigen Gruß ließ sie den zweifelnden Kollegen zurück.

Manuela kam sich verloren vor zwischen den Hochhäusern in Duisburg-Rheinhausen. Sie begriff nicht, aus welchem Grund Menschen die anonyme Tristesse dieser Umgebung zur Heimat ihrer Privatsphäre wählen konnten. Auf dem eingeschlagenen Gehäuse einer Lampenabdeckung war die Zahl acht zu erahnen. Eine Handvoll Jugendlicher erforschte auf dem Bürgersteig neben dem Eingangsbereich anhand eines großen Müllcontainers die Trägheit der Masse. Während Manuela den Klingelknopf betätigte, verkündete lautes Scheppern den Erfolg des Experimentes. Quer über den Bürgersteig verteilte sich Hausmüll. Grölend zog die Bande weiter.

Die Aufzugkabine entpuppte sich als eine Zelle zeitgenössischer Kunst. Zwischen wahllos an die Wand gesprayten Abbildern diverser Cyberspacemonster befanden sich die lyrischen Ergüsse aufstrebender Literaten, deren geistiger Tiefgang jedoch gerade das Niveau nachmittäglicher Talkshows erreichte. Neben der Schalttafel gab es eine Art Kontaktbörse offensichtlich frühpubertierender Kids. Unter anarchistisch anmutendem Boykott der Rechtschreibung wurden diverse Dienstleistungen sexueller Natur angeboten, stets versehen mit einer Handynummer. Die Raumluft erweckte den Eindruck, als sei sie seit einer Ewigkeit zwischen den nackten Wänden der Flure gefangen. An der Wand gegenüber der Aufzugtür klebte ein Kaugummi.

Judith Arnolds erwartete sie bereits im Türrahmen. Sie trug Jeans, dazu einen einfarbigen Pullover. Zahlreiche Fältchen und Tränensäcke unter ihren Augen zeugten von einem anstrengenden Leben. Ein kleiner Junge drängte neugierig an ihr vorbei. Mit der flachen Hand auf seinem Kopf schob sie ihn zurück in die Wohnung. Manuela folgte ihr. Die Kinder versammelten sich vor dem Fernseher im Wohnzimmer. Frau Arnolds und Manuela gingen in die kleine Küche.

„Dreißig Jahre habe ich darauf gewartet", begann Judith Arnolds leise, scheinbar emotionslos, „jetzt ist es mir fast gleichgültig", sie senkte den Kopf, „was sollte sich noch ändern?"

Manuela spürte Unsicherheit. Ihre Worte, eine Mischung aus Trauer und Hoffnungslosigkeit, empfand sie als Vorwurf. Frau Arnolds zündete sich eine Zigarette an. Das grelle Licht der Deckenstrahler fiel auf ihr Gesicht. Die blasse Haut schien es zu schlucken.

„Sie haben nie an einen Unfall geglaubt?"

Judith Arnolds schüttelte den Kopf.

„Hatten Sie einen Grund dafür?"

Asche fiel auf den Tisch. Sie schaufelte sie mit der Hand in einen fast vollen Aschenbecher.

„Lydia war … sehr verschlossen in den letzten Monaten vor dem *Unfall*", Judith Arnolds betonte das letzte Wort zynisch. „Als Ihre Kollegen mich fragten, ob ich von der Schwangerschaft wusste, war mir der Grund klar. Warum hatte sie nicht darüber gesprochen?"

Feuchtigkeit legte sich über blassblaue Pupillen. Hektisch drückte sie die Zigarette aus.

„Ihr Kollege fragte mich nach einem Abschiedsbrief. Können Sie sich vorstellen, was für ein Gefühl das ist? Niemand hatte es ausgesprochen, aber alle glaubten, Lydia hätte sich umgebracht."

Sie begrub das Gesicht in ihren Händen. Dicke Tränen rollten über ihre Wangen. Manuela hielt ihr Handgelenk, sie kam sich ohnmächtig vor. Nach einer Minute hatte sich Frau Arnolds einigermaßen beruhigt. Sie zündete erneut eine Zigarette an. Stumm blies sie den Qualm der Lampe entgegen.

„Das Schlimmste sind die Blicke der anderen. Warum hat deine Tochter sich umgebracht, fragen sie dich. Überall, beim Bäcker, im Bus, im Fahrstuhl. Was habt ihr mit ihr gemacht? Die Schuldgefühle werden im Laufe der Jahre so übermächtig, dass sie jeden Zweifel erdrücken."

Manuela hatte sich vor elf Jahren das Rauchen abgewöhnt. Für eine Sekunde bekam sie Lust auf eine Zigarette.

„Es gibt tatsächlich Anhaltspunkte für einen gewaltsamen Tod. Wir werden den Leichnam obduzieren müssen."

Manuela fürchtete sich vor der Reaktion. In einem Reflex sah sie zur offenen Küchentür, als würde sie einen Fluchtweg benötigen. Judith Arnolds sackte in ihrem Stuhl zusammen, ihre Augen glitten ins Leere. Sie nickte verloren, erst einmal zaghaft, dann energischer mit klarem Blick.

„Ja. Ja, ich denke, es ist das Beste."

„Frau Arnolds, wir werden den Tod Ihrer Tochter aufklären, das verspreche ich Ihnen."

Ein kleines Mädchen kam schreiend in die Küche. Sie beschwerte sich vehement, dass ihr Bruder die Fernbedienung nicht hergab. Judith Arnolds zwang sich zu einem freundlichen Gesichtsausdruck und nahm die Kleine tröstend in den Arm. Manuela fragte sich, wer ihre Tränen trocknete, wenn sie alleine war. Sie nutzte die Ablenkung, um sich zu verabschieden. Frau Arnolds brachte die Kommissarin zur Tür.

„Schade, dass Saladin das nicht mehr erleben kann."

Manuela drehte sich herum. Sie hatte nicht den Mut aufgebracht, Fragen nach ihrem Mann zu stellen. Nach dieser Andeutung fiel es ihr noch schwerer. Die Frau griff an Manuela vorbei zur Tür und drückte sie zu.

„Saladin wurde nicht damit fertig. Er gab sich die Schuld. Ein Priester, der zufällig vorbeifuhr, konnte ihn im letzten Moment davon abhalten, von der Rheinbrücke zu springen. Danach ging seine Verzweiflung in Hass über, er wollte nicht mehr an einen Unfall oder

Selbstmord glauben. Saladin ist jeden Tag nach Alpen gefahren. Eines Abends sagte er, er würde die Wahrheit kennen."

„Haben Sie das der Polizei gemeldet?"

Der Junge kam kreischend in den Flur. Sie versprach, gleich zu kommen. Als sie den Kopf hob, erkannte Manuela Resignation.

„Das mit der Rheinbrücke war nicht sein erster Versuch. Sie haben mich nicht ernst genommen. Ich kann das sogar verstehen. Möglicherweise hatte er auch herausgefunden, dass Lydia sich tatsächlich selbst getötet hatte. Das hätte Saladin nicht ertragen."

„Frau Arnolds, ich muss Sie das fragen", Manuela hatte das Gefühl, ihr Magen würde sich zusammenziehen, „ist Ihr Mann gestorben?"

Sie schluckte, ihre Augen schienen ins Leere gerichtet.

„Manche Männer gehen mal eben Zigaretten holen und kommen nie wieder. Saladin sagte mir, er müsse nach Alpen. Am nächsten Tag habe ich eine Vermisstenanzeige aufgegeben. Er ist nie gefunden worden. Er war ein so wundervoller Mensch. Ich ... konnte ihn nicht einmal beerdigen."

Frau Arnolds vermochte nicht die Tränen aufzuhalten, hielt schützend die Hände vors Gesicht. Manuela kämpfte mit Schuldgefühlen. Langsam zog sie die Tür hinter sich zu.

Im Aufzug kam ihr der Gedanke, Saladin könnte etwas ganz anderes herausgefunden haben.

Ein älterer Mann mit Stoppelhaarschnitt und grauem Kittel fegte den Müll zusammen. Manuela kam nicht vorbei. Missmutig blickte er sie an.

„Wird Zeit, dass hier mal aufgeräumt wird."

Manuela nickte.

„Dieses Pack gehört in ein Arbeitslager, aber die Flaschen in Berlin machen sich ja vor Angst in die Hosen. Das hätte es früher nicht gegeben."

„Nein, da durften Menschen wie Sie frei herumlaufen und ihre Hasstiraden verbreiten."

Manuela drängte sich an dem Mann vorbei. Am liebsten hätte sie eine Mülltonne vor seinen Füßen ausgekippt.

32

Heinrich Grimm hätte nie geglaubt, dass an einem gewöhnlichen Vormittag so viele Alpener eine Boutique aufsuchen. Ungeduldig spazierte er vor dem kleinen Geschäft an der Rathausstraße auf und ab. Als der Laden endlich leer war, trat er ein. Er stellte sich höflich mit Namen und dem Zusatz „Hauptkommissar a. D." vor. Die Abkürzung für „außer Dienst" kam nicht leise genug über seine Lippen. Die Geschäftsfrau musterte ihn skeptisch.

„Ich bin vor einigen Tagen frühzeitig pensioniert worden, interessiere mich aber immer noch für diesen Fall. Ich habe ein paar Fragen und dachte mir, es ist für Sie leichter, sie mir zu beantworten, als wenn die Kollegen Sie offiziell vernehmen."

Ihre Stirn legte sich in Falten. Nachdenklich betrachtete sie ihren Gast.

„Na schön, kommen Sie durch."

Heinrich war bewusst, dass dieses Gespräch auf fragilen Füßen stehen würde. Sie wusste, er hatte keinerlei Befugnis. Sie hatte also nicht nur die Möglichkeit, ohne Komplikationen befürchten zu müssen, die Unwahrheit zu sagen, sie konnte das Gespräch auch jederzeit beenden. Er musste äußerst vorsichtig sein, dabei war sein Anliegen heikel.

„Frau Ackermann, kannten Sie Lydia Arnolds?"

Leichte Blässe zog über ihr Gesicht. Ihr war anzumerken, dass sie mit dieser Frage überhaupt nicht gerechnet hatte. Sie zündete eine Zigarette an.

„Nicht persönlich, aber ich weiß, worauf Sie hinauswollen."

„Woher wissen Sie das?"

„Meine Güte, Frau Steiger hat meinen Vater doch im ganzen Ort mit dieser Geschichte diffamiert. Erst als er sie angezeigt hatte, hörte das auf."

Heinrichs Augen wanderten unauffällig durch das kleine Büro.

„Glauben Sie, da war etwas dran?"

Der pensionierte Kommissar hatte ein sofortiges Dementi erwartet. Stattdessen blies sie den Qualm der Zigarette zur Decke und zögerte einen Augenblick.

„Im ersten Augenblick habe ich mir meine Gedanken gemacht, Frau Steiger war eigentlich nicht die typische Tratschtante. Aber wenn man die Hintergründe kennt … Das Mädchen war geistig behindert. Ich hatte es meinem Vater hoch angerechnet, sie eingestellt zu haben. Frau Steiger mochte sie sehr. Aber dann hatte Frau Arnolds gestohlen, obwohl sie alles abstritt. Ich denke, es waren Schutzbehauptungen. Ich habe meinen Vater zur Rede gestellt, er war empört. Ich habe ihm geglaubt."

Birgit Ackermann war allein im Laden. Auf dem kleinen Schreibtisch fiel ihm ein Zettel besonders auf. Heinrich hoffte inständig auf die Türglocke.

„Haben Sie sich damals nicht gefragt, was Lydia Arnolds am Morgen ihres Todes dort oben am Wald wollte?"

„Es hätte mich gewundert, wenn es sich um ein ganz normales Mädchen gehandelt hätte. Bitte, das meine ich jetzt nicht abwertend. Aber sie hat öfter Dinge getan, die nicht rational erklärbar waren."

Heinrich zog einen Notizblock und einen Stift aus der Manteltasche. Er fragte sich, ob sie ihm die Wahrheit sagte.

„Wussten Sie, dass Lydia Arnolds schwanger war?"

Sie zog ihre Augenbrauen zusammen, drückte wütend die Zigarette aus. Heinrich ahnte das Ende des Gesprächs nahen. Das musste er unbedingt vermeiden.

„Wollen Sie damit behaupten …"

„Nein", fuhr Heinrich mit einer abwehrenden Handbewegung dazwischen, „vielleicht hatte sie einen Freund. Es wäre enorm wichtig, diese Bezugsperson ausfindig zu machen."

Erleichtert stellte Heinrich fest, dass Frau Ackermann sich wieder entspannte.

„Muss ja schon, vorstellen kann ich es mir nicht. Mein Vater sagte mal ganz zu Anfang, sie trüge ihr Herz auf der Zunge. Einen Freund hätte sie garantiert nicht verschweigen können."

Mitten in ihrem letzten Satz ertönte die Türglocke. Sie entschuldigte sich und ging in den Laden. Heinrich Grimm wartete einen Augenblick. Er bekam mit, dass Frau Ackermann mit einer Kundin zum Schaufenster ging. Kurz darauf hielt sie der jungen Dame ein Kleid hin, das Heinrich an die Flurtapete seiner Mutter erinnerte. Rasch beugte er sich über den Schreibtisch und notierte den Inhalt des Zettels. Es war ein Buchstabe, der sein Interesse weckte. Die Türglocke ertönte erneut. Frau Ackermann rief der Kundin einen Gruß hinterher. Heinrich ging in den Laden.

„Ich möchte Sie nicht länger aufhalten. Vielen Dank für das Gespräch, Frau Ackermann."

„Tut mir leid, dass ich Ihnen nicht weiterhelfen kann. Gehen Sie von einem Unfall aus."

„Möglich."

Die Glasscheibe der Ladentür spiegelte ihren skeptischen Blick.

33

Die Exhumierung hatte um sieben Uhr in der Frühe stattgefunden. Ihre Behörde war von Frau Gerland vertreten worden. Man hatte die sterblichen Überreste, die nur noch aus einem Skelett bestanden, zur forensischen Pathologie nach Walsum-Aldenrade gebracht.

Manuela schlug die Bürotür zu und grüßte muffig. Anschließend berichtete sie Adriano von dem Gespräch mit Frau Arnolds am Vortag.

„Ich war hinterher noch bei den Duisburger Kollegen. Ein POM Schultz war damals schon dort beschäftigt, die anderen sind längst pensioniert. Schultz erinnerte sich, dass die Beamten Saladin Arnolds als sehr depressiv beschrieben hatten und ihn in eine psychiatrische Klinik einweisen wollten. Wozu es aber nicht mehr gekommen war."

„Du sagtest, er war mehrfach in Alpen gewesen und hatte etwas herausbekommen. Das kann nur eines bedeuten."

„Wieso das?", aus Manuelas Sicht gab es mindestens zwei Möglichkeiten.

„Die einzige Person, die er in Alpen kannte, dürfte Walter Jansen gewesen sein. Über ihn kann er an Frau Steiger gekommen sein. Das wiederum bedeutet, er verfügte über dieselben Informationen wie wir im Moment."

„Er zählte eins und eins zusammen und hielt Jansen für den Vater des ungeborenen Kindes."

„So kann es sich zugetragen haben. Aber was schloss Arnolds daraus?"

„Das ist die Frage", Manuela dachte an die Aussage seiner Frau, „hielt er es für Selbstmord, können wir davon ausgehen, dass er sich ebenfalls getötet hat."

„Hielt er es für Mord", antwortete Adriano, „könnte er der Mörder von Walter Jansen sein."

„Und ebenfalls Selbstmord begangen haben. Das hilft uns nicht weiter."

Manuela hielt die Ungewissheit nicht mehr aus und rief in der Pathologie an, in der Hoffnung, erste Informationen zu bekommen. Herr Rensing seufzte.

„Einen Bericht kann ich Ihnen noch nicht liefern. Aber nach einer ersten Untersuchung besteht der Verdacht, dass das Opfer mit einem spitzen Gegenstand erschlagen worden ist. Die Frakturen des Schädels können zumindest nicht von einem Autoreifen herrühren."

Manuela schluckte. Sie hatte mit einem Gewaltverbrechen gerechnet, und dennoch lief ihr ein kalter Schauer über den Rücken. Wer hatte einem schwangeren Mädchen mit geistiger Behinderung so etwas angetan haben können? Langsam wandelte sich Entsetzen in ungeheure Wut.

„Um was für einen Gegenstand kann es sich gehandelt haben?"

„Schwierige Frage. Der Verletzung nach ein Eispickel oder Zimmermannshammer beispielsweise."

Wie er auf Baustellen Verwendung findet, dachte Manuela automatisch.

„Können Sie schon etwas über die Unfallverletzungen sagen?"

„Allerdings. Zahlreiche Frakturen unterhalb des Brustbeins weisen daraufhin, dass das Opfer mehrfach, mindestens jedoch zweimal überfahren worden ist."

„Kann es sich nicht um ein breiteres Rad, beispielsweise das eines LKW, gehandelt haben?", wollte Manuela wissen.

„Nein, Teile des Beckenknochens haben sich über die unteren Rippenknochen geschoben, was nur bedeuten kann, dass dieser Bereich des Korpus zuerst betroffen war. Aber bitte, es handelt sich um eine erste Inaugenscheinnahme, der ausführliche Bericht folgt."

Es war wohl das Besondere an dieser Ermittlung, dass mit jeder Antwort eine neue Frage auftauchte. Adrianos erste These zu diesem Unfall hatte sich also bestätigt, durch die Schlagverletzung am Kopf bekam der Fall aber eine andere Qualität.

„Eine Frage noch, Herr Rensing. Was war die Todesursache?"

Aus dem Hörer klang schwerfälliges Atmen.

„Das lässt sich bei einer skelettierten Leiche nur sehr schwer feststellen. Ich würde es so ausdrücken: Die Kopfverletzung führte mit ungefähr achtzigprozentiger Sicherheit zum Exitus, die Unfallverletzungen hundertprozentig. Ich kann aber, zumindest zum jetzigen Zeitpunkt, nicht sagen, welches Ereignis primär stattgefunden hatte."

Zumindest waren die Unfallverletzungen dermaßen eindeutig gewesen, dass es dem ausstellenden Arzt für den Totenschein gereicht hatte. Die Polizisten hatten keine stichhaltigen Beweise gefunden, der Staatsanwalt mit der Weigerung einer aus seiner Sicht unnötigen und kostenintensiven Obduktion praktisch den Deckel zugemacht.

„Bin jetzt schon gespannt, worauf Anklage erhoben wird", kommentierte Adriano den letzten Satz des Pathologen.

„Davon sind wir weit entfernt. Auf jeden Fall haben wir ein zweites Mordopfer."

Manuela blätterte noch einmal in der Unfallakte. Die Blutuntersuchung des ungeborenen Kindes nutzte heute nichts mehr. Die Proben waren längst nicht mehr vorhanden, hatte ein weiteres Telefonat ergeben. Damit hätte nachträglich ein DNA-Abgleich gemacht werden können. Lydia Arnolds musste sterben, weil sie ein Kind geboren hätte, dass ein anderes Leben ruinieren konnte. Davon war Manuela überzeugt. Die bloße Vaterschaft als absurdes Motiv für einen Mord, als Zeugnis eines Verbrechens. Der Gedanke zog sich wie ein Rahmen um eine mögliche Erklärung.

„Gehen wir einmal von der gar nicht so abwegigen These aus, Walter Jansen sei der Vater gewesen."

„Er erfuhr von der Schwangerschaft und tauchte unter, um sich einem Vaterschaftstest zu entziehen", folgerte Adriano. „Lydia Arnolds konnte es nicht für sich behalten. Sie wurde gedrängt, wollte oder sollte Anzeige erstatten. Jansen fühlte sich unter Druck gesetzt, tötete das Mädchen."

Das hörte sich logisch an, dennoch haderte Manuela. Eine Vergewaltigung, die nach zwanzig Jahren verjährt und für die es nicht die geringsten Beweise gab, mit Ausnahme der Aussage einer Jugendlichen mit geistiger Behinderung gegen einen angesehenen Geschäftsmann. Warum hätte jemand diese Straftat mit einem niemals verjährenden Mord vertuschen sollen? Jansen hätte sich mit dem Mädchen und den Eltern einigen können, er besaß genügend Geld, um seiner Unterhaltsverpflichtung nachzukommen. Ein weiteres Manko schwächte die Theorie des Kollegen.

„Es würde einen Mitwisser geben."

„Saladin Arnolds, richtig. Für ihn war es nach dem Vorwissen, über das er verfügte, kein Unfall. Er rächte sich und erschoss Jansen."

„Und anschließend sich selbst?"

Adriano nickte zufrieden. Als er die kleine, senkrechte Falte zwischen Manuelas Brauen erkannte, verschwand der Ausdruck. Im Archiv des Duisburger Polizeipräsidiums hatte sie die Protokolle von damals gelesen.

„Saladin Arnolds hatte in den Tagen vor seinem Verschwinden mehrfach versucht, sich zu töten. Er wollte von der Rheinbrücke springen, hatte drei Tage zuvor ein ganzes Röhrchen Schlaftabletten geschluckt. Warum sollte er all das unternommen haben, wenn er über eine Waffe verfügte?"

„Die kann er sich kurz zuvor besorgt haben", Adriano erkannte, dass er dabei war, seine These mit hilflos anmutenden Argumenten zu stützen.

„Und wer und vor allem warum hat dann welche Leiche in den Bunker gebracht?"

„Ich weiß es auch nicht", gab er schließlich kleinlaut bei.

Manuela fand die These gar nicht so abwegig. Allerdings wies sie eine Leiche zu viel auf.

„Hast du eigentlich in Erfahrung gebracht, mit welcher Waffe das Opfer getötet wurde und auf wen sie eingetragen ist?"

Der Kollege kramte unter einem Wust von Papieren zielsicher einen Zettel hervor.

„Das war nicht leicht. Die schlechte Nachricht zuerst: Eine Sortierung nach Kaliber ist nicht möglich, wurde mir von den fleißigen Kollegen in der Verwaltung mitgeteilt. Man müsste jede einzelne Registrierung danach durchsuchen. Als ich denen sagte, dass es um eine Eintragung von 1977 geht, hat der Kollege mir einen Vogel gezeigt."

Die Kommissarin pflichtete ihm stumm bei. Das Datenaufkommen war derartig hoch, dass sie sich auf aktuelle Registrierungen beschränken mussten. Sämtliche Vorbesitzer, noch dazu über einen Zeitraum von mehr als dreißig Jahren, zu archivieren, wäre zu aufwendig.

„Konntest du rausbekommen, um welches Modell es sich handelte?"

„Das ist die gute Nachricht. Das Kaliber wurde nur für eine einzige Waffe verwendet, einen Revolver des Herstellers Rast&Gasser, Typ Montenegriner M1882. Ein absoluter Exot. Die österreichische Firma gab es bis 1972, war eigentlich ein Nähmaschinenhersteller."

Da hätte er sich den Weg in die Verwaltung sparen können, dachte Manuela. Einen Mord mit einer Tatwaffe von der Exklusivität eines Fingerprints zu begehen und diese auf seinen Namen registrieren zu lassen, wäre verwegen gewesen. Nach Adrianos Aussage dürfte es zudem mehr als schwierig sein, die Herkunft einer solchen Pistole zurückzuverfolgen. Dennoch hielt sich der Gedanke beharrlich, dass dem Kaliber eine Schlüsselrolle zukommen würde.

„Ackermann weiß, wer damals eine solche Pistole besessen hat", schoss es aus ihrem Mund. „Das ist der Grund, warum er den Schädel beiseite geschafft hat."

„Oder er selbst ist der Mörder."

„Nein. In dem Fall wäre der Kopf nie mehr aufgetaucht. Es muss einen anderen Grund geben."

Manuela biss sich auf die Lippen. Sie hatten Ackermann heute Morgen entlassen müssen.

„Er kennt den Mörder und schützt ihn", überlegte Adriano.

„Quatsch. Der beste Schutz wäre gewesen, den Knochen durch den Häcksler zu jagen. Es sei denn …"

Birgit Ackermann fiel ihr ein. Sie hatte ohnehin den Eindruck, dass die Geschäftsfrau ihnen etwas verschwieg.

34

„Manfred ist wieder frei."

Die Worte kamen mahnend aus ihrem Mund, drangen leise im dichten Qualm der Zigarette durch den kleinen Raum.

„Damit habe ich gerechnet."

„Was wirst du machen?"

Er lehnte sich entspannt zurück, hakte die knorrigen Finger ineinander. Über dreißig Jahre zog sich diese Partie bereits. Zu Beginn lag er hoffnungslos zurück. Dann brachte ihn ein geniales Damenopfer wieder ins Spiel. Seit dieser Zeit bestimmte er, ließ seinen Gegner wie einen Fisch an der Angel zappeln. Immer in der Gewissheit, mit dem nächsten Zug matt setzen zu können. Er hatte es genossen, all die Jahre. Die Überlegenheit in winzig kleinen Schlückchen gekostet. Ein Fehler, wie sich jetzt herausstellte. Er hätte es zu Ende bringen müssen, vor wenigen Tagen, bevor sich die Stellung zu seinen Ungunsten gewendet hatte. Nun stand die Partie nicht nur Remis, es drohte sogar ein Patt. Sie waren nicht mehr unter sich, Auge in Auge. Mittlerweile spielten andere mit. Würde Ackermann in die Enge getrieben werden wie ein waidwundes Tier …

Ein Schluck Whisky spülte die aufkommende Angst seine Kehle hinunter. Ackermann hatte geschwiegen, immerhin ging es auch um seinen Kopf. Die Bullen waren abgewimmelt, die Meute verfolgte die falsche Fährte. Bis auf diesen pensionierten Kommissar. Er kam ihm bedrohlich nahe. Was trieb diesen Mann? Warum ging er nicht angeln, putzte die Gartenzwerge oder saß zu Hause in seinem Fernsehsessel wie andere Rentner auch, verfluchte er die Situation innerlich.

„Warum verschwindest du nicht einfach?"

Er hielt ihr das leere Glas entgegen.

„Weil es nicht geht."

In seichten Wellen strömte das goldgelbe Getränk aus der Karaffe. Er konnte nicht einfach fortlaufen, es war zu spät. Das wollte er auch gar nicht. Sein Anteil hatte ihm ein ausreichend schönes Leben im sonnigen Andalusien ermöglicht. Dorthin zog es ihn zurück, sobald das Spiel beendet war, um den Abend des Lebens geruhsam zu verbringen.

Die Partie befand sich im Endspiel, er musste bis zum Finale durchhalten, notfalls würde er ein Remis in Kauf nehmen. Ein besiegeltes Unentschieden wäre besser als die Niederlage. Der Polizist rückte drohend in sein Bewusstsein. Er hat die Nummer gefunden, als er hier im Laden war. Birgit war die einzige Person, die diese Nummer kannte. Er hatte das Handy nur für sie gekauft.

„Was hast du diesem Grimm gesagt?“

„Nichts. Er schöpft keinen Verdacht. Im Übrigen“, sie machte eine bedeutungsschwere Pause, beugte sich langsam vor, „wenn ich das richtig sehe, sucht er nach Walter Jansen. Da kann es doch nur von Vorteil sein, dass er die Handynummer hat, oder?“

Nachdenklich nippte er an dem Glas. Die wohltuende Wärme des Whiskys durchströmte ihn und gab ihm die nötige Gelassenheit. Bei dem Gedanken an das Gespräch vor einer halben Stunde verflog das beruhigende Gefühl wieder. Hallo Birgit, hatte er in trügerischer Sicherheit in den Hörer gesprochen.

„Sind Sie es, Herr Jansen?“

Die Antwort hatte seinen Herzschlag augenblicklich hochgetrieben. Die dunkle Stimme war ihm vorgekommen, als streiche ein Violinbogen über seine Nerven. Gedankenfragmente flogen ziellos umher und verschwanden unvollendet in der Ungewissheit.

Der Finger, der die Taste mit dem kleinen roten Hörer niederdrückte, zitterte. Als Nächstes würde Grimm herausfinden, wem das Handy gehörte. Dies würde einen kleinen Vorsprung einbringen. Einen Vorsprung, der nicht groß genug für einen erfahrenen Schnüffler sein würde, der mir aber das Tempo zurückgäbe, dachte er. Der nächste Zug muss die Vorentscheidung bringen.

„Hast du den Revolver noch?“

„Ja. Aber …“

35

Nachdem Camel mit dem Artikel über die Ermordung Lydia Arnolds auf Verdacht vorgeprescht war und, zumindest was den Mord betraf, ins Schwarze getroffen hatte, wurden auch die anderen Medien aufmerksam. Die Behörde kam nicht mehr umhin, eine Pressekonferenz einzuberufen. Engels nutzte die Gelegenheit, die Verabschiedung Heinrich Grimms bekannt zu geben sowie die neue Hauptkommissarin im Team der Weseler Mordkommission vorzustellen.

Manuela Warnke hielt einen sachbezogenen Vortrag über den bisherigen Stand der Ermittlungen. Professionell umschiffte sie heikle Fragen zu Interna bereits im Vorfeld, indem sie der interessierten Zuhörerschaft mit gesenkter Stimme kleine Häppchen servierte. Es handelte sich weniger um Informationen als um offene Fragen, zu deren Beantwortung die Einbeziehung der Öffentlichkeit sinnvoll war. Die Journalisten, von den eher muffigen und wortkargen Vorträgen ihres Vorgängers nicht gerade verwöhnt, schienen dankbar an ihren Lippen zu kleben. Prasselten früher nach Beendigung Fragen wie ein Gewitter auf das Podium nieder, herrschte eine Minute andächtige Ruhe, nachdem Manuela Warnke sich höflich für die Aufmerksamkeit und Mithilfe der Medienvertreter bedankt hatte. Bevor der Behördenleiter die PK beendete, tauchten doch noch vereinzelte Fragen auf. Man wollte wissen, warum die ermittelnden Beamten damals von einem Unfalltod ausgegangen waren. Es war immer wieder von Schlamperei bei den Ermittlungen die Rede. Manuela gelang es, die Anschuldigungen mit Hinweis auf die mangelnden technischen Möglichkeiten der damaligen Zeit zu entschärfen. Eine Frage aber weckte die Aufmerksamkeit der Ermittlerin. Sie kam von einer modisch gekleideten Dame mittleren Alters mit wallendem, dunkelrotem Haar.

„Sehen Sie einen Zusammenhang zwischen dem Mord an Lydia Arnolds und den im Ort kolportierten sexuellen Übergriffen des Geschäftsmanns Walter Jansen?“

Manuela war erstaunt, wie gut die Journalistin recherchiert hatte. Den Unfall dürfte sie im Archiv ihrer Zeitung gefunden haben, aber woher wusste sie von den Gerüchten?

„Das wissen wir noch nicht."

„Handelt es sich bei dem Toten aus dem Bunker um den vermissten Walter Jansen?"

Manuela gab an, diese Frage nicht beantworten zu können, versehen mit dem Hinweis auf den Zustand der Leiche. Die Redakteurin gab sich nicht damit zufrieden.

„Der Architekt Manfred Ackermann steht im Fokus der Ermittlungen. Halten Sie es für einen Zufall, dass Ackermann kurz nach dem vermeintlichen Unfall der Führerschein entzogen worden war?"

Für jeden Ermittler war es der Albtraum schlechthin, während einer Pressekonferenz mit Fakten konfrontiert zu werden, die der Polizei bis dahin unbekannt waren. Sie war froh, diesen Sachverhalt von Stahnke erfahren zu haben.

Die Indizienlage war naturgemäß dreißig Jahre nach einer Straftat äußerst dünn. Die Polizisten waren vermehrt auf die Aussage von Zeitzeugen angewiesen. Aufwendige Recherchen waren mit derzeit drei beteiligten Ermittlern kaum möglich. In diesem Fall waren die zahlenmäßig überlegenen Journalisten im Vorteil. Der angesprochene Führerscheinentzug ist, sollte er keine strafrechtliche Relevanz gehabt haben, als Vergehen gegen die Straßenverkehrsordnung längst aus dem Zentralregister gelöscht worden. Viele Kollegen redeten sich in solchen Fällen mit dem oft fadenscheinigen Hinweis auf ein laufendes Verfahren heraus. Manuela versuchte es gar nicht erst.

„Ich glaube nicht an Zufälle, aber ich gebe zu, dass es sich nach so langer Zeit schwierig gestaltet, jedes Detail zu rekonstruieren. Für Unterstützung aus Reihen der Medien wären wir sehr dankbar."

Engels stutzte, mit der unkonventionellen Antwort der Hauptkommissarin schien er nicht gerechnet zu haben. Ihre Souveränität imponierte ihm. Manuela war bewusst, Ackermann damit der Presse ausgeliefert zu haben. Vor ihrem geistigen Auge zeichnete sich bereits eine diffamierende Schlagzeile mit dem schützenden Fragezeichen ab. Ihr war es zuwider, mit Ausflüchten und Halbwahrheiten zu antworten. Natürlich hoffte sie auch auf Zeugen, etwa den anonymen Anrufer, der damals für Ackermanns Führerscheinentzug gesorgt hatte.

Vor dem Büro wartete Heinrich Grimm. Unter dem linken Arm klemmte ein Schuhkarton.

„Ich muss noch meine persönlichen Sachen abholen", kam er Engels' Frage zuvor.

„Hast du dich endlich mit der Pensionierung abgefunden? Komm doch bitte anschließend in mein Büro, wir planen eine kleine Verabschiedung für dich."

Manuela wunderte sich. Bis auf ein Familienfoto befanden sich keinerlei Dinge ihres Vorgängers im Schreibtisch. Während Heinrich das gerahmte Bild in der Manteltasche verschwinden ließ, beobachtete er die sich schließende Tür zu Engels' Büro. Anschließend zog er einen kleinen Zettel aus der Hosentasche und reichte ihn Manuela Warnke.

„Könnt ihr bitte mal überprüfen, auf wen das Handy angemeldet ist?"

„Gibt es etwas, dass wir wissen sollten, Herr Grimm?"

„Möglich", Heinrich erzählte von dem Gespräch mit Birgit Ackermann und seinem Verdacht. Den Buchstaben auf dem Zettel verschwieg er.

„In Ordnung, wir überprüfen das", dabei legte sie den Zettel auf eine Akte neben der Tastatur und sah ihn auffordernd an.

„Das ist unfair", flüsterte Grimm. Der viel zu schnelle Übergang vom Polizisten zur Privatperson schmerzte ihn. Seine Nachfolgerin handelte genau so, wie er es vor wenigen Tagen auch getan hätte. Brigitte, seine Schwiegertochter, war nur wenige Jahre jünger als die Frau, von deren gutem Willen er nun abhängig war. Ohne ein Wort zu sagen, wandte sie sich ab und wählte eine Telefonnummer. Während sie auf den Rückruf wartete, bedachte sie Heinrich mit einem gönnerhaften Blick.

„Du glaubst, das Handy ist auf Walter Jansen angemeldet?", wollte Adriano wissen.

„Ja, das glaube ich."

Das Klingeln des Telefons versetzte Grimm in atemlose Spannung. Bevor Manuela abhob, drückte sie die Mithörtaste.

„Richter“, meldete sich der Kollege einsilbig ohne Gruß, „es handelt sich um einen Prepaidvertrag, ausgestellt auf den Namen Saladin Arnolds, ich gebe mal die Adresse durch.“

Heinrich sank langsam auf den Besucherstuhl. Die Adresse stimmte mit der in der Ermittlungsakte zum Unfall überein.

„Das gibt es doch nicht“, unterbrach Adriano die Stille, „Haftbefehl?“

„Keine Chance“, stellte Manuela ernüchternd fest.

Sollte Saladin Arnolds tatsächlich noch leben, so war dies allein nicht strafbar. Nach dem Mord an seiner Tochter hatte er zwar, sollte er davon überhaupt Kenntnis gehabt haben, ein Motiv, dieses aber stand allein im Raum. Denn für die dem Motiv möglicherweise folgende Straftat gab es nicht den kleinsten Beweis. Adriano wurde wütend.

„Das liegt doch auf der Hand, verdammt noch mal. Jansen hat Lydia Arnolds getötet, weil sie von ihm schwanger war. Arnolds war dahintergekommen. Du hast doch selber gesagt, dass er mehrmals in Alpen gewesen war. Er rächte seine Tochter und tauchte unter.“

„Klingt logisch“, antwortete Heinrich, obwohl er Zweifel hegte.

„Ja. Logik alleine überzeugt aber keinen Staatsanwalt“, Manuela gewann den Eindruck, als wollten sie ihr den schwarzen Peter zuschieben.

„Aber bitte, Herr Grimm, Sie haben doch erstklassige Kontakte zur Staatsanwältin, vielleicht können Sie Frau Gerland überzeugen, einen Haftbefehl auszustellen. Einen internationalen, würde ich vorschlagen.“

Heinrich verdrehte die Augen. Während seiner Dienstzeit war ihm die Liaison zur Staatsanwältin von den Kollegen immer wieder hintergründig vorgehalten worden.

„Tut mir leid“, entschuldigte Manuela sich, „alles scheint klar, und doch kommen wir nicht weiter.“

Während Grimm sich mittlerweile im Büro des Dienststellenleiters befand, ging Manuela die Frage der Reporterin durch den Kopf. Abseits der durchaus logischen These ihres Kollegen stand Manfred

Ackermann wie ein noch zuzuordnendes Teil im Raum. In seinem Dunstkreis schien der Zufall einen geradezu außergewöhnlich guten Nährboden gefunden zu haben. Zufällig war der Unternehmer der letzte Mensch, vielleicht mit Ausnahme von Kurt Hermsen, der Walter Jansen gesehen hatte. Zufällig befand sich das Skelett eines Mordopfers auf einer Baustelle, die Ackermann unbedingt und um jeden Preis betreiben wollte, und ebenso zufällig verlor er wenige Stunden nach dem Mord an Lydia Arnolds seinen Führerschein.

Manuela erinnerte sich an die Reifenspuren auf dem Pullover des Opfers. Eine Nachfrage beim Hersteller hatte ergeben, dass der Fahrzeugtyp, den Ackermann damals besaß, standardmäßig mit Reifen der Breite 165 ausgestattet war. Er hätte die Reifen durch ein größeres Modell ersetzen können. Der Nachweis, insbesondere den genauen Reifentyp herauszubekommen, war heute aber so gut wie unmöglich. Außerdem dürften Stahnkes Leute das damals überprüft haben. Es wäre ohnehin lediglich ein Indiz und kein Beweis.

„Vielleicht setzen wir das Ganze zu hoch an", drang Adriano, der das Telefonat mitbekommen hatte, in ihre Überlegungen.

„Mit Jansen konnte er sich durchaus zu einer Aussprache verabredet haben. Mit dem Bauprojekt wollte er einen lästigen Konkurrenten aus dem Markt drängen, den Schädel hatte er versteckt, um die Bauarbeiten nicht unterbrechen zu müssen. Und der Führerscheinentzug … Zufall."

„Klar, das Beweisstück hebt er nur auf, um später der Polizei zu helfen. Mensch Adriano, du hast ihn doch kennengelernt. Der hätte den Schädel in den nächsten Müllcontainer geworfen. Wir sind dem doch piepegal! Und sein Auto? Wird genau zum richtigen Zeitpunkt gestohlen. Ich stimme deiner These erst zu, wenn Ackermann darin vorkommt."

„Das mit dem Auto ist merkwürdig, zugegeben. Aber welches Motiv sollte Ackermann haben, Lydia Arnolds zu töten?"

Zufall. Immer wieder tauchte dieses Wort im Zusammenhang mit Manfred Ackermann auf. Sollte der Unternehmer tatsächlich unschuldig sein? Manuela verdrängte den Gedanken.

36

Frau Dorinth, die freundliche Mitarbeiterin der Weseler Stadtbücherei, nahm ihre Frage mit Verwunderung entgegen. Über eine Stunde hatte die Oma benötigt, um dieses Bild aus den Weiten des Internets zu fischen. Grundsätzlich freute es sie, dass sich in der letzten Zeit vermehrt ältere Mitbürger mit diesem Medium auseinandersetzten, wenngleich für Sonderwünsche und Erklärungen viel wertvolle Arbeitszeit verlorenging. Das Gruppenfoto war bei einer kleinen Feier entstanden. Das Rote Kreuz ehrte regelmäßige Blutspender.

„Dazu fehlt auf diesen Terminals die nötige Software. Das sind reine Internetzugangsrechner."

Der Kopf musste vergrößert werden. Die Seniorin bediente sich des hilflosesten und traurigsten Gesichtsausdruckes, den das bescheidene Repertoire ihrer schauspielerischen Möglichkeiten hergab. Frau Dorinth konnte nicht widerstehen.

„Wenn Sie dadurch Ihren alten Verehrer wiedersehen können, möchte ich dem nicht im Wege stehen", schmunzelte die Angestellte und sicherte die Grafik auf einer Diskette. Auf ihrem Rechner zoomte sie das Gesicht auf die Größe eines Bierdeckels. Mit einem Grafikprogramm verbesserte sie die Qualität und druckte das Ergebnis aus.

Eine Stunde später hielt ein Taxi vor dem allein stehenden Haus an der Tackenstraße in Alpen-Veen.

„Sie geben wohl nicht auf, was? Obwohl, verstehen kann ich das ja. Wenn man plötzlich aus der Zeitung erfährt, dass die geliebte Enkeltochter ermordet worden ist. Kommen Sie doch herein, Frau Arnolds."

Als sie heute Morgen die Zeitung nach oben brachte, hatte sie zufällig das Gespräch mitbekommen. Sie wunderte sich, wie wenig die Behörde bis jetzt wusste. Im Gegensatz zu ihr tappten sie geradezu im Dunkeln. Dummerweise hatte Frau Steiger ihrem Mann damals nichts davon erzählt, oder er hatte es mittlerweile vergessen, was sie sich bei einem so jungen Kerl gar nicht vorstellen konnte. Dadurch war sie gezwungen, an ein Foto zu kommen. Sechzig Euro kosteten die vier Taxifahrten, und das war bereits das Ergebnis langwieriger und zäher Verhandlungen. Es ärgerte sie, dass wichtige Zeugen oft abseits der Buslinien wohnten. Steiger hatte seine Frau im Gespräch mit einem fremden Mann gesehen, als er sie vom Arzt abholen wollte. Sie hielt ihm den Ausdruck hin. Siegmund Steiger betrachtete das Foto eingehend, dann nickte er langsam.

„Ich denke, dass könnte er gewesen sein."

Frau Grimm sah ihm unzufrieden in die Augen. Irritiert betrachtete er das Bild noch einmal, hielt es dichter vor seine Augen.

„Die kleinen Augen, ja das war der Mann. Wer ist das eigentlich?"

Sie gab an, dies noch herausfinden zu müssen, und verabschiedete sich. Alles fügte sich zusammen, wie sie es vermutet hatte. Eine Kleinigkeit galt es noch zu klären. Ein winziges Detail, das dazu in der Lage war, die Schlinge zu schließen.

„Von langen Wartezeiten haben Sie nichts gesagt", empfing sie der ungeduldige Taxifahrer.

„Wir müssen noch eben zum Kastanienhof."

„Das kostet aber extra, davon war nicht die Rede, Oma."

„Nichts, das liegt auf dem Weg, außerdem bin ich nicht Ihre Oma!"

„Dem Himmel sei Dank dafür", murmelte der Fahrer und gab sich geschlagen. Um ihn milde zu stimmen, lud sie den hageren jungen Mann ein, während des Aufenthaltes eine Kleinigkeit zu essen. Diese Geste sollte dafür sorgen, den ausgehandelten Sonderpreis aufrechtzuerhalten.

Frau Mühlberg entpuppte sich als äußerst gesprächsbereite Dame. Während sie weit ausholte, galt Frau Grimms Aufmerksamkeit immer wieder der Kellnerin, die bereits das dritte Mal an den Tisch des Taxifahrers ging. Scheinbar hatte der Kerl eigens für diesen Anlass in den letzten drei Tagen auf jegliche Nahrungsaufnahme verzichtet. Möglicherweise zwang er sich die belegten Brote aber auch aus purer Gehässigkeit hinein, überlegte die Seniorin. Frau Mühlberg erzählte sehr ausschweifend. Zwischendurch gab sie immer wieder an, Frau Grimms Gesicht irgendwoher zu kennen. Nach schier endlosen Umwegen gelangte die Hobbyermittlerin schließlich doch noch an ihre Informationen. Sie bedankte sich schnell und hastete drei Tische weiter.

„Selbstverständlich kann ich Ihnen den Rest einpacken", flötete die Bedienung. Die alte Dame wurde bleich.

„Das räumen Sie mal schön wieder ab", fauchte sie das junge Mädchen an. „Die Rechnung, bitte!"

„Lassen Sie mal gut sein, mit zwölf Euro sind Sie billig davongekommen. Auf nach Wesel?", strahlte der Fahrer sie an.

„Nein. Zur Rathausstraße, ich muss noch eine Bluse kaufen."

Der Fahrer klopfte sich vor Lachen auf die Schenkel. Dann bemerkte er den ernsten Blick seines Fahrgastes. Das Lachen gefror, wich einem verzweifelten Ausdruck.

„Das …", er geriet ins Stottern, „ist jetzt nicht Ihr Ernst."

„Dauert nicht lange, ich habe ganz bestimmte Vorstellungen", antwortete sie zweideutig.

37

„Frau Grimm?“, Manuela stutzte, als sie die Dame aus dem Laden kommen sah.

„Ach, die Frau Kommissarin. Nein, was für ein Zufall. Möchten Sie auch etwas Schickes kaufen?“, sie wedelte dabei mit einer Tragetasche, als benötige sie ein Alibi.

„Nein, ich bin dienstlich hier. Gibt es in Wesel keine Boutiquen?“

„Doch, aber diese Qualität bekommen Sie bei uns nicht. Passt alles geradezu perfekt. Ich muss dann mal wieder. Essen kochen für meinen Sohn.“

Schon verschwand sie in ein Taxi. Manuela sah ihr kopfschüttelnd hinterher. Sie hatten die Aufgaben geteilt, Adriano war an der Motte ausgestiegen, er kam mit dem Bauunternehmer etwas besser zurecht. Mürrisch bat Birgit Ackermann sie ins Hinterzimmer.

„Frau Ackermann, was wissen Sie über Saladin Arnolds?“

„Nicht viel. Er ist der Vater von Lydia Arnolds, dem verunglückten Mädchen.“

Die Polizistin reichte ihr den Zettel mit der Handynummer. Birgit Ackermann überflog die Ziffern und zuckte die Schultern. Manuela bat sie, die Nummer noch einmal genau anzusehen.

„Ich kenne die Nummer nicht, was soll das?“

„Herr Grimm hat sie von einem Zettel, der auf diesem Schreibtisch lag, abgeschrieben.“

Für eine Sekunde verriet ihre Mimik Unsicherheit. Warum hatte sie gelogen? Nervös zündete sie eine Zigarette an. Die gedanklichen Anstrengungen waren ihr anzumerken.

„Seit gestern Morgen belagern mich Journalisten. An meinen Ex trauen sie sich nicht heran, also kommt die Meute zu mir. Gestern Morgen in aller Frühe rief jemand an und behauptete, Saladin Arnolds zu sein. Ich habe mir die Nummer geben lassen. Im ersten Moment war ich stinksauer, wollte es der Polizei melden. Ich habe es dann als schlechten Scherz abgetan und gelassen.“

„Warum haben Sie das nicht gleich gesagt?“

„Glauben Sie“, die Geschäftsfrau wurde eine Spur zu laut, „ich erkenne eine Handynummer wieder, die ich einmal aufgeschrieben habe?“

Manuela hielt sie für clever genug, um zu wissen, dass die Polizei den Namen des Handybesitzers längst kannte, sie hielt ihre Antwort für eine billige Finte. Warum aber sollte Saladin Arnolds den Kontakt mit ihr suchen? Diese Frage wird sie nicht beantworten, ich muss einen Umweg gehen, dachte Manuela.

„Manfred Ackermann wurde damals der Führerschein abgenommen.“

„Alkohol“, antwortete sie betont gelangweilt und hob die Hände, als wolle sie die Angelegenheit herunterspielen.

„Kurz nach dem Tod von Lydia Arnolds. Ein merkwürdiger Zufall, nicht wahr?“

Birgit Ackermann drückte ihre Zigarette nicht aus, sie zerquetschte sie förmlich. Ihre Lippen verzogen sich zu einem zynischen Grinsen.

„Das war kein Zufall. Jemand hatte ihn angezeigt.“

„Wie kommen Sie darauf?“

„Manfred trinkt so gut wie nie Alkohol, damals wie heute. In dieser Nacht hatte er Besuch, sie tranken bis in den frühen Morgen. Er hat mir nie erzählt, wer ihn besucht hatte, obwohl ich ihn verdächtigte, eine Geliebte zu haben. Er fuhr immer zuerst ins Büro. Eine Stunde später wollte er zur Universität, sie haben ihn nach wenigen Metern gestoppt.“

Manuela bemühte sich, ihre Gedanken zu ordnen. Es konnte sich um einen stinknormalen Denunzianten gehandelt haben. Es wäre der nächste Zufall um Manfred Ackermann. Sie weigerte sich, daran zu glauben.

„Welche Strecke ist er damals gefahren und um welche Uhrzeit?“

„Wann das war, weiß ich nicht, ich denke mal, kurz vor acht Uhr. Er wohnte auf dem Flughafenweg, ich noch bei meinem Vater. Er wird den Berg runtergefahren sein, das Büro befand sich damals noch auf der Wallstraße.“

Manfred Ackermann muss also an der Stelle vorbeigefahren sein, an der Lydia Arnolds an diesem Morgen lag. Das war unmöglich. Der mutmaßliche Unfall war kurz vor sieben Uhr gemeldet worden. Die Straße war also eine Stunde später mit Sicherheit abgesperrt gewesen. Sie stellte sich die Situation vor. Mehrere Streifenwagen sicherten den Unfallort. Kriminaltechniker nahmen Spuren auf. Ein knallgelbes Fahrzeug tauchte auf. Der Fahrer bremste, wendete und verschwand. Die Beamten wurden misstrauisch, notierten das Kennzeichen und überprüften ihn wenig später auf dem Weg zur Baustelle. Der Anruf unterstützte sie nur noch. Glasklare Logik zersetzte den vermeintlichen Zufall.

Aber es hatte sich ebenso gut auch anders abspielen können. Das Gelage mit dem Unbekannten zog sich bis um sechs Uhr am frühen Morgen. Es hatte sich nicht mehr gelohnt, ins Bett zu gehen. Ackermann duschte, trank einen starken Kaffee und fuhr eine Stunde früher los. Plötzlich tauchte ein dunkler Schatten vor ihm auf. Die Reaktionszeit war beeinträchtigt, Bremsen griffen viel zu spät – ein dumpfer Aufprall. Ackermann geriet in Panik, setzte noch einmal zurück. Eine Gänsehaut überzog ihren Körper.

Abgesehen davon, dass sie dem Architekten nichts mehr nachweisen konnten, musste die Ermittlerin sich die erste Variante als wahrscheinlicher eingestehen. Dass Birgit Ackermann etwas zum Diebstahl des Opels sagen könnte, hielt Manuela für unwahrscheinlich.

„Haben Sie Ihren Vater noch einmal gesehen, nachdem Sie ihn als vermisst gemeldet hatten?"

„Nein. Sagen Sie", sie verlieh ihrer Stimme einen traurigen Klang, „die Leiche aus dem Bunker, das ist nicht mein Vater? Oder?"

„Wir wissen es nicht."

Adriano stand nicht am vereinbarten Treffpunkt. Sie parkte den Wagen auf dem Schotterplatz gegenüber dem Ortseingangsschild und lief den Hügel hinauf. Ihr Kollege unterhielt sich mit einem Grabungstechniker.

„Hast du was herausbekommen?"

„Ja, einen Satz. Er hatte getrunken und den Führerschein für ein Jahr verloren, einskommafünf Promille Restalkohol. Muss ein ganz schönes Gelage gewesen sein."

Manuela berichtete ihm von der Aussage Birgit Ackermanns.

„Was schnüffeln Sie denn noch hier rum?"

Manuela drehte sich um und dachte, dass sie die Exfrau des Projektleiters noch fragen wollte, was der Grund für die Trennung war. In diesem Augenblick fragte sie sich, warum die hübsche Geschäftsfrau diese Beziehung überhaupt eingegangen war.

„Herr Ackermann, wir ermitteln in einem Mordfall. In diesem Zusammenhang taucht immer wieder Ihr Name auf. Mit wem haben Sie die Nacht vor Ihrem Führerscheinentzug durchgezecht?"

„Das geht Sie nichts an."

„Handelte es sich um Walter Jansen?"

„Machen Sie sich nicht lächerlich."

„Der Weg zu Ihrem Büro führte an der Unfallstelle vorbei. Die Nacht war lang, es lohnte sich nicht mehr, ins Bett zu gehen. Sie sind eine Stunde früher losgefahren, richtig?"

Die Ermittlerin legte ihre ganze Autorität in diese Frage. Die Worte waren von einer Eindringlichkeit geprägt, die Ackermann eine Sekunde zögern ließ.

„Okay, aber dann lassen Sie mich in Ruhe! Es war spät geworden, ich hatte verschlafen. Mitten auf dem Berg sah ich die Blaulichter. Ich habe auf der Straße gewendet und einen anderen Weg genommen. Damit machte ich mich wohl verdächtig."

„Ich frage mich, warum Sie uns den Namen Ihres Besuchers nicht nennen wollen."

Ackermann atmete schwer. Auf der Stirn des Unternehmers bildeten sich kleine Falten. Manuela rechnete damit, dass er sie mit einem verächtlichen Satz zurücklassen würde, stattdessen schien Ackermann nach einer sinnvollen Antwort zu suchen.

„Ich war damals verlobt, reicht das?"

Der Verkehr staute sich an einer Baustellenampel vor der Weseler Rheinbrücke.

„Ich glaube“, durchbrach Adriano das nachdenkliche Schweigen, „wir versteifen uns zu sehr auf Ackermann. Was er gesagt hat, klingt überzeugend. Ich würde so eine Nacht kurz vor der Hochzeit auch nicht an die große Glocke hängen. Das könnte ihm heute noch schaden.“

Seit einer halben Stunde, nachdem sie das Geschäft von Frau Ackermann verlassen hatte, freundete Manuela sich widerwillig mit diesem Gedanken an. Und hätte Ackermann sich nach der letzten Frage wortlos abgedreht, würde sie sich jetzt wohl endgültig damit abfinden. Aber Ackermann war zu weit gegangen. Als habe er seine Aussage mit einem abschließenden, alles erklärenden Argument schützen wollen.

„Einskommafünf Promille Restalkohol um neun Uhr! Hat man die typischerweise nach einer Liebesnacht?“

„Ich nicht. Aber ich bin ja auch noch jung. Warum sollte er den Namen denn sonst verschweigen?“

Das ist die Frage, dachte Manuela. Mächtige Wolken verdunkelten die Weseler Innenstadt. So, wie sich das Verhältnis der beiden darstellte, dürfte Ackermann wohl kaum die halbe Nacht mit Walter Jansen verbracht haben. Befanden sich die Ermittlungen auf dem Weg in eine Sackgasse? Im Büro angekommen, kam Adriano eine Idee.

„Saladin Arnolds könnte der Gast gewesen sein. Er hatte von der Schwangerschaft erfahren. Ackermann hing sich an ihn, sah in ihm einen willkommenen Handlanger gegen den verhassten Schwiegervater in spe. Er lud ihn zu sich nach Hause ein, schüttete ihn zu und hetzte ihn gegen Walter Jansen auf.“

„Walter Jansen war zu diesem Zeitpunkt bereits verschwunden“, nahm Manuela den Faden auf, „er musste untertauchen, um dem Vaterschaftstest zu entgehen. Seine Tochter wusste, wo er sich aufhielt, da bin ich mir sicher. Ackermann muß es herausbekommen haben.“

„Das passt“, triumphierte Adriano. Der skeptische Gesichtsausdruck seiner Kollegin beendete die Euphorie abrupt.

„Angenommen, Saladin Arnolds wusste von der Schwangerschaft, von den sexuellen Übergriffen Jansens. Glaubst du, er hätte seine Tochter dann noch einen Tag länger dort arbeiten lassen?“

„Und wenn er nur einen Verdacht hatte und Ackermann es ihm in dieser Nacht bestätigt hatte?“

„Das hätte Ackermann uns doch erzählen können, es würde den Verdacht von ihm ablenken, deine These bestätigen, und er wäre aus dem Schneider. Warum sollte er aber dann den Kopf aufheben? Das ergibt immer noch keinen Sinn.“

Manuela massierte sich grübelnd die Schläfe. Warum hatte Frau Arnolds nichts von diesem Verdacht erzählt? Hatte ihr Mann es verschwiegen? Ihr Blick wanderte ziellos über den Schreibtisch. Woher kam sein Verdacht? Hatte Frau Steiger sich an ihn gewandt? Erst jetzt sah sie die Gesprächsnotiz vor sich. Die Pathologie bat um Rückruf. Doktor Rensing nahm sofort ab.

„Guten Tag, Frau Warnke. Ich habe eine Überraschung für Sie, mit der nicht zu rechnen war. Kommissar Zufall ist uns zu Hilfe gekommen. Oder sagen wir, mir kam da eine geniale Idee, in aller Bescheidenheit. Wie dem auch sei, wir konnten mit einer Fehlerquote von unter einem Promille die Identität des Opfers nachweisen.“

38

Heinrich sah so unauffällig wie möglich auf die Uhr. Diesen Termin durfte er auf gar keinen Fall verpassen. Annette drehte sich im Türrahmen noch einmal um.

„Die Heimlichkeiten deiner Mutter gefallen mir überhaupt nicht. Bei ihr in der Küche liegen Taxiquittungen über mehr als hundert Euro."

„Kennst sie doch", versuchte Heinrich sie zu beruhigen, „was soll sie schon groß herausfinden?"

Ihre Augen deuteten Skepsis an. Die Staatsanwältin hatte die Mittagspause bereits um zehn Minuten überzogen, als sie sich endgültig verabschiedete.

Unterwegs kamen ihm Selbstzweifel. Immer wieder überprüfte er diesen Automatismus. Mal mit dem Handy, dann mit dem Notizblock, dem Schlüsselbund und am Schluss mit einer Visitenkarte, die im Radioschacht klemmte. Alles verschwand wie selbstverständlich in der rechten Tasche seines Mantels. Die linke hätte man ihm zunähen können, er würde es vermutlich nicht einmal bemerken. Merkwürdigerweise fand er den Zettel mit der Handynummer vorhin in der linken Tasche des Mantels. Für ihn ein untrügliches Zeichen, tatsächlich allmählich alt zu werden.

Annette hatte größte Bedenken geäußert. Heinrichs besorgter Gesichtsausdruck war ihr nicht verborgen geblieben. Sie wusste genau, dass sie ihn nicht daran hindern konnte. Als Staatsanwältin bestand sie darauf, ihn zumindest mit Peilsender und Abhörgerät auszustatten. Dafür blieb keine Zeit. Ich treffe mich doch nur mit einem Zeugen, hatte er sie beruhigen wollen. Ihr Misstrauen hielt sich beharrlich.

„*Hier spricht Saladin Arnolds*", hatte sich der Anrufer in geheimnisvollem Ton gemeldet, „*wenn Sie wissen möchten, was tatsächlich geschehen ist, schlage ich Ihnen ein Treffen vor.*"

Ohne eine Sekunde des Zögerns stimmte Grimm zu. Im gleichen

Moment kamen ihm Bedenken. Er fragte Arnolds, warum er nicht zur Polizei gehe.

„Weil ich dann in Lebensgefahr bin. Ich will, dass dieses Schwein bestraft wird.“

Saladin Arnolds fühlte sich bedroht. Er stellte die Bedingung, dass Grimm allein kommen und niemandem etwas davon sagen sollte.

„Wenn Sie die Wahrheit erfahren wollen, haben Sie nur diese eine Chance.“

Seit dem Telefonat zermarterte der Hauptkommissar a. D. sich das Hirn. Der erste Gedanke, der ihm kam, lautete Walter Jansen. Sollte er es sein, der Arnolds verfolgt, wer war dann der Tote im Bunker? Unweigerlich drang das Bild von Manfred Ackermann vor sein geistiges Auge.

Heinrich fuhr Richtung Alpen. Das Handy lag eingeschaltet in der Mittelkonsole. Arnolds wollte ihm unterwegs den Treffpunkt mitteilen.

39

Erstaunt sah sie ihren Gast an.

„Du schon wieder. Dein Leichtsinn wird dir noch zum Verhängnis."

Sie zog ihn am Ärmel, sah sich noch einmal misstrauisch um, bevor sie die Ladentür hinter ihm zudrückte.

„Mein Leichtsinn", auf der Stirn des Mannes schwoll eine Ader deutlich sichtbar an, „du hast mich doch hierherbestellt. Was gibt es denn Dringendes?"

Die Augen der Geschäftsfrau verwandelten sich in kleine, misstrauische Schlitze.

„Whisky?"

„Nein, verdammt. Ich will wissen, warum du mich hierherbestellt hast."

„Das habe ich nicht."

„Und die SMS? War die etwa nicht …", er stockte. Blitzartig verwandelte sich das braungebrannte Gesicht in eine kalkweiße Maske. Für eine Sekunde hatte er sich gewundert, dass die Kurznachricht anonym versendet worden war. Er hatte es für eine neue Vorsichtsmaßnahme von ihr gehalten. Seine Faust donnerte mit einer Wucht auf den Tisch, dass die Tassen von den Untertellern sprangen.

„Ich verdammter Idiot. Renne in die Falle wie eine elende Ratte", er ballte die Faust erneut, „nur weil du die Nummer hier offen herumliegen lässt."

Wütend schnappte sie nach Luft.

„Glaubst du, ich kann mir deine Handynummer merken, wenn du alle drei Monate eine andere hast?"

Er atmete tief durch. Wozu noch aufregen, es war passiert. Die Manie, dauernd die Handys zu wechseln, war vermutlich unnötig. Es gehörte zu seinem Konzept, das Risiko so gering wie möglich zu halten.

„Ist dir jemand aufgefallen?"

„Du glaubst, da draußen wartet einer auf dich? Das ist doch Irrsinn. Kein Mensch kann dich erkennen nach der langen Zeit. Dieser Grimm will dich nervös machen."

Dreißig Jahre andauernde Angst, entdeckt zu werden, hatten seine Sinne geschärft. Er war darauf trainiert, seine Umwelt wahrzunehmen, ohne dabei aufzufallen. Jeder Mensch in seiner Nähe war zunächst einmal verdächtig. Er war sicher, dass ihm niemand gefolgt war. Erst recht keiner, der auch nur im Entferntesten der Beschreibung des Ex-Polizisten entsprach. Das war auch nicht nötig, er war pünktlich um drei Uhr, wie in der SMS verlangt, im Laden. Der Absender wartet vor der Tür auf mich, schoss es ihm durch den Kopf. Mit einem Satz sprang er auf und stürmte aus dem Laden. Er blieb vor dem Schaufenster stehen und sah sich vorsichtig um. Neben dem Elektrogeschäft schräg gegenüber parkte ein Taxi, der Fahrer schien auf seinen Gast zu warten. Eine junge Frau schob einen Kinderwagen am Geschäft vorüber, auf dem Gehweg saßen zwei Jugendliche auf Motorrollern und unterhielten sich, auf der anderen Straßenseite stand eine Oma am Gehwegrand und wartete. Er drehte sich um, ein älterer Herr im schwarzen Anzug kam mit einem bunten Strauß aus dem Blumengeschäft Eckert-Eichleiter und wartete an der Fußgängerampel. Der Kirchvorplatz war leer, kein Verdächtiger auf der Ulrichstraße zu sehen. Die Gaststätte „Zur Hoffnung", unter deren Namen sie kaum jemand kannte, hatte um diese Zeit geschlossen. Er dachte an viele gesellige Stunden, die er bei Maria Nepicks an der Theke der gemütlichen Eckkneipe verbracht hatte. Erleichtert atmete er durch.

„Ich muss sofort verschwinden, kann ich dein Auto haben?"

Sie zog einen Schlüssel aus der Hosentasche und legte ihn in seine offene Hand.

„Reicht es nicht langsam?"

Wortlos verließ er den Laden.

40

„Sagen Sie das noch mal“, die Staatsanwältin wirkte aufgeregt. Manuela Warnke hatte die Nachricht des Pathologen vor wenigen Minuten zwar überrascht, aber mittlerweile, mit einigem Abstand betrachtet, schien sich der Nebel über den Ermittlungen dadurch zu lichten.

„Bei dem Toten aus dem Bunker handelt es sich vermutlich um Saladin Arnolds. Doktor Rensing konnte DNS aus dem Knochenmark beider Leichen sicherstellen. Er hat einen DNA-Vergleich durchgeführt, und dabei kam heraus, dass der Tote aus dem Bunker mit fast hundertprozentiger Sicherheit der Vater von Lydia Arnolds ist.“

Annette Gerland schluckte. Langsam setzte sie sich auf den Besucherstuhl. Die blasser werdende Haut ließ sie älter wirken. Manuela konnte die Aufregung der Staatsanwältin nicht verstehen.

„Wir sind eigentlich froh, denn das bringt ein wenig Klarheit in den Fall. Arnolds hatte Zweifel am Unfalltod seiner Tochter. Er fand heraus, dass Jansen sich an ihr vergriffen hatte, zählte eins und eins zusammen. Arnolds wollte seine Tochter rächen, Jansen war schneller.“

„So war es“, mischte sich Adriano eine Spur zu gut gelaunt ein, „Ackermann war eine Sackgasse. Jansen selbst hatte sich ein Auto geliehen, um es wie einen Unfall aussehen zu lassen. Um gar nicht erst unter Verdacht zu geraten, hatte er seinen Wagen in der Leucht stehen gelassen. Ärgerlicherweise sind die Kollegen damals darauf hereingefallen.“

„Heinrich ist in Gefahr“, flüsterte die Staatsanwältin. Manuela wollte einwenden, dass Ackermann demnach keinen Grund gehabt hätte, das Beweisstück zu verstecken. Sie verstummte.

„Er trifft sich mit dem Mörder. Vor einer Stunde hat jemand Heinrich angerufen und behauptet, Saladin Arnolds zu sein, und um dieses Treffen gebeten. Er behauptete am Telefon, ihm den Namen des Mörders nennen zu können.“

„Scheiße“, entfuhr es Manuela. Frau Gerland tippte nervös eine Nummer in ihr Handy. „Geh’ dran, geh’ dran“, murmelte sie unentwegt. Nach drei Minuten gab sie auf. Manuela reagierte sofort und rief die Rufbereitschaft an.

„Schickt sofort einen Wagen nach Alpen zur Baustelle Motte. Ich will wissen, ob Manfred Ackermann dort ist.“

Frau Gerland schüttelte den Kopf. Adriano kannte sie bereits acht Jahre. Er hatte die Staatsanwältin noch nie so nervös und ängstlich erlebt.

„Er trifft sich mit Jansen.“

„Was macht Sie so sicher?“, wollte die Hauptkommissarin wissen. Es wäre gefährlich für den Mörder, nach dreißig Jahren hier aufzutauchen.

„Heinrich hat ihn angerufen und gefragt, ob er Jansen sei.“

„Dann ist aus Jansens Sicht Grimm der Einzige, der seine Identität kennt. Hat er gesagt, wo er ihn trifft?“

Annette Gerland schüttelte wortlos den Kopf. Ihre braunen Augen schimmerten feucht.

„Wir müssen sein Handy orten“, rief Manuela, „das soll Mareike machen, wir fahren nach Alpen!“

41

Der schlanke junge Mann ahnte nichts, als er zum Parkplatz des Elektrogeschäftes an der Rathausstraße bestellt worden war. Als sich die Beifahrertür öffnete und die Seniorin einstieg, entfloh ihm ein unhöfliches „Nein, nicht schon wieder". Das Glück meinte es in letzter Zeit wahrhaftig nicht gut mit ihm. Vier Kollegen hatten zurzeit ebenfalls Dienst, warum trifft es nicht mal einen anderen, fragte er sich. Vor wenigen Minuten hatte er noch erleichtert durchgeatmet. Als die Funkerin das Taxi Nummer vier nach Wesel beordert hatte, bedauerte er innerlich seinen Kollegen Conny. Scheinbar war die Oma mit der gemeinen Absicht, ihn hereinzulegen, mit dem Bus nach Alpen gefahren.

„Schnell, zum Adenauerplatz!"

„Dafür warte ich hier eine Viertelstunde?"

Nach einem tödlichen Blick der Oma fuhr er mürrisch die knapp dreihundert Meter um den Block. Vor der Auffahrt zum Marktplatz wies sie ihn an, am Straßenrand anzuhalten. Er brachte nicht den Mut auf, die Taxiuhr einzuschalten. Als die Frau keine Anstalten machte, auszusteigen, wollte er dies nachholen. Sie schlug ihm auf den ausgestreckten Arm.

„Das dauert länger. Ich möchte das Taxi mieten."

Der Zeitpunkt war nun erreicht, an dem der Taxifahrer die Contenance verlor. Er schlug aufs Lenkrad und schrie sie an.

„Das ist ein Taxi und kein Mietwagen. Entweder mache ich die Uhr an oder Sie steigen aus!"

Frau Grimm gab nach. Sie drehte den Innenspiegel, von verwunderten Blicken des Fahrers begleitet, zu sich herüber und rutschte in den Sitz zurück. Wenige Augenblicke später fuhr sie hoch.

„Folgen Sie dem roten Kleinwagen dort, aber unauffällig."

Der Fahrer nahm die Verfolgung auf, ohne allerdings der Anweisung seines Fahrgastes bis ins Detail Folge zu leisten. Auf der Ulrichstraße, kurz hinter dem Marienstift, klebte er an der Stoßstange des knallroten Ford Fiesta.

„Nennen Sie das unauffällig? Fehlt nur noch ein Blaulicht auf dem Dach", zeterte Frau Grimm, „unauffällig bedeutet, Abstand halten, zwei, drei Autos zwischenlassen. Sieht man doch in jedem Krimi. Meine Güte."

Der junge Mann atmete vernehmlich durch, rieb sich noch einmal den dünnen Kinnbart und nahm den Fuß vom Gaspedal. Auf der Unterheide, Richtung Veen, wurden sie von einem dunklen Audi überholt.

„Sagen Sie mal, sind Sie so eine Art Privatdetektivin in geheimer Mission?"

„Nein. Ich ermittle für die Polizei in einem Mordfall."

„Ach so. Na denn."

Sie schob den aufkommenden Verdacht, er würde sie nicht ganz ernst nehmen, beiseite und prüfte das Handy. Das Antennensymbol bedeutete, es war eingeschaltet, hatte sie gelernt. Für den Notfall lag zu Hause auf dem Küchentisch ein Zettel mit der Nummer ihrer Neuerwerbung. Die Anleitung befand sich in der Handtasche, aber eine zweite Kurznachricht dürfte nicht mehr nötig sein. Zornig sah sie auf das Taxameter. Wie ein ausgehungertes Raubtier machte es sich über ihre Rente her. Die Ermittlungen verschlangen Tag für Tag mehr Geld.

Heute Morgen hatte sie neunzig Euro für das Handy bezahlen müssen. Wütend dachte sie an den Verkäufer. Der Bengel hatte ihr ein Handy für Senioren empfohlen, mit extra großen Tasten. Nach einem strengen Hinweis auf ihre durchaus noch vorhandene Vitalität bekam sie das preiswertere Standardmodell. Über eine Stunde lang hatte sie am Küchentisch die Anleitung studiert. Bei dem Versuch, das Wissen zum Verfassen einer Kurznachricht zu nutzen, scheiterte sie an den stecknadelkopfgroßen Tasten des Mobiltelefons. Es wollte ihr nicht gelingen, weniger als zwei Tasten auf einmal zu betätigen. Die Blöße, das Gerät gegen ein Seniorenmodell umzutauschen, wollte sie sich nicht geben. Sie besorgte sich an einem Kiosk einen Lutscher und ging auf den Schulhof des Andreas-Vesalius-Gymnasiums an der Ritterstraße. Der Junge lehnte den Lutscher zwar dankend ab, verfasste aber bereitwillig die Kurznachricht. Als sie ihn fragte, ob er die Nachricht anonym versenden könne, grinste der Junge schelmisch. Geht nur über einen Umweg, antwortete er neunmalklug. Anschließend tippte er die fünfstellige Nummer eines Anbieters spezieller Services ein, gefolgt von dem Wort „Secret", der Handynummer des Empfängers und dem Text.

Sie hatten die Ortschaft Veen inzwischen hinter sich gelassen und waren auf dem Weg nach Xanten. Zwei Fahrzeuge befanden sich zwischen ihnen und dem roten Kleinwagen, der mindestens einen halben Kilometer Vorsprung hatte. An der Weggabelung nach Labbeck setzte der Fahrer vor ihnen den Blinker. Der Taxifahrer musste warten, bis sein Vordermann den Gegenverkehr durchgelassen hatte. Frau Grimm wurde nervös. Kurz darauf fuhren sie über die Kuppe des Wolfsberges. Von dem Fiesta war nichts mehr zu sehen.

„Huch", bemerkte der hagere Fahrer sichtlich amüsiert, „war der Abstand doch ein wenig zu groß?"

„Weiter", befahl sie. Er muss nach Birten abgebogen sein, war sie sicher. Am Fuß der Erhebung war die verschlungene Landstraße bis zu dem kleinen Ort gegenüber des Altrheins einzusehen. Bis auf ein Traktorgespann fuhr niemand dort lang.

„Zurück!"

42

In der Hees, Xanten. Heinrich hatte sich die Adresse notiert und sie den Kollegen durchgeben wollen, als die Fahrertür aufgerissen wurde und er in die Mündung eines auffällig großen Revolvers blickte.

Die mit schmutzigem, grauem Putz überzogenen ehemaligen Lagerhallen einer Munitionsfabrik unweit des Krankenhauses wurden von einigen Kleingewerblern genutzt. Der braungebrannte Mann führte ihn um die Halle herum. Zwei Jogger liefen vorbei und sahen herüber. Heinrich wollte ihnen ein Zeichen geben, sein Kontrahent stieß ihn weiter. Hinter dem Gebäude drückte er Grimm eine Kellertreppe hinunter, deren Stufen zum Teil Risse und Löcher aufwiesen. Mit der linken Hand reichte er ihm vorsichtig einen Schlüssel. Das glänzende Vorhängeschloss baumelte auffällig an der halb verrotteten Tür. Die Gebäude waren um diese Zeit menschenleer, der Mann hatte sich gründlich vorbereitet. Während die Tür sich knarrend öffnete, drehte Grimm sich noch einmal um. Mit dem Revolver bekam er das Zeichen, einzutreten. Es gab kein elektrisches Licht, der Mann ließ die Tür halb geöffnet und schubste Grimm weiter durch einen offenen Durchgang in den Nachbarraum. Leere Farbeimer, alte Pinsel und eine kaputte Holzleiter lagen auf dem Fußboden, eingehüllt in fahles Licht, welches durch ein verdrecktes Kellerfenster drang. Heinrich wollte zu einer Frage ansetzen, wurde jedoch durch das Klingeln seines Handys daran gehindert.

„Nicht annehmen", rief der Mann. Heinrich las den Namen seiner Freundin auf dem Display.

„Her damit!"

Heinrich warf es ihm zu. Der Mann ließ es an seiner Brust abprallen und zu Boden fallen. Mit der Hacke trat er mehrmals kräftig auf das kleine Gerät, bis es zerbrach.

„Das brauchen Sie nicht mehr."

Heinrichs Puls beschleunigte sich. Wie hatte er so naiv sein können, ihm diese Geschichte zu glauben?

„Sie sind nicht Saladin Arnolds."

„Schlaues Kerlchen. Ich bin Walter Jansen. Aber das wussten Sie ja bereits. Laut Ausweis heiße ich allerdings Saladin Arnolds."

Heinrich hatte es geahnt. Das „V" auf dem Zettel in der Boutique seiner Tochter. „V" wie Vater. Nur einmal waren ihm Zweifel gekommen. Es war der Augenblick, in dem Manuela Warnke ihm sagte, dass Handy wäre auf den Namen Saladin Arnolds registriert. Einmal hatte er seinem Instinkt misstraut.

„Warum haben Sie ausgerechnet diesen Namen angenommen?"

Jansen lachte überheblich.

„Ich habe nur das Handy auf diesen Namen angemeldet, dafür reichte der alte Führerschein noch. Das verschaffte mir im richtigen Augenblick den entscheidenden Vorsprung. Oder weshalb sind Sie hier? Arnolds hätte ebenso mich töten können. Es war niemand dabei. An dem Skelett aus dem Bunker lässt sich die Identität wohl kaum feststellen. Die Polizei jagt also einen Mann, der vor dreißig Jahren gestorben ist, während ich mich zurückziehen kann. Dummerweise sind Sie mir zu nahe gekommen. Aber das lässt sich noch regulieren", langsam hob er den Revolver.

„Setzen Sie sich!"

Heinrich sank in das alte Sofa. Das Polster war feucht, eine dicke Spinne flüchtete. Jansen richtete den Lauf auf Grimms Brust.

Sie hatte nicht die geringste Ahnung, was Jansen vorhatte und wohin er wollte. Aber er konnte nicht weit sein. Es gab nur eine Möglichkeit. Das Taxi bog auf der Kuppe des Wolfsberges ab, fuhr langsam über den holprigen Weg auf den kleinen Parkplatz im Wald zu. Auch hier war nichts von einem roten Kleinwagen zu sehen. Ihr Gefühl sagte ihr, dass ihr Sohn sich in der Nähe befand. Die Hees ist ein riesiges Waldgebiet, wo können sie sein, überlegte sie. Bedauerlicherweise setzte auch noch starker Regen ein.

„Sie warten hier. Ich bin gleich wieder zurück."

Der Fahrer überlegte, einen Vorschuss zu verlangen, leider nicht schnell genug. Unter einem grauen Schirm stakste Frau Grimm in den Wald.

43

Die Handyortung war negativ verlaufen, Manfred Ackermann befand sich auf der Baustelle, teilte Adriano ihr unterwegs mit. Die einzige Hoffnung bestand nun darin, Birgit Ackermanns Schweigen zu brechen.

„Frau Ackermann, ich bin Ihre verdammten Lügen satt", Manuela schrie die Geschäftsfrau an. Aus dem Ladenlokal vernahm sie die Stimme einer Frau, die sich ängstlich verabschiedete.

„Wo ist Ihr Vater?"

Birgit Ackermann zog hastig an der Zigarette, ihre Hände zitterten, über ihr Gesicht breiteten sich kleine Flecken aus.

„Ich weiß es nicht."

„Mir reicht es! Sie wissen sehr wohl, wo Ihr Vater ist. Er trifft sich in diesem Augenblick mit meinem Vorgänger. Ich schwöre Ihnen, sollte Herrn Grimm etwas zustoßen, kriege ich Sie dran. Wenn Sie nicht sofort reden, nehme ich Sie mit. Sie bleiben so lange in Untersuchungshaft, bis Sie den Mund aufmachen, das können Sie mir glauben!"

Selbst mit ihrer derzeitigen Motivation dürfte das der Staatsanwältin kaum möglich sein, wusste Manuela. Die Drohungen verfehlten ihre Wirkung aber nicht. Der dunkelhaarigen Frau war die nervliche Anspannung deutlich anzusehen. Mit dem kümmerlichen Rest der Zigarette zündete sie die nächste an. Manuela bemerkte die zitternden Hände.

„Ja, mein Vater lebt. Jemand hat ihn vor zwei Stunden per SMS hierher bestellt. Ich weiß wirklich nicht, wo er jetzt ist, das müssen Sie mir glauben. Ich habe ihm meinen Autoschlüssel gegeben und seitdem nicht mehr gesehen."

Die Polizistin ließ sich Fahrzeugtyp und Kennzeichen geben und veranlasste sofort eine Ringfahndung.

„Ist Ihr Vater bewaffnet?"

„Ja."

Mit einem irrsinnigen Tempo raste Manuela nach Wesel zurück. Allein konnte und durfte sie nichts ausrichten. Sie mussten einen Notfallplan entwickeln, schnellstmöglich das übersehene Detail finden, welches es geben musste. Sie machte sich Vorwürfe, redete sich ein, dass sie Grimm um jeden Preis davon hätte abhalten müssen, sich in die Ermittlungen einzumischen. Kurz vor der Ortseinfahrt Büderich fuhr sie in eine Radarfalle. Die Tachonadel tänzelte um die Einhundertvierzigermarkierung. Fünf Minuten später hetzte sie ins Büro. Noch während sie die Jacke auszog, berichtete sie von dem Gespräch. Die Staatsanwältin erhob sich von Manuelas Stuhl, sie wollte keine Sekunde versäumen. Als Manuela erzählte, dass Jansen bewaffnet sei, zuckte sie zusammen.

„Wir können weder Jansens Handy noch das von Grimm orten, wir haben nicht die geringste Ahnung, wo sie sich aufhalten. Das macht mich wahnsinnig. Es muss doch einen Hinweis geben."

„Wir warten auf die Anruferliste des Netzbetreibers", antwortete Mareike, „vielleicht ergibt sich daraus etwas."

Der Netzbetreiber weigerte sich beharrlich, Mareikes Wunsch zu erfüllen. Erst nach mehreren Telefonaten der Staatsanwältin und des zuständigen Richters waren sie bereit, nach entsprechendem Rückruf, zu reagieren. Sie versprachen, die Liste umgehend per Fax zu schicken.

„Ich frage mich, warum Heinrich ihn per SMS in den Laden seiner Tochter bestellt hat."

„Er wollte den Spieß umdrehen und Jansen verfolgen", war Manuela klar.

„Moment", Frau Gerland horchte auf, „ich war wohl nicht ganz bei der Sache. Heinrich soll Jansen eine SMS geschickt haben?"

„Ja", antwortete Manuela, „wer sonst sollte Jansen dorthin bestellt haben?"

„Jedenfalls nicht Heinrich. Der kann noch nicht einmal eine SMS annehmen, geschweige denn schreiben. Er benutzt das Handy lediglich zum Telefonieren. Und das auch nur höchst selten."

Wer hat die SMS verschickt, überlegte Manuela. Die einzige unbekannte Größe in den Ermittlungen war Manfred Ackermann. Warum sollte der Unternehmer Jansen dorthin beordern? Aus welchem Grund sollten sie weiterhin Kontakt miteinander haben? Es ergab keinen Sinn. Alle sahen gebannt auf das Faxgerät. Die erzwungene Untätigkeit nagte an den Nerven. Es dauerte drei endlos lang anmutende Minuten bis das ersehnte Schreiben eintraf. Manuela riss es ihrem Kollegen aus der Hand. Sie hatten Glück, Jansens Mobiltelefon war nur von drei verschiedenen Anschlüssen angewählt worden. Die meisten Anrufe kamen vom Festnetzanschluss Birgit Ackermanns. Ein Anruf kam von Heinrich Grimm, die dritte Nummer konnten sie nicht zuordnen. Annette Gerland reagierte als Erste und wählte die unbekannte Nummer.

44

Knöcheltief versanken die Schuhe im Morast der Waldwege. Mit dem Nagel des kleinen Fingers drückte sie die grüne Taste. Nachdem sie ihren Namen nannte, empfing sie eine kurze Stille.

„Gertrud, du? Seit wann hast du ein Handy?"

Frau Grimm war für einen Moment sprachlos. Sie hatte kurz nach Aktivierung des Gerätes eine Nachricht des Netzbetreibers erhalten, der sie willkommen geheißen hatte. Aber wie sollte Annette im Büro an ihre Nummer kommen? Sollte es im Internet ein Handytelefonbuch geben, in das man sofort eingetragen wurde, rätselte sie.

„Man muss mit der Zeit gehen."

„Wo bist du?"

„Ich mache einen Spaziergang."

„Bei dem Wetter? Gertrud! Mach' mir nichts vor. Heinrich ist in Gefahr. Du hast Jansen eine SMS geschickt. Weißt du, wo er sich aufhält?"

Sie hätte nicht gedacht, dass diese SMS-Nachrichten öffentlich waren, sah aber spätestens jetzt ihre Abneigung gegen Handys bestätigt. In der Anleitung hatte sie gelesen, dass in diesem kleinen Telefon sogar eine Kamera enthalten war.

Sie kann mich sehen.

Sofort hielt sie die Hand schützend über das Display. Die Unterhaltung gestaltete sich dadurch umso schwieriger.

„Nein, das weiß ich nicht", antwortete Frau Grimm wahrheitsgemäß.

„Ich kann dich schlecht verstehen. Bitte, es ist wichtig."

Aha. Sie bedeckte das Telefon nun mit beiden Händen und streckte langsam die Arme von sich."

„Annette, die Verbindung wird immer schlechter", antwortete sie scheinheilig, bevor sie das Gespräch umständlich beendete. An einer Weggabelung fragte sie zwei junge Jogger nach zwei älteren Herren. Die Beschreibung erinnerte an die Herren Statler und Waldorf aus der Muppetshow, erfüllte aber ihren Zweck. Die Jogger hatten ihren

Wagen am nahe gelegenen Krankenhaus geparkt. Sie hatten die beiden hinter ein Gebäude der ehemaligen Munitionsfabrik gehen sehen. Der Größere der beiden war ihnen aufgefallen, er hatte sich immer wieder prüfend umgesehen.

„Ich habe doch gesagt, da stimmt was nicht. Der hat den anderen auch immer geschubst."

„Wann war das?"

„Ähem ... das sind nur wenige Hundert Meter, ich würde sagen, vor drei Minuten."

Frau Grimm bedankte sich und lief in die angegebene Richtung. Es handelte sich um einen Hauptweg, dessen Boden zu ihrem Glück relativ griffig war. Ein dünner Ast, der in den Weg ragte, ritzte ihre neue Bluse einige Zentimeter auf. Qualität hat eben ihren Preis, hatte Frau Ackermann behauptet. Nie wieder würde sie bei der Tochter eines Mörders eine Bluse kaufen, schwor sie sich.

Jansens Arm senkte sich. Heinrich atmete erleichtert auf.

„Eines interessiert mich noch: Warum haben Sie mich vorhin in den Laden meiner Tochter bestellt? Haben Sie wirklich geglaubt, mich reinlegen zu können?"

Heinrich biss sich auf die Lippen. Beinahe wäre ihm die falsche Antwort herausgerutscht. Er dachte fieberhaft nach. Von wem war die Rede? Der Zettel in der falschen Manteltasche! Seine Mutter musste ihn gefunden haben. Er hoffte inständig, dass sie Manuela Warnke angerufen hatte. Gleichzeitig wusste Heinrich, wie absurd es war, seiner Mutter korrektes Verhalten zu unterstellen. Er spürte die stetig ansteigende Herzfrequenz. Die Innenflächen seiner Hände wurden nass.

„Ich wollte sehen, mit wem ich es zu tun habe."

„Hm ...", Jansens Augen fixierten Heinrichs Gesicht. Heinrich erkannte die Zweifel. „Ich glaube, Sie wollten mich reinlegen, aber das spielt ja nun keine Rolle mehr."

Langsam hob er den Revolver wieder an. Aus dem Hintergrund war ein leises Geräusch hörbar. Es hörte sich wie ein Stein an, der Treppenstufen hinunterpurzelte. Grimms Herzschlag beschleunigte immer weiter, als Jansen aufmerksam den Kopf zur Seite neigte. Er musste ihn ablenken.

„Was denken Sie, wie lange Ihre Tochter noch schweigt?", Grimm sprach bewusst laut und eindringlich, „sie befindet sich bereits im Kreis der Ermittlungen", Jansen drehte sich wieder um und sah ihn wütend an, „es hat keinen Zweck, geben Sie auf!"

„Birgit hat dreißig Jahre geschwiegen, auch wenn es ihr nicht leichtgefallen ist, aber Blut ist eben dicker."

„Wenn Sie mich töten, wird man Ihre Tochter so lange in die Mangel nehmen, bis sie spricht."

„Es ist erbärmlich, wie Sie um Ihr Leben winseln."

Langsam spannte er den Abzugshahn. Das leise Geräusch des Einrastens fuhr Heinrich durch Mark und Bein. Merkwürdigerweise dachte er in diesem Augenblick, dass es nur gerecht wäre, wenn auch sein Leben durch eine Kugel beendet würde.

„Die Verbindung ist abgerissen", die Staatsanwältin knallte das Telefon auf den Tisch. Wozu brauchte Heinrichs Mutter plötzlich ein Handy? Sie hatte keine Gelegenheit ausgelassen, auf die Unnötigkeit dieser Geräte hinzuweisen. Die mögliche Antwort war ihr unbegreiflich. Sollte Heinrich ihr den Zettel mit der Nummer gegeben haben? Ausgeschlossen, aber sie konnte ihn sich besorgt haben. Die Kollegen bemühten sich fieberhaft, das Handy der alten Dame zu orten. Annette hielt die Anspannung kaum noch aus, sie wollte unbedingt irgendetwas unternehmen.

„Wir haben sie", rief Adriano. Ein altes Gebäude in der Nähe des Xantener Krankenhauses."

Der Satz hallte noch nach, während sie aus dem Zimmer stürmten. Dem Kollegen der Rufbereitschaft gab die Staatsanwältin die Anweisung, drei Einsatzfahrzeuge nach Xanten zu schicken.

„Die sollen sich ruhig verhalten und in der Nähe bleiben. Zugriff auf mein Kommando. Und verständigt das SEK!"

Unterwegs wählte Annette noch einmal das Handy von Gertrud Grimm an.

Jansens Finger krümmte sich langsam um den Abzugshebel. Heinrich wollte die Augen schließen, als er etwas Sonderbares sah. Hinter Jansens Schulter tauchte der Knauf eines Regenschirms auf.

Dann ging alles sehr schnell. Mit einem Ruck drückte sich der Bügel in den Kehlkopf des Mannes und riss ihn nach hinten. Er würgte, der Kopf flog in den Nacken, der Revolver zu Boden. Heinrich reagierte sofort, sprang hoch und nahm die Waffe an sich. Hinter Jansen trat seine Mutter hervor, in diesem Augenblick klingelte ihr Handy.

„Oh, ich hatte ganz vergessen, es auszuschalten."

Heinrich fühlte, wie seine Knie weich wurden. Mit beiden Händen umklammerte er den Revolver, der Lauf vibrierte.

„Hallo Annette. Alles klar, wir haben den Mörder. Wir sind hier … Moment mal", sie nahm das Handy vom Ohr, „Herr Jansen, Sie haben doch sicherlich die Adresse, oder?"

Jansen sah sie mit wutverzerrtem Gesicht an.

„Hm, also das liegt … Was? Ihr habt die Adresse? Aber du konntest doch gar nichts sehen, ich hatte das Handy doch die ganze Zeit in der Tasche … Ja, bis gleich."

Heinrichs Hände zitterten immer stärker. Jansen war das nicht entgangen. Langsam kam er näher. Frau Grimm positionierte den Knauf des Regenschirms abermals an seinem Kehlkopf, drehte ihn mit aller Kraft herum, Heinrich befand sich nun in ihrem Rücken.

„Los", sie streckte die Hand nach ihm aus, „gib mir die Knarre."

„Nein. Damit kannst du nicht umgehen."

„Gib schon her. Danke."

Sie stemmte Jansen den ausgestreckten Zeigefinger in den Rücken. Er zuckte kurz.

„Los, auf den Boden, das Gesicht auf die Erde", schrie Frau Grimm. Jansen sank hin, lag schließlich auf dem Bauch vor ihren Füßen im staubigen Zement des Kellers. Heinrich sah sich in dem Raum um. Auf einem alten Farbeimer fand er ein Kupferkabel, mit dem er Jansen fesselte. Während Heinrich sich auf das Sofa setzte, ging seine Mutter nach draußen, um die Polizei in Empfang zu nehmen.

45

Das kleine Büro an der Reeser Landstraße war restlos überfüllt. Mareike musste sich aus dem Nachbarbüro einen Stuhl besorgen. Manuela Warnke konnte immer noch nicht fassen, dass eine Dreiundsiebzigjährige mit ihrem pensionierten Sohn den Mörder gestellt hatte. Stolz berichtete die alte Dame ihrem erstaunten Publikum von den Ergebnissen ihrer „Ermittlung".

„Manfred Ackermann ist laut Aussage von Franziska Platen, der Nachfolgerin von Lisbeth Steiger, am 17.10.1977 in Jansens Geschäft gewesen. Er ist direkt ins Lager durchgegangen. Es kam zu einem heftigen Streit der beiden. Nur zwei Minuten später verließ Ackermann den Laden und rief Jansen hinterher: *Jetzt habe ich dich in der Hand.* Am nächsten Tag hatte das Treffen der beiden in der Leucht stattgefunden. Ackermann hatte Jansen praktisch mit heruntergelassenen Hosen erwischt, konnte ihn fortan erpressen."

Heinrich ärgerte sich. Er hatte dieselbe Spur verfolgt, Steiger aber versäumt zu fragen, wen Jansen nach der Kündigung für seine Frau eingestellt hatte. Was er bis dahin erfahren hatte, war ihm genug gewesen, ein Fehler.

„An diesem Tag kam es noch dicker für Jansen. Saladin Arnolds war eine Woche zuvor aufgefallen, dass es seiner Tochter zunehmend schlechter ging. Der Arzt bestätigte die Schwangerschaft. Arnolds konnte das ängstliche Schweigen seiner Tochter aber nicht brechen. Jeden Tag fuhr er nach Alpen, bekam über Lisbeth Steiger die grausame Wahrheit heraus. Da er Walter Jansen nirgendwo finden konnte, wendete er sich an dessen Tochter. Birgit Ackermann warnte sofort ihren Vater."

So weit waren wir auch, dachte Manuela, schwieg aber. Engels' Blicke wanderten immer wieder vorwurfsvoll zu seinen Mitarbeitern. Die Staatsanwältin hielt seit Minuten die Kaffeetasse regungslos in der Hand.

„Walter Jansen stand unter Zugzwang. Er musste untertauchen, um dem möglichen Nachweis der Vaterschaft zu entgehen. In diesen Tagen entwickelte er einen teuflischen Plan."

Ihre Augen wurden größer, Frau Grimm beugte sich vornüber und sprach mit leiser, verschwörerischer Stimme weiter. Sie genoss die Spannung und das Interesse in vollen Zügen.

„Er beschloss, zwei Fliegen mit einer Klappe zu schlagen. Am Abend des 23.10.1977 fuhr er zu Manfred Ackermann. Der zukünftige Schwiegersohn wollte ihn zunächst nicht hereinlassen. Jansen behauptete, er müsse untertauchen und wolle ihm die Geschäfte überlassen. Ackermanns Gier war größer als sein Hass, er konnte nicht widerstehen. Allmählich erkannte er, dass sie aus demselben Holz geschnitzt waren. Jansen redete Ackermann ein, sich in ihm getäuscht zu haben, und schloss Frieden. Diesen Burgfrieden begossen sie die ganze Nacht. Jansen wusste genau, dass Ackermann am nächsten Morgen einen wichtigen Ortstermin hatte und unbedingt zur Arbeit fahren musste. Er kannte natürlich auch die Strecke, die er jeden Tag fuhr.

Jansen zwang Lydia Arnolds am Bahnhof in sein Auto. Er schlug das Mädchen nieder und legte sie auf die Strasse, wahrscheinlich in eine dunkle Decke gehüllt. Ackermann überfuhr sie, geriet in Panik, fuhr noch einmal darüber. Jansen hielt sich im Hintergrund versteckt und fotografierte alles. Um später den Beweis zu haben, dass Ackermann alkoholisiert gewesen war, setzte er die Polizei auf ihn an. Von nun an war die Partie ausgeglichen, sie hatten sich gegenseitig in der Hand. Mehr noch, er wurde nicht des Mordes verdächtigt, sondern schlimmstenfalls einer Vergewaltigung, die allerdings irgendwann verjährt wäre. Jansen wollte ins Ausland gehen und in Ruhe abwarten, bis Gras über die Sache gewachsen war."

Zufrieden beugte sich Frau Grimm zum Schreibtisch und nahm die Kaffeetasse. Die Staatsanwältin beendete die Minute andächtiger Stille.

„Aber da gab es ja immer noch Saladin Arnolds."

„Richtig. Arnolds glaubte nicht an einen Unfall. Nach dem Tod seiner Tochter wollte er, blind vor Hass und Wut, Jansen umbringen. Es gelang ihm, vermutlich durch Beschattung von Jansens Tochter, ihn ausfindig zu machen. Sie trafen sich, wann und wo konnte ich nicht herausfinden. Arnolds hatte nicht damit gerechnet, dass Jansen bewaffnet sein würde. Tja … Wobei es sich in diesem Fall durchaus um Notwehr gehandelt haben konnte. Jansen lieh sich von Ackermann einen Bagger und schaffte die Leiche Arnolds in den Bunker."

Annette Gerland wollte spontan applaudieren. Der Gedanke, dass die Mutter ihres Freundes sich und andere in Lebensgefahr gebracht hatte, hinderte sie daran. Während die meisten Frau Grimm bewundernd ansahen, kamen Manuela Zweifel.

„Das Meiste davon haben wir uns auch, zumindest ungefähr, so gedacht. Aber was ist mit Manfred Ackermann. Warum hatte er den Totenkopf aufbewahrt?"

Gertrud Grimm winkte lässig ab.

„Das war das Leichteste", Manuela fuhr nach vorn, „von Frau Mühlberg im Kastanienhof habe ich erfahren, dass Jansen Waffensammler ist. Er sammelte alte Pistolen wie andere Leute Briefmarken. Mit dieser Sammlung hatte er auch überall geprahlt. Besonders stolz war er auf diesen Revolver mit dem seltenen Kaliber. Ackermann wusste natürlich auch davon. Er hatte das Einschussloch ausgemessen und sofort ist ihm klar geworden, dass der Tote im Bunker von Jansen erschossen worden ist."

„Und damit wollte er wiederum Jansen erpressen", folgerte Adriano. Mutter Grimm lachte ihn an. Es war dieser Ausdruck, den er von Manuela kannte, wenn er mal wieder vorschnell eine Behauptung aufgestellt hatte.

„Nein, nicht erpressen. Jansen hatte ihn in der Hand, er hatte ja den vermeintlichen Mord an Lydia Arnolds beobachtet. Der Kopf war seine Absicherung. Die Vergewaltigung ist verjährt, Ackermann musste also fürchten, dass Jansen irgendwann auftauchen und *ihn* erpressen würde. Mit dem Beweisstück für den Mord an Saladin Arnolds hielt er das Spiel wieder ausgeglichen. Übrigens konnte er durchaus ahnen, dass sich die Leiche Arnolds' in dem alten Bunker befand. Jeder im Ort hatte damals mitbekommen, dass dort in der

Nacht gegraben wurde. Ackermann kannte die Hintergründe. Würde jemand anderes dort bauen, so hätte die Gefahr bestanden, dass die Polizei Walter Jansen irgendwann festnehmen und des Mordes beschuldigen würde. Jansen hätte in dem Fall nichts mehr zu verlieren und Ackermann wohl ebenfalls ans Messer geliefert."

„Alle Achtung", staunte Engels, „wir sollten überlegen, Sie einzustellen, Frau Grimm."

„Wir sollten überlegen, Sie endlich zu pensionieren", konterte die Staatsanwältin.

Alle lachten herzlich. In diesem Augenblick betrat ein uniformierter Kollege in Begleitung eines dürren jungen Mannes das Büro.

„Der Herr sucht eine Kollegin, die Dame soll etwa Mitte sechzig sein", schmunzelte der Polizist.

„Oh, wie reizend", antwortete Frau Grimm.

„Das ist sie", mit ausgestrecktem Arm deutete der Gast auf die Seniorin im Team, „sie hat gesagt, ich soll im Wald auf sie warten. Über eine Stunde habe ich dort gestanden", schimpfte er wütend.

„Und was machen Sie jetzt hier, junger Mann? Bilden Sie sich nicht ein, dass ich diese Extratour bezahle."

„Also ... das ist doch", wild gestikulierend hielt er einen Zettel in der Luft, „vierundsechzig Euro bekomme ich, sonst ...", er sah sich um, als hoffe er, die Kollegen würden Frau Grimm sofort verhaften.

„Sechzehn Euro waren auf der Uhr, als ich ausstieg. Wenn Sie vergessen, das Ding auszuschalten, ist das nicht mein Problem!"

„Schon gut", mischte Heinrich sich ein, zog seine Brieftasche aus der rechten Manteltasche und gab dem Fahrer siebzig Euro.

„Unter einer Bedingung", mahnend sah er seine Mutter an, „Du mischst dich in Zukunft nicht mehr in Angelegenheiten der Polizei ein."

„Natürlich nicht. Schließlich habe ich noch etwas anderes zu tun, als euch dauernd zu helfen."

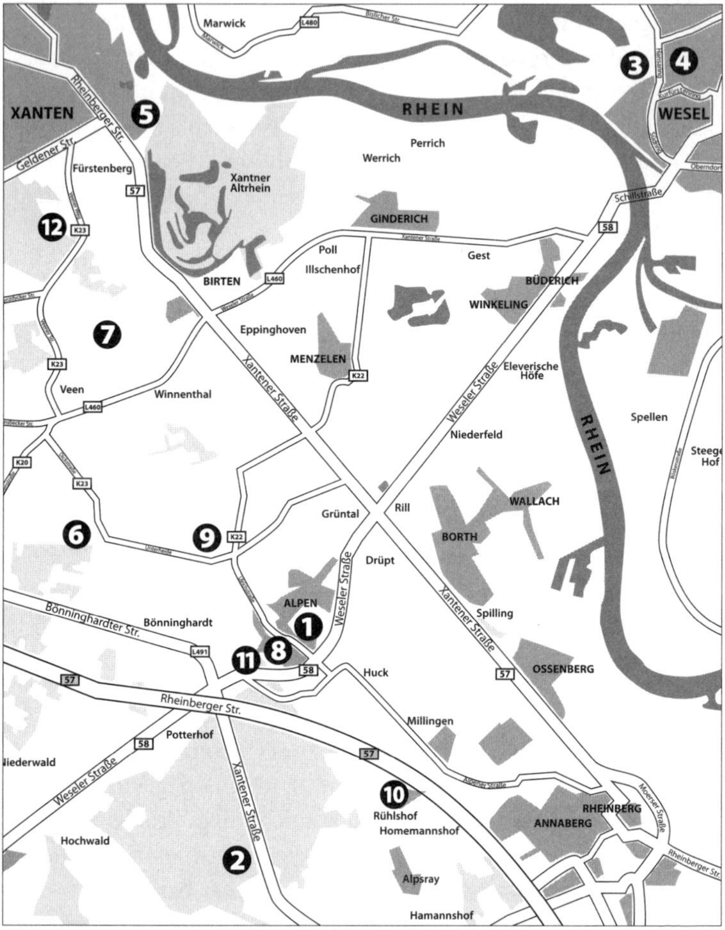

1 Motte
2 Trimmpfad Leucht
3 Polizei Wesel
4 Wohnung Grimm
5 Zeuge Wischnewski
6 Böckerhoff-Hermsen
7 Zeuge Steiger
8 Boutique Ackermann
9 Kastanienhof
10 Expolizist Stahnke
11 Fundort Lydia Arnolds
12 In der Hees

An diesem Roman wirkten zahlreiche Personen mit, ohne deren Hilfe das Werk nicht zustande gekommen wäre. Ich möchte hier die Gelegenheit nutzen, allen Beteiligten meinen ausdrücklichen Dank dafür auszusprechen:

Sabine Göting, Ursula Grote, Bettina Kohl, Viola Lubjuhn
Als Testleser haben sie die meisten meiner Fehler bereits im Vorfeld schonungslos aufgedeckt und mir manch wertvollen Rat gegeben.

Peter Molden
Zieht als mein Agent im Hintergrund die Fäden und unterstützt mich mit unermüdlichem Einsatz sowie seinem reichen Erfahrungsschatz.

Barbara Maassen
„Meine“ Lektorin sorgte mit Geduld und Charme für eine angenehm stressfreie Überarbeitung des Textes.

Ursula Hüsch und Ulrich Geilmann
Die Mitarbeiter der Gemeinde Alpen waren eine große Hilfe bei der fiktiven Umgestaltung der Motte.

Heimat und Verkehrsverein Alpen
Gaben mir wertvolle Informationen, die es mir erlaubten, das Innenleben der Motte zu beschreiben, ohne sie umgraben zu müssen.

Horst Groß
Der Weseler Hauptkommissar gab mir wichtige Hinweise zur polizeilichen Ermittlungsarbeit.

Für sachdienliche Hinweise möchte ich mich bedanken bei:
Rheinisches Amt für Bodendenkmalpflege, Silvia Stoppa, Ursula Grote, Institut für Pathologie Frau Dr. Mlynek-Kersjes, Stadtbücherei Wesel, Deutsch-Türkischer-Treffpunkt e. V.

Ein ganz besonderer Dank gilt Dir, liebe Tina. Für alles!

Erwin Kohl

Schwarzes Wasser

Fall 2

Droste Verlag

Prolog

Diersfordt. Der Schein der Abendsonne verfing sich im Laub der alten Friedenslinde vor dem ehemaligen Pastorat. Die Feier drüben im Haus Constance – ihr Mann hatte wieder einmal alle eingeladen, die sie kannten. Nach dem üblichen Begrüßungs- und Smalltalkzeremoniell hatte sie ihn an der Theke zurückgelassen, war vor die Tür gegangen. Dort hatte er gestanden und geraucht. Sie gingen ein paar Schritte in den Wald gegenüber in Richtung Lindenberg. Unterwegs schütteten sie einander das Herz aus. Am Fuße des Herrenberges bogen sie ab, gingen einige Schritte hinauf zur Begräbnisstätte der ehemaligen Herrschaften von Diersfordt. Sie mussten ungestört sein.

„Gibt es keinen anderen Ausweg?" Über ihren Augen lag ein dunkler Schatten. Er sah sie nur mit steinernem Blick an. Seine Entscheidung trieb ihr eine Gänsehaut auf den Rücken. Noch einmal hatte er ihr seinen Plan erklärt, der die Mauern einreißen sollte, die sie umgaben. Er sollte für sie das Tor zur Freiheit weit aufmachen. Als sie sich auf den Rückweg machen wollten, vernahmen sie ein leises Husten. Dann raschelte es laut. Eine Gestalt erhob sich hinter ihnen aus dem Laub. Für zwei Sekunden standen sie sich gegenüber, trafen sich ihre Blicke, dann drehte der andere sich um und flüchtete zur nahen Mühlenfeldstraße.

„Der Penner hat alles mitbekommen." Seine Stimme bebte leise. „Hast du ihn schon mal gesehen?"

Er blickte dem enteilenden Radfahrer hinterher, schien fieberhaft nachzudenken.

„Nein."

Den Rückweg gingen sie Hand in Hand.

01

Vier Wochen später

Die Nacht wich einer klaren, frischen Morgendämmerung. Nur ihre beruhigende Stille hielt sich noch eine Weile wie eine schützende Hand über dem Ort.

Allmählich machten sich die ersten Frühaufsteher auf den Weg zur Arbeit. In der Nähe der Bocholter Straße übertönten sie den Gesang der Vögel. Wenige Minuten später hatte Heinrich Grimm wieder den Eindruck, allein auf der Welt zu sein. Er lief über die Kanonenberge in Richtung des Schwarzen Wassers, einem Weiher am Rande des Naturparks Hohe Mark. Er genoss das Gefühl, sog die klare süßliche Luft des ausklingenden Frühlings tief ein. Unvermittelt musste er schmunzeln. Er dachte daran, wie unterschiedlich er dieses Gefühl der Einsamkeit in der letzten Zeit beurteilt hatte.

Kaum mehr als ein halbes Jahr war inzwischen vergangen, seit Engels, Leiter des Kommissariats an der Reeser Landstraße, ihm die Urkunde überreicht hatte. Ein Stück Papier, ein lapidarer Text, eine eilig hingekritzelte Unterschrift. Das war alles gewesen, was von seiner Dienstzeit übrig geblieben war. Er war ausgemustert worden, noch dazu mitten in einem Mordfall. Frühpensioniert, weil er laut dem Bericht der Polizeipsychologin nicht mehr dazu in der Lage war, eine Waffe zu halten. Dabei hatte er seine Dienstwaffe in über dreißig Jahren Polizeidienst nur einmal benutzt. Einmal hatte sich der Zeigefinger seiner rechten Hand im Einsatz um den Abzugshahn gelegt. Einmal zu viel. Als er das Dienstgebäude verlassen hatte, um über die Jülicher Straße nach Hause zu gehen, war er sich unendlich einsam vorgekommen.

Den Winter über hatte er zum ersten Mal in seinem Leben unter Depressionen gelitten. Es wollte ihm nicht gelingen, sich im Alter von dreiundfünfzig Jahren als Pensionär zu fühlen. Erst als seine Therapeutin, die er gemeinsam mit seiner Lebensgefährtin, der Weseler Staatsanwältin Annette Gerland, aufsuchte, ihn von seiner falschen Sichtweise überzeugen konnte, trat ganz langsam Besserung ein. Seine Seele hatte bis dahin in einem stockfinsteren Raum gelegen. In kleinen Dosen flößten ihm die Therapiegespräche Optimismus und Lebensfreude ein, öffneten nach und nach den dunklen Vorhang. Anfangs drangen nur einzelne Sonnenstrahlen hinein. Zu Beginn des Frühlings kam er sich wie eine Eiche vor, die ihr altes Laub abgeworfen hatte und dem frischen Grün entgegenfieberte. Mitten in dieser euphorischen Phase wandte Frau Dr. Wesseling ein, dass bisher lediglich seine Symptome gelindert wären, er die Ursache, den Auslöser aber nach wie vor verdrängen würde. In der kommenden Woche wollte sie mit ihm in die ehemalige Kaserne des Fort Blücher im Schatten der Rheinbrücke. An den Ort, an dem sein Leben sich so folgenschwer gewendet hatte. Obwohl er etwas anderes ahnte, redete er sich ein, bereit für diese Hürde zu sein.

Die Besucherparkplätze kurz hinter der Einmündung des Weges zum Schwarzen Wasser waren erwartungsgemäß leer. An den meisten Wochenenden reichte das knappe Dutzend Stellplätze nicht aus. Und das, obwohl sie sehr versteckt lagen und überhaupt nicht nach öffentlichem Parkplatz aussahen. Aber der fast sechs Kilometer lange Rundweg um den herrlichen Heideweiher über Holzbrücken, vorbei an riesigen Ameisenhaufen und herrlich gelegenen Aussichtspunkten, war bei Spaziergängern und Joggern sehr beliebt. Heinrich konnte den Lauf um das dunkle Gewässer nur einsam richtig genießen. Oder mit Annette. Ihre morgendlichen Joggingrunden führten sie hin und wieder hierher. Sie hatte sich heute frei genommen, war bereits unterwegs in die Eifel nach Schalkenmehren. Ihr Vater fühlte sich nicht gut. Annette meinte, er könne einfach nicht mehr alleine sein.

Bei der Weggabelung an der hölzernen Hinweistafel bog er links ab. Die meisten Läufer und Spaziergänger liefen von hier aus gesehen rechts um den See. Heinrich hatte die Erfahrung gemacht, dass es besser war, den anderen entgegenzulaufen. Auf diese Weise musste er niemanden erschrecken oder die Sorge haben, ein Spaziergänger würde unvermittelt einen Schritt zur Seite setzen und ihn behindern. Er hielt sich an diese Gewohnheit, obwohl er um diese Uhrzeit keinen Spaziergänger erwartete.

Mittlerweile hatte er die gegenüberliegende Seite des Sees erreicht, war dem geschwungenen Weg zwischen Moor- und Heidelandschaft auf der einen und dem ausladenden Uferbereich auf der anderen Seite gefolgt. Über einen mit dicken Holzbohlen belegten Steg, der die Form eines „S" hatte, gelangte Heinrich auf die Schlussgerade. Seine Laufschuhe gaben ein dumpfes Stakkato von sich. Kurz darauf sah Heinrich die Anhöhe rechts neben sich hinauf. Der Hügel war nur wenige Meter hoch, aber von dort hatte man einen wundervollen Ausblick über den dunklen See und die Tier- und Pflanzenwelt im Uferbereich. Als Heinrich sich in Höhe des Aufstiegs befand, eine Treppe aus eingegrabenen Baumstämmen, blieb er unvermittelt stehen. Die aufgehende Sonne tanzte in unzähligen Lichtreflexen durch das Laub der Birken und ließ die Gestalt auf einer der Bänke wie einen blassen Schatten erscheinen. Bei ihrer ersten Begegnung hatte er sich erschrocken, mittlerweile rechnete er fast damit, ihn hier und um diese Zeit anzutreffen. Vorsichtig stieg Heinrich den Hügel empor. Nach jedem Schritt hielt er einen Augenblick inne, beobachtete den Mann. Jeder Muskel war angespannt, konzentriert bemühte Heinrich sich darum, kein Geräusch zu verursachen. Auf der Kuppe angekommen, schlich er sich, immer noch gebückt, langsam von hinten an die Bank heran. Er freute sich diebisch. Er achtete darauf, seine Füße nur auf weiches Gras zu setzen, kein leises Knacken oder Rascheln sollte ihn verraten. Die Zielperson saß bewegungslos da und beobachtete den Uferbereich. Einen halben Schritt hinter der Bank streckte Heinrich im Zeitlupentempo den linken Arm aus, um den Mann leicht an der Schulter zu berühren. Wenige Zentimeter trennten ihn noch vom morgendlichen Erfolg.

„Morgen, Heinrich, setz dich."

Enttäuscht zog der Angesprochene seinen Arm zurück und folgte der Anweisung. Dabei fasste er seinem Gesprächspartner in den Nacken.

„Morgen, Joschi. Wo ist es?"

„Was?"

„Das hintere Auge."

Der Angesprochene drehte sich zur Seite, grinste breit.

„Brauche ich nicht, wenn ein Bulle angetrampelt kommt."

Grimm schüttelte ungläubig den Kopf. Er konnte sich nicht vorstellen, dass Joschi ihn gehört hatte.

„Meine vorderen Augen reichen."

Kumpelhaft legte er Heinrich den Arm um die Schulter und beschrieb mit dem anderen Arm eine weitläufige Bewegung in Richtung des gegenüberliegenden Ufers.

„Damit habe ich dich auf der anderen Seite kommen sehen. Zwanzig Minuten später bist du meistens hier."

Er sah auf die Uhr.

„Heute dreiundzwanzig, wo warst du so lange?"

Heinrichs Augen hafteten an der sündhaft teuer aussehenden Armbanduhr, die so wenig zu Joschi passen wollte wie die knallrote Baseballkappe auf seinem Kopf. Die hatte er am Berliner Tor in der Innenstadt entdeckt und für gut befunden. Ein zusammengerollter olivgrüner Schlafsack und eine zerschlissene karierte Decke neben ihm im Gras deuteten darauf hin, dass er die Nacht hier am See verbracht hatte.

Vor einem Monat waren sie sich das erste Mal begegnet, drüben an den Teichen, an denen Heinrich gelegentlich angelte. Seit der Pensionierung suchte er zunehmend die Abgeschiedenheit. In die Stadt oder zum Auesee ging er immer seltener. In den ersten Wochen konnte er der Frage nach dem Urlaub noch mit einem dumpfen Grummeln oder angedeuteten Nicken begegnen. Irgendwann wurde, so glaubte er jedenfalls, seine Version der Geschichte von der unerwartet frühen Pensionierung erwartet. Ehemalige Kollegen aus dem Schutzbereich waren förmlich aus ihren Streifenwagen gesprungen, nur um ihm schulterklopfend zu beteuern, wie sehr ihn alle vermissten und vor allem wie beneidenswert gut er es nun habe. Dann, nach Weihnachten, hupten sie im Vorbeifahren oder ließen die Seitenscheibe herunter, um ihm etwas zuzurufen. Mittlerweile beschränkten sie sich darauf, lässig zu grüßen oder freundlich zu nicken. Seine Mutter legte unauffällig Prospekte von Busunternehmern mit Sonderangeboten für Senioren auf den Tisch. Die Gewerkschaft der Polizei lud ihn gelegentlich zu gemütlichen Nachmittagen der „Ehemaligen“ ein und Annette hatte einmal den Vorschlag gemacht, er solle sich eine ehrenamtliche Tätigkeit suchen, um die Tage sinnvoll zu füllen. In wenigen Wochen stand sein vierundfünfzigster Geburtstag an und es kam ihm vor, als würde der Zug der Gesellschaft in voller Fahrt an ihm vorbeirauschen und er, jenseits der Schranke, hinterherwinken.

Joschi bemerkte den Blick seines morgendlichen Besuchers. Er nahm die Uhr ab und reichte sie Heinrich.

„Bitte schön, ein Geschenk des Hauses. Fast neu und hundertprozentig wasserdicht.“

„Was?“

Heinrich zuckte unwillkürlich zurück und betrachtete Joschi erstaunt. Er trug gewelltes dunkelblondes Haar mit starker Graueinfärbung. Der Dreitagebart bedeckte fast das ganze Gesicht. Die zurückliegenden graublauen Augen blinzelten ihn an, als schienen sie ein Geheimnis bewahren zu wollen.

„Ich habe beschlossen, ganz ohne Wohlstandsballast auszukommen. Ich hab’ sie von meinem letzten Geld gekauft und nun möchte ich sie dir schenken. Ich möchte nur noch ich selber sein, verstehst du das?“

„Ehrlich gesagt, nein.“

„Macht nichts. Trage die Uhr in Ehren, vielleicht wird sie mal wichtig für dich.“

Er zwinkerte mit dem linken Auge.

„Sieh mal dort."

An einem Grashalm am Holzzaun zwei Meter vor ihnen hatte sich eine kinderhandgroße Libelle niedergelassen. Die beiden Flügelpaare glänzten bläulich in der Sonne. Auf ihrem Körper befanden sich Punkte in verschiedenen Gelbtönen, wie an einer Schnur aufgereiht.

„Eine Moosjungfer. Ein Weibchen übrigens. Erkennt man an den großen dunkelgelben Flecken auf dem Körperrücken. Die dürftest du nicht kennen, stimmt's?"

Heinrich wunderte sich darüber, dass er diese Art noch niemals gesehen hatte. Er saß oft stundenlang mit seiner Angel am Ufer und beobachtete die Natur. Und das nur einen knappen Kilometer Luftlinie entfernt. Eine derart farbenprächtige und schöne Libellenart wäre ihm sofort aufgefallen.

„Du hast Recht. Aber warum ist das so? Der Teich, an dem ich angeln gehe, ist doch auch ein natürliches Gewässer."

Joschi lachte. Er genoss offenbar seine Neugier.

„Die Moosjungfer lebt nur an möglichst fischfreien Gewässern. Warum weiß ich nicht. Aber das Schwarze Wasser ist einfach zu nährstoffarm und säurehaltig, als dass Fische darin leben könnten. Deshalb bekommen Angler sie nicht zu Gesicht."

„Hm … schade eigentlich. Aber du lenkst ab. Warum gibst du dein Geld für eine Uhr aus, die du auch noch verschenken willst, und gehst stattdessen betteln?"

Joschi senkte den Kopf. Für eine Weile schwieg er.

„Weißt du, wenn man alles im Überfluss hat, wird auch alles beliebig und reizlos. Nichts ist wirklich von Wert, außer das Leben selbst. Ich habe all die Jahre unterwürfig dem Luxus geopfert, bis ich eines Tages an der Himmelstür stand. Spätestens dort wird einem klar, was wirklich zählt. Auch wenn du es nicht verstehen kannst: Dieses Leben macht mich glücklich so. Außerdem: Ich bettele nicht! Ich helfe alten Menschen beim Einkauf, sammle Pfandflaschen aus Grünstreifen und Parks oder winke gestresste Wohlstandsmenschen zum nächsten freien Parkplatz. Das ist ein Unterschied!"

Joschi wollte empört klingen, der Versuch endete in einem stillen Lächeln. Heinrich hatte ihm fast andächtig zugehört. Er musste sich eingestehen, dass ihn die Konsequenz, mit der Joschi seinen Weg ging, beeindruckte. Gleichzeitig dachte er daran, wo Joschi wohl im Winter die Tage und Nächte verbringen würde. Verschwendete er überhaupt einen Gedanken daran oder ließ er sich ganz einfach treiben? Joschi bat ihn noch einmal mit Nachdruck, die Uhr anzunehmen.

„Okay, vielen Dank, Joschi. Wenn du mal Hilfe brauchst …“, Heinrich suchte tatsächlich in seiner Jogginghose nach einer Visitenkarte. Wieder einmal wurde ihm schmerzhaft bewusst, dass er noch nicht mit seinem vergangenen Leben abgeschlossen hatte. Peinlich berührt sah er Joschi an, der das Treiben amüsiert beobachtete.

„Einmal Bulle, immer Bulle, was? Lass mal, wenn ich dich brauche, finde ich dich schon.“

Auf dem Rückweg dachte er darüber nach, warum zwei so unterschiedliche Menschen wie Joschi und er sich so gut verstanden. Ihre einzige Gemeinsamkeit war ihre Liebe zur Natur. Doch es musste noch etwas geben, das sie verband. Ihre Begegnung am Schwarzen Wasser, draußen vor den Toren der Stadt, war kein Zufall. Sie waren wohl beide Menschen am Rande der Gesellschaft. Er spürte sein Selbstmitleid, das er so sehr hasste. Eine für sich belanglose Aktion wie die Suche nach einer Visitenkarte genügte, seine anfänglich geradezu euphorische Stimmung zu trüben. Er ärgerte sich darüber, lief immer schneller, als wolle er den Gedanken davonlaufen, die Ausschüttung der Dopamine erzwingen. Dabei bemühte er sich, positiv zu denken. Rief sich die Worte seiner Therapeutin ins Bewusstsein. *Carpe diem – nutze den Tag.*

„… für die schönen Dinge des Lebens“, hatte sie das Zitat des römischen Dichters Horaz ergänzt. Es funktionierte, er war längst wieder in den normalen Laufschritt zurückgekehrt.

02

Am nächsten Tag
Annette und Heinrich waren zum Auesee gejoggt, hatten diesen wie immer einmal umrundet und auf dem Rückweg vom Bäcker Vollkornbrot mitgebracht. Der sonnige Frühlingsmorgen mit seiner klaren, lauwarmen Luft in Verbindung mit dem Lauf durch die erwachende Natur hatte bei beiden für höchste Glücksgefühle gesorgt. Als Annette die Duschkabine bestieg, zog er sich schnell aus und folgte ihr. Eine Hand auf ihrem Rücken, die andere auf ihrem Po, drückte er sie fest an sich. Immer wieder klatschten ihre umschlungenen Körper gegen die Wände der engen Zelle.

Als er wenige Minuten später aus der Dusche kam und durch den schmalen Flur ins Schlafzimmer ging, erschrak er. Wie selbstverständlich legte seine Mutter einen Stapel akkurat gefalteter Handtücher in den Schrank. Eher beiläufig warf sie ihm einen kurzen Gruß zu.

„Was hast du denn hier zu suchen?"

Heinrich wurde wütend. Er konnte es nicht ausstehen, dass seine Mutter permanent seine Privatsphäre missachtete.

„Danke, Mutter, heißt das! Schließlich habe ich für dich gewaschen und gebügelt."

Heinrich schüttelte den Kopf. Sie nutzten den großen Waschkeller für beide Parteien, was, so glaubte er damals, weiterhin kein Problem darstellen dürfte. Nach dem Tod seiner Frau vor neun Jahren drängte es seine Mutter jedoch zunehmend in die angestammte Rolle zurück. Er zog die Schlafzimmertür hinter sich zu.

„Kannst du dir vielleicht vorstellen, dass hier zwei erwachsene Menschen sind, die … ich meine … es wäre doch möglich …"

„War nicht zu überhören", unterbrach sie ihn trocken. Heinrich rang nach Worten.

„Und trotzdem kommst du einfach hier herein? Hast du nicht den geringsten Respekt vor meinem Privatleben?"

Mutter Grimm räumte unbeeindruckt die Unterwäsche ihres Sohnes in die Kommode am Fenster.

„Mutter, so geht das nicht weiter!"

Sie fuhr plötzlich herum, stemmte die Arme in die Hüfte und sah ihn missbilligend an.

„Also erstens habe ich draußen vor der Tür gewartet, bis ihr fertig wart, und zweitens kann ich mich mit dem Haushalt nicht nach dem Liebesleben meines Sohnes richten."

Heinrich wollte noch anmerken, dass es sein Haushalt sei, da öffnete sich die Schlafzimmertür einen Spalt.

„Ich bin so weit, kommt ihr frühstücken?"

Die Stimmung zwischen Mutter und Sohn war gedrückt. Annette schmunzelte in sich hinein. Das Verhalten von Frau Grimm amüsierte sie. Nur wenn Mutter Grimm sich mal wieder in polizeiliche Dinge einmischte, verstand sie keinen Spaß.

„Heinrich, was hältst du davon, wenn wir uns heute Nachmittag nach einer Wohnung für meinen Vater umsehen?"

In der vorigen Woche hatte sie ihren Vater gebeten, sich die Entscheidung noch einmal durch den Kopf gehen zu lassen. Gestern Abend hatte er angerufen und gesagt, dass er sich in der Eifel einsam fühle und in die Nähe seiner Tochter nach Wesel ziehen wolle. In kurzen Sätzen klärte sie Gertrud Grimm auf, die seltsamerweise noch nichts davon mitbekommen hatte.

„Wir haben doch den kompletten Speicher frei. Da könnte er ja einziehen. Heinrich müsste ihn nur leer räumen und ein wenig herrichten. Ich könnte für ihn mitkochen und das bisschen Wäsche mehr …" Sie winkte lässig ab.

„Und auf das bisschen Privatsphäre kann er bestimmt verzichten. Sicher fühlen würde er sich auch, er wäre ja praktisch unter ständiger Beobachtung."

Sie warf ihrem Sohn einen unheilvollen Blick zu.

„Lass mal, Mutter, Annettes Vater soll zuerst einen guten Eindruck von Wesel bekommen. Später können wir dich ihm immer noch vorstellen."

Um Viertel vor neun machte es sich Heinrich mit einer Tasse Kaffee und einer Tageszeitung im Sessel gemütlich, nachdem er den Tisch abgeräumt hatte. Zusätzlich schaltete er Radio KW ein, den Lokalsender. Für zehn Uhr hatte er sich mit Joschi am Schwarzen Wasser verabredet. Die biologische Station Wesel hatte eine Sensation angekündigt. Die in der Mitte des letzten Jahrhunderts verschwundene Wasserlobelie sollte wieder angesiedelt werden. Dazu hatten sie den Uferbereich im südlichen Teil des Gewässers von Schlamm und Schlick befreit. Dass der dort lebende Kammmolch ein wenig von seinem Revier abgeben musste, war, so die Meinung der Biologen, vertretbar. In der Bevölkerung war die Anteilnahme eher verhalten, umso beachtlicher erschien das enorme Medieninteresse. Joschi wollte in aller Frühe eine der Bänke auf dem Aussichtspunkt reservieren. Er lag genau gegenüber der Stelle, an der an diesem Morgen die ersten Exemplare dieser seltenen Wasserpflanzenart der Natur übergeben werden sollten. Heinrich freute sich über die Abwechslung. Er blätterte durch die Zeitung, überflog zunächst die Überschriften. Gelegentlich weckte ein Artikel seine Aufmerksamkeit und er las ihn. Im Lokalteil angelangt, fiel sein Blick sofort auf den Aufmacher von Camel. „Umgehung umgeht Bürgerinteresse" titelte der Lokalredakteur plakativ. Der Bericht selbst über den Protest der Büdericher Bürger gegen die geplante Umgehungsstraße enthielt überwiegend heiße Luft und bekannte Phrasen des dubiosen Reporters. Heinrich wollte umblättern, als der Radiosprecher etwas von einer Leiche erzählte und einer Schaltung nach Wesel. Heinrich drehte lauter.

„… ist heute Morgen im Vorfeld zur Präsentation dieser seltenen Pflanze eine Leiche am Ufer des Schwarzen Wassers gefunden worden. Einzelheiten hierzu will die Weseler Polizeidienststelle am Nachmittag bekannt geben. Wir halten Sie wie immer auf dem Laufenden. Jürgen Knorr, Radio KW."

Heinrich warf die Zeitung auf den Tisch und sprang hoch. Sollte Joschi wieder dort geschlafen haben, war er möglicherweise in Gefahr. Zwar hatte der Sprecher nichts von einer Gewalttat gesagt, aber auszuschließen war dies nicht. Als er die Treppe herunterkam, stand seine Mutter mit Jacke und Schuhen bekleidet im Flur.

„Gehst du in die Stadt?"

„Nein, ähem … ich mache einen Spaziergang. Am Schwarzen Wasser soll es sehr schön sein."

„Vor allem, wenn dort eine Leiche gefunden wird, nicht wahr?"

„Ach tatsächlich?"

Heinrich schüttelte den Kopf und verließ schnellen Schrittes das Haus.

03

Bereits an der Einmündung zur Flürener Heide war die Straße abgesperrt. Heinrich grüßte seine ehemaligen Kollegen freundlich und lief strammen Schrittes an der Absperrung vorbei. Sie sahen ihm unschlüssig hinterher. Heinrich atmete auf. Unterwegs hatte er sich gefragt, wie sie wohl reagieren würden. Statt der erwarteten unangenehmen Fragen ließen sie ihn unbehelligt durch. Dies dürfte seiner Mutter nicht möglich sein, dachte er zufrieden.

Wenige Meter vor dem kleinen Parkplatz bog ein Leichenwagen auf die schmale Straße. Heinrich musste auf den Grünstreifen ausweichen. Ihn überkam dieses beklemmende Gefühl, das er nie vergessen würde.

Er hatte in seinem Berufsleben mehr als einen Mordfall gelöst. Die Suche nach Indizien, das Erkennen und Lesen der Spuren am Tatort, all dies war für ihn wie ein Rätsel gewesen, welches es zu lösen galt. Es war eine Herausforderung, der er sich stellte. Er war seinem Beruf mit einer Mischung aus Professionalität und Passion nachgekommen. Er hasste diesen Beruf und er liebte ihn. Aber immer dann, wenn der graue Zinksarg an ihm vorbeigetragen wurde, geriet all dies für einen Augenblick in Vergessenheit. In diesen Momenten versanken die Gedanken an Spuren, Alibis und Motive im Meer der Endlichkeit. Schon sehr früh in der Ausbildung wurde ihnen beigebracht, sich eine möglichst neutrale Sichtweise zu bewahren. Jeder Fall sollte ein solcher bleiben, durfte sich nicht in die Psyche des Ermittlers graben. Graue Theorie, wusste er heute.

Der kleine Waldparkplatz war bis zur letzten Lücke gefüllt. Heinrich erkannte die zivilen Einsatzfahrzeuge der Weseler Kriminalpolizei. Außerdem befanden sich je ein Geländewagen vom Forstamt und von der biologischen Station neben Autos, die er bis auf einen altersschwachen Ford Mustang nicht kannte.

Da Heinrich nicht genau wusste, wo der Tote gefunden worden war, und weil er sich mit Joschi verabredet hatte, lief er geradewegs zum Treffpunkt. Von weitem erkannte er auf der Anhöhe einige Journalisten, die mit mächtigen Teleobjektiven hantierten. Hastig klomm er den Hügel hinauf. Die Reporter beachteten ihn nicht. Außer ihnen war niemand dort. Heinrich schob sich in eine Lücke an den maroden Holzzaun. Vor einigen Jahren hatte die biologische Station Wesel diesen Zaun rund um das Gewässer errichtet, um seltene Tier- und Pflanzenarten im Uferbereich zu schützen. Auf der anderen Seite des dunkel schimmernden Heideweihers erkannte er Manuela Warnke, seine Nachfolgerin, und Adriano, seinen langjährigen Partner. Sie unterhielten sich mit einem älteren Herrn, der ihm bekannt vorkam. Erst jetzt fiel ihm auf, dass die Kripo augenscheinlich von einer natürlichen Todesursache ausging. Weder war der Tatort gesichert noch gab es Hinweise, dass die Kriminaltechnik anwesend war. Im Augenwinkel bemerkte Heinrich die musternden Blicke der Journalisten. Er kam sich wie einer jener Schaulustigen vor, die er einmal in seiner aktiven Zeit als „Tatortparasiten" bezeichnet hatte. Dabei dürfte er wohl der Erste sein, neben Joschi natürlich, der einen Grund hatte, hierherzukommen. Aus dem Hintergrund winkte ihm der Redakteur einer Lokalzeitung zu.

Wieder auf dem Hauptweg angekommen, überlegte Heinrich, Joschi zu suchen, verwarf den Gedanken aber sofort wieder. Joschi liebte die Abgeschiedenheit, die leise Hintergrundmusik der Natur, wie er es ausdrückte. Die Medienvertreter hatten ihn vertrieben, da war Heinrich sicher. An der Weggabelung traf er Annette.

„Wir waren doch heute Morgen schon joggen. Ist da jemand neugierig?", grinste sie ihn an.

Heinrich schürzte die Lippen. Er konnte nicht verhehlen, dass er in diesem Moment gerne wieder in seinem alten Beruf gewesen wäre.

„Komm schon", sie hakte sich bei ihm unter, „hier gibt es nichts für dich zu ermitteln. Selbst wenn du noch im Dienst wärst."

„Habe ich mir schon gedacht. Deshalb bin ich auch nicht hier.“

„Ist klar. Wie komme ich bloß darauf? Dumm von mir.“

Heinrich seufzte theatralisch.

„Ich war verabredet.“

„Ach so. Und – wie heißt sie?“

Annette schien Spaß daran zu finden.

„Joschi. Habe ich dir mal von ihm erzählt?“

„Joschi …“

Sie befanden sich in Sichtweite des Parkplatzes, als Annette plötzlich stehen blieb und ihren Freund mit ernstem Blick ansah.

„Der obdachlose Naturliebhaber, ich erinnere mich. Der Tote von heute Morgen war augenscheinlich ebenfalls obdachlos. Wir wissen noch nicht einmal, wer er ist. Er trug keinerlei Ausweispapiere bei sich. Ist das Schwarze Wasser eine Art Treffpunkt für Wohnungslose?“

„Nicht das ich wüsste …“

Heinrich wurde unruhig. Er suchte nach einem plausiblen Grund. Einer logischen Erklärung, die seine schlimmste Befürchtung widerlegen könnte. So sehr er sich auch anstrengte, stieß er auf zwei übermächtige Fakten: Joschi war nicht zu ihrer Verabredung erschienen und Heinrich war hier nie einem anderen Obdachlosen begegnet! Er berichtete Annette von seinen Befürchtungen.

„Du weißt, was das bedeutet?“

Annettes Stimme war mitfühlend. Heinrich nickte stumm.

04

Eine halbe Stunde später betrat Heinrich in Begleitung von Manuela Warnke das Leichenschauhaus an der Wilhelm-Roelen-Straße in Walsum-Aldenrade. Ein Mitarbeiter der Rechtsmedizin, der sich höflich als Thorsten Kreutzer vorstellte, führte sie durch kühle, weiß geflieste Flure in einen von grellem Neonlicht durchfluteten Saal, an dessen Stirnseite Kühlfächer in die Wand eingelassen waren. Kreutzer zog in Hüfthöhe eine Bahre hervor. Obwohl Heinrich bewusst war, dass die Leichen in diesem Fall nicht mit einem Tuch verhüllt waren, erschrak er beim Anblick des Toten. Sekunden später war das Gesicht erkennbar, das letzte kleine Fünkchen Hoffnung erlosch. Heinrich ließ die Augen nur wenige Sekunden auf dem leblosen Antlitz ruhen, dann wandte er sich nickend ab. Während Kreutzer die Bahre zurückschob, senkte Heinrich den Kopf. Seine Knie zitterten leicht. Wenngleich er den Toten kaum kannte, fühlte er sich in diesem Augenblick auf eine seltsame Weise mit ihm verbunden.

Unterwegs zum Auto fragte ihn Manuela Warnke, was er über Joschi wisse. Ihm fiel auf, wie erschreckend wenig dies war. Nicht einmal seinen Namen kannte Heinrich. Gleichzeitig bedrückte ihn die Gewissheit, dass er jemanden verloren hatte. Auch wenn sie sich nicht öfter als ein Dutzend Mal begegnet waren, hätte Joschi ein Freund werden können. Wenn er die Dauer aller Treffen zusammenrechnete, hatten sie nicht einmal einen ganzen Tag zusammen verbracht und dennoch spürte er eine seltsame Leere. Vielleicht lag es an seinem langen Polizistenleben. Daran, dass der Job mit seinen Abertausenden Überstunden keinen Raum gelassen hatte für Freundschaften. Vielleicht vermochte er deren Wert dadurch erst richtig einzuschätzen.

„Wann hast du diesen Joschi das erste Mal gesehen?“

Adriano saß vor ihm auf dem Beifahrersitz, drehte sich halb zu Heinrich um.

„Hm … Das war im Mai. Vor drei bis vier Wochen."

„Hat er nie gesagt, wo er herkommt oder wer er ist?"

„Nein."

Manuela beobachtete ihn durch den Innenspiegel. Heinrich versuchte aus ihren Augen zu lesen, ob sie ihm glaubte. Sofort schien ihm der Gedanke absurd. Warum sollte sie ihm nicht glauben? Erst jetzt fiel ihm auf, dass er nicht einmal wusste, woran Joschi gestorben war. Er fragte die Ermittler danach.

„Die Todesursache ist unklar, Dr. Bahman vermutet Herzversagen. Wir haben ein Medikament mit dem Namen Strophanthus bei ihm gefunden. Laut Bahman ein Herzmittel auf Pflanzenbasis. Wird in der Homöopathie angewendet. Daraus lässt sich schließen, dass der Tote herzkrank war. Was wiederum die Vermutung bezüglich der Todesursache untermauert."

Heinrich Grimm legte nachdenklich die Stirn in Falten. Joschi hatte nie erwähnt, dass er krank war. Ihn beschlich das Gefühl, dass er mehr als nur eine Unstimmigkeit übersehen hatte. So hatte er nach jeder Begegnung mit Joschi empfunden, das fiel ihm jetzt auf. Er hatte nicht ernsthaft nach Erklärungen gesucht, weil er diese manische Angewohnheit ja gerade ablegen wollte. Die „innere Uniform", wie seine Therapeutin es nannte, wollte er an den Nagel hängen.

Sie passierten die Kreuzung Tenderingsee in Höhe der Ortschaft Voerde. Heinrich fühlte sich innerlich zerrissen. Einerseits würde er liebend gerne Dr. Bahman einige Fragen stellen, auf der anderen Seite wollte er das Geschehene akzeptieren. Er hatte sich immer darüber aufgeregt, wenn sich seine Mutter in die Ermittlungen einmischte. Er versuchte, seine Irritation als den kümmerlichen Rest seiner Berufskrankheit mit Namen Neugierde einzustufen. In Wesel angekommen, war er immer noch traurig, spürte aber auch mentale Stärke. Wenige Minuten später befand er sich in seinem ehemaligen Büro. Adriano schrieb das Protokoll, das er unterzeichnen musste.

„Eigentlich wäre damit alles klar“, fluchte der Oberkommissar, „aber jetzt dürfen wir noch ein Leichenermittlungsverfahren aufmachen, nur weil dieser Penner keinen Ausweis bei sich …“

Erschrocken bemerkte Adriano seinen Fauxpas und entschuldigte sich bei Heinrich, der ihn entsetzt ansah. Heinrich unterschrieb das Protokoll und verließ nach kurzem Gruß das Büro. Der Mann hinter der Theke der Zentrale winkte freundlich, als er den Türöffner bediente.

Auf seinem Weg über die Jülicher Straße fragte Heinrich sich, ob Joschi irgendwelche Angehörigen hatte, die es zu verständigen galt. Gab es außer ihm überhaupt irgendeinen Menschen, der Joschi vermisste?

Zu Hause angekommen gab er seiner Mutter Bescheid, dass er keinen Appetit hatte und verzog sich nach oben in seine Wohnung. Er kochte einen Kräutertee und setzte sich mit einem Buch in den Sessel am Fenster. Nach fünf Minuten legte er das Buch beiseite. Ihm fehlte die Konzentration. Er machte es sich auf dem Sofa bequem, wollte eine Stunde schlafen. Auch das sollte ihm nicht gelingen. So schob er den Sessel ans Fenster, setzte sich wieder hinein und sah abwechselnd nach draußen und auf die Uhr. Zwei Stunden und dreizehn Minuten vergingen, bis er die vertrauten Schritte auf der Treppe hörte.

Annette begrüßte ihn mit einem Kuss und setzte sich zu ihm.

„Ich kann verstehen, dass du dir heute mit mir keine Wohnungen ansehen möchtest. Macht es dir was aus, wenn ich alleine in die Stadt fahre?“

Heinrich hatte es satt, länger aus dem Fenster zu starren. Froh über die Abwechslung begleitete er seine Freundin.

05

Am nächsten Morgen saß Heinrich lustlos am Frühstückstisch. Die Joggingrunde mit Annette war ihm heute ungewöhnlich schwergefallen.

Sie hatten gestern drei Wohnungen besichtigt, aber keine davon hatte Annette gefallen. Gegen Abend aßen sie noch beim Italiener an der Doelenstraße. Die ganze Zeit über vermieden sie es, über Joschis Tod zu reden. Heinrich war froh über die Ablenkung. Er war natürlich noch traurig, begann aber, nachdem er eine Nacht darüber geschlafen hatte, rationaler damit umzugehen. Beim Laufen hatten sie in losen Stücken darüber gesprochen. Annette meinte, es ginge gar nicht so sehr um die Person Joschi, sondern vielmehr um ihn. Durch Joschi war er aus sich herausgekommen, hatte andere Dinge schätzen gelernt, wieder aktiv am Leben teilgenommen. Anfangs war er ein wenig pikiert gewesen. Nach einigen Minuten hatte er zugegeben, dass sie nicht ganz falsch lag.

Da Heinrich den heutigen Tag noch nicht verplant hatte, nahm er sich vor, mehr über Joschi in Erfahrung zu bringen. Vielleicht gelang es ihm, Angehörige ausfindig zu machen, die sich wenigstens um eine ordentliche Beerdigung kümmern konnten. Inzwischen war Annette aus dem Bad gekommen. Der Duft von Seife und einem unaufdringlichen Parfüm wehte herüber, als sie ihm gegenüber Platz nahm. Diese Komposition zauberte unweigerlich ein Lächeln auf Heinrichs Gesicht. Seine Mundwinkel hoben sich, als würden sie von unsichtbaren Fäden gezogen. Sie sackten jedoch schlagartig ab, als seine Mutter mit der aktuellen Ausgabe des Rheinischen Boten in der Hand ins Zimmer stürzte. Wie immer hatte sie im Vorbeigehen an die offene Tür geklopft.

„Herein", giftete Heinrich sie an.

„Ich habe angeklopft", gab sie schnippisch zurück.

„Da warst du schon drin."

„Natürlich. Ich muss doch erst nachsehen. Wenn keiner da ist, brauche ich nicht anklopfen."

Sie antwortete in einem Tonfall, der die Selbstverständlichkeit ihres Handelns unterstützen sollte. Annette verschluckte sich vor Lachen an ihrem Orangensaft und hustete einmal kräftig. Heinrich schüttelte den Kopf. Immer häufiger kam ihm der Gedanke an Flucht. Eine Wohnung in der Stadt, nur mit Annette. Er hatte schon seit langem mit seiner Freundin darüber reden wollen. Paradoxerweise hatte er diesen Plan bislang aus Sorge um seine Mutter nicht in die Tat umgesetzt. Diese legte das Brötchen von seinem Teller in den Korb zurück und breitete die Lokalausgabe des Boten vor ihm aus. Dann zog sie eine Lupe aus der Kitteltasche und positionierte sie mit dem Glas auf einen Bildausschnitt. Heinrich las die Titelzeile und wusste sofort, von wem der Artikel stammte:

Am Schwarzen Wasser lauerte der Tod

Darunter stellte Camel sogleich eine gewagte These auf:

Obdachloser stirbt beim Angeln. Ist der erste Deutsche verhungert?

Typisch für diesen Provinzreporter, dachte Heinrich. Sobald Camel eine Sensation witterte, schob er alle Tugenden eines anständigen Journalisten zur Seite und hechelte dem Aufmacher entgegen. Dabei nahm er in Kauf, sich dem Hohn und Spott der Konkurrenz auszusetzen oder gar die Leser zu täuschen. Mit etwas Recherche hätte er leicht herausfinden können, dass im Schwarzen Wasser gar keine angelbaren Fische existierten.

Heinrich griff mit gerunzelter Stirn nach der Lupe und warf seiner Mutter, die mittlerweile neben ihm saß und ungefragt mit dem Frühstück begonnen hatte, einen fragenden Blick zu.

Sie deutete mit einer ausladenden Handbewegung auf die Zeitung. Heinrich sah sich das Bild zunächst ohne Lupe an. Im Ufergras war ein mit einem weißen Tuch abgedeckter Körper erkennbar. In einigem Abstand dazu befanden sich verschiedene Personen. Er erkannte Manuela Warnke und Adriano, die sich mit Dr. Bahman unterhielten. Heinrich konnte auf dem Foto nichts Besonderes erkennen. Bis auf die Tatsache, dass die Leiche schon abtransportiert worden war, deckte sich das Foto mit seinen Eindrücken vom Vortag. Er zuckte die Schultern. Seine Mutter rollte die Augen. Mit dem Zeigefinger klopfte sie vehement auf eine Stelle des Bildes neben der abgedeckten Leiche und reichte ihm demonstrativ die Lupe. Heinrich atmete tief ein und folgte der stummen Aufforderung. In der grob gerasterten Vergrößerung entdeckte er nun einen länglichen dünnen Gegenstand, der im Gras steckte. Er hielt die Lupe ein wenig höher und sah den Faden an der Spitze des Gegenstandes. Langsam hob er den Kopf, reichte Annette die Zeitung hinüber und zeigte vorher auf die Stelle.

„Ist es das, wonach es aussieht?"

Mit einem halben Brötchen in der rechten und der Zeitung in der linken Hand warf die Staatsanwältin einen kurzen Blick auf das Bild.

„Das ist eine behelfsmäßige Angel. Ein Birkenstock mit einer Schnur an der Spitze. Als wir ihn fanden, war der Wurm noch dran. Herr Itjeshorst von der biologischen Station versicherte uns, dass es im Schwarzen Wasser keine Fische gibt. Hast du das gewusst?"

„Ja …"

„Warum hast du es deinem Freund dann nicht gesagt?"

„Weil ich es von ihm wusste. Außerdem ist das bekannt. Kein Angler würde auch nur auf die Idee kommen, es dort zu versuchen."

Annette sah ihn verwundert an. Sie beugte sich vornüber, die Handballen auf die Tischplatte gestützt.

„Was bedeutet das?", fragte sie.

Heinrich brachte kein Wort heraus.

„Mord!", flüsterte Mutter Grimm. Ihre Augen glänzten.

06

„Negativ", Manuela legte den Telefonhörer auf, „drei Mitarbeiter der biologischen Station haben heute früh den gesamten Uferbereich kontrolliert. Die Angel hätte ihnen auffallen müssen."

„Das ist in der Tat merkwürdig."

„Hm …", Manuela dachte laut nach, „ … im Schwarzen Wasser gibt es keine Fische. Und nach passioniertem Angler sieht der Birkenstock mit der angeknoteten Schnur nicht aus. Nutzt alles nichts, die SpuSi hatten wir nicht angefordert, also …", die Hauptkommissarin streckte hilflos die Arme aus. Es war der Albtraum eines jeden Polizisten: einen Tatort nicht als solchen zu erkennen. Die Begleitumstände schienen verführerisch logisch. Ein Obdachloser tot im Gras, in der Tasche eine halb leere Packung Herztabletten und ein Arzt, der Herzversagen als natürliche Todesursache vermutete. Schon wurde auf die kriminaltechnische Untersuchung verzichtet. Nicht nur das, die Spuren waren nicht zuletzt von ihren Leuten zertrampelt worden. Auf der anderen Seite wies nichts auf eine Gewalttat hin.

„Ist schon etwas über die Identität des Toten bekannt?"

„Nein, Frau Gerland. Adriano wird sich nachher die Vermisstenakten vornehmen."

Der Oberkommissar verzog gequält das Gesicht.

„Ich werde mich in der Stadt umhören. Von irgendwas muss er ja gelebt haben."

Manuela Warnkes erster Weg führte zum Sozialamt. Die Hauptkommissarin folgte dabei einer inneren Eingebung. Sie war der Meinung, dass ein Obdachloser dort am ehesten auf Unterstützung hoffen durfte. In dem alten Gebäude am Herzogring teilte man ihr mit, dass die Versorgung der Obdachlosen seit einigen Jahren von der ArGe an der Reeser Landstraße übernommen würde. Nachdem sie sich dort durchgefragt und ihr Anliegen mit Ausnahme der Reinigungskräfte und dem Hausmeister fast jedem im Gebäude hatte vortragen müssen, saß sie nun Herrn Blasius gegenüber. Der blässliche Mittfünfziger mit Strickjacke und der aktuellen Mode enteilten, viel zu großen Brillengläsern wirkte sofort äußerst engagiert.

„Es geht um den Toten am Schwarzen Wasser, nicht wahr? Das Radio berichtet schon den ganzen Tag über davon."

Manuela nickte. Sie hielt dem Sachbearbeiter ein Foto hin, um ihren Hürdenlauf im Verwaltungsdschungel abzukürzen, aber Blasius schüttelte den Kopf.

„Heißt das, dieser Mann hat von Ihnen keine Versorgungsleistungen erhalten?"

„Nein, ich meine damit, dass ich mich nicht erinnern kann. Wissen Sie, ich habe ein sehr schlechtes Personengedächtnis."

„Aber Anspruch hätte er als Obdachloser gehabt?"

„Ja, und zwar", Blasius blätterte in einem Ordner, „ ... war er alleinstehend?"

Manuela holte tief Luft.

„Wir haben ihn allein vorgefunden. Mehr wissen wir im Augenblick nicht."

„Allein, hm", Blasius kaute die Worte gedanklich zu Brei, speicherte sie schließlich ab. Als er ihren ernsten Gesichtsausdruck bemerkte, räusperte er sich kurz und wandte sich wieder seiner Akte zu.

„Da haben wir es. 351 Euro nach ALG II. Das wären, Moment", Blasius griff nach dem Taschenrechner, „11,70 Euro am Tag."

„Die bekommt ein Obdachloser täglich nach Vorlage des Personalausweises, nehme ich an."

„Wohnungsloser, wenn schon. Ja, das ist richtig. Fast jedenfalls. Er muss selbstverständlich nachweisen, dass er wohnungslos ist. Dazu benötigt er den Aufkleber „ohne festen Wohnsitz". Den muss er sich vorher beim Einwohnermeldeamt abholen. Vielleicht haben die dort auch irgendwelche Daten zu der von Ihnen gesuchten Person. Soll ich anrufen?"

Blasius nahm den Hörer von der Gabel und ließ bereits den Zeigefinger wie einen ausgehungerten Mäusebussard über der Tastatur kreisen.

„Nein danke. Das erledige ich persönlich."

Enttäuscht legte er den Hörer auf.

Das Einwohnermeldeamt entpuppte sich als Großraumbüro. Manuela gefiel es nicht, dass Unbeteiligte ihr Anliegen mitbekommen konnten. Eine Angestellte am Fenster machte sie höflich, aber bestimmt darauf aufmerksam, dass sie sich vorab im Wartezimmer eine Nummer ziehen müsse. Manuela nickte und wartete einen Augenblick, bis ein Arbeitsplatz frei geworden war. Dann zückte sie den Dienstausweis und bat die freundlich grüßende Sachbearbeiterin um ein vertrauliches Gespräch. Frau Einstein führte sie in einen kleinen Raum, der sich im hinteren Bereich den Bürgerbüros anschloss. Nachdem sie sich Manuelas Anliegen angehört hatte, verzog sie das Gesicht.

„Diese Aufkleber vergeben wir seit Mitte des letzten Jahres nicht mehr. Ich weiß, dass die Mitarbeiter der ArGe darauf verweisen, aber nach Ansicht der Stadt Wesel ist es nicht unsere Aufgabe, Wohnortfragen für die Arbeitsagentur zu klären."

Manuela seufzte. Sie stellte sich einen Obdachlosen auf dem Weg durch den Irrgarten der Behörden vor. Sie verspürte in dieser Sekunde große Lust, dem Sachbearbeiter der ArGe ihre Meinung zu sagen. Im Gegensatz zu Blasius schien Frau Einstein zu wissen, wie absurd die Lage war.

„Das Problem ist, dass die ArGe sich nicht mit der Stadt an einen Tisch setzt. Die Angelegenheit wird stattdessen auf dem Rücken Unbeteiligter ausgesessen. Ich kann Ihnen nur raten, zum Sozialamt zu gehen. Die müssten Ihnen zumindest den richtigen Ansprechpartner nennen können."

Manuela zwang sich zur Ruhe. Sachlich, aber mit Wut in der Stimme erklärte sie der Sachbearbeiterin, dass ihre Odyssee dort begonnen hatte. Frau Einstein lehnte sich nachdenklich zurück.

„Dann bliebe noch die Caritas. Dort bekommen Wohnungslose zumindest tagsüber Unterkunft, Essen und die nötigste Versorgung. Für den Fall, dass eine Behörde sie erreichen muss, stellt die Caritas sogenannte Erreichbarkeitsbescheinigungen aus. Dadurch geht die Post für diese Menschen zur Caritas. Sie sind … ja, erreichbar."

Manuela schüttelte den Kopf. Erreichbar war ihr Klient nicht mehr.

Nur weil es fast auf dem Weg lag, versuchte sie es noch bei der Caritas. Sie versprach sich nichts davon. Ohne den Namen des Mannes könne man ihr nicht weiterhelfen, mehr bekam sie nicht heraus. Einen Lichtblick gab es dennoch. Ein Mitarbeiter konnte sich an den Toten auf dem Bild erinnern. Leider kannte er ihn nur unter dem Spitznamen Joschi.

Auf dem Weg ins Büro resümierte Manuela die Recherchen des Nachmittages. Eines war ihr an diesem Nachmittag klar geworden: Von den Behörden hatte Joschi nichts zu erwarten gehabt. Bevor sie nach oben ins Büro ging, betrat sie die Zentrale des Schutzbereichs. Sie hatte Kopien mit dem Bild des Toten verteilt und die Kollegen gebeten, sich in den einschlägigen Kreisen umzuhören. Das Ergebnis war ernüchternd. Die Handvoll Obdachloser, die befragt wurden, kannten ihn alle, aber ebenfalls nur unter dem Spitznamen Joschi.

07

Heinrichs Gedanken kreisten um das letzte Treffen mit Joschi. Heute Morgen hatte ihm die Vermutung seiner Mutter, Joschi wäre einem Verbrechen zum Opfer gefallen, noch einen Schrecken versetzt. Er ahnte, dass sie Recht haben könnte, wusste aber auch, dass seiner Mutter etwas fehlte.

Die alte Dame fand sich mit seiner frühzeitigen Pensionierung fast noch schlechter ab als er. Annette versorgte sie nur äußerst spärlich mit Informationen zu aktuellen Fällen. Obwohl sie immer wieder versteckte Andeutungen fallen ließ, verliefen ihre Bemühungen stets im Sande. In ihr brodelte eine Mischung aus Neugierde und Tatendrang. Im vergangenen Monat hatte Annette die Unverfrorenheit besessen, beim Abendessen ihre verspätete Heimkehr mit dem tödlichen Ende einer Messerstecherei in der Fußgängerzone zu begründen, ohne nähere Details zu liefern. Damit hatte sie den Geduldsfaden der Seniorin deutlich überspannt. Voller Groll und mit erhobener Stimme warf sie der Schwiegertochter in spe vor, jedem Provinzreporter mehr Informationen preiszugeben als der Mutter eines pensionierten Hauptkommissars. Womit sie nicht völlig Unrecht hatte, was Annette allerdings für sich behielt.

Heinrich hatte am Vormittag genügend Zeit gehabt, noch einmal über alles nachzudenken. Die Auffindesituation war nicht die einzige Ungereimtheit. Wenngleich der Umstand, dass sich neben dem Toten eine provisorische Angel befunden hatte, nicht gleichbedeutend mit der Tatsache sein musste, dass diese auch von Joschi dort abgelegt oder gar angefertigt worden war. Es war vielmehr das gesamte äußere Erscheinungsbild, das nicht passen wollte. Nach und nach erinnerte er sich an immer weitere Details, die ihm unterbewusst aufgefallen waren, weil es dreiunddreißig Jahre lang seine Aufgabe gewesen war, sie zu sehen. Er hatte sich dagegen gewehrt, ihnen weitere Beachtung zu schenken, weil er mit der Vergangenheit abschließen wollte.

Joschis Kleidung war nie sonderlich verdreckt oder gar verschlissen gewesen. Außerdem hatte er sie regelmäßig gewechselt. Heinrich sah den Rucksack vor sich, den sein Freund ständig mit sich getragen hatte. Beinhaltete der sein gesamtes Hab und Gut? Heinrich zählte in Gedanken Joschis Besitztümer auf. Seinen Schlafsack hatte er mit einem Ledergürtel an der Seite des Rucksacks angebunden. Neben diversen Hemden und Hosen hatte Joschi einen Regenmantel besessen, eine Einliter-Thermoskanne, die gelegentlich mit frischen Kaffee gefüllt war, ein Paar quietschgelbe Gummistiefel sowie Handtücher und Unterwäsche. Das konnte nicht alles in den relativ kleinen Rucksack gepasst haben.

Beim Mittagessen blickte seine Mutter ihn auffordernd an.

„Was ist?“

„Das frage ich dich. Dieser Joschi ist unter mysteriösen Umständen ums Leben gekommen und du tust so, als ob nichts geschehen wäre.“

Heinrich verdrehte die Augen.

„Mutter! Von mysteriösen Umständen weiß ich nichts. Und wenn dem so wäre, wäre die Polizei dafür zuständig.“

„Die Polizei hat noch nicht einmal den Tatort gründlich untersucht.“

Heinrich, der den letzten Bissen seines Koteletts auf der Gabel hatte, legte diese wieder zurück. Das klang ganz so, als hätte seine Mutter mal wieder die Ermittlungen aufgenommen.

„Wie kommst du darauf?“, fragte er leise. Seine Mutter griff in die rechte Tasche ihres Kittels und zog eine kleine Plastikdose empor. Vorsichtig öffnete sie den Deckel und stürzte die Dose auf den Tisch. Als sie das Behältnis langsam anhob, kullerten kleine Pillen über den Tisch. Heinrich konnte sich keinen Reim darauf machen. Während seine Mutter die Pillen auf dem Tisch zusammenschob, klärte sie ihn auf:

„Die habe ich hinter einem Strauch in der Nähe des Tatortes gefunden.“ Sie bezeichnete den Fundort der Leiche mit einer Selbstverständlichkeit als Tatort, die Heinrich stutzig machte.

„Du hast doch bestimmt auch schon herausgefunden, was das für Tabletten sind?“

„Selbstverständlich.“

Wortlos räumte sie das Essgeschirr ab und stellte zwei Kaffeetassen auf den Tisch.

„Ja … und? Um was für Tabletten handelt es sich?“

Während sie die Tassen füllte, sah sie ihren Sohn zufrieden an. Heinrich bekam ein ungutes Gefühl. Er kannte diesen Gesichtsausdruck. Er stand für Überlegenheit.

„Du meinst, wir sollten uns ein wenig darum kümmern?“, sie klang verschwörerisch. Heinrich atmete tief durch.

„Nein, das sollten wir nicht! Wenn es sich um eine Gewalttat handelt, ist es die Aufgabe der Polizei, diese aufzuklären.“

„In Ordnung.“

Der finstere Ausdruck ihrer Augen und die zu einem schmalen Strich zusammengepressten Lippen standen in krassem Widerspruch zu ihren Worten. Heinrich überlegte, ob der Fund überhaupt im Zusammenhang mit Joschis Tod stand. Auf gar keinen Fall wollte er, dass seine Mutter wieder einmal illegal ermittelte, noch dazu mit seiner Unterstützung.

„Ich nehme an, die Todesursache war Herzversagen, nicht wahr?“, fragte sie beiläufig.

Heinrich schluckte.

08

„Ich werde es weiterleiten, vielen Dank.“

Trixie beendete das Telefonat und grinste den ihr gegenüber sitzenden Kollegen süffisant an.

„Das war Herr Schwertfeger von den Auefischern. Ich soll dir ausrichten …“

„Sei ruhig“, herrschte er sie an. Seit heute früh um halb sieben klingelten pausenlos die Telefone. Die meisten Anrufer klangen mitleidig. Einige wollten wissen, ob der Artikel von einem Praktikanten verfasst worden war. Ein Spaßvogel hatte ihn zum Angeltörn auf dem Schwarzen Wasser eingeladen. Camel presste die Zähne aufeinander. Es galt, eine der größten Blamagen seit Beginn seiner Karriere zu verdauen. Wie hatte ihm das nur passieren können? Vor zehn Minuten hatte er mit Adriano telefoniert. Der Oberkommissar hatte zugegeben, dass er ebenfalls nicht gewusst hatte, dass im Schwarzen Wasser gar keine Fische lebten, die man angeln konnte. Es kam Camel vor, als gäbe es in Wesel nur zwei Personen, die mit einem derart defizitären Grundwissen über die heimische Natur ausgestattet waren. Und über einen davon lachte heute die ganze Stadt. Wieder einmal rekapitulierte er die gestrige Situation.

Ein halbes Dutzend Mitarbeiter des Naturschutzbundes und der biologischen Station Wesel waren ihm vor die Füße gelaufen, hatten peinlich genau darauf geachtet, dass er keines der seltenen Gräser platt trat. Hätte ihn nicht einer von denen aufklären können? War das die Retourkutsche für einen Artikel aus dem letzten Monat, in dem er sich genüsslich über die Herren der Frösche und Molche ausgelassen hatte?

Mühsam war er die Leiter der Anerkennung emporgestiegen. Hohn und Spott hatte er schon oft ertragen müssen, die Tretmühle der Lokalredaktion kannte er besser als seine Westentasche. Nach seinem letzten großen Artikel über den Mord in der Alpener Motte hatte Grabosch ihn zu sich nach Düsseldorf gebeten und ihm zu verstehen gegeben, dass er ihn für die Neubesetzung der in diesem Jahr frei werdenden Stelle des Redaktionsleiters „Gesellschaft & Soziales“ im Auge behielt. Sein Traum, sein Fachgebiet, seine Berufung. An diesem Tag hatte er sie erstmals blinzeln sehen – die Journalistensonne –, in deren hellem Schein die Schlagzeilen von Bedeutung glänzten. Grabosch dürfte mit der Fauna des Schwarzen Wassers wenig vertraut sein, beruhigte sich der Redakteur.

„Walther!“

Die schrille Stimme des Redaktionsleiters Klaus Sennheiser bahnte sich ihren Weg durch die offene Bürotür am Ende des schmalen Korridors entlang einer Reihe kleinerer Büros zum anderen Ende der Etage. Dort befanden sich die Schreibtische von Beatrix Claasen, der Redakteurin der Sonntagsbeilage, sowie Konrad Walther, alias Camel, Redakteur des Lokalteils „Bote für das flache Land“. Letzterer saß elf Sekunden später seinem Vorgesetzten gegenüber. Dieser deutete auf den ausgebreiteten Lokalteil der aktuellen Ausgabe des „Boten“. Camels Desaster schmückte fast die gesamte Titelseite des Lokalteils. Sennheiser war erst vor einer halben Stunde von einer Redaktionskonferenz in Düsseldorf zurückgekommen. Anscheinend hatten die lieben Kollegen ihn bereits bestens informiert.

„Der erste Deutsche verhungert!“

Sennheiser tippte sich an die Stirn.

„Haben Sie noch alle Latten am Zaun, Walther?“

„Zugegeben … Es ist möglicherweise ein wenig plakativ …“

„Plakativ? Sie werden das wieder geraderücken! Schreiben Sie, das sollte ein Scherz … nein, geht nicht, schreiben Sie … Moment mal, was soll das überhaupt?“

Sennheiser deutete abermals auf den Artikel und zog die Stirn kraus.

„Was wollte dieser Obdachlose eigentlich angeln? Fischkonserven? Oder wollte er etwa Sushi essen?“

„Ich fürchte, ich kann Ihnen nicht folgen, Chef."

Diesen Verdacht hegte Sennheiser schon seit Längerem. Er beugte sich vor, stützte den Ellenbogen auf den Schreibtisch und legte das Kinn in die offene Faust. Camel fragte sich, was er ihm damit sagen wollte.

„Obdachlose verfügen üblicherweise nicht über eine Küche, in der sie frischen Fisch zubereiten können. Sie verbringen ihre Zeit daher auch nicht mit Angeln, sondern betteln irgendwo in der Fußgängerzone oder am Bahnhof. Um sich dann fertig zubereitetes Essen kaufen zu können."

„Stimmt. Was wollte der Mann dann dort? Und wozu brauchte er eine Angel?"

„Das sollten Sie schleunigst herausfinden. Ich erwarte einen sauber recherchierten Artikel von Ihnen."

09

Heinrich berichtete Annette während der morgendlichen Joggingrunde um den Auesee von der Entdeckung seiner Mutter. Die Staatsanwältin wollte dem Fund keine große Bedeutung beimessen.

„Die Medikamentenpackung, die wir bei ihm gefunden haben, war noch halb voll. Wir konnten bislang noch nicht ermitteln, woher er dieses Medikament hatte. Aber warum hätte er einen Teil davon wegwerfen sollen? Wer weiß, vielleicht gehen deiner Mutter mal wieder die Gäule durch und es handelt sich um gewöhnliche Grippetabletten, die jemand dort entsorgt hat. Ich werde sie aber vorsorglich von unseren Leuten untersuchen lassen."

Nach dem Frühstück zog es Heinrich in die Stadt. Joschi konnte außer ihm durchaus noch andere Bezugspersonen gehabt haben. Für die selbst gebaute Angelroute hätte er eventuell eine Erklärung gefunden, nicht aber für die Herztabletten im Gras unweit der Stelle, an der man die Leiche gefunden hatte.

Da er nicht wusste, wohin ihn die Suche treiben würde, nutzte er zunächst den kürzesten Weg über die Kolping- und Korbmacherstraße bis zur Fußgängerzone. Nach kurzem Zögern bog er rechts in Richtung Willibrordi-Dom ins Viehtor ein. An dem mächtigen Gotteshaus angekommen, drehte er um und lief die Fußgängerzone hoch bis zum Berliner Tor. Weit und breit war kein Obdachloser zu sehen. Heinrich ging zum Bahnhof, fragte einen der in leuchtendem Gelb gekleideten Bahnhelfer, die dort für Ordnung sorgten. Der Mann teilte ihm freudestrahlend mit, dass die Obdachlosen längst erfolgreich vom Bahnhofsvorplatz vertrieben waren. Heinrich dachte angestrengt nach, versuchte sich an die Dienstzeit zu erinnern. Es gab Obdachlose in der Stadt, das hatte er immer wieder mal von den Kollegen des Schutzbereichs mitbekommen. Aber im Alltagstrubel der Stadt waren sie anscheinend unsichtbar, stellte er fest. Frustriert schlenderte er Richtung Heubergbad. Vielleicht hielt sich jemand in dem kleinen Park daneben auf, spekulierte Heinrich. Dort waren aber nur Bier trinkende Jugendliche und Skater. Ein Mischlingshund mit knallrotem Halstuch kam schwanzwedelnd auf ihn zu.

Heinrich beschloss, den Heimweg anzutreten. In Höhe des Mölderplatzes änderte er seinen Plan. Einige Hundert Meter weiter betrat Heinrich das Sozialamt. Dort teilte man ihm mit, dass die Caritas direkt um die Ecke an der Fluthgrafstraße eine Art Auffangstation für Wohnungslose unterhielt. Drei Minuten später betrat er das Gebäude und staunte. Drei Männer und zwei Frauen in stark zerschlissener Kleidung und in ungepflegtem Gesamtzustand saßen an einem Tisch in der Ecke und unterhielten sich. In der Mitte des Tisches stapelten sich benutzte Teller. Auf dem oberen lagen fünf Suppenlöffel. Heinrich fragte höflich, ob er sich dazusetzen dürfe. Ein grauhaariger Mann mit Suppenrest im fast weißen Vollbart, dessen Alter sich nur schwer schätzen ließ, rutschte wortlos zur Seite. Heinrich zog ein gefaltetes Blatt aus der Innentasche seines Blousons. Annette war gestern so freundlich gewesen, ihm eine Kopie des Fotos vom Erkennungsdienst mitzubringen. Er hatte ihr gesagt, dass er nach Angehörigen suchen wollte, die eine halbwegs anständige Beerdigung übernehmen könnten. Er wusste selbst nicht, ob dies sein einziges Ziel bleiben würde.

„Ein Freund …“, er räusperte sich, „ein guter Bekannter ist vorgestern am Schwarzen Wasser tot aufgefunden worden. Ich würde gerne dafür sorgen, dass er eine ordentliche Beerdigung bekommt. Dazu müsste ich aber mehr über ihn wissen. Kennen Sie diesen Mann?“

Heinrich reichte den Ausdruck an seinen Nachbarn zur Rechten weiter.

„Anständich Beerdijung, ha“, entfuhr es seinem Gegenüber, „für Geld, was kostet anständiche Beerdijung, können wir futtern ganze Jahr, ach, was sach ich, noch eine Jahr. Für euch wir müssen sterben erst, damit ihr seht, wir waren da. Na, was ist, hab ich Recht oder nicht?“, fragte er in schlesischem Dialekt. Dabei machte er ein freundliches Gesicht. Vier einzeln stehende Zahnruinen kamen zum Vorschein. Heinrich spürte einen Kloß im Hals. Er hatte nicht darüber nachgedacht, wollte diese Menschen nicht kränken.

„Lass mal gut sein, Süßer“, meldete sich eine der Frauen. Sie trug hüftlanges, schwarzgraues Haar. Heinrich fiel ihre knallrote Nase auf.

„Das ist übrigens Joschi“, fügte sie hinzu und reichte das Blatt weiter. Die anderen nickten. Der Mann schräg gegenüber nahm den Hut ab und hielt ihn vor den Bauch. Ein Ruck durchfuhr Heinrich. Seine Haare waren voller verkrustetem Blut. Erst jetzt bemerkte er die blauen Flecke in seinem Gesicht.

„Skins“, flüsterte sein Nachbar, als er Heinrichs Bestürzung bemerkte.

„Woran ist Joschi gestorben?“, fragte sein Gegenüber.

„Herzversagen“, antwortete Heinrich, „er hatte wohl ein krankes Herz.“

„Nee, Kleiner“, meldete sich die Langhaarige aus der Ecke, „det vergiss mal ganz schnell wieder. Joschi und krank. Habt ihr det gehört?“

Andächtiges Schmunzeln breitete sich über ihre Gesichter aus. Heinrichs Ahnung bestätigte sich. Er hatte ebenfalls den Eindruck gehabt, Joschi sei kerngesund gewesen. Obwohl das Leben auf der Straße ja nicht das gesündeste war.

„Wissen Sie“, erklärte sein Nachbar mit leiser Stimme, „der Joschi gehörte nicht zu uns. Er war Berber, das ist ein Unterschied.“

Heinrich legte die Stirn in Falten.

„Joschi war höchstens einmal die Woche hier. Er fuhr mit seinem Fahrrad durch die Gegend. Hatte mal damit angefangen, als es in den Rathäusern noch Tippelgeld gab. Da gab es auch noch viele Berber. Sie fuhren von Ort zu Ort und bekamen in jedem Rathaus fünf Mark. Mit dem Fahrrad und wenn man Zeit hat, kam da schon was zusammen. Heute bekommt man zwar 11,70 Euro am Tag, aber das ist ein Riesengedöns auf den Ämtern, da blickt keiner mehr durch. Joschi behauptete, in manchen Orten noch an Tippelgeld zu kommen. Keine Ahnung, wie er das angestellt hat. Auf jeden Fall hat der locker fünfzig Kilometer am Tag gemacht. Deswegen war Joschi auch so fit."

Grimm war einige Sekunden sprachlos. Er hatte Joschi fast jeden Tag am Schwarzen Wasser angetroffen. Ein Fahrrad war ihm nie aufgefallen. Es schien, als würden sich die Ungereimtheiten mit jeder neuen Erkenntnis mehren. Aber ebenso konnte der Schein trügen, dachte Heinrich. „Er gehörte nicht zu uns", sagte sein Sitznachbar. Dies ließ den Schluss zu, dass Joschi sie nicht regelmäßig getroffen hatte, sondern ihnen nur hin und wieder begegnet war. Es erklärte auch, weshalb er mit einem kleinen Rucksack auskam. Aber was war mit dem Fahrrad? Zweifel hielten sich beharrlich. Er erkundigte sich nach dem vollständigen Namen. Niemand kannte ihn. Auch sonstige Auskünfte, etwa zu seinem Lebenslauf oder seiner Herkunft, konnten sie Heinrich nicht geben. Nachdem er sich verabschiedet hatte, drehte er sich noch einmal um, legte einen Zwanzig-Euro-Schein in die Tischmitte und wünschte ihnen einen schönen Tag.

Unterwegs rief Annette an. Sie wollte eine Kleinigkeit essen und fragte, ob er in der Nähe sei. An der Ampel Fischertorstraße stieg er in ihr Auto, fünf Minuten später saßen sie im Q-Stall am Weseler Jachthafen. Sie machte einen aufgeräumten Eindruck. Heinrich erzählte ihr von seinem Gespräch mit den Obdachlosen im Caritashaus an der Fluthgrafstraße. Die Kellnerin servierte zwei kleine Salatteller und stilles Wasser.

„Hm, die Kollegen von der Streife haben heute Vormittag ein voll bepacktes Fahrrad reingebracht. Wurde von einem Autofahrer im Wald an der Emmericher Straße kurz vor einem Feldweg entdeckt."

„Joschis Rad!"

„Haben wir auch zuerst angenommen. Aber zwischen Fundort des Toten und Fundort des Fahrrades liegen selbst quer durch den Wald eineinhalb Kilometer. Ich glaube kaum, dass ein Obdachloser sich so weit von seinen Besitztümern entfernen würde. Aber merkwürdig ist es dennoch."

Annette wischte sich den Mund ab und trank einen Schluck Wasser. Heinrich überlegte, wie er diese Fakten werten sollte.

„An dem Rad befanden sich neun Taschen und Tüten. Keine einzige davon enthielt persönlichen Dinge, die Rückschlüsse auf den Eigentümer zuließen. Laut Manuelas Ermittlungen benötigen Obdachlose aber einen Personalausweis, um überhaupt eine Chance auf amtliche Unterstützung zu haben. Der Tote am See hatte keine Ausweispapiere bei sich. Ein weiteres Indiz, dass es sich nicht um sein Fahrrad handelt."

„Nicht unbedingt. Gibt es biologische Spuren?"

„Jede Menge schmutzige Wäsche. Einen DNA-Abgleich halte ich aber für nicht erforderlich."

Sie bemerkte Heinrichs zweifelnden Blick.

„Wozu? Es würde die Frage beantworten helfen, ob es das Fahrrad des unbekannten Toten war oder nicht. Für ein Leichenermittlungsverfahren dürfte die Antwort irrelevant sein."

„Es würde die Suche nach der Identität erleichtern."

„Das bezweifle ich. Uns würde es nach mühevollen und personalintensiven Ermittlungen vermutlich gelingen, Zeugen ausfindig zu machen, die das Fahrrad mit Fahrer irgendwo gesehen haben. Na und? Glaubst du, diese Zeugen kennen deshalb den Namen des Radfahrers?"

„Was ist mit den Tabletten, die meine Mutter gefunden hat?"

„Befinden sich im Labor. Ich habe behauptet, sie stammen vom Fundort der Leiche, obwohl ich das eigentlich nicht weiß. Als du heute Morgen im Bad warst, habe ich deiner Mutter unmissverständlich gesagt, dass ich keine illegalen Handlungen mehr dulden werde. Daraufhin hat sie nur komische Andeutungen gemacht. Ich bräuchte mir angeblich bald keine Sorgen mehr machen und Ähnliches. Hast du eine Ahnung, was sie damit meint?"

„Nein, absolut nicht."

10

„65 Euro? Ist das Ihr Ernst?"

Der ältere Herr mit dem schütteren Haar wischte die Hände flüchtig am blauen Kittel ab. Mitleidig sah er die ältere Dame an.

„Sie wollten eine Messingtafel fuffzig mal fuffzig, gnädige Frau. Das kostet nun mal. Allein das Material, und dann muss es ja auch noch sofort sein …"

„Sparen Sie sich die Ausreden. Für den Preis können Sie die Tafel auch gleich anbringen, ich wohne um die Ecke. Wann kann ich mit Ihnen rechnen?"

„Das gehört eigentlich nicht dazu", sagte er hilflos.

Sie stemmte die Arme in die Hüften und bediente sich des energischsten Gesichtsausdruckes, der ihr möglich war.

„Also schön", seine Augen flogen über die eilig hingekritzelte Anschrift, „ist ja wirklich nicht weit, morgen in der Mittagspause bin ich bei Ihnen."

Halbwegs zufrieden verließ sie den Schilderdienst gegenüber dem Straßenverkehrsamt und stöckelte Richtung Innenstadt. „Da wirst du Augen machen, Frau Staatsanwältin", murmelte sie leise. Unterwegs bestellte sie in einem kleinen Copyshop an der Ritterstraße zwei Sätze mit je 250 Visitenkarten. Im Vergleich zum Messingschild konnte man diesen Einkauf geradezu als Schnäppchen bezeichnen. Wenige Minuten später befand sie sich im Gewerbeamt der Stadt Wesel, Zimmer 51. Ein gleichermaßen jung wie dynamisch wirkender Sachbearbeiter mit Namen Bergerfurth begrüßte sie.

„Mein Name ist Grimm. Gertrud Grimm. Ich bin Detektivin und möchte den dazugehörigen Gewerbeschein abholen."

Sie hatte noch einmal ausgiebig mit Brunhilde telefoniert, bevor sie sich auf den Weg gemacht hatte. Ihre Freundin war Expertin auf diesem Gebiet. Zum einen gab es kaum einen Detektivroman, den sie nicht kannte, zum anderen war sie als Tupperberaterin jahrelang gewerbetreibend gewesen. Sie hatte ihr dringend geraten, sich vorab einen Gewerbeschein abzuholen. Es sei nur eine Formalie und koste fünf Mark.

„Soso."

Mehr brachte ihr Gegenüber nicht heraus. Frau Grimm bemühte sich, den Klang von Bergerfurths Stimme zu deuten. War es ein mitleidig-naives „Soso", wie man es Kleinkindern entgegenbrachte? Oder eher ein erstauntes, spöttisches, was wiederum bedeutete, dass er sie und ihr Anliegen nicht ernst nahm? Der nächste Satz des Sachbearbeiters zerstreute diese Befürchtung.

„Seit wann üben Sie den Beruf der Detektivin denn bereits aus, Frau Grimm?"

Die Seniorin richtete sich auf, schürzte die Lippen, machte eine zaudernde Kopfbewegung und antwortete:

„Bislang beschränkte sich meine Tätigkeit mehr auf den privaten Bereich, also nicht gewerblich, wenn Sie verstehen." Bergerfurth nickte zustimmend. „Was nicht bedeutet, dass ich nicht professionell an die Verbrechen herangehe. Ich habe auch schon beachtliche Erfolge nachzuweisen."

„Erfolge? Nicht gewerblich? Was darf ich darunter verstehen?"

„Nun, unter anderem war ich maßgeblich an der Auflösung mehrerer Mordfälle beteiligt. Privat natürlich."

„Natürlich."

Mehr sagte der städtische Angestellte nicht. Stattdessen blickte er nun eine Spur zu verständnisvoll. Herr Bergerfurth ließ die Mine seines Kugelschreibers vor- und zurückschnellen und schien währenddessen seine weitere Vorgehensweise gründlich zu überdenken. Frau Grimm verlor allmählich die Geduld.

„Was ist nun mit dem Gewerbeschein?"

„Ja, also", ein leichter Ruck ging durch Bergerfurth, „dann wollen wir mal. Zuerst bräuchte ich Ihren Ausweis."

Frau Grimm hatte diesen schon beim Betreten des Büros in der Hand gehalten und schob ihn über den Schreibtisch.

„Das Foto ist ein wenig älter", sagte sie leise.

„Ist doch schon in Farbe", witzelte Bergerfurth. Dann bemerkte er ihren düsteren Blick und räusperte sich.

„Gut, das hätten wir."

Aus einer Schublade neben seinem linken Knie holte er ein mehrseitiges Formular hervor und reichte es ihr.

„Den Antrag bitte ausfüllen und unterschreiben. Außerdem benötige ich ein aktuelles Führungszeugnis, einen Gewerbezentralregisterauszug und eine steuerliche Unbedenklichkeitsbescheinigung. Wenn wir alles zusammenhaben, melde ich Sie für die zweiwöchige Schulung bei der IHK in Duisburg an. Für den Gewerbeschein wird eine Verwaltungsgebühr in Höhe von zwanzig Euro erhoben. Hinzu kommen die Gebühren für die genannten Nachweise sowie für die Schulung. Haben Sie noch Fragen, Frau Grimm?"

Die Angesprochene war längst in ihren Stuhl zurückgesunken. Sie fühlte sich, als habe sie ein mutierter Riesenamtsschimmel frontal über den Haufen gerannt. Sie glaubte, ein leises Wiehern zu vernehmen, womit sie nicht grundlegend falsch lag.

„Ich möchte Sie noch bitten, Ihre Aktivitäten bis zur Erteilung der Gewerbeerlaubnis einzustellen, Frau Grimm."

Das war das Aus. Schien zumindest dieser Amtsträger mit den vielen Akneresten im Gesicht zu glauben. Aber so schnell gab Frau Grimm nicht auf. Nach gründlicher Abwägung der Chancen entschied sie sich, es aus taktischen Gründen zuerst im Guten zu versuchen. Langsam beugte sie sich weit über die Schreibtischkante. Mit verschwörerischem Blick hob sie den rechten Zeigefinger und winkte ihn zu sich herüber. Sie rollte die Pupillen in den rechten, danach in den linken Augenwinkel, als wollte sie den Raum kontrollieren, und blickte anschließend starr und unnachgiebig auf ihr Gegenüber. Mit dunkler Stimme begann sie zu flüstern.

„Wir können uns nicht mit Verwaltungskram aufhalten. Ich ermittle in einem Mordfall. Ich sage nur: der Tote vom Schwarzen Wasser."

Ihre Pupillen schimmerten wie glänzende Christbaumkugeln. Für einige Sekunden war Bergerfurth sichtlich irritiert. Nur ganz langsam gewann er die Fassung wieder.

„Ähem … das … darum sollte sich die Polizei kümmern."

Polizei? Mist. Nicht aufgeben, Gertrud. Gleich hast du ihn.

„Reicht auch Expolizei?"

„Ich verstehe nicht …"

„Mein Sohn war sein Leben lang Polizist, Hauptkommissar. Voriges Jahr ist er in den Ruhestand geschickt worden."

„Tja …", Bergerfurth kniff die Lippen zusammen, wiegte zaudernd Kopf, „also für eine Gewerbeanmeldung macht das eigentlich keinen Unterschied. Hm, Ihr Sohn, sagten Sie, ist das der Hauptkommissar Grimm? Hauptkommissar a.D.", schob Bergerfurth hastig hinterher. Frau Grimm nickte und starrte ihn dabei fordernd an.

„Die Unterlagen sollten in diesem Fall schneller hier sein. Am besten richten Sie Ihrem Sohn aus, er möchte persönlich hierherkommen. Wir werden dann sehen, was sich machen lässt, Frau Grimm."

Zufrieden verabschiedete sie sich. Nun galt es noch, die Presse einzuspannen. Sie hatte auch schon eine Idee, an wen sie sich wenden konnte.

11

Heinrich hatte seiner Mutter seit Wochen versprochen, einen Fliederstrauch, der ihr im Frühling die Sicht auf den Nachbargarten versperrte, auszugraben. Es hatte über eine Stunde gedauert, bis die langen Wurzeln freigelegt waren. Zwischendurch stützte er sich auf den Spaten und sah sich im Garten um. Seine Mutter kümmerte sich hervorragend um Blumen, Bodendecker und kleinere Ziersträucher. Aber der Rückschnitt der Bäume war ebenso überfällig wie eine gründliche Auslüftung des Rasens. Heinrich nahm sich vor, in Zukunft mehr Zeit im Garten zu verbringen.

Gegen siebzehn Uhr ging er hoch in seine Wohnung. Nachdem er geduscht und einen bequemen Trainingsanzug angezogen hatte, schaltete er den Wasserkocher an und setzte sich mit Papier und Bleistift an den Esstisch. Heinrich übertrug die Aussagen der Wohnungslosen aus der Caritasnebenstelle. Darunter zog er eine Linie, um seine persönlichen Einschätzungen zu notieren. Er stockte in dem Augenblick, als er den Bleistift ansetzte, weil ihm plötzlich auffiel, dass er Joschi noch nie außerhalb des Geländes rund um das Schwarze Wasser angetroffen hatte. Heinrich war immer noch oft genug in der Stadt, um irgendwelche Besorgungen zu erledigen. Die Wohnungslosen kamen ihm alle seltsam gleich vor. Er musste sich eingestehen, dass er Joschi früher nicht beachtet hätte. Aber seit sie sich kannten, ein wenig angefreundet hatten, hätte er ihn ganz bestimmt bemerkt.

Heinrich zog eine weitere Linie und schrieb: „Offene Fragen“.

Darunter notierte er alles, was ihm seltsam erschien. Die Tatsache, dass er Joschi nie in der Stadt gesehen hatte, das so weit vom Fundort der Leiche entfernt aufgefundene Fahrrad, die Herztabletten, den vitalen und sauberen Gesamteindruck, der überhaupt nicht zu jemandem passte, der auf der Straße lebte, und schließlich die Tatsache, dass unmittelbar neben Joschis totem Körper eine Angel gefunden worden war.

Als Heinrich wenig später mit einer Tasse Kaffee aus der Küche zurückkam und einen flüchtigen Blick auf die Armbanduhr warf, die Joschi ihm geschenkt hatte, war er überrascht. Er führte die Uhr dichter an seine Augen, um ganz sicherzugehen. Heinrich hatte es versäumt, sie vor dem Duschen abzunehmen. Als er den Fehler bemerkte, erinnerte er sich an Joschis Worte: „Sie ist absolut wasserdicht." Nun sah er, dass das Gehäuse restlos voll gelaufen war, die Zeiger und das Zifferblatt lagen unter Wasser. Die erste Frage, die Heinrich sich stellte, galt der Qualität. Sollte es sich um eines dieser täuschend echt aussehenden Imitate handeln, die meist aus dem fernen Osten kamen und die überall zu bekommen waren? In einem ersten Reflex wollte er die Uhr in den Abfalleimer werfen. Dann überfiel ihn ein leichter Anflug von Sentimentalität. Joschi hatte seine gesamten Ersparnisse dafür geopfert. Dem materiellen Wert maß Heinrich keine Bedeutung bei, es war die symbolische Geste, die ihm beim Anblick der kaputten Uhr feuchten Glanz in die Augen trieb.

Heinrich nahm sich vor, am nächsten Morgen seinen Angelfreund Walter Floskamp aufzusuchen. Floskamp hatte seinen kleinen Uhrmacherladen an der Dimmerstraße vor mehr als einem Jahrzehnt geschlossen. Sein Service war kaum noch gefragt und als ihm der Hausmeisterposten an einer Weseler Schule angeboten wurde, hatte er die Gelegenheit beim Schopf gepackt.

Heinrich dachte an Joschis auffordernden Blick, mit dem er ihm die Uhr hingehalten hatte. Seine sonderbare Andeutung. Beim Anblick der Uhr glaubte Heinrich, sie noch einmal zu hören.

Vielleicht wird sie mal wichtig für dich.

12

Camel hatte für sein Vorhaben eine halbe Stunde im Waschkeller damit verbracht, den immer unüberschaubar werdenden Berg aus Schmutzwäsche zu durchsuchen. Am Ende hatte es lediglich zu der Erkenntnis gereicht, dass er dringend einen Waschtag einlegen musste. Auf dem Speicher war er schließlich fündig geworden. In einer alten Kommode lagerte er Textilien, die zwar verdreckt und oft genug zerschlissen waren, von denen er sich jedoch nicht trennen konnte. Die Hose in grünen und hellroten Pastelltönen mit weitem Schlag war arg verwaschen, der Stoff an manchen Stellen bereits so dünn, dass die Haut durchschimmerte. Auf dem Boden der alten Holzkiste fand er ein zerknittertes T-Shirt. Auf hellblauem Untergrund strahlten lauter kleine Prilblumen um den entsprechenden Werbeaufdruck der Firma in der Mitte. Kurzerhand streifte Camel es über und bügelte es notdürftig mit der flachen Hand. Ein Blick in den matten Flurspiegel sorgte für Zufriedenheit. Es galt, eine vertrauensvolle Basis zu schaffen. Die Pressemeldung der Polizei, die am gestrigen Spätnachmittag in die Redaktion flatterte, war eindeutig. Kein Landstreicher würde sein Fahrrad und alle Besitztümer achtlos irgendwo abstellen und kilometerlang durch den Wald spazieren. Als guter Journalist roch er den modernden Gestank der Illegalität sofort. Er sah die Spur des Verbrechens förmlich vor seinem geistigen Auge. Sennheiser musste das geahnt haben, wurde ihm in diesem Augenblick bewusst. Er hatte ihn nicht ermahnen wollen, im Gegenteil, sein Boss hatte diesen Hinweis bewusst fallen lassen. Er hatte ihn kitzeln, auf diese Weise seinen besten Mann auf die Sache ansetzen wollen. Clever, Chef, dachte Camel. Der Reporter hielt die Klinke bereits in der Hand, dachte eine Sekunde nach, holte sich eine Flasche Sonnenblumenöl und verschwand damit ins Badezimmer. Mit Haaren, die in der Sonne glänzten, trat er vors Haus und sah unter die Motorhaube des Mustangs. Dieser Ort war eine Fundgrube für Schmutzreste aller Art. Genau das passende Make-up für sein Vorhaben. Voller Flecken im Gesicht, an den Händen und an den Kleidern machte sich Camel auf den Weg.

Er hatte sich die Aufgabe wesentlich leichter vorgestellt. Seit zwei Stunden lief er durch die Stadt. Musste immer wieder in Hauseingänge und Nebenstraßen flüchten, um nicht von Leuten erkannt zu werden. Auch wenn er seine Tarnung für perfekt hielt, war ihm das Risiko zu groß.

Es war dem Redakteur unerklärlich, dass er keine bettelnden Menschen sah. Hatte er irgendwas verpasst? Besaßen Obdachlose ein Spendenkonto, über das sie ihre Einnahmen und Ausgaben abwickelten? Er musste sich eingestehen, dass er schlecht vorbereitet war. In einem Fast-Food-Restaurant kaufte Camel einen Kaffee im Plastikbecher und setzte sich auf eine Bank in der Mitte der Fußgängerzone. Er zündete eine Zigarette an und dachte angestrengt nach. Einer seiner Artikel fiel ihm ein. Von 2004, er hatte auf die soziale Schieflage in der Stadt hinweisen wollen und die Obdachlosen als drastisches Beispiel herangezogen. Während er sich zu erinnern versuchte, wo er sich damals mit ihnen getroffen hatte, riss ihn ein plötzlicher Schmerz aus den Gedanken. Heißer Kaffee lief ihm über die Hand.

„Entschuldigung, ich dachte, es wäre Ihr Spendenbecher“, vernahm er eine bekannte Stimme. Er hob den Kopf und verfluchte diesen Tag im ersten Moment.

„Herr Walther“, rief Frau Grimm und hielt entsetzt die Hand vor den Mund. Passanten blieben stehen und versuchten, den Angesprochenen zu erkennen.

„Ihre Artikel entsprachen nicht immer der Wahrheit, aber dass Sie nun so enden mussten, ist wirklich schade.“

Die Seniorin sah sich um, als ersuche sie um Zustimmung. Frau Grimm war ebenfalls auf der Suche nach Obdachlosen und so war es kein Zufall, dass sie sich hier begegneten. Camel stand auf und schob sie nachdrücklich in eine Seitenstraße.

„Ich recherchiere undercover, Frau Grimm“, flüsterte er.

„Undercover?“, rief sie erstaunt.

Jetzt nicht mehr, dachte Camel.

„Ja! Ist Ihnen denn nicht aufgefallen, dass ich wie ein Obdachloser aussehe?“

„Doch, doch, schon länger“, wollte sie beschwichtigen. Camel holte tief Luft. Er musste sich unbedingt beherrschen. Nach der frühen Pensionierung ihres Sohnes war die gesprächige Seniorin seine letzte verbliebene Quelle, um an halbwegs brauchbare Polizeiinterna zu gelangen. Selbstverständlich war ihm auch ihr Hang zu privaten Ermittlungen bekannt. Es galt, die Neugierde von Frau Grimm zu kanalisieren und selbst möglichst wenig preiszugeben.

„Kam es Ihnen nicht sonderbar vor, dass neben dem Toten am Schwarzen Wasser eine Angel gefunden wurde, Frau Grimm?“

Verstohlen sah sie nach rechts und links und trat dabei näher an ihn heran.

„Das haben Sie sehr gut beobachtet. Jeder Trottel in Wesel weiß, dass es dort keine Fische gibt. Die Sache stinkt.“

Camel schluckte. Es war nicht die Zeit, Wunden zu lecken, er brauchte endlich Fakten. Immerhin hatte er sie angestachelt.

„Die Angelegenheit ist sehr brisant. Das können wir nicht auf der Straße besprechen.“

Sie beschlossen, in der Eisdiele an der Tückingstraße einen Kaffee zu trinken. Der Kellnerin fiel beim Anblick der alten Dame in Begleitung des vermeintlich Obdachlosen fast das Tablett aus der Hand. Sie nahmen in der hintersten Ecke gegenüber den Toiletten Platz.

„Die muss es aber nötig haben“, vernahm sie die Stimme einer reiferen Blondine vom Nachbartisch. Gertrud Grimm bedachte sie mit einem abfälligen Blick. Erst jetzt erfasste sie die Situation. Sie linste zu ihrem Tischnachbarn und versank tiefer in ihren Stuhl. Dummerweise musste sie zum Schutz vor ungebetenen Mithörern näher an Camel heranrutschen. Sie berichtete ihm von ihrem Plan, eine Detektei zu eröffnen und betonte ausdrücklich, wie wichtig ihr dafür der gute Draht zur örtlichen Presse sei.

„Ich brauche wohl nicht extra zu erwähnen, dass ich die mir anvertrauten geheimen und brisanten Ermittlungsdetails, wenn überhaupt, nur den kompetentesten Journalisten anvertrauen würde."

„Gnädige Frau, sehen Sie mich an. Vor Ihnen sitzt die mediale Fachkompetenz in Person."

Camel klang empört. Bevor Frau Grimm reagieren konnte, lenkte er das Gespräch geschickt auf den Toten vom Schwarzen Wasser. Dass ein mit Tüten und Taschen bepacktes Fahrrad gefunden worden war, nahm sie äußerst interessiert zur Kenntnis. Nachdem Frau Grimm bezahlt hatte, schickte sie Camel zur Anlegestelle der River Lady an der Rheinpromenade. Um diese Jahreszeit waren sehr viele Touristen dort, potenzielle Spender also, glaubte die Hobbyermittlerin.

Frau Grimms Vermutung erwies sich als richtig. Zwei Bettler saßen oberhalb des Ufers in der Nähe der Anlegestelle auf dem Grünstreifen zwischen Fahrradweg und Straße. Als Camel sich dazusetzen wollte, herrschten sie ihn an.

„Besetzt, Kumpel. Musste dir wat anderet suchen."

„Glaube ich nicht", antwortete Camel und legte auf jeden der beiden Papierteller einen Zehn-Euro-Schein. Die beiden griffen sofort zu und ließen die Spende in der Tasche verschwinden. Einer von ihnen deutete auf ein ankommendes Schiff.

„Wenn der anlegt, biste aber weg, verstanden?"

Camel nickte. Ungefragt erzählte er ihnen eine herzzerreißende Geschichte von einem ehemaligen Stararchitekten, dem zuerst eine Brücke und kurz darauf sein gesamtes Leben eingestürzt sei. Sie beäugten ihn misstrauisch. Im Augenwinkel sah er das anlegende Fahrgastschiff. Er fragte sich, ob die vertrauensbildenden Maßnahmen schon gewirkt hätten. Viel Zeit blieb nicht mehr.

„Sagt mal, den Toten drüben am Schwarzen Wasser, kanntet ihr den?"

Die beiden sahen sich an. Camel wurde nervös.

„Du bist keiner von uns", sagte der eine, „sonst würdest du Joschi kennen. Außerdem haste für meinen Geschmack ein bisschen viel Kohle für dein kaputtes Leben."

Nach kurzem Zögern entschloss sich Camel, die Wahrheit zu sagen.

„Ihr habt Recht. Ich bin Journalist. Ich war dabei, als der Tote gefunden wurde. Und jetzt kümmert sich niemand mehr drum, obwohl die Umstände äußerst mysteriös sind."

Camel versuchte, so seriös wie möglich zu wirken.

„Wenn es einen Geschäftsmann oder jemanden aus dem Rathaus erwischt hätte, würde die Polizei nicht so einfach zur Tagesordnung übergehen. Aber so." Er hob die Schultern.

„Du meinst, da hat jemand nachgeholfen?"

Camel verzog keine Miene, ließ seinen Blick bedeutungsvoll auf ihnen ruhen und erzeugte damit mehr Spannung, als Worte hätten bewirken können. Dann sprang er mit einem Ruck auf.

„Ich glaube nicht, dass dieser Joschi dort angeln wollte."

Wieder sahen die beiden sich ungläubig an.

„Nein, natürlich nicht. Dort gibt es keine Fische, weiß doch jedes Kind. Wie kommst du darauf?"

Für eine Sekunde verzog der Redakteur des Boten das Gesicht.

„Man hat eine Angel neben ihm gefunden. Und wisst ihr, was das Schlimmste ist?"

„Was?"

„Die Polizei hat sein Fahrrad gefunden, fast zwei Kilometer vom Schwarzen Wasser entfernt. Kann gut sein, dass sie jetzt doch Ermittlungen aufnehmen. Was meint ihr wohl, bei wem sie anfangen?"

„Wir haben doch nichts damit zu tun!"

„Könnt ihr das beweisen? Die Polizei braucht immer einen Schuldigen. Aber da mache ich nicht mit!"

„Was soll'n das heißen?"

Camel ging vor den beiden in die Hocke.

„Es ist meine Aufgabe, Missstände aufzudecken und unschuldigen Bürgern zu helfen. Und das werde ich. Aber dafür benötige ich Informationen. Wer war dieser Joschi? Wie heißt er wirklich, wo kommt er her und so weiter?"

Sie wirkten ratlos. Passanten ließen gelegentlich Münzen auf die Teller fallen. Sie bedankten sich beiläufig.

„Wir kennen nur seinen Vornamen. Joschi war einer der letzten Berber. Er war viel unterwegs, wir müssten uns in den Nachbarorten umhören. Aber wie sollen wir dahin kommen?"

Nach der misslungenen Maskerade und weil die beiden sich in der Szene wesentlich besser auskannten, musste Camel in den sauren Apfel beißen. Er zückte das Portemonnaie und gab ihnen fünfzig Euro für Fahrkarten sowie seine Visitenkarte. Dafür mussten sie ihm versprechen, am nächsten Abend um Neunzehn Uhr an der Rheinpromenade zu erscheinen und ihm Bericht zu erstatten.

13

Gertrud Grimm lud Annette und Heinrich an diesem Abend hochoffiziell zum Abendbrot auf ihre Terrasse ein. Als Dankeschön dafür, dass sie nun freie Sicht auf ihren und vor allem den Garten ihrer Nachbarn hatte. Ihre Freundin Brunhilde war am Morgen mit ihrem Mann nach Venlo gefahren und hatte ihr einen kleinen Eimer Matjes mitgebracht. Annette genoss die süßlich warme Abendluft, lehnte sich entspannt zurück.

„Haben euch die Tabletten weiterhelfen können?", fragte Gertrud Grimm betont beiläufig, während sie eine Zwiebel in dünne Scheiben schnitt. Annette hob die Mundwinkel.

„Ja."

Die Hand, mit der sie das Messer hielt, verkrampfte sich. Heinrich ahnte, wie es in seiner Mutter brodelte.

„Ein kleines bisschen mehr kannst du schon verraten, immerhin hat meine Mutter die Tabletten an einer Stelle gefunden, an der deine Leute ahnungslos vorbeigetrampelt sind."

Seine Mutter hob rasch den Kopf. Ihre Augen strahlten ihn an.

„Damit sie wieder unerlaubte Ermittlungen anstellt?"

Fast in der gleichen Sekunde knallte Frau Grimm wütend das Messer auf den Tisch.

„Unerlaubte Ermittlungen? Wenn es meine Zeit in der Vergangenheit überhaupt erlaubt hat, habe ich der Weseler Polizei in ausweglosen Situationen weitergeholfen. Das ist also der Dank dafür."

Sie verschränkte theatralisch die Arme vor die Brust und presste die Lippen zu einem dünnen Strich zusammen. Annette suchte nach Fakten, die so unbedeutend oder naheliegend waren, dass sie nichts verrieten. Sie glaubte nicht, dass der Tote Opfer eines Verbrechens war. Heute Morgen, nachdem sie die Tabletten abgegeben hatte, hatte sie einen Augenblick lang Zweifel gehabt. Aber sie hatte sie gleich wieder verworfen. Aus diesem Todesfall kann selbst Gertrud Grimm keinen Mord machen, schmunzelte sie innerlich.

„Meinetwegen. Die Tabletten, die du gefunden hast, stammen aus der Packung, die der Tote bei sich trug. Das ist alles, was ich dir sagen kann."

Geht doch, dachte sie und nahm sich vor, ihre erfolgreiche Strategie nicht so schnell aufzugeben.

„Verstehe, laufende Mordermittlung."

„Nein", Annette lachte kurz auf, „es bleibt weiterhin beim Leichenermittlungsverfahren. Es gibt keinen Mord, Gertrud. Finde dich damit ab."

Heinrich, der den dritten Hering auf den Teller legte und ihn sogleich unter einer Schicht Zwiebelringe begrub, kam die Sichtweise der leitenden Staatsanwältin oberflächlich vor.

„Welche Erklärung habt ihr dafür, dass die Tabletten im Gebüsch lagen?"

„Meine Güte, Heinrich, was soll ich dir da sagen? Vielleicht hat der Tote sie dort selbst verloren?"

Schweigend beendeten die drei ihr Abendessen.

14

„Joschi!"

Er fuhr hoch, schnappte gierig nach Luft. Das Hemd klebte nass an seinem Körper. Sie legte ihren Arm um ihn, sagte kein Wort. Nach einer Weile beruhigte er sich. Langsam ließ er sich zurücksinken. Sie beugte sich über ihn, ihre Haare kitzelten ihn im Gesicht. Zärtlich berührte ihr Mund seine Lippen.

„Nimmt dich ganz schön mit, hm?"

Er nickte gedankenversunken.

Eine Stunde lag Heinrich nach diesem Albtraum wach im Bett, dann stand er auf. Eine halbe Stunde früher als gewöhnlich. Er öffnete ein Fenster im Wohnzimmer und steckte den Kopf ein Stück hinaus. Es regnete, der Wetterbericht hatte erste Wärmegewitter vorausgesagt. Er ließ das Fenster geöffnet und ging ins Badezimmer. Nach der Dusche füllte er den Wasserkocher und ging zurück ins Schlafzimmer. Er setzte sich zu Annette auf die Bettkante.

„Eine Runde um den See?"

„Es regnet in Strömen."

„Dann haben wir noch Zeit."

Sie zog ihn sanft unter ihre Decke.

Über den Klever-Tor-Platz, vorbei an Rathaus und Bücherei, lief er direkt auf die Dimmerstraße zu. Der Kornmarkt war um diese Zeit menschenleer. Vor den zugeklebten Scheiben eines Supermarktes kommunizierten schwanzwedelnd zwei angeleinte Mischlingshunde.

Pünktlich um neun Uhr klingelte Heinrich bei der Dimmerstraße 3a. Walter Floskamp bewohnte die erste Etage, er begrüßte seinen Besucher bereits im Treppenhaus. Oben gab er ihm die Hand, das heißt, er drückte sie im wahrsten Sinne des Wortes. Immer, wenn sie sich trafen, fragte sich Heinrich, wie jemand mit derartig kräftigem Händedruck Uhrmacher sein konnte. Floskamp führte ihn direkt in sein Arbeitszimmer. Der nur knapp zehn Quadratmeter kleine Raum war voll gestellt mit Schränken, Regalen und Arbeitsflächen. Heinrich stellte fest, dass Walter Floskamp seine gesamte Uhrmacherwerkstatt hier untergebracht hatte. Der Gastgeber räumte hastig einige Kartons und lose Blätter von einem Stuhl und bot ihn Heinrich an. Er selbst setzte sich auf einen verblichenen Drehschemel an die Werkbank. Floskamp trug ein verwaschenes Hemd und eine alte Cordhose, die an vielen Stellen abgewetzt war. Die dunkelgrauen Haare lagen akkurat gescheitelt. Er setzte sich vorsorglich eine schmale Lesebrille auf und sah seinen Besucher tatendurstig an. Heinrichs Augen flogen über die vielen, scheinbar wahllos verteilten Werkzeuge auf der Arbeitsfläche. Die Wand hinter der Werkbank bestand aus einer flächendeckenden Holztafel, die mit Schlüsseln, speziellen Feinwerkzeugen und Stapeln von Kleinteilebehältern bedeckt war.

„Ich dachte, du reparierst keine Uhren mehr?", wunderte sich Heinrich. Floskamp lachte.

„Ich kann nicht aufhören", gespielt hilflos breitete er die Arme aus. „In manchen sogenannten Fachgeschäften wechseln sie dir höchstens noch die Batterie, wenn's schwieriger wird, schicken sie die Uhr ein und du bist sie sechs Wochen los. Die meisten modernen Uhren sind in Wirklichkeit kleine Computer. Irgendwann kannst du damit telefonieren und bügeln."

Floskamp machte eine abfällige Handbewegung.

„Ich repariere noch die Uhren meiner alten Stammkunden. Ab und an kommt schon deren Nachwuchs zu mir. Gute Arbeit spricht sich eben rum."

„Das schaffst du in deiner Freizeit?"

Floskamp bedachte Heinrich mit einem mitleidig-naiven Blick.

„In Zeiten, in denen Uhren bei Tchibo und Aldi verkauft werden, ist das keine große Kunst. Aber ich nehme an, du hast mir was Besseres mitgebracht."

„Das hoffe ich. Ehrlich gesagt zweifle ich inzwischen an der Echtheit."

Heinrich zog einen Gefrierbeutel aus der Innentasche seines Blousons. Das Küchentuch, in das er die Uhr zusätzlich eingewickelt hatte, war an der Unterseite durchnässt. Vorsichtig wickelte er das Tuch ab und reichte Walter Floskamp den Chronografen. Dieser führte die Uhr dicht an die Augen, drehte sie prüfend um und legte sie unter ein beleuchtetes Vergrößerungsglas vom Umfang eines Kuchentellers. Dabei stülpte er die Lippen leicht vor und nickte zweideutig. Das Ganze dauerte keine zwei Minuten. Mit einem Schwung drehte sich der Uhrmacher zu Heinrich um.

„Kein Zweifel, die Uhr ist echt. Es handelt sich um eine Omega Seamaster Professional. Die Seriennummer stammt aus diesem Jahr, sie ist also noch fast neu. Was hast du damit gemacht?"

Heinrich schüttelte ratlos den Kopf.

„Ich hatte sie versehentlich unter der Dusche an. Das verträgt sie wohl nicht. Lohnt sich eine Reparatur?"

„Machst du Witze? Erstens kostet diese Uhr fast dreitausend Euro und zweitens weist sie die Besonderheit auf, bis in eine Tiefe von dreihundert Metern wasserdicht zu sein. Der Grund für ihre große Beliebtheit unter Hobbytauchern."

Für einen Augenblick fehlten Heinrich die Worte. Fieberhaft überlegte er, wie er diese Information bewerten sollte. Ein weiteres Mosaiksteinchen, ein weiteres Rätsel um Joschis Tod? Oder noch ein Zufall? Ein Obdachloser dürfte kaum eine Uhr im Wert von dreitausend Euro erwerben können. Er könnte sie gefunden haben. Jemand hatte sie aus Ärger über den Defekt weggeworfen. Aber auch diese These war wenig wahrscheinlich.

„Dann will ich mal nachsehen, was dem guten Stück fehlt." Floskamps entschlossene Stimme beendete die Gedankenkette. Heinrich stand auf und sah seinem Bekannten neugierig über die Schulter. Floskamp spannte die Uhr mit der Unterseite nach oben ein. Von einer Ablage an der Wand nahm er ein Gerät, das Heinrich an einen Dosenöffner erinnerte. Er drehte an eingelassenen

Rändelschrauben, woraufhin sich drei kleine Stifte voneinander entfernten. Diese griffen schließlich exakt passend in Vertiefungen im Gehäusedeckel. Bevor Floskamp den Deckel der Uhr aufschraubte, sah er Heinrich prüfend an.

„Ich gehe davon aus, dass die Dichtung hinüber ist. Falls nicht, sorge ich jetzt dafür, dass du eine neue brauchst. Die muss ich bei Omega in der Schweiz bestellen, dauert 'ne Woche, mindestens. Soll ich trotzdem …"

„Ja, sicher."

Heinrich wunderte sich über seine Ungeduld. Was sollte ihn schon Besonderes erwarten? Floskamp begann, den Gehäuseöffner langsam zu drehen.

„Geht aber verdächtig leicht", murmelte er dabei. Nach nicht einmal zwei Umdrehungen legte er den Öffner zur Seite. Mit einer Pinzette, deren Schaufeln dünn wie Papier waren, hob er den Gehäusedeckel der Seamaster ab. Dann deutete er erstaunt auf das Innenleben. Auf dem Uhrwerk lag ein quadratischer, in Folie eingeschweißter Zettel mit einer Kantenlänge von ungefähr einem Zentimeter. Die Seriennummer oder dergleichen, dachte Heinrich. Walter Floskamp nahm den Zettel mit der Pinzette heraus und hielt ihn unter das Vergrößerungsglas.

„Was soll das bedeuten?"

Der Uhrmacher rieb sich nachdenklich das Kinn. Fragend sah er Heinrich an, dann beugte er sich über die geöffnete Uhr und inspizierte diese genau. Heinrich hielt es nicht mehr länger aus.

„Soll das heißen, der Zettel gehört da nicht rein?"

Schweigend, als wolle er Heinrichs Nervenstärke prüfen, ging Floskamp zu einem Schrank und kam mit einer dicken Lupe zurück. Wieder begutachtete er das Innenleben der Uhr. Kopfschüttelnd legte er nach drei endlos lang anmutenden Minuten das Vergrößerungsglas beiseite, setzte sich auf den Schemel und massierte mit beiden Händen das Gesicht. Heinrich fühlte sich hilflos. Mit einem Ruck ließ Floskamp den Stuhl herumschnellen. Er atmete einmal tief durch, bevor er seine Einschätzung mitteilte.

„Der originale Dichtungsring ist entfernt worden, ein neuer wurde nicht eingesetzt. Der Gehäusedeckel war nur halb zugedreht. Die Uhr musste dadurch irgendwann voll Wasser laufen. Im Gehäuse der Uhr befindet sich ein wasserdicht verpackter Zettel. Heinrich, ich weiß nicht, welchen Zweck das alles haben soll und wer eine dreitausend Euro teure, neuwertige Uhr dafür verwendet, aber eines dürfte klar sein: Es war jemandem sehr viel wert, dass dieser Zettel gefunden wird!"

Heinrich sank in den Stuhl zurück. Ihm kam es vor, als würde der Boden unter ihm schwanken.

Fast neu und hundertprozentig wasserdicht.

Joschis Worte dröhnten wie der Nachhall einer Glocke durch sein Bewusstsein. Der merkwürdige Unterton, Joschis Körpersprache, alles deutete darauf hin, dass Joschi vom Inhalt der Uhr gewusst hatte. Heinrich hatte nicht die geringste Ahnung, wie er die neuen Erkenntnisse bewerten sollte.

Walter Floskamp war mittlerweile damit beschäftigt, mithilfe einer Lupe die Schrift auf dem kleinen Zettel zu entziffern. Mit der linken Hand kritzelte er ohne hinzusehen etwas auf einen Schmierzettel auf der Arbeitsfläche. Kurze Zeit später legte er die Lupe zur Seite und schrieb den Inhalt noch einmal in Reinschrift darunter. Anschließend reichte er Heinrich den Zettel, um das Geschriebene mit dem Original abzugleichen. Verwundert betrachtete der pensionierte Hauptkommissar die beiden Zahlenreihen. Der Abgleich stimmte. Floskamp hatte das Original bislang lediglich mit den winzigen Schaufeln der Pinzette berührt. Aus einem antrainierten Reflex heraus ließ Heinrich den Schnipsel aus Floskamps Pinzette in den Gefrierbeutel gleiten. Die Uhr wickelte er wieder in das Tuch und steckte beides getrennt ein.

Heinrich wollte nicht sofort nach Hause gehen. Zu viele Fragen schwirrten ihm im Kopf herum. Sein Gehirn benötigte Sauerstoff. Quer über den großen Markt schlenderte er am Willibrordi-Dom vorbei. Wenige Minuten später war er über die Fischertorstraße an die Rheinpromenade gelangt. Gedankenversunken setzte er sich auf eine der leeren Bänke dicht am Ufer. Er ließ seinen Blick über den Strom gleiten, hinüber auf die andere Rheinseite und hielt ihn dort irgendwo zwischen den Ruinen der alten Eisenbahnbrücke und dem stählernen Spargel des Perricher Sendemastes, dem höchsten Gebäude in Nordrhein-Westfalen.

Was steckt dahinter?, fragte Heinrich sich immer wieder. Er hatte sich entschieden, Joschis Kenntnis über den Zettel in der Uhr als unverrückbaren Fakt anzusehen. Alles andere ergab keinen Sinn. Aber das erklärte nichts. Immerhin war auf diese Art ein Ermittlungsansatz vorgegeben. Heinrich erschrak bei dem Gedanken.

Ihm fiel der Nachmittagstermin mit seiner Therapeutin ein. Dr. Wesseling wollte mit ihm zur „Citadelle Napoleon“, dem Ort, an dem das Ende seinen Anfang genommen hatte. Konfrontationstherapie nannte sie das. Sie sah ihn auf einem guten Weg. Allmählich würde es ihm gelingen, loszulassen, abzuschließen mit der Vergangenheit.

Ihm wurde schmerzhaft bewusst, dass er weit davon entfernt war. Er wähnte sich an einer Grenze, spürte, wie es ihn zurückzog. Heinrich wehrte sich dagegen, zwang die Gedanken auf den nächsten Urlaub mit Annette, auf die geplante Anschaffung des Wohnmobils, auf … Langsam drängte Joschis Gesicht alle Bilder zur Seite. Die leise Stimme, geheimnisvoll.

… vielleicht wird sie mal wichtig für dich?

15

Die Apothekerin drehte die kleine Pille ins Licht, legte die Stirn in Falten. Ein Kunde verabschiedete sich, die Kollegin, die ihn bedient hatte, nahm die Tablette ebenfalls in die Hand und drehte sie mehrmals in das grelle Licht der Kaltlichtstrahler über der Theke. Kopfschüttelnd gab sie sie der anderen Apothekenhelferin zurück. Die Szenerie könnte aus einer „Wetten dass …"-Sendung stammen, in der zwei Damen versuchten, Hersteller und Namen von Tabletten durch bloßes Betasten zu erraten.

„Die Packung haben Sie nicht mehr?"

Frau Grimm wurde unruhig. Vor fünf Minuten hatte sie höflich erklärt, die Schachtel verloren zu haben, und um Hilfe gebeten.

„Nein, die Schachtel habe ich nicht mehr. Gibt es denn so viele Herztabletten?"

„Ja, einige."

Die 74-Jährige dachte nach. Ein Obdachloser dürfte kaum in regelmäßiger kardiologischer Behandlung sein.

„Gibt es vielleicht auch rezeptfreie, preiswerte Herzmedikamente?"

Reflexartig senkte sich der Blick der Apothekerin erneut auf die Pille. Plötzlich erhellte sich ihre Miene.

„Ja – die kam mir gleich bekannt vor. Wir haben dieses Mittel lange nicht mehr abgegeben, wissen Sie."

„Natürlich."

Selbstverständlich wusste sie es nicht, wollte aber die mittlerweile zielgerichtete Konversation nicht mehr als nötig unterbrechen.

„Es handelt sich um Strophantus. Gibt es rezeptfrei, kostet 4,50 Euro, erinnern Sie sich?"

„Ja – ich kann mich schwach erinnern."

„Sie waren bestimmt bei Herrn Semmelstedt in Flüren. Er ist

mittlerweile der einzige Heilpraktiker, der seinen Kunden Strophantus empfiehlt."

Gertrud Grimm schlug die flache Hand zum Zeichen der Eingebung vor die Stirn.

„Stimmt. Daher habe ich den Tipp. Ich bin aber auch vergesslich geworden, schlimm."

Vor der Tür notierte sie sofort den Namen des Medikamentes und des Heilpraktikers. Sie sah sich kurz um und erblickte ein Taxi am Stand vor der Post.

„Guten Tag. Fahren Sie mich bitte zum Heilpraktiker Semmelstedt in Flüren."

„Nix kenne Semelestädt. Fluren null Problem, Milady."

In der gleichen Sekunde, in der der Taxifahrer den Zündschlüssel umdrehen wollte, riss Frau Grimm die Tür auf und stieg kopfschüttelnd aus.

Früher lagen im Postamt dutzende Telefonbücher aus, erinnerte sie sich. Nachdem sie zehn Minuten angestanden hatte, suchte ein freundlicher Beamter ihr die Telefonnummer aus dem Computer. Sie zückte das Handy und rief dort an. Herr Semmelstedt persönlich nahm das Gespräch an. Wenn sie Wartezeit in Kauf nehme, könne sie gerne kommen, sagte er. Frau Grimm notierte die Adresse und ging erneut zum Taxistand.

„Marsstraße 41 in Flüren bitte."

„Sehr wohl, gnädige Frau."

Sie atmete erleichtert auf. Kaum waren sie losgefahren, meldete der Fahrer die Fahrt der Funkzentrale.

„Elke … ich fahre zum Semmelstedt."

„Prima, Willy", krächzte es aus dem kleinen Lautsprecher, *„dann kannste gleich Herr Milowicz mit zurückbringen."*

Zehn Minuten später standen sie vor einem schmucken Einfamilienhaus in einer ruhigen Wohngegend Flürens. Die Praxisräume befanden sich im Keller, eine Außentreppe an der Seite führte dorthin. Sie ärgerte sich, dass sie kein Bild des Toten hatte. Nach fast zwei Stunden Wartezeit führte eine freundliche Dame mittleren Alters Frau Grimm in einen kleinen fensterlosen Raum. Neben einer Pritsche befand sich ein Schreibtisch aus Metall. Sie wurde gebeten, auf einem Schemel neben dem Schreibtisch Platz zu nehmen. Vor ihr auf einem kleinen Tisch befand sich eine Apparatur, die sie an das Gerät ihres Augenarztes erinnerte. Es hatte eine Stütze für Stirn und Kinn und ein Okular für die mikroskopische Untersuchung der Augen. Nach weiteren zehn Minuten Wartezeit wurde plötzlich so elanvoll die Tür hinter ihr aufgerissen, dass die Seniorin erschrak. Ein hochgewachsener Mann mit sportlicher Figur betrat das kleine Behandlungszimmer. Er hatte pechschwarzes, mattes Haar. Seine Haut war mit einer gesunden Bräune überzogen. Frau Grimm hatte den Eindruck, als sei dieser Mann vor wenigen Minuten von seinem Surfbrett gestiegen, um hierherzukommen und sie zu behandeln. Lediglich die kleinen, verräterischen Fältchen um seine Augen widerlegten den jugendlichen Gesamteindruck.

„Schönen guten Tag. Was kann ich für Sie tun?" Freundlich reichte er ihr die Hand. Sie begrüßte ihn, holte eine Pillendose aus der Handtasche hervor, entnahm ihr umständlich die Tablette und hielt sie Semmelstedt hin.

„Haben Sie diese Tablette verabreicht?"

Er warf einen kurzen Blick darauf und winkte sie näher an die Apparatur zwischen ihnen.

„Ist schon möglich. Weshalb benötigen Sie denn Strophantus? Angstzustände, Lampenfieber, Angina Pectoris? Legen Sie den Kopf bitte hier hinein. Die Stirn bitte gegen den Bügel drücken und mich ansehen."

Während Gertrud Grimm über eine möglichst unverfängliche Antwort nachdachte, begann Semmelstedt bereits die Diagnose.

„Ihr Herz ist in Ordnung, bis auf ein leichtes, aber unbedeutendes Vorhofflimmern. Die Lunge so weit auch. Gab es Zuckerkrankheiten in der Familie?“

„Nein“, antwortete sie kleinlaut.

„Der Blutzuckerspiegel ist leicht erhöht, ist aber nicht dramatisch. Die Nieren arbeiten tadellos, an der Bauchspeicheldrüse befindet sich ein kleines Knötchen, ist aber nichts Bösartiges, die Leber weist einen leicht erhöhten Fettgehalt auf. Sie sollten sich gesünder ernähren, vor allem weniger Fett essen, lieber mehr Obst und Gemüse. Was haben wir denn da … leichte Inkontinenz, könnte auf eine Schwäche des Schließmuskels hindeuten. Ich empfehle Ihnen Beckenmuskeltraining. Haben Sie das schon mal gemacht?“

„Nein, ähem, noch nicht.“

Sie war mittlerweile puterrot angelaufen. Semmelstedt eruierte ihren gesundheitlichen Gesamtzustand mit einer, wie sie fand, unangemessenen Leichtigkeit. In derselben Tonlage wurden im Fernsehen die Gewinnzahlen des Mittwochslotto vorgetragen.

„Ist alles eine Frage der Übung.“

Der Gedanke an gemeinsames Beckenmuskeltraining mit Herrn Semmelstedt verursachte eine leichte Schnappatmung. Er bemerkte ihre Sorge.

„Sie bekommen ein Faltblatt von meiner Frau, darin ist alles erklärt. Galle ist okay“, fuhr Semmelstedt unvermittelt fort, „Speiseröhre, Magen auch … wie sieht es denn mit Ihrem Darm aus …“, sie schluckte, „was haben wir denn da? Das sind ja ausgesprochene Prachtexemplare von Hämorrhoiden. Scherz beiseite, da sollten Sie dringend etwas unternehmen, Frau Grimm. Die sind doch bestimmt schmerzhaft, oder?“

Sie schloss die Augen und zog ihren Kopf ruckartig zurück. Ende der Vorstellung. Ihre Atmung hatte sich noch nicht ganz beruhigt. Sie bereute es, hierhergekommen zu sein. Niemals zuvor war sie derart peinlich berührt gewesen. Sie hatte den Eindruck, als habe Semmelstedt direkt durch sie hindurchgeschaut. Gleichzeitig hatte er ihren Glauben ins Wanken gebracht. Homöopathie hatte sie bislang für die Glaskugelabteilung am Rande der seriösen Medizin gehalten. Heilpraktiker waren für sie nichts weiter als moderne Druiden, die irgendwann vom überzogenen Gesundheitsbewusstsein der birkenstockbesohlten Pädagogen mit Doppelnamen profitieren wollten. Der erste Eindruck von Praxis und Betreiber hatte sie noch bestätigt. Diese Überzeugung endete in dem Augenblick, in dem Semmelstedt ihr tief in die Augen sah und seine Art der Diagnose, die eher einer Inventur ihres Körpers glich, begann. Jedes seiner Worte hatte mit nadelspitzen Zähnen an ihrem Vorurteil genagt und es Stück für Stück verschlungen, bis nur noch bloßes Erstaunen übrig geblieben war. Das Schlimmste daran war aber, dass alle seine Feststellungen auf dem steinernen Podest der Wahrheit thronten und ihr triumphierend ins Bewusstsein grinsten. Jahrelang hatte sie ihrer Hausärztin Hämorrhoiden und Inkontinenz verschwiegen, hatte Frauenzeitschriften nach Lösungsvorschlägen durchsucht und zwischen den Regalreihen der Bücherei stehend unauffällig in Sachbüchern geblättert. Es kam ihr vor, als habe Semmelstedt sie mit einem Ruck entblößt. Sollte dies alles für jeden sichtbar in ihren Augen stehen?

„Sagen Sie, was ist das überhaupt für eine neumodische Methode?"

Semmelstedt lachte.

„Iridologie oder auch Irisdiagnose. Ist bereits seit dreitausend Jahren bekannt und anerkannt. Meiner Meinung nach benötigen Sie kein Strophantus."

Sie brauchte einige Sekunden, um die harten Fakten zu akzeptieren oder zumindest bis auf weiteres zu verdrängen. Die Tatsache dass Semmelstedt nun zum Kern ihres Anliegens vordrang, beruhigte sie ein wenig.

„Also, wenn ich dieses Mittel nicht unbedingt benötige. Das ist doch bestimmt gefährlich, oder?"

„Gefährlich?"

Semmelstedt lehnte sich entspannt zurück.

„Strophantussamen sind von den Eingeborenen Afrikas als rasch wirkendes Pfeilgift eingesetzt worden. Medizinisch gesehen zählt man sie zu den Digitaloiden. Um einen erwachsenen Menschen zu töten, reichen bereits achtzig Milligramm."

„Und dieses Gift gibt es in Tablettenform einfach so, ohne Rezept? Da kann ich ja froh sein, dass ich noch lebe."

Gertrud Grimm bemühte sich, entrüstet zu klingen.

„Keine Sorge, das von Ihnen benutzte Präparat enthält den Wirkstoff Strophantin in einer homöopathischen Verdünnung von 1:10000. Diese Tabletten wären selbst dann ungefährlich, wenn Sie sich davon ernähren würden."

Unterwegs war sie unkonzentriert. In ihre Überlegungen, welche Rolle die harmlosen Herztabletten spielten, mischte sich immer wieder die Erinnerung an Semmelstedts seltsame Untersuchung. Allmählich glaubte sie auch den Grund zu kennen, weshalb der Taxifahrer sie immer wieder durch den Innenspiegel ansah und dabei zweideutig lächelte. Sie ließ sich in der Stadt absetzen, musste unbedingt noch eine Besorgung erledigen.

16

Heinrich grüßte freundlich, als er „sein" ehemaliges Büro betrat. Vor der Tür hatte er zweimal den Arm zurückgezogen, bevor er anklopfte. Für ihn war es selbstverständlich, die Polizei zu informieren. Er wollte sich wie ein ganz normaler Bürger fühlen. Aber kaum hatte er den Eingangsbereich betreten, spürte er die Veränderung. Ihm kam es vor, als zöge ihm jemand eine unsichtbare Uniform über. Die aufkommende Wehmut wollte er sich nicht anmerken lassen.

Manuela und Adriano begrüßten ihn freundlich und boten ihm Kaffee an. Nach höflichem Smalltalk über das sommerliche Wetter und das vermeintlich schöne Pensionärsleben kam Heinrich zur Sache. Er berichtete den Polizisten von Joschis Uhr und von seinem Besuch bei Walter Floskamp. Manuela sah ihn zweifelnd an. Heinrich kramte den Beutel mit der Uhr und dem Zettel hervor und hielt ihn der Hauptkommissarin hin. Den Zettel, auf den Floskamp die Zahlen geschrieben hatte, behielt er. Zögernd nahm Manuela die Tüte und hielt sie ins Licht der Neonröhren.

„Was glaubst du, bedeutet das?"

Heinrich hob ratlos die Schultern. Adriano hatte sich vornübergebeugt und begutachtete ebenfalls die Tüte mit dem daumennagelkleinen, eingeschweißten Zettel. Manuela wollte eine Lupe holen, Heinrich hielt sie am Arm zurück. Er zog den Zettel aus der Hosentasche und las laut vor.

„Oben steht die Zahl: 513959807, darunter die Zahl: 63327854. Ich habe keine Ahnung, was diese Ziffernfolgen bedeuten. Aber zur Uhr gehören sie definitiv nicht. Der Umstand, dass jemand den Dichtungsring einer dreitausend Euro teuren Uhr entfernt, diesen Schnipsel hineinlegt, den Deckel wieder schließt und die Uhr anschließend abgibt, lässt nur einen Schluss zu …"

„Der Tote wollte dir eine Nachricht zukommen lassen", folgerte Adriano. Manuela legte die Stirn in Falten.

„Also, Leute, abgesehen davon, dass sich die Zahlen wie Serien- oder Produktionsnummern anhören, frage ich mich, wie ein Obdachloser an eine so teure Uhr kommen konnte."

„Das weiß ich nicht", antwortete Heinrich, „geschenkt hat er sie mir, weil er sich vom Wohlstandsballast trennen wollte."

„Ein Obdachloser aus tiefster innerer Überzeugung?"

Manuela schüttelte den Kopf. Es schien ihr widersinnig. Dennoch war sie beunruhigt. Eine innere Stimme warnte sie vor den sich häufenden Ungereimtheiten im Zusammenhang mit dem Toten vom Schwarzen Wasser. Sie musste Sicherheit haben, um eine böse Überraschung zu vermeiden.

„Hat dieser Uhrmacher den Schnipsel angefasst?"

„Nein, weder Herr Floskamp noch ich", antwortete Heinrich Grimm hörbar zufrieden, „die Fingerabdrücke desjenigen, der den Zettel dort versteckt hat, müssten noch darauf sein. Habt ihr Joschis … ich meine die Fingerabdrücke des Toten?"

Manuela atmete tief durch. Sie hatten bislang keinen Anlass dafür gesehen.

„Heinrich", unterbrach Adriano ihre Gedanken, „wenn dieser Joschi dir etwas hätte mitteilen wollen, warum hat er das denn nicht einfach getan, anstatt einen solchen Aufwand zu betreiben?"

Grimm hob resigniert die Arme. Die Frage war berechtigt. Manuela griff sie dankbar auf.

„Möglicherweise hatte der Tote die Uhr irgendwo gefunden und gewusst, dass sie defekt ist."

„Das ist sehr unwahrscheinlich. Erstens ist der Schaden an der Uhr nicht zufällig entstanden, sondern durch gezielte Manipulation, und zweitens stehen die Reparaturen in keinem Verhältnis zu einer Uhr dieser Preisklasse. Floskamp schätzt die Kosten dafür auf unter einhundert Euro. Ich weiß nicht, welchen Sinn das alles haben soll, und ich habe nicht die geringste Ahnung, was die Zahlen bedeuten, aber mein Gefühl sagt mir, da stimmt etwas nicht."

„In Ordnung, Herr Grimm. Ich lasse diesen Schnipsel zur KTU bringen. Sollten sich darauf tatsächlich Fingerabdrücke des Toten befinden ...", Manuela stoppte mitten im Satz. Was wäre in dem Fall? Nach wie vor läge nicht der geringste Hinweis auf eine Straftat vor.

Ihr Vorgänger war längst gegangen. Manuela betrachtete den Schnipsel durch das dicke Glas ihrer Lupe. Die Folie war aus einem größeren Stück herausgeschnitten worden. Winzige Grate und die unterschiedlich großen Winkel deuteten auf Handarbeit. Etliche Telefonate mit dem Schweizer Hersteller der Omega Seamaster, die Manuela mit Mitarbeitern der Marketingabteilung, der Fertigung und der Produktkontrolle führte, brachten schließlich Gewissheit.

Wenn auch eine andere, als von der Hauptkommissarin erwartet. Die erhoffte Antwort, den Edelchronografen würden gelegentlich Produktionsnummern oder andere relevante Daten in Form eines wasserdicht verschweißten Zettels ins Gehäuse gelegt, konnte und wollte ihr kein Mitarbeiter der Firma Omega geben. Der Leiter der Fertigungsabteilung hielt es sogar für unwahrscheinlich, dass sich Staubpartikel im Gehäuse der Uhren befinden könnten. Selbstredend konnte herstellerseitig auch niemand schlüssige Angaben über die Bedeutung der Ziffernfolgen machen.

„Ich weiß nicht, was das soll", meldete sich Adriano, der Manuelas Nachforschungen argwöhnisch verfolgt hatte.

„Ein Obdachloser ist allem Anschein nach eines natürlichen Todes gestorben. Sein Fahrrad haben die Kollegen am Waldrand gefunden. Wir brauchen lediglich noch die Identität herauszufinden und dann ist alles paletti."

Als bedurfte es Unterstützung seiner Worte, klatschte der Oberkommissar zufrieden in die Hände. Manuela bedachte ihn mit einem verwunderten Blick. Zu Beginn ihrer Tätigkeit in dieser Dienststelle waren Grimms Thesen für Adriano unantastbar gewesen. Die Worte ihres Vorgängers hatten für ihn die Wertigkeit höchstinstanzlicher Gebote. In einer vergleichbaren Situation hätte ihr Kollege auf der Stelle mindestens eine Obduktion, wenn nicht gar die Einrichtung einer Sonderkommission erwartet. Was war passiert? , fragte sich Manuela. Hatte er ihre Art der Polizeiarbeit schätzen gelernt oder gründete sich das auffällige Desinteresse wieder einmal auf seinen ausgeprägten Mangel an Diensteifer? Immerhin waren fehlender Ehrgeiz, wenig Leistungsbereitschaft oder geringes dienstliches Interesse ihres fast gleichaltrigen Kollegen Gründe dafür, dass die Behörde ihr das Amt der Hauptkommissarin übertragen und die Versetzung aus Duisburg ermöglicht hatte. Adrianos Ärger über diese seiner Meinung nach ungerechte oder zumindest unverständliche Personalentscheidung hatte ihm jede noch vorhandene Motivation geraubt und ihn noch lethargischer werden lassen. Auf Manuelas Schultern lastete besondere Verantwortung, weil er sie kaum unterstützte. Sie konnte und wollte sich nicht anstecken lassen. Natürlich mussten sie die Identität des Toten herausfinden, um in irgendeiner Form weiterzukommen.

Aber das Leichenermittlungsverfahren gestaltete sich ausgesprochen schwierig. Ein Obdachloser verfügte nicht über das typische soziale Umfeld. Ihn vermissten keine Freunde, geschweige denn Vermieter, Arbeitskollegen oder Arbeitgeber. Selbst der übliche Weg, über eine Veröffentlichung im Fachblatt für Zahnärzte die Identität zu klären, dürfte kaum den erwünschten Erfolg herbeiführen. Manuela massierte nachdenklich ihre Stirn. Sie dachte an die Bedeutung, die ein Personalausweis für obdachlose Menschen hat. Dieses in Plastik eingeschweißte Papier ist für sie das einzige Bindeglied zur Gesellschaft. Ohne dieses kleine Dokument existierten sie nicht mehr, sie würden völlig aus der öffentlichen Wahrnehmung verschwinden. Mit dem ersten Schritt in dieses Leben verloren sie die Anerkennung ihrer Mitmenschen, ohne Personalausweis gab es sie auch offiziell nicht mehr. Manuela fröstelte.

17

Annette und Heinrich gingen gemeinsam heim. Eilige Fälle waren nicht zu bearbeiten, Annette konnte die Mittagspause ein wenig ausdehnen. Seine Mutter hatte die beiden zum Mittagessen eingeladen und ausdrücklich um Pünktlichkeit gebeten. Von weitem erkannte Heinrich den alten Ford Mustang von Camel. Er parkte ungefähr fünfzig Meter neben ihrem Haus vor drei anderen Fahrzeugen, die ihm bekannt vorkamen.

„Was ist denn bei euch los?“, entfuhr es Annette.

„Das wüsste ich auch gerne“, grummelte Heinrich.

Drei Minuten später, kaum auf dem schmalen Weg zur Haustür angekommen, glaubte Heinrich zu träumen. Ein halbes Dutzend Journalisten und Fotografen standen im Halbkreis um seine Mutter, die wiederum in schwarzem Mantel und dunkler Sonnenbrille an den Türrahmen gelehnt, eine Pressekonferenz abhielt. Camel bemerkte sie als Erster.

„Ah, die Frau Staatsanwältin mit Wesels neuem Privatermittler.“

Sofort drehten sich auch die anderen herum. Blitzlichter leuchteten auf. Die Journalisten zückten ihre Blöcke, liefen Annette und Heinrich entgegen. Seine Mutter schob eilig ihre ausgebreiteten Arme dazwischen.

„Wenn ich Sie hereinbitten dürfte, meine Herrschaften. In der Küche gibt es Schnittchen und frischen Kaffee.“

Während die Journaille der Aufforderung nachkam, blieb Gertrud Grimm auffällig steif neben der Haustüre stehen. Heinrich bemerkte den Rand einer Messingtafel hinter ihr.

„Gehst du mal bitte ein Stück zur Seite, Mutter?“

„Ähem … geht doch erst mal rein, sonst bekommt ihr nichts mehr ab.“

„Mutter, bitte“, Heinrich winkte sie zur Seite. Zögerlich folgte sie der Bitte. Heinrichs Gesicht färbte sich schlagartig rot, die Staatsanwältin lachte laut auf.

Detektivbüro Grimm & Sohn
Ermittlungen aller Art

„Was soll das?"

Heinrichs Stimme klang brüchig. Aus der Küche drang der helle Klang berstenden Porzellans. Gertrud Grimm fühlte sich in die Enge getrieben. Zu allem Überfluss hatte die heute offiziell vorgestellte Detektei den Makel der fehlenden Zulassung. Herr Bergerfurth hatte versprochen, ein Auge zuzudrücken. Zur Voraussetzung machte er allerdings, dass ihr Sohn bis spätestens Montag bei ihm erscheinen und das Gewerbe für sich beantragen würde. Was dieser, laut Gertrud Grimm, nur nicht schon längst getan hatte, weil er so beschäftigt war. Ein übergewichtiger Redakteur erschien im Türrahmen. Die dicken Finger umklammerten ein halbes Brötchen und endeten auf der glänzenden Oberfläche der Salami.

„Wo bleiben Sie denn, wir hätten noch einige Fragen. Außerdem möchte unser Fotograf gerne eine Aufnahme mit Ihnen und Ihrem Juniorpartner machen. Vielleicht in 007-Pose. Herr Grimm, haben Sie vielleicht noch irgendwo eine Pistole? Muss auch nicht echt sein."

Heinrich schob den Provinzreporter angewidert vor sich her in den Hausflur. Hinter sich griff er nach Annettes Hand. Er schob den Dicken zurück in die Küche und lief mit Annette schnellen Schrittes die Treppe hoch. Mit einem beherzten Schubs schloss Heinrich die Wohnungstür, so dass die empörten Rufe aus dem Erdgeschoss gedämpft wurden. Er atmete tief durch und ließ sich aufs Sofa fallen. Annette holte eine Flasche Mineralwasser und zwei Gläser aus der Küche. Heinrich ließ seine Wut heraus.

„Was bildet meine Mutter sich ein? Ist sie jetzt völlig übergeschnappt?"

Über Annettes Gesicht huschte der Hauch eines Lächelns. Sie senkte leicht den Kopf und sah ihn über eine imaginäre Brille hinweg an. Heinrich kannte diese Geste, sie sollte ihm signalisieren, dass er vorschnell urteilte. Unsicher lehnte er sich zurück.

„Haben wir deiner Mutter nicht immer vorgeworfen, illegale Ermittlungen anzustellen oder sich in Dinge zu mischen, die sie nichts angehen?"

„Du glaubst, dieses Schild neben der Tür wird sie in Zukunft davon abhalten?"

„Das weiß ich nicht. Aber immerhin gibt sie sich Mühe. Außerdem hat sie uns bei deinem letzten Fall tatsächlich sehr geholfen, auch wenn ich die Methoden nicht gutheißen kann. Heinrich, was glaubst du, was für Aufträge sie bekommt, falls überhaupt ein Klient kommt? Detektiv in Wesel heißt, Kaufhausdiebstähle aufzuklären beziehungsweise zu verhindern, oder untreue Ehepartner zu überführen. Gönne ihr doch diese Beschäftigung. Oder bist du etwa neidisch?"

„Quatsch! Soll sie sich meinetwegen lächerlich machen. Aber auf dem Schild steht dick und fett: Grimm & Sohn. Was glaubst du, wer damit gemeint ist?"

Aus dem Erdgeschoss drang Stimmengewirr durchs Treppenhaus, die Haustür fiel kurz darauf ins Schloss. Annette und Heinrich sahen unweigerlich zur Tür. Wenig später senkte sich langsam die Türklinke. Ein graues Haarbüschel schob sich durch den kleinen Spalt. Schrumpelige, dünne Finger krochen um das Türblatt. Heinrich rechnete mit einer weißen Fahne, stattdessen lugten zwei neugierige, graublaue Augen über den Rand einer außergewöhnlich dunklen Sonnenbrille ins Zimmer. Jetzt bemerkte sie, dass sie beobachtet wurde. Sofort stieß sie die Tür weit auf, drückte ihr Rückgrat durch und trat ein.

„Treten Sie ruhig näher, Miss Marple."

Sie setzte sich in einen Sessel. Verlegen nestelte sie an ihrer Bluse.

„Vielleicht hätte ich vorher mit dir reden sollen", räumte sie leise ein.

„Das wäre eine prima Idee gewesen."

„Aber ich wollte dich überraschen."

Ihre Mundwinkel hoben sich.

„Das ist dir auch sehr gut gelungen“, Heinrichs Stimme wurde lauter, „darf ich auch erfahren, warum du das gemacht hast?“

„Warum?“

Die Verlegenheit war mit einem Schlag verschwunden. Sie klang wieder kämpferisch.

„Wer nörgelt denn immer, wenn ich ... ähem ... meinen bürgerlichen Pflichten nachkomme und der Polizei helfe? Wer behauptet denn immer, das wäre illegal?“

„Und was geht mich das an? Oder wer ist *& Sohn?*“

„Das ist wieder typisch. Da meint man es gut, möchte seinem Sohn eine sinnvolle Aufgabe geben und das ist der Dank.“

Beleidigt drehte Frau Grimm ihrem Sohn den Rücken zu und betrachtete intensiv die Tapete an der gegenüberliegenden Wand, als hielte das altmodische Muster in einer Art Geheimcode die dringend benötigten Antworten parat. Zum Beispiel auf die Frage, wie sie ihren Sohn denn dazu bewegen könnte, die Detektei auf seinen Namen anzumelden. Sie musste einen günstigen Augenblick am Wochenende abwarten.

„Sag mal, Gertrud, wieso trägst du eigentlich diese dunkle Sonnenbrille?“

Das hatte sie völlig verdrängt. Sie hatte es sich extra aufgeschrieben, wollte für Montag einen Termin mit ihrer Hausärztin vereinbaren. Vorsichtig, als leide sie an einer anstrengenden Krankheit, beugte sie sich zu Annette hinüber und schob langsam die Brille in die Stirn. Annette stellte sich währenddessen alle möglichen und unmöglichen Schädigungen der Augen vor. Zum Schluss schwankte sie zwischen einem Gerstenkorn, einer gemeingefährlichen Bindehautentzündung und einem faustgroßen Hämatom.

„Und? Was siehst du?“

Annette rutschte noch näher heran. Nur wenige Fingerbreit trennten sie voneinander.

„Ich kann nichts erkennen. Was ist denn mit deinen Augen, Gertrud?“

Die Seniorin warf einen kurzen Blick auf ihren Sohn, der die Kaffeetasse zum Mund führte.

„Hämorrhoiden zum Beispiel", flüsterte sie mit einer Mischung aus Entsetzen und Empörung. Heinrich verschluckte sich, bekam erst einen Hustenanfall und musste im Anschluss so sehr lachen, dass er kaum Luft bekam. Seine Mutter bedachte ihn mit einem wütenden Blick. Sie holte tief Luft, ihre Stirn kräuselte sich bedenklich.

„Soviel ich weiß, sind Hämorrhoiden Schattengewächse", prustete Heinrich und deutete dabei auf das Ende ihres Rückens. Mit einem Ruck wandte sie sich Annette zu. Dabei klappte die große dunkle Brille wie ein Fallbeil auf die Nase.

„Ich war bei einem Heilpraktiker in Flüren. Herrn Semmelstedt", betonte sie, als bürge der Name für Qualität. „Der hat mir tief in die Augen gesehen, konnte quasi durch mich hindurchsehen bis zum … ähem … in den Schattenbereich. Herr Semmelstedt hat noch ganz andere Sachen in meinen Augen gesehen. Wenn das rauskommt! Ich darf gar nicht daran denken, was die Menschen mir alles ansehen können. Ist das nicht furchtbar, Annette?"

Annette gab Heinrich ein Zeichen, dass er sich einen Kommentar verkneifen sollte. Beruhigend sprach sie auf Gertrud Grimm ein.

„Deshalb musst du nicht ständig eine Sonnenbrille tragen. Diese Fähigkeit haben nur gelernte Homöopathen. Und selbst die müssen dir schon sehr genau in die Augen sehen. Wenn dir jemand so nahe kommt, wendest du dich einfach ab."

Mit gesenktem Haupt nahm Gertrud Grimm die Brille ab.

„Weshalb besuchst du überhaupt einen Heilpraktiker? Bist du mit Frau Doktor Sanderoth nicht mehr zufrieden?", wollte ihr Sohn wissen.

Seine Mutter bekam wieder diesen Glanz in den Augen, den er während seiner aktiven Zeit immer gefürchtet hatte. Ein untrügliches Zeichen, dass sie die Fährte aufgenommen und sich in seine Arbeit eingemischt hatte.

„Das Medikament, das man bei dem Toten am Schwarzen Wasser gefunden hat, ist völlig harmlos. Der Wirkstoff ist sehr stark verdünnt. Das Mittel nennt sich übrigens Strophantus, gibt es bereits ab 4,50 in der Apotheke."

Annette fühlte sich bestätigt. Gertrud Grimm hatte praktisch eine Kurzfassung des Laborberichts wiedergegeben. Adriano hatte herausgefunden, dass dieses Mittel unter anderem bei blässlicher, ungesunder Gesichtshaut, nervösem Herzen oder Angstzuständen verordnet wurde.

„Somit dürfte eine natürliche Todesursache endgültig vom Tisch sein."

Mutter Grimms Worte schnitten Annettes liebevoll zurechtgeträumtes Bild einer zukünftig mordermittlungsresistenten, Kaufhausdiebe jagenden Schwiegermutter in spe in kleine, unbedeutende Streifen.

„Das verstehe ich nicht", warf Heinrich ein, „wenn diese Tabletten völlig harmlos sind, spricht das doch erst recht für eine natürliche Todesursache."

„Nein. Im Gegenteil. Bei dem Toten wurde die Packung eines Herzmedikamentes gefunden, die mehr als zur Hälfte leer war. Das lässt alle Welt sofort auf ein Herzleiden schließen. In Verbindung mit dem ersten äußerlichen Gesamteindruck und den fehlenden Spuren von Gewalteinwirkung könnte ein herbeigerufener Arzt durchaus geneigt sein, die falschen Schlüsse zu ziehen. Was auch geschehen ist. Denn wer, außer dem Mörder, könnte ein Interesse daran haben, diese Tabletten neben der Leiche zu verteilen?"

Die Staatsanwältin befiel leise Nervosität. An die sehr gewagten Vermutungen Gertrud Grimms mochte sie nicht glauben, dennoch bereiteten ihr die seltsamen Begleitumstände des Todesfalls Sorgen.

18

Der zweigeschossige, alte Bau lag versteckt in der Spitze der beiden Brückenauffahrten. Abertausende Menschen fuhren Tag für Tag in Dachhöhe an dem alten Gemäuer vorbei. Und obwohl das Überbleibsel des Fort Blücher mit einer Grundfläche von eintausendzweihundert Quadratmetern und einer Höhe von sechs Metern das Format eines größeren Reihenhauses besaß, wurde es nicht beachtet oder schlicht übersehen. Dies war auch dem Umstand zuzuschreiben, dass sich die Natur die alte Ruine immer mehr einverleibt hatte. Auf dem Dach wuchsen mittlerweile neben einer Vielzahl unterschiedlichster Gräser kleine Bäume und Sträucher.

Heinrich beneidete die Menschen, die daran vorüberfahren konnten wie an gewöhnlichen Mietshäusern. Er hatte es hundertfach probiert. Alleine, auf dem Fahrrad mit Annette oder im Dienstwagen mit Adriano. Bereits auf der Weseler Seite des Rheins hatte er irgendein Gespräch angefangen oder das Radio lauter gedreht. Vergebens. Wie ein mentales schwarzes Loch zog es seine Sinne an, verwandelte die entferntesten Gedanken und die buntesten Bilder in jene schwarzgrauen, dunklen Visionen, die ihn seit diesem Tag täglich beschäftigten. Mit jedem Meter, den er sich näherte, spürte er sie deutlicher. Er bildete sich ein, Wolf Eilers' hämisches Lachen in einem leisen Echo zu vernehmen.

Nach der Pensionierung hatte er die Therapie abbrechen wollen. Sie hatte versagt, hatte nicht dafür gesorgt, dass er weiterhin seinen Beruf ausüben konnte. Mittlerweile registrierte er die kleinen Fortschritte. Nuancen, winzige Veränderungen, die ihn motivierten, sich heute auf dieses Experiment, von dessen positiver Auswirkung Frau Dr. Wesseling absolut überzeugt war, einzulassen.

Heinrich lehnte das Fahrrad an einen alten, angerosteten Stacheldrahtzaun. Obwohl er sich alleine wähnte und lediglich noch seine Therapeutin erwartete, schob er die Kette durch das Hinterrad um den Zaunpfahl und schloss ab. Als er auf den kleinen Weg an der Längsseite einbog, blieb er eine Sekunde regungslos stehen. Drei Fahrräder lehnten an einem Baum. Er spürte einen kalten Luftzug und schüttelte sich reflexartig. In den Lärm vorbeifahrender Autos schräg oberhalb der Stirnseite des Gemäuers mischten sich Wortfetzen. Sie schienen aus dem Gebäude zu kommen. Heinrich wurde nervös. Er stapfte durch kniehohes Unkraut um das Gebäude herum. Die Gesprächsfetzen wurden lauter, ohne dass Heinrich den Inhalt verstehen konnte. Aber es war eine Frauenstimme darunter, was ihn beruhigte. Beim nächsten Schritt rutschte sein linker Fuß in eine Kuhle und knickte schmerzhaft um. Sein kurzer Aufschrei ließ das Gespräch verstummen. Sekunden später vernahm er näher kommende Schritte. Kurz darauf erkannte Heinrich die leuchtend blonden Haare seiner Therapeutin. Zwei schlanke Männer folgten ihr. Der Schmerz ließ nach, aufrecht begrüßte er zunächst Frau Dr. Wesseling. Sie stellte ihm ihren Sohn Kevin und Herrn Dormann von der unteren Denkmalbehörde vor. Anschließend reichte sie Herrn Dormann eine Spielzeugpistole. Heinrich erschrak.

„Bei der Konfrontationstherapie ist es wichtig, sich ganz bewusst mit der Situation auseinanderzusetzen, die die Angst auslöst. Je realer wir sie darstellen, umso wirkungsvoller können wir mit ihr umgehen. Herr Grimm“, sie berührte ihn leicht am Oberarm, „Sie brauchen keine Angst zu haben. Wir können jederzeit abbrechen. Ich möchte nur, dass Sie es versuchen.“

Heinrich nickte. Er folgte Dr. Wesseling und den Männern durch einen Mauerdurchbruch ins Innere der Kaserne. Zu seiner Verwunderung fühlte er sich gut, fragte sich in diesem Moment, wie seine Therapeutin es geschafft hatte, die Kaserne öffnen zu lassen.

Der sechs Meter hohe kahle Raum roch modrig. Durch Mauerritzen und halbhohe Aussparungen im oberen Bereich der Seitenwände drangen vereinzelte Sonnenstrahlen. An der Decke und den Wänden hingen Hunderte Fledermäuse. Ihnen zuliebe hatte die Stadt die Seiten zumauern lassen. Frau Dr. Wesseling stopfte die langen blonden Haare unter eine dunkelbraune Stirnmütze und stellte sich neben Heinrich. Erst jetzt fiel ihm auf, dass sie eine dieser verwaschenen Jeansjacken trug, die er Adriano im Laufe der Jahre abgewöhnt hatte.

„Ich bin Ihr Partner Adriano", beantwortete sie seinen fragenden Blick, „mein Sohn Kevin spielt den Reporter Camel, Herr Dormann steht für Herrn Eilers. Würden Sie uns bitte die Positionen so genau wie möglich angeben, Herr Grimm?"

Heinrich stockte der Atem. Auf seinen Armen bildete sich eine Gänsehaut. Er ballte die Fäuste, atmete tief durch und dirigierte Dormann acht Schritte zurück. Danach ging er mit seiner Therapeutin zwei Meter zur Seite bis in den Durchgangsbereich zum angrenzenden Raum, blieb danach untätig stehen.

„Schließen Sie bitte die Augen. Rufen Sie sich die Bilder ins Gedächtnis", ihre Stimme klang sanft, „stellen Sie sich die Situation genau vor. Atmen Sie tief ein. Langsam ausatmen. Die Augen bleiben geschlossen. Ruhig weiteratmen."

Sie schwieg kurz. Alles um ihn herum war still. Es kam ihm vor, als habe die Welt den Atem angehalten.

„Jetzt öffnen Sie bitte langsam die Augen."

Kevin Wesselings Gesicht wurde von der einfallenden Sonne angestrahlt, erschien wie eine helle Scheibe. Dormanns Antlitz hingegen lag komplett im Schatten, war dunkel und ausdruckslos. Er hob die Pistole und hielt sie seinem Nebenmann an die Stirn. Ganz langsam veränderte sich etwas. Er sah wieder Eilers' scharfe Gesichtszüge vor sich; das spitze Kinn und die vorstehenden Wangenknochen. Die Augenhöhlen blieben leer. Heinrichs Knie wurden weich. Kalter Schweiß lief über seine Wangen. Dr. Wesseling beobachtete ihn genau, registrierte jede kleine Regung. Die alten Mauern schluckten den Lärm von der nahen Brücke fast vollständig. Heinrich glaubte seinen Herzschlag zu hören. Eilers nahm die Waffe von der Schläfe des Reporters, bewegte den ausgestreckten Arm langsam in ihre Richtung. Heinrichs rechte Hand wanderte automatisch unter die linke Armbeuge, an die Stelle, an der er das

Holster mit der P99 erwartete. Er bemerkte den sich krümmenden Zeigefingers seines Gegenübers.

Je realer wir sie darstellen, umso wirkungsvoller können wir mit ihr umgehen.

Wo ist die Waffe? Habe ich sie – ein Knall riss ihn aus den Gedanken. Die Stille endete abrupt, zu plötzlich für einen letzten Vorwurf. Der Schall raste über die kahlen Wände und drang von allen Seiten auf sie ein. Heinrich drehte sich um, sah den leblosen Körper neben sich im Staub liegen. Er beugte sich hinab, bemerkte nicht, dass Dormann und Kevin Wesseling die Übung beendet hatten und zu ihnen kamen.

„Du musst dich um Leni und Jörn kümmern. Und um meine Frau. Versprichst du mir das?"

Ihre Stimme klang dünn. Heinrich war längst aus dem Albtraum erwacht, schon bevor sie ihm schmerzhaft klarmachte, wie die Nacht auch hätte verlaufen können. Ein weiterer Knall ertönte. Heinrich schrak zusammen. Jetzt sah er Dormann gereizt an, wollte ihn fragen, was das sollte.

„Erlauben Sie mir, stehen zu bleiben?"

„Bitte?"

„Ich habe mich soeben selbst gerichtet, wie es Frau Dr. Wesselings Drehbuch vorsieht. Allerdings", er deutete auf die Therapeutin, die damit beschäftigt war, den groben Schmutz von den Kleidern zu klopfen, „möchte ich mir die Reinigung des Anzugs ersparen."

Heinrichs Gedanken flogen wild durcheinander. Hilfe suchend sah er die Therapeutin an.

„So hätte es damals durchaus enden können, wenn Sie diesen *Fehler* nicht begangen hätten. Sie müssen sich endlich darüber klar werden, dass Sie in Sekundenbruchteilen die einzig richtige Entscheidung getroffen haben! Dass es sich damals ebenfalls um eine Spielzeugpistole handelte, meine Güte, wie hätten Sie das bei diesen Lichtverhältnissen erkennen können? Oder war sie knallgelb und leuchtete?"

Nein, wollte er sagen, brachte aber keinen Ton heraus. Er hatte die Situation nicht nur in den darauf folgenden Berichten logisch und nüchtern sehen müssen. Ihm war klar, dass er nach Lage der Dinge damals keine andere Chance gehabt hatte. Aber Träume folgen keiner Logik, Ängste ebenso wenig. Heinrich fragte sich, wie er sich fühlen würde, wenn die Version seiner Therapeutin eingetreten wäre. Wenn er hilflos zugesehen hätte, wie Eilers erst Adriano und dann sich selbst erschießt. Er begann heftig zu zittern. Seine Beine gaben nach, er stützte sich an der kahlen Wand ab. Plötzlich brach es aus ihm heraus. Er hielt sich die offenen Handflächen vors Gesicht, spürte die Tränen.

19

Eine halbe Stunde wartete Camel bereits an dem alten Brückenkopf in der Nähe des Jachthafens. Als ob er seine Zeit nicht sinnvoller nutzen könnte. Obwohl dies bei genauerer Betrachtung der Umstände tatsächlich kaum möglich war. Die Berichterstattung über den hundertsten Geburtstag dieses ehemaligen Rheinschiffers aus Bislich jedenfalls, mit der er von Sennheiser beauftragt worden war, hatte sich als eine dermaßen furztrockene Veranstaltung erwiesen, dass er selbst unter Aufgebot seiner komplexen journalistischen Kräfte kaum mehr als zehn Zeilen zustande bringen dürfte. Der Opa kannte gerade eben seinen Namen, alle weiteren Informationen hatte die versammelte Erbengemeinschaft ihm mundgerecht vorkauen müssen. Noch während der Redakteur sich verabschiedete, schoben sie den Greis wieder zurück in die Kammer. Ähnlich wie man einen Rasenmäher nach getaner Arbeit in den Schuppen oder die Garage zurückbringt.

Da versprach diese Recherche wesentlich mehr, auch wenn er es hasste, hingehalten zu werden. Vor einer Stunde hatte er die Information erhalten, dass der Eigentümer des gefundenen Fahrrades inklusive komplettem Hausrat nach wie vor unbekannt sei. Die einzig mögliche Schlussfolgerung – der Besitzer der Fundsachen war der Tote vom Schwarzen Wasser – ignorierte die Polizei. Dabei dürfte es kaum jemals vorgekommen sein, dass ein Obdachloser seine gesamten Habseligkeiten einfach irgendwo vergisst oder sie ihm gestohlen werden, ohne dass er dies bemerkt oder anzeigt. Überhaupt fand er die geradezu nonchalante Herangehensweise der Polizei in dieser Sache merkwürdig. Sie kümmerten sich anscheinend weder um die Identifizierung noch interessierten sie sich für Indizien wie das Fahrrad oder die provisorische Angel. Was verschwiegen sie? Oder sahen sie die Zusammenhänge etwa nicht? Kurz nachdem er wieder in die Redaktion zurückgekehrt war, hatten seine Informanten ihn angerufen und angedeutet, dass sie Erfolg gehabt hatten. Camel hatte das untrügliche Gefühl, einer großen Sache auf der Spur zu sein. Nach einem Blick auf die Uhr wurde er unruhig. Noch einmal umrundete er den mächtigen dunkelgrauen Turm. Dann sah er die beiden aus Richtung Fischertorstraße kommen. Schnellen Schrittes lief er ihnen entgegen.

„Und?“, rief er ihnen zu, auf eine zeitaufwendige Begrüßung verzichtend. Die beiden warfen sich einen amüsierten Blick zu und sahen den Reporter breit grinsend an.

„Also leicht war das nicht. Und mit den Spesen war das auch verdammt knapp, Meister. Das Essen mussten wir aus unserer Tasche bezahlen. Jeder zehn Euro, Quittung gibt es keine.“

Zur Unterstützung ihrer Worte streckten sie ihm fast gleichzeitig die leeren Handflächen entgegen. Camel fehlten die Worte. Gestern hatte er die beiden bettelnd am Rheinufer angetroffen, heute sprachen sie von Spesen. Murrend zückte er die Brieftasche und gab ihnen den verlangten Betrag.

„Franz Josef von Wertherkamp, genannt Joschi. War gar nicht leicht, das herauszubekommen.“

Camel notierte eilig den Namen. Ein Adliger obdachlos, das wäre schon alleine eine Story wert. Nun galt es, mehr über diesen Mann in Erfahrung zu bringen.

„Wisst ihr auch, wo er zuletzt gewohnt hat, ob es Verwandte gibt und so weiter?“

Erneut streckten sie ihm die leeren Handflächen entgegen, Camel schluckte.

„Das ist alles sehr aufwendig und entsprechend teuer.“

Der Jüngere bemühte sich, seinen Worten einen bedauernden Unterton zu verleihen. Camel reichte ihnen erneut einen Fünfzig-Euro-Schein. Kaum hatte dieser seine Finger verlassen, verschwand er in der Gesäßtasche des Älteren. Sie verabredeten sich für den nächsten Tag um dieselbe Uhrzeit. Camel fragte sich auf dem Weg zum Parkplatz, ob die ausgemachte oder tatsächliche Zeit gemeint war und wie Sennheiser auf die erhöhte Spesenabrechnung reagieren würde.

20

Heinrich fühlte sich so gut wie seit Jahren nicht mehr. Unterwegs hörte er immer wieder die befreienden Worte Frau Dr. Wesselings.

Sie müssen sich endlich darüber klar werden, dass Sie in Sekundenbruchteilen die einzig richtige Entscheidung getroffen haben!

Der tödliche Schuss auf Wolf Eilers vor mehr als drei Jahren geschah in Notwehr. Gewusst hatte er es, selbstverständlich. Die Faktenlage ließ keinen Raum für nagende Selbstzweifel. Diesen Raum hatte er sich geschaffen, irgendwo zwischen Zufriedenheit und Akzeptanz des Unvermeidlichen hatte er die Schuldgefühle zugelassen. Alles lag nach Jahren so tief unter einer Patina aus Selbstmitleid und Depression verborgen, dass der Blick auf die wahren Zusammenhänge nicht mehr möglich war. Vorhin in der Kaserne hatte ein heftiger Windstoß die belastende Schicht weggeblasen, die Realität freigelegt. Er hatte einen Menschen erschossen, der dies provoziert hatte, der ihn bewusst in diese Situation hatte bringen wollen. Und er hatte einem Kollegen das Leben gerettet. Heinrich schwor sich, nicht mehr länger Sklave seiner selbst zu sein, sondern die Dinge so zu sehen, wie sie wirklich geschehen waren.

Er hatte das Fahrrad in die Garage gebracht und stand amüsiert vor der Messingtafel.

Detektivbüro Grimm & Sohn.

Eigentlich hatte er als Kind Detektiv werden wollen. Die Romane von Raymond Chandler und Dashiell Hammett hatte er verschlungen. Philip Marlowe war damals sein großes Idol. Das war lange her. In seiner Zeit als Polizist hatte er einige von diesen Privatdetektiven kennengelernt. Ihre Aufgaben bestanden im Wesentlichen darin, Seitensprünge zu beweisen oder Kaufhausdiebe zu stellen. Früher waren sie von Versicherungen engagiert worden, was erheblich spannendere Fälle nach sich ziehen konnte. Aber seit wenige Großkonzerne den Markt dominierten und eigene Mitarbeiter darauf ansetzten, war es auch damit vorbei. Damals hatte er ab und an mit dem Gedanken gespielt, sich die Zeit nach seiner Pensionierung mit einem solchen Nebenjob zu vertreiben. Aber heute? Sich den ganzen Tag über für einen jämmerlichen Lohn in irgendeinem Kaufhaus die Füße breit stehen, um Kinder beim Lutscherdiebstahl zu erwischen – nein. Er fragte sich in dem Moment, welche Vorstellung seine Mutter von diesem Beruf hatte. Glaubte sie, regelmäßig mit der Ermittlung in einem Mordfall betraut zu werden?

„Möchtest du nicht hereinkommen, mein Junge?"

Sie öffnete die Haustür mit einem mächtigen Schwung und lächelte ihn an. Heinrich verzog die Mundwinkel. Er hasste es, in der Öffentlichkeit als *mein Junge* angesprochen zu werden. Instinktiv drehte er den Kopf zur Seite und grüßte den Nachbarn, der zum dritten Mal in dieser Woche damit beschäftigt war, sein neues Auto zu waschen. Anschließend würde er das Neufahrzeug mit einer Intensität polieren, wusste Heinrich, als hätte er sich für die falsche Farbe entschieden und wollte diese nun schonend entfernen. Heinrich fiel auf, dass er allmählich zum spießbürgerlich-neugierigen Rentner mutierte. Ein Gedanke, der ihm bitter aufstieß. Vor einem Jahr hätte er nicht sagen können, welche Farbe das Auto des Nachbarn hatte oder ob dieser überhaupt noch dort wohnte. Irgendwas musste sich ändern.

In der Küche seiner Mutter roch es nach Kaffee und warmem Apfelkuchen. Sie hatte das restliche Apfelmus aus der Tiefkühltruhe verarbeitet und ihn eingeladen.

„Bist du mit deinen Ermittlungen im Fall Joschi weitergekommen?", fragte sie betont beiläufig, als sie eine große Schüssel Sahne vor ihm abstellte. Heinrich legte die Kuchengabel wieder zurück.

„Was für Ermittlungen? Ich bin pensioniert."

„Stimmt, mein Junge. Daran hatte ich gar nicht mehr gedacht. Der Leichenfund am Schwarzen Wasser geht dich überhaupt nichts an, habe ich Recht?"

Irgendetwas in ihrer Stimme behagte Heinrich nicht. Beiläufig schaufelte er Sahne auf den Kuchen.

„Richtig. Dafür ist ganz allein die Polizei zuständig. Und das ist auch gut so."

„Da hast du Recht, 'n Käffken, mein Junge?"

Grübelnd hielt er seiner Mutter die Tasse hin. Was hatte sie vor?

„Du ermittelst also auch nicht?"

„Nein, ich ermittle auch nicht! Auch das ist Sache der Polizei. Das gilt übrigens auch für dich."

Bei seinem letzten Satz beugte er sich zu ihr hinüber und sah sie streng an.

„Ja, ja, die Polizei. Wenn wir die nicht hätten."

„Also jetzt reicht es. Was ist los?"

„Nichts. Überhaupt nichts", sie wedelte abwehrend mit den Händen, „ich meine ja bloß. Apropos Polizei. Die Frau Hauptkommissarin Warnke wird jeden Augenblick hier sein. Sie möchte bestimmt von dir wissen, mit welchem Köder du Karpfen angelst."

„Wie bitte? Was meinst du?"

„Was sollte sie sonst von dir wollen? Mit polizeilichen Dingen beschäftigt sich ein Pensionär nicht mehr. Das weiß Frau Warnke sicherlich auch."

Mit bemüht desinteressiertem Gesichtsausdruck ging sie zum Herd, um neues Kaffeewasser aufzusetzen. Heinrich ärgerte es, dass er Manuela Warnke nicht seine Handynummer gegeben hatte. Eine Minute später hörte er die Türklingel. Noch bevor Heinrich reagieren konnte, sprintete seine Mutter in den Flur.

„Schönen guten Tag, Frau Warnke. Ich dachte, es wäre ein Kunde."

„Der würde wohl kaum bei mir klingeln", Heinrich schob seine Mutter sanft zur Seite. Manuela Warnke sah ihn irritiert an. Heinrich führte sie nach oben in seine Wohnung. Frau Grimm blieb unten stehen, bis sie die zufallende Wohnungstür aus dem Obergeschoss vernahm.

21

Die Hauptkommissarin verzichtete auf die angebotene Bewirtung. Sie legte einen grünen Pappordner auf den Couchtisch und setzte sich.

„Sie werden wieder beruflich aktiv?“

Manuela hatte noch nicht von der neu eröffneten Detektei erfahren, war von der Messingtafel neben der Haustür völlig überrascht gewesen. Heinrich verzog das Gesicht.

„Nein. Das war eine Idee meiner Mutter. Sie hat es nicht für nötig befunden, mich vorher zu fragen. Aber deswegen sind Sie bestimmt nicht hierhergekommen, oder?“

Heinrich hatte wenig Lust, dieses Thema tiefgehender zu erörtern, schon gar nicht mit seiner Nachfolgerin.

„Nein. Ich würde gerne Unklarheiten beseitigen, die im Zusammenhang mit dem Leichenfund am Mittwoch aufgetaucht sind. Wie sind Sie an diese Uhr gelangt, Herr Grimm?“

Heinrich runzelte die Stirn.

„Das habe ich doch bereits gesagt. Joschi hat sie mir geschenkt.“

„Ja, aber warum? Es handelt sich um eine sehr teure Uhr, die Sie von einem Obdachlosen bekommen haben, ist Ihnen das klar, Herr Grimm? Hat er irgendeinen anderen Grund angegeben, außer dass er sich vom Wohlstandsballast befreien wollte?“

Den letzten Worten verlieh Manuela Warnke eine Betonung, die Ungläubigkeit ausdrückte.

„Ich weiß, wie das klingt. Ich hatte selbst Zweifel, als Herr Floskamp mir den Wert der Uhr mitteilte. Ich war nicht sicher, ob die Uhr echt war. Joschi hat sich auch sehr merkwürdig verhalten, behauptet, die Uhr könne vielleicht irgendwann sehr wichtig für mich werden. Haben Sie etwas herausgefunden?“

Manuela antwortete nicht sofort. Sie hatte Angst, ein Kapitalverbrechen übersehen zu haben. War das Bild des an Herzversagen gestorbenen Obdachlosen wirklich so eindeutig? Der Rahmen, der

Randbereich des vermeintlich Natürlichen, wies immer mehr dunkle Flecken auf. Kleine Hinweise, die wie Nadelstiche ihr Urteil vom Tod ohne Fremdeinwirkung perforierten, bereiteten der Ermittlerin zunehmend Sorgen. Manuela fühlte sich einsam, deswegen war sie hierhergekommen. Mit wem hätte sie darüber reden können?

Engels war die Aufklärungsquote wichtig. Jeder ungelöste Fall zog unangenehme Fragen und Erklärungen nach sich. Dazu kam es ihm oft vor, als lauere draußen in der Stadt die Medienschar wie ausgehungerte Raubtiere auf die Gelegenheit, ihrer Behörde Unfähigkeit nachzureden.

Die Staatsanwältin würde nach Beweisen fragen. Sie pflegte Fälle aus der sicheren, emotionsfreien Höhe der juristischen Eindeutigkeit zu betrachten.

Und Adriano? Für ihren Partner war nur eines entscheidend: der pünktliche Feierabend. Nichts schien er mehr zu fürchten als ein nachträglich auftauchendes Indiz, welches dazu in der Lage war, einem vermeintlich abgeschlossenen Fall neues Leben einzuhauchen und auf Tage hinaus das fristgerechte Dienstende zu gefährden.

Manchmal ärgerte es sie, dass das Schicksal es vorgesehen hatte, Grimm zu beerben, anstatt an seiner Seite zu ermitteln.

„Ich habe vor einer Stunde den Bericht der KTU zu dem Schnipsel aus der Uhr bekommen. Das Ergebnis gibt sehr zu denken …“, sie schlug den Ordner auf und beugte sich vornüber. Als die Polizistin zu lesen beginnen wollte, drang lautes Niesen aus dem kleinen Flur vor seiner Wohnungstür herüber.

„Gesundheit“, rief Heinrich. Seine Mutter trat daraufhin mit einem Tablett Kuchen ins Zimmer.

„Ich sagte *Gesundheit.* Nicht *Herein*!“

„Jetzt hab dich nicht so, mein Junge. Frau Warnke möchte sicherlich auch von dem leckeren Apfelkuchen kosten, nicht wahr?“

Ohne eine Antwort abzuwarten, lief sie in die Küche und kam kurz darauf mit einem Kuchenteller und Besteck zurück. Sie legte ein Stück auf den Teller und stellte ihn vor der Polizistin ab. Dann nahm sie an der Stirnseite Platz und blickte erwartungsfroh in die Runde. Stille breitete sich aus, bis Manuela schließlich ein Stückchen von dem Kuchen probierte und Frau Grimm aus Anstand lobte.

„Danke, Frau Warnke. Sie können sich gerne weiter unterhalten. Lassen Sie sich durch mich nicht abhalten."

Die Kommissarin und der Pensionär tauschten verwunderte Blicke. Die Situation drohte peinlich zu werden, bis Heinrich der Polizistin zuzwinkerte.

„Also schön. Wir sprachen über Boilies. Ist mittlerweile der Trend, wenn es darum geht, die wirklich großen Karpfen an Land zu ziehen. Ich halte nichts von diesen modernen Methoden, kostet auch viel zu viel Geld. Was meinen Sie, Frau Warnke? Weißt du, Mutter, Frau Warnke interessiert sich nämlich auch fürs Angeln. Hättest du das gedacht?"

Die Gesichtszüge entglitten der Seniorin, ihre Pupillen weiteten sich. Manuela reagierte sofort. Sichtlich amüsiert spielte sie mit.

„Ich halte auch nichts von diesem Hightechzeug. Mein Vater schwor immer auf Weißbrot. Damit war er sehr erfolgreich."

„Das glaube ich. Ein Geheimrezept bei Karpfen ist auch Hundefutter, speziell auf Frolic beißen die Spiegelkarpfen wie verrückt."

„Tatsächlich. Das ist ja interessant."

Nicht für Frau Grimm. Sie hatte verstanden.

„Ich denke, ich bin hier unerwünscht. Guten Tag."

Sie verließ strammen Schrittes Heinrichs Wohnung. Dabei schmiss sie die Tür mit lautem Knall hinter sich zu. Manuela machte ein betroffenes Gesicht.

„Sind wir zu weit gegangen?"

„Ach was, meine Mutter braucht das hin und wieder. Angelt Ihr Vater wirklich?"

„Nur noch gelegentlich. Meine Mutter möchte auch mal was anderes als Fisch essen."

Manuela lachte. Sie fragte sich, wie Heinrich wohl als Polizist gewesen war.

„Ich bin eigentlich gekommen, um Ihnen vom Bericht der KT zu erzählen."

Heinrich führte den rechten Zeigefinger an den Mund.

„Ich hole mir ein Glas Wasser, möchten Sie auch etwas trinken?"

„Nein danke."

Heinrich schlich zur Tür und riss sie mit einem Schwung auf. Seine Mutter geriet ins Stolpern, konnte sich im letzten Augenblick am Türrahmen festhalten.

„Auf Semmelbrösel mit Haferflocken beißen sie übrigens auch sehr gut."

Mit bebenden Lippen drehte sich die Seniorin auf den Absätzen herum und stampfte wortlos die Treppe hinunter.

Manuela fühlte sich nicht sehr wohl. Heinrich Grimm bedeutete ihr, weiterzureden.

„Der Zettel hat eine Kantenlänge von 8,5 mal 9 Millimeter. Die Zahlen sind mit einem herkömmlichen Laserdrucker in einer Schriftgröße von 0,9 Millimeter geschrieben. Bei dem Papier handelt es sich um ganz gewöhnliches Kopierpapier. Das Blatt wurde mit einem Folienschweißgerät laminiert und anschließend mit einer kleinen Schere mit gebogener Spitze ausgeschnitten. Das Besondere daran ist aber die Tatsache, dass sich weder auf den Folien noch auf dem Zettel selbst auch nur der Hauch eines Fingerabdrucks befindet. Ebenso wenig konnten Faser- oder Latexspuren nachgewiesen werden. So klinisch rein könnte dieser Schnipsel nicht einmal sein, wenn er ein halbes Jahr in Wasser gelegen hätte."

Heinrich lehnte sich zurück und dachte darüber nach, was diese Ergebnisse bedeuteten. Er versuchte sich die Anfertigung des dubiosen Schnipsels vorzustellen.

„Das Papier fasst man normalerweise nicht überall an. In den Drucker wird es mit vielen anderen eingelegt. Wenn ich eine bedruckte Seite aus dem Druckerschacht nehme, fasse ich diese ebenfalls nicht überall an. Genauso dürfte es sich nach dem Verschweißen verhalten."

„In die Uhr wurde der Schnipsel mit einer Pinzette gelegt. Daran habe ich auch gedacht. Aber ist das der Normalfall? Fasst man diesen Zettel nicht mal irgendwo an einer Ecke an, um ihn gerade zu rücken, sei es in den Schaufeln der Pinzette oder später in der Uhr?"

Heinrich hob die Schultern. Er konnte nicht verhehlen, dass ihm die gesamte Situation behagte. Er spürte das Vertrauen der Kommissarin, genoss ihren Respekt. Viel wichtiger war ihm aber, dass auch Manuela Warnke inzwischen Zweifel kamen. Das Feuer des Ehrgeizes konnte jeden Moment aufflammen. Der richtige Augenblick, einmal kräftig in die Glut zu pusten.

„Die Frage lautet, aus welchem Grund sich jemand diese Mühe macht. Was bedeuten diese Zahlen und wem galt die Botschaft?"

„Die Bedeutung der Zahlen konnten wir nicht herausbekommen. Die Botschaft galt Ihnen, denke ich. Sie haben die Uhr gezielt überreicht bekommen."

„Nehmen wir mal an, das wäre zutreffend. Daraus ergäbe sich eine Reihe weiterer Fragen. Wie sollte ein Obdachloser an eine dreitausend Euro teure Uhr gelangen? Falls ihm dies gelungen wäre, wie hätte er den Schnipsel herstellen und in der Uhr deponieren sollen, in seinem Büro? Unwahrscheinlich. Jemand könnte ihm die Uhr gegeben haben, verbunden mit dem Auftrag, sie mir zu schenken. Dann wusste dieser Unbekannte von dem Kontakt zwischen Joschi und mir und hatte sehr viel Vertrauen in ihn, einen Obdachlosen. Und warum ist mir die ominöse Botschaft nicht direkt überbracht worden?"

Manuela wiegte stumm den Kopf. Sie sah angestrengt aus. Dünne Falten zeichneten sich wie eine blasse Struktur auf ihrer Stirn ab. Der Tod durch Herzversagen barg keine Geheimnisse in seinem Umfeld. Er war tragisch, kam mitunter plötzlich wie ein Blitz und dennoch umgab ihn die beruhigende Aura der unabwendbaren Fügung. Eine Uhr mit einem rätselhaften Zettel in ihrem Gedärm, eine selbst gebastelte Angelroute zum Mahnmal errichtet oder ein Kilometer entfernt abgestelltes Fahrrad waren damit nicht in Einklang zu bringen, fand Manuela Warnke.

„Wie haben Sie diesen Joschi kennengelernt?"

„Ich bin des Öfteren in der Hohen Mark spazieren gegangen, der Weg um das Schwarze Wasser war meine morgendliche Joggingrunde, wenn Annette, ich meine Frau Gerland, nicht mitlaufen wollte. Sie bevorzugt den Weg um den Auesee", schob er hinterher und merkte, dass er abschweifte. „Joschi war ebenfalls oft da. Frühmorgens begegnet man dort nicht sehr vielen Menschen, es war fast logisch, dass wir ins Gespräch kamen."

Manuela räusperte sich.

„Herr Grimm, verstehen Sie das jetzt bitte nicht falsch. Ich finde es nicht unbedingt logisch, dass sich ein pensionierter Hauptkommissar mit einem Obdachlosen quasi anfreundet. Ich möchte keine Bewertung abgeben, sondern verstehen, wie es dazu gekommen ist."

Heinrich senkte den Blick. Aus der Sicht einer Außenstehenden mussten Welten zwischen diesen beiden Menschen liegen. Sollte er ihr sagen, dass es eine Seelenverwandtschaft gewesen war, zwischen einem pensionierten Polizisten und einem Obdachlosen? Das würde sie nicht verstehen. Vor einem halben Jahr hätte er es selber nicht geglaubt. Heinrich fühlte sich in die Enge getrieben. Glaubte, etwas rechtfertigen zu müssen, was er nicht bereute. Dann fiel ihm auf, dass Manuela Warnke dies wohl kaum moralisch bewertete. Der unausgesprochene Gedanke hinter ihrer Frage erschreckte Heinrich.

„Sie wollen andeuten, Joschi hatte von Anfang an vor, sich mein Vertrauen zu erschleichen?"

„Ich möchte ein Rätsel lösen."

„Warum beginnen Sie dann nicht bei dem Toten?"

Manuela hob das Gesicht, schaute zur Decke und seufzte. „Auch wenn immer mehr …", sie stoppte mitten im Satz, haderte, bevor sie weitersprach, „Hinweise auftauchen, die den Leichenfund in ein diffuses Licht rücken, Indizien, die eine Obduktion rechtfertigen, sind das noch nicht."

Heinrich stülpte die Lippen vor, nickte wortlos. Obduktionen stellen einen enormen Kostenfaktor dar, wusste er. Auch wenn es niemand öffentlich aussprach, war die jährliche Anzahl der rechtsmedizinischen Leichenschauen limitiert. Ohne handfeste Beweise waren seiner Nachfolgerin die Hände gebunden. Heinrich fragte sich, wie er damals in einem vergleichbaren Fall reagiert hätte. Gab es Tatorte, die er nicht als solche erkannt hatte? Wie viele Täter waren durch das Netz der Routine geschlüpft? Er bemerkte die Betroffenheit seiner Nachfolgerin, es tat ihm leid, dass er ihr unterschwellig Untätigkeit unterstellt hatte. Immerhin nahm sie seine Bedenken ernst.

„Es tut mir leid. Ich bin sicher, Sie sind eine gute Polizistin. Wenn ich Ihnen helfen kann …"

„Danke, Herr Grimm."

22

Heinrich setzte sich mit Notizblock, Kugelschreiber und Telefon in den Sessel am Fenster zum Garten. Er schrieb die Zahlen 513959807 und 63327854 ganz oben auf den Zettel. Zunächst rief er sie, mit den Vorwahlen sämtlicher ihm bekannten Mobilfunknetze versehen, an. Dies schien ihm bei acht- und neunstelligen Zahlen die sinnvollste Herangehensweise. Bei einer der Nummern meldete sich die Hotline eines Softwareherstellers, ansonsten gingen die Telefonate ins Leere. Mittlerweile hatte er alle im örtlichen Telefonbuch verzeichneten Vorwahlen mitgewählt, ebenfalls ohne Erfolg. Resigniert stellte er die Suche ein. Er hatte ohnehin daran gezweifelt, von Joschi zwei Telefonnummern, noch dazu auf diese Weise und unvollständig, erhalten zu haben. Den leeren Blick in den Garten gerichtet, dachte er angestrengt nach, welche Bedeutung diese Zahlen haben konnten. Konto- oder Kreditkartennummern dürften wegfallen, sinnierte Heinrich. Zahlenkombinationen für Tresore oder Alarmanlagen hielt er ebenfalls für äußerst unwahrscheinlich. Er sah Joschis Gesicht vor sich, seinen Blick, als er ihm die Uhr überreichte. Er sah seinen Kopf klar wie ein Foto vor sich. Er sollte diesen Zettel bekommen. Es musste sich also um eine Information handeln, die für ihn selbst wichtig war.

Während er sich eine Flasche Mineralwasser aus der Küche holte, dachte er an die dritte, bislang unbekannte Person. Das Fahrrad, die halb leere Medikamentenpackung, die einfache Angelroute oder der Schnipsel in der Uhr. All dies würde sich mithilfe einer dritten Person erklären lassen. Joschi hatte sich mal als „Lonesome Rider“ bezeichnet, sah sich als einsamen Wolf in der urbanen Wüste der sozialen Kälte. Heinrich war nie eine weitere Person in seiner Nähe aufgefallen. Auf dem Weg durch das Wohnzimmer sah er, dass Manuela den Ordner auf dem Tisch liegen gelassen hatte. Kurzentschlossen setzte er sich auf das Sofa und blätterte darin. Als er den Bericht der KT umblätterte, erschrak

Heinrich. An ein Formblatt mit Personendaten war mit einer Büroklammer ein postkartengroßes Foto des Toten befestigt. Heinrich hielt die Akte ins Licht, streckte den Arm aus, der sie hielt. Das Gesicht wirkte hart und kalt wie ein Stein. Nicht die kleinste Regung war erkennbar. Es kam Heinrich seltsam fremd vor. Er stand auf und ging mit dem Ordner und einem Glas Wasser ans Fenster. Irgendwas war anders, er spürte es, ohne sagen zu können, was es war. Nachdenklich trank er einen Schluck, wendete den Blick nicht von dem Bild ab. Plötzlich hielt er mitten in der Bewegung inne. Wie hatte er dieses Detail übersehen können? Langsam stellte er das Glas auf den Beistelltisch neben sich. Um ganz sicher zu sein, holte er die Lupe aus dem Schrank und betrachtete die Stelle genauer. Sein Verdacht bestätigte sich. Während er die Handynummer seiner Nachfolgerin aus einer der Wohnzimmerschubladen kramte, suchte er fieberhaft nach einer Erklärung.

Manuela Warnke wirkte überrascht, versprach allerdings eine sofortige Überprüfung.

23

„Ich muss Schluss machen, mein Sohn kommt“, flüsterte sie. Camel starrte noch kurz auf das schweigende Mobiltelefon. Den ganzen Tag über hatte er Archive studiert, unzählige Telefonate geführt und Dutzende Internetseiten durchstöbert. Nichts hatte er unversucht gelassen, auf Frühstück- und Mittagspause verzichtet, um letztendlich zu der wenig schlagzeilenträchtigen Erkenntnis zu gelangen, dass es sich bei der Familie derer von Wertherkamps um ein uraltes und mittlerweile verarmtes ostpreußisches Adelsgeschlecht handelte, dessen Nachkommen heute stinknormalen bürgerlichen Berufen nachgingen oder eben nicht. Eine Familiensaga, an deren Anfang Grafen und Barone in prunkvollen Schlössern in den Tag hinein lebten und an deren Ende der obdachlose Urenkel vor sich hinvegetierte, wäre eine gute Vorlage für die Regenbogenpresse, nicht aber für einen Reporter seines Schlages, der sich dem investigativen, anspruchsvollen Journalismus verschrieben hatte.

Vor wenigen Minuten hatte er diesen Arbeitstag als Totalverlust abgeschrieben. Bis das Telefon klingelte und Frau Grimm ihm nach kurzen Verhandlungen über den Modus des zu erfolgenden Informationsaustausches jene Mitteilung zukommen ließ, die den vergeudeten Arbeitstag zwar nicht ungeschehen machte, ihm aber dennoch praktisch posthum Bedeutung einhauchte. Leider hatte sie aufgelegt, noch bevor Camel die Sinnfrage stellen konnte, und den nachhaltig verwunderten Redakteur zwischen zwei mächtigen Wänden aus Widersprüchen zurückgelassen.

Wie war die mühevoll recherchierte Mittellosigkeit des Franz Josef von Wertherkamp mit einer dreitausend Euro teuren Armbanduhr in Verbindung zu bringen, die überdies noch einen geheimnisvollen Zettel mit einer nicht minder geheimnisvollen Botschaft verbarg? Der Zufall war ein unzuverlässiger Ratgeber und so glaubte Camel nicht daran, dass von Wertherkamp die Uhr irgendwo gefunden hatte. Man fand in Wesel nicht einfach eine Luxusuhr mit einer versteckten Botschaft, die dazu in der Lage war, die Kripo zu mobilisieren. Für Camel war die Lage eindeutig: In Wesel oder näherer Umgebung lief ein Mörder frei herum. Seine Aufgabe bestand nun darin, die Bevölkerung zu warnen. Aber er musste vorsichtig sein. Eine zweite Panne würde Sennheiser unnötig nervös machen. Dabei stand viel auf dem Spiel. Es ging nicht nur um ein Kapitalverbrechen, sondern zusätzlich um eine Polizeipanne immensen Ausmaßes. Camel griff sich den Notizzettel vor ihm: „Floskamp, Dimmerstraße."

Nach einer Minute hatte er die Nummer aus dem Telefonbuch. Floskamp klang misstrauisch, erlaubte dem Redakteur aber, ihn zu besuchen.

24

„Nein, ausgeschlossen!“, tönte es aus dem Hörer. Manuela bedankte sich abwesend. Sie schwieg ihren Besucher ratlos an und massierte nachdenklich ihre Unterlippe. Unter halbwegs normalen Umständen hätte sie den Zeugen mit beschwichtigenden, aber nicht ansatzweise ernst gemeinten Worten des Dankes verabschiedet. Was die Polizistin zweifeln ließ, war zum einen die Tatsache, dass in einem Fall, den es gar nicht gab, die Umstände alles andere als normal waren, und zum anderen, dass es sich bei ihrem Vorgänger um einen äußerst vertrauenswürdigen Zeugen handelte. So gab es den nächsten Widerspruch, den die Ermittlerin in dürre Worte verpackt ihrem staunenden Publikum preisgab.

„Der Tote trug keinen Ohrschmuck. Ein Ohrloch konnte ebenfalls zweifelsfrei ausgeschlossen werden.“

„Du bist dir ganz sicher, dass dieser Joschi einen Ohrring getragen hat, Heinrich?“

Adrianos Frage war rhetorisch. Gereizt sah Heinrich Grimm seinen Expartner an und wählte ein kurzes Nicken als Antwort.

„Sie haben den Toten identifiziert. Zumindest als einen Obdachlosen mit dem Rufnamen Joschi. Glauben Sie, dass Sie sich geirrt haben?“

Heinrich legte den Kopf in den Nacken und atmete hörbar aus. Geschickt hatte sie ihm den Schwarzen Peter untergeschoben. Nach Manuela Warnkes Anruf im rechtsmedizinischen Institut war klar, dass er sich getäuscht haben musste. Mit voller Konzentration dachte er an das letzte Treffen mit Joschi, holte sich sein Gesicht zurück ins Bewusstsein. Kein Zweifel, Joschi trug einen kleinen, silbernen Ohrstecker. Er hatte nie gefragt, weshalb. Die Frage schien ihm absurd. Somit blieb nur eine Möglichkeit.

„Darf ich den Toten noch einmal sehen?“

Vierzig Minuten später befanden sie sich erneut an der Wilhelm-Roelen-Straße in Walsums größtem Stadtteil Aldenrade. Thorsten Kreutzer empfing sie mit süffisantem Lächeln.

„Falls Sie den Ohrring persönlich suchen möchten, muss ich Sie enttäuschen, den haben wir bereits für unsere Weihnachtsfeier versilbert."

„Nein", antwortete Manuela, „wir möchten nur kontrollieren, ob der Tote noch hier ist."

„Von denen ist zwar noch keiner entlaufen, aber bitte."

Sie folgten Kreutzer abermals durch die kalten Flure bis in den Saal mit den Kühlfächern. Nach kurzer Orientierung zog Kreutzer eine Lade heraus.

„Dies müsste der richtige Kadaver sein."

Heinrich schoss herum, auf seiner Stirn schwoll eine Ader an. Es dauerte einige Sekunden, bis er Worte fand.

„Ich muss doch sehr bitten. Das ist ein Leichnam und kein Kadaver!"

Kreutzer wirkte irritiert.

„Meinen Sie?"

Dann trat er einen Schritt vor und schob das weiße Laken bis auf die Brust zurück. Kleine grüne Flecken bedeckten den fast weißen, haarlosen Brustbereich. Kreutzer deutete fast triumphierend darauf.

„Wusste ich's doch. Hätte mich auch sehr gewundert. Diese grünen Flecken werden durch Darmbakterien hervorgerufen. Dies wiederum bedeutet, dass die Verwesung bereits eingesetzt hat. Somit ist es keine Leiche mehr, sondern ein Kadaver. Rein medizinisch betrachtet", schob Kreutzer mit einem unschuldigen Blick durch die kleinen runden Gläser seiner Brille hinterher.

Heinrichs Ärger über den, wie er fand, despektierlichen Umgang mit einem Toten sorgte dafür, dass seine innere Anspannung, die sich während der Hinfahrt kontinuierlich aufgebaut hatte, in den Hintergrund geriet. Langsam wandte er sich dem Toten zu, der sich wie auf einer Anrichte liegend in Hüfthöhe vor ihm befand. Schwarze und grüne Flecken bedeckten die Haut fast vollständig. Es roch unangenehm. Heinrich trat einen halben Schritt zur Wand, in die Nähe des Kopfes. Er spürte aufkommende Würgereflexe, zwang sich zur Beherrschung. Es war ihm unbegreiflich, wieso Kreutzer diesen Beruf derart froh gelaunt ausüben konnte. War er völlig abgestumpft, lag sein Herz bereits unter einer dicken Schicht verrotteter Gefühle begraben?

Heinrich beugte den Oberkörper leicht vornüber. Die Haare im Gesicht hatten die Länge halber Streichhölzer. Joschi trug meist einen etwas längeren Dreitagebart, nie mehr. Die Wangen waren stets blank. Er muss sich regelmäßig rasiert haben, fiel Heinrich jetzt erst auf. Wieder einmal wunderte es ihn, wie wenig er auf Details geachtet hatte. Wie sehr ihm Kleinigkeiten entgangen waren, die ihm früher sofort aufgefallen wären. Konnte man diesen Spürsinn tatsächlich verlieren? Heinrich war bereit, sich damit abzufinden. Es behagte ihm sogar ein wenig, kam es doch dem näher, was seine Therapeutin stets forderte.

Legen Sie die Uniform ab, Sie benötigen sie nicht mehr.

Seine Gefühle verschwammen zu einem seltsamen Cocktail. Der Magen rebellierte, er ekelte sich vor den Gerüchen und dem Anblick – und dem Gedanken, sich vor dem toten Joschi zu ekeln. Er fühlte sich mies und war doch zufrieden, dass er mit seinem Beruf abschließen konnte. Der Polizist in ihm schien gegangen zu sein, stellte er erleichtert fest. Dieser Egoismus, ausgerechnet hier, schmerzte. Heinrich wollte sich umdrehen, hier und jetzt fühlte er den Wendepunkt erreicht. Für wenige Sekunden hatte er völlig vergessen, weshalb er hier war, dann wurde es ihm schmerzlich bewusst. Es musste eine Wahrheit hinter den Widersprüchen geben. Er musste sich strecken, über die Mauer blicken, auch wenn es ihm unangenehm war. Heinrich schärfte den Blick, fokussierte ihn auf das Gesicht des Toten, als lägen alle Unklarheiten darin verborgen. Er fragte sich, ob die vielen Flecken oder der anscheinend stark nachgewachsene Bart dafür verantwortlich waren, dass Joschi ihm so fremd vorkam. Heinrich betrachtete das linke Ohr des Toten. Eine gräuliche Strähne bedeckte das Ohrläppchen. Heinrich führte langsam den Zeigefinger der rechten Hand dorthin, schloss die Augen, atmete tief durch. Als er sie wieder öffnete, bemerkte er Thorsten Kreutzer, der sich in die schmale Lücke zwischen dem Pensionär und der Wand geschoben hatte und das Ohr freilegte.

„Danke", murmelte Heinrich.

Das Ohr war schmutzig, aber merkwürdigerweise ohne Flecken und völlig unversehrt. Heinrich war versucht, Joschis Augenlider zu öffnen. Bei dem Gedanken an den Anblick beließ er es dabei. Sein Blick war schon Richtung Nase gewandert, die Heinrich merkwürdig groß vorkam, als er im letzten Moment etwas im Augenwinkel sah. Er beugte sich noch weiter hinunter, sein Auge befand sich eine Handbreit über dem des Toten. Zwischen dunklen Flecken von der Größe einer Euromünze befanden sich zwei kleine, dunkelblaue Punkte. Knasttränen! Der Gedanke schoss ihm wie ein Blitz durch den Kopf.

Heinrich kannte diese Zeichen. Früher ließen sich Strafgefangene für jeweils fünf Jahre Haft eine Träne unter das Auge tätowieren. Die Anerkennung und oft genug auch die hierarchische Rangfolge im Gefängnis wurden durch die Anzahl der Tränen entscheidend beeinflusst. Eine solche Tätowierung bei Joschi wäre ihm sofort aufgefallen. Für Heinrich gab es keinen Zweifel mehr, dass es sich bei dem Toten nicht um seinen Freund Joschi handelte. Wie hatte er beim ersten Mal so leichtfertig sein können? Die Ähnlichkeit war vorhanden, aber nicht frappierend genug, dass ein pensionierter Hauptkommissar mit mehr als dreißig Dienstjahren darauf hätte hereinfallen müssen! Er hatte sich von den Umständen täuschen lassen. Alles schien naheliegend und simpel. Die Kausalität war bestechend. Joschi war verschwunden, ein toter Obdachloser wurde gefunden. Ein toter Obdachloser lag kurz darauf in der Kühlkammer, alles ganz logisch. Heinrich richtete sich auf, bemerkte die Neugierde der Polizisten.

„Ich habe mich geirrt, das ist nicht Joschi."

Unterwegs nach Wesel wurde Heinrich die Konsequenz in seiner gesamten Deutlichkeit bewusst: Joschi lebte!

25

„Was hat das zu bedeuten?"

Manuela hing den dünnen Blouson über den Kleiderbügel neben der Tür und nahm Adriano gegenüber Platz.

„Gar nichts. Der Vorname stimmt halt nicht", antwortete Adriano lakonisch und schaffte es wieder einmal, mit wenigen Worten sein Phlegma zu offenbaren. Manuela verdrehte die Augen.

„Ist doch wahr. Der einzige Hinweis zur Person war bislang der Vorname. Darüber sind wir nicht weitergekommen. Eben weil er falsch ist. Wir müssen noch mal ganz von vorne …"

„Der Vorname muss der gleiche sein", unterbrach sie ihn. Der Gedanke dahinter jagte der Ermittlerin einen Schrecken ein. Sie dachte an Heinrich Grimm. Im Dienst hätte ihr Vorgänger als befangen gegolten. Und auch wenn er während der ersten Identifizierung emotional stark beteiligt war, sprach die spontane Reaktion eindeutig für eine Ähnlichkeit der beiden Personen.

„Herr Grimm hat sich in der Obdachlosenszene umgehört, ich bei den Behörden. Überall hat man die Person auf dem Foto als einen Wohnungslosen mit dem Rufnamen Joschi erkannt. Adriano, dieser Mann ist kein Phantom, es gab", sie räusperte sich, „es gibt ihn."

„Warum ist er dann zur selben Zeit verschwunden?"

Das ist eine berechtigte Frage, dachte Manuela. Der Gedanke, jemand wollte seinen Tod vortäuschen, um abzutauchen, lag nahe. Manuela hielt ihn für absurd. Aber war es nicht gerade die Häufung sonderbarer Dinge rund um diesen Todesfall, die seit Tagen für ihre innere Unruhe verantwortlich war? Manuela entschloss sich zu handeln.

„Ich gehe zur Staatsanwaltschaft. Wäre nett, wenn du in der Zwischenzeit die Identität des Toten in Erfahrung bringen könntest."

Adriano, der damit beschäftigt war, die Buchstaben der Zeitung vor ihm mit dem Bleistift auszufüllen, sah sie ungläubig an.

„Die Identität. Ist klar, kein Problem. Mache ich mal eben zwischendurch. Reichen die Personalien oder benötigst du auch den Stammbaum der Familie?“

Manuela seufzte.

„Adriano“, antwortete sie mit betont geduldiger Stimme, „Herr Grimm hat die Verwechslung anhand zweier kleiner, kreisrunder Tätowierungen unter dem Auge, sogenannter Knasttränen, bemerkt. Dies legt die Vermutung nahe, dass der Herr irgendwann einmal in einer Justizvollzugsanstalt untergebracht war. Daraus wiederum könnte der aufgeschlossene Polizist schließen, dass die besagte Person sich in unserer Kundenkartei befindet. Was meinst du?“

Adriano schloss für einen Moment die Augen, holte tief Luft und machte sich schließlich wortlos an die Arbeit. Im Herausgehen bemerkte Manuela eine leichte Rotfärbung auf seinem Gesicht.

Annette Gerland beugte sich über die Tischplatte, faltete die Hände ineinander und legte das Kinn auf die Daumen. Sie vermochte der Argumentation ihrer Ermittlerin durchaus Glauben zu schenken. Nur war die Einleitung einer Mordermittlung nicht davon abhängig.

„Wirklich neu ist doch lediglich die Tatsache, dass dieser Joschi offenbar noch lebt. Gut, er sieht dem Toten ähnlich. Ich gebe auch zu, dass es einige seltsame Hinweise gibt. Aber haben Sie einen ernst zu nehmenden Beweis? Gibt es ein Motiv?“

„Wie soll ich einen Mord nachweisen, wenn ich die Leiche nicht obduzieren lassen kann? Wollen wir uns bei all den Ungereimtheiten auf die Vermutung eines niedergelassenen Mediziners verlassen, der nach einem flüchtigen Blick auf die Leiche Tod durch Herzversagen annimmt? Immerhin hat er auf dem Totenschein die Todesursache als unklar eingestuft.“

Trotz der inneren Anspannung, die Manuela in jedem Muskel spürte, brachte sie die Argumente äußerlich ruhig und gelassen vor. Sie wusste, dass Dr. Bahman die Todesursache nur deshalb so eingestuft hatte, weil ihm die medizinische Vorgeschichte des Toten nicht bekannt war. Eine Routinehandlung, die Manuela nun zur Argumentation heranzog.

Der Staatsanwältin imponierten die Art und vor allem der Ehrgeiz der Hauptkommissarin. Zudem war das Argument der unklaren Todesursache nicht von der Hand zu weisen.

„Also gut. Wir werden die Leiche in der kommenden Woche obduzieren lassen."

Adriano hatte die Niederlage bestens verdaut und empfing die Kollegin freudestrahlend mit der Profilaufnahme eines Häftlings, der nach Manuelas Ansicht nur bedingte Ähnlichkeit mit dem Toten aufwies.

„Hans Joachim Olischek. 2001 wegen Totschlags zuungunsten des Liebhabers seiner Frau zu acht Jahren Haft verurteilt. Wurde im November 2007 vorzeitig aus der JVA Geldern entlassen. Ich würde sagen, das passt."

„Was passt?"

„Totschlag. Was schließt die aufgeschlossene Polizistin daraus? Es gibt Hinterbliebene mit nur einem Gedanken: Rache. Und damit haben wir das Motiv."

„Drei Jahre nach Haftentlassung?"

„Warum denn nicht", Adriano hob die Stimme, „die Entlassung stand bestimmt nicht in der Zeitung, der Mörder musste ihn auch erst finden. Ich habe die Akten von damals jedenfalls angefordert."

„Wenn du mir jetzt noch erklärst, welche Rolle Heinrichs Joschi dabei spielt, könnte ich dir glauben. Oder hältst du die Ähnlichkeit und sein plötzliches Verschwinden für einen Zufall?"

Adriano grinste. Er schien mit dieser Frage gerechnet zu haben.

„Nein, das halte ich nicht für einen Zufall. Es war inszeniert, sollte wie der Tod eines Obdachlosen aussehen. Und war es bis vor zwei Stunden nicht auch genauso?“

Manuela nickte. Auf den ersten Blick war seine Argumentation schlüssig. In diese These passte die provisorische Angelroute. Das Rad konnte er zuvor einem Obdachlosen gestohlen haben, wenn das Opfer in der Zwischenzeit nicht selbst wohnungslos geworden war. Aber eine Merkwürdigkeit gab es noch, die nicht in dieses Bild passte.

„Was ist mit der Uhr und dem Zettel darin?“

Adriano hob ratlos die Schultern.

26

Wieso ist er verschwunden? Wo ist er jetzt? Seit Stunden quälten ihn diese Fragen. Er saß auf der Bank, auf der er Joschi das letzte Mal gesehen hatte. Zweimal war er die Runde um das Schwarze Wasser gegangen, ohne den geringsten Hinweis auf Joschi zu erhalten. Anfangs spürte er Erleichterung, freute sich, dass es sich bei dem Toten in Walsum nicht um seinen Freund handelte. Die gute Laune hatte sogar seine Selbstzweifel besiegt. Irgendwann schwand die Freude und Fragen tauchten auf. Dunkle Wolken schoben sich vor die Sonne. Heinrich stand auf.

Auf dem Weg nach Hause dachte er wieder an den Schnipsel aus der Uhr. Hatte Joschi das alles vorausgeplant? Welche Bedeutung hatten die Zahlen?

Als Heinrich am Kreisverkehr die Nordstraße überquerte, fielen die ersten Tropfen. Fünf Minuten später erreichte er triefend nass den kleinen Weg zur Haustür. Seine Mutter verabschiedete einen jungen Mann mit blonden Locken und einem Arbeitsanzug, auf dem das Emblem der Telekom eingestickt war.

Voller Stolz dirigierte Frau Grimm ihren Sohn in das Bügelzimmer. An der Wand gegenüber der Tür befand sich auf dem alten Küchentisch ein Flachbildschirm, daneben ein Drucker und auf dem Boden ein Computer. Sie hatte das Equipment bereits in der vorigen Woche bestellt, freute sich über die pünktliche Lieferung. Die Geräte waren eingeschaltet, auf dem Bildschirm prangte die Eingabemaske einer Suchmaschine.

„Prima, nicht wahr? Wir sind jetzt komplett ausgestattet, wie es sich für ein Detektivbüro gehört."

Heinrich wollte sie fragen, woher Camel von dem Schnipsel in der Uhr wissen konnte, als er die Türklingel vernahm. Floskamp hatte ihn angerufen und ihm berichtet, dass der Journalist von einem seltsamen Code erfahren habe, der in einer Uhr versteckt war. Floskamp versprach, das Geheimnis selbstverständlich zu wahren.

„Huch, da ist ja schon die Marga. Tschüss, mein Junge, ich muss in die Stadt", sie zog einen Einkaufszettel aus der Tasche, „Druckerpapier kaufen und Speicherrohlinge und", es klingelte erneut. Mit einem lang gezogenen „Tschüü-üss" verschwand sie. Heinrich wartete das Geräusch zufallender Autotüren und eines startenden Motors ab, bevor er sich an den Computer setzte.

Waren seine Suchanfragen auch sehr ungeschickt, so gelangte er nach einiger Zeit doch an Begriffe wie Numerologie oder Zahlenmystik. Anhänger dieser Pseudowissenschaften waren der Ansicht, dass alle Zahlen über ihre rein mathematische Bedeutung hinaus eine völlig andere Aussagekraft besaßen. Sie gingen von Kausalitäten aus und schlossen von Zahlen auf Ereignisse. Buchstaben wurden nach einem gewissen Schlüssel in Zahlen umgewandelt. Vor einigen Jahren entdeckten mehr oder weniger seriöse Zeitgenossen auf diese Weise versteckte Botschaften in der Bibel, las Heinrich leicht amüsiert.

Er betrachtete versonnen den Zettel mit den Zahlenreihen neben der Tastatur, während die nächste Website hochgeladen wurde. Dort wurde tatsächlich erklärt, dass jede Zahl im Prinzip einstellig sei und eine tiefe Bedeutung habe. Man müsse lediglich so lange die Quersumme errechnen, bis diese im einstelligen Bereich liege. Eine Tabelle am Ende der Seite gab Auskunft über die weitere Bedeutung der einstelligen Zahlen. Heinrich öffnete die nächste Seite. Jetzt wurde es interessanter: Der Autor berichtete über Verschlüsselungsmethoden. Kryptologie, die Wissenschaft vom Geheimhalten von Geheimnissen. Er war so vertieft in seine Nachforschungen, dass die Türklingel ihm einen Schrecken einjagte.

„Sie scheint es wirklich ernst zu meinen", stellte Annette nach einem flüchtigen Blick auf das Equipment fest. Sie hatten beide noch nicht zu Mittag gegessen, fuhren ausnahmsweise zum nahen Restaurant Art unweit von Flüren. Annette wollte mit ihrem Freund ein wenig die geglückte Konfrontationstherapie feiern.

Unterwegs berichteten sie sich die Neuigkeiten des Tages, die im Falle des offenbar noch lebenden Joschi identisch waren.

Annette bestellte sich einen Ziegenkäseauflauf mit Curry-Joghurt und Salat, Heinrich eine Spargelterrine mit geeister Mozzarellamousse vorab. Er berichtete ihr von den Internetrecherchen. Besonders der kryptologische Teil interessierte sie.

„Bei der einfachsten Verschlüsselungsmethode steht jede Zahl für einen Buchstaben des Alphabets. Der Buchstabe A steht für die Ziffer 1, B steht für 2 und so weiter", er hatte den Zettel mit den Zahlenreihen selbstverständlich dabei und legte ihn in die Mitte des Tisches, „wobei ich mich frage, ob bei der Zahl Dreizehn zum Beispiel der erste und dritte Buchstabe oder der dreizehnte gemeint ist."

Annette nahm den Zettel und betrachtete eingehend die Zahlenreihen. Dann legte sie ihn wieder zurück.

513959807

63327854

„Also dieses Problem stellt sich hier nicht. Die Fünf in der ersten Reihe steht alleine, es gibt keinen 51. Buchstaben."

Annette notierte ein „E" unterhalb der Reihen.

„Der nächste Buchstabe wird der dreizehnte sein, „EA" am Anfang eines Wortes ist unwahrscheinlich", Heinrich schrieb den Buchstaben „M" daneben, „95 gibt es ebenfalls nicht, also ein … „I", weiter geht es …"

„Eben nicht", unterbrach Heinrich sie, „es müsste wieder ein „E", danach wieder ein „I" kommen und danach? Was bedeutet die Null?"

Er schüttelte den Kopf.

„Wir liegen falsch. Es gibt noch die Varianten, dass Buchstaben oder Zahlen um eine oder mehrere Stellen versetzt sind, C für die 1 steht, D für die 2 und so fort. Ich denke, da suchen wir ewig."

Ein freundlicher Kellner servierte eine Flasche Tafelwasser. Annette bedankte sich beiläufig, ihre Augen fixierten weiterhin die Zahlen.

„Ewig würde ich es nicht nennen. Die Null beweist, dass die Zahlen verschoben sind. Was bedeutet, dass es neun mal zwei Möglichkeiten der Interpretation gibt, die Null fällt in beiden Richtungen weg."

„Falls der Code gleichermaßen für alle Ziffern der Zahl gilt. Welche Chance haben wir, wenn die Abweichungen variieren?"

„Welche Chance haben wir, wenn wir aufgeben?"

27

Beseelt lächelnd tänzelte Camel geradezu in die Redaktionsräume. Den linken Arm hoch erhoben, wedelte er wild mit einem Zettel herum, während der angewinkelte rechte Arm neben der Hüfte eine Säge imitierte. Ein Fremder hätte der Vermutung unterliegen können, der Reporter habe im Drogenmilieu recherchiert und dazu in einem aufopferungsvollen Selbstversuch die im Betäubungsmittelgesetz aufgeführten Substanzen durchprobiert. Die anwesenden Kollegen allerdings schüttelten nur müde den Kopf oder beschäftigten sich ungerührt weiter mit dem Layout auf ihren Monitoren. Dies hatte Trixie auch vor, wurde allerdings durch den hyperaktiv zappelnden Arm und die Hand mit dem Zettel vor ihrem Gesicht davon abgehalten.

„Der Durchbruch! Ich bin allen einen Schritt voraus, allen! Die Schlagzeile morgen wird einigen in dieser schönen Stadt die Blässe ins Gesicht treiben. Es ist mir gelungen, an diesen ..."

Er hatte Sennheiser nicht kommen hören. Sein Chef stand hinter ihm und studierte den Zettel, den er Camel soeben aus den Fingern gezogen hatte.

B E R T

„Wer ist Bert?"

„Das weiß ich noch nicht, aber ich bekomme es heraus, Chef."

„Das finde ich wirklich sehr nett von Ihnen, Herr Walther."

Sennheiser klang übertrieben freundlich. Camel wusste, was das bedeutete.

„Ich bin an einer ganz großen Sache dran. Morgen", er sah auf die Uhr, zwei Stunden bis zur Redaktionskonferenz, „bringe ich den Hammerbericht."

„Das will ich stark hoffen. Und auch, dass kein Angler darin vorkommt."

„Ja, Chef. Ich meine, nein, Chef."

Er sah Sennheiser noch einige Sekunden in einer Bandscheiben belastenden Haltung hinterher. Dann schnellte Camel herum und klatschte mit einem erwartungsvollen Blick auf Trixie in die Hände.

„Auf geht's."

Trixies tatenlose Haltung verunsicherte den Redakteur.

„Hast du nicht zugehört? Wir müssen möglichst schnell herausbekommen, wer dieser Bert ist."

„Wir?"

Trixie würde sich vermutlich nie an die Umgangsformen ihres Kollegen gewöhnen können.

„In zwei Stunden ist Redaktionsschluss, bis dahin möchte ich die Sonntagsbeilage fertig haben."

In der Beilage wurden keine topaktuellen Themen behandelt, daher konnte Trixie ihre Arbeit am Freitag erledigen und den Samstag zu Hause bleiben.

„Kommste halt morgen ein paar Stündchen. Das hier", er winkte abermals mit dem Zettel in der Hand, „ist der Knaller, das muss in die morgige Ausgabe."

Trixie führte den Zeigefinger an die Stirn, während ihr Kollege sich das örtliche Telefonbuch schnappte und mit dem Zeigefinger die einzelnen Spalten durchwanderte. Eine halbe Stunde später schmiss er das Verzeichnis wütend auf die Fensterbank.

„Es gibt keinen einzigen Bert in Wesel", stellte er leicht verwundert fest.

„Klar", antwortete Trixie gelangweilt, „es dürfte auch keinen einzigen Camel in Wesel geben, obwohl ich einen kenne."

„Du meinst, es handelt sich um einen Spitznamen, eine Abkürzung für Berthold oder Bertram?"

Trixie sah ihn mitleidig an.

„War nicht von einem Code die Rede, Camelchen?"

Der Reporter nickte.

„Ein Code ist eine verschlüsselte Botschaft. Als Kinder haben wir immer Buchstaben für Zahlen eingesetzt, eine simple Geheimsprache."

„Natürlich, das ist es“, jubelte Camel und schnappte sich das Telefon. Die Buchstaben auf den Zifferntasten mussten es sein. Er nahm sich einen Kugelschreiber und notierte die Zahlen 2378. Nachdem er die Zahl eine Minute mit gekräuselter Stirn angesehen hatte, tippte er sie ins Telefon.

„Großholtfurth, guten Tag.“

Leise drang die brüchige Stimme einer älteren Dame durch den Hörer.

„Konrad Walther vom Rheinischen Boten, guten Tag. Mit wem spreche ich bitte?“

„Karl-Heinz, hier ist Oma Wilma, das ist aber nett, dass du mich mal anrufen tust. Wie geht es denn der Mutti?“

„Nein. Hallo. Hier ist Konrad Walther vom Rheinischen Boten“, Trixie hielt sich demonstrativ die Ohren zu, „kennen Sie einen Franz Josef von Wertherkamp?“

„Der Rheinische Bote? Was macht die Mutti denn da? Geht es ihr nicht gut?“

Camel legte den Hörer auf. Bert, Bert, Bert – jetzt verstand er. „B“, der zweite Buchstabe des Alphabets, „E“ der fünfte … 2 5 18 20, die Zahl kam ihm seltsam vertraut vor. Camel schüttelte den Gedanken beiseite und hackte die Nummer ins Telefon. Zeitgleich mit dem Freizeichen vernahm er aus dem Hintergrund Klingeln aus dem Büro am Ende des Flures.

„Sennheiser“, tönte es genervt aus dem kleinen Lautsprecher. Camel schluckte.

28

„Hast du nicht behauptet, dieser Grimm würde die Spur sofort aufnehmen?"

Sie hatte die langen schwarzen Haare hochgesteckt. Nur mit einem blutroten, hautengen Mieder und einer Netzstrumpfhose bekleidet, saß sie vor dem Spiegel und zog mit dem Kajalstift den Lidstrich nach. Im Spiegel sah er ihren strengen Ausdruck. Der Anblick machte ihn rasend.

„Wird er auch noch", antwortete er.

Sie stand auf, trat ganz dicht vor ihn.

„Ich hoffe bald. Der Countdown läuft. Vergiss das nicht, Chéri."

Während der Nachhall ihrer rauchzarten Stimme wie eine Versuchung durch seinen Verstand kroch, glitten ihre gespreizten Finger seine nackte Brust hinunter. Seine Augen streiften ihre Schultern, wanderten zum Spiegel hinter ihr, blieben gierig an den glänzenden Halbkugeln zwischen Mieder und Strumpfhose haften. Eine Sekunde dachte er daran, sie in das noch warme und zerwühlte Bett hinter sich zu ziehen, als sie sich mit einem Ruck von ihm löste.

Sie nahm eine schwarze Bluse aus dem Kleiderschrank, zog sie über und knöpfte sie sittsam bis oben zu. Anschließend zog sie eine anthrazitfarbene Hose an.

„Was hast du vor?"

„Im Gegensatz zu dir warte ich nicht ruhig ab, bis irgendwas passiert. Ich werde die Angelegenheit ein wenig anschubsen."

Er spürte, wie ihm heiß wurde, und das lag ausnahmsweise nicht an ihr.

„Das ist zu gefährlich!"

„Ach ja?", ihre Stimme klang provozierend. „Dein ganzer Plan ist gefährlich, das ist das Problem. Ein anonymer Anruf bei den Bullen und alles wäre längst klar gewesen."

Er wurde wütend. Er hasste es, kritisiert zu werden. Er wollte ihr nicht die Kontrolle überlassen.

„Wie oft soll ich es dir noch erklären? Bei diesem Streit mit tödlichem Ausgang gibt es einen Täter und ein Opfer, vielleicht auch Zeugen, aber keinen anonymen Zeugen. Kein dritter Mitspieler, der die Polizei lange ermitteln lässt, sondern ein eindeutiger Fall, das ist es, was wir brauchen. Sobald du oder ich mit hineingezogen werden, ist der Plan tot, tot, tot. Wann kapierst du das endlich?"

Er schlug sich währenddessen mehrfach die flache Hand so heftig gegen die Stirn, dass es schmerzte.

„Und sobald dein Meisterdetektiv als Außenstehender darauf stößt, geht dein Plan auf, schon klar. Das Problem ist nur: Dein Spürhund muss zur Jagd getragen werden. Und diese Aufgabe, Chéri, werde ich übernehmen. Oder möchtest du das machen?"

Er konnte sie nicht aufhalten, das wusste er. Der Gedanke an ihr Vorhaben trieb ihm kalten Schweiß auf die Stirn. Sie hatte Recht, wenn sie sagte, dass ihnen nicht sehr viel Zeit blieb. Aber was, wenn Grimm sie durchschaute? Bislang hatte er ihn überschätzt, das war der einzige Fehler.

29

Am gestrigen Abend hatten sie zwei Stunden lang alle möglichen Kombinationen durchprobiert, bei keiner war eine sinnvolle Buchstabenfolge, geschweige denn ein Wort, herausgekommen. Denn Namen von Personen oder Orten, die mit den Buchstaben „FB“ oder GC“ beginnen, dürfte es, zumindest in Deutschland, nicht geben.

Annette war direkt nach dem Frühstück in die Stadt gefahren, um Schuhe zu kaufen. Sie hatte ihn gar nicht erst gefragt, ob er sie begleiten mochte. Heinrich gab an, einen Spaziergang machen zu wollen, dass dieser ihn am Schwarzen Wasser vorbeiführen sollte, hatte er verschwiegen. Er hatte bereits die Laufschuhe angezogen, als sich seine Türklingel meldete. Obwohl er sofort hinuntereilte, hatte seine Mutter die Tür bereits geöffnet. Vor ihnen stand eine schlanke, dunkelhaarige Dame in einem edlen anthrazitfarbenen Anzug. Am Straßenrand vor dem Haus bemerkte Heinrich ein schwarzes Sportcoupé der gehobeneren Preisklasse. Sie räusperte sich kurz.

„Jasmin Wagner, guten Tag. Ich möchte zur Detektei Grimm und Sohn, falls dies an einem Samstag möglich ist.“

Es hatte den Anschein, als habe die attraktive Dame vor ihnen die Zeit angehalten wie einen Film, den man mittels Pausentaste einfriert, um sich ein Getränk zu holen. Jedenfalls konnte Heinrich sich nicht erinnern, wann er seine Mutter zuletzt sprachlos gesehen hatte. Erst als die Besucherin sich räusperte, reagierte die Gastgeberin.

„Tja, ähem, Frau Wagner, dann kommen Sie doch bitte in die Küche, unser Büro wird derzeit renoviert.“

Heinrich wunderte sich. Am heutigen Morgen waren die Presseartikel zur Eröffnung der Detektei erschienen und bereits wenige Stunden später hatte seine Mutter die erste Klientin.

„Es ist eine sehr delikate Angelegenheit, ich darf doch mit Ihrer Diskretion rechnen?"

„Selbstverständlich, Frau Wagner. Sie können uns absolut vertrauen."

Jasmin Wagner fingerte nervös an ihrem Schlüsselbund, zögerte ihr Anliegen einige Sekunden hinaus.

„Ich habe seit vier Monaten ein außereheliches Verhältnis." Heinrich entging nicht, wie sie den Blick senkte, und fühlte sich in seiner Vermutung über die zu erwartenden Aufträge bestätigt. Einen Augenblick spielte er mit dem Gedanken, den geplanten Spaziergang zum Schwarzen Wasser anzutreten, verwarf diesen aber, um nicht unhöflich zu erscheinen.

„Sein Name ist Tobias Schwarz. Wir waren für vorgestern Abend verabredet, er kam nicht. Gestern am Nachmittag wollten wir uns in der Stadt treffen, er erschien wieder nicht. Sein Handy ist seit zwei Tagen abgeschaltet, das hat er noch nie gemacht. Es muss irgendwas passiert sein. Ich mache mir solche Sorgen."

Sie rieb sich das rechte Auge, als wolle sie eine Träne entfernen. Heinrich kam der Verdacht, dass er sich von ihr trennen wollte und bisher nicht den Mut aufgebracht hatte, es ihr zu sagen.

„Vielleicht musste er beruflich fort oder seine Frau ist hinter das Verhältnis gekommen. Ist Herr Schwarz überhaupt verheiratet?"

Vermutlich, um professioneller zu wirken, schrieb Frau Grimm jedes Wort auf ihrem Einkaufsblock mit.

„Nein, er ist Junggeselle. Tobias sollte bis zum Wochenende geschäftlich in München bleiben, aber er konnte drei Tage früher zurückkommen. Vom Flughafen aus hatte er mich noch angerufen und gesagt, wie sehr er sich auf mich freut. Aber … da ist noch etwas."

Sie schloss die Augen und atmete hörbar aus.

„Mein Mann weiß seit einer Woche von dem Verhältnis. Er hat gedroht, Tobias umzubringen."

„Haben Sie das der Polizei gemeldet?", mischte Heinrich sich ein.

„Die Polizei", kam seine Mutter der Besucherin entgegen, „als wenn die was unternimmt. Sie haben richtig gehandelt. Bei uns ist Ihr Anliegen in den besten Händen. Wir nehmen Sie ernst."

Zum Trost nahm die Seniorin Frau Wagners Hand und drückte diese vertrauensvoll. Heinrich schüttelte den Kopf.

„Haben Sie vielleicht ein Bild Ihres Freundes dabei, Frau Wagner?"

„Ja, warten Sie", sie durchwühlte hastig ihre Handtasche und reichte Frau Grimm kurz darauf ein postkartengroßes Farbfoto. Heinrich warf einen kurzen Blick darauf. Ein fröhlich lachendes Gesicht, leichte Sommerbräune, mandelbraune Augen, schwarzes Haar. Er kannte den Mann nicht.

Nachdem Frau Wagner noch ihre Anschrift, die Adresse des Vermissten, Autokennzeichen und Handynummer aufgeschrieben hatte, wollte sie sich verabschieden. Heinrich sah seine Mutter schon mit dem Foto in der Hand Wesels Fußgängerzone auf und ab marschieren. Zumindest war sie von nun an beschäftigt, dürfte keine Zeit mehr finden, sich in Angelegenheiten der Polizei einzumischen, dachte er zufrieden. Womöglich stellte sich am Ende heraus, dass der Vermisste mehr als eine Freundin hatte. Heinrich musste grinsen.

„Da ist noch etwas Merkwürdiges", bemerkte Frau Wagner beim Abschied, „Ich weiß allerdings nicht, ob es von Bedeutung ist."

„Bitte erzählen Sie, jedes Detail kann wichtig sein", Frau Grimm legte die Stirn in Falten, um ihren Worten besondere Bedeutung zu verleihen.

„Bei unserem letzten Telefonat sagte Tobias, dass ihm die Armbanduhr gestohlen wurde. Er hing sehr an der Uhr. Es war ein besonders teures Stück. Tobias ist passionierter Taucher, er sagte, die Uhr sei bis dreihundert Meter Wassertiefe geeignet. Ich habe nicht viel Ahnung davon. Aber gefallen hat sie mir schon."

Heinrich wollte die Tür zum Flur öffnen, stoppte mitten in der Bewegung. „Kennen Sie das Fabrikat?"

Er verdrängte das Absurde und erwartete eine unbedeutende Antwort.

„Nicht genau. Es war eine Uhr von Omega. Der Name ... keine Ahnung, irgendwas mit Master Professional oder Oceanmaster oder ..."

„Seamaster Professional", half Heinrich ihr mit leiser, monoton klingender Stimme.

„Ja, das kann auch sein. Wie gesagt, ich bin mir nicht sicher. Ich habe leider keine Ahnung von Uhren. Vermutlich ist es auch völlig unwichtig."

„Vielleicht auch nicht, ich bin gleich wieder da."

Heinrich rannte nach oben und kam eine knappe Minute später mit Joschis Uhr in der Hand zurück.

„War es eine solche Uhr?"

Frau Wagner strich eine Strähne ihrer schulterlangen Haare aus dem Gesicht und nahm die Uhr in die Hand. Sie betrachtete das Stück eingehend, drehte sie um, betastete das Armband und reichte sie schließlich erstaunt zurück.

„Was für ein Zufall. Es ist die gleiche Uhr. Es ist das erste Mal, dass ich sie außerhalb von Tobias' Armgelenk sehe."

Jetzt erst fiel ihr das Foto in Heinrich Grimms anderen Hand auf. Er zeigte ihr das Bild von Joschi.

„Kennen Sie diesen Mann, Frau Wagner?"

Ihre Augen streiften das Bild nur einen kurzen Moment, dann schüttelte sie den Kopf.

„Nein, wer ist das?"

„Ein Obdachloser. Er hat mir kurz vor seinem Tod diese Uhr geschenkt."

„Ein Obdachloser? Diese Uhr? Herr Grimm, diese Uhr kostet über dreitausend Euro. Sie meinen, er hat sie meinem Freund gestohlen? Um sie Ihnen zu schenken?"

Heinrich antwortete nicht. Ihre Frage unterstrich nur die Rätselhaftigkeit. Die Unruhe seiner Mutter blieb ihm nicht verborgen. Offensichtlich behagte es ihr nicht, ihrem Sohn das Feld vollends zu überlassen. Selbstverständlich dürfte von diesem Uhrmodell mehr als eines hergestellt worden sein. Aber es roch förmlich nach einer Verbindung, auch wenn diese nicht einmal ansatzweise sichtbar war. Heinrich kramte den Zettel mit den Zahlenreihen aus der Brieftasche und fragte sie danach. Frau Wagner hielt das Blatt in der Hand und überlegte sehr lange. Dann gab sie ihn kopfschüttelnd zurück.

„Wir werden Ihren Freund finden, Frau Wagner."

„Und? Bist du dabei?", der kumpelhafte Ton wollte nicht zu ihr passen. Heinrich stand noch im Türrahmen und sah der ersten Klientin seiner Mutter nachdenklich hinterher. Sie gingen in die Küche und setzten sich einander gegenüber. Der Gedanke, gemeinsam mit seiner Mutter eine Detektei zu betreiben, lag ihm wie ein Kloß im Hals. Die Alternative war kaum erfreulicher. Immerhin ging es vielleicht um Mord. Heinrich blieb keine Wahl.

„In Ordnung, aber nur für diesen einen Auftrag, damit das klar ist."

Die Freude darüber war ihr anzusehen. Sie sprang hoch und brachte ihrem Sohn ein mehrseitiges Formular.

„Das musst du ausfüllen und damit am Montag ins Rathaus zu Herrn Bergerfurth gehen. Ist wegen der Anmeldung."

Heinrich blätterte ungläubig in dem Antrag.

„Du hast das Gewerbe noch gar nicht angemeldet?"

„Ist einfacher, wenn du das erledigst. Da wir jetzt zusammenarbeiten, sollten wir auch die Ermittlungsergebnisse austauschen. Zeig mir doch mal bitte den Zettel mit den Zahlenreihen aus der Uhr."

Heinrich konnte es kaum fassen, mit welcher Geschwindigkeit sie ihn überrumpelte. Er wollte protestieren, wusste aber genau, wie aussichtslos dies wäre. Andererseits gefiel ihm der Gedanke, seine Mutter mit dem scheinbar unlösbaren Zahlenrätsel vorerst aus dem Verkehr zu ziehen. Es würde ihm möglicherweise Zeit geben, Annette von den notwendigen Ermittlungen zu überzeugen und seine Mutter von gefährlichen Situationen fernzuhalten. Langsam schob er den gefalteten Zettel über den Küchentisch.

„Bitte, darauf dürften wohl die Antworten auf unsere Fragen stehen. Leider habe ich nicht die geringste Ahnung, was diese Zahlen bedeuten. Annette und ich haben uns den ganzen Abend damit beschäftigt, erfolglos. Wir geben auf."

Hastig faltete Frau Grimm den Zettel auseinander. Eine Mischung aus unbändiger Neugierde und Ehrgeiz hatte sie befallen. Der Plan war aufgegangen, stellte Heinrich zufrieden fest.

30

„Das gefällt mir überhaupt nicht."

Nervös wie ein Tiger im Käfig lief Annette im Wohnzimmer ihres Freundes auf und ab. Heinrich hatte ihr von der seltsamen Klientin berichtet.

„Wer ist dieser Tobias Schwarz?"

„Selbstständiger Programmierer. Entwickelt spezielle Software für Schweißroboter. Wohnhaft in Mülheim. Ledig, kinderlos. Die beiden haben seit etwa vier Monaten ein Verhältnis."

Annette hatte wieder auf dem Sofa Platz genommen.

„Von dem Uhrtyp wurden übrigens fünftausend Stück hergestellt, es könnte sich tatsächlich um einen unglaublichen Zufall handeln", wiegelte Heinrich ab. Annette schüttelte den Kopf.

„Morgens berichten die Zeitungen von der Eröffnung der Detektei und einige Stunden später steht Frau Wagner auf der Matte und stößt dich mit dem Gesicht auf die gestohlene Uhr. Welche Rolle sollte schon eine gestohlene Armbanduhr in einer Vermisstensache spielen? Ich habe nicht die geringste Ahnung, was das bedeutet. Aber eines ist sicher: Es muss einen Zusammenhang zum Todesfall am Schwarzen Wasser geben."

Heinrich fiel auf, dass seine Freundin es weiterhin vermied, von einem Verbrechen zu sprechen.

„Bleibt die zentrale Frage: Weshalb ist dein Freund exakt seit dem Tag spurlos verschwunden, an dem die Leiche gefunden wurde?"

Heinrich nickte leicht. Es gab Fälle in der Kriminalgeschichte, in denen Mörder nach ihrer Tat in die Rolle ihrer Opfer geschlüpft waren oder ihren eigenen Tod vortäuschten, um Gläubigern zu entkommen, oder über Umwege Versicherungsprämien kassieren wollten. Aber welches Motiv konnte es geben, einen Obdachlosen zu ermorden?

„Nehmen wir mal an, Joschi stammt aus ganz normalen bürgerlichen Verhältnissen. Irgendwas ließ sein Leben aus der Bahn geraten. Er war in höchster Gefahr, weiß keinen anderen Ausweg mehr und taucht ab. Das würde auch die teure Uhr erklären."

„Dann würde ich die Uhr und alles andere zu Bargeld machen und ins Ausland flüchten. Wenn er tatsächlich aus einem bürgerlichen Leben ausbrechen muss, würde er wohl kaum das Obdachlosenmilieu wählen."

Wieder einmal drehten sie sich im Kreis. Gab es einen Zusammenhang zwischen Joschis plötzlichem Verschwinden und dem Auftreten Frau Wagners? Vieles hing nun vom Ergebnis der rechtsmedizinischen Untersuchung ab. Dieser Gedanke bedrückte Heinrich. Sollte es sich tatsächlich um ein Gewaltverbrechen handeln, würde Joschi automatisch zum Kreis der Verdächtigen zählen.

31

Am Sonntag schliefen Annette und Heinrich regelmäßig aus. Es war bereits nach neun Uhr, als sie mit dem Frühstück begannen. Als Heinrich die Kaffeekanne von der Küchenzeile holte, klopfte seine Mutter flüchtig an, trat durch die Wohnungstür und kam mit einem beiläufigen „Morgen“ auf den Lippen an den Tisch.

„Guten Morgen, Mutter, nett, dass du uns besuchst. Möchtest du vielleicht mitfrühstücken? Vielleicht ziehst du erst mal den Mantel aus“, sagte Heinrich zynisch.

Annette holte ihr Teller, Tasse und Besteck. Mutter Grimm ging nicht auf die Bemerkung ihres Sohnes ein.

„Keine Zeit, wir müssen uns beeilen. Ich sage nur: Gefahr in Verzug!“

„Aha. Welche Gefahr steht denn einem gemütlichen Sonntagsfrühstück mit Mutti im Wege?“

„Tobias Schwarz. Ich habe ihn gefunden, aber er öffnet nicht und ich bekomme die Tür nicht auf, laufend kommt jemand vorbei und sieht mich blöd an.“

Heinrich hatte seine Mutter selten so hektisch erlebt. Annette legte die Hand beruhigend auf ihren Oberarm.

„Jetzt der Reihe nach, Gertrud. Wo befindet sich Herr Schwarz?“

„Er hat ein Mobilheim auf dem Campingplatz Grav Insel. Dort muss er sein. Dass er nicht öffnet, bedeutet nichts Gutes, ich ahne das.“

„Mutter, wie kommst du darauf?“

„Wie ich darauf komme? Meine Güte, du hast mir doch den Zettel mit der Adresse gegeben.“

Heinrich hatte nicht die geringste Ahnung, wovon seine Mutter sprach. Woher hätte er gestern Nachmittag die Adresse von Tobias Schwarz haben sollen?

„Was für einen Zettel? Hast du schlecht geträumt?“

„Also …“

Sie stand auf und wühlte zutiefst beleidigt in ihren Manteltaschen. Nachdem sie einen Schraubendreher, einen seltsam gebogenen Draht, der entfernte Ähnlichkeit mit einem Schlüssel aufwies, und eine kleine Eisenfeile auf den Tisch neben ihre Tasse gelegt hatte, hielt sie ihrem Sohn triumphierend den Zettel hin. Heinrich faltete ihn auseinander und erkannte die Zahlenreihen aus der Uhr. Mit gerunzelter Stirn sah er sie an. Sie holte tief Luft und verdrehte genervt die Augen.

„Da habe ich mir ja einen tollen Partner ausgesucht."

„Du hast tatsächlich herausbekommen, was diese Zahlen bedeuten?"

„War ja nicht besonders schwer."

Heinrich schoss erstaunt hoch. Wie hatte sie das Rätsel lösen können, noch dazu in der Kürze der Zeit?

„Zahlen gehören zum Fachgebiet der Mathematik, nicht wahr? Ich habe Werner Lachmann, Brunhildes Schwager, besucht. Der Werner unterrichtet doch Mathematik am Andreas-Versalius-Gymnasium. Der wusste auch sofort, was die Zahlen bedeuten. Viele seiner Schüler betreiben in ihrer Freizeit „Geocaching". Das ist ein Spiel – eine Art moderne Schnitzeljagd. Die Mitspieler geben Koordinaten in einen GPS-Empfänger ein und suchen auf diese Art einen Schatz."

Sie zog einen weiteren Zettel aus der Manteltasche und las ab.

„Bei den Zahlen handelt es sich um Geodaten. Es fehlen lediglich die Unterscheidungszeichen."

Sie bemerkte die ratlosen Blicke von Annette und Heinrich.

„Ganz einfach: 513959807 bedeutet 51 Grad, 39 Minuten und 59,807 Sekunden. Es handelt sich dabei um den Breitengrad. Die andere Zahl bestimmt den Längengrad. Die Position im Schnittpunkt deutet auf ein Gebiet mit einem Durchmesser von zwanzig Metern auf dem Campingplatz Grav Insel."

Zufrieden steckte sie den Zettel wieder ein.

„Und von dort komme ich gerade. Es kamen drei Mobilheime infrage, eines davon gehört Tobias Schwarz."

Joschi hatte das gewusst, schoss es Heinrich durch den Kopf. Er wollte, dass ich dieses Mobilheim finde. Seine Mutter hielt nichts mehr, sie machte Anstalten, aufzubrechen.

Annette reichte es.

„Gertrud, wie stellst du dir das vor? Sollen wir etwa dorthin fahren und das Mobilheim des Herrn Schwarz aufbrechen? Er ist noch nicht einmal offiziell vermisst gemeldet!"

„Er wird aber vermisst", antwortete Frau Grimm trotzig.

„Von seiner Geliebten, na und? Jetzt frühstücken wir erst mal und morgen früh wird die Weseler Polizei nach dem Rechten sehen."

„Tut mir leid, ICH kann mir keine Untätigkeit erlauben."

Sie lief ohne Gruß aus der Wohnung und schlug die Tür hinter sich zu.

„Wir müssen sie aufhalten. Wenn sie dort auf eigene Faust reingeht, kann ich nichts mehr für deine Mutter tun."

„Und wie? Soll ich sie vielleicht anbinden?"

„Es ist deine Mutter. Du musst sie zur Vernunft bringen!"

Heinrich kam sich vor, als sei er zwischen zwei Stühle geraten, die langsam auseinandergezogen wurden.

„Ganz Unrecht hat sie nicht. Spätestens jetzt dürfte klar sein, dass die Fälle miteinander verbunden sind. Oder hältst du das alles für Zufall?"

„Ich gebe zu, es ist dubios. Aber rechtlich haben wir keine Handhabe. Wir müssen das Obduktionsergebnis abwarten. Danach erscheint möglicherweise alles in einem anderen Licht."

Heinrich blieb keine andere Wahl, als sich damit zufriedenzugeben. Er fragte sich, welche Rolle Jasmin Wagner spielte. War sie tatsächlich die nichts ahnende Freundin? Oder fungierte sie als Lockvogel?

Zehn Minuten später hielt ein Taxi vor dem Haus.

32

Der hagere ältere Mann rang Hilfe suchend nach Worten, die es ihm ermöglichen würden, der älteren Dame auf der anderen Seite der Theke das Festhalten an elementaren Vorschriften begreiflich zu machen.

„Frau …“

„Schwarz, Heidelinde Schwarz.“

„Frau Schwarz, ich verstehe ja, dass Sie sich Sorgen um Ihren Sohn machen. Aber deshalb ist es mir nicht gestattet, sein Mobilheim aufzubrechen und nach dem Rechten zu sehen. Vielleicht ist er in die Stadt gefahren, um einzukaufen.“

„Er geht seit heute Morgen nicht mehr ans Telefon. Außerdem ist er schwer krank, ich sollte ihm seine Tabletten bringen, aber er macht nicht auf.“

Sie kramte in ihrer Handtasche, in der Hoffnung, irgendein Medikament zu finden. Und tatsächlich wurde sie in den entlegensten Tiefen der Tasche fündig.

„Er hat oft epileptische Anfälle, zuckt dann am ganzen Körper, wissen Sie? Apropos, Zucker hat er auch, jede Menge, ganz schlimm. Da helfen nur diese Tabletten.“

Sie hielt ihm die kleine blaue Packung vors Gesicht und steckte sie wieder weg, bevor ihr Gesprächspartner erkennen konnte, dass es sich um ein Mittel gegen Analvenentrombosen handelte. Unvermittelt schluchzte die Seniorin herzergreifend los.

„Aber was haben Sie denn, geht es Ihnen nicht gut?“

„Doch, doch. Ich habe nur solche Angst, dass mein Sohn, mein Fleisch und Blut, dort alleine in seinem kleinen Wohnmobil liegt und um sein Leben kämpft!“

„Ähem, also … so schlimm wird es schon nicht sein. Wir können ja mal nachsehen und danach entscheiden, was zu tun ist, in Ordnung?“

Geht doch, dachte Frau Grimm.

Fünf Minuten später befanden sie sich vor dem Mobilheim. Herr Gretz von der Verwaltung des Campingplatzes Grav Insel beäugte misstrauisch das Türschloss. Die Blende war abgeschraubt, ein abgebrochenes Stück Draht steckte im Schloss.

„Ich glaube, da war jemand vor uns hier", bemerkte Gretz misstrauisch, während er vehement an die Tür klopfte. Der Verwalter drehte vorsichtig den Rest Draht im Türschloss.

„Das funktioniert nicht", entfuhr es der Seniorin, „habe ich an meiner Kellertür auch schon mal so ähnlich probiert", schob sie rasch hinterher.

„Hm …", er richtete sich wieder auf, kratzte nachdenklich das spärlich vorhandene Haupthaar, „normalerweise müsste ich die Polizei einschalten. Das sieht nach einem Einbruchversuch aus."

„Polizei? Ich denke, das ist nicht nötig. Mein Sohn verbummelt dauernd seine Schlüssel. Er wird die Tür, ähem … alternativ geöffnet haben."

„Den Tobi habe ich schon seit Mittwoch nicht mehr gesehen, Willi", hinter ihnen parkte ein Mittfünfziger in verwaschenem Jogginganzug eine Schubkarre voller Grünschnitt mitten auf dem Gänsepfad. In seinem grauen Kinnbart hingen Reste einer Buchsbaumhecke.

„Heute früh war 'ne Oma hier und hat an dem Schloss herumgefummelt, Moment", Frau Grimm senkte verstohlen das Gesicht, „das ist sie doch."

Zwei Augenpaare musterten sie grimmig. Ein junges Pärchen schlenderte Händchen haltend über die Lange Reihe, einen der Hauptwege, die quer über den Platz vom Altrhein zum Deich führten. Die Männer grüßten sie beiläufig. Die Seniorin nutzte die Ablenkung.

„Es tut mir leid, ich mache mir solche Sorgen", mit einem Taschentuch wischte sie imaginäre Tränen aus den Augenwinkeln. Zur Unterstützung legte sie den Kopf an die Schulter von Herrn Gretz und schluchzte. Der Campingplatzangestellte räusperte sich verlegen.

„Warum sind Sie nicht direkt zu uns gekommen? Nun ja, unter diesen Umständen ist es vielleicht besser, die Polizei sieht Sie nicht direkt hier. Sie können drüben im Deichhaus einen Kaffee trinken und ich lasse Sie holen, sobald die Luft rein ist", dabei kramte er zwinkernd ein Handy aus der Gürteltasche.

Mich abschieben, wenn's spannend wird, das könnte dir so passen, dachte Frau Grimm.

„Wenn Sie meinen ..., aber falls er meine Hilfe braucht ..."

„Lasse ich Sie sofort holen. Wir haben auch Autos hier. Sie können völlig unbesorgt sein."

Er legte die Hand um ihre Schultern und führte sie zur Langen Reihe. Sie tippelte extra langsam, um ihre Begleiter nervös zu machen.

„Gehen Sie ruhig vor, ich finde schon zurecht."

Kurz darauf bogen die Männer in den Hasensprung ab. Frau Grimm wunderte sich über die seltsamen Namen der Wege. Unauffällig schlenderte sie einige Minuten weiter über den Hauptweg. Als sie sich unbeobachtet fühlte, ging sie schnellen Schrittes die Himmelsleiter hinauf bis zum Deichweg, um wenig später wieder in den Gänsepfad einzubiegen. Zwischen dem benachbarten Mobilheim und der mannshohen Hecke befand sich ein schmaler Durchgang. Frau Grimm zog ihren Rock hoch, blickte sich noch einmal vorsichtig um und stieg über das kleine Türchen. Viel lieber hätte sie sich auf der anderen Seite des kiesbedeckten Weges versteckt. Leider war das Grundstück zu leicht einsehbar. Außerdem würde die Hundefigur auf der Hecke unnötige Blicke anziehen. Dafür nahm sie den mangelnden Fluchtweg in Kauf.

33

Camel gelangte, nachdem er eine Viertelstunde lang die verzweigte Kastanienallee nach der richtigen Hausnummer abgesucht hatte, zu der Annahme, halb Diersfordt würde an dieser Straße liegen. Immerhin befand sich das gesuchte Fahrzeug auf der Garagenauffahrt. Er parkte einige Meter versetzt auf der anderen Straßenseite. Der angerostete und stark verschmutzte Mustang wirkte in dieser gepflegten Wohngegend so unauffällig wie eine Vogelscheuche auf dem Golfplatz.

Der Beschattungsauftrag von Frau Grimm war seine letzte Hoffnung. Nach den Flops der letzten Tage war der Vertrauensvorschuss bei Sennheiser aufgebraucht. Sein Image hatte ebenfalls beträchtlichen Schaden erlitten. Kaum war die Schlagzeile vom Angler am Schwarzen Wasser vergessen, hatte er mit Franz Josef von Wertherkamp und der überaus witzig gemeinten Zahlenkombination dieses Floskamp zwei kapitale Nieten gezogen. Die beiden Obdachlosen hatten sich zudem mitsamt den Spesen aus dem Staub gemacht. Vor allem aber zehrte der Hohn der Kollegen an seinem Selbstbewusstsein. Friedel Kasper hatte das Layout für die morgige Ausgabe kurzfristig abgeändert und die Schlagzeile:

Meisterdetektiv entdeckt Telefonnummer vom Chef eingefügt. Diese Ignoranten werden sich wundern, dachte er.

Nach einer halben Stunde Wartezeit fuhr Frau Wagner vom Hof. Camel wartete eine Minute, bis er die Verfolgung aufnahm. Beinahe hätte er sie verloren. Im letzten Augenblick konnte er das Lenkrad herumreißen. Sie hatte ihren Verfolger wohl bemerkt, steigerte das Tempo. Die Rosenallee schien mit zunehmender Geschwindigkeit stetig schmaler zu werden. Mit einhundertfünfzig Stundenkilometern hämmerte er durch den Wald bei Diersfordt. Dabei hoffte er inständig, dass die aus einem Seitenweg einbiegenden Fahrradfahrer ihrerseits nicht auf seine Milde hoffen würden.

Einen knappen Kilometer vor sich sah er Bremslichter. Kurz darauf bog er links auf die Bislicher Straße und sah – nichts mehr. Nach einem Blick in den Rückspiegel schlug Camel wütend aufs Lenkrad. Die Bislicher Straße führte weiter durch Flüren und endet oben an der B8. Nach Wesel ein Riesenumweg und auch nach Flüren wäre es über die Bundesstraße wesentlich schneller und kürzer gewesen. Wohin konnte sie wollen?, grübelte Camel, während er das Tempo drosselte. Sekunden später kannte er die Antwort. Vom Campingplatz Grav Insel kommend, schoss das Sportcoupé Richtung Hauptstraße, bog links ab und kam ihm entgegen. Camel beobachtete den rasch kleiner werdenden Wagen im Rückspiegel und verabschiedete sich von dem Gedanken an eine weitere Verfolgung. Nach kurzen Überlegungen setzte er den Blinker. Was wollte die Frau auf Grav Insel? Sie dürfte dort kaum einen Wohnwagen stehen haben. Von weitem erkannte Camel zwei Streifenwagen, die den Zugang zum Gelände der Anlage absperrten. Der Redakteur kurbelte das Seitenfenster herunter und rollte langsam an die Absperrung heran.

„Konrad Walther, Rheinischer Bote“, rief er und winkte mit dem Presseausweis.

„Keine Chance, Herr Walther, der Tatort ist noch nicht freigegeben. Alles Weitere bei der PK.“

Dabei machte der Beamte unmissverständliche Andeutungen, er möge umkehren. Camel fluchte leise und wendete schließlich. Tatort? Was hatte das zu bedeuten?

Bis zur Pressekonferenz warten, um abgestandene Infos in Empfang zu nehmen, kam nicht in Frage. Auf der anderen Seite war Grav Insel wirklich eine Insel. Fast, eine Landverbindung gab es. Aber dies bedeutete zwei Kilometer Fußweg durch Wiesen mit kniehohem Gras. Kein besonders verlockender Gedanke. Was hat Frau Wagner hier gewollt?

Camel parkte den Mustang am Rande der Bislicher Straße, nahm die Fototasche aus dem Kofferraum und wanderte los.

34

„Wenn du mich nicht verrätst, bekommst du einen Euro für ein Eis", flüsterte sie und gab dem kleinen Mädchen das Geldstück. Staunend nahm die Kleine den Euro, hob ihren Ball auf und rannte zurück. Die Seniorin atmete erleichtert auf. Vor einer Minute waren Manuela und Adriano eingetroffen. Ihre Kollegen der Schutzpolizei hatten sich nicht zu der Entscheidung durchringen können, die Tür gewaltsam zu öffnen. Wenige Meter vor sich hörte sie Manuela mit Annette telefonieren.

„Mama, da vorne sitzt eine Oma, die hat mir einen Euro für ein Eis gegeben. Soll ich fragen, ob Benjamin auch eins darf?"

Frau Grimm schluckte. Warum konnten die Kinder heutzutage nicht mit dem zufrieden sein, was es gab?

„Da sitzt doch keine Oma", vernahm sie eine Männerstimme.

„Doch", wieder das Mädchen, „komm, Papi, ich zeige dir die Oma."

Zwischen einem Mobilheim und der mannshohen Hecke gekauert, gab es nur zwei mögliche Auswege. Frau Grimm entschied sich für die Flucht nach vorne. Manuela steckte das Handy weg und gab ihren Leuten das Zeichen, die Tür zu öffnen. In diesem Augenblick trat Frau Grimm durch das Gebüsch, richtete sich auf und stand nun zwischen den erstaunten Ermittlern der Weseler Kripo.

„Frau Schwarz, da sind Sie ja, ich habe Sie schon gesucht", Herr Gretz löste sich aus einer Traube Schaulustiger und kam mit ausgestreckten Armen auf sie zu.

„Kommen Sie, Sie dürfen hier nicht bleiben, solange die Herrschaften von der Polizei noch beschäftigt sind."

Dankbar kam Gertrud Grimm der Aufforderung nach und folgte ihm den Gänsepfad hinauf bis zur Kreuzung Lange Reihe, an der die anderen Interessierten hinter dem Rücken eines gelangweilten Schutzpolizisten die ersten Gerüchte austauschten.

„Was war das denn?“

Manuela sah Frau Grimm hinterher. Adriano hob die Schultern.

Ein Kriminaltechniker hatte den Draht aus dem Schloss entfernt und winkte. Manuela warf dem neben ihr stehenden Kollegen des Schutzbereichs einen fragenden Blick zu.

„Wurde hier eingebrochen?“

„Die Mutter des Eigentümers machte sich Sorgen. Frau Schwarz, sie steht dort drüben irgendwo.“

„Danke, ich kenne die Dame.“

Die Ermittler zogen sich Einweghandschuhe über und schlossen auf. Die Scheiben waren verhangen, Manuela ließ sich eine Taschenlampe geben und betrat das Mobilheim als Erste. Ein übler Geruch stieg ihr in die Nase, den sie nicht näher hätte beschreiben können. Sie befand sich im Wohnraum, Adriano folgte ihr. Die Einrichtung war zweckmäßig und doch eine Spur extravagant. Ein Flachbildschirm und eine Stereoanlage der Marke Bang & Olufsen fielen ihr auf. An der Wand neben dem Fernseher stand eine Anrichte aus grünlich schimmerndem Glas, welches an den Seiten in verchromtes Metall eingefasst war. Auf dem Beistelltisch befand sich ein Tablett aus Kristallglas, auf dem eine Flasche Cognac der Marke Davidoff Classic sowie zwei benutzte Gläser standen. Manuela wähnte sich in einem schicken Apartment in der Innenstadt, das gesamte Ambiente wirkte deplatziert. Die geschmackliche Verwirrung komplettierte der Laminatfußboden in Terrakottaoptik. Neben einem Zweiersofa befand sich eine bis auf einen kleinen Spalt geschlossene Lamellentür. Ihre Blicke trafen sich eine Sekunde, dann betraten die Ermittler, Manuela voran, den angrenzenden Raum. Im gleichen Augenblick erstarrte Manuela bei dem Anblick, der sich ihr bot. Ein schlanker Mann, nicht viel älter als vierzig Jahre, lag blutüberströmt auf dem Bett. Hose und Unterhose waren bis auf die Knie heruntergezogen. Manuelas erster Gedanke galt einem perversen Sexualmord. Auf dem Teppichboden an der Seite des Bettes befand sich ein Blutfleck von der Größe eines Kuchentellers. An einem Rand wies er eine Aussparung auf, als habe etwas darauf gestanden. Die dunkle, fast schwarze Farbgebung des Blutes ließ darauf schließen, dass die Tat länger als vierundzwanzig Stunden her war. Ein Umstand, der die Ermittlungen nicht leichter machen würde, dachte Manuela. Die Polizisten verließen den Raum und verständigten die Spurensicherung.

Frau Grimm hatte derweil der stetig wachsenden Schar der Interessierten, die mittlerweile durch ein Absperrband weiträumig vom Tatort getrennt wurden, ihren provisorischen Detektivausweis gezeigt und mit der Zeugenbefragung begonnen. Manuela winkte sie zu sich.

„Guten Tag, Frau Grimm. Ich erspare mir die Frage, weshalb Sie hier sind. Mich interessiert zunächst der momentane Stand Ihrer Ermittlungen."

Der bedrohliche Unterton in ihrer Stimme blieb der Seniorin verborgen.

„Also", sie stellte sich kerzengerade und sah über den Rand ihrer Hornbrille auf den Notizblock mit dem Aufdruck einer Supermarktkette, „nach den bisherigen Erkenntnissen handelt es sich bei dem Vermissten um den Softwareentwickler Tobias Schwarz. Herr Schwarz wurde am Mittwochnachmittag zum letzten Mal gesehen. Und zwar auf dem Rasen seiner Parzelle. Seitdem ist er spurlos verschwunden."

Frau Grimm stellte sich immer wieder auf die Zehenspitzen, um das Geschehen hinter Manuela im Auge zu behalten. Als sie die in weiße Schutzanzüge gehüllten Spurenermittler in das Mobilheim gehen sah, wurde sie unruhig.

„Meine Güte! Ist er etwa …?"

„Ja. Und jetzt ist Schluss mit den Detektivspielchen."

Mit einem Ruck zog Manuela ihr den Block aus der Hand.

„Ab sofort sind wir zuständig. Und zwar exklusiv. Haben wir uns verstanden, Frau Grimm?"

„Ja … aber …“

„Herr Blohm.“

Kurz darauf erschien ein Kollege in Uniform.

„Seien Sie bitte so nett und fahren Sie Frau Grimm nach Hause.“

Gertrud Grimm stemmte die Arme in die Hüfte, ihr Gesicht verdunkelte sich.

„Ich bin hier noch nicht fertig!“

Manuela reichte es.

„Der Kollege bringt Sie jetzt nach Hause, ob Sie hier fertig sind oder nicht, interessiert mich nicht!“

„Das ist der Gipfel! Ich bin ein freier Mensch“, schrie die Seniorin zurück.

„Was sich nach Einbruchversuch in Tateinheit mit Sachbeschädigung durchaus ändern könnte, Frau Grimm. Sie haben die Wahl: nach Hause oder U-Haft?“

Der Platzwart hatte Manuela von Frau Grimms Versuchen, das Schloss zu öffnen, berichtet. Nach einem letzten strafenden Blick drehte die Seniorin sich wortlos um und verließ den Ort des Geschehens strammen Schrittes. Adriano schüttelte die Hand, als habe er sich verbrannt.

„War das nicht ein bisschen übertrieben?“

„Natürlich, aber jemand muss die Frau mal ausbremsen.“

Die Suche nach Zeugen war ein einziger Misserfolg. Gleich mehrere Bewohner des Campingplatzes konnten zwar bestätigen, das Opfer noch vor wenigen Tagen auf seiner Parzelle gesehen zu haben, mehr aber auch nicht. Niemand hatte seinen letzten Besucher gesehen. Ebenso wenig konnte man ihnen seitens der Verwaltung weiterhelfen. Jeder Gast musste sich in dem Flachbau am Eingangsbereich anmelden und auch Eintritt bezahlen, die Personalien wurden aber nirgendwo erfasst. Inzwischen war Dr. Klein vom rechtsmedizinischen Institut aus Walsum-Aldenrade eingetroffen. Wegen der Auffindesituation hatte Manuela den Rechtsmediziner gebeten, die Leichenschau persönlich vorzunehmen. Er hatte zehn Minuten vor dem Grundstück warten müssen, bis die Spurenermittlung den Tatort freigab. Dr. Klein sprach erste Erkenntnisse in ein Diktiergerät. Anschließend drückte er mit Daumen und Zeigefinger in mehrere Stellen des Körpers. Manuela wurde übel, sie wartete draußen.

Die Kriminaltechniker räumten ihre Sachen zusammen. Herr Gretz dirigierte einen Leichenwagen durch den engen Weg. An der Absperrung in Richtung Deichweg bemerkte Manuela den Journalisten Konrad Walther, der gestenreich mit einem Kollegen diskutierte. Adriano unterhielt sich mit einer jungen Kollegin der Spurensicherung. Manuela stand allein auf dem schmalen Weg. Sie hatte das Gefühl, beobachtet zu werden. Endlich kam Dr. Klein aus dem Mobilheim. Er winkte die beiden Bestatter im Vorübergehen hinein. Manuela fragte sich, ob sie mit dem Zinksarg durch die Tür zum Schlafraum passen würden.

„Fragen Sie mich aus, aber erwarten Sie nicht viel, Frau Kommissarin", eröffnete Dr. Klein. In seinen Worten schwang eine, wie Manuela fand, erleichternde Fröhlichkeit mit.

„Mich interessieren im Moment nur Todesursache und Todeszeitpunkt, den Mörder suchen wir uns dann schon."

„Dachte ich mir. Sind immer dieselben Wünsche. Zum Tod geführt haben könnten vier Stichverletzungen im Brustbereich, genau kann ich das aber erst nach der Obduktion sagen. Bei der Feststellung des Todeszeitpunktes wird es schwieriger. Sicher kann ich sagen, dass dieser mindestens vier bis sechs Stunden zurückliegt, da die Totenstarre eingetreten ist. Allerdings bin ich der Meinung", er schwenkte die Hand im Kreis, „dass diese im Abklingen ist. Dies wiederum bedeutet, dass der Tod vor zwei bis vier Tagen eingetreten ist. Wann genau, das finde ich auf dem Seziertisch heraus."

Manuela presste resigniert die Lippen aufeinander und hielt ihm die Hand hin. Dr. Klein zögerte eine Sekunde.

„Es ist vielleicht der falsche Zeitpunkt, aber dürfte ich Sie für morgen Abend zum Essen einladen, Frau Warnke? Vielleicht um zwanzig Uhr? Bis dahin müsste ich mit dem Kunden hier fertig sein."

Manuela stockte der Atem. Sie spürte das Zittern ihrer Knie, suchte nach Worten. Es war wirklich der denkbar falscheste Zeitpunkt, zwischen Leichenschau und Obduktion. Sie stellte sich vor, wie er ein Steak fachgerecht sezierte und gleichzeitig erste Mutmaßungen über den Todeszeitpunkt des Rindes anstellte.

„Ja, in Ordnung", hörte sie sich unerwartet antworten.

„Prima, ich hole Sie gegen acht ab."

Manuela nickte wortlos und sah dem enteilenden Mediziner zweifelnd hinterher. Plötzlich ging ein Ruck durch ihren Körper.

„Nein, ich meine, das geht doch nicht", rief sie und sah den winkenden Dr. Klein um die Ecke verschwinden.

35

Das Knallen der Haustür war im gesamten Haus deutlich vernehmbar. Fast im selben Moment hörte Heinrich seine Mutter schreien.

„Heinrich!"

Der Gerufene fragte sich, was sie dermaßen aus der Fassung gebracht hatte, da schallte ihre schrille Stimme erneut durch das Haus an der Jülicher Straße.

„Arbeit!"

Während er die Treppe herunterging, verschwand seine Mutter im Keller. Mit einer Tapetenrolle, Isolierband und Schere in den Händen kam sie wieder hoch und dirigierte ihren Sohn ins neu eingerichtete Büro der Detektei Grimm & Sohn. Mit dem Muster voran klebte sie ein ungefähr einen Meter langes Stück Tapete an die Wand. Dann begann sie, ein Häuschen und ein paar Wege daraufzumalen.

„Kannst du mir verraten, was das soll?"

Mit einem Schwung fuhr sie herum.

„Ja. Wir haben einen zweiten Mord aufzuklären. Und zwar hat sich dieser genau hier ereignet."

Elanvoll beschrieb ihr rechter Arm einen weitläufigen Halbkreis, am Ende landete der Filzstift in ihrer Hand zielsicher auf dem schrägen Häuschen und umrandete dieses grob.

„Aha."

„Was aha? Mehr fällt dir nicht dazu ein?"

„Mehr hast du mir noch nicht mitgeteilt."

„Dies ist das Mobilheim von Tobias Schwarz."

Seine Mutter klopfte mehrmals kräftig mit dem Zeigefinger auf das schräge Gebilde.

„Und dieser Tobias Schwarz, der Mann, nach dem wir suchen sollen, ist ermordet worden. Was sagst du dazu?"

Heinrich glaubte, ihm würde der Boden unter den Füßen weggezogen. Der erste klare Gedanke sagte ihm, dass Joschi tief in die Sache verstrickt war. Er sträubte sich dagegen, suchte fieberhaft nach einer anderen Erklärung. Noch etwas wurde ihm klar. Seine Mutter schwebte in höchster Gefahr. Er musste sich zusammenreißen, durfte sich nichts anmerken lassen. Es fiel Heinrich schwer.

„Glückwunsch. Du hast deinen ersten Auftrag erledigt."

Sie wirkte ungläubig, völlig ratlos.

„Wie, was? Auftrag erledigt?"

„Die Vermisstensache Schwarz. Wir sollten Tobias Schwarz finden. Das ist dir offensichtlich gelungen. Somit ist der Auftrag erledigt. Liegt noch was an? Ich würde ansonsten gerne das Abendbrot für Annette und mich vorbereiten."

Das war eindeutig nicht ihr Tag. Wütend schnappte sie nach Luft.

„Du bist auch nicht besser als deine Nachfolgerin, diese eingebildete Zimtzicke."

„Was hast du denn auf einmal gegen Frau Warnke?"

„Das kann ich dir sagen. Erst stiehlt sie mir wichtige Ermittlungsunterlagen und dann schmeißt sie mich raus, ich meine, lässt mich mit einem Streifenwagen nach Hause fahren."

Sie betonte das Wort „Streifenwagen", als handele es sich bei dieser Form der Beförderung um eine Verletzung der Menschenrechte. Manuela hatte die einzig richtige Entscheidung getroffen, wusste Heinrich.

„Sie wird ihre Gründe gehabt haben."

36

Fast eine Stunde musste Camel sich mit der schmerzhaften Tatsache abfinden, dass er das Geschehen lediglich als Zaungast verfolgen konnte. Er nutzte die missliche Lage, um sich unter den Bewohnern und Gästen des Campingplatzes umzuhören. Tobias Schwarz besaß dieses Mobilheim bereits seit mehr als zwanzig Jahren. Die Camper beschrieben ihn als zurückhaltend, höflich und sehr freundlich. Die für ihn wichtigste Frage blieb unbeantwortet. Niemand kannte Jasmin Wagner. Es ärgerte ihn, dass er kein Foto von der Frau hatte. Die Polizei Wesel wollte am morgigen Montag zur Pressekonferenz laden. Es dürfte nicht mehr lange dauern, bis die ersten Kollegen der anderen Medien eintreffen würden. Er musste den Vorsprung nutzen. Camel beschloss, in die Offensive zu gehen. Er fuhr erneut zur Kastanienallee nach Diersfordt.

Von den Nachbarn des Ermordeten hatte der Redakteur sehr viel über dessen Vita erfahren. Schwarz hatte Mathematik und Informatik studiert. Camel kam die Idee, sich als ehemaliger Kommilitone auszugeben. Unterwegs über die Rosenallee warf er einen zweifelnden Blick in den Innenspiegel. Der ungleichmäßig verteilte Bartwuchs könnte abschrecken, dachte er und hielt gegenüber einer Lichtung an. Im riesigen Handschuhfach fand er hinter etlichen leeren Zigarettenschachteln, einigen zerknüllten Getränkedosen und einem auf beachtliche Größe gewachsenen, ehemaligen Käsebrötchen einen angerosteten Einwegrasierer. Laut fluchend kratzte er überflüssige Barthaare von Wangen- und Kinnregion. Im Fußraum des Beifahrersitzes entdeckte Camel die alte Haarbürste. Flüchtig fuhr er damit durch das schulterlange Haar. Mit einem zufriedenen Blick in den Spiegel startete er den Wagen.

Er hatte den Mustang eine Stichstraße entfernt geparkt. Neben dem Einfamilienhaus parkte das schwarze Sportcoupé auf der Seiteneinfahrt. Frau Wagner öffnete überraschend schnell, sie schien Besuch zu erwarten. Misstrauisch musterte sie Camel.

„Sebastian Walterscheidt, schönen guten Tag, Frau Wagner, nehme ich an."

„Ja. Was wünschen Sie?"

Der raue Ton verunsicherte Camel eine Sekunde. Er zupfte verlegen an der Brille mit den kleinen, runden Gläsern aus Fensterglas, die er für verdeckte Recherchen stets bei sich trug.

„Ich bin auf der Suche nach einem ehemaligen Kommilitonen, Tobias Schwarz. Könnten Sie mir eventuell weiterhelfen?"

Ihre Mimik gefror. Ihre Augen wanderten suchend die Straße entlang. Camel fiel auf, dass es keine sehr gute Idee war, dass er dem Anschein nach zu Fuß in dieses kleine Dorf gekommen war.

„Wie kommen Sie ausgerechnet auf mich?"

Da Camel nicht die geringste Ahnung hatte, in welchem Verhältnis das Mordopfer und Frau Wagner standen, war die passende Antwort darauf der schwierigste Part. Aber eben das wollte der Reporter herausfinden.

„Eine gute Bekannte hat mir erzählt, dass Sie sich kennen."

„Wer hat Ihnen das erzählt?", fragte sie scharf.

Camel spürte Schweiß auf der Stirn. Wollte er glaubwürdig sein, musste er den Verlust seiner besten Informantin riskieren.

„Das darf ich leider nicht sagen."

Ohne Zögern trat Frau Wagner einen halben Schritt zurück und wollte die Tür schließen.

„Frau Grimm", entfuhr es Camel.

Sie schloss für einen Moment die Augen und richtete das Gesicht zur Decke. Dann bat sie ihren Besucher mit einer Handbewegung ins Haus.

„Ich dachte, Detektive unterliegen einer Art moralischer Verpflichtung zur Verschwiegenheit. Offensichtlich habe ich mich getäuscht."

Sie saßen an einem großen Esstisch in einem abgetrennten Bereich des Wohnzimmers.

„Nein, nein. Ich bin ein langjähriger Freund der Familie Grimm. Sie dürfen der Detektei nach wie vor Ihr grenzenloses Vertrauen entgegenbringen“, beschwichtigte er die Gastgeberin. Ihr war anzusehen, für wie naiv sie diesen Versuch hielt.

„Was hat Frau Grimm Ihnen über uns erzählt, Herr ...“

„Walther. Kon...“, Camel biss sich auf die Lippen, „Scheidt, Sebastian Walterscheidt.“

Was könnte Frau Grimm erzählt haben?, überlegte Camel fieberhaft. Sie sagte uns. Das kann nur eins bedeuten.

„Nicht sehr viel. Frau Grimm ist eigentlich sehr verschwiegen. Sie deutete an, dass sie sich, nun ja, sehr nahestanden.“

Jasmin Wagner seufzte und bedachte ihren Gesprächspartner mit einem vertrauensvollen Augenaufschlag. Camel lehnte sich beruhigt zurück.

„Das stimmt. Ich darf doch mit Ihrer Diskretion rechnen?“

„Selbstverständlich“, antwortete Camel leicht entrüstet, als wäre der diskrete Umgang mit delikaten Themen sein Spezialgebiet.

„Ich habe seit einigen Monaten ein Verhältnis mit Herrn Schwarz. Am letzten Donnerstag waren wir verabredet. Er war nicht erschienen. Seitdem wird er vermisst. Daher habe ich mich an die Detektei Grimm gewendet.“

Beinahe jeder Zweite, den er auf dem Campingplatz Grav Insel gefragt hatte, kannte Tobias Schwarz. Niemandem war eine Freundin bekannt. Sie wäre sofort aufgefallen, konnte ihn also nicht besucht haben. Aus welchem Grund war sie heute Morgen dort?

„Wo waren Sie verabredet?“

„Im Café Fehr in der Stadt.“

„Weshalb nicht auf dem Campingplatz?“

„Was – wieso auf dem Campingplatz?“

Der kleine Ruck war Camel nicht verborgen geblieben. Endlich drang das Gespräch in die nötige Tiefe vor, stellte er zufrieden fest. Aus dem Flur war das Öffnen der Haustür vernehmbar. Frau Wagner stand sofort auf, reichte dem Reporter die Hand.

„Hallo, Jasmin. Du hast Besuch?"

„Herr Walterscheidt vom Amt für Abfallentsorgung. Wir bekommen eine größere Biotonne. Ja dann, Herr Walterscheidt", sie bat ihn mit einem eleganten Ausfallschritt an sich vorbei.

Verärgert lief Camel zum Auto zurück. Er hatte wieder einmal das untrügliche Gefühl, einer richtig großen Story auf der Spur zu sein. Es kam ihm vor, als habe ihm jemand, kurz bevor er einen Blick darauf werfen konnte, die Tür vor der Nase zugeknallt.

37

Die Ereignisse im Kommissariat 11 an der Reeser Landstraße überschlugen sich an diesem Montagmorgen. Manuela verzichtete auf den gewohnten Tee und ließ sich von Adriano eine große Tasse Kaffee bringen. Gegen 23 Uhr hatte sie gestern Abend das Büro verlassen, seit halb sieben war sie bereits wieder im Dienst. Die Umfeldermittlung hatte nur einen ernst zu nehmenden Hinweis gebracht. Über sechzig Bewohner hatte sie mit Adriano bis in die Abendstunden befragt. Einige hatten zwar von einem seltsamen Besucher gesprochen, aber nur zwei diesen wirklich gesehen. Laut ihrer übereinstimmenden Aussage handelte es sich um einen circa vierzig bis fünfundvierzig Jahre alten Mann mit schwarzen Haaren und sportlicher Figur. Bei der Frage nach weiteren Details verwiesen sie auf seinen Nachbarn Klaus Winterkorn. Manuela hatte diesen heute Morgen an seinem Arbeitsplatz, der Straßenmeisterei Duisburg, erreichen können. Sie verabredete sich mit Winterkorn für 16 Uhr an dessen Parzelle auf dem Campingplatz.

Auffällig war in Manuelas Augen die Tatsache, dass niemand Angaben über das soziale Umfeld des Opfers machen konnte. Sie mussten dringend die Angehörigen verständigen, aber keiner konnte ihnen Auskünfte hierzu erteilen. Wenn Tobias Schwarz, meist an den Wochenenden, auf dem Platz war, dann alleine. Keiner der Camper kannte Freunde oder Freundinnen des Toten. Er schien eine Art Doppelleben zu führen. Die Durchsuchungsanordnung für sein Apartment in Mülheim lag bereits vor, Manuela wollte im Anschluss an die Pressekonferenz dorthin fahren. Den Obduktionsbericht hatte sie noch nicht. Sie mussten dringend den Todeszeitpunkt in Erfahrung bringen. Manuela griff zum Telefon, wählte die Nummer der Pathologie. Kaum hörte sie das Freizeichen, wurde sie plötzlich unruhig. Sie hatte ihr Date mit Dr. Klein bis dahin erfolgreich verdrängt. Sie meldete sich dienstlich und fragte direkt nach dem Obduktionsergebnis.

„Guten Morgen, Frau Warnke. Die Berichte für Ihre Behörde stapeln sich bereits. Welcher darf es zuerst sein?"

Manuela zögerte. Dann fiel ihr der Fall Olischek ein.

„Das war eine harte Nuss. Das Herz war unversehrt, ein Infarkt auszuschließen. Überhaupt gab es zunächst nicht den geringsten Hinweis auf die mögliche Todesursache. Und genau das machte mich stutzig. Ich habe die Hautoberfläche genau untersucht und dabei eine Einstichstelle entdeckt. Somit lag der Verdacht auf eine letale Intoxikation nahe."

„Eine was?", unterbrach Manuela.

„Eine Vergiftung. In der Leber haben wir Reste von unzersetztem Parathion gefunden. Todesursächlich war schließlich Atemlähmung, welche im weiteren Verlauf zum Herzstillstand geführt hat."

„Er ist also vergiftet worden?"

„Sagte ich das nicht?"

Wahrscheinlich, dachte Manuela.

„Um was für ein Gift handelte es sich noch gleich?"

„Parathion, auch unter dem Namen E605 bekannt. Wenn Sie mögen, erzähle ich Ihnen heute Abend beim Essen mehr davon."

Manuela, die während seiner Antwort einen Schluck Kaffee getrunken hatte, musste husten. Dieser Dr. Klein hatte einen merkwürdigen Sinn für Romantik.

„Nein, das geht leider nicht. Ich ... meine Mutter besucht mich heute Abend. Das hatte ich völlig vergessen."

„Oh, schade. Wie wäre es mit morgen Abend?"

„Ähem ... mal sehen, ich melde mich."

„Gut. Wären wir bei der zweiten Leiche. Todesursache waren wie vermutet die Stichverletzungen. Es handelt sich um insgesamt sieben Einstiche, einer davon in die linke Herzkammer. Todeszeitpunkt dürfte der Mittwochabend zwischen etwa 20 Uhr und Mitternacht gewesen sein. In einer Stunde haben Sie den Bericht."

Manuela bedankte sich und legte nachdenklich den Hörer auf. Zwei Morde und ein Verehrer, die Woche begann viel versprechend. Sie stützte die Ellenbogen auf dem Schreibtisch ab und rieb die Augen. Adriano reizte seine Frühstückspause wieder bis zum Limit aus, dachte sie mit einem Blick auf den verwaisten Stuhl gegenüber. In dem Augenblick ging die Tür auf. Aber nicht ihr Partner kam herein, sondern Mareike Verstappen. Sie gehörte ebenso wie Josef Wolters der gestern gegründeten SoKo „Grav Insel“ an. Mareike setzte sich auf Manuelas Schreibtischkante und legte ihr eine fingerdicke Akte hin.

„Der Bericht der KTU. Hat die Rufbereitschaft abgeholt. Kollege Schmeink hat mir das meiste schon am Telefon gesagt. Ist alles sonderbar.“

Manuela ließ den Stapel durch Daumen und Zeigefinger gleiten.

„Die Kurzfassung bitte.“

„Der Täter hat seinen Ausweis liegen gelassen.“

„WAS?“

„Das war die Kurzfassung. Mit Ausweis meine ich exzellente Fußabdrücke, Haare, einen abgerissenen Fingernagel.“

„Sieht nach einem schnellen Abschluss aus.“

„Ich weiß nicht“, Mareike zauderte, „im gesamten Mobilheim hat die KT keine fremden Fingerabdrücke sicherstellen können.“

„Der Täter war halt nicht nur blöd.“

„Das passt nicht, Manuela. Er präsentiert uns jede Menge Spuren, wischt aber die Fingerabdrücke an seinem Glas fein säuberlich ab? Laut Bericht wurde dem Opfer mindestens eine Stichverletzung neben dem Bett stehend zugefügt. Darauf deuten Blutspuren an der Kleidung des Toten und auf dem Fußboden.“

Manuela blätterte geistesabwesend in dem Bericht.

„Für mich sieht das Ganze nach einer Eifersuchtstat aus. Der Täter hatte zunächst seine Tat genau geplant. Irgendwas geht schief. Das Opfer erkennt die Situation nicht, verhöhnt ihn. Der Täter gerät in Rage, seine Wut steigert sich ins Unermessliche. Er sticht blindlings auf sein Opfer ein.“

Inzwischen hatte Adriano die Frühstückspause beendet. Nach

einem kurzen Blick auf die Akte der KTU nahm er hinter seinem Schreibtisch Platz. Manuela teilte ihm in knappen Sätzen den Ermittlungsstand mit.

„Klares Motiv, reich gedeckter Spurentisch. Polizistenherz, was willst du mehr?"

Mareike und Manuela warfen ihm mitleidige Blicke zu.

„Adriano, nehmen wir mal an, du hast einen Nebenbuhler. Du suchst ihn auf, zwecks Aussprache. Ihr trinkt etwas und beschließt, die hitziger werdende Unterredung im Schlafzimmer fortzuführen? Warum?"

„Quatsch."

„Mareike hat Recht. Weshalb hätte der Täter Tobias Schwarz im Schlafzimmer umbringen sollen, wenn der Streit wahrscheinlich im Wohnraum stattgefunden hat?"

„Der Ehemann hat seinen Nebenbuhler im Schlaf überrascht und getötet, klassisches Thema, aber immer wieder aktuell." Für Adriano gab es keinen Zweifel.

„Und hinterher mit seinem Opfer einen leckeren Cognac getrunken? Ein Glas enthält die Abdrücke von Schwarz, beim anderen wurden die mit Sicherheit vorhandenen Fingerabdrücke fein säuberlich abgewischt."

Manuela überlegte, was das zu bedeuten hatte. Möglicherweise konnte der Täter nicht unerkannt verschwinden, weil sich Zeugen auf dem Weg vor der Parzelle befanden. Er hatte ein Glas zur Beruhigung getrunken oder wollte den Einbruch der Dunkelheit zur Flucht nutzen. Es konnte durchaus plausible Erklärungen geben. Gäbe es nicht einen zweiten Mordfall. Sie berichtete Mareike und Adriano von dem Obduktionsergebnis im Fall Olischek.

„Glaubst du an einen Zusammenhang?", Mareike klang besorgt.

„Es gibt eine Verbindung. Der Zettel, den Herr Grimm in der Uhr gefunden hat, hat uns zum Tatort geführt. Wenn es auch seine Mutter war, die offensichtlich den merkwürdigen Zahlencode geknackt hat. Allerdings stammt dieser nicht von Olischek."

„Das nicht, aber Olischek sah diesem Joschi immerhin so ähnlich, dass Heinrich die beiden verwechselt hat. Die Frage muss lauten, aus welchem Grund Heinrich diesen Hinweis erhielt."

„Und von wem", vervollständigte Manuela Adrianos Ansatz. Der Mörder dürfte kaum ein Interesse daran haben. Plötzlich fiel ihr etwas auf. Sie griff zum Telefon.

Zehn Minuten später saß Heinrich Grimm ihr gegenüber. Während Manuela darüber nachdachte, inwieweit sie ihren Vorgänger einweihen sollte, zog dieser ein Foto aus der Innentasche seiner Weste und legte es vor sie hin.

„Ist er das?"

Manuelas Augen lösten sich nur zögerlich vom Foto des Mordopfers.

„Woher haben Sie das, Herr Grimm?"

„Von unserer", er räusperte sich, „von der ersten Klientin meiner Mutter. Sie hätten mich übrigens nicht vorladen müssen. Ich war lange genug Polizist, wäre ohnehin hierhergekommen."

„In Ordnung. Wer ist die Klientin?"

„Jasmin Wagner, die Geliebte des Opfers. Sie gab an, Tobias Schwarz seit drei Tagen zu vermissen."

„War sie in dem Mobilheim?"

„Das ist merkwürdig. Sie hat den Campingplatz nicht erwähnt. Gibt es Hinweise zur Tat oder auf den Täter?"

„Sieht nach einem Tötungsdelikt aus Eifersucht aus."

Die Antwort kam gequält. Heinrich hatte den Eindruck, dass er seine Nachfolgerin in eine peinliche Situation gebracht hatte.

„Meine Mutter erfährt nichts von unserer Unterhaltung. Was Ihren Disput betrifft, verdienen Sie meinen höchsten Respekt. Ich habe es leider nie geschafft, sie in ihre Schranken zu weisen. Ich fürchte, es wird mir auch nicht mehr gelingen."

Heinrich machte einen resignierten Eindruck. Aus heiterem Himmel musste Manuela lautstark lachen. Adriano sah verlegen aus dem Fenster.

„Dann bin ich beruhigt. Es würde mir mit meiner Mutter wohl ähnlich gehen."

Nachdem das geklärt war, gab Heinrich ihr einen Zettel mit der Anschrift der Familie Wagner.

„Laut der Aussage Frau Wagners wusste ihr Mann seit einer Woche von dem Verhältnis und hat gedroht, Schwarz umzubringen."

Adriano klatschte unvermittelt in die Hände, Manuela und Heinrich erschraken.

„Da haben wir es. Sag ich doch."

„Im Prinzip schon", antwortete Heinrich, „aber wer sollte ein Interesse daran gehabt haben, mich zum Tatort zu locken und noch dazu so umständlich?"

„Jemand, der wusste, dass Tobias Schwarz in Lebensgefahr ist, und nicht wollte, dass er stirbt. Frau Wagner beispielsweise."

Heinrich spürte einen Kloß im Hals. Lag Manuela richtig mit ihrer Vermutung? War das der Grund? Sollte ihm die Uhr zugespielt worden sein, um Tobias Schwarz zu retten? Kleine Schweißperlen sammelten sich auf der Stirn des Pensionärs. War Schwarz deshalb tot, weil er die Zusammenhänge nicht schnell genug erkannt hatte? Grimm atmete schneller. Manuela berührte seinen Arm.

„Ihre Schuld ist es mit Sicherheit nicht. Frau Wagner hätte sich an uns wenden müssen."

„Und wozu? Was wäre geschehen? Hätte Tobias Schwarz Personenschutz bekommen?"

Manuela senkte den Kopf. Sie konnte dem Exkommissar nichts vormachen.

„Frau Wagner war bei Ihnen. Falls sie Ihnen wirklich über einen Obdachlosen eine Uhr mit kryptischem Inhalt überreicht hat, in der Hoffnung, dadurch das Leben ihres Geliebten zu retten, wäre dies reichlich naiv. Warum hat sie Sie dann nicht vor einer Woche besucht?"

„Weil ich sie sofort an die Polizei verwiesen hätte. Ich bin kein

Detektiv und möchte auch keiner sein. Ich möchte Klarheit darüber, was passiert ist. Immerhin hänge ich mit drin, ob ich will oder nicht."

Manuela ersparte sich die Frage, woher Jasmin Wagner wissen konnte, dass der Plan aufgehen würde. Kannte sie Heinrich Grimm?

„Das Merkwürdigste: Frau Wagner behauptet, eine Uhr dieser Marke sei Tobias Schwarz gestohlen worden. Seltsamer Zufall."

Heinrich war deutlich anzuhören, dass er nicht daran glaubte.

38

Manuela verschob die geplante Durchsuchung der Mülheimer Wohnung von Tobias Schwarz. Die Aussage ihres Vorgängers führte sie nach Diersfordt. Zuvor setzte sie Adriano auf Grav Insel ab. Sie bat ihn, weitere Zeugen, insbesondere im Hinblick auf die Freundin des Opfers und die ominöse Uhr, aufzutreiben.

Frau Wagner trug ein schwarzes Oberteil und eine mattschwarze Hose. Ihr Gesicht war ungeschminkt und blass. Von dem Tod ihres Liebhabers hatte sie bereits durch Frau Grimm erfahren. Ihr Ehemann, ein Architekt, sei zurzeit auf einer Großbaustelle in Dinslaken und würde vermutlich gegen siebzehn Uhr eintreffen, gab die Gastgeberin mit leiser Stimme an. Manuela notierte die Adresse der Baustelle, ihre Augen glitten über eine Reihe Koffer und Taschen, die entlang des Flures auf dem Boden standen.

„Ich ziehe vorübergehend zu einer Freundin. Ich will keine Minute mehr mit diesem Kerl verbringen."

„Ihr Mann hatte gedroht, Tobias Schwarz zu töten?"

„Ja."

„Wann war das?"

„Vor einer Woche."

„Warum haben Sie das nicht der Polizei gemeldet?"

Sie atmete tief ein.

„Würde Tobi dann noch leben?"

Manuela verzichtete auf eine Antwort.

„Wann haben Sie Tobias Schwarz zuletzt gesehen?"

„Letzten Sonntag", sie antwortete ohne Zögern, „mein Mann wollte zum Hafen, wir haben uns im Café getroffen. Montag und Dienstag haben wir miteinander telefoniert. Seitdem …"

„Wissen Sie, wo Ihr Mann am vergangenen Mittwochabend gewesen ist?"

„Ist er an diesem Abend …?"

Manuela nickte. Frau Wagner wischte sich eine Träne weg.

„Mittwochs ist er immer im Jachtklub in Wesel. Wir haben dort im Hafen ein Boot liegen."

Irgendwas ließ Manuela zweifeln. Sie fühlte die Unstimmigkeit wie eine leichte Brise, ohne danach greifen zu können.

„Haben Sie sich mit Herrn Schwarz auf dem Campingplatz Grav Insel getroffen?"

Sie wartete mit der Antwort, als könne sie ihr ausweichen. Manuela kam die Verlegenheit unnatürlich vor.

„Ja. Zweimal. Tobi hatte Angst vor dem Gerede, ich musste mich nach Einbruch der Dunkelheit auf den Platz schleichen wie eine …", sie schluckte das letzte Wort herunter.

„Sie beauftragen eine Detektei mit der Suche nach Ihrem Freund und verschweigen, dass er ein Mobilheim auf einem Campingplatz in unmittelbarer Nähe besitzt?"

Ihr Gegenüber wurde sichtlich nervös. Sie schien nicht damit gerechnet zu haben, dass die Polizei jedes Detail kannte.

„Wie ich bereits sagte, war es Tobi, ich meine Herrn Schwarz, peinlich. Außerdem habe ich dort selbstverständlich selber nachgesehen."

„Wann?"

„Bitte?"

„Wann haben Sie dort nachgesehen?"

„Am Freitag."

„Haben Sie einen Schlüssel von dem Mobilheim?"

„Nein. Ich meinte auch, ich habe angeklopft, gerufen, aber es hat niemand geöffnet."

„Können Sie sich daran erinnern, um welche Uhrzeit das war?"

„Es war am Vormittag, gegen elf Uhr. War er da … ich meine …?"

Manuela nickte stumm. Frau Wagner sprang heulend auf und rannte hinaus. Wenige Minuten später kam sie zurück. Ihre Tränen schienen getrocknet.

„Entschuldigung. Das … mein Magen."

„Wusste Ihr Mann ebenfalls von dem Mobilheim?"

Sie hob die Schultern.

„Ich hatte einmal den Eindruck, dass mich jemand verfolgt. Vielleicht war er das, ich weiß es nicht."

Manuela glaubte ihr nicht. Ihrer Ansicht nach lenkte sie den Verdacht bewusst auf ihren Mann.

„Haben Sie sich auch in der Mülheimer Wohnung von Herrn Schwarz getroffen?"

„Nein, dort war ich nie. Er sagte, sie bestünde quasi nur aus Büro und Bett, wäre unromantisch."

„Wo haben Sie sich sonst getroffen? Ich nehme an, Ihre Beziehung war weitreichender als diese beiden Treffen in dem Mobilheim."

„Wir haben uns gelegentlich in der Stadt getroffen, im Café Fehr. Mein Mann geht dort nicht hin. Und hin und wieder im Welcome Hotel am Hafen."

Ihr Mann war trotz aller Versteckspielerei dahintergekommen. Manuela sparte sich die Frage nach dem Wie. Sie wollte mehr über die Gastgeberin erfahren. Das Haus, Interieur, der Sportwagen ließen auf gehobenen Standard schließen.

„Was machen Sie beruflich, Frau Wagner?"

„Ich bin freie Modejournalistin. Allerdings schreibe ich seit zwei Jahren ausschließlich für die Zeitschrift Vogue."

„Das hört sich an, als würden Sie Ihr Leben sehr gut alleine gestalten können."

Sie stieß einen langen Seufzer aus. Die Inkonsequenz ihres Handelns lag anscheinend wie ein lästiges Geschwür auf der Seele der selbstbewussten Frau.

„Ich bin beruflich sehr eingespannt, konnte bisher nicht über alles nachdenken. Ich habe seine …", sie suchte nach dem passenden Wort, „Leichtigkeit einfach genossen. Tobi war, wie Christian vor zwanzig Jahren gewesen ist. Voller Ideen und Träume."

„Und heute? Was hat sich geändert?"

„Alles. Nach dem Architekturstudium wollte er die Welt verändern, seine Kreativität ausleben, einen Baustil jenseits der grauen Betonwüste kreieren. Und heute? Baut er für einen Megakonzern

Kohlekraftwerke, schneidet fünfmal im Jahr die Hecke und putzt jeden Samstag das Auto. Ich berichte über Mode, lebe in einer sich ständig verändernden, pulsierenden Welt zwischen Mailand und Paris, das hat sich geändert."

„Das verstehe ich. Aber warum ziehen Sie dann keinen Schlussstrich und trennen sich?"

„Christian liebt mich. Ich habe es einmal angesprochen, da ist er ausgerastet. Wir haben uns sehr viel gemeinsam aufgebaut, aber das sieht er anders. Ich hätte einen Rosenkrieg vor der Brust. Dazu fehlen mir die Nerven. Außerdem habe ich Angst. Christian kann unberechenbar werden."

Manuela versuchte, sie einzuschätzen. Es fiel ihr schwer. Dass ihr Mann einem schwerwiegenden Verdacht ausgesetzt war, machte ihr nicht viel aus. Diese Tatsache könnte sie selbst verdächtig machen, wenngleich die Ermittlerin eine derartige Perfidität für unwahrscheinlich hielt.

„Frau Wagner, ich muss Sie das fragen. Wo waren Sie am letzten Mittwoch zwischen achtzehn und zweiundzwanzig Uhr?"

„Zu Hause", es klang leicht brüskiert, „ich habe auf seinen Anruf gewartet, wir wollten uns treffen."

„Waren Sie alleine?"

„Ja. Denken Sie, ich …"

„Reine Routine", wiegelte Manuela ab. Zum Abschied ließ sich die Ermittlerin Frau Wagners neue Adresse geben und ein aktuelles Foto ihres Mannes. Sie gab an, dieses für eine Zeugenaussage zu benötigen.

Auf der Fahrt nach Mülheim holte sie ihren Kollegen ab. Adriano unterhielt sich neben der Schranke stehend mit Herrn Gretz. Als er Manuela bemerkte, verabschiedete er sich mit einem kumpelhaften Schulterklopfer bei dem Platzangestellten.

Manuela berichtete ihm knapp über das Gespräch mit Frau Wagner.

„Auf dem Platz kennt niemand eine Frau Wagner. Vielleicht

wäre ein Foto hilfreich gewesen, ich konnte sie noch nicht einmal beschreiben, ganz schön peinlich."

„Entschuldige, es war ein Versuch."

Er bedachte sie mit einem beleidigten Blick.

„Über die Uhr konnte ich auch nichts herausbekommen. Aber dafür hat mir Herr Gretz eben eine sehr interessante Mitteilung gemacht."

„Echt?"

Sie sah ihn mit gespielter Begeisterung an. Adriano verzog die Mundwinkel.

„Ist ja schon gut. Olischek war hier. Ist um das Mobilheim von Schwarz herumgeschlichen. Der Nachbar gegenüber behauptet sogar, er sei drin gewesen."

Manuela trat auf die Bremse, blieb auf dem kleinen Deich zwischen den Altrheinarmen stehen.

„Woher weißt du das?"

Begleitet von einem überlegenen Grinsen zog ihr Partner die Aufnahme aus der forensischen Pathologie in Walsum-Aldenrade aus der Innentasche seines Blousons.

„Manchmal denkt dein Kollege mit. Gretz hat ihn einwandfrei erkannt."

„Wird Joschi gewesen sein", Manuela fuhr wieder an, „dann dürfte zumindest klar sein, wie er an die Uhr gekommen ist."

„Nein, es war Olischek. Der hat sich hochoffiziell mit Namen bei der Verwaltung angemeldet und angegeben, Schwarz besuchen zu wollen. Die zwei Euro Eintritt hat er auch bezahlt."

„Was bedeutet das?", murmelte Manuela.

„Entweder kannten sich Olischek und Joschi und Joschi kam über Olischek an die Uhr, oder …"

„… Joschi und Olischek sind ein und dieselbe Person und Herr Grimm hat sich geirrt", beendete Manuela seinen Satz.

„Hälst du das für möglich? Warum sollte Olischek Joschi die Uhr überlassen haben? Und andererseits: Könnte Heinrich sich so irren?"

Manuela wiegte den Kopf. Die beiden mussten sich sehr ähnlich sehen. Das wäre nicht verborgen geblieben. Es gab eine weitere Unstimmigkeit.

„Wer hat dann den Zettel in die Uhr gelegt?"

Adriano lehnte sich grübelnd zurück. Beide dachten angestrengt nach. Sie befanden sich schon auf der A3, passierten den Emscherschnellweg, da hob Adriano den Zeigefinger zum Zeichen einer Eingebung.

„Was, wenn Schwarz den Zettel selbst angefertigt und in die Uhr gelegt hat? Falls sie verloren geht. Wäre bei einer 3000-Euro-Uhr denkbar, oder? Eine Anschrift passt nicht drauf, also wählt er Koordinaten."

Manuela stülpte die Lippen vor und nickte leicht.

„Klar. Dafür zerstört er das teure Stück."

„Wieso zerstören? Wenn er nicht vorhat, damit zu tauchen, wäre es doch schnurz, ob das Ding wasserdicht ist oder nicht."

Manuela schüttelte nur den Kopf. Adriano sank wieder in den Sitz zurück und sah den Rest der Fahrt aus dem Seitenfenster.

39

Das Apartment von Tobias Schwarz lag in einer verkehrsberuhigten Seitenstraße nahe der Mülheimer City. Zwei Kollegen aus Essen, der für Mülheim zuständigen Polizeidienststelle, warteten mit einem jungen Mann in rotem Overall. Manuela hatte unterwegs die ungefähre Ankunftszeit durchgegeben und wunderte sich, dass bereits alle auf sie warteten. Sie hatten am Tatort keinerlei Schlüssel gefunden, was bedeutete, dass der Täter die Tür von außen verschlossen hatte.

Der Mitarbeiter des Schlüsseldienstes kramte ein Spezialwerkzeug aus dem kleinen Werkzeugkasten und bückte sich vor das Schloss. Auf dem Rücken befand sich ein Aufnäher mit dem Spruch: *Schlüssel Sperrlich – Wir machen auch Hausbesuche.*

Er benötigte weniger als eine Minute, um die Wohnungstür im zweiten Stock zu öffnen. Mit einem freundlichen Gruß ließ er die Polizisten zurück. Der jüngere der beiden, der sich mit dem Namen Fabian Lehmann vorgestellt hatte, ließ Manuela und Adriano den Vortritt.

Auf den ersten Blick wirkte das Apartment, als wäre es von einem Designer eingerichtet worden. Bei näherem Hinsehen offenbarte sich aber auch hier die eine oder andere geschmackliche Verirrung. Die modernen Schwarz-Weiß-Tapeten wollten ebenso wenig zur Schlingenware auf dem Fußboden passen wie der Kunstdruck des impressionistischen Claude Monet direkt neben Dalís surrealistischem *Beständigkeit der Erinnerung.* Manuela kannte das Bild, als gerahmtes Kalenderblatt hing es in ihrem Duisburger Büro. Ihr Exfreund fand den Titel passend für eine Dienststelle der Kripo. Manuela fiel die Ordnung auf. Nirgendwo lagen Dinge unaufgeräumt herum. In einer Schublade unter dem Breitbildfernseher fand sie eine Programmzeitung sowie drei Fernbedienungen. Diese waren schräg in eine Art Besteckkasten eingelegt. Alle im selben Winkel. In den beiden anderen Schubladen befanden sich Zeitschriften, ein langstieliges Feuerzeug, Korkenzieher und weitere Kleinigkeiten.

Manuela ging in den angrenzenden Raum. Es handelte sich offenbar um Schwarz' Arbeitszimmer. Auf einer zwei Meter langen Arbeitsfläche standen ein Desktopcomputer und zwei Flachbildmonitore. Davor lagen Dutzende loser Zettel, die mit Buchstaben- und Ziffernfolgen bekritzelt waren, deren tiefere Bedeutung sich Manuela verschloss. Sie nahm an, dass es sich um Programmcodes handelte. Die Regale an den Wänden bogen sich unter der Last der Fachliteratur in der Mitte leicht durch. Auf einigen der Bücher war als Autor der Name Tobias Schwarz auf dem Buchrücken vermerkt. In Schränken und Schubladen sah es aus wie im Lager eines Computershops. Sie gingen durch das Wohnzimmer zurück in den Flur, von dort in einen geräumigen Schlafraum. Das französische Bett war mit einer Decke in Leopardenfelloptik bedeckt. Auf einem kleinen Glastisch an der linken Seite des Bettes befanden sich ein Notizblock mit Kugelschreiber, ein Funkwecker, der Roman *Hundejahre* von Günter Grass und ein gerahmtes Foto. Manuela nahm es an sich. Es zeigte Tobias Schwarz mit einem dunkelblonden, blauäugigen Mann um die dreißig. Adriano sah über ihre Schulter. Manuela ging zum Schrank, wollte ihn öffnen, als sie aus dem Flur Stimmen vernahm.

„Mist", fluchte sie leise, „können die sich nicht einmal Zeit lassen?"

Im gleichen Augenblick betraten drei Männer der Spurensicherung das Apartment. Sie erkannte Hans-Gerd Schmeink und schenkte ihm einen freundlichen Gruß. Eigentlich waren die Essener Kollegen zuständig. Die Ermittlungsarbeit unter Beteiligung unterschiedlicher Kommissariate an einem Fall brachte in der Regel Zeitverlust und unnötigen Verwaltungsaufwand mit sich. Sie kannte die Kollegen der Duisburger KTU noch aus ihrer Dienstzeit im dortigen KK11 und schätzte den unkomplizierten Umgang. Ein nicht zu verachtendes Argument war natürlich, dass sie die DNS des Wohnungsinhabers bereits vorliegen hatten. Dennoch hatte es sie unterwegs drei Telefonate gekostet, um von dem zuständigen Essener Kollegen zumindest die hoffnungsvolle Antwort „*Wollen mal sehen, was wir für Sie machen können*" zu erhalten.

Schmeink bat die vier Polizisten höflich, vor der Tür zu warten, sie hätten die Wohnung schon mit genug Fremdspuren verseucht. Manuela entschloss sich kurzerhand, das Ergebnis telefonisch abzufragen, und bedankte sich noch einmal bei den Essener Uniformierten.

Im Auto zog sie den Bilderrahmen vom Beistelltisch aus der Jacke und reichte ihn dem staunenden Adriano.

„It's your turn."

„Wie bitte?"

„Ich will wissen, wer der andere Mann auf dem Foto ist. Hör dich doch mal hier im Viertel um. Wir benötigen dringend Namen und Adressen von Angehörigen, vielleicht findest du was raus."

In dem Augenblick, da Adriano ausgestiegen war, startete Manuela den Motor.

„Wie komme ich zurück?"

„Mit Bus und Bahn", rief sie dem konsternierten Kollegen im Anfahren durchs Seitenfenster zu.

40

Auf der A3 Höhe Oberhausen meldete sich ihr Handy. Schmeink fragte, ob sie noch in der Nähe seien. Sie verwies ihn an Adriano. Die zunehmende Hektik beunruhigte die Ermittlerin. Ihre Gedanken flogen zum zweiten Mord. Es galt, schnellstmöglich einen plausiblen Zusammenhang herzustellen. Sie benötigten dringend mehr Personal, es war unmöglich mit vier Kräften machbar. Sie nahm sich vor, Engels am Nachmittag darum zu bitten.

Vierzig Minuten später erreichte Manuela den Campingplatz. Klaus Winterkorn wartete vor seiner Parzelle, unterhielt sich angeregt mit einem Nachbarn. Als er die Hauptkommissarin bemerkte, beendete er das Gespräch und kam ihr entgegen. Sie gaben sich die Hand. Winterkorn hatte sich anscheinend in kürzester Zeit umgezogen. Er trug einen dunkelblauen Jogginganzug mit weißen Längsstreifen, dazu hellgraue Laufschuhe. Der voluminöse Bauch und die Rosenschere in der linken Hand widersprachen dem Bild des Freizeitsportlers. Er führte sie in ein helles Vorzelt, in dem sich mittig eine ausladende Sitzgarnitur aus klobigen Balken befand. Winterkorn bot ihr einen Sitzplatz an und verschwand gleich darauf im Wohnwagen. Mit zwei Gläsern und einer Flasche Bier bewaffnet, kehrte er zurück.

„Auch ein Feierabendbierchen, Frau Kommissarin?"

„Nein danke, ich bin noch im Dienst."

„Oh, das hatte ich vergessen. Das tut mir jetzt aber leid. Ich habe meine Frau vor einer halben Stunde losgeschickt, Wasser kaufen, aber", er sah demonstrativ auf die Uhr, „sie ist immer noch nicht zurück. Ich sag ja immer, wenn man nicht alles selber macht, nicht wahr?"

„Herr Winterkorn, Sie haben eine Beobachtung gemacht?"

Manuela mochte ihn nicht. Sie bemühte sich um einen neutralen Tonfall.

„Wie meinen Sie? Ja genau. Ein Mann um die vierzig, vielleicht auch fünfundvierzig. Meint meine Frau. Also wenn Sie mich fragen, war der älter, aber egal. Schwarze Haare, obwohl ich eher braun sagen würde, na ja. Können auch gefärbt sein. Und die Größe … also wenn wir mal den Mittelwert nehmen von meinen eins fünfundachtzig und meiner Frau ihren …"

„War das dieser Mann?"

Manuela hatte zwischenzeitlich das Bild, welches sie von Jasmin Wagner bekommen hatte, hervorgeholt und hielt es ihm hin. Umständlich kramte er eine kleine Lesebrille aus der Seitentasche der Joggingjacke und setzte sie auf.

„Ja. Das ist er. Kein Zweifel. Ist er das?"

„Wie meinen Sie?"

„Na, der Mörder. Haben wir am Ende den Mörder gesehen?"

„Das wissen wir nicht, Herr Winterkorn. Wann haben Sie diesen Mann hier gesehen?"

„Zweimal. Also zusammen. Meine Frau einmal und einmal wir beide. Aber meine Frau kann sich auch täuschen. Sie hat so ein schlechtes Personengedächtnis, wissen Sie?"

„Ja, Herr Winterkorn, wann war das denn?"

„Letzte Woche Dienstag. Es hat einen Riesenkrach gegeben. Sie haben sich angeschrien, meine Frau wollte schon vorne Bescheid geben. Ja und dann war es auch schon vorbei. Der Mann da", Winterkorn deutete auf das Foto in Manuelas Hand, „ist wütend rausgerannt und hat noch gerufen: Noch einmal, dann bist du dran!"

Manuela hörte eine Autotür zufallen.

„Danach haben Sie den Mann nicht mehr hier gesehen?"

„Nä."

„Haben Sie andere Besucher bemerkt?"

Winterkorn kratzte grübelnd die Haare.

„Ein Obdachloser war mal hier. Ist aber auch schon bald zwei Wochen her. Meine Frau meinte, der hätte sogar in Tobis Mobilheim übernachtet. Die sind ja kackfrech heutzutage."

Eine mollige Frau betrat das Grundstück. Sie trug in jeder Hand einen Kasten Mineralwasser, unter ihrer rechten Armbeuge klemmte eine Plastiktüte. Ihr Atem rasselte. Klaus Winterkorn trat einen Schritt zur Seite, um sie durchzulassen.

„Wo bleibst du denn? Egal, bringst du bitte gleich eine Flasche mit raus für die Frau Kommissarin."

Manuela schüttelte den Kopf.

„Nein danke. Ich denke, das war's auch schon. Vielen Dank, Herr Winterkorn."

Frau Winterkorn bestätigte die Aussagen ihres Mannes. Lediglich in Details wichen sie voneinander ab. Als die Diskussionen darüber ausuferten, verabschiedete sich die Ermittlerin. Im Gehen drehte sie sich noch einmal um.

„Eine Frage noch, Herr Winterkorn. Waren Sie oder Ihre Frau am Freitag gegen elf Uhr hier?"

„Nein, wir kamen erst am Nachmittag."

Unterwegs zum Parkplatz fragte sie sich, wie wohl Dr. Klein in einem Jogginganzug aussehen würde.

Als sie den Motor starten wollte, fiel ihr Adriano ein. Sie wählte die Nummer ihres Kollegen.

„Steilmann", krächzte es aus dem Lautsprecher.

„Hast du was herausbekommen?"

„Über Schwarz nicht viel, dafür etwas in seiner Wohnung. Ich musste hin und her rennen. Erzähle ich dir, wenn du mich in, Moment, achtzehn Minuten vom Bahnhof abholst."

Adriano hatte aufgelegt. Manuela war versucht, die Nummer erneut anzuwählen. Sie hasste Geheimniskrämereien während einer Mordermittlung.

41

Pünktlich um zwölf stellte sie mit ernster Miene den Bohneneintopf auf den Untersetzer in der Tischmitte. Anschließend platzierte sie einen Teller mit Bauchfleisch und Mettwürsten daneben.

„Wo warst du denn so lange?“

„Im Kommissariat.“

„Und? Gibt es etwas Neues zu dem Doppelmord?“

Heinrich nahm sich eine große Portion Eintopf und eine Mettwurst. Bevor er die Gabel zum Mund führte, murmelte er ein gelangweiltes „Nein“. Seine Mutter beobachtete ihn mit strenger Miene. Heinrich aß unbeeindruckt weiter.

„Ach. Und was wolltest du bei der Polizei?“

„Ich habe eine Aussage gemacht.“

Frau Grimm klopfte langsam mit dem Messer auf die Tischplatte. Heinrich wusste, dass es wenig Sinn hatte, sie würde keine Ruhe geben.

„Ich habe ihnen mitgeteilt, was wir über Frau Wagner wissen.“

„Alles?“, rief sie entsetzt.

„Alles, was sie uns gesagt hat.“

Mit einer ungeahnten Agilität sprang sie hoch und stemmte die Arme in die Hüfte.

„Verräter!“

Heinrich musste lachen.

„Das ist nicht witzig“, zeterte sie voller Wut, „du hast mein Vertrauen missbraucht. Du hast die gebotene Schweigepflicht gebrochen und die Diskra … Diskre …“

„Diskretion?“

„Jedenfalls hast du das Vertrauen unserer Kundin schamlos missbraucht. Normalerweise müsste ich dich achtkantig aus der Firma schmeißen. Du hast Glück, dass ich deine Mutter bin.“

„Und dass du den Gewerbeschein in diesem Fall nicht bekommen würdest“, antwortete Heinrich lapidar. Leicht verlegen setzte sie sich wieder. Das schien ihr völlig entgangen zu sein. Sie hatte Bergerfurth versprochen, dass ihr Sohn am heutigen Montag kommen würde.

„Möchtest du noch ein Würstchen, mein Junge?"

Die weiße Fahne in Form einer roten Mettwurst. Überlegen lächelnd nahm er das Angebot an. Sicherheitshalber servierte sie ihm noch einen Schokoladenpudding mit Vanillesoße und kochte Kaffee.

„Gehst du gleich zum Amt?"

„Nur, weil ich es versprochen habe."

Die Erleichterung war ihr anzumerken. Heinrich war immer noch davon überzeugt, dass seine Mutter demnächst mit der Aufklärung von Ladendiebstählen beschäftigt sein würde.

Seine Gedanken sprangen zu Jasmin Wagner. Was für eine Rolle spielte sie?

„Diese Frau Wagner hat Dreck am Stecken", ergänzte Frau Grimm seine Gedanken unvermittelt.

„Wie kommst du darauf, Mutter?"

„Sie hat vorhin angerufen und um die Rechnung gebeten."

„Ja sicher. Warum nicht?"

„Mitten in einem Mordfall aussteigen findest du wohl normal, was?"

„Also, Mutter. Dass in einer Vermisstensache eine Detektei konsultiert wird, ist gängige Praxis. Solche Fälle wirst du wohl auch in Zukunft bekommen. Aber Mord? Das ist nun wirklich die Angelegenheit der Polizei."

„Vielleicht hat sie einen triftigen Grund dafür. Immerhin hat sie uns praktisch zum Tatort geführt. Weshalb hat sie uns nichts von der Wohnung ihres Freundes auf dem Campingplatz erzählt?"

„Ich weiß es nicht. Das wird die Polizei herausfinden."

Ich auch, dachte Frau Grimm.

42

Die Bahn hatte es geschafft, einen ihrer Züge pünktlich eintreffen zu lassen. Vom Campingplatz war es nur eine Viertelstunde und so erwartete sie ihren Kollegen bei einem Milchkaffee vor dem Schalter eines Burgerrestaurants. Als sie ihn sah, trank Manuela hastig den letzten Schluck und ging mit ihm zum Auto. Sie hatte das Fahrzeug ordnungsgemäß auf einem der Kurzzeitparkplätze abgestellt.

„Und?", fragte sie ohne Umschweife.

„Zuerst die schlechten Nachrichten. Den Mann auf dem Foto hat niemand mit Schwarz zusammen gesehen. Die Besitzerin des kleinen Straßencafés wusste zumindest, dass Herr Schwarz in einem Waisenheim in Oberhausen aufgewachsen ist und einen Bruder hat. Wie der heißt und wo er lebt, wusste die Frau allerdings nicht."

„Mager, und was gibt's an guten Nachrichten?"

„Mein kriminalistischer Sachverstand hat sich mal wieder auf beeindruckende Weise bestätigt, in aller Bescheidenheit natürlich."

Manuela verdrehte die Augen.

„Schwarz hat den Zettel in der Uhr wahrscheinlich selbst angefertigt. Muss noch alles kriminaltechnisch untersucht werden, aber Schmeink und seine Leute haben den Rest des Zettels hinter seinem PC gefunden. Ein fein säuberlich eingeschweißtes Blatt, welchem in der Mitte ein winziges Quadrat fehlt. War zwar stark zerschnippelt, ließ sich aber ohne Probleme rekonstruieren. Was sagst du nun?"

Manuela hatte inzwischen den Parkplatz der Polizeidienststelle an der Reeser Landstraße erreicht. Sie konnte es kaum glauben.

„Weshalb sollte er das getan haben?"

„Ich denke, es war ein Hilferuf. Er hat die Uhr Olischek gegeben mit dem Auftrag, sie Heinrich zu bringen."

„Aber warum, Adriano? Nehmen wir an, Herr Grimm hätte den Code einige Tage vorher entschlüsselt und wäre dorthin gefahren. Was wäre dann? Hätten Schwarz und Grimm ein Pläuschchen gehalten? Schwarz hätte von der Drohung erzählt und Herr Grimm ihn an uns verwiesen. Und weshalb musste Olischek sterben? Nein, das ergibt alles keinen Sinn."

„Okay, Olischek passt nicht, aber..."

„Der Rest auch nicht", fuhr Manuela energisch dazwischen. Ein Blick auf die Uhr verriet ihr, dass noch zwanzig Minuten bis zur Pressekonferenz blieben. Auf dem Gang zum Büro begegnete ihr die Staatsanwältin. Ihr Gesicht war bleich, sie machte einen kränklichen Eindruck.

„Geht schon", antwortete Annette Gerland auf die Frage nach ihrem Befinden, „zwei Obduktionen an einem Morgen waren ein bisschen viel."

„Zwei Morde auch", antwortete Manuela und bat sie ins Büro. Noch bevor sie sich setzten, meldete sich ihr Telefon. Es war die Bereitschaft, sie hatten Christian Wagner gebracht. Manuela hatte auf dem Rückweg darum gebeten, Jasmin Wagners Ehemann zur Vernehmung abzuholen.

„Bringt ihn zum Erkennungsdienst: Speicheltest, Fingerabdrücke, das volle Programm. Danach ins Vernehmungszimmer, ich komme gleich."

„Herr Wagner", erkannte Adriano folgerichtig.

„Ja. Die PK muss ausnahmsweise ohne mich stattfinden."

Adriano verzog das Gesicht. Niemand von ihnen nahm gerne an einer Pressekonferenz teil. Es musste jederzeit mit einer bloßstellenden Frage gerechnet werden. Jedes Wort konnte ihnen im Mund umgedreht werden. Die Informationen mussten peinlich genau dosiert sein.

„Reicht es für einen Haftbefehl?"

Annette Gerland hätte der Meute gerne einen kräftigen Erfolgshappen hingeworfen, Manuelas zögernde Gestik kühlte die Hoffnung der Staatsanwältin.

„Im Augenblick kaum. Aber Herr Wagner wird sich was einfallen lassen müssen. Zur Sicherheit brauchen wir eine Durchsuchungsanordnung für Wagners Büro, falls er eins hat, und die Privaträume."

„Kümmere ich mich gleich drum. Und wie kommen Sie im Fall Olischek voran? Gibt es da schon erste Ergebnisse?"

Manuela schnaubte die Luft durch die Nase.

„Wie denn, wir arbeiten den ganzen Tag. Mit dieser Minimalbesetzung schaffen wir das nicht. Außerdem haben wir zumindest den Mord an Olischek erst seit heute Morgen offiziell vorliegen."

„Ich werde für Unterstützung sorgen. Sehen Sie einen Zusammenhang zwischen den beiden Taten, Frau Warnke?"

Manuela beugte sich vor. Diese Frage beschäftigte sie den ganzen Tag.

„Ein Zusammenhang besteht zweifellos. Olischek ist am Mobilheim von Tobias Schwarz gesehen worden. Was er dort wollte, ob er zum Beispiel tatsächlich an die Uhr mit dem ominösen Zettel gelangte, ist unklar. Ebenso ist im Augenblick unklar, woher die beiden sich kannten."

„Moment. Die Mordopfer kannten sich?"

Manuela nickte. Adriano hörte andächtig zu.

„Olischek hatte sich in der Verwaltung angemeldet und behauptet, Tobias Schwarz besuchen zu wollen."

„Es handelt sich also um einen Fall", resümierte Annette Gerland. Manuela wiegelte ab.

„Möglich. Ansonsten passt allerdings nichts. Der Mord an Schwarz zum Beispiel sieht nach einer klassischen Eifersuchtstat aus. Für den Mord an Olischek fehlt bislang jedes Motiv. Welchen Grund kann es geben, einen Nebenbuhler und einen Obdachlosen zu töten? Unter welchen Hut passen diese Fälle?"

„Gut", Adriano lehnte sich entspannt zurück, „suchen wir den mal. Folgende These: Olischek wusste von dem Verhältnis zwischen Jasmin Wagner und Tobias Schwarz, erpresst die beiden. Einer von beiden tötet Olischek. Damit können wir das Motiv

Eifersucht für den zweiten Mord aufrecht halten. Wobei der Täter nebenan sitzen dürfte."

Woher sollte der Obdachlose Olischek davon wissen?, dachte Manuela. Obwohl nicht völlig auszuschließen, hielt sie Adrianos These für sehr konstruiert. Christian Wagner hatte die erkennungsdienstlichen Untersuchungen hinter sich und wartete im Vernehmungszimmer.

Staatsanwältin Gerland ließ sich für die Pressekonferenz entschuldigen. Sie zog es vor, die Vernehmung aus dem Nebenraum zu verfolgen.

„Endlich", begrüßte Wagner die Hauptkommissarin, „können Sie mir bitte sagen, was das soll? Man behandelt mich hier wie einen Schwerverbrecher."

Statt einer Antwort schaltete Manuela die Videokamera ein und richtete sie aus. Währenddessen klärte sie ihn über seine Rechte auf. Danach setzte sie sich auf den Stuhl gegenüber und schaute ihn zunächst eine halbe Minute stumm an.

„Was bitte schön habe ich denn verbrochen?", brach Wagner das Schweigen.

„Sie werden des Mordes an Herrn Tobias Schwarz verdächtigt."

Wagner war völlig konsterniert. Er rang nach Worten, schüttelte vehement den Kopf und sprang schließlich mit einem Satz hoch.

„Bitte setzen Sie sich, Herr Wagner."

„Hat *sie* Ihnen das eingeredet?"

Er saß jetzt aufrecht auf dem Stuhl, die Atmung war immer noch hektisch.

„Wo waren Sie letzten Mittwoch zwischen achtzehn und zweiundzwanzig Uhr?"

Wagner wirkte gedankenverloren. Sein Blick endete irgendwo im Nichts.

„Herr Wagner?"

Ein kleiner Ruck durchfuhr ihn.

„Bis ungefähr neun Uhr war ich im Jachtklub, anschließend war ich zu Hause. Alleine. Meine Frau Gemahlin hatte mich anscheinend nicht so früh erwartet."

„Sie haben von dem Verhältnis Ihrer Frau gewusst, waren rasend vor Eifersucht. Sie fuhren zum Campingplatz, wollten Tobias Schwarz zur Rede stellen. Es kam zum Streit, Sie sind völlig ausgerastet und haben ihn getötet. War es so, Herr Wagner?"

Manuela wurde lauter. Wagner schüttelte nur den Kopf.

„Sie haben ihn zweimal besucht, auf ihn eingeredet, er solle das Verhältnis beenden. Sie haben ihm gedroht und diese Drohung wahr gemacht."

„Nein! Nein, das stimmt nicht. Ich war bei ihm, ja. Aber nicht letzten Mittwoch. Ich habe von dem Verhältnis gewusst, ja. Aber ich habe ihn nicht umgebracht."

Abrupt machte Manuela eine Pause. Wagner saß nun wie ein angeschossenes Tier in der Falle. In einer solchen Situation half Schweigen erfahrungsgemäß mehr als weitere Anschuldigungen. Irgendwann blockt jeder Beschuldigte ab, macht dicht, sagt nichts mehr oder verlangt einen Anwalt. Kurz davor galt es, ihm einen Moment der Besinnung zu geben.

„Das Schlimmste waren die Lügen. Tobias und ich kennen uns schon seit ein paar Jahren. Ich habe ihn für einen Freund gehalten. Mir ins Gesicht lügen, das ist das Letzte. Ich habe deine Frau nie angefasst, das hat er mir geschworen. Wie kann man sich so in einem Menschen täuschen?"

„Wie konnten Sie sicher sein, dass er gelogen hat?"

Manuela klang sanft, fast einfühlsam.

„Ich habe einen Zettel mit der Campingplatzadresse in Jasmins Blazer gefunden. Sie hat das Verhältnis sofort zugegeben. Wenigstens sie war ehrlich."

„Sie durchsuchen die Kleidung Ihrer Frau?"

Wagner schloss die Augen und ballte die Hände.

„Ja, ich durchsuche die Kleidung meiner Frau. Und ja, ich bin sehr, sehr eifersüchtig. Aber das macht mich noch lange nicht zum Mörder!"

Völlig unerwartet knallte seine flache Hand auf den Tisch, Manuela hatte mit einem Gefühlsausbruch gerechnet, erschrak dennoch.

„Stimmt. Es entlastet Sie aber auch nicht."

Manuela schaltete das Aufnahmegerät ab. Christian Wagner stand auf, wollte gehen.

„Es tut mir leid, Herr Wagner, wir müssen Sie hierbehalten."

„Bitte? Das geht nicht. Ich bin für eine Großbaustelle verantwortlich."

„Die muss bis zur endgültigen Klärung ohne Sie auskommen. Sie haben gedroht, Herrn Schwarz zu töten, Sie verfügen über kein Alibi für die Tatzeit und Sie haben ein ausreichendes Motiv. Das sind genügend Indizien für eine Untersuchungshaft."

Adriano stopfte die Thermoskanne in die zerkratzte Aktentasche. Manuela runzelte die Stirn.

„Gleich fünf. Der Feierabend lockt schon fast eine Stunde."

„Tja dann: fröhlichen Feierabend."

Manuela setzte sich hinter ihren Schreibtisch und rieb sich die Augen. Ihr Kopf dröhnte. Eine innere Stimme warnte sie vor der Verlockung, in Christian Wagner den Mörder zu sehen.

„Die PK war übrigens relativ stressfrei, danke der Nachfrage."

„Schön für dich."

„Was hast du denn?"

„Zwei Morde, verdammt!"

Adriano seufzte. Halb gebückt blieb er ratlos stehen.

„Was hältst du von Wagner? War er es?"

Manuela hob die Schultern. Ihr Blick fiel auf den Obduktionsbericht auf ihrem Ablagestapel. Sie überflog ihn noch einmal.

„Wird E605 überhaupt noch verkauft? Da war doch mal was …"

„Keine Ahnung. Aber solange es noch Ratten gibt, warum nicht?"

„Wäre nett, wenn du das herausfinden könntest."

„Jetzt?“

„Bis Ende nächsten Monat dürfte reichen, solange wird Olischek noch tot sein.“

Adrianos Gesicht lief dunkel an.

„Kannst du deine Scheißlaune mal an jemand anderem auslassen?“

„Schon gut, morgen reicht. Entschuldige.“

Adriano war längst gegangen, Manuela hatte eine Aspirin genommen. Sie wollte irgendwas unternehmen, aber ihre Gedanken bewegten sich im Kreis, schwirrten wie ein Bienenschwarm durch ihren Verstand. Jeder Ansatz einer Theorie scheiterte bei diesen Fällen. Irgendwo musste es einen roten Faden geben. Manuela war so sehr in ihre Gedanken vertieft, dass sie einen heftigen Schrecken bekam, als es an der Tür klopfte. Es war achtzehn Uhr, sie wähnte sich alleine auf der Etage. Leise betrat Mareike das Büro.

„Na, kannst du auch nicht schlafen?“, begrüßte sie Manuela. Es klang nicht besonders frisch. Mareike war ebenfalls seit dem frühen Morgen im Einsatz.

„Setz dich, du dumme Kuh.“

„Oh, das erste Kompliment des Tages.“

„Ist der Männerwelt deine Anmut heute etwa entgangen?“

Die beiden Singles fanden mittlerweile Gefallen an den Späßchen. Seit dem Tag, an dem Manuela in die Weseler Dienststelle kam, verstanden sie sich ausgezeichnet. Mittlerweile waren sie befreundet, unternahmen in ihrer Freizeit vieles gemeinsam.

„Die Männerwelt hat eine Art Immunität gegen mich entwickelt. Dabei sind meine Ansprüche äußerst bescheiden. Er muss einfach nur überwältigend aussehen, ein gewisses Niveau besitzen, einer gut bezahlten Arbeit nachgehen und mich auf Händen tragen.“

„Wie bescheiden du bist. Den hast du noch nicht gefunden? Das ist kaum zu glauben.“

„Ja“, Mareike seufzte theatralisch, „und wie sieht es bei dir aus? Hat sich der Traumprinz heute gemeldet?“

„Nein“, Manuela dachte plötzlich an Dr. Klein, „wenn man mal von einem Date mit unserem Leichenfledderer absieht.“

„Was? Du meinst … unser Clooney hat dich, das ist ja…“, staunte Mareike. „Wow. Wann?“

„Eigentlich heute Abend, aber ich habe abgesagt.“

„Bitte?“

Manuela erzählte ihr von der Einladung zwischen Leichenfund und Obduktion.

„Ach so, verstehe … Das ist natürlich der völlig falsche Rahmen. Anstatt dich ein halbes Jahr zu beschatten, um dir rein zufällig bei einem Spaziergang im roten Licht der untergehenden Sommersonne irgendwo am Strand …“

„Mareike, bitte. Ich hab's auf morgen Abend verschoben.“

Mareike fasste sich ans Herz und tat erleichtert.

„Und ich habe mir schon Sorgen um dich gemacht. Dann kann ich ja jetzt dienstlich werden. Wir haben die Bankauskünfte von Tobias Schwarz' Konten vorliegen. Der Kerl war 'ne richtig gute Partie. Summa summarum hat er um die 1,2 Millionen in Form von Wertpapieren, Anteilsscheinen usw. auf seinen Konten und in seinem Schließfach. Er hat spezielle Software zur Steuerung von Industrierobotern entwickelt und Patente darauf.“

Manuela nickte. Frau Wagners Interesse dürfte kaum den Finanzen ihres Freundes gegolten haben. Sie berichtete Mareike von dem Gespräch mit Jasmin Wagner und schilderte dabei auch ihre persönlichen Eindrücke.

„Glaubst du, sie steckt mit drin?“

„Ich habe ein mulmiges Gefühl bei der Sache. Ich glaube, sie hat mir etwas vorgespielt. Eine Frau wie sie hat keine Hemmungen, die Scheidung einzureichen. Sie macht auch alles andere als den Eindruck einer wehrlosen, unterdrückten Ehefrau, die Angst vor dem Herrn Gemahl hat. Nein, das passt alles nicht.“

Manuela sah mit einem breiten Gähnen auf die Uhr an der Wand gegenüber.

„Die Hausdurchsuchung steht noch aus. Spielst du mit?“

„Ja, aber heute nicht mehr. Du bist völlig fertig. Christian Wagner nächtigt bei uns und seine Frau hatte bereits alle Zeit der Welt, falls sie irgendwas vertuschen wollte. Morgen früh reicht also völlig. Außerdem möchtest du deinem Traumprinzen morgen Abend doch nicht mit Ringen unter den Augen gegenübersitzen, oder? Was hältst du von einem Rieseneisbecher zum Feierabend?“

Zwanzig Minuten später saßen sie bei Valentino inmitten der Fußgängerzone und vereinbarten, dass diejenige, die das erste dienstliche Wort aussprechen würde, die Rechnung zahlen müsse.

43

„Du musst dich geirrt haben."

„Nein. Das glaube ich nicht."

„Es gibt auch Ohrclips. Dass er kein Ohrloch hat, muss nichts heißen. Und auf die Tätowierungen hast du einfach nicht geachtet, erst neulich, in der Pathologie …"

Annette hatte ihm von den Zeugen berichtet, die Olischek auf Grav Insel gesehen hatten. Jetzt sprach sie von dem Fund in der Wohnung des Opfers:

„Laut KTU steht einwandfrei fest, dass daraus der Schnipsel gefertigt wurde, den du in der Uhr gefunden hast. Die Uhr ist Tobias Schwarz entweder aus dem Mobilheim gestohlen worden oder er hat sie Olischek gegeben."

Heinrich spürte die bleischwere Logik, sie drohte, alle Zweifel zu ersticken. Hätte sie nicht diesen einen Makel.

„Nenne mir den Grund und ich glaube dir."

Annette schwieg. Heinrich war alles noch einmal durchgegangen. Aus seiner Sicht fehlte ein Glied in der Kette. Dieses konnte nur Joschi sein. Heinrich musste sich eingestehen, dass ihn auch das dem Motiv nicht näher brachte. Frustriert registrierte er, dass ihm Annette und seine ehemaligen Kollegen nicht mehr glaubten. Hielten sie ihn für einen senilen Rentner?

„Joschi muss zur Fahndung ausgeschrieben werden. Ihr könnt das Bild von Olischek nehmen. Dann wird sich sehr schnell zeigen, wer Recht hat."

Annette führte den Zeigefinger der rechten Hand zur Stirn.

„Ich setze doch keinen Toten auf die Fahndungsliste!"

„Das brauchst du auch gar nicht, Annette."

Sie hatten nicht bemerkt, dass Mutter Grimm die Tür leise geöffnet hatte. Überrascht sahen sie Frau Grimm an, die verlegen mit dem Staubwedel herumfuchtelte.

„Ich habe die Bilderrahmen im Treppenhaus abgestaubt. Muss auch mal sein. Macht ja sonst niemand. Da habe ich euch zufällig gehört."

Wieder einmal nutzte sie die kurzzeitige Verwirrung und saß schneller am Tisch, als ihr Sohn reagieren konnte.

„Wo ich dich gerade sehe, mein Junge, die Rechnung für Frau Wagner muss ganz dringend raus. Du kennst dich doch mit so was aus."

„Nein, kenne ich nicht!"

„Kommst du denn mit deiner Rente nicht mehr aus?", wollte Annette wissen.

„Selbstverständlich komme ich damit aus. Aber wenn Frau Wagner erst mal im Gefängnis sitzt, bekomme ich gar nichts mehr. Das geht nicht. Außerdem bekommt mein Partner die Hälfte ab, nicht wahr?"

Sie streichelte Heinrichs Arm und zwinkerte ihm freundlich zu.

„Moment", Heinrich schüttelte ihre Hand mit einem Ruck ab, „weshalb sollte Frau Wagner ins Gefängnis müssen?"

„Weil sie eine zweifache Mörderin ist, deshalb! Während mein Herr Sohn den Tag vertrödelt, war Herr Walther so freundlich, einzuspringen. Wir haben heute in Diersfordt ermittelt. Die Wagners haben einen Ehevertrag und strikte Gütertrennung."

Sie betonte die letzten Worte, als sei es äußerst unanständig.

„Frau Wagner bekommt nur selten Aufträge, meint ihre Nachbarin. Außerdem lebt sie weit über ihre Verhältnisse. Kurz und gut: Ihr gehört nichts, ihrem Mann alles. Bis zu seinem Tod, danach ist es umgekehrt", flüsterte die Seniorin verschwörerisch.

„Schön, das könnte ein Motiv sein, ihren Mann zu töten. Allerdings befindet Herr Wagner sich in Untersuchungshaft und erfreut sich bester Gesundheit."

„Tja – so blöd ist Frau Wagner nicht", in ihren Augen zeichnete sich überlegenes Blinzeln ab, „darauf wäre selbst die Weseler Polizei schnell gekommen. Nein – sie macht es wie die schwarze

Witwe. Schnappt sich einen Liebhaber und tötet ihn nach dem Liebesakt. Dann noch einige persönliche Dinge des Gatten am Tatort hinterlegen und schon wird der eifersüchtige Ehemann von der Weseler Polizei ins Gefängnis gesteckt."

„Aha. Zufällig kommt der obdachlose Olischek des Weges, geht direkt in das Mobilheim von Schwarz und beobachtet den Mord", Heinrichs süffisanter Unterton brachte Zornesfalten auf die Stirn seiner Mutter.

„Nein. Olischek wurde von der Mörderin bewusst ausgesucht. Sie konnte den Mord schlecht selber anzeigen, diesen Part solltest du übernehmen. Nachdem Olischek dich auf die Fährte angesetzt hatte, musste er sterben. Er wusste zu viel."

Für eine Minute herrschte Stille. Annette und Heinrich schienen den Fehler in dieser These zu suchen. Schließlich war es die Staatsanwältin, die das Schweigen brach.

„Ich halte das nicht für völlig abwegig."

Heinrich drehte sich auf dem Stuhl halb herum und sah seine Mutter eindringlich an.

„Du glaubst auch, ich habe mir Joschi nur eingebildet?"

„Eingebildet … ähem … möglicherweise war es der Schock. Sei ehrlich: Joschi könnte ein Spitzname von Olischek sein, oder?"

Heinrich nickte. Er sah Joschi vor sich, rief sich Olischek ins Bewusstsein. Die Bilder wechselten, zuerst langsam, dann immer schneller. Mehr und mehr glichen sie sich an. Aber auch jetzt sah er noch die kleinen Unterschiede. Leider sah sie niemand sonst. Heinrich fühlte sich einsam.

44

Um 7.30 Uhr wurde Frau Wagner von einem halben Dutzend Polizisten überrascht. Manuela überreichte ihr die Durchschrift der Durchsuchungsanordnung.

„Muss das sein?"

Die Hauptkommissarin nickte stumm. In Windeseile verteilten sich die Polizisten auf die drei Etagen des Hauses. Manuela blieb bei Frau Wagner.

„Sie haben meinen Mann festgenommen, wie ich hörte?"

Jasmin Wagner sprach den Satz ohne die geringste Gefühlsregung. Vermutlich war es dieselbe Tonlage, in der sie sich nach dem Wetter erkundigen würde. Manuela fragte sich, was passieren musste, dass eine Liebe bis unter den Gefrierpunkt abkühlen konnte. Hatte er sie betrogen, geschlagen, gedemütigt? Beim Anblick der selbstbewussten Frau hielt sie all dies für abwegig.

„Das ist meine Schuld. Ich hätte mich nicht in Tobias verlieben dürfen. Ich habe alles zerstört."

Manuela wollte sie beruhigen, überlegte es sich anders. Sie war nicht der Typ Mensch, der mit erhobenem Zeigefinger auf Verfehlungen anderer deutete. Aber sie konnte es nicht ausstehen, wenn jemand um Mitleid bettelte. Im Übrigen entsprach ihr Statement ihrer Ansicht nach der rauen Wirklichkeit.

„Wie war Ihr Verhältnis? Ging es über eine Affäre hinaus? Ich meine, war er derjenige, mit dem Sie ein neues Leben beginnen wollten?"

„Das spielt doch jetzt keine Rolle mehr."

Wieder lag ungewöhnliche Sachlichkeit in ihrer Stimme. Die Kälte der Gastgeberin war unerträglich. Weder fragte sie nach dem Befinden ihres Ehemannes noch nach dem Beerdigungstermin. Stattdessen reagierte sie mit Selbstmitleid. Manuela durfte sich mit dieser Antwort nicht zufriedengeben. Das Motiv für Christian Wagner erschien ihr oberflächlich. Das „Gesicht" des

Tatortes, die Tatumstände, die Ausübung der Tat, all dies passte nicht zusammen.

Noch einmal, dann bist du dran.

Manuela drang der Satz des Campers ins Bewusstsein. Wagner war laut Winterkorns Aussage am Dienstag bei Schwarz gewesen. Er war derart in Rage, dass ihr Streit bis zum Nachbarn hinübergedrungen war. Am Ende drohte er seinem Nebenbuhler. Frau Wagner gab an, ihren Freund am Dienstag zuletzt gesprochen zu haben. Trotzdem fuhr ihr Mann einen Tag nach dem lautstarken Auftritt dorthin und tötete Schwarz? Was konnte ihn in der Zwischenzeit derart in Rage gebracht haben? Die Tat sprach deutlich gegen einen eiskalt geplanten Mord. Die zahlreichen, am Tatort verteilten Spuren, sieben Stichwunden – vieles deutete auf eine Tat im Affekt. Der Mord an Olischek eine Woche zuvor passte ebenfalls nicht in dieses Muster. Es würde bedeuten, dass es zwei verschiedene Täter geben musste, dagegen sprachen wiederum die eindeutigen Zusammenhänge. Die naheliegende Erklärung jagte der Kommissarin einen Schauer über den Rücken. Konnte jemand brutal und gefühlskalt genug sein, einen unschuldigen Menschen für seine Ziele zu opfern? Während Manuela nach einer möglichst unverfänglichen, aber zielgerichteten Frage suchte, wurde sie von einem Kollegen gerufen. Sie folgte ihm über die Terrasse in den Garten. Er deutete auf die Asche in einem gemauerten Grill am Gartenrand. Ein Stofffetzen lugte unversehrt hervor. Es handelte sich um den Rest eines Hemdärmels. Auf dem blassgrünen Karomuster erkannte sie einen kleinen Fleck.

„Ich denke, wir sind hier richtig. Tommy hat in der Papiermülltonne ein blank geputztes Messer gefunden."

Manuela legte den Spurenbeutel mit dem Hemdrest vor ihr auf den Tisch.

„Das haben wir in Ihrem Grill gefunden. Haben Sie eine Erklärung dafür?"

Sie warf einen flüchtigen Blick darauf und schluckte.

„Das ist … war ein Hemd meines Mannes. Was bedeutet das?“

„Ich dachte, das erfahre ich von Ihnen.“

Sie schürzte wortlos die Lippen. Manuela hielt ihr den Spurenbeutel mit dem Messer hin. Es handelte sich um ein Steakmesser des Herstellers *Château Laguiole.* Jasmin Wagner durchfuhr ein Schreck bei dem Anblick. Manuela kannte das Phänomen. Ein herkömmliches Messer konnte Furcht erregend aussehen, nur weil es sich in einem Spurenbeutel befand. In diesem Fall gab es einen anderen Grund.

„Kennen Sie dieses Messer?“

„Es ist das bevorzugte Steakmesser meines Mannes. Seine Eltern haben ihm einen Satz davon zum bestandenen Diplom geschenkt.“

Nach einer Stunde gaben ihr die Kollegen ein Zeichen.

„Wir müssen uns nur noch den Geländewagen vornehmen. Ich hörte, der steht bei euch auf dem Parkplatz?“

Manuela nickte. Auf Wagners Wunsch hatte ein Kollege dessen Fahrzeug mit nach Wesel gebracht. Sie verabschiedete sich mit einem unguten Gefühl.

45

Manuela ließ Adriano alleine in die Kantine der Kreisverwaltung gehen, nahm ihr Frühstück im Büro ein. Ihre Vermutung hatte sich durch seine Recherchen bestätigt. E605 war im Jahre 2002 aus dem Handel genommen worden. Über die Beschaffung konnten sie also kaum noch an den Täter gelangen.

Um halb zehn brachte ein Bote die Post. Gleich mehrere der internen Umlaufmappen kamen von der KTU aus Duisburg. Manuela las zuerst den Bericht des Erkennungsdienstes mit dem Titel „Mobilheim Schwarz". Zu ihrer Überraschung befand sich das Ergebnis des DNA-Vergleichs darunter. Sie musste sich erst daran gewöhnen, dass sie keine ganze Woche mehr auf eine solche Untersuchung warten musste. Gespannt überflog sie die zwei Dutzend Seiten. Zu ihrer Verwunderung fiel er klarer und belastender aus, als sie erwartet hatte. Die Beweise gegen Christian Wagner waren geradezu erdrückend. Die Haare im Bett des Opfers stammten ebenso einwandfrei von ihm wie der abgebrochene Fingernagel. Darüber hinaus hatte Dr. Klein unter einem der Fingernägel des Opfers Fremdblut gefunden, das zweifelsfrei von Wagner stammte. Allein dieser Bericht, war die Ermittlerin sicher, würde dem Haftrichter ausreichen. Die sichergestellten Beweise aus der Hausdurchsuchung dürften ihn weiter belasten.

Manuela ließ sich im Sessel zurückfallen. Sie sah aus dem Fenster, ihre Augen flogen über die Rheinauen, ohne diese wahrzunehmen. Alles klar, dachte sie. Zu klar. Zweifel, die sie nicht beschreiben konnte, quälten sie.

Ausnahmsweise pünktlich kam Adriano zurück. Manuela erklärte ihm mit leicht gedrückter Stimme die Aktenlage. Die Aussicht auf einen schnellen Abschluss und zukünftig pünktlichen Feierabend besserte seine Laune erwartungsgemäß.

„Jetzt müssen wir ihm nur noch den Mord an Olischek nachweisen und aus die Maus."

Manuela verdrehte die Augen. Sie mochte die Stadt, ihr gefiel das Betriebsklima, sie hatte in Mareike eine sehr gute Freundin gefunden. Die Zusammenarbeit mit Adriano war anscheinend der Preis dafür.

„Sie bluffen, darauf falle ich nicht herein. Dürfen Sie das überhaupt?"

Christian Wagner bedachte sie mit einem provozierenden Blick. Soeben hatte sie seine Aussagen mithilfe der aktuellen Beweislage Punkt für Punkt widerlegt.

„Meine Aufgabe ist es, die Wahrheit zu finden. Sie können mir gerne behilflich sein. Erklären Sie mir, wie Ihr Blut unter einen Fingernagel des Toten gekommen ist."

Wagner sprang auf und rannte wütend in dem kleinen Verhörzimmer umher. Manuela ließ ihn gewähren.

„So ein hirnverbrannter Blödsinn! Ich bringe doch niemanden um, weil er meine Frau vögelt. So ein Schwachsinn!"

„Einen Tag vor seinem Tod gab es Streit zwischen Ihnen. Sie sind sehr laut geworden, haben ihm gedroht. Noch einmal, dann bist du dran. Was haben Sie damit gemeint, Herr Wagner?"

Schnaubend vor Wut beugte er sich über den Tisch.

„Ich habe ihm Prügel angedroht, das habe ich damit gemeint, Frau Hauptkommissarin."

„Was ist vorgefallen, weshalb sind Sie am nächsten Tag wieder dorthin gefahren?"

„Ich war am nächsten Tag nicht dort, verdammt noch mal. Ich war letzten Dienstag dort. Es kam zum Streit. Aber als ich ging, war Tobias noch quicklebendig."

Manuela beobachtete ihn ganz genau. Irgendwas stimmte nicht. Es entglitt ihr, bevor sie danach greifen konnte. Eine unscheinbare Kleinigkeit.

„Kann ich nun endlich gehen? Ich kann es mir nicht leisten, meine Arbeit zu verlieren."

Manuela schreckte aus ihren Gedanken. Für einen Moment

fehlten ihr die Worte. Sie hatte seine Unschuldsbeteuerungen vor wenigen Minuten mit einer Beweisdecke überzogen, die alleine für eine mehrmonatige Untersuchungshaft ausreichen würde, und dann diese geradezu kindlich-naive Frage. Sie bereitete Manuela Sorgen, untermauerte das Gefühl der Unsicherheit, das sie wie ein Schatten umgab. Während Christian Wagner abgeführt wurde, schrie er nach seinem Anwalt.

In ihrem Büro wurde Manuela von Mareike erwartet. Adriano stand mit dem Autoschlüssel in der Hand neben dem Schreibtisch.

„Ich habe Tobias Schwarz' Bruder ausfindig gemacht", begann Mareike sofort. „War eine ewig lange Telefoniererei von einem Kinderheim in Oberhausen über diverse Schulen und die Uni bis zu einem Reiseveranstalter, für den Florian Schwarz heute als Manager arbeitet. Er wohnt in Marienthal."

46

Das kleine Dorf in der Nähe von Brünen war überschaubar, sie fanden das Einfamilienhaus an der Feldstraße sofort. Adriano war nicht besonders traurig, dass Mareike Manuela begleitete. Sie wohnte in Hamminkeln und kannte sich in der Gegend sehr gut aus. Das war der offizielle Grund, den Manuela ihrem Kollegen nannte. Tatsächlich hielt sie Mareike für einfühlsamer und engagierter. Unterwegs über entlegene Landstraßen quer durch die Hohe Mark hatte Mareike von dem idyllischen Dorf und dem alten Kloster geschwärmt. Schon der erste Eindruck gab ihr Recht, Manuela konnte ihre Freundin sehr gut verstehen.

Florian Schwarz erwartete sie bereits. Seit gestern hatte er Urlaub, am Freitag wollte er mit seiner Familie verreisen, sagte er Mareike am Telefon. Sie hatte ihm den Grund ihres Besuches nicht am Telefon mitteilen wollen. Der gertenschlanke Mann trug eine eng anliegende Jeans und ein kariertes Sommerhemd. Eine Strähne der langen blonden Haare fiel wie eine sanfte Welle über die Stirn. Die ausgelassene Herzlichkeit des Gastgebers bedrückte die Frauen. Florian Schwarz beschlich eine Ahnung. Im Wohnzimmer wurde er ernst.

„Ist was passiert? Dumme Frage, sonst wären Sie kaum hier."

„Wir sind wegen Ihrem Bruder hier."

„Tobias. Was ist mit ihm?"

Instinktiv griff er nach der Stuhllehne hinter sich, klammerte sich daran.

„Wir müssen Ihnen leider mitteilen, dass Ihr Bruder am letzten Mittwoch gestorben ist."

„Was? Nein. Das …", Florian Schwarz riss den Mund weit auf, schnappte nach Luft.

„Letzten Mittwoch … wieso …"

„Es tut uns schrecklich leid, wir haben erst heute Ihre Anschrift herausbekommen. Bitte setzen Sie sich."

Er rutschte langsam auf den Stuhl, den Mareike rasch in seine Richtung drehte. Er atmete nun in kurzen Zügen, Manuela sah die Tränen. Sie setzten sich wortlos an den Tisch, ließen ihm Zeit.

„Woran ist mein Bruder gestorben?“

Langsam hob er den Kopf, die leise Stimme war kaum hörbar. Seit der Abfahrt in Wesel fürchtete Manuela sich vor dieser Frage, obgleich sie wusste, dass sie unausweichlich gestellt werden würde.

„Ihr Bruder wurde ermordet.“

Sie rechnete mit einem entsetzten Aufschrei, mit einem Weinkrampf, mit der sinnlosen Frage nach dem Grund. Stattdessen begegnete ihr ohnmächtige Stille und ein Ausdruck, der ihr in den folgenden Nächten den Schlaf rauben sollte.

„Herr Schwarz, wir haben einige Fragen an Sie. Möchten Sie, dass wir morgen wiederkommen?“

„Stellen Sie Ihre Fragen, wenn es sein muss.“

„Wann hatten Sie das letzte Mal Kontakt zu Ihrem Bruder?“

Manuela und Mareike tauschten unbemerkt einen Blick.

„In der vorletzten Woche. Bei der Geburtstagsfeier unserer ältesten Tochter. Tobias ist ihr Patenonkel. Ansonsten haben wir zwei- bis dreimal im Monat miteinander telefoniert. Wir haben uns selten gesehen, dabei … haben wir nur uns.“

Im ersten Augenblick hielt Manuela diesen Satz für eine Selbstverständlichkeit. Nach wenigen Sekunden traf sie die bittere Wahrheit wie ein Schlag. Kindern, die wie die Schwarz-Brüder in einem Waisenheim aufwachsen, fehlen nicht nur die Eltern. Sie haben beziehungsweise kennen in der Regel überhaupt keine Verwandten, sind völlig auf sich alleine gestellt. Umso tiefer dürfte die Bindung der Geschwister sein.

„Hat er Ihnen gegenüber die Namen Christian oder Jasmin Wagner erwähnt?“

„Herr Wagner ist ein Freund von Tobias. Jasmin Wagner kenne ich nicht. Ich nehme an, es ist seine Frau.“

„Ja. Hat Ihr Bruder ihren Namen nie erwähnt?“

„Nein, ich glaube nicht. Warum sollte er?“

„Weil er nach unseren Erkenntnissen seit drei Monaten ein Verhältnis mit dieser Dame hatte.“

Florian Schwarz’ Augen weiteten sich. Er starrte die beiden Frauen abwechselnd an.

„Sind Sie ganz sicher, dass Sie wegen meines Bruders Tobias hier sind? Soll ich Ihnen ein Bild holen?“

Er wirkte völlig verwirrt. Manuela fand keine Erklärung für sein Verhalten. Plötzlich erschrak die Ermittlerin. Da weder Verwandte noch ein Lebenspartner erreichbar waren, hatten sie bislang auf die Identifizierung verzichten müssen. Das hatte auch niemand für nötig erachtet. Fotos in der Wohnung und dem Mobilheim des Opfers sowie die passenden Ausweispapiere, Verträge auf den Namen Tobias Schwarz, alles war so banal und eindeutig. Florian Schwarz kam mit einem Bild seines Bruders zurück und reichte es Manuela.

47

Annette war an diesem Morgen bereits um acht Uhr aus dem Haus gegangen. Wo sich seine Mutter aufhielt, wusste er nicht. Der Umstand, dass er, kurz nachdem sie das Haus verließ, ein Auto hatte wegfahren hören, stimmte Heinrich nachdenklich.

Er setzte sich an den alten Küchentisch im zum Büro umfunktionierten ehemaligen Bügelzimmer seiner Mutter und schaltete den PC ein. Die halbe Nacht über hatte er sich schlaflos im Bett hin und her gewälzt. Quälte sich mit der Frage, ob er sich geirrt hatte. Das ist der Anfang, so fühlt es sich an, das schleichend beginnende Alter, ging es ihm durch den Kopf. Es war zugleich der Punkt, der ihn mit einem Satz aufstehen ließ. Weder fühlte er sich alt noch senil. Dass er keine logische Erklärung fand, musste nicht heißen, dass es keine gab.

Das Betriebssystem begrüßte ihn mit einer blechern klingenden Melodie. Heinrich öffnete den Browser und gab die Adresse einer Zeitungssuchmaschine ein. In die nächste Suchmaske tippte er „Schwarzes Wasser+Leiche". Sekundenschnell füllte sich der Bildschirm mit Links auf Zeitungsartikel. Es handelte sich um dreizehn Berichte, die Heinrich der Reihe nach durchsuchte. Er brauchte nicht sehr viel Zeit, da es ihm einzig um Fotos von der Peripherie des Tatorts ging. Zwanzig Minuten später fuhr er den Rechner enttäuscht herunter. Er massierte die Schläfen, dachte angestrengt nach. Heinrich erinnerte sich an die aktive Zeit. Es hatte ihn damals immer wieder gewundert, dass Pressefotografen an Tatorten oder in Konferenzen Unmengen Bilder schossen. Minuten später fuhr Heinrich mit dem Fahrrad in die Stadt.

Als er die Weseler Geschäftsräume des Rheinischen Boten betrat, fühlte er sich unbehaglich. Was sollte er Camel sagen, wenn dieser ihm hier begegnen würde?

Auf dem Weg durch das Großraumbüro der Redakteure atmete er auf. Lediglich Trixie saß an ihrem Schreibtisch, sie grüßte ihn freundlich. Weil Heinrich sie nicht duzte, auf der anderen Seite nur ihren Spitznamen kannte, entgegnete er ein lapidares „Hallo“. Es war ihm peinlich.

Heinrich klopfte an die offene Tür des Chefredakteurs. Sennheiser stand sofort auf und begrüßte ihn mit Handschlag. Sie kannten sich seit dreißig Jahren. Heinrich schätzte die besonnene Art des Journalisten. Seit der Ausrichtung eines Polizeifestes, das der Rheinische Bote unterstützt hatte, duzten sie sich. Ihre Meinung über Camel glich sich in vielen Punkten. Mit einer lockeren Bewegung aus dem Handgelenk bot er Heinrich an, sich an den Besuchertisch am Fenster zu setzen.

„Kaffee?“

Heinrich lehnte dankend ab.

„Was führt dich hierher, Heinrich? Hat Kollege Walther dich wieder geärgert?“

Heinrich lachte.

„Nee, aber der Tag ist noch nicht rum.“

„Wie meinst du das?“

„Ich habe das dumme Gefühl, dass dein bester Mann mit meiner Mutter auf Ermittlungstour ist.“

Jetzt musste Sennheiser lachen.

„Mein bester Mann sitzt im Kreistag und hört sich eine öffentliche Debatte zur Südumgehung an. Und Camel habe ich zu ’ner Projektwoche des Konrad-Duden-Gymnasiums beordert, da kann er nicht viel kaputt machen.“

Heinrich bat Sennheiser um Diskretion, ein Wort, das er Camel gegenüber nicht einmal in den Mund nehmen würde. Bei dem Chefredakteur wusste er es gut aufgehoben.

„Deine Leute haben sicherlich eine Reihe mehr Fotos gemacht als die in der Zeitung abgebildeten.“

„Garantiert. Worauf willst du hinaus?“

Heinrich wusste, wie gering die Chance sein würde. Joschi war an diesem Morgen nicht an dem üblichen Treffpunkt erschienen. Sollte sich seine Vermutung bewahrheiten und Joschi tatsächlich in den Fall verstrickt sein, wäre es möglich, dass er sich irgendwo dort aufgehalten hatte. Sennheiser wirkte nachdenklich.

„Du glaubst, der Mörder ist an den Tatort zurückgekehrt?“

„Möglich.“

Nach einem längeren Telefonat nahm Sennheiser Heinrich mit in den Redaktionsraum. Mittlerweile layouteten zwei Kollegen Teile der morgigen Ausgabe.

„Herr Overman hat's nicht gerne, wenn jemand an seinen Rechner geht. Er war so gnädig, es seinem Chef zu erlauben.“

Während Sennheiser sich hinter den riesigen Monitor setzte, kniff er Heinrich ein Auge zu. Heinrich wunderte sich, mit welcher Geschicklichkeit der Chefredakteur sich durch eine Reihe Menüs hangelte, deren Namen Heinrich in dieser Geschwindigkeit nicht lesen konnte. Innerhalb weniger Sekunden füllte sich der Bildschirm mit Hunderten kleiner Ordner.

„Overman ist Jäger und Sammler“, schmunzelte Sennheiser, „er hebt jedes einzelne Bild auf. Zu jedem noch so uninteressanten oder alten Artikel. Seine Festplatte ist die größte von allen, aber er jammert ständig rum, dass er eine neue benötigt.“

Langsam scrollte Sennheiser auf dem Bildschirm herunter, bis er endlich fündig wurde. Nachdem er die Datei „Toter Schwarzes Wasser“ geöffnet hatte, tauchten blitzschnell unzählige Bildchen von der Größe eines Daumennagels auf. Sicherheitshalber schloss er den Ordner und fertigte eine Kopie an. Es dauerte über zwei Minuten, bis der Rechner die Fotos übertragen hatte. Sennheiser erhob sich.

„Voilà. Damit kannst du machen, was du willst. Falls du mich brauchst, ich bin am Ende des Ganges.“

Heinrich überschlug die Summe der Aufnahmen und kam auf eine Zahl weit über dreihundert. Für eine sinnvolle Suche löschte er zunächst alle Tatortaufnahmen, die nicht in Frage kommen konnten. Er versuchte, sich in die Person des Täters hineinzuversetzen. Dieser hatte die Tat um jeden Preis verschleiern wollen. Ihm waren das Erscheinungsbild, der erste Eindruck wichtig. Für den Täter war also entscheidend, wie die Polizei reagieren würde. Er musste wissen, ob sie den Fundort als Tatort erkennen und somit kriminaltechnisch behandeln würden oder nicht. Also konnten auch alle Fotos, die vor Eintreffen der Polizei gemacht wurden, entfernt werden. Heinrich klickte auf ein Foto, um es bildschirmfüllend darzustellen. Er erkannte eine Reihe Journalisten, einige Mitarbeiter der biologischen Station und am linken Rand Manuela Warnke und Adriano. Ein Arzt war noch nicht dort, sie mussten also eben erst eingetroffen sein. Heinrich schaltete zur nächsten Aufnahme. Vier Uniformierte drängten die Medienvertreter weiträumig zurück, Manuela und Adriano befanden sich direkt neben der Leiche. Adriano beugte sich hinunter. Die Perspektive war leicht verändert. Im Hintergrund war das Seeufer fast bis zur anderen Seite einsehbar. Heinrich hatte bereits das nächste Bild eingeblendet, als ein Reflex ihn zurückschalten ließ. Er vergrößerte die Aufnahme und schob den Bildschieber an den linken Seitenrand. Die helle Stelle hinter einem der Bäume am Hauptweg hatte er im ersten Moment für ein Blatt gehalten. Die nächste Vergrößerungsstufe bestätigte seine Vermutung. Es handelte sich um eine Hand, die einen Ast umfasste. Leider war der Rest abgeschnitten. Bei den folgenden Bildern handelte es sich ausschließlich um Tatortaufnahmen. Sogar die Bestatter und der Zinksarg waren dem Fotografen einige Aufnahmen wert gewesen. Heinrichs Optimismus schwand von Bild zu Bild. Bis er feststellte, dass die Fotos nicht chronologisch gespeichert waren. Die nächste Aufnahme zeigte die Ermittler bei der Leiche. Auf einem der weiteren Bilder wurde der Arzt sichtbar. Der nächste Klick brachte die Ernüchterung: Keine weitere Dateien vorhanden, meldete ein kleines Fenster.

„Fündig geworden?“

Heinrich drehte sich erschrocken herum. Er hatte den Mann hinter ihm nicht bemerkt.

„Urs Overman, angenehm.“

Der Händedruck nötigte Heinrich eine umständliche Verrenkung ab. Overman trug einen ellenlangen Oberlippenbart, der an den Enden kunstvoll gekräuselt war. Die langen grau melierten Haare waren hinten zu einem Zopf gebunden. Er trug eine Brille, deren runde Gläser die Größe eines Zweieurostücks kaum überschritten.

„Nein“, antwortete Heinrich wahrheitsgemäß, „obwohl ich einmal nah dran war.“

Er zeigte Overman das Bild mit der Hand.

„Ich würde liebend gerne wissen, wem diese Hand gehört.“

„Hm …“, Overman zwirbelte gedankenversunken eine weitere Locke in seinen Oberlippenbart, „haben Sie schon im Papierkorb nachgesehen?“

Heinrichs Augen wanderten automatisch auf den Drahtkorb neben dem Schreibtisch. Overman schmunzelte. Er griff nach der Maus und öffnete den virtuellen Papierkorb. Wieder füllte sich der Monitor mit unzähligen Symbolen.

„Ich kann mich schlecht trennen“, bemerkte der Fotograf achselzuckend. Nach einigen weiteren Klicks öffneten sich Fotos vom Tatort. Auf dem ersten war in der Horizontalen bis zur Hälfte eine verschwommene Hand erkennbar. Ich habe einfach weitergeschossen, während die Polizei uns zurückgedrängt hat“, erklärte Overman. Die Pinselhaare seines Schnäuzers kitzelten Heinrichs Wange, während der Fotoreporter im Schnelldurchgang den virtuellen Abfalleimer durchwühlte. Mit höchster Konzentration verfolgte der pensionierte Hauptkommissar das Geschehen.

„Da“, rief Overman und stoppte den Schnelldurchlauf abrupt. Erstaunt betrachtete Heinrich eine missglückte Aufnahme. Das Bild war um ungefähr dreißig Grad geneigt, rechts waren noch die Oberkörper der Polizisten abgelichtet, die linke Bildhälfte reichte bis unter die Baumkronen.

„Eine Wurzel, ich habe im Fallen abgedrückt“, entschuldigte sich Overman. Heinrich sah stumm auf den sich verengenden Weg im Hintergrund. Auf sein Bitten vergrößerte Overman diesen Ausschnitt, was eine spürbare Verschlechterung der Bildqualität nach sich zog.

Die Stelle befand sich circa fünfzig Meter oberhalb des Tatortes und blieb dennoch völlig unbeobachtet. Die Person hatte sich halb umgedreht, wenige Sekunden später würde sie den Ort verlassen haben. Sie trug eine dunkle Hose, eine gräuliche Jacke, ein Tuch um den Hals, welches das halbe Kinn verdeckte, und – eine knallrote Baseballkappe. Heinrich stockte der Atem.

48

Zu seiner Verärgerung war Camel von Sennheiser dazu verdonnert worden, über eine Projektwoche der Schüler des Konrad-Duden-Gymnasiums zu berichten. Die Lehranstalt war bereits im 13. Jahrhundert gegründet worden und zählte damit zu den ältesten in Deutschland. Ihre Reputation machte sie für die Medien immer wieder interessant.

Die Müllsammelaktion am Auesee fand der Redakteur wenig originell. Mitten in ein Gespräch mit dem Direktor der Schule meldete sich sein Handy.

Es gibt eine heiße Spur. Können Sie mich abholen?

Das war alles, was die Kontaktperson seines Vertrauens geheimnisvoll in den Hörer flüsterte. Warum konnte die Oma nie eine klare Ansage machen?, ärgerte sich der Redakteur. Er musste sich entscheiden. Camel sah den Schuldirektor an. Dann zog er kurzerhand eine zerknitterte Visitenkarte aus der Tasche und überreichte sie ihm.

„Ich muss leider dringend weg. Sind Sie bitte so freundlich und mailen mir ein paar Bilder von der Aktion? Den Rest können wir heute Abend telefonisch machen."

Ohne eine Antwort abzuwarten ließ er den erstaunten Pädagogen stehen und machte sich auf den Weg zur Jülicher Straße.

„Sie warten hier auf mich!"

„Wie bitte?"

„Wir dürfen nicht auffallen."

Mit einem Augenzwinkern erstickte sie weitere Nachfragen. Camel sah ihr mit verkniffenem Gesichtsausdruck hinterher, bis die Seniorin in der kleinen Stichstraße verschwand.

„Bin ich dein Chauffeur, oder was?", machte der Redakteur seinem Ärger lautstark Luft. Erst dann fiel ihm auf, dass sie Recht hatte. Als Kommilitone Walterscheidt konnte er schlecht die Detektivin begleiten. Ihm blieb die naive Hoffnung, sie würde ihm bei der Rückfahrt umfangreich Bericht erstatten.

Verwundert bat Jasmin Wagner ihren Gast ins Haus. Sie war dabei, einen Salat zuzubereiten, und führte Frau Grimm in die Küche.

„Ich dachte, es sei alles erledigt?", fragte die Gastgeberin misstrauisch.

„Eigentlich schon, bis auf eine Kleinigkeit."

Die Seniorchefin der Detektei „Grimm & Sohn" öffnete die Handtasche und zog einen Umschlag hervor.

„Die Rechnung, ich war gerade in der Nähe, da dachte ich …"

Sie hielt Frau Wagner den Umschlag fordernd hin. Diese schnappte mit einem beherzten Griff danach. Der Umschlag war nicht zugeklebt, sie entnahm ihm eine handschriftlich verfasste Rechnung. Frau Grimm schämte sich in dem Moment für die mangelnde Professionalität ihres Sohnes.

„897 Euro?"

Mit weit aufgerissenen Augen betrachtete sie die Summe erneut, als könnte sie sie dadurch verringern.

„Ja, Sie hatten Glück, sind gerade noch in unseren Eröffnungsspartarif gerutscht. Den Tagessatz zu 299 Euro, ist das nicht fantastisch? Das ist noch nicht alles. Bei sofortiger Barzahlung gibt's noch einmal zwanzig Prozent Rabatt, das wären … Moment … ach, sagen wir 800, weil Sie es sind."

Frau Wagner faltete die Rechnung und legte sie wortlos auf einen Stapel Prospekte und Zeitungen auf der Fensterbank.

„Seltsam", eröffnete Gertrud Grimm zweideutig.

„Was meinen Sie?"

„Na, dass Sie uns ausgerechnet jetzt den Auftrag entzogen haben. Immerhin ist Ihr Freund ermordet worden. Interessiert es Sie nicht, wer ihn umgebracht hat?"

„Ich denke, das wird die Polizei herausfinden."

„Die Polizei? Die Polizei hat Ihren Mann verhaftet. Und der kann es nun wirklich nicht gewesen sein."

Jasmin Wagner stand auf, wandte ihrem Gast den Rücken zu und hantierte an der Kaffeemaschine.

„Schön wäre es. Ich mag mir gar nicht vorstellen, dass ich daran schuld bin … Aber wieso kann er es nicht gewesen sein?"

„Weil es einen weiteren Mord gab. Bei dem Opfer handelt es sich um einen gewissen Hans Joachim Olischek."

„Davon weiß ich nichts. Was hat das mit dem Mord an Thomas zu tun?"

„Durch meine exzellenten Kontakte zur Weseler Polizei weiß ich, dass beide Taten miteinander in Verbindung stehen. Nun frage ich Sie, weshalb sollte Ihr Mann Hans Joachim Olischek, einen Obdachlosen, getötet haben? Einen Tag nach dem Tod Ihres Liebhabers?"

„Das … ich …"

Frau Grimm blieb die stetig wachsende Nervosität der Gastgeberin nicht verborgen.

„Keine Ahnung. Wissen Sie, mein Mann und ich haben uns auseinandergelebt."

„Ich bin sicher, er wird bald entlassen. Es ist nie zu spät für einen Neuanfang. Wenn Sie beide erst mal frei sind."

Jasmin Wagner ließ sich langsam auf den Stuhl zurückgleiten. Ihr Gesicht wurde blass.

„Wieso beide?"

„Wenn Ihr Mann es nicht war, wird man Sie verdächtigen. Wie ich hörte, ermittelt die Polizei bereits gegen Sie. Aber machen Sie sich keine Sorgen, die Weseler Polizei leistet sich zwar gelegentlich einen Fehlschuss, aber letztendlich finden sie immer den wahren Täter. Bevor ich es vergesse: Wäre nett, wenn Sie den Betrag rasch überweisen, man kann nie wissen, wie lange sich die Untersuchungshaft hinzieht. Tja, ich muss dann mal wieder, Frau Wagner, viel Glück."

Camel fuhr erschrocken hoch, als sie die Beifahrertür aufriss.

„Ich habe das Netz der Spinne zerstört."

„Aha."

Camel hatte nicht die geringste Ahnung, was sie ihm sagen wollte.

„Und jetzt?", fragte er hilflos.

„Sie ist in Zugzwang. Wir müssen sie beschatten."

Frau Grimm drehte die Rückenlehne zurück und machte es sich gemütlich. Camel dachte an den nahenden Redaktionsschluss.

„Haben Sie alles dabei, Thermoskanne Kaffee, belegte Brote?"

„Wie bitte? Nein! Ich kann hier nicht stundenlang rumstehen. Ich muss den Artikel über die Projektwoche fertig machen."

„Was? Wir ermitteln hier in einem Doppelmord, sind der Mörderin auf der Spur, und Sie interessieren sich für eine Projektwoche? Bitte – fahren Sie."

Die Seniorin deutete pikiert auf das Lenkrad. Camel machte einen perplexen Eindruck.

„Herr Walther, ich muss sagen, ich habe Sie überschätzt. Ich habe geglaubt, bei Ihnen wäre der größte Kriminalfall in der Geschichte des Niederrheins in guten Händen. Sei's drum, setzen Sie mich bitte vor der Redaktion der Weseler Morgenpost ab, ich muss mich um Ersatz bemühen."

Frau Grimm drehte das Gesicht grinsend zum Seitenfenster. Man muss auch mal delegieren können, dachte Camel und wählte Trixies Nummer.

„Hallo, Trixie. Ich habe eine Superidee. Am Auesee findet doch die diesjährige Projektwoche des Konrad-Duden statt. Wir berichten mit einem Dreispälter inklusive Foto darüber, ich habe mir gedacht, das wäre doch mal was …"

„Nein!"

„… für dich", endete er zaghaft. „Trixilein, ich bin an einer Riesenstory dran, bitte nur dieses eine Mal. Die Handynummer vom Direktor liegt auf meinem Schreibtisch. Danke, Trixie, du hast was gut bei mir."

Ohne eine Antwort abzuwarten, beendete Camel das Gespräch. Zehn Minuten später schoss das schwarze Sportcoupé aus der Stichstraße.

49

Manuela besah sich das Foto nur flüchtig, Mareike betrachtete es genauer. Es gab nicht den geringsten Zweifel, bei dem Toten aus dem Wohnmobil handelte es sich um Tobias Schwarz.

„Was wollten Sie damit sagen, dass Ihr Bruder kein Verhältnis mit Jasmin Wagner haben konnte? Sie kennen die Dame doch gar nicht?"

„Das brauche ich nicht, ich kenne meinen Bruder, das reicht. „Mein Bruder ist …, er war schwul."

Rumms. Mit einem kurzen Satz kippte Florian Schwarz alle bisherigen Erkenntnisse. Manuelas Gedanken rasten. Fragen stürmten auf sie ein. Wusste Jasmin Wagner davon? … War sie die Eifersüchtige? … Was ist mit Olischek? …

„Können Sie Bisexualität ausschließen?", unterbrach Mareike die Überlegungen ihrer Kollegin.

„Ja, nein … also, na ja, wir haben das Thema nicht vertieft. Meine Güte, mein Bruder ist tot und Sie stellen mir Fragen über sein Sexualleben."

„Es tut mir leid, Herr Schwarz."

„Können Sie denn sagen", übernahm Manuela vorsichtig, „wie er damit umgegangen ist? Ich meine, hat er sich geoutet, stand er öffentlich dazu?"

Ihr Gastgeber legte den Kopf in den Nacken, massierte mit beiden Händen das Gesicht.

„Tobias hat mich darum gebeten, es niemandem zu erzählen. Er hatte auch nie einen Partner, außer flüchtigen Urlaubsbekanntschaften. Für meinen Bruder war Sex nicht wichtig. Nach dem Studium hat er ein Jahr in einem Kloster verbracht. Seitdem sprach er davon, diesen Weg eines Tages fortsetzen zu wollen."

„Die passten nicht zusammen, absolut nicht."

Manuela bog am Hotel Voshövel links auf den Postweg Richtung Hünxe.

„Stimmt allerdings", antwortete Mareike, „mit einem schwulen Mann könnte ich mir keine Affäre vorstellen, nicht mal mit einem bisexuellen Partner. Dann schon eher …", sie sprach nicht weiter.

„Meinst du, er war das Bauernopfer, mit dem sie Christian Wagner für immer aus ihrem Leben verbannen wollte?"

„Seine Haare am Tatort, ein Hemdknopf, das verbrannte Hemd, von dem ausgerechnet der Blutfleck verschont blieb, nicht wirklich überzeugend. Das kann jeder manipuliert haben. Den abgerissenen Fingernagel könnte Jasmin Wagner im Haus gefunden haben."

Mareike nickte stumm. Eine Weile waren nur das monotone Brummen des Motors und der Fahrtwind zu hören. Sie fuhren mittlerweile über die Schermbecker Landstraße. Das Navigationsgerät hatte die Strecke durch Brünen und später über die Bundesstraße 70 empfohlen. Mareike empfahl den schnelleren Weg über die B58. Vor ihnen fuhr ein Traktorgespann.

Manuela dachte an Christian Wagner. Die Körpersprache, die Wut über die Verhaftung, das Selbstverständnis, mit dem er seine Freilassung erwartete, all das wirkte echt. Aber was würde übrig bleiben, wenn Wagner unschuldig war?

„Das Problem ist, wir haben nicht das Geringste gegen Jasmin Wagner in der Hand. Zu allem Überfluss haben wir noch den Mord an Olischek. Er kann die beiden wohl kaum beim Liebesakt überrascht haben. Somit können wir Erpressung als Motiv für diesen Mord streichen."

„Es gibt nur eine Möglichkeit: Wir müssen den Zusammenhang finden. Vielleicht sollten wir den Fokus mehr auf Olischek legen?"

Manuela wollte Gewissheit, bevor sie Jasmin Wagner aufsuchte. Sie parkte auf einem Seitenstreifen in der Nähe des Marienhospitals und ging mit Mareike ins Café Fehr. Erwartungsgemäß kannte niemand vom Personal Jasmin Wagner oder Tobias Schwarz. Ebenso verhielt es sich im Welcome Hotel. Sie machten sich die Mühe, einen Großteil des Servicepersonals zusätzlich zu befragen. Weder gab es in der jüngeren Vergangenheit Buchungen unter diesen Namen noch hatte sie irgendjemand dort gesehen.

Im Büro wurde Manuela von Hans Gerd Schmeink, dem Leiter der KTU Duisburg, begrüßt. Adrianos zufriedener Gesichtsausdruck machte die Ermittlerin skeptisch. Schmeink nahm eine Kladde vom Schreibtisch und hielt sie ihr entgegen.

„Schon gut, was gibt es Neues?"

Schmeink lächelte schwach.

„Der Untersuchungsbericht vom Mercedes GLK, Wagners Auto", sagte er. Manuela versprach sich davon nicht viel.

„Auf den ersten Blick war der Wagen absolut sauber. Kaum persönliche Dinge, außen und innen porentief rein. Das macht einen erfahrenen Kriminaltechniker natürlich stutzig. Wir haben uns die Karre daraufhin genauer angesehen. In der Mulde des Reserverades fanden wir einen benutzten Putzlappen neben einer Flasche Fensterreiniger. Sah völlig unschuldig aus, ich habe den Lappen trotzdem ins Labor gebracht. Und siehe da: Treffer. Es konnten geringe Mengen in Wasser aufgelöstes Parathion nachgewiesen werden. Der Volksmund nennt es E605. Man hat es früher als Rattengift in Pulverform ausgelegt. Eine Anwendung in flüssiger Form ist zwar effektiv, wie der Mord an Herrn Olischek beweist, aber durchaus unüblich. Wir haben daraufhin die Kleidung des Opfers untersucht und tatsächlich winzige Reste von dem Zeug im Gewebe des Hemdes entdeckt. Wie immer das Beste zum Schluss: Der Grad der Verdünnung ist absolut identisch, die Qualität des verwendeten Parathion ebenfalls. Ergo haben wir im Kofferraum, wenn Sie so wollen, die Tatwaffe, oder zumindest die Munition, gefunden."

Manuela war verwirrt.

„Damit dürfte sich auch der zweite Mord schnell aufklären lassen“, konstatierte Adriano gut gelaunt.

Schmeink verließ das Büro, Manuela las aufmerksam die Berichte.

„Dr. Klein hat angerufen und nach dir gefragt, er wollte dich nicht auf dem Handy anrufen, na ja. Auf jeden Fall ist die Tatwaffe unter den Messern aus Wagners Haus gewesen, ein Steakmesser Typ … Moment …“

„Schon gut, waren die Messer bei der KTU?“

„Ja. Der Bericht müsste auf deinem Schreibtisch liegen.“

Manuela fand ihn sofort. Es konnten keinerlei Spuren an den Messern gesichert werden, las sie. Der Laborbericht bezüglich des Hemdrestes lag ebenfalls vor. Die Blutreste im Gewebe stammten zweifelsfrei von Tobias Schwarz, ansonsten ebenfalls keinerlei weitere Spuren. Sie schob die Berichte zur Seite und schlug die Akte Olischek auf.

Der Todeszeitpunkt war nicht genau definiert. Gefunden wurde die Leiche um 7.45 Uhr. Davor hatten Vertreter der biologischen Station den Uferbereich kontrolliert. Manuela rief dort an. Ein freundlicher Mitarbeiter erklärte nach längerem Überlegen, dass er exakt mit Beginn der 6.30-Uhr-Nachrichten sein Fahrzeug bestiegen hatte und er gegen 6.45 Uhr am Schwarzen Wasser angekommen war.

Zehn Minuten später betrat Manuela die Untersuchungszelle. Christian Wagner rief bei ihrem Anblick sofort nach seinem Anwalt.

„Beruhigen Sie sich bitte, Herr Wagner. Meine Aufgabe ist es nicht in erster Linie, Sie ins Gefängnis zu bringen, sondern die Wahrheit herauszufinden. Es geht um Ihr Alibi im Mordfall Olischek.“

„Das wird immer toller.“

Wagner hechtete mit einem Satz von der Pritsche und stellte sich dicht vor Manuela.

„Was wollen Sie mir noch alles unterschieben? Ich kenne keinen Olischek."

„Prima. Dann sagen Sie mir einfach, wo Sie letzte Woche Donnerstag zwischen 6.25 Uhr und 7.45 Uhr gewesen sind."

„Ohne meinen Anwalt sage ich überhaupt nichts mehr!"

Manuela setzte sich an den kleinen Tisch. Mit einer Geste bedeutete sie Christian Wagner, dass er sich zu ihr setzen sollte.

„Herr Wagner, dies ist ein privates Gespräch zwischen uns. Ich verspreche Ihnen, keiner hört mit. Es hätte auch keinen juristischen Bestand, da Ihr Anwalt nicht dabei ist. Bitte glauben Sie mir, ich möchte einzig und alleine die Wahrheit finden."

Wagner beruhigte sich. Er lehnte sich auf dem Stuhl zurück und verschränkte abwehrend die Arme vor der Brust.

„Gut. Es gibt eine Reihe Indizien, die für Ihre Schuld sprechen."

Manuela erwähnte den aktuellen Bericht der KTU vorerst nicht. Es würde nur für neue Spannungen sorgen.

„Gegen Ihre Schuld spricht bislang lediglich das fehlende Geständnis. Ich bin trotz allem nicht von Ihrer Schuld überzeugt, möglicherweise irre ich mich. Aber ich werde alles unternehmen, das herauszufinden. Es wäre in dem Zusammenhang wirklich sehr hilfreich, wenn Sie meine Frage beantworten würden. Wo waren Sie an diesem Donnerstagmorgen, Herr Wagner?"

Wagner rollte die Augen und machte eine wegwerfende Handbewegung.

„Um halb sieben bin ich spätestens an der Baustelle. Als leitender Architekt beginne ich gerne zeitgleich mit den Ingenieuren. Das vereinfacht den Ablauf."

„Auch an diesem Tag?"

„Ich sagte spätestens. In der Regel bin ich um Viertel nach sechs im Baucontainer und trinke noch in Ruhe einen Kaffee, auch an diesem Tag, Frau Kommissarin."

Ein wenig freute Manuela sich. Obwohl er sich alle Mühe gab, war er ihr nicht unsympathisch.

„Mit welchem Fahrzeug waren Sie dort?"

„Mit dem Mercedes natürlich. Jasmin hat ihren eigenen Wagen. Außerdem musste sie an diesem Morgen beruflich nach München."

„In Ordnung. Wir überprüfen das, aber ich denke, Sie haben sich und uns sehr geholfen."

„Hat er den Mord an Olischek gestanden?"

Manuela fühlte sich alleine. Verstärkung würde frühestens Mittwoch kommen, hatte Engels ihr mitgeteilt, nachdem er einen herzerweichenden Vortrag über den aktuellen Personalnotstand vom Stapel gelassen hatte.

„Nein, Adriano, das wird er auch nicht. Er hat ein Alibi", Manuela wählte währenddessen die Nummer der Dinslakener Polizei und bat die Kollegen, Wagners Angaben zu überprüfen.

50

„Mist! So ein elender verfluchter Mist!"

Sie war außer sich vor Wut. In schnellen Schritten stampfte sie durch den großen Raum.

„Beruhige dich. Es läuft alles nach Plan."

Sie fuhr herum und schrie ihn an: „Nach Plan? Ich sitze bald in Untersuchungshaft. War das dein Plan?"

Er saß im breiten Sessel aus schwarzem Leder und beobachtete sie entspannt. Während sie weiter unruhig umherlief, schenkte er sich Rotwein nach.

„Warum lässt du dich von einer alten Schachtel verrückt machen?"

„Weil sie Recht hat. Dein Plan ist unlogisch. Die Polizei kommt sehr bald darauf, dass mein Mann keinen Grund hatte, Olischek umzulegen. Überhaupt: Olischek. Wir hätten ihn kaufen sollen, wäre bei einem Penner kein Problem gewesen."

„Die Polizei wird sehr bald keine Wahl mehr haben. Erinnerst du dich, dass du vor zwei Wochen mit seinem Wagen hier warst? Was Olischek betrifft, die Sache ist zu wichtig, da musste eine dauerhafte Lösung her."

Er war mittlerweile aufgestanden und nahm sie in den Arm.

„Vertrau mir", flüsterte er ihr ins Ohr.

„Wie lange dauert es noch?"

Sie löste sich aus seiner Umarmung.

„Sobald sie den kompletten Bericht der KTU vorliegen haben, schließt sich der Kreis. Ihnen bleibt keine andere Wahl, als deinen Mann dem Haftrichter vorzuführen. Im Falle Olischek werden sie sich zwar den Kopf über das Motiv zerbrechen, aber nutzen wird es ihnen nichts. Die Indizienkette hält, auch vor Gericht. Glaub mir, ich habe mich lange genug mit so was beschäftigt. Danach tauche ich sicherheitshalber für eine Weile unter und dann beginnen wir ein neues Leben!"

51

Camel trat das Gaspedal bis zum Anschlag durch. Er raste in einem Irrsinnstempo über die Emmericher Straße Richtung Wesel. In einem waghalsigen Manöver überholte das Coupé wenige hundert Meter vor ihnen einen Lkw. Eine Sekunde später begegneten sie einem aufgeregten Taxifahrer, dessen Lichthupe immer noch energisch blinkte. Camel zog den Mustang einen halben Meter über die Mittellinie. Der starke Gegenverkehr ließ ihn wieder auf die Fahrbahnmitte schwenken. Fluchend schlug er aufs Lenkrad.

„Ruhig, sie fährt zum Campingplatz."

Frau Grimm, die sich mit beiden Händen an den ausgeleierten Gurt krallte, entwickelte erste Theorien. Der Lkw bog an der Kreuzung Bislicher Straße links Richtung Flürener Wasserwerk ab. Die Fahrbahn vor ihm war leer.

„Rechts", schrie die Seniorin.

Camel riss das Lenkrad herum, wütendes Hupen hinter ihm erinnerte an den vergessenen Blinker. Kurz vor dem Weseler Ortsteil Flüren sahen sie das Coupé wieder. Der schwarze Sportwagen schoss mit quietschenden Reifen durch den Kreisverkehr am Ortsrand. Eine halbe Minute später raste auch Camel schleudernd durch den Kreisel. Gertrud Grimm dachte an ihren Besuch bei Semmelstedt, der Taxifahrer war ebenfalls hier langgefahren. Das Coupé war zu schnell. Camel überschritt die zulässige Höchstgeschwindigkeit um das Doppelte. Am Flürener Weg bremste er scharf ab und nahm die Kurve mit abenteuerlicher Schieflage. Eine junge Frau konnte gerade noch zur Seite springen und ließ erschrocken die Einkaufstüten fallen. Wieder sahen sie nur die Bremslichter des abbiegenden Wagens, viel zu weit entfernt.

Seit zwanzig Minuten kurvte Camel durch die Siedlung, fuhr zum dritten Mal über Mars-, Venus-, Sonnen- und Sternstraße. Ohne Erfolg. Zum dritten Mal versuchte er, Frau Grimm davon zu überzeugen, die anscheinend sinnlose Suche auf weitere Teile Flürens auszudehnen.

„Nein, das ergibt keinen Sinn."

Frau Grimm hatte im Seitenfach der Tür eine alte Karte Wesels entdeckt und studierte diese.

„Über die Sternstraße fährt man nur, wenn man in diese Siedlung möchte."

„Vielleicht hat sie uns bemerkt", erwiderte Camel zögerlich.

„Möglich, auffällig genug waren Sie ja."

Camel hatte offensichtlich die Fitness seines altersschwachen Mustangs überschätzt. Das gelegentliche Quietschen beim Fahren wurde konstanter und nahm deutlich an Lautstärke zu. Er wollte dem Schwächling eine Pause gönnen und tuckerte im Schritttempo über die Jupiterstraße. Frau Grimms Aufschrei riss ihn aus dem Gedanken, ob Trixie den Artikel wirklich schreiben würde. Camel nahm im letzten Moment das auf der Marsstraße vorbeihuschende Sportcoupé wahr. Sofort trat er das Gaspedal durch. Das Quietschgeräusch steigerte sich zu einem letzten schrillen Ton. Fast zeitgleich leuchteten zwei rote Lämpchen auf. Frau Wagner fühlte sich sicher, wählte einen deutlich ruhigeren Fahrstil. Auf dem Flürener Weg bemerkte Frau Grimm die Warnlichter im Tachometer.

„Was bedeutet das?"

Camel winkte achtlos ab, murmelte ein „Ist was für Mädchen" und kümmerte sich um die Verfolgung. Ein drittes Mal hängst du mich nicht ab, dachte er. Sie fuhren durch den Ort, Richtung Bislich. Am rechten Fahrbahnrand parkte ein Lieferwagen, Frau Wagner wartete dahinter. Camel ließ eine Lücke von fünfzig Metern. Sie fuhr zunächst langsam am Lieferwagen vorbei, scherte ein und beschleunigte danach vehement.

„Mist, sie hat uns erkannt", Camel presste das Gaspedal aufs Bodenblech. Kurz hinter dem Ortsausgangsschild drangen Nebelschwaden aus der Motorhaube.

„Vielleicht bedeuten die Lampen doch etwas", bemerkte Frau Grimm. Camel kniff die Lippen zusammen.

Frau Wagner bremste ab, konnte ein Traktorgespann nicht überholen. Wie eine Schlange kroch das Sportcoupé über die kurvenreiche Landstraße, überquerte immer wieder hektisch die Mittellinie, um im selben Moment erschrocken gegenzulenken. Der Nebel wurde dichter, eine weitere rote Warnlampe bettelte um Beachtung. Camels Augen wanderten auf die kleine Temperaturanzeige. Die Nadel klebte am rechten Rand. Entnervt gab der Redakteur auf und steuerte den Mustang auf den Grünstreifen.

„Verdammter Bockmist", fluchte er, nachdem er die Motorhaube geöffnet und sich die Hand am heißen Kühlerdeckel verbrannt hatte, „und alles umsonst. So eine verdammte Scheiße!"

„Umsonst. Ich denke, wir sind ein Riesenstück vorangekommen."

Ungläubig hob der Journalist den Kopf.

„Sie flüchtet, nachdem ich sie aufgescheucht habe. Das ist fast wie ein Schuldeingeständnis. Herr Walther, uns ist soeben eine Doppelmörderin abgehauen."

Außerdem gibt es einen Komplizen, ich weiß auch schon, wie er aussieht, dachte die Seniorin, behielt diese Erkenntnis aber für sich.

„Mist", wiederholte Camel sich, dann wurde er nachdenklich. Doppelmörderin, schoss es durch seinen Kopf. Es klang nach Aufmacher, nach Sensation, nach Erfolg. Der Schaden an seinem Mustang geriet blitzschnell in Vergessenheit. Er musste sofort in die Redaktion.

„Herr Wagner war ab 6.15 Uhr bis zur Mittagspause um zwölf Uhr durchgehend auf der Baustelle. Das haben mehrere Zeugen zweifelsfrei bestätigt. Außerdem konnte er mit seinem Fahrzeug nicht weg, weil ab halb sieben zwei Schuttcontainer direkt hinter dem Pkw am Containerparkplatz abgestellt wurden. Die stehen immer dort, weil vor der Mittagspause niemand weg muss."

Manuela bedankte sich bei dem Dinslakener Kollegen. Adriano hatte das Gespräch entgegen genommen und den Lautsprecher eingeschaltet.

„Das gibt es nicht", staunte Adriano, „sogar sein Auto hat ein Alibi."

Manuela war nicht überrascht. Dass das Fahrzeug ebenfalls während der Tatzeit in Dinslaken gewesen war, konnte nur eins bedeuten.

„Jemand wollte Christian Wagner die Schuld in die Schuhe schieben. Weshalb? Ich meine, aus welchem Grund sollte Wagner einen Obdachlosen ermorden? Die Frage ist: Wer hat ein Motiv für diesen Mord?"

„Berechtigte Frage."

Manuela bekam plötzlich das Gefühl, genau an dieser Stelle habe der Täter einen entscheidenden Fehler gemacht. Sie fühlte ihn, sah ihn verschwommen vor sich, doch ihre Gedanken griffen immer wieder ins Leere. Sie musste sich behutsam herantasten.

„Jemand, der genau weiß, dass beide Taten in einem Zusammenhang stehen. Vielleicht jemand, der diese Verbindung hergestellt hat", murmelte die Ermittlerin leise, mehr für sich selbst.

„Nur mal ein blöder Gedanke", Adriano beugte sich über den Schreibtisch, „wäre es möglich, dass der geplante Mord an Tobias Schwarz das Motiv für den Mord an Olischek war?"

„Du meinst, Olischek wusste von dem Plan?"

„Vielleicht hat er unbeabsichtigt davon erfahren."

„Möglich“, sinnierte Manuela, „das würde bedeuten, dass Christian Wagner in beiden Fällen unschuldig wäre.“

Adriano legte die Stirn in Falten.

„Sieben Messerstiche und ein Tatort voller Spuren sprechen eine deutliche Sprache. Es war ein Eifersuchtsmord nach vorausgegangenem Streit oder sollte zumindest den Anschein erwecken. Das war kein Mord, der eine Woche vorher geplant war. Nicht von Christian Wagner.“

„Bleibt seine Frau.“

„Die werde ich mir jetzt vorknöpfen.“

Sie benötigten keine zehn Minuten vom Kommissariat nach Diersfordt. Manuela wäre eine Vorladung zur Vernehmung lieber gewesen. Dazu fehlte ihnen die rechtliche Handhabe. Gegen Jasmin Wagner lag nichts vor.

Zum dritten Mal klingelte Adriano vergeblich. Sie standen bereits wieder am Auto, da schoss das schwarze Sportcoupé mit quietschenden Reifen in die kleine Stichstraße. Sekunden später parkte Frau Wagner ihr Fahrzeug auf der Garagenauffahrt. Für den Bruchteil einer Sekunde dachte Manuela, sie würde bei ihrem Anblick flüchten wollen.

„Was wollen Sie denn schon wieder?“

„Die Wahrheit erfahren.“

„Das würde ich auch gerne“, gab sie schnippisch zurück, während sie ihre Gäste ins Haus ließ.

„Sie scheinen es sehr eilig zu haben“ eröffnete Adriano am Küchentisch. Genervt zog sie ihre Jacke aus und hängte sie lässig über die Lehne eines nicht benutzten Stuhls. Sie ging nicht auf die Frage ein.

„Frau Wagner“, übernahm Manuela, „Sie sagten uns, dass Sie ein Verhältnis mit Tobias Schwarz hatten.“

„Ja. Und?“

„Sie haben weiterhin angegeben, sich mit Herrn Schwarz des Öfteren im Café Fehr und im Welcome Hotel getroffen zu haben.“

„Worauf wollen Sie hinaus?"

„Welcher Art war Ihr Verhältnis?"

„Meine Güte, das habe ich Ihnen alles erzählt. Wir haben uns geliebt, wollten ein gemeinsames Leben beginnen."

„Wussten Sie, dass Herr Schwarz homosexuell war?"

„Wie bitte?"

„Sie haben richtig gehört."

Ihr Gesicht blieb starr. Manuela spürte die Unsicherheit hinter der Fassade. Frau Wagner stand unerwartet auf und bot den Polizisten Getränke an. Ohne die Antwort abzuwarten, setzte sie sich wieder.

„Nein. Das kann nicht sein."

„Sein Bruder ist sich dessen absolut sicher."

Adriano wirkte ungewöhnlich ernst.

„Im Café Fehr kennt man weder Sie noch Herrn Schwarz, ebenso wenig im Welcome Hotel. Niemand hat sie beide jemals dort gesehen. Wir können gerne gemeinsam dorthin fahren. Ich glaube, Sie hatten gar kein Verhältnis mit Herrn Schwarz. Wie wäre es", Manuela erhob die Stimme, „wenn Sie uns allmählich die Wahrheit sagen würden, Frau Wagner?"

Der harte Ausdruck schwand, die markanten Züge weichten auf wie Wachs in der Sonne. Angst und Unsicherheit spiegelten sich auf Frau Wagners Gesicht. Manuela bemerkte, dass ihre Hände zitterten.

„Ich konnte nicht mehr mit ihm leben. Er wollte die Scheidung nicht, hat mich angefleht, wollte noch eine Chance und noch eine, immer wieder. Ich habe geglaubt, wenn er von einem Liebhaber erfährt, gibt er auf. Ich konnte nicht ahnen, dass er ...", sie schluchzte, wischte Tränen aus den Augenwinkeln. Manuela glaubte ihr nicht.

„Sie sind aus purem Mitleid bei Ihrem Mann geblieben, wollen Sie mir das sagen?"

„Christian ist trotz allem ein netter Mensch. Außerdem", sie zögerte, suchte nach einer glaubhaften Formulierung, „kennen wir uns seit zweiundzwanzig Jahren."

Manuela kamen die Aussagen vor wie eine Kette aneinandergereihter Widersprüche.

„Woher kannten Sie Tobias Schwarz?"

„Er ist ein Geschäftspartner meines Mannes."

„Um welche Geschäfte handelte es sich?"

Jasmin Wagner hob stumm die Schultern. Sie hatten bei der Durchsuchung der Wohnräume einige Dutzend Aktenordner mitgenommen. Mit denen waren Josef Wolters und Mareike Verstappen seit gestern beschäftigt. Ohne einen konkreten Anhaltspunkt glich das Ganze bisher der Suche nach der berühmten Stecknadel im Heuhaufen. Manuela fragte sich, ob das Ehepaar Wagner tatsächlich nichts von der Homosexualität gewusst hatte.

„Frau Wagner, wo waren Sie letzte Woche Donnerstag zwischen 6.25 Uhr und 7.45 Uhr?"

„In München, Verlagshaus Stenzel, ich habe die erste Maschine um 6.20 Uhr ab Düsseldorf genommen, um 11.45 Uhr war ich zurück in Düsseldorf. Möchten Sie die Tickets sehen?"

„Ja."

Jasmin Wagner kam nach einer knappen Minute mit ihrer Handtasche zurück und reichte Manuela die gewünschten Flugtickets von AirBerlin. Der Ermittlerin kam es vor, als habe sie jemand am Schopf gepackt und auf das Ausgangsfeld ihrer Ermittlungen zurückgestellt. Sie bemühte sich um eine Erklärung. Jemand anderer könnte die Maschine betreten haben, alles schon vorgekommen. Sie würden dies überprüfen, aber eine innere Stimme warnte sie vor falschen Hoffnungen. Sie musste die Realität akzeptieren, auch wenn sie ihr ganz und gar nicht gefiel.

Zurück in der Dienststelle führte sie ihr Weg direkt in das Büro von Mareike Verstappen und Josef Wolters. Von Letzterem lugte über einem Stapel Akten nur die kahle Stelle seines Kopfes hervor. Er sah auf und hob Hilfe suchend die Arme.

„Falls ihr gekommen seid, weil ihr den Bau eines Steinkohlekraftwerks plant, habt ihr Glück. Vor euch sitzt der frischgebackene Fachmann. Kompetent in allen Bereichen von der Statik bis zur Bauabnahme. Heute Vormittag habe ich mir die jüngsten Teilgenehmigungsverfahren zur Brust genommen, waren nur knappe fünfzig. Leute, so'n Architekt hat's auch nicht leicht, das sage ich euch. Die kann man von vorneherein für jeden anständigen Mord ausklammern, haben die gar keine Zeit für."

„Die Baustelle kannst du vergessen. Darüber dürften wir nicht weiterkommen."

„Na prima! Ist richtig erbauend."

„Wir haben es eben erst erfahren. Tobias Schwarz hatte irgendwelche privaten Geschäfte mit Wagner laufen."

„Du meinst", fragte Mareike, „die haben sich gegenseitig übers Ohr gehauen?"

„Dann hatte Christian Wagner vielleicht ein ganz anderes Motiv", folgerte Josef Wolters.

„Möglich, auf alle Fälle brauchen wir schnellstens Klarheit. Morgen früh ist der Haftprüfungstermin", sagte Manuela.

„Sag mal, geht's noch?"

Wolters deutete mit ausgestrecktem Arm auf die Uhr an der gegenüberliegenden Wand.

„In zehn Minuten ist Feierabend und hier tummeln sich noch dreißig unbeachtete Akten."

„Zu viert geht es schneller."

Ohne weiteren Protest abzuwarten, zog die Hauptkommissarin zwei Stühle vor die Stirnseite der Schreibtische und bat Adriano mit einer Handbewegung, sich zu setzen. Mit offenem Mund sank dieser auf den Bürostuhl.

53

Schwungvoll wurde die Tür aufgerissen. Sennheiser fuhr erschrocken hoch.

„Chef, ich brauche die Titelseite für morgen. Der Hammer, exklusiv in unserem Blatt."

Camel kannte Sennheiser schon lange, wusste, dass sein Boss vor allen anderen im Büro war und selten vor achtzehn Uhr ging. Daher schob der Redakteur das lang anhaltende Gähnen einem anstrengenden Bürotag zu und fuhr mit nicht nachlassender Vehemenz fort. Zwischen Zeigefinger und Daumen ließ er eine imaginäre Titelzeile am Gesicht seines Vorgesetzten vorbeiziehen und füllte sie währenddessen mit markigen Worten:

„Die schwarze Witwe aus Diersfordt. Doppelmord aus Habgier!"

„Beweise?"

Die betont gelangweilte Nachfrage brachte Camels Sicherheit über den Grund des Gähnens ins Wanken.

„Sie ist geflüchtet, hat mich in einem Irrsinnstempo abgehängt."

„Dürfte nicht die erste Frau sein, die vor Ihnen abhaut. Ist das alles?"

„Nein, Chef. Frau Wagner ist völlig blank. Sie will sich von ihrem Mann trennen. Es gibt einen Ehevertrag, bei einer Scheidung geht sie leer aus. Da kam ihr die Idee, ihrem Mann einen Mord in die Schuhe zu schieben. Der obdachlose Olischek hatte die Aufgabe, Grimm darauf aufmerksam zu machen, dass etwas nicht stimmt. Grimm sollte den Ermordeten finden. Olischek wusste zu viel, er musste verschwinden."

Der Redaktionsleiter schüttelte ungläubig den Kopf, stimmte schließlich ein verhaltenes, dann zunehmend heftiger werdendes Lachen an. Camel bemühte sich um Fassung.

„Tolle Story, leider gibt es einen Haken."

Wieder lachte Sennheiser. Camel fand ihn respektlos. Diese geballte Inkompetenz dürfte dafür sorgen, dass sein Gegenüber bis an das Ende seiner Arbeitstage Redaktionsleiter dieses Käseblättchens bleiben würde. Für den Journalisten ein Grund mehr, endlich Karriere zu machen. Dazu bedurfte es womöglich nur noch dieser einen Megastory. Gut, dachte Camel, Augen zu und durch.

„Welchen Haken?"

„Olischek", Sennheiser hielt sich den Bauch vor Lachen, „ist beim Angeln verhungert, Sie erinnern sich?"

Camel drückte die rechte Faust so fest zusammen, dass die Knöchel weiß hervortraten.

Sennheiser wurde wieder ernst.

„Und was ist mit Wagner? Soviel ich weiß, ist er verhaftet worden."

„Richtig. Aber er wird spätestens morgen früh entlassen, die Beweise sind allesamt von Frau Wagner getürkt."

Camel verschwieg, dass er dieses Wissen aus einem flüchtigen Gespräch mit dem berufsbedingt optimistischen Rechtsanwalt Herrn Wagners auf dem Weg zum Parkplatz hatte.

„Das wird die Polizei morgen im Rahmen einer Pressekonferenz bekannt geben. Wollen Sie diesen Vorsprung wirklich verschenken?"

Nachdenklich massierte Sennheiser sein Kinn. Heinrich Grimm fiel ihm ein, der allem Anschein nach ebenfalls nicht daran glaubte, dass der Ehemann der Täter war.

„In Ordnung. Aber, Walther …"

Camel, schon im Türrahmen, drehte sich um.

„Wenn Sie das versemmeln, schreiben Sie ab sofort für die Wochenendbeilage – und zwar die Seitenzahlen, verstanden?"

Camel nickte freudestrahlend.

54

„Sie warten bitte!"

„Sehr wohl, die Dame."

Eine Nachbarin der Wagners hatte Frau Grimm erklärt, sie könne ihren Neffen vielleicht im Weseler Jachtklub finden. Obwohl es ihr Vorteil war, wunderte sie sich darüber, dass die Anwohner der Kastanienallee so schlecht informiert waren. Wenn ein Nachbar im Gefängnis säße, und wäre es nur für einen Tag, dann wüsste man das doch. Im Fernsehen hatte sie am Wochenende einen Bericht über die soziale Isolation in Großstädten gesehen. Sie nahm sich vor, diesen Punkt beim nächsten Treffen des Müttergenesungswerkes anzusprechen.

Der Jachtklub war bereits geöffnet, ein älteres Paar saß an einem Tisch und diskutierte über das Niedrigwasser des Rheins.

„Wagner, schönen guten Tag. Ich suche meinen Neffen, den Christian. Man sagte mir, ich könne ihn hier finden. Aber", sie sah sich um, „hier ist er wohl auch nicht."

Die beiden tauschten einen betretenen Blick. Sie waren ungefähr fünfzig Jahre alt, braun gebrannt, ihre sportlich-schlanken Körper steckten in gleichfarbigen Jogginganzügen.

„Sie weiß es nicht", murmelte die Frau.

„Tja, also …", der Mann räusperte sich verlegen, „Ihr Neffe ist bei der Polizei. Er wurde festgenommen. Aber er ist bestimmt unschuldig", setzte er hastig nach.

„Was? Das ist ja furchtbar. Was wird ihm denn vorgeworfen?"

„Er soll seinen Geschäftsfreund Tobias Schwarz ermordet haben. Aber bitte: Machen Sie sich jetzt keine Sorgen, Ihr Neffe ist ganz bestimmt unschuldig."

Frau Grimm atmete betont schwer, zog ein Taschentuch aus der Handtasche, schnappte mit einem beherzten Griff nach der Stuhllehne, wankte. Der Mann sprang sofort hoch und half ihr vorsichtig auf den Stuhl. Sie strich das Taschentuch über die Augen und sah den Mann mit einem, wie sie hoffte, leichenblassen Gesicht an.

„Was macht Sie so sicher?“, flüsterte sie.

„Die beiden haben sich sehr gut verstanden. Vor zwei Wochen, auf der Feier zu Christians Fünfzigsten im Haus Constance, haben sie den ganzen Abend rumgealbert. Ich habe Sie gar nicht dort gesehen.“

„Ich … ähem, nein. Ich hatte mir den Knöchel verstaucht.“

„Das ist sehr schade, es war wirklich eine tolle Feier.“

„Ja, das hat Jasmin mir heute Morgen am Telefon erzählt. Wirklich schade.“

„Das hat sie gesagt?“

„Ja.“

Warum nicht? Was war falsch daran?, überlegte sie fieberhaft. Die beiden tauschten erneut einen flüchtigen Blick, lächelten danach hämisch.

„Die Frau Wagner hatte eine Laune, als hätte es seit Tagen Bindfäden geregnet. Um zehn ist sie rausgegangen, frische Luft schnappen. Um halb zwölf kam Madame wieder. Aber bitte – uns geht das nichts an.“

Die Frau hob dabei abwehrend die Hände.

„Wo war sie denn die ganze Zeit?“

Sie zuckten synchron die Schultern.

„Keine Ahnung“, antwortete der Mann schließlich.

„Manche fanden es komisch, dass sie nicht alleine weg war. Zumindest kam sie in Begleitung eines Mannes zurück. Wir kannten ihn nicht. Ich glaube, es war ein Geschäftsfreund von Christian.“

„Schon gut. Ja“, Frau Grimm seufzte, „ich habe schon lange was gerochen. Ich habe immer gesagt: Pass da auf, Christian. Aber der Junge meinte, ich würde mir das einreden. Um was für Geschäfte ging es eigentlich?“

„Das wissen Sie nicht?“

„Nein, nicht genau. Christian ist ja so umtriebig in geschäftlichen Dingen.“

„Das Luftschloss von Diersfordt", die Dame kicherte genüsslich, „davon hat er garantiert erzählt."

Die Seniorin spürte, dass sie begannen, sich über sie zu wundern. Weitere Fragen wären zu viel des Guten. Man soll gehen, wenn es am schönsten ist, dachte sie, bedankte und verabschiedete sich.

Der Taxifahrer warf den Rheinischen Boten auf den Beifahrersitz und startete den Motor. Wenig später hielten sie vor dem Restaurant Haus Constance in Diersfordt.

55

„Mist“, fluchte Annette, als Heinrich und sie vor dem verschlossenen Büro von Manuela und Adriano standen.

Drei Türen weiter, im Büro von Mareike Verstappen und Josef Wolters, wurden sie fündig.

„Immer rein in unser Kabüffken“, begrüßte sie Josef Wolters mit aufgesetzter Fröhlichkeit, „hier sind Sie richtig, falls Sie den Kriminaldauerdienst suchen.“

„Spätestens Montag bekommen Sie Verstärkung aus Duisburg“, wollte die Staatsanwältin beruhigen.

„Montag, ich dachte, die hätten Sie mitgebracht?“

Mit einem Augenzwinkern drückte er Heinrichs Hand. Dem Pensionär überkamen zwiespältige Gefühle. Aber er hatte jetzt keine Zeit dafür. Er kam gleich zur Sache:

„Annette, Frau Gerland, hat mich über den neuesten Stand informiert. Also, Tobias Schwarz war schwul, in Wagners Fahrzeug wurden Spuren des verwendeten Giftes sichergestellt. Das Ehepaar Wagner hat für den Mord an Olischek ein Alibi“, fasste Heinrich die Fakten zusammen. „Das spricht alles für eine dritte Person als Täter.“

„Es ist nicht ausgeschlossen. Aber wer sollte das sein?“, fragte Mareike.

„Joschi. Oder sagen wir, der Mann, den ich als Joschi kennengelernt habe.“

Adriano beugte den Kopf vornüber und sah seinen ehemaligen Chef von schräg unten halb mitleidig, halb vorwurfsvoll an.

„Ich dachte, das Thema wäre durch. Heinrich, es gab an diesem Morgen keine zwei Obdachlosen am Schwarzen Wasser. Joschi ist Olischek, finde dich damit ab. Alles andere ergibt keinen Sinn.“

Heinrich zog zwei Bilder der Größe DIN A4 aus seiner Tasche.

„Den Sinn müssen wir suchen, die Fakten haben wir.“

Er gab Manuela zuerst eine Großaufnahme von Joschi. Overman war so freundlich gewesen, den Ausschnitt zu vergrößern und auszudrucken. Obwohl er die Qualität mit einer speziellen Software verbessern konnte, war die Aufnahme leicht verschwommen. Deutlich erkennbar waren Kleidung, Kontur und vor allem die knallrote Kappe. Manuela reichte das Bild an Mareike weiter und hob fragend den Kopf.

„Das ist zweifelsfrei Joschi. Diese Kleidung trug er auch bei unserer letzten Begegnung."

„Wie sind Sie an das Bild gekommen?", fragte Manuela.

„Ich habe es von einem Fotografen des Rheinischen Boten, Herrn Overman."

„Schön. Aber das ist bestimmt nicht alles, oder?"

„Nein. Dieses Bild ist ein vergrößerter Ausschnitt. Dies hier ist das Original."

Heinrich gab ihr die Aufnahme vom Tatort am Schwarzen Wasser. Sie war um ungefähr dreißig Grad geneigt. Manuela, Adriano und der Arzt standen um den toten Olischek, der allerdings nur bis zur Gürtellinie abgelichtet war.

„Der Fotograf ist gestolpert, hat im Fallen abgedrückt." Heinrich deutete mit dem Zeigefinger auf die ominöse Person am oberen Bildschirmrand, die auf dieser Aufnahme nicht viel größer als ein Daumennagel war. Der rote Punkt zeichnete sich aber deutlich genug ab. Manuela warf ihm einen scharfen Blick zu und betrachtete noch einmal eingehend das Foto.

„Das gibt es nicht", stellte sie mit monotoner Stimme fest, „Sie hatten die ganze Zeit Recht."

„Zwischendurch kamen mir selber Zweifel."

Niemand sagte etwas. Sie wandelten seit Tagen durch ein stockfinsteres Labyrinth und urplötzlich knipste jemand ein grelles Licht an.

„Okay. Das dort", Manuela deutete auf die Ausschnittvergrößerung, „ist der von Ihnen vermisste Joschi. Am Tatort, am Schwarzen Wasser. Gut. Aber welche Bedeutung hat das für uns? Wie ich hörte, hält oder hielt er sich täglich dort auf."

„Hielt, Frau Warnke", Heinrich fühlte sich provoziert, „nach dem Mord wurde er dort nicht mehr gesehen."

Wieder trat Stille ein, die dieses Mal von Adriano unterbrochen wurde.

„Handelte es sich möglicherweise um einen Streit unter Obdachlosen?"

„Nein. Dieser Joschi, oder wer immer das ist, ist kein Obdachloser."

Alle sahen Heinrich verwundert an.

„Ein Obdachloser muss jeden Tag um seine Verpflegung kämpfen. Dem ordnet er alles andere unter. Er verfügt über kein Bankkonto oder Bargeldreserven. Ein Obdachloser weiß heute nicht, wovon er morgen lebt. Dieser Mann hat mir einen Tag, bevor diese Aufnahme entstand, eine Uhr geschenkt. Auf diesem Foto, einen Tag später, trägt er wieder eine Armbanduhr. Seine eigene, nehme ich an."

Manuela rieb sich die Schläfen. Es fiel ihr schwer, die neue Situation in ein logisches Gerüst zu fassen. Das Motiv war der Knackpunkt.

„Joschi wird uns Fragen beantworten müssen", konstatierte die Ermittlerin.

„Soll ich die Fahndung rausgeben?"

Josef Wolters hielt die Hand übers Telefon. Manuelas Augen glitten scheinbar gedankenverloren aus dem Fenster über die nahen Rheinwiesen.

„Mit dieser Aufnahme?"

Sie fuhr schwungvoll herum und klopfte auf das Foto.

„Oder mit dem Foto einer Leiche. Entschuldigung, Herr Grimm, aber Ihre Erinnerungen dürften zu alt sein für ein Phantombild und sind überdies durch die Bilder Olischeks überlagert. Oder irre ich mich?"

„Nein, Sie haben Recht", er wusste aus seiner aktiven Zeit, dass

Phantombilder nur dann erfolgreich angefertigt werden konnten, wenn die Eindrücke nicht länger als vierundzwanzig Stunden zurück lagen.

„Aber wie wäre es, wenn Sie eine Zeichnung anhand des Fotos von Olischek anfertigen lassen und wir mit meiner Hilfe die markanten Unterschiede korrigieren?“, fragte er zurück.

„Das dauert doch alles viel zu lange“, fiel Mareike ein, „die Unterschiede sind derart klein, dass ein pensionierter Hauptkommissar sie erst viel später bemerkt hat. Weshalb nehmen wir nicht einfach eine Aufnahme des lebenden Olischeks? Er und Joschi sehen sich zum Verwechseln ähnlich. Wir könnten die Fahndung sofort raushauen, Olischeks Bild haben wir ja.“

Annette Gerland pflichtete ihr stumm nickend bei. Als leitende Staatsanwältin besaß sie die Möglichkeit, einzugreifen. Von dieser Option hatte sie jedoch bislang kaum Gebrauch gemacht, wohl wissend, dass sie damit die Kompetenz der leitenden Ermittlerin untergraben würde. Manuela nickte ebenfalls.

„Natürlich. Ihr habt Recht. Ich glaube, der Tag war sehr anstrengend.“

Annette und Heinrich waren gegangen. Irgendwann nach zwanzig Uhr gähnte Josef Wolters demonstrativ laut. Es klang wie ein Protestruf, den Manuela erhörte. Sie schickte alle nach Hause, entnahm der Kaffeemaschine den letzten, wenig verheißungsvoll riechenden Kaffee, klemmte zwei Akten unter die Armbeuge und verschwand in ihr Büro.

„Du solltest auch langsam Feierabend machen“, rief Mareike ihr hinterher.

„Gleich“, entgegnete sie abwesend und öffnete die Bürotür umständlich mit dem Ellenbogen. Als sie die Tür mit dem Absatz hinter sich schließen wollte, merkte sie einen Widerstand.

„Zehn Minuten“, es hörte sich wie eine Drohung an. Mareike schnappte sich eine der beiden Akten und setzte sich auf Adrianos Platz. Manuela grinste.

„Was sehen wir nicht? Es muss eine Verbindung geben. Die Opfer müssen eine gemeinsame Schnittstelle haben."

„Schwierig bei einem Softwareentwickler und einem Obdachlosen. Was hat Olischek vorher gemacht, ich meine, bevor er auf der Straße landete?"

Manuela drehte den Bürostuhl mit leichtem Schwung. Nahm einen Ordner vom Aktenschrank hinter sich.

„Mit vierzehn die Schule abgebrochen. Vater unbekannt, Mutter Alkoholikerin. Danach Diebstahl, Hehlerei, Körperverletzung, das volle Programm, zum Schluss Totschlag. Olischek hat die meiste Zeit seines Lebens im Gefängnis verbracht. Die Vita von Schwarz kann ich dir ersparen, setze einfach für alles das Gegenteil ein. Ein Licht- und ein Schattengewächs."

„Trotzdem sind sie sich begegnet", Mareike verengte nachdenklich die Augen, „Olischek war in Schwarz' Mobilheim."

„Das wissen wir nicht. Er hat sich nach der Adresse erkundigt und er ist auf dem Grundstück gewesen. Im Mobilheim konnte die KT keine Spuren Olischeks sicherstellen. Ob er Tobias Schwarz angetroffen hat, wissen wir auch nicht."

„Ich denke schon. Olischek war der Bote. Er sollte die Uhr überbringen. Der Handlanger des Täters."

Eine lähmende Stille machte sich breit. Manuela hatte ihr Kreuz durchgedrückt, den Kopf in den Nacken gelegt. Ihr Rücken begann zu schmerzen. Über ihrem Gesicht baumelte Merlin. Den berühmten Magier in Form einer Marionette hatte sie neben einem Riesenstrauß Blumen von den Kollegen zum Einstand bekommen. *Damit Sie wissen, was hier erwartet wird,* deutete Engels mit einem Seitenblick auf den Zauberer. In diesem Moment versprühte er zum ersten Mal seine Magie. Mit einem mächtigen Ruck setzte Manuela sich aufrecht, den ausgestreckten Zeigefinger auf die Marionette gerichtet.

„Wir sind seine Marionetten."

Mareike wirkte verwundert.

„Ich dumme Kuh. Ich blöde Ziege!"

Manuela schlug die flache Hand vor die Stirn. „Lasse mich vorführen wie eine unerfahrene Polizeischülerin."

„Also ... ich finde Merlin sehr schön. Ich finde es auch wirklich prima, dass du offensichtlich weiterkommst, ehrlich. Würdest du vielleicht so freundlich sein und einer Unwissenden Zugang zur hohen Kunst der Kriminalistik gewähren?"

Manuela stand auf und malte mit dem Filzschreiber einen Kreis an die Kunststofftafel hinter sich. Rechts und links zog sie zwei waagerechte Linien vom Kreisrand weg.

„Die Nachricht in der Uhr, sie galt uns! Wir wurden dadurch an den Tatort auf Grav Insel geholt. Von Frau Grimm, die wiederum von Jasmin Wagner beauftragt wurde. Jener armen Jasmin Wagner, die ihren Liebhaber auf solch tragische Weise verlor. Am Tatort war der Gabentisch für unsere Spurensicherung reichlich gedeckt. Klassischer Fall von Eifersucht. Alle Indizien deuten auf den Ehemann, selbst auf das fehlende Alibi wurde geachtet. Wir gehen den Fall von hier aus an", Manuelas Zeigefinger glitt der rechten waagerechten Linie entlang bis zum Kreis, „landen am Tatort und alles scheint klar. Es wäre geradezu fahrlässig gewesen, Christian Wagner nicht festzunehmen."

„Hm – was ist mit Olischek? In dem Fall ist noch nichts klar."

„Olischeks Tod war nicht geplant, zumindest nicht zu Beginn, dessen bin ich mir absolut sicher. Irgendwas muss schiefgelaufen sein. Aber mal ehrlich: Wenn Herr Grimm nicht Zweifel wegen der Identität des Toten bekommen hätte", sie hob fragend die Arme, „der Mord wäre nie herausgekommen. Christian Wagner würde auf seinen Prozess warten und wir beide jetzt bei irgendeinem Italiener sitzen und mit einem leckeren Rotwein in der Hand den Kellner verrückt machen, oder?"

„Nicht die schlechteste Alternative. Wie wäre es denn ohne den Schnipsel in der Uhr gelaufen?"

„Völlig anders."

Manuela drehte sich in einer schwungvollen Bewegung erneut zur Tafel um. Diesmal strich ihr Zeigefinger die linke Linie entlang.

„Irgendwer, ein Angestellter des Campingplatzes, ein Nachbar oder Freund, entdeckt den Mord. Wir gehen neutral an den Tatort heran. Das heißt, ausgiebige Umfeldermittlung im Bereich des Opfers. Von Jasmin Wagner ist uns nichts bekannt. Würde es nach dem derzeitigen Ermittlungsstand auch nie werden. Wir ermitteln aus einer völlig anderen Richtung, verstehst du, Mareike?“

„Schon, aber auf Christian Wagner wären wir früher oder später ebenfalls gekommen.“

„Das ist richtig. Aber vorher wären wir auf etwas gestoßen, was nicht für unsere Spürnasen bestimmt ist. Wir haben uns von der vermeintlichen Eindeutigkeit der Faktenlage blenden lassen!“

Manuela setzte sich wieder. Wut und Selbstvorwürfe machten klare Gedanken unmöglich. Mareike holte tief Luft.

„Okay, den Ermittlungsansatz haben wir in den Teich gesetzt. Ist nicht mehr zu ändern. Lass uns das Positive daraus ziehen.“

„Das wäre?“, fragte Manuela müde nach.

„Was hat der Täter bezweckt?“

Manuela benötigte eine Minute, bis ihr klar wurde, worauf ihre Kollegin hinauswollte.

„Lassen wir Olischek außen vor, sollten mit Tobias Schwarz und Christian Wagner zwei Personen verschwinden, die eine Verbindung zueinander hatten.“

„Genau, es waren Geschäftspartner. Es muss jemanden geben, dem diese Geschäfte nicht passten“, übernahm Mareike.

„Oder der davon profitiert, dass ein Geschäft nicht zustande kommt. Die ominöse dritte Person, auch bekannt unter dem Namen Joschi.“

„Zurück zu den Akten …“, sagten beide im selben Moment.

56

„Dürfte ich Ihnen eine Frage stellen, Fräulein?“

Die Mittvierzigerin verharrte in der Bewegung, die Kaffeesahne näherte sich bedrohlich dem Rand des Kännchens. Das aufgesetzte Lächeln wich einem strengen Ausdruck.

„Frau, bitte schön.“

„Oh, ich wusste nicht, dass Sie … ach lassen wir das. Sagen Sie, Herr Wagner hat doch vor kurzem in Ihrem Hause eine Geburtstagsparty gegeben, nicht wahr?“

„Ja“, antwortete die Serviererin knapp, während sie ihren Gast prüfend musterte.

„Huch – ich habe mich gar nicht vorgestellt. Wagner, Gundula Wagner.“

Sie stand im selben Moment auf, wollte den Arm ausstrecken. Leider stieß bei dem Versuch das Milchkännchen um. Die cremefarbene Flüssigkeit kroch über die Tischkante und tropfte gemächlich auf das Polster des Stuhls zu ihrer Linken. Mit flinken Bewegungen wischte die Kellnerin die Flecken trocken. Unbemerkt hob die Seniorin die kleine Blumenvase in der Tischmitte an und wischte mit dem darunterliegenden Platzdeckchen die Flecken von der Tischdecke.

„Das ist mir so unangenehm“, beteuerte sie gestenreich.

„Macht nichts“, murmelte die Angestellte und meinte vermutlich das Gegenteil.

„Wissen Sie, das nimmt mich alles so furchtbar mit. Der Christian, Christian Wagner meine ich, ist nämlich mein Sohn.“

Kurzentschlossen passte Frau Grimm die verwandtschaftlichen Verhältnisse den besonderen Umständen an.

„Der arme Christian. Obwohl er es selber schuld ist.“

Frau Grimm lockte die Kellnerin mit dem Zeigefinger näher heran und senkte die Stimme.

„Ich sage ihm schon seit Monaten: Die Jasmin betrügt dich.

Nein, Mutter, das meinst du nur. Würde Jasmin nie machen. Der ist so naiv, dass es mir schon peinlich ist, Ihnen davon zu erzählen."

Die beiden Frauen setzten sich synchron übereck.

„Das braucht Ihnen nicht peinlich zu sein, meiner ist ganz genau so. Glauben Sie nicht, dass der auf seine Mutter hört. Nein, der weiß alles besser."

„Ja, so sind sie ...", seufzte Frau Grimm und machte eine gedankenschwere Pause.

„Was Ihre Schwiegertochter betrifft, liegen Sie gar nicht so falsch, Frau Wagner. Leider. Während der Geburtstagsfeier ihres Mannes war sie plötzlich verschwunden. Mindestens eine Stunde war sie fort. Ich habe zwischendurch zufällig aus dem Küchenfenster gesehen, und was soll ich Ihnen sagen: Spaziert die doch Hand in Hand mit einem anderen Kerl durch den Wald!"

„Nein!", reflexartig schlug Frau Grimm die flache Hand vor den offenen Mund.

„Doch, doch."

„Zu dumm, dass ich an dem Tag krank war. Konnten Sie erkennen, wer es war?"

Die Kellnerin sah sich verstohlen im leeren Restaurant um, bevor sie zur Antwort ansetzte.

„Selbstverständlich, er war auch Gast der Party. Ein Geschäftsfreund Herrn Wagners, Jonas Gerling. Der kommt oft hierher. Meistens mit Herrn Wagner und einem Herrn, den ich nicht kenne. Obwohl ...", sie hob nachdenklich den Kopf, „seit diesem Abend habe ich ihn nicht mehr gesehen, komisch."

„Wissen Sie, um welche Geschäfte es zwischen den dreien ging? Am Ende spielt Jasmin sie noch gegeneinander aus. Nicht auszudenken, wenn mein armer Junge alles verlieren würde, was er sich mühsam aufgebaut hat."

„Das wissen Sie nicht?"

Die Seniorin senkte betreten den Blick.

„Als wenn der Junge seiner alten Mutter alles erzählen würde. Wahrscheinlich geht es mich nichts an."

„Von wegen", die resolute Kellnerin berichtete Frau Grimm ausführlich von den Plänen der drei Geschäftsfreunde.

57

Im Kommissariat an der Reeser Landstraße war um 21.10 Uhr noch ein Büro erleuchtet. Vor einer Stunde hatte Manuela die Fenster weit aufgerissen. Die Hauptkommissarin blätterte resigniert in einer der Akten aus dem Architekturbüro. Mareike war damit beschäftigt, mit einer Fliegenklatsche Mücken zu verfolgen und hinzurichten. Missmutig erhob sich die Kommissarin und schloss die Fenster.

„Kannst du jetzt bitte mit dem Geklatsche aufhören."

Das stupide Aktenstudium drückte zunehmend auf die Gemüter der Kolleginnen. Vor zehn Minuten hatte ihr Vorgänger angerufen und seine Mutter vermisst gemeldet. Das machte Manuela nervös. Schon einmal war die alte Dame ihnen zuvorgekommen. Im vorigen Jahr, es war Manuelas erster Fall in der neuen Dienststelle, hatte Frau Grimm unter lebensgefährlichem Einsatz den Täter gestellt. Die unausgesprochenen Vorwürfe des Behördenleiters standen noch lange danach im Raum. Ihre Augen wanderten über die Wiesen der Rheinaue. Die Dämmerung setzte vorsichtig ein, in einer guten Stunde würde die Sonne untergehen.

„Bingo!", rief Mareike überrascht. Manuela zuckte zusammen. Sie lief zu Mareike und sah ihr über die Schulter. Auf dem Aktenrücken war die nichts sagende Aufschrift *Bauprojekte 03/07* vermerkt. Der Inhalt offenbarte sich auf einem hellblauen Deckblatt im Innenteil:

Projekt Schloss Diersfordt.

Mareike blätterte weiter und deutete auf ein Dokument im hinteren Teil der Akte. Manuelas Rücken schmerzte, sie holte ihren Stuhl dazu.

„Das ist der Hammer."

Mareike hielt einen Gesellschaftervertrag hoch. Mit dem Zeigefinger glitt sie über die Namen der Gesellschafter und las sie gleichzeitig leise vor:

„Christian Wagner, Tobias Schwarz, Jonas Gerling."

„Der dritte Mann", entfuhr es Manuela.

„Einer ist tot, einer sitzt unter Mordverdacht, was ist mit Jonas Gerling?"

„Vielleicht verrät uns das der Vertrag."

Aufmerksam lasen beide den Vertragstext. Daraus ging im Wesentlichen hervor, dass die Geschäftspartner das Diersfordter Schloss mit dem Ziel gekauft hatten, es zu restaurieren und in ein Hotel umzuwandeln. Der Kaufpreis in Höhe von 1,8 Millionen Euro wurde zu gleichen Teilen von den Gesellschaftern aufgebracht und im Februar 2007 auf ein Notaranderkonto eingezahlt. Für die Ermittlerinnen höchst interessant war ein notariell beglaubigtes Zusatzabkommen am Ende des Vertrages. Um das Risiko für die einzelnen Gesellschafter so gering wie möglich zu halten und die stringente Durchführung der Bauarbeiten zu gewährleisten, war eine Sondervereinbarung getroffen worden. Demnach würde die gesamte Einlage eines Gesellschafters für den Fall, dass dieser seinen Pflichten aus dem Gesellschaftervertrag für einen zusammenhängenden Zeitraum von mindestens sechs Monaten nicht nachkommen könnte, an die übrigen Gesellschafter übergehen. Im Kleingedruckten befand sich eine Reihe Ausnahmebestimmungen, die aber in diesem Fall alle nicht greifen dürften. So war es beispielsweise durch einstimmigen Beschluss aller Gesellschafter möglich, die Anteile auf eine andere Person zu übertragen. Mareike hatte den Text leise vorgelesen.

„Das ist das Motiv", konstatierte Manuela.

„Die gute alte Habgier", erwiderte Mareike.

„Sieht so aus. Nach dem Tod von Tobias Schwarz fällt dessen Anteil zu gleichen Teilen an Christian Wagner und diesen Jonas Gerling."

„Richtig!"

Mareikes Müdigkeit war wie weggeblasen.

„Und sollte Christian Wagner des Mordes für schuldig befunden werden, fielen alle Anteile auf Herrn Gerling. Da könnte auch ein lästiger Mitwisser wie Olischek dran glauben müssen."

„Jasmin Wagner wäre demnach …“

„… die Geliebte Gerlings“, vollendete Mareike Manuelas Gedanken, „aber uns fehlen die Beweise.“

Ein Motiv alleine bot nicht die Möglichkeit, Jonas Gerling zur Fahndung auszuschreiben, wusste Manuela. Sie mussten zunächst mehr über diese Person erfahren. Während Mareike das Melderegister abfragte, gab Manuela den Namen in die interne Datenbank ein. Jonas Gerling, der Name kam ihr seltsam bekannt vor.

58

„Wir müssen etwas unternehmen!“

Heinrich lief unruhig im Zimmer auf und ab.

„Hast du es bei ihrer Freundin probiert?“, wollte Annette wissen. Heinrich, der das Telefon umklammert hielt, nickte stumm.

„Hast du nicht gesagt, sie sei in letzter Zeit häufig mit Camel unterwegs?“

„Bei dem habe ich schon zigmal angerufen, es meldet sich nur die Mailbox. Einen Festnetzanschluss besitzt er nicht. Aber du hast Recht, komm!“

Heinrich gab ihr ein Zeichen und rannte die Treppe herunter.

„Ich fahre, du bist zu aufgeregt.“

Drei Minuten später gelangten sie über die Trappstraße auf die Isselstraße. Auf dem Seitenstreifen parkte der Mustang des Reporters. Heinrich legte instinktiv eine Hand auf die Motorhaube. Sie war eiskalt.

Die Haustür stand offen, Heinrich rannte in den ersten Stock hoch, Annette folgte ihm. Aus der linken Wohnung vernahm er die überlaute Stimme Michael Holms, der wieder mal nach Mendocino fuhr. Ohne dem Namensschild Beachtung zu schenken, klopfte Heinrich an diese Tür.

„Ja doch, wird schon leiser“, hallte es aus der Wohnung. Fast gleichzeitig halbierte sich die Lautstärke. Heinrich klopfte erneut. Die Musik wurde abgestellt, ein knurriges „Ja doch“ war erneut zu hören, sie vernahmen näher kommende Schritte. Als die Tür aufgerissen wurde, schluckte Annette ihr Lachen in letzter Sekunde herunter. Camel trug ein überweites blaues Hemd, bedruckt mit riesigen, bunten Blumen. Dazu trug er eine altrosafarbene Jeans mit mächtigem Schlag.

„Was wollt ihr denn von mir?“

„Wir suchen meine Mutter.“

Camel lachte laut los.

„Ich hatte schon länger keinen Damenbesuch. Das stört die Konzentration und ist hinderlich für die Karriere."

Er prustete erneut los. Dann sah er Heinrichs wütenden Blick und sein Lachen erstarb. Er räusperte sich.

„Du warst doch mit ihr unterwegs, oder?"

Eine Nachbarin lief hinter ihnen vorbei in den zweiten Stock. Sie winkte Camel im Vorübergehen freundlich zu. Er zog es vor, seine Besucher hereinzubitten. Auf einer alten Kommode im Wohnzimmer und Regalen darüber befand sich eine Schallplattensammlung, die Heinrich in dieser Größenordnung noch nie gesehen hatte. Es musste sich um Tausende Vinylscheiben handeln. Der Plattenteller drehte sich unter dem angehobenen Tonarm. Camel räumte eilig alte Jugendzeitschriften und zerknitterte Textilien vom Sofa. An der Tür zum Nachbarzimmer klebte ein Bravo-Starschnitt der Gruppe Abba.

„Verdammt", Heinrich wurde unruhig, „wir haben keine Zeit. Wo kann meine Mutter sein?"

Camel erzählte ihnen von dem Ausflug mit Frau Grimm. Ihm fiel erst jetzt auf, wie wenig sie ihm eigentlich verraten hatte.

„Sie war bei Frau Wagner. Als sie wiederkam, sagte sie, sie habe das Netz der Spinne zerstört und dass wir sie beschatten müssten. Frau Wagner, meine ich. Wir, beziehungsweise ich, habe sie also verfolgt. Aber diese Furie hat mich immer wieder abgehängt. Die fährt wie der Teufel. Irgendwo in der Flürener Sternstraßen-Siedlung haben wir sie verloren. Später kam sie in einem Irrsinnstempo zurück, fuhr Richtung Grav Insel, vielleicht wollte sie auch nach Hause. Das konnte ich nicht mehr feststellen, der Keilriemen hatte sich verabschiedet. War auch egal, was wir wissen wollten, haben wir erfahren."

„Und das wäre?", fragte Annette nach.

„Dass sie die Mörderin ist. Die Flucht war das Schuldeingeständnis. Passte vorher schon alles, fragen Sie Ihre Mutter. Oh, Entschuldigung", schob der Redakteur hinterher.

„Wo genau liegt diese Siedlung?"

Camel erklärte den Weg. Gleichzeitig beäugte er misstrauisch Heinrich und die Staatsanwältin. Dem Journalisten kam der leise Verdacht, sie würden ihm wichtige Informationen vorenthalten. Er schob den Gedanken beiseite. Diesmal lag er vorne. Heinrich verabschiedete sich flüchtig und verließ schnellen Schrittes die Wohnung. Annette folgte ihm.

„Ich kann euch die morgige Ausgabe des Boten empfehlen. Die Hammerstory auf Seite eins", rief Camel durchs Treppenhaus.

„Was hast du vor?", Annette bog auf die Reeser Landstraße Richtung Flüren ein. „Du glaubst doch nicht etwa den Hirngespinsten dieses Provinzreporters?"

„Nein, aber ich glaube, meine Mutter ist weiter, als uns lieb sein kann. Das Netz der Spinne ist zerstört, sagte sie."

„Was meint sie damit?"

„Dass die Spinne in ein anderes Netz muss."

Im Innenspiegel zeichnete sich Annettes Ratlosigkeit ab.

„Kannst du bitte Klartext reden?"

„Ganz einfach: Meine Mutter hat Frau Wagner zu verstehen gegeben, dass ihr die Polizei dicht auf den Fersen ist. Sie wollte sehen, wie sie reagiert. Nehmen wir an, Camels These stimmt und sie ist eine zweifache Mörderin. Wie würdest du an ihrer Stelle nach dem Auftritt meiner Mutter reagieren?"

„Ich würde mich entweder stellen oder das Nötigste zusammenpacken und zum nächsten Flughafen fahren."

„Richtig. Und wie hat sie reagiert? Fährt wie von der Tarantel gestochen nach Flüren und anschließend wieder zurück. Warum wohl?"

„Sie fuhr zu ihrem Komplizen …", Annette zögerte, „zu Joschi." „Joschi ist der Komplize."

„Oder der Mörder."

Annette parkte den Wagen wenige Meter hinter der Venusstraße. Mit dem Bild des toten Olischek in der Hand klingelte Heinrich an der erstbesten Tür. Die Frau, die ihm öffnete, schätzte er auf ungefähr achtzig Jahre. Sie trug einen graublauen Kittel, die weißen Haare waren unter einem Haarnetz zusammengesteckt. Heinrich stellte sich wahrheitsgemäß als Hauptkommissar a.D. vor, wobei die Abkürzung zum Unwillen seiner Partnerin in unverständlichem Gemurmel unterging. Er hielt der Greisin das Foto hin und fragte, ob sie einen ähnlich aussehenden Mann kennen würde. Sie beugte sich mit dem Gesicht eine Handbreit über die Aufnahme. Dann fuhr sie erschrocken hoch.

„Meine Güte, der Herr Gerling. Ist ihm etwas zugestoßen? Das ist ja schrecklich!"

59

„Das gibt es nicht", entfuhr es Manuela.

Mareike stand sofort auf und kam um den Schreibtisch herum.

„Ist das Olischek?"

„Nein, das ist Jonas Gerling."

Manuela betrachtete sprachlos das Bild aus der internen Datenbank. Die Ähnlichkeit war wirklich verblüffend. Lediglich die Frisur und das fülligere Gesicht unterschied ihn von seinem Doppelgänger Olischek.

Jonas Gerling war im Jahr 2005 wegen Korruption im Amt zu einer Freiheitsstrafe von 18 Monaten verurteilt worden. Die Strafe war mit einer Geldbuße von 90 Tagessätzen zur Bewährung ausgesetzt worden. Für die Ermittlungen entscheidender war das Amt, das er bis zu seiner Suspendierung bekleidet hatte. Jonas Gerling war Hauptkommissar des Essener KK11. In Manuelas Duisburger Zeit gab es einen Mordfall, bei dem sie eng mit den Essenern Kollegen zusammengearbeitet hatte. Gerling war einer der besten Kriminalisten des Landes gewesen. Ende der Neunzigerjahre hatte er den gefürchteten Frauenmörder Frank Surbeck überführt und bundesweite Anerkennung geerntet. Sie berichtete Mareike davon. Es ärgerte die Ermittlerin, dass sie nicht früher auf ihn gekommen war. Ein Exkollege als Täter, der Gedanke befremdete sie.

„Jetzt wird einiges klar. Er kennt unsere Abläufe und die Automatismen genau", sagte Mareike leise.

„Wir haben nach seiner Schablone gearbeitet. Er hat uns die Schwächen unseres Systems vor Augen geführt", erwiderte Manuela.

„Und wäre beinahe damit durchgekommen."

Ja, dachte Manuela. Vor zwanzig Jahren, nach der Ausbildung, hatte sie alles in Frage gestellt. Oft genug war sie damit bei ihren Vorgesetzten angeeckt. Allerdings hatte sie auch manchen Erfolg dadurch verbuchen können. Nicht zuletzt deswegen war sie im vergleichsweise jungen Alter von 38 Jahren zur Hauptkommissarin befördert worden. Irgendwo auf dem Weg von der Ausbildung bis zur leitenden Ermittlerin der Weseler Polizei waren Unbekümmertheit und Eifer in der trüben Suppe des Alltags untergegangen. Machte die tägliche Routine sie so stumpf? Ließ sie sich von der Lethargie ihres Kollegen anstecken, von der süßen Versuchung, Probleme zu verdrängen und nur die einfachen Wege zu wählen? Ein Anruf aus der Zentrale riss sie aus ihren Gedanken.

„Wir haben hier einen leicht verwirrten Taxifahrer, der Sie unbedingt sprechen möchte, ich schalte durch."

„Warnke."

„Glückstein. Hans Wilhelm Glückstein. Spreche ich mit Frau … Moment", sie vernahm raschelndes Papier, „Kommissarin Warnke?"

„Ja. Wie kann ich Ihnen helfen, Herr Glückstein?"

„Ja, das ist so: Mein Fahrgast, eine gewisse Frau … Moment", wieder Papierrascheln, „Grimm, hat mich beauftragt, Sie anzurufen."

Zu Manuelas Verwunderung endete er mit diesem Satz. Herr Glückstein gehörte offenbar zu der Art Mitmenschen, die gerne ausgefragt werden.

„Können Sie mir auch sagen, weshalb Sie mich anrufen sollten?"

„Ähem … nein."

Manuela holte tief Luft.

„Frau Grimm sagte nur, ich solle Sie anrufen, falls sie innerhalb der nächsten zehn Minuten nicht zurück sein sollte. Mehr weiß ich auch nicht. Glauben Sie, die Dame ist abgehauen? Das wäre sehr schlecht fürs Geschäft."

Manuela bekam eine Gänsehaut.

„Wohin ist Frau Grimm gegangen?"

„Dorthin. Ich meine, die Straße hinunter."

„Welche Straße? Wo befinden Sie sich?", schrie die Ermittlerin ins Telefon.

„Ach so, in Flüren, auf der Marsstraße."

„Bleiben Sie, wo Sie sind! Wir kommen sofort."

60

„Klingel du, mich kennt er."

Sie befanden sich zwei Häuser vor der Marsstraße 13a, neben ihnen langweilte sich ein Taxifahrer in seiner Droschke. Annette hatte unterwegs über Handy Manuela verständigt.

„Nein! Das ist zu gefährlich. Wir warten auf die Kollegen. Die waren übrigens schon unterwegs. Merkwürdig."

Heinrich verzog das Gesicht.

„Meine Mutter ist vielleicht in Lebensgefahr und du willst warten? Nicht mit mir!"

Ehe die Staatsanwältin eingreifen konnte, rannte ihr Freund los. An der Haustür hatte sie ihn eingeholt, zog an seinem linken Arm. Heinrich klingelte zweimal.

„Bist du wahnsinnig?"

In diesem Augenblick öffnete sich die Haustür und Jasmin Wagner stand vor ihnen.

„Guten Tag, Herr Grimm", begrüßte sie ihn einen Tick zu laut, „haben Sie Verstärkung mitgebracht?"

Im Türrahmen am Ende des Flures tauchte Jonas Gerling auf. Heinrich sah ihn wie gebannt an.

Obwohl Gerling den Oberlippenbart abrasiert hatte und stattdessen einen Kinnbart und eine leicht getönte Brille trug, erkannte Heinrich ihn sofort. Der Daumen seiner rechten Hand krampfte sich unnatürlich um eine Fernsehzeitung.

„Hallo, Heinrich. Du möchtest mich besuchen? Einen wunderschönen guten Tag, Frau Staatsanwältin."

Annette fand keine Erklärung, woher er sie kannte.

„Hallo, Joschi", antwortete Heinrich mit steinerner Miene, „wo ist meine Mutter?"

„Hier in der Küche", vernahm er ihre Stimme. Sie klang ungewöhnlich panisch.

„Wir plaudern ein wenig, wollt ihr euch nicht zu uns setzen?"

Im Augenwinkel bemerkte Annette das Auto der Weseler Kripo. Unbemerkt gab sie Handzeichen.

„Ich würde es vorziehen, wenn meine Mutter herauskommt."

„Das ist eine schlechte Idee."

Gerling ließ die Zeitung fallen und richtete die Pistole in den Raum, aus der die Stimme Frau Grimms kam.

„Ich denke, es ist alles gesagt."

Gerling entsicherte die Waffe.

„Nein, bitte nicht! HILFE!"

„In Ordnung. Es ist alles in Ordnung", Heinrich hob abwehrend die Hände, „wir kommen rein."

Frau Grimm, ihr Sohn und Annette saßen an einem runden Küchentisch aus heller Buche. Jonas Gerling blieb im Türrahmen stehen, Jasmin Wagner lehnte an der Küchenzeile.

Heinrichs Augen blieben an einem eingerahmten Zeitungsartikel an der Wand hängen.

„Essener Hauptkommissar stellt den Ripper"

Unterhalb der übergroßen Schlagzeile einer großen Boulevardzeitung war das Bild von Jonas Gerling abgebildet.

„Wir waren mal Kollegen, Heinrich. Ist lange her."

„Was …", Heinrich deutete auf den Artikel „ist danach schiefgelaufen?"

„Man hat mich gefeuert."

„Wegen Korruption im Amt", ergänzte Annette. Sie erinnerte sich an den Fall. Die Angelegenheit fiel genau ins Sommerloch, wurde daher von den Medien genüsslich ausgeschlachtet. Auch Heinrich ahnte allmählich, aus welchem Grund Joschi ihm vertraut vorkam. Gerling lachte zynisch.

„Ich würde eher sagen, aus mangelndem Vertrauen. Wir hatten den Tod eines Entsorgungsunternehmers aufzuklären. Im Rahmen der Ermittlungen bin ich einigen hohen Tieren bedrohlich nahe gekommen. Einer von ihnen hat es geschafft, ein Konto auf meinen Namen einzurichten. Sie haben regelmäßig hohe Beträge darauf eingezahlt. Ich habe von diesem Konto erst erfahren, nachdem die lieben Kollegen die Auszüge im Rahmen einer Durchsuchung in einem Leerraum unter meinem Backofen gefunden haben. Ruck, zuck lagen die entsprechenden Aussagen der edlen Spender, beziehungsweise deren Strohleute, auf dem Tisch und ich war draußen."

„Moment, du willst mir erzählen, Tobias Schwarz …"

Gerling winkte ab.

„Das war etwas anderes. Ich brauchte etwas Neues, da trat Christian Wagner auf den Plan. Er suchte Partner für den Kauf von Schloss Diersfordt. Wir wollten es sanieren und zum Hotel umbauen. Ich sollte die Leitung übernehmen, Schwarz und Wagner stille Gesellschafter sein. Die Renditeprognosen waren traumhaft. Ich hätte für den Rest meines Lebens ausgesorgt. Aber dann geriet das Projekt zum Fass ohne Boden. Immer neue, teure Auflagen wurden gemacht, die Fertigstellung immer weiter hinausgezögert. Schwarz und Wagner war das nicht wichtig, die hatten genug Rücklagen", er lachte hämisch, „aber mir ging die Luft aus. Dieses schöne Häuschen", sein linker Arm kreiste durch die Luft, „ist bis zum First verschuldet. Das Erbe meiner Eltern steckt auch schon drin. Die beiden Herren wollten mich ausbooten. Ich habe ihnen gesagt, dass ich keine Mittel mehr habe. Weißt du, wie der feine Herr Wagner daraufhin reagiert hat?"

Heinrich hob die Schultern. Jasmin Wagner senkte den Kopf.

„Er hat mir den Zusatzvertrag unter die Nase gehalten und grinsend gesagt: Dann bist du draußen."

Auf Gerlings Stirn schwoll eine Ader bedrohlich an.

„Laut diesem Vertrag fallen die Anteile eines Gesellschafters ersatzlos an die anderen Gesellschafter, wenn dieser seinen vertraglichen Verpflichtungen nicht mehr nachkommen kann. Wagner hatte damals behauptet, es sei eine Formsache für die Banken. Heute weiß ich, dass dieses Schwein von Anfang an vorhatte, mich über den Tisch zu ziehen. Ich wollte mit Jasmin ein neues Leben beginnen. Dummerweise belauschte uns dann dieser Penner."

„Wann war das?", wollte Heinrich wissen.

„Vor vier Wochen. Er hatte noch einen Monat Vollpension im Hause Gerling."

Für eine Minute breitete sich Stille aus.

„Wie soll es weitergehen, Herr Gerling?", wollte Annette wissen.

„Wollen Sie uns auch umbringen?"

Gertrud Grimm schrak zusammen. Ihr Gesicht war kreideweiß.

„Das wird nicht nötig sein. In zwei Stunden startet unser Flugzeug. Es sollte reichen, wenn Sie bis dahin im Keller ausharren."

Die Brandschutztür des Heizungskellers fiel ins Schloss. Kaum waren die Schritte auf der Treppe verstummt, machte sich Gertrud Grimm mit einer Nagelfeile über das Türschloss her. Heinrich sah ihr ungläubig zu. Dann fiel sein Blick auf Essgeschirr und ein verdrecktes Glas auf dem Boden unterhalb des Kellerfensters. Aus dem Küchenfenster hatte er im Augenwinkel Mareike und Manuela gesehen. Fünf Minuten hörten sie nur seine Mutter am Schloss herumkratzen, dann überschlugen sich die Ereignisse. Lautsprecherdurchsagen erklangen, Sekunden später fielen Schüsse. Kurz darauf näherten sich erneut Schritte, ihnen stockte der Atem. Ein Schlüssel drehte sich im Schloss. Frau Grimm schnappte sich kurzentschlossen die schmutzige Ölkanne und hob sie hoch, um sich zu verteidigen. Manuela Warnke trat ein und Frau Grimm stellte fest, dass die Kanne nicht leer war. Das gelbliche Öl ergoss sich über ihre Frisur und ließ sie im diffusen Licht, das aus dem Flur hereinfiel, glänzen.

„Ich freue mich wirklich, Sie zu sehen", begrüßte Manuela die Staatsanwältin.

Zwei Uniformierte legten Jasmin Wagner Handschellen an. Sie bedachte die zufrieden dreinschauende Gertrud Grimm mit einem verächtlichen Blick. Draußen brachten Sanitäter den verletzten Gerling auf einer Bahre zum Rettungswagen.

„Ein Beinschuss", erklärte Manuela, deren Gesicht von einer leichten Blässe überzogen war, mit einem Seitenblick auf die Staatsanwältin. Einige Schaulustige beobachteten das Geschehen vom Nachbargrundstück. Heinrich erkannte die Greisin, mit der er gesprochen hatte. Seine Mutter stand dicht neben ihm und Annette. Sie hatte den Sprung in die Normalität anscheinend als Erste vollzogen, wollte wissen, wer nun die fällige Rechnung bezahlen würde und ob ihr Sohn inzwischen im Rathaus gewesen war, um das Gewerbe anzumelden. Der Gedanke schien Heinrich abwegig.

Um 23.30 Uhr verließ Manuela ihr Büro. Die Staatsanwältin hatte ihr augenzwinkernd verboten, den fälligen Bericht noch heute fertigzustellen.

Als sie das Auto abschloss, wunderte Manuela sich über das offene Cabrio vor ihrer Haustür. Im Vorübergehen wollte sie einen unauffälligen Blick hineinwerfen und blieb erschrocken stehen. Auf dem halb heruntergeklappten Fahrersitz lag Doktor Klein und schlief. Sie hatte ihn völlig vergessen, schoss es ihr durch den Kopf. Verzweifelt suchte sie nach der sinnvollsten Vorgehensweise. Sie war müde und völlig fertig. Sollte sie ihn wecken und nach Hause schicken? Nein, das konnte sie nicht. In ihre Wohnung wollte sie ihn um diese Zeit auch nicht mehr lassen und alleine auf der Straße …?

Plötzlich kam ihr eine Idee. Drei Minuten später stieg sie leise mit zwei Wolldecken in das Auto, deckte den Doktor und sich zu und schlief sofort ein.

Ende

An diesem Roman wirkten zahlreiche Personen mit, ohne deren Hilfe das Werk nicht zustande gekommen wäre. Ich möchte hier die Gelegenheit nutzen, allen Beteiligten meinen ausdrücklichen Dank dafür auszusprechen.

Sabine Göting, Ursula Grote, Bettina Kohl, Viola Lubjuhn
Als Testleser haben sie die meisten meiner Fehler bereits im Vorfeld schonungslos aufgedeckt und mir manch wertvollen Rat gegeben.

Peter Molden
Zieht als mein Agent im Hintergrund die Fäden und unterstützt mich mit unermüdlichem Einsatz sowie seinem reichen Erfahrungsschatz.

Sara Jakob
„Meine" Lektorin hat mir alle Kröten derart schmackhaft serviert, dass es beinahe eine Freude war, sie zu schlucken.

Marina Tsoukalas
Die gute Fee vom Kreisarchiv in Wesel erfüllte mir selbst sonderbarste Recherchewünsche.

Biologische Station Wesel
Wilhelm Itjeshorst, Paul Schnitzler und das Team von der biologischen Station Wesel waren eine große Hilfe in allen Fragen rund um das „Schwarze Wasser".

Für sachdienliche Hinweise möchte ich mich bedanken bei:
Heimatverein Diersfordt, Jürgen Hesse, ARGE Wesel, Stadtverwaltung Wesel, Caritas Wesel, Heike Waldor-Schäfer, Sandra Lüpkes-Perrey, Martin Conrath

Ein ganz besonderer Dank gilt Dir, liebe Tina. Für alles!